国家出版基金项目
NATIONAL PUBLICATION FOUNDATION

改革开放以来中国马克思主义

文艺理论建设丛书

转型与创新

改革开放以来中国文艺理论基本问题的进展

国家社会科学基金重大项目成果

马龙潜／主 编

李志宏／执行主编

河南人民出版社

一、问题的提出

党的十九大报告中明确提出了"培育和践行社会主义核心价值观,不断增强意识形态领域主导权和话语权,推动中华优秀传统文化创造性转化、创新性发展"的战略目标。习近平总书记在全面系统阐述改革开放以来党和国家建设发展的若干重大理论和现实问题的系列讲话中,又明确提出了"要高度重视文艺理论研究,加强文艺评论队伍和阵地建设,支持开展积极健康的文艺批评"的具体要求,这对于深化作为社会主义文化重要组成部分的文学艺术与社会主义核心价值体系之间内在的必然联系和一致性的认识,尤其是对于深化习近平新时代中国特色社会主义思想之于文艺理论和文艺批评研究的重要价值和意义的认识,都具有重要的意义。

习近平新时代中国特色社会主义思想作为当代有中国特色马克思主义的世界观和方法论,是马克思主义中国化的全面、具体、生动的体现。深入研究和把握习近平新时代中国特色社会主义思想之于当代思想文化领域,特别是文艺思想领域所具有的重大理论价值和实践意义,将其作为指导当前文艺运动的基本原则,这已成为摆在广大文艺理论工作者面前的一项重要而紧迫的任务。当前马克思主义文艺理论的发展、马克思主义文艺理论中国化的进程正面临着一系列新变化、新问题和新挑战。在这个时候,认真研究习近平新时代中国特色社会主义思想对中国特色社会主义文艺发展的本质和规律的规定,对于提高我国文艺理论与文艺批评的整体水平,深入认识文艺科学的发展规律,推进社会主义文化事业的大繁荣、大发展,都具有重大的现实价值和理论意义。

作为国家社科基金重大项目,本课题的提出正是基于党中央提出建设社会主义核心价值体系、推动文化大发展大繁荣的战略目标这一难得的历史机遇,旨在对以有中国特色的马克思主义文艺理论为主导的当代中国文学理论的整体结构形态做深入的学理分析与探索,并以此对改革开放以来马克思主义文艺理论中国化的进程做历史性的回望与前瞻式研究,进而总结在这一历史性过程中的成绩、贡献、矛盾与挑战。

该课题是整个思想理论界、文化艺术界很关注的一个研究项目。它在系统、完整把握当代中国文艺理论与文艺批评发展最新现实的基础上,对中国特色的马克思主义文艺理论的基础与来源、全球化时代中国马克思主义文艺理论研究的基本问题与理论意义等问题做深入探索。

这种研究,对认真总结改革开放以来文艺运动的经验和规律,反思改革开放以来文学理论与批评发展的经验和教训,冷静、客观地评价改革开放以来我国文艺学学科的基本状况有重要意义。只有通过这种实事求是的总结和反思,我们才有可能在面对成绩的同时发现妨碍学科建设和发展的因素和问题,从而促进我们在进一步的探讨中沿着正确的途径前进。

这种研究,对深入理解和把握中国特色的马克思主义文艺理论的基本性质、整体结构和历史发展趋势,准确把握当前文学艺术基本格局的特征与规律有重要的意义。只有奠定牢固的马克思主义文艺理论基础,我们才能正确处理文学艺术的一元与多元、雅与俗、普及与提高等众多范畴之间的辩证关系,才能既有利于形成文学艺术的百花齐放格局,又有利于核心价值体系统领社会主义文化,从而实现主旋律与多样化的辩证统一。

这种研究,对凸显邓小平理论、“三个代表”重要思想、科学发展观和习近平新时代中国特色社会主义思想的理论引领作用,推进中国特色的马克思主义文艺理论的建设,推进中国特色社会主义文艺学建设,提高广大理论工作者、文化与艺术工作者的马克思主义文艺理论水平,提高贯彻中国特色社会主义文艺精神的自觉性和自信心,促进社会主义市场经济条件下文艺创作的繁荣和文化艺术事业的健康发展,也会产生积极的作用。同时,对促进中西文化艺术交流,确立中国文化艺术在世界文化发展格局中的地位,也具有重要的理论意义和现实意义。

尤为重要的是,这种对社会主义核心价值体系与文学艺术之间的辩证关系进行的全面、系统、整体的研究,有利于我们深入理解社会主义核心价值体系的理论内涵,把握社会主义核心价值体系建设之于文艺理论与文艺批评发展的内在意义,使文艺成为社会主义核心价值走向大众、影响大众、教育大众、内化为大众素质和行为的重要桥梁,有利于实现文艺弘扬社会主义核心价值体系、推动社会主义文化大发展大繁荣的目标。

二、研究现状的回顾与反思

党的十一届三中全会以来,我国文艺理论和文艺批评伴随着改革开放的伟大事业,在风雨兼程中已走过了四十年的光辉历程。从拨乱反正和恢复马克思主义文艺理论传统、同西方现代文艺理论和我国古代理论资源碰撞融会,到构建中国特色的马克思主义文艺理论,这样三个相互渗透和转化的基本层面,较充分地体现了改革开放以来文艺理论发展的本质和规律。四十年来,我国文艺理论和文艺批评的建设取得了很大的成绩,也存在一些亟待解决的问题。认真总结改革开放以来文艺理论和文艺批评发展的经验和教训,冷静、客观地评价改革开放以来我国文艺学学科的基本状况,已成为时代赋予广大理论工作者不容推卸的历史责任。

我国理论界关于改革开放以来文艺理论发展进程的研究,近年来呈现出前所未有的活跃局面,特别是在 2008 年纪念改革开放三十周年的时候,文艺界出现过一个回顾与反思改革开放三十年中国文艺理论发展历程的热潮,《文学评论》等刊物发表了系列性文章,各地也召开了多次全国性的学术讨论会。学者们对改革开放以来文艺理论的分期、文艺理论的基本结构和形态、文艺理论研究和解决的基本理论问题等畅所欲言,各抒己见,在许多问题上达成了共识。

从 1978 年到 20 世纪 80 年代中期,是"文革"后出现的学科反思阶段,也是传统马克思主义文艺理论的恢复阶段。对这一阶段文艺理论与批评新的探索和发展,学者们做了认真的梳理和总结:首先,邓小平结合我国人民建设有中国特色的社会主义的伟大实践,发展了马克思主义和毛泽东思想的文艺理论,正确地阐明了文艺与政治、文艺与生活、文艺与人民的关系,为文艺理论工作者指出文艺为人民、为社会主义服务的正确方向,这确立了改革开放以来文艺理论研究的思想路线和理论基础;其次,广大理论工作者努力研究和传播马克思主义经典作家包括毛泽东、邓小平的著作，编辑、出版了大批这方面的论著，如蔡仪、陈涌、陆梅林、程代熙、陆贵山、董学文等人的有关著作。与此同时，许多学者还借鉴、吸取和参照了西方20世纪以来的文艺理论著作，深化了文艺学基本理论的研究。如钱中文的《文学原理：发展论》、杜书瀛的《文学原理：创作论》等著作和高校教师编撰的一批新的文艺学教材。在文艺社会学、文艺心理学、文艺语言学等方面均出现进行深入探讨的著作，有的著作还对形象思维的规律进行了探讨。对社会主义文艺的规律进行探讨的则有何国瑞的《社会主义文艺学》和张炯的《社会主义文学艺术论》。此外，还新出版了许多中国文学理论批评史方面的著作，如敏泽、王运熙等分别编撰的多卷本文论史著作，在梳理我国传统文论脉络方面各有建树。有些专著还在传统文论观念与今天接轨方面做出了新的努力，除了对儒家的文艺思想有较广泛和深入的研究外，某些著作还对道家和佛家的文艺思想的研究有新的拓展。

从1985年至20世纪90年代初期和中期，伴随着西方"新潮"理论的大量涌入和理论界不同学说矛盾和冲突的加剧，中国文艺理论的发展进入了一个急剧分化和重新整合的时期，也进入了一个艰难的探索阶段。对当时所展开的与文艺创作关系密切的现实主义和典型问题、人性与人道主义问题、文艺主体性和人文精神问题等的讨论，学者们充分肯定了这些讨论的价值和意义，认为虽然讨论中存在分歧，最后也未曾获得一致的结论，但毕竟活跃了理论思维，促进了对有关问题更深入的思考，并纠正了以往明显偏离辩证唯物主义和历史唯物主义的认识。有的学者对这一时期的各种学术论争进行了综合考察，认为这些论争大多是在马克思主义文艺理论范围内进行的。它们表面上看似是一系列观念的冲突，本质上却是马克思主义文学理论空间的开拓，是马克思主义文学理论从传统形态向当代形态的转换。他们认为在这一阶段，比较符合时代需要、有学理价值且具有连贯性和推进性的文艺理论主张，是相当一部分学者提出的构建"马克思主义文学理论当代形态"的意见。学者们充分肯定了这一阶段在文艺理论建设上所取得的成就，肯定了广大文艺理论工作者在马克思主义文艺理论中国化的大目标下，打破旧有僵化观念的束缚，坚持批判的研究精神，积极转化外国的理论成果，并提出焕发生机与活力的新命题，把文学理论不断推向前进的理论贡献。

从20世纪90年代初期至今，改革开放以来的文艺理论迈入了一个新的理论开拓的阶段、一个理论自觉的时期。这一时期文艺理论与批评取得的成就，尤其是马克思主义文艺理论中国化的日益深入人心，引起了国内外学术界极大的关注并获得了高度的评价。这一阶段，从整个社会范围看，中国特色社会主义理论日臻成熟。在文艺理论上，经过对探索过程中各种文艺思潮的清理，经过对现代文化和文艺理论发展进程的思考，关于如何在争鸣中把文艺科学推进新境界，如何建设中国特色的文艺理论，如何与时俱进地建构马克思主义文艺理论的新形态，已经成为实际的关键和主题。这一阶段建设性的学术论著成果是很多的，各种体例和形态的文艺理论教材也普遍地建设起来，除新编的各种"文学概论""文学原理"外，"艺术生产原理""主体论文艺学""感受论文艺学""认识论文艺学""社会主义文艺学""元文艺学""生态文艺学"等，都显示了主动建构的努力。关于文艺理论书写及学科未来构想问题，学科的定位与可能存在的边界问题，文艺理论研究热点背后的偏失问题，文艺理论研究的科学性问题，学科殖民化与文艺理论自主创新问题，文艺理论研究的文化战略问题，我国文艺理论现代进程中形成的传统问题，网络时代与文艺理论发展问题，以及怎样看待文艺理论再次面临的危机等，都逐一进入了人们的理论视野。最能代表这一阶段文艺理论建设性质和特征的，是对于马克思列宁主义的文艺理论、毛泽东文艺思想、邓小平文艺思想，"三个代表"重要思想、科学发展观和习近平新时代中国特色社会主义思想的文艺观的研究，以及2004年启动的"马克思主义理论研究和建设工程"中对《文学理论》教材的编写。这一加强基本理论的战略地位、加强马克思主义在学科中的指导作用的有力举措进一步表明，尽管我国实际存在着文艺理论"多元化"的现象，但是坚持马克思主义的统领地位和作用，依然是我国文学理论沿着正确方向发展的根本保证。

改革开放以来，我国文艺理论与批评的建设尽管取得很大成绩，但依然处于调整和转型期。这就决定了改革开放以来的文艺理论与批评还有不甚成熟的方面,还明显存在一些值得探讨的问题。

我国理论界对改革开放以来的文艺理论的研究,在一系列问题上都出现了分歧和论争。这些分歧和论争归根到底都是对改革开放以来文艺理论与批评的性质和发展趋势的不同认识的反映。而这些认识的不同,又是学者们在研究对象、范围上的差异,以及他们在理论研究时依据的概念、范畴和思维方式、研究方法的不同,即文艺学观念的不同所决定的。在这些研究中,有的学者偏重对一些专题性问题的研究,如对文学的主体性问题、人类学本体论的美学与文艺学问题、文艺学方法论问题、文学研究的文化学转向与语言学转向问题等的探讨,而较少把这些问题放在改革开放以来文艺理论与批评的整体结构之中,放在其发展的逻辑行程中来加以综合把握;而有的学者则偏重对一些"新潮"理论,如西方现代主义、后现代主义、新历史主义和"西方马克思主义"(以下简称"西马")的一些流派和观点的引进和移植,而较少把它们与中国社会发展和文学艺术发展的历史与现实相结合;也有的学者虽然偏重对马克思主义文艺理论的研究,但较少对马克思主义文艺理论在当代中国的新发展以及马克思主义哲学文化思想与人类现代化历史进程的关系进行更为全面深入的研究和把握。应该说,这些研究虽然从不同角度对改革开放以来文艺理论的发展进程都有所论述,但由于缺乏对构成改革开放以来文艺理论与批评基本格局的各种条件和因素的整体把握,缺乏对改革开放以来文艺理论的整体结构特性及其历史与逻辑发展过程的辩证综合考察,尤其缺乏对在改革开放以来文艺运动中居于主导地位的马克思主义文艺理论在当代中国的新发展并形成其开放性、包容性的体系结构特性的综合研究,致使其对改革开放以来文艺理论发展进程的研究还不够系统、全面和深入。而在此基础上产生的对文学艺术本质问题的认识,特别是对改革开放以来文艺理论的性质和发展趋势的认识,就难免以偏概全,以致不同程度地脱离改革开放以来我国社会发展和文学艺术发展的实际。

对改革开放以来文艺理论发展总体进程的把握,是改革开放以来文艺理论与批评研究的基础和前提,这理所当然地引起了学者们的极大关注。有论者将改革开放以来文艺理论的发展进程,概括成"形象思维论—二重性格组合论—文学主体论—向内转论—审美意识形态论"的"转型"模式。这种概括,在个别理论线路的描述上应该说有一定的现实根据。但如果只着眼于对改革开放以来文艺理论发展的某一个方面、某一个部分、某一个阶段、某一个环节乃至某一种文学因素、理论因素的研究,并试图把这个模式扩展到整个改革开放以来的文艺理论领域,或者将其说成唯一的"转型"模式,那就忽视了更实质的转变,有以偏概全之嫌了。20 世纪 80 年代中后期的"文学主体性"论争相当激烈,意见对立十分尖锐。有论者对其给以充分肯定,有论者对其给以鲜明质疑,有论者指出这一理论把作家和作品中人物的主观能动性"作了无限夸张","违背了历史科学",其中"包含着主观唯心主义的实质","基本上背离了马克思主义"。这是历史的真相,可是 20 年后,有的"转型"论者居然消解了这场论争的意义,在回顾时只是单方面地肯定"文学主体性"理论,这就不实事求是了。

除了上述"转型"模式,那种把改革开放以来文艺理论的变迁简单概括为从"政治化"到"审美化"再到"学科化"的意见,也值得商榷。因为把改革开放以前和改革开放初期的文艺理论通称为"政治化"的文艺理论,是不准确的。把个别理论上和政策上的错误混同于整个学说,认为改革开放以来的文艺理论就是从"政治化"走向"审美化",也是以点代面、不及其余的。尽管改革开放以来文艺理论呈现出多元和多样的格局,但从时代的需要和现实的进展出发,从当今世界文艺理论格局的深刻变化和我国文艺事业发展的目标出发,坚持唯物史观和辩证法的指导,建设中国特色社会主义文艺理论,依然是改革开放以来文艺理论前进的主航道。多元共生、多样统一,依然是中国未来文艺理论不断寻求的发展格局。

改革开放以来的文艺理论与批评的基本性质、思想路线、理论走向、基本特征与形态,是改革开放以来文艺理论研究中的重要论题。建设中国特色社会主义文艺理论,是就其总体而言的。它并不排斥其他各种形态文艺理论的存在与发展,也不排斥中国特色文艺理论内部的多样化探索与争鸣。强调建设马克思主义文艺理论中国化的当代形态、建设中国特色社会主义文艺理论,关键是要对中国的文艺理论运动主体有一个性质上的规约,有一个时代价值性质上的限定。因为在多种选择与多种可能的情况下,如果没有性质上与价值取向上的规定,那就可能在"转型"时与其他种类现代文艺理论形态划不清界限,就可能抹杀根据我国实际赋予文艺理论中国特色的科学精神。毋庸讳言,改革开放以来的中国文艺理论,在相当一段时间内对中国传统文论尤其是对马克思主义文论陷入了认同危机。文艺理论界诸多的论争与挑战,其主流实际上也是围绕着对哪种文艺理论加以认同的问题而展开的。向现代西方文艺理论倾斜,一度占据了主导的位置。这就在客观上向我们提出了对改革开放以来文艺理论发展进程回顾和反思所面临的一系列亟待解决的基本理论问题。而其中,最根本的则是如何认识和把握改革开放以来文艺理论发展一以贯之的思想线索和体系精神问题。

在对改革开放以来文艺理论走向的判断上,有一种以现代性思想为指导,以对现代性的诉求为指向的理论观点。这种观点一方面认为,改革开放以来的一个重要成就,就是在现代性的指引下,大体明确了文学也包括文学理论的自主性问题,使文学理论初步回归自身,并认为建设具有我国自身特色的文学理论,必须要有坚实的现代性思想为指导。这种观点另一方面认为,我国 20 世纪初的文论开头原是很有希望的,但由于我国国情、文化制度的关系,在后来的 70 多年间,王国维的文学思想或者说这条文学思想路线一直是忽隐忽现、处于被抑制状态;在这期间,我国的文学主张大体承袭了梁启超早期的文学观,并随着时代的发展逐步演化,把它发展到了极端,而到 20 世纪 70 年代末不得不改弦更张。这种对改革开放以来文艺理论走向的判断,对文学理论"现代性"的诉求,总不免让人产生疑虑:姑且不说早有学者指出王国维接触德国美学并借以解读《红楼梦》"是一个相当个人化的案例",就算中国现代文艺理论从王国维开始,那他所遵循的"现代性"是否就是唯一的现代性? 难道中国现代文艺理论其后的途程,真像这种意见说的那样"抑制"了文艺的"自主性"和"独立性",走上了一条违背艺术规律的、没有希望的歧途? 难道半个多世纪马克思主义文艺理论的传播、确立和发展的作用与功绩,真的无须进入视野? 建设具有"我国自身特色"的文艺理论用不着以马克思主义为指导,单靠"现代性思想为指导"就行了? 难道中国文艺理论到了改革开放时期真的"不得不改弦更张",非得重新回到王国维昔日的叔本华、康德维度不可? 显然,这样的历史总结,是把改革开放以来我国文艺理论的发展方向给定错了,而用这种思路去构制改革开放以来的文艺理论,势必会产生许多弊端。

对文学艺术审美特征的强调,一度成为某些学者判定改革开放以来文艺理论成绩的一个重要标准。但"审美"是否就是文学本质的唯一规定、"第一原理","审美"是否能说明改革开放以来文艺的一切方面,却是值得商讨与研究的。如何界定"审美"在文艺中的地位,如何评价"审美论"模式在改革开放以来文艺理论中的作用和意义,归根结底还是个理论的"科学性"问题。审美本是文艺的重要属性和功能,这在文艺理论史上多是被承认和重视的。但是,当某些文艺"审美特征论"出现以后,"审美"在有些理论家那里却成了改革开放以来文艺理论的基本模式,或者把文艺的"审美"当作人生救赎的主要途径。在这种对"审美"的作用的无限制强调和夸大中,遮蔽或抑制了对其他本质性因素,如认识、道德、政治、宗教等的认知。本来,在对改革开放以来文艺理论发展历程的回顾中,突出文艺的审美功能有纠偏补正的积极意义,可一旦理论走上全然"审美论"的模式,那它本身也就失去了原有的价值和意义。

追求文艺理论的"原创性"和"创新精神",是改革开放以来一代学人肩负的神圣使命,也是推动改革开放以来文艺理论发展的重要动力。但有些文艺理论研究却打着追求"原创性"的招牌,编造一些模糊的、歧义的、虚假的、反常识的概念,且多以对"审美""现代性"片面、抽象的理解为理论指向。如果以为只要把所谓"新潮"的东西,不管它科学不科学、正确不正确都拿来展示一番,就可以冒充和替代改革开放以来文学理论的进展与功绩;如果以为只要把花样翻新的当代西方文艺理论的方法和概念,不管是适用的还是不适用的都引入中国当代文艺理论体系,就可以认为是解决了中国文艺理论的创新问题,那么,这种想法至少是不切实际的。在文艺理论研究中,学习和借鉴当代西方文论和"西马"文论是合理和必要的。作为他山之石,它们不仅是推动我国马克思主义文艺理论建设的重要参照,而且也是推动中国特色文论建设可资汲取的成分。但是,这里的借鉴,不是生吞活剥,不是不顾一切条件、地点、时间任意拿来乱用,更不是用硬搬进来的西方文艺思潮对马克思主义的理论概念与思维方法进行代替和转换,而是要首先鉴别它们是否科学、客观地反映了客观事物。同时,更重要的是要将其与我们的实践经验相比较,把它放在我们的历史和现实的大背景下来加以考察,把其中符合我们实际情况的部分拿来为我所用。那些离开了中国现实的土壤,不符合中国国情的东西,只能是无源之水、无本之木。我们应该看到,由于当代西方资本主义发生了巨大变化,"西马"学者在相当程度上已重新定位了"马克思主义"概念,他们讲的"马克思主义",同我们眼下讲的"马克思主义"已经常常不是一个等同的概念。他们所运用的方法论,也已未必是唯物辩证法和唯物史观。我们还应该看到,当代西方文论家们所使用概念的内涵有着其特定国情和地域的规定,比如他们讲的"现代性"就是"私人性世界",是"语言瀑布"和"叙述怪圈",是单纯"强调个人价值的发展和效率",这种对"现代性"的判断,显然难以为当今中国的实践所接受。因之,我们在使用和借鉴"西马"文论和当代西方文论的时候,是不能不加以鉴别、区分和辨析的。实践已经证明,热衷于用"西马"文论和当代西方文论来构制中国当代文艺理论体系,迷信"西马"文论和当代西方文论的选题和研究方式,将马克思主义研究方法视为"过时"而弃如敝屣,或只口头上承认而实际上背离,这对发展当代中国特色的马克思主义文艺理论是极其不利的。目前亟须对"西马"文论和当代西方文论进行客观理性的分析,实事求是地辨别其中错综交织的各种观念。同时,防止简单化地将它们的一些观点和方法直接移植到我国文艺理论的建构中来。我们只有对它们进行批判性借鉴、消化和提升其理论的话语功能,才能科学地汲取一切有益的滋养,推动中国特色社会主义文艺理论的建设和发展。厘清"西马"文论和当代西方文论与中国当代文艺理论体系的关系以及相互间的交集,是改革开放以来文艺理论与文艺批评研究亟须解决的一个重大问题。

一般来说,人们总是习惯于把文艺批评作为文艺理论在各个时期、各个部分的一种运动着的形态来研究的,主要是考察它在文学思潮、文艺理论演变中的状态和作用。因此,人们一般在单独使用"文艺理论"这个概念时,文艺批评均是其题中应有之义,是它内涵的一个部分。就文艺批评的相对独立性而言,对改革开放以来文艺批评的研究无论是在批评的理论观念和形态构建的探索上,抑或是在批评著作出版及实绩上,都取得了令人瞩目的成绩。但由于社会急剧转型、思想观念新变、市场经济的冲击,理论界对改革开放以来文艺批评功能的认识却出现了某些偏失,不仅对诸如网络(新媒介)文学、大众文化、文艺创作的市场化倾向等新问题、新挑战反应迟钝,应对左右失据,甚至出现了时尚化、商业化、广告化的价值取向,改革开放以来文艺批评的发展遭遇了严重的困境。该课题试图以"文艺批评的功能"为纽带,对改革开放以来文艺批评的价值转型及其当前困境进行深入研究。

三、基本思路与研究方法

该课题以中国特色马克思主义的世界观和方法论为指导,以对社会主义核心价值体系与中国特色社会主义文艺之间辩证关系的把握为理论前提,力求对改革开放以来文艺理论建设和文艺批评的本质和规律,对改革开放以来马克思主义文艺理论中国化的本质和规律做全面、深入、系统的学理探索与研究。

该课题在总体框架上把"史"和"论"、专题研究与综合研究有机地结合起来,既注重对改革开放以来文艺理论和文艺批评的历史地位和复杂多样的结构因素及其相互间关系的揭示和论证,形成一种逻辑运动的链条和结构;又注重从当代中国社会和文艺发展的具体问题和实际需要出发,注重对具体文艺现象和理论现象的分析和考察,力求生动、具体地描述出改革开放以来文艺理论建设和文艺批评发展的历史面貌,准确、完整地展现出改革开放以来马克思主义文艺理论中国化的具体全景。同时,在历史回顾和反思的基础上,对中国文艺理论发展的未来作适当的前瞻性考察。

在理论框架的建构过程中,我们要采取"史论结合,论从史出"的方法,力求历史与逻辑的统一,通过认真总结改革开放以来文艺理论建设和文艺批评发展的经验和教训,在冷静、客观地对改革开放以来我国文艺学学科基本状况的分析评价中,对改革开放以来中国文艺理论和文艺批评发展的不同层面和所涵盖的基本问题及其相互联系和转化的关系进行全面、系统的考察,以把握作为当代中国文艺理论主流的中国特色马克思主义文艺理论对文学艺术的本质特征和当代中国文艺学的基本性质、整体结构和历史发展趋势的基本规定。

　　在"史"这一方面,主要是以梳理和把握改革开放以来文艺理论和文艺批评形成和发展的历史轨迹为基础,从中透视改革开放以来文艺理论和文艺批评发展的曲折过程,揭示它的变化轨迹、运动沿革、历史面貌和思想脉络;在"论"这一方面,主要是以阐述改革开放以来马克思主义文艺理论中国化的基本内涵、体系形态、理论本质和功能结构为基础,通过对改革开放以来围绕重大文艺理论问题所展开的论争中各种代表性观点的理论定位和对比分析,把握当代中国文艺理论与批评发展的逻辑行程,揭示它的基本经验、主要教训、指导原则及其可能的发展前景。

　　我们将马克思主义中国化和马克思主义文艺理论中国化这两条线索结合起来,作为贯穿课题研究的主导线索;把揭示改革开放以来中国文艺理论与批评发展的不同层面和所涵盖的基本问题及其相互联系和转化的关系,作为课题研究的重心。在历史和逻辑的动态结构中,将改革开放以来文艺理论与批评的发展分为一条主线、三个阶段。其中,首先研究改革开放以来文艺理论和文艺批评形成与发展的基本动因,其基本动因主要包括:改革开放的社会现实及其所带来的人们思想观念的变化;经济与文化的世界性对话与当代西方哲学文化和文学艺术思潮的引进与输入;马克思主义思想体系面对新的挑战所做出的应答。在此基础上,我们对改革开放以来文艺理论发展的不同层面及其逻辑关系进行系统梳理、综合把握和对比分析。这主要包括三个层面的内容:

　　一是对改革开放以来文艺理论整体结构的基础层面的研究,这是对"文革"后出现的学科反思阶段、传统马克思主义文艺理论恢复阶段的反思和总结。它包括两个方面的内容:一个方面是对从 20 世纪 70 年代末开始逐步形成的对存在主义文论、精神分析学文论、形式主义文论等西方当代主流文艺理论的移植模式、对"方法年"和"观念年"所形成的众声喧哗的理论格局的比较分析,同时,也包括对形象思维论、人道主义与人性论、二重性格组合论、"新感性"论、纯审美论等文论的基本观点所进行的梳理和与西方当代主流文艺理论的比较;另一个方面是对以邓小平文艺思想为标志的有中国特色的马克思主义文艺理论观念重新确立的价值和意义的论述,并以此确立建构本课题理论框架的逻辑起点。

二是对改革开放以来文艺理论整体结构的中介层面的研究,这是对改革开放以来文艺理论进入了一个急剧分化和重新整合的时期、一个艰难的探索阶段的回顾和总结。它也包括两个方面的内容:一个方面是对 20 世纪 80 年代末 90 年代初开始逐步形成的对引进和移植西方现代主义、后现代主义和"西马"的一些流派和观点的分类和总结,并对文学主体性理论、文体革命论、文学"向内转"论、文化工业论、大众文化论、文学理论的文化学转向、文学理论的语言学转向等理论观点进行系统的梳理和综合的分析;另一个方面是对一部分学者提出的构建"马克思主义文学理论当代形态"构想的理论内涵、理论价值及意义进行实事求是的分析和评价。这构成了改革开放以来文艺理论历史和逻辑发展的链条中承上启下的中介环节,也确立了建构本课题理论框架的逻辑中介。

三是对改革开放以来文艺理论整体结构的主导层面的研究,这是对改革开放以来的文学理论迈入了一个新的理论开拓的阶段、一个理论自觉时期的总结和展望。首先,揭示了从 20 世纪 90 年代初期至今,伴随着中国特色社会主义理论的日臻成熟,提出建设中国特色社会主义文艺理论即中国特色马克思主义文艺理论的新形态这一主题的历史必然性。其次,对一系列基本理论问题,如文艺理论书写及学科未来构想问题,文艺理论研究的科学性问题,文艺理论研究的文化战略问题,我国文艺理论现代进程中形成的传统问题,以及网络时代与文艺理论发展问题等,都逐一进行辩证的分析。而对马克思列宁主义的文艺理论、毛泽东文艺思想、邓小平文艺思想,"三个代表"重要思想、科学发展观和习近平新时代中国特色社会主义思想的文艺观的研究，以及对 2004 年启动的"马克思主义理论研究和建设工程"的评价，则进一步显示了尽管我国存在着文艺理论"多元化"的现象，但是坚持马克思主义的统领地位和作用，依然是我国文学理论沿着正确方向前进的主导力量和根本趋势。

在这种历史与逻辑相统一的理论框架和研究过程中，我们通过对改革开放以来文艺理论建设与文艺批评发展的经验和教训的系统总结和整体把握，把改革开放以来中国文艺理论建设和发展的具体全景准确地、扎实地、细致地、完整地呈现出来。在这一研究中，我们把握当代马克思主义文艺理论中国化进程与改革开放以来文艺理论发展的关系问题，探讨西方文艺思想特别是现当代西方文艺理论与改革开放以来的文艺理论的关系问题，摸索中国古代文艺思想在改革开放以来的文艺理论建设中的作用问题，总结中国社会主义文艺实践对改革开放以来的文艺理论发展的推动问题，关注中国的学者和文艺理论家在他们的理论实践中对马克思主义文艺理论中国化的贡献问题。同时，从学科的角度，研究在改革开放以来文艺理论与批评发展的过程中，当代文艺理论与批评的概念、范畴、体系、关键词、话语方式等的演变问题。经过这种研究，我们在学理上对中国共产党的几代领导集体及其理论成果对马克思主义文艺理论中国化的贡献有了一个明确的认识，并自觉地把这种认识与已有的经验结合起来，将其进一步转化为系统的理论认识，以期对改革开放以来的文艺理论的性质、特征、规律、过程、方式、经验、教训、未来走向和可能前景等有一个全方位的、更加科学的把握，从而进一步推动中国特色社会主义文艺理论的不断创新和发展，发挥文艺在建设社会主义文化、弘扬社会主义核心价值体系方面的重要作用。这些既是课题研究的基本目标，也是课题研究的基本思路和内容。

四、研究成果主要内容概述

该项目的最终成果"改革开放以来中国马克思主义文艺理论建设丛

书",是国内第一部全面、系统地研究我国改革开放以来文艺理论与批评的多卷本学术专著,共一套四卷、130余万字。该丛书立足于文艺学所涵盖的文艺理论、马列文论、中国古代文论和文艺批评这几个基本部分,力图多层面、多角度、整体地把握改革开放以来中国文艺理论与批评发展的总体面貌,认真总结和深刻反思改革开放以来文艺理论与批评发展的经验和教训;丛书通过对改革开放以来围绕重大文艺理论问题所展开的论争中各种代表性观点的理论定位和对比分析,深入理解和把握中国特色马克思主义文艺理论的基本性质、结构形态和历史发展趋势。其中:

《转型与创新——改革开放以来中国文艺理论基本问题的进展》(第一卷)着眼于改革开放以来文艺理论与批评在"转型"背景下发展的思想脉络,通过对形象思维、人性与文学主体、现实主义和文学典型等问题研究的一般过程,对"向内转""纯文学""文学性""重写文学史""文学现代性"等一般概念的梳理和分析,探讨了改革开放以来文艺理论与批评的学科范式与文化转型问题。该书全面论证了改革开放以来文艺理论研究发展的核心主脉是以马克思主义文艺观为指导的基本路径,马克思主义文论是在与其他文学理论的相互撞击、融合、借鉴中,在其理论自身的不断变革中不断前进的。

《行进中的沉思——改革开放以来马克思主义文论中国化的历史进程与基本规律》(第二卷)以研究马克思主义文艺理论中国化进程与改革开放以来文艺理论发展的关系为主线,深入研究中国特色社会主义理论之于当代思想文化领域,特别是文艺思想领域的重大理论价值和实践意义,力求对改革开放以来文艺理论与批评的本质和规律、改革开放以来马克思主义文艺理论中国化的本质和规律做全面、深入的学理探索与研究。该书从多个层面总结概括了中国化马克思主义文艺理论发展的历史进程和基本规律,分析了中国化马克思主义文艺理论研究中的问题与症结,并提出了相应的对策建议。

《传承与弘扬——改革开放以来中国古代文论的现代价值》(第三卷)从对改革开放以来中国文艺理论的发展进程中出现的西方文论话语的迅猛势头、中国古代文论愈发被置于边缘化境地的分析入手,通过对有关"失语症""转换论""中西比较诗学""意境""新儒家诗学""古代叙事理论"以及"龙学"等中国古代文论研究的重要议题的比较分析,找到传统与现代的结合点,以确立中国传统文论在改革开放以来文艺理论发展格局中的地位和作用,弘扬中国古代文论的优秀传统。

《文艺批评四十年——改革开放以来中国文艺批评的发展路向与价值嬗变》(第四卷)认真梳理了改革开放以来中国文艺批评发展演进的基本脉络,从知识语境、思想资源和价值取向等方面深入分析了制约20世纪80年代文艺批评走向的原因;探析在20世纪90年代社会转型、市场经济和思想分化的时代波澜中文艺批评的现实选择;剖析了文化批评、大众批评对新世纪文艺批评探索与转型的启示,以及新媒体环境下新的文艺生产消费机制对新世纪文艺批评的塑造;提出在中国传统文论、西方文艺批评思潮与改革开放以来文艺批评的互动中,重构一种能有效处理"中国经验"的有中国特色的文艺批评形态的理论观点。

五、相对于该领域已有研究成果的理论特色

(1)我国文艺理论界对改革开放以来文艺理论与批评发展进程的研究,局限于某一个问题或某一个阶段的零散、浮泛的成果居多,全面、系统研究的学术专著尚未见到。该课题通过对构成改革开放以来文艺理论与批评基本格局的各种条件和因素的整体把握,尤其注重对在改革开放以来文艺运动中居于主导地位的马克思主义文艺理论在当代中国的新发展的综合研究,展现出一个全面、立体的中国文艺理论与批评发展的图景。无论在内容的丰富性、可靠性上,还是在体例的完备性和严整性上,该丛书都超过了以往在这方面的研究。

(2)改革开放以来的中国文艺理论,在相当长一段时间内对马克思主义文论陷入了认同危机,向现代西方文艺理论倾斜一度占据了主导的位置。在对改革开放以来的文艺理论走向的判断上,一种以现代性思想为指导的理论观点较有代表性。持此论者热衷于用"西马"文论和当代

西方文论来构制中国当代文艺理论体系,迷信"西马"文论和当代西方文论的选题和研究方式,这就不能不削弱中国特色马克思主义文艺理论的地位和影响。本课题研究坚持辩证唯物论和历史唯物论的基本原理,在冷静、客观地对改革开放以来关于我国文艺学学科发展的各种观点的分析评价中,提出尽管我国实际存在着文艺理论"多元化"的现象,但是改革开放以来文艺理论发展的核心主脉依然是以马克思主义文艺观为指导思想的基本路径。马克思主义文论在与其他文学理论的相互撞击、融合、借鉴中,在其理论自身的不断变革中前进。坚守马克思主义文艺理论中国化的立场和观点,这是该课题研究的突出特点。

(3)改革开放以来,西方大量、多元的学术思想涌入国门,被中国文艺理论界大量借鉴,由此形成了文艺研究多视角的理论格局,中国特色的马克思主义文论就是在这样的环境中发展的。但已有的相关研究显然还缺乏对构成当代中国马克思主义文艺理论发展环境的各种条件的辩证分析和综合研究。建构当代中国的马克思主义文论话语,并不是简单地套用马克思主义理论来解释今天的文艺现象,也不仅仅是对马克思主义文论真理性的证明,而是要强调文艺研究中的中国问题和中国视角。本课题对马克思主义文艺理论史的研究,不是只停留于罗列表面现象,而是在一些理论关节点以专题的形式做深度的理论开掘,这较一般性理论史研究更为深入、更为具体。该课题设专章"中国特色社会主义文艺理论的新境界"来阐述习近平总书记的文艺论述,这是对马克思主义文艺观的新的阐释。

(4)如何在新的历史条件下正确认识文学与政治、审美的关系,这是改革开放以来文艺理论的"转型"研究中面临的理论难题。文学与政治、审美的关系是一个复杂、动态的过程,而不是一种单项的因果关系。无论是以往的文学工具论所主张的"文艺为政治服务"的观点,还是审美独立论所倡导的"文艺非政治化"的主张,都表现出一种简单化与极端化的倾向。文学既不能简单地从属于政治,做政治的奴婢,也不能脱离政治,不能打着回归所谓"纯文学"的幌子,为热衷于搞"去政治化""去思想化""去意识形态化""去价值化"的错误主张推波助澜。就文学的本性和特征而言,文学的本质与核心功能是审美的。但文学除了审美属性,还具有社会属性、文化属性、历史属性以及文学特有的语言符号属性等多种属性。审美主义文论把形式化审美和娱乐性审美视为文学的唯一功能,忽视甚至否认文学实用的、道德的等功利性价值目标,是一种片面的文学本质观。本课题对文学社会功用问题的研究,是对以往相关理论的超越。

(5)该课题坚持以辩证逻辑为基础的研究方法,注重对改革开放以来文艺理论与批评的历史地位和复杂多样的结构因素的揭示和论证。这种研究避免把各种理论的分歧和争论机械地分割开来、对立起来,单一地从某一层面、某一视角做出非此即彼的绝对性论断,而是把它们作为一个个发展的中介和环节,在总的联系中进行考察,从而形成对改革开放以来的文艺理论与批评完整而全面的把握。加强对众多理论家、批评家和学者在改革开放以来文艺理论建设的过程中发表的大量学术论著的辩证分析,确定它们之间的相互关联性和理论层次关系,找到成为普遍共识的"中国化"观点,这是中国特色社会主义文艺理论开放性、包容性的体系结构特性的必然要求。该课题的研究不再单纯强调改革开放以来文艺理论与批评研究中各种不同观点的对立和冲突,而是注意各种不同意见之间潜在的关联性,致力于消除由于时间、语境不同而产生的理论差异,从而获得对改革开放以来文艺理论与批评的本质特征和发展规律更为全面的认识。这是区别于以往相关研究的特点。

(6)在改革开放以来文艺理论与批评的发展中,由于长期以来对"现代性"的误读,特别是由于西方文论的介入与强势所导致的中国自身文论话语的"虚脱",致使中国古代文艺理论的研究愈发被置于边缘化的境地。该课题研究力求通过对"失语症""转换论""中西比较诗学""意境""新儒家诗学""古代叙事理论"以及"龙学"等中国古代文论研究重要议题的分析,通过对中国古代文艺思想中"比兴""游艺""意境""意象""滋味""天人合一""神与物游"等范畴与命题在现代学术视域中的重新清理和总结性评估,重审中国古代文论的价值取向与本体论诉求,以确立中国传统文论在改革开放以来文艺理论发展格局中的地位和作用。

(7)该课题通过对改革开放以来中国文艺批评发展基本脉络的认真

梳理,对改革开放以来文艺批评领域的几次重要论争进行了深刻反省和理性重估。这种反思和重估深刻剖析了改革开放以来中国文艺批评多热衷于对西方理论的追踪和跟进,时兴用西方的理论筛子来淘选中国的文艺作品的倾向。它们往往忽视对中国文艺发展道路和文艺实践经验的历史分析和现实阐释,甚至认为马克思主义文艺批评是"旧的模式",已经老套过时。这导致了文艺批评在市场经济背景下和新媒介环境中,出现站不稳脚跟、迷惘无措的局面,也间接地放任了文学创作的私人化、无根化、模式化,以及文学生活的拜金主义、庸俗化倾向的滋生。改革开放以来,文艺创作、文艺批评的失范与马克思主义文艺批评的缺失有着重要的内在关联。

(8)该课题对市场经济和网络时代文艺批评的特征和发展规律做了全新的概括。网络写作与网络阅读的快速发展和崛起,对整体的文艺创作、生产、传播和消费产生了重大影响,形成了全新的文艺生态,并由此产生了全媒体时代的"媒体批评观"。这种批评观以马克思主义文艺批评为主体,吸纳各种文艺批评理论中的有益思想、观点、方法,做到五个"转变":一是文艺批评更加关注意见表达的渠道,尊重接受者的主体地位和重要作用,使其从"观点的提供者"转变为"观点的引导者"。二是强化对话精神,在马克思主义文艺批评的统领下,摄取多元化批评价值取向中的一些有益原则和方法,对其进行萃取、提炼、熔铸,使其转变为一套新的符合现实要求和时代精神的批评原则和价值标准,重新建立一种新的文艺秩序。三是加强了与全媒体的对接、融合,从传统纸媒评论一花独放转变为加强电视、网络、移动媒体的评论渠道建设,实现文艺批评的多媒体、全媒体、新媒体的传播和深度融合。四是从文学评论一枝独秀转变为加强各艺术门类、各新兴文艺业态的文艺批评,对文艺门类及文艺生态进行全覆盖。五是从传统的单向度评论转变为依靠大数据的统计分析、数据分析,构建起一套高效、全面、科学的文艺评价体系,真正发挥出文艺批评固有的强大功能。

六、研究成果的主要不足及其原因

（1）由于各子课题组之间、课题组成员之间相互联系欠紧密，又受所把握问题的局限，致使各卷本、各章节在写作的思路、方法和风格上协调性和统一性不够，写作的质量也参差不齐。

（2）课题组人员多为1970年以后出生、具有博士学位的青年学者。他们对改革开放四十年的历史感受偏弱，致使其理论反思的自觉性不强，对所把握问题理论开掘的广度和深度不够。

（3）由于写作时间的零碎和仓促，有的成果对改革开放以来文艺理论与批评发展的历史线索的梳理和把握显得粗糙和简单，这限制了对问题进行深入和全面的把握与解决。

（4）课题组人员的知识储备有限，马克思主义理论素养不够深厚，致使有的成果缺乏对相关材料的准确把握，缺乏对相关理论问题论争中各种观点正误得失的辩证分析，这限制了对所研究问题进行比较完整的规律性认识。

该丛书是由笔者主持承担的国家社科基金重大项目"新时期文艺理论建设与文艺批评研究"的结项成果，是课题组全体同志集体智慧的结晶。在主编提出全书立意、体系框架、写作计划和写作要求并与各分卷执行主编商定写作提纲后，由各撰稿人分头写出初稿。书稿先由四位执行主编分卷统稿，最后由主编统一修改、加工、整合、定稿。所以，本丛书如有疏漏和失误，当由主编负责。本丛书所提出的一些观点作为一家之言，欢迎读者、同行和专家们批评指正。

该丛书撰写的分工情况：

前言：马龙潜

《转型与创新——改革开放以来中国文艺理论基本问题的进展》（第一卷）的绪论第一节至第三节：杨杰；绪论第四节：李龙、宋刚；第一章第一节:赵耀;第一章第二节至第四节:宋建林;第二章第一节:杨杰、王成功;第二章第二节至第四节:梁玉水;第三章:刘洁;第四章、第五章:李龙、宋刚;第六章、总论:李志宏。

《行进中的沉思——改革开放以来马克思主义文论中国化的历史进程与基本规律》(第二卷)的绪论、第三章第三节、第五章第二节、第六章第三节和第十一章第三节、第四节:马建辉;第一章、第二章、第四章:盖生;第三章第一节、第二节:杨厚均,硕士研究生戴黄、张梦、刘超彪为这部分内容做了材料搜集和初步整理的工作;第五章第一节、第三节和第六章第一节、第四节以及第七章:李立;第八章:郑丽平;第九章:王晓宁;第十章:王晓宁、马建辉;其他未列诸章节内容均由马建辉选文编定。

《传承与弘扬——改革开放以来中国古代文论的现代价值》(第三卷)的绪论、第一章、第五章、第八章、结语:陈士部;第二章:段吉方;第三章、第四章、第十一章:高波;第六章、第七章:袁宏;第九章、第十章:张静斐。

《文艺批评四十年——改革开放以来中国文艺批评的发展路向与价值嬗变》(第四卷)的总论、第五章、第六章、结语:饶先来;第一章、第二章:张春华;第三章、第四章:陈亚民。

该丛书是笔者于 2012 年受时任上海交通大学校长张杰院士、人文学院院长王杰教授之邀,就聘于上海交通大学人文学院特聘教授期间所承担的国家社科基金重大项目的最终成果。从项目的立项、完成到结项,该丛书得到了张杰院士、王杰教授以及上海交通大学文科建设处、山东大学文学院自始至终的关心、支持和帮助。河南人民出版社的陈智英、张继成同志为本丛书的编辑和出版付出了艰辛的劳动,谨在此一并表示衷心的感谢!

马龙潜

2018 年 7 月 12 日于山东大学文学院

目　录

绪　论
中国改革开放以来文艺理论发展进程概述

中国改革开放以来文艺理论的发展进程既与中国社会发生的巨大变化密切相关;同时,又有其自身嬗变的内在逻辑。在这个进程中,包括马克思主义文艺理论、西方文论和中国古典文论在内的诸多哲学观念、文艺思潮、学术资源一起形成了共同"在场"的状态并发生相互碰撞,以不同的方式相互影响,形成了众声喧哗的理论格局,发出了各自的声音。其中,以经典马克思主义为指导的中国马克思主义文艺理论话语体系与各种试图消解马克思主义的文论话语体系之间,始终或隐或现地发生着争鸣乃至交锋。中国改革开放以来马克思主义文论的话语体系正是在这样的过程中探索前行并不断取得进展的。

改革开放以来文艺理论发展的历史与逻辑必然性

作为反映社会意识形态的文艺及文艺理论,其发展最终是由社会存在所决定的。因此,伴随中国社会的转型,文艺理论也必然相应地发生转型。更为重要的是,中国的历史沿革与社会现实决定了文艺实践与文艺理论有着不同于西方的特点。

马克思曾形象地表述了社会这座"大厦"的复杂结构是由两个部分所组成:一是经济基础构成社会大厦的基层;二是政治结构、思想意识结构组成社会大厦的上层建筑。经济基础是由与一定的物质生产力相适应的社会关系的总和所构成的,是社会存在与发展的物质基础;上层建筑是建立在经济基础之上,由社会制度以及情感、思想、观念等因素所构成的,又可分为设施的上层建筑和观念的上层建筑。而文艺就属于观念的上层建筑,"更高地悬浮于空中的意识形态的领域"。文学艺术作为观念的上层建筑,是复杂的社会意识的一部分,可以非常明显地表现出现实社会意识的社会性质,即具有意识形态性,受制于社会经济,并与社会性质密切相关。正如有的学者所深刻指出的,一个时代的社会精神取决于那个时代的社会关系,这一点再没有比在艺术和文学历史中表现得更明显的了。文学作为观察世界的独特方式,绝不是神秘灵感的产物,而是与一个时代的"社会精神"——意识形态密切相关。然而,意识形态又是特定时间和地点产生的具体的社会关系的产物,社会关系则是由经济生产方式所决定,这是人们无法选择的。这就是说,文学艺术的产生、存在、发展与社会历史的变迁息息相关。同样,改革开放以来的文艺也伴随我国社会经济的转型而发生着转变。

改革开放以来的文艺是当代中国继新中国成立最初十七年、"文革"时期之后的第三个历史阶段,是新中国不断发展的艺术缩影。改革开放以来的文艺理论与实践伴随着改革开放带来的多方面发展,在历史的潮流中不断探索,走过了四十年的辉煌历程。它以政治、哲学观念的现代化转变与对"人"的范畴的深刻反思与重新思考为肇始,其基本特征:各种文艺思潮频繁登场、更替、相互碰撞,文艺创作多元化发展、快速嬗变。改革开放是当代中国文艺发展史上极具独特性和时代感的阶段。这其中,马克思主义文论、西方文论以及中国传统文论等诸多理论资源共同搭建了中国当代文艺理论发展进程的"场域",各种文艺创作思潮与倾向之间形成的动力交织为多层次、多维度不断碰撞的"力场",而其核心主线依然是如何坚持以马克思主义文艺观为思想指导的文艺理论发展路径。

概括地说,改革开放以来的文学艺术创作实践由复苏、反思到走向繁荣,主要有两个方面的历史契机:一是中国社会现实自身的巨大变革;二是西方各种现代、后现代文艺思潮、创作探索的涌入。当然,我们对这两个方面的划分仅仅是出于有利于将问题阐述清晰的考虑,实质上它们的关系就如同球面一般的互为表里,互相依存、不可分割。一方面,如果没有中国社会的政治、经济、文化的变革,西方文化的大量传入与广泛借鉴几乎是不可能的。另一方面,西方各种文化思潮的涌入与渗透又成为当代中国社会转型的加速器。从根本上讲,改革开放以来文学艺术的发展、演变还是社会存在与社会意识的关系问题。社会存在的变革必然决定社会意识的变化,当社会发生转型而出现各种理论难题时,必然要寻求借鉴包括西方文论在内的各种理论资源;而当人们的观念受到各种思潮影响而发生转变时,又会通过自己的言行以各种方式和途径或隐或显地对社会现实施加反作用,从而产生改变社会现实的力量。而这一切的作用与反作用,导致了从社会存在到社会意识再到社会现实的变化。最终,通过人类特有的"实践—精神"的把握世界的方式,将审美反映与审美建构相统一,在文艺中加以展现。

纵观改革开放以来的文艺发展轨迹,现实的文艺创作变化总是与理论领域观念和研究方法的转换交相呼应。文艺界的思想解放是对"文革"期间思想禁锢的颠覆与摒弃,反映了学者们积极参与改革开放以来文艺理论建构的热情和日益高涨的主体意识。一方面,文艺创作实践出现的各种新情况、新问题必然引发理论界的探索。理论界诸如对文艺"工具论"、人道主义与人性论、文艺的主体性,以及关于文艺的意识形态属性和审美特征等一系列问题的探讨组成了理论研究视角转换的主线,产生了较大的社会影响,并使之成为思想文化界关注的焦点。正是这些论争的发生与不断深化有力地推进了文艺研究的发展,为文艺创作实践破除禁区、大胆探索提供了强有力的理论支撑。另一方面,文艺创作又是各种文艺思想、文艺观念的实践层面的具体化展现,文艺创作的多样性在相当程度上是由人们对文艺基本问题理解的差异性所造成的,由此形成了创作实践众声喧哗的局面。

　　至20世纪80年代中期,以对西方文论的译介、借鉴及一波又一波的争鸣热浪为标志的西方文论接收历程促进了当代中国文艺学的新转型。当然,这种转型有其历史与逻辑的必然性。概括地说,大致有以下两个方面的原因。一是现实社会文艺实践的需求,二是文艺理论自身发展的规律。就前者而言,无论是社会生活的丰富性还是人们的思想观念、审美情趣的多样性——文艺既是五彩缤纷现实生活的生动反映与写照,又是艺术家主体看世界的"独特窗口",是艺术家的个性心灵的表现——这些都内在地要求文艺活动是多元化存在与发展的。文艺属于建立于经济基础之上的上层建筑,作为意识形态表现形式的文艺必然受制于经济基础并反映经济基础的变革,"物质生活的生产方式制约着整个社会生活、政治生活和精神生活的过程,不是人们的意识决定人们的存在,相反,是人们的社会存在决定人们的意识"①。无可辩驳的事实证明,任何历史时期的重大的社会变革都会不同程度地引起文艺形态的变化并成为文艺活动充分展现的内容。作为影响深远的具有里程碑式的改革开放,由计划经济向市场经济的转轨必然引发一系列社会问题的出现,中国改革开放的力度与深度以及所产生的巨大震荡波必然要在人类的文艺活动中激起反响。一方面,改革开放的东风焕发了人们的青春活力,人们以极大的热情

---

① 《马克思恩格斯文集》第2卷,人民出版社2009年版,第591页。

感受社会脉搏的跳动、体味人生的百味。于是，文艺在积极反映和表现改革开放带来的新气象、新局面、新形势的同时，逐渐关注社会不同阶层娱乐需求和审美享受，以不同题材、不同情趣、不同风格、不同形式繁荣着社会主义文艺事业。另一方面，社会的激烈变革必然带来各种新形势、新问题的出现，文艺领域的转变也迫使文艺理论做出应答，面对这种多元化的文艺创作实践，以往的文艺理论表述是难以应对的。而中国传统文论时过境迁，与现实有相当大的距离。因此，理论工作者自然而然地就将探寻目光投向了以西方为代表的全世界，寻求各种新理论作为支撑。就文艺理论自身发展的规律而言，一种理论若要生存与发展，必然要具备与时俱进的理论品格，否则一定会被历史无情抛弃。改革开放以来的中国文艺理论研究也面临着与时俱进的问题。这里所讲的与时俱进的理论品格是指两个方面的含义：一是指某种理论必须不断地在诸多学科理论的发展中通过"分化—综合"的双向互动，使自身汲取相关领域理论的新成果，以丰富、充实自己；二是指理论应该紧扣时代发展的节奏，也就是说，如果一个理论不能关注现实社会的发展，不能应对与解答现实社会中出现的各种新问题，只是闭门造车式的、"空对空"的自言自说，那么，这种理论迟早会因丧失现实根基而枯萎消亡。改革开放的中国是不同于其他任何国家的，中国的改革开放时期也是不同于其他历史时期的，面对日新月异的世界，面对信息化时代，面对"地球村"般的文化密集交流，不仅东西文化在碰撞，古今文化也在交会，过去已有的观念与理论在现实社会面前表现出从未有过的无奈与乏力，尤其是21世纪以来伴随经济全球化步伐的急剧加快和我国成功加入WTO，西方文化的大量涌入对我国文化构成强有力的挑战，而中国传统的文艺理论不足以应对现代信息时代、传媒时代的多元化并置格局的文艺实践，于是，中国学者必然向已经是现代、后现代的西方社会寻求各式各样的理论学说来解答中国的现实问题。以上两种原因成为改革开放以来西方文论在中国被广泛译介的必然，但是，西方文论只是开阔视野、丰富研究方法的有益滋养，而非膜拜的最高标尺，否则必然步入歧途。

由此可见，改革开放以来文艺理论的历次转型都是社会历史发展的必然结果。

第二节
改革开放以来文艺理论发展的主要阶段

改革开放以来文艺理论的发展呈现为几个特征鲜明的阶段,主要有:"文革"后的反思时期(1978—1984 年)、分化与整合时期(1985—1995 年)、理论自觉时期(1995 年至今)。

一、"文革"后的反思时期(1978—1984 年)

"文革"结束以后,中共十一届三中全会于 1978 年 12 月隆重举行。这次具有里程碑式的会议标志着两个历史阶段的转折——"文革"的结束与改革开放的开端,其影响与意义深远。首先,从思想领域展现了全新的思维模式。会议高度肯定与评价"实践是检验真理的唯一标准"这一命题的科学性与重要性,正本清源,重新回归马克思主义实事求是的应有道路,确定了"解放思想、开动脑筋、实事求是、团结一致向前看"的指导方针。其次,会议调整了党的政治路线,全面实施改革开放政策,党和国家的工作重心发生根本性转移,从"文革"时期的"以阶级斗争为纲"转向以社会主义经济建设为中心。

改革开放政策为文艺的繁荣发展提供了有利条件。一方面,理论界正本清源,重新倡导文艺的"双百"方针,旗帜鲜明地提倡文艺创作的"不同形式和风格的自由发展,在艺术理论上提倡不同观点和学派的自由讨论",明确规定对文艺的"行政命令必须废止",更不允许"横加干涉"文艺实践活动,在政策上为文艺创作实践的多元化发展提供了广阔的空间。另一方面,文艺又成为拨乱反正和思想解放的急先锋。具有不同历史背景的多支艺术家队伍汇成了多元化的创作大军,无论是在题材内容上还是艺术表现形式与风格上,都呈现出百花齐放、百家争鸣的发展态势,仅就文学创作领域而言,朦胧诗、意识流小说、心态小说和风俗画小说等纷纷登上了中国文坛,这是改革开放之前的"文革"时期所无法比拟的。

这次转型集中表现为"去苏联化文艺模式",探寻具有中国特色的社会主义文艺道路。由于中国特定的国情和历史状况,中国革命与苏联在诸多方面存在紧密关系。在文艺发展中也相当多地呈现出借鉴甚至"克隆"苏联文艺研究模式的现象,这种局面直到改革开放以来才被逐步打破。

中国夺取政权的革命历程与苏联有着某种相似性,两党的密切关系使双方在意识形态方面具有高度的一致性,作为这种革命历程产物的文艺也就具有了相似性。自"阿芙乐尔"号巡洋舰的一声炮响,苏维埃政权始终处于暴风骤雨之中,国际帝国主义围困并勾结国内反动势力不断武装干涉,妄图颠覆尚处于摇篮之中的苏维埃新政权,"战时共产主义"经济政策是当时特定历史时期的表现。1941年德国法西斯的入侵又将苏联卷入第二次世界大战的硝烟战火之中。由苏俄到苏联的革命历程充满了坎坷,这就使得苏联文艺在苏共领导下遵循了列宁提出的文学党性原则,列宁的《党的组织和党的出版物》为文艺政治性属性提供了理论依据,他说:"写作是也应当成为无产阶级总的事业的一部分,成为……一部巨大的社会民主主义机器的'齿轮和螺丝钉'。写作是也应当成为社会民主党有组织、有计划、统一的党的工作的一个组成部分。"①列宁明确提出文艺应为无产阶级事业服务,文艺事业要接受共产党的领导,并在党的文艺政策下有组织地开展活动。"拉普"文学就是典型代表。它在阶级斗争十分激烈的复杂环境中坚定地站在无产阶级立场上,为革命斗争呐喊。但同时,其不足也是明显的,过于强调政治对文艺的干预性,甚至错误地提出"辩证唯物主义的创作方法",简单化地将马克思主义哲学移植到文艺活动中。这种庸俗社会学观念、行政命令干预等错误做法严重

---

① 《列宁全集》第1卷,人民出版社1984年版,第379页。

制约了苏联文艺的健康发展。其局限性传播到中国并对中国文坛造成了深刻的影响。

中国现代历史是在尖锐的民族斗争和阶级对立中度过的。尽管五四运动带来了思想意识的多元化，但这些并不能解决中国所面临的种种危机，尤其是民族存亡的危机。历史选择了马克思主义与中国实际相结合的毛泽东思想成为中国革命的思想武器，而苏联革命的胜利自然成为中国革命的指航灯和典范，中国文艺活动赖以生存的土壤注定了具有苏联模式的深刻印记。自"五四"新文化运动揭开现代历史的帷幕，民族救亡始终是中国社会发展的主旋律。1917年2月，陈独秀在《文学革命论》中响亮地倡导"文学革命"："今欲革新政治，势不得不革新盘踞于运用此政治者精神界之文学。"①20世纪20年代，郭沫若就高举"革命文学"的旗帜，在《文艺家的觉悟》里说："我们只得暂时牺牲了自己的个性和自由去为大众人的个性和自由请命了。""我们现在是应该觉悟的时候了！我们既要从事于文艺，那就应该把时代的精神和自己的态度拿稳。"②"文研会"倡导"为人生的艺术"。他们认为，在斗争中的无产阶级政党建设应该逐渐趋向完善，文艺工作也被纳入整个政党组织体系，如当时太阳社的全体成员都是中共党员，创造社中很多成员也是中共党员。马克思主义成为革命文学的思想核心，统领了进步文艺社团并逐步在文化思想领域取得了话语权。创造社、太阳社重组成立"左联"，继续张扬革命文学、宣传马克思主义文艺理论、倡导"文艺是生活战斗的表现"，文艺的发展都与时代脉搏的跳动相一致。至抗日战争全面爆发，抗日救亡运动成为民族危机下的首要历史任务，全国各阶层人们同仇敌忾，纷纷成立了各种抗日文艺协会，以往的宗派、门户之争与文学观念的分歧在民族危亡的现实面前潜藏、淡化，社会各界统统服从于抗日这个最高原则。作为文艺创作与文艺研究的主旋律理应与祖国的命运、民族的疾苦同呼吸共命运。因此，文艺也就义不容辞地承担起鼓舞士气、组织民众投身民族解放运动的

---

① 陈独秀：《文学革命论》，《新青年》第2卷第6号。
② 郭沫若：《文艺家的觉悟》，见《郭沫若全集》第16卷，人民文学出版社1989年版，第31页。

重任。一方面,文艺关注社会现实,充分地发挥了文艺的社会意识功能;另一方面,政治也就不可避免地在一定程度上影响甚至决定了文艺活动的性质和特征。对此,有学者这样总结:"抗日战争的文学影响则是在主动意识的追求下,呈现出一种全局的、整体的且具有深广度和主导性的理论面貌。当然,这一方面与战争的规模、性质、惨烈程度相关,但更重要的是战时社会的迫切需求导引着文学的走向,而文学也积极地回应了战争和社会的需要。"①至1942年的延安文艺座谈会,毛泽东明确提出了文艺要成为"团结人民、教育人民、打击敌人、消灭敌人的有力武器"。毛泽东已经非常明确地意识到,应该"对文化人、知识分子采取欢迎的态度,懂得他们的重要性,没有这一部分人就不能成事。斯大林在联共第十八次代表大会上把这个问题当作理论问题来讲的。任何一个阶级都要用这样的一批文化人来做事情,地主阶级、资产阶级、无产阶级都一样,要有为他们使用的知识分子"②。可见,通过对知识分子的重视与引导来建立无产阶级需要的知识分子已经成为迫切的历史任务。另一方面,随着与苏共的兄弟般的密切的交往,苏联文艺意识形态特征也明显地影响到了中国。譬如当时的左联执委会在1930年8月的决议中就提出让"中国无产阶级文学运动成为整个解放斗争的一个分野","在革命前夜以至夺取政权过后,扩大和巩固革命的苏维埃政权的胜利"③。

鉴于上述情况,新中国现代文艺理论的发展有其由特定历史条件所决定的特殊性——这是客观情况,那就是自20世纪40年代始一直到"文革"结束的几十年间,受当时历史条件的限制和带有浓厚苏俄印记的马克思主义文艺观的影响,文艺以及文艺理论与同时代社会历史发展现实密切相连,文艺创作与文艺研究更多地强调关注文艺与社会、文艺与政治之间的关系。新中国成立后,出于巩固民主政权、鼓足干劲建设社会主义的目的,文艺完全被纳入执政党政治路线的贯彻和意识形态的建设中,继续延续了以往与社会状况紧密相连的传统。"十七年"文学理论的核心

---

① 朱玉智:《抗战爆发与文学观的变移》,《重庆师范大学学报(哲学社会科学版)》2006年第4期。
② 《毛泽东文集》第2卷,人民出版社1993年版,第432页。
③ 左联执委会:《无产阶级文学运动新的情势及我们的任务》,《文化斗争》1930年第1卷第1期。

明显地呈现为"文艺为政治服务",文学家的心声便是当时状况的典型写照:"诗和社会主义是密切相联的,诗和社会主义是同义语。有社会主义的地方就有诗。"①不可否认,当时的文艺界对党、对社会主义祖国的歌颂是发自内心的。

　　同时,苏联文艺研究模式也在"学习苏联老大哥"的热情中被机械地移植和照搬到中国,深刻地影响到当代中国文艺学的发展,特别是留有当时"阶级斗争"的印记,如蔡特金就认为:"文艺学者的任务,不仅是记述种种方法的体系,而是在于规定那些阶级的根源与文艺学方法论战线中阶级斗争的历史。"②毫无疑问,当中国学习苏联文艺学理论时,这些思想作为当时理论界观察和处理文艺问题的基本理论视角而进入我们自己编写的文艺理论教科书,进而影响到一代又一代的后继者。正如前面所述,苏联模式的文艺学也是特定历史条件下的产物。同时,他们对马克思主义经典论著的理解也是"苏联式"的,一定程度上存在着简单化、模式化、教条主义的僵硬理解,没有正确认识到作为世界观和方法论相统一的马克思主义哲学与作为具体学科的文艺学之间的辩证关系,将马克思主义哲学直接移植到文艺学研究中,以至于出现了以马克思主义哲学代替文艺学研究的弊端。例如将文艺与科学的区别仅仅归结为反映方式的不同。

　　"苏联模式"文艺研究另一个较为明显的不足在于以行政命令方式干涉文艺活动,使得文艺活动成为"图解政策"式的"时代传声筒",在一定程度上存在着忽视文艺自身规律的倾向。表现在文艺理论研究方面,则是较为强调文艺与外部社会生活的关系——诸如文艺对现实社会的反映与反作用,而对文艺自身的规律相对重视不够。同时,在文艺与外部社会生活的关系研究方面,又表现出偏重客观世界而忽视主体能动性的偏颇,文艺主体在文艺创作实践活动中的审美心理机制问题研究就更是"唯心主义的禁区"。政治对文艺的过度干预也不可避免地出现了负面

---

①　袁水拍:《诗论集》,作家出版社1958年版,第22页。
②　［德］蔡特金:《文艺学方法论》,任白涛译,北新书局1950年版,第5页。

影响,在某种程度上为文艺"左"倾路线大行其道埋下了种子,至"文革"时期将其推向极致,成为文艺健康发展的严重阻碍,使文艺明显偏离了应有的发展轨道。如果说,延安文艺座谈会讲话精神在新中国成立后17年的文艺发展历程中还能沿着基本正确的路线前进的话,那么,至"文革"时期,文艺发展便受到严重阻碍,文艺批评由"政治标准第一"演变为"政治标准唯一",将文艺与政治的关系做简单化、教条化理解,狭隘地认为文艺为政治服务就是要配合某时、某地的中心工作和某个具体的政策而进行宣传,把文艺仅仅视作政治宣传的工具,甚至将文艺与政治之间画上等号,严重妨碍文艺的多元化发展,使之模式化、程序化和概念化,使文艺成为图解政策的"传声筒"。这种文艺观念与现实社会生活的丰富多彩极不相称,使文艺创作与文艺理论呈现为单一性的特点:仅强调文艺对现实生活的反映而相对忽视文艺对创作主体情感的表现;仅凸显文艺的社会政治性维度而相对忽视文艺的审美娱乐作用;仅关注对文艺与外部社会之间关系的探讨而相对忽视文艺自身规律的研究;仅张扬文艺内容因素的决定作用而相对淡化艺术形式的特征;仅推崇文艺研究的"社会—历史"方法而贬低甚至排斥其他文艺研究的视角与方法。如此等等,都从不同的方面折射出文艺理论单极化发展的局限性。

在这种情况下,文艺只能将哲学上物质与意识关系的理论套用到文艺与社会生活关系的研究中,难以将文艺研究推向深化。正是在这历史选择关口,伴随着改革开放春风的到来,文艺迎来了百花齐放、百家争鸣的春天。其中,文艺研究由苏联模式向西方文论的转向就成为历史与逻辑的自然,这对中国当代形态文艺学的建构具有一定的积极意义。

二、分化与整合时期(1985—1995年)

自1978年十一届三中全会拨乱反正之后,文艺界逐步走出"文革"时期的阴影,由清除"文革"对文艺造成的诸多束缚枷锁的"破",转向借助不同的理论滋养寻求"立"的途径。这其中,由于学者们探寻的理论学派与研究方法的差异,当然,更为深层次的是文艺观的不同,出现了研究途径、研究思路与研究结果大相分化的现象。同时,许多学者也渐渐发现,自身理论方法的局限性与问题域的狭窄常常会导致研究结论的偏差。于是,试图借鉴不同理论、不同方法,实现兼容并蓄、综合互补以共同推进当代中国文艺研究进程。

随着时间的推移,党的十一届三中全会如春雨一般滋润着百废待兴、百业待举的中国大地,各行各业伴随思想观念的转变而逐步萌生出一片片绿荫,书写着“春天故事”的长卷。改革开放以来“解放思想,实事求是”方针的确立以及“实践是检验真理的唯一标准”的大讨论,使人们禁锢已久的、几近僵化的、封闭的思想观念获得了空前解放。改革开放政策为我们打开了国门,人们再次有机会放眼看世界,这为西方的各种近现代乃至后现代的哲学观念、政治思潮、文艺理论漂洋过海来到东方文明古国,与中国固有的传统观念、传统文化发生激烈碰撞、融合提供了现实的历史平台。于是,人们一方面反思新中国成立后,尤其是“文革”中极左错误思潮对包括文艺理论在内的各项事业造成的错误影响,另一方面又在积极地译介、如饥似渴地汲取、近乎机械而生硬地套用西方的各种理论学说以期解决中国社会现实中存在的和正在发生的各种问题,由此揭开了改革开放以来西方文论西学东渐历程的帷幕。当然,中国文论界在这一进程中取得了宝贵的经验。尤其值得肯定的是,在西方文论中国化与中国文论现代化进程的关系中,中国学者日益增强的由“化—中国”模式到“中国—化”意识的发展态势。

改革开放的新形势为我国文艺理论的复苏与走向多元化发展轨道提供了有利契机与现实可能,“解放思想,实事求是”方针的确立以及“实践是检验真理的唯一标准”的大讨论扭转了整个中国社会的思想观念,打破了长期禁锢人们思想解放的坚冰。人们以高扬的热情、开放的心态、活跃的思维投身到改革开放以来文艺理论的构建中,一方面反思“文革”极左思想路线对文艺领域造成的巨大负面影响;另一方面又如“五四”时期寻求救国救民的真理一样满怀对新思想、新观念、新知识、新方法的渴望与憧憬,将求知的目光转向西方,以求它山之石来攻中国之玉,“方法论年"与"观念年"的相继到来恰恰是极好的印证。一时间,在西方历时近百年的各种哲学思潮、文艺理论、美学思想纷纷漂洋过海而登上中国的理论舞台,文艺学研究初步形成了众声喧哗的局面,过去一元化的思想主导逐渐被多元化的阐释所替代,在极大丰富中国文艺理论研究、有力推动文艺学发展的同时,也不可避免地带来了一定的副作用。

这一阶段翻译出版了西方近百年来的各种研究方法的书籍,数量之多可谓铺天盖地。中国学者尝试借鉴、运用各种西方文艺理论研究方法的成果如雨后春笋般登上改革开放以来文艺研究的历史舞台,以至于形成学界所称的"方法论年"。与此密切相连,人们的文艺观念也突破了过去一元化的束缚而走向多元化的广阔空间,并以各自的观念试图重新阐释文艺的本质规律和文艺实践活动。这种局面在 1986 年表现得尤为突出,学界将其称作"观念年"。"方法论年"和"观念年"的出现,都是文艺理论思路和方法发生转型的表现。

受到西方文论影响的新观念、新方法不断冲击着长期受到禁锢而渴望"营养"的中国学者,在西方陆续上演百年的各种理论几乎同时进入中国学者的视野。从 20 世纪 70 年代末 80 年代初开始,逐步形成了以对西方当代主流文艺理论的移植为主要模式的中国文艺学研究。其中,既有形式主义、新批评、符号学、语义学、结构主义文论等科学主义的文艺理论流派,也有表现主义、直觉主义、精神分析学文论、存在主义文论、现象学、接受文艺学等人文主义的文艺理论流派。新术语、新方法、新观念纷纷登场,大大活跃了文论界的思维,开阔了研究视野。文论界围绕形象思维论、人道主义与人性论、典型形象理论、文学主体性理论、文体革命论、"新感性"论、纯审美论等诸多问题对文艺本质的界说展开较为自由的论争。尽管在"方法论年"和"观念年"过程中难免有机械照搬、生吞活剥等不足,但必须客观地充分肯定其积极意义和现实价值。西方文艺观念与研究方法对改革开放以来文艺理论的启迪与借鉴作用是不容忽视的。

当然,学者们一方面在积极肯定文艺学研究者的方法论意识的重要性,努力学习、借鉴、尝试运用西方的各种文艺理论及其研究方法,另一方面又对各种文艺观念与研究方法本身进行理论探讨和反思。1985 年在扬州召开了"文艺学与方法论问题学术讨论会",会上大家畅所欲言,有的学者对文学研究引进、移植系统论、控制论、信息论等科学方法问题持积极肯定态度,有的持审慎的态度,还有的持基本否定态度。他们对新方法与传统方法、马克思主义哲学的关系问题以及文艺学方法论的层次和体系问题进行了热烈讨论。①周宪就文学研究方法的几个问题作出了初步探讨,包括文学科学的方法体系、文学科学的研究对象和研究方法、关于外部科学方法"移植"的问题以及方法与概念和结论的关系问题,并归纳出了文学科学研究方法的几个趋势②;刘纲纪在《中西美学比较方法论的几个问题》一文中提出了历史的方法、辩证的方法与逻辑的方法在文学研究中的重要性;杨曾宪对几种常见的研究方法的局限性进行了归纳,认为作为"规定型""描述型"科学理论基础的单纯的归纳演绎法,其结论具有明显的局限,很容易被例证所推翻,而从具体事物客观的因果联结中寻找根据的"解释型"方法,只能使民族化问题研究停留在对事物运动的线性因果链条的分解上,这就要求我们尽可能触及多变量的非线性函数关系,向整体上升,进行系统考察和系统研究③;陈晋、张筱强将改革开放以来文艺研究的特点归纳为"综合化与整体化""方法的科学化""开放性与多样性",进而讨论了几种主要的研究方法,包括系统论、信息论、控制论、结构主义文艺批评、文艺心理学、接受文艺学等研究方法。④

有的学者对文艺研究的某种具体方法进行了论述。周宪撰文探讨了文艺心理学问题,他认为,创作心理学、作品分析心理学和欣赏心理学三部分构成了完整的文艺心理学体系,而每个组成部分又有其独特的研究范畴;文艺心理学的核心是审美特性,因此,当我们对各类艺术进行探讨时,应牢牢把握住审美性问题来揭示文艺的本质特征,切不可把文艺现象当作心理学研究的特例。因此,文艺研究所采用的方法就要注意把心理学方法与传统的文艺研究方法相结合,在"社会—审美—心理"的相互关

---

① 参见钱竞:《欲穷千里目,更上一层楼:记扬州文艺学与方法论问题学术讨论会》,《文学评论》1985年第4期。
② 参见周宪:《关于文学研究方法几个问题的思考》,《学习与探索》1985年第6期。
③ 参见杨曾宪:《艺术民族化研究中的方法论问题试探》,《当代文艺思潮》1985年第1期。
④ 参见陈晋、张筱强:《近年来文艺学研究中六种方法的探讨概述》,《文艺理论研究》1985年第3期。

联中研究文艺的心理学规律,而不是忽视或背离文艺的审美本质①。陈涌以钱学森的关于艺术思维问题的谈话为引题,阐述了文艺活动中形象思维的独特性以及在思维科学中的重要性;赞同钱学森提出的具有积极启发价值的观点,即要站在整个思维科学的高度审视形象思维问题,而不是仅仅将其当作文学艺术领域的问题;形象思维问题的解决会成为整个思维科学的"突破口"。他同时指出,文艺所具有的自身特殊性在于它是以特有的方式与世界发生联系,以它特有的不同于抽象思维的方式——形象思维——掌握世界,文艺的一切重大问题都直接与艺术的掌握方式相联系,与形象思维问题相联系;但过去很长一个时期,我们的文艺理论工作对文艺的特殊矛盾、特殊规律研究得很少,将其特性长期停留在"文艺是生活的形象的反映"这个最一般的观念层次上②。有的学者进一步将文艺的本质特征界定为情感与形象的统一体——"意象",认为构成艺术的根本特征的因素必从人和自然这两个矛盾方面进行仔细的分析,艺术的根本特征不是形象,也不是情意(情感),而是两者的结合体——意象,艺术世界的种种矛盾都与意象二相性、二重性有关。刘再复从四个方面肯定了改革开放以来文艺研究的新面貌,认为大批文学研究工作者立足于建设,表现出一种积极的文化性格和从破到立的总趋向,同时,他指出,文学研究表现出四个发展态势:一是由外到内,即由着重考察文学的外部规律向深入研究文学的内在规律转移。二是由一到多,即由单一的、单纯从哲学的认识论或政治的阶级论角度来观察文学现象转变为从文艺学、心理学、伦理学、历史学、人类学、精神现象学等多种角度来观察文学,把文学作品看作复杂的、丰富的人生整体展示。这样,就用有机整体观念代替了机械整体观念,用多向的、多维联系的思维代替单向的、线性因果联系的思维。三是由微观分析到宏观综合,即由孤立地针对一个作品、一个作家或一个命题进行思考、分析转变为从联系的、整体的观点进行系统

---

① 参见周宪:《关于文艺心理学研究的几个问题——兼评我国当前的文艺心理学研究》,《当代文艺思潮》1985 年第 2 期。
② 参见陈涌:《思维科学的"突破口"——读钱学森同志的谈话想到的》,《文艺研究》1985 年第 3 期。

的宏观综合。四是由封闭体系到开放体系。① 有的学者面对现代科学技术的飞速发展，探讨了文艺研究与科学方法借鉴之间的关系。刘青峰、邱仁宗认为，人文科学研究同样需要培养科学精神，以此改变包括文艺在内的整个中国社会科学研究的落后面貌。具体到文学研究，固然"文学即人学"，然而，以人为研究对象不仅仅局限于文学，其他的自然科学和社会科学都有以人为研究对象并取得骄人成果，或许这些成果可以成为文学对人的理解与表现的有益借鉴，因此，要用现代科学的认识论成果对文艺概念、文艺观念、文艺思维方式等作出反思、批判和变革。有的学者从自然科学视角重新赋予文艺以新的本质规定，认为由于当代新的科学技术理论和方法渗入，带动了文艺学、艺术理论的研究，艺术就具有了人类社会的反馈信息之一的本质。有的学者认为当我们把艺术想象为人类的一种通信系统进行研究时，即可以把艺术现象作为一种语言和符号现象来进行研究。有的学者提出方法论运用的"移植法"，认为文艺作品及其构成因素作为一个符合系统的研究需要多种方法，"移植法"可以有效地解决某个过去争执不休或难以攻克的具体问题，而作者、作品与读者这三者之间又具有通信、反馈、控制等功能和机制，因此，借鉴、改造、运用系统论、信息论、控制论、分析方法、结构分析方法、心理分析方法、比较分析方法以及符号学方法等其他领域的新方法布局完全可能，而且是必要的；况且，"移植法"可以强有力地突破原有研究方法的局限性，进而达到解决文艺学问题的目的；尽管"移植法"在文艺研究中的运用尚处于尝试阶段，但已经使我们的研究有了新的生气与活力；当然在运用中也出现了生吞活剥、晦涩难懂等缺陷问题。有的学者认为新方法论主要是指系统论、控制论和信息论等自然科学研究方法，以此借鉴、丰富文艺学研究的方法。有的学者从文艺研究运用系统论的必要性与必然性、怎样把系统方法运用于文艺研究、运用系统论研究文艺课题的实绩等方面对系统论与文艺学关系做了专题研究。有的学者认为文艺研究应该在辩证唯物主义指导下，采用某些现代自然科学理论、概念和方法，用有机整体观念代替

---

　① 参见刘再复：《文学研究思维空间的拓展》，《文艺研究》1985年第4期。

机械整体观念,用多向的、多维联系的思维代替单向的、线性因果联系的思维,用动态分析与静态分析的结合将艺术魅力作为一个系统来研究,认为这是对艺术魅力的新的探寻。林兴宅所编著的《艺术魅力的探寻》新意迭出,给人以启发和教益。作者认为,艺术本质的完整概念应是审美认识、审美评价、审美表现的统一体,它类似于一个三维的立体结构,所以它在运动中,就必然产生三种方向不同的力。这种"力"在具体的作品中表现为三种审美趣味形态,即谐趣、意趣和情趣。这就是艺术魅力的深层结构。而艺术魅力就是文艺作品的意趣、情趣和谐趣的深层结构衍生出来的复杂功能体系所激发的综合美感效应。

与此相反,有的学者质疑自然科学方法论在文艺研究中的有效性,认为艺术属于情感的领域,是无法用科学的认识方法来把握的;这种运用是对系统科学方法论的一种误解,系统思维和艺术思维具有方法、目标上的同一性,文艺学的研究对象具有很强的特殊性,从学科的整体意义上来看,建立一门严密的、精确的、客观的、规范的文艺科学是不切实际的。

经过激烈的方法论探讨,学者们趋向冷静,并对前期的论争进行较为客观的反思,陈辽在《打开了文艺评论研究的新天地——一年来现代方法论在文艺领域内的运用述评》一文中做了系统的梳理,他认为,所谓现代方法论,指的主要是出现在西方 20 世纪初至 20 世纪 90 年代的种种方法论,它们大致可以区分为三个层次:第一个层次,也是方法论中的最高层次,是作为哲学的方法论;第二个层次是作为科学的一般的方法论,如系统论、信息论、控制论、模糊数学的方法论等;第三个层次是具体的方法论,如比较文学的方法论,符号学和语义学的方法论,结构主义的、形式主义的方法论,历史研究、综合研究的方法论,等等。从一年来我国文艺理论研究工作者运用现代方法论的情况看,大家注意到现代方法论的这三个层次,还没有哪一个评论家、研究家运用唯心主义的、主观的、先验的哲学方法论来研究文艺问题,只有皮亚杰的发生认识论曾被用来研究文艺欣赏问题;第二层次的科学的一般的方法论,则被较多地运用,出现了一系列用"三论"(系统论、信息论、控制论)研究文艺问题的文章,用模糊数学的方法研究文艺创作和文学语言的文章也不少;至于第三层次的具体的方法论,我国文艺理论研究工作者也不是无批判地一概搬用,而是根据其使用价值的大小、科学价值的高低,分别采取不同的态度。尤其难得的是,一年来我国文艺理论研究工作者在运用现代方法论时表现出了很大的创造性,譬如,在了解、学习有关"三论"的基本知识后,将"三论"用于研究文艺领域内的问题,而且运用得颇为成功,与某些西方学者孤立地、片面地运用某种现代方法论的不同之处在于,我国文艺理论研究工作者在运用现代方法论时常常依据玻尔的"互补原理",同时运用或交替运用多种研究方法,从而避免了或减少了单独运用某种方法论研究问题的片面性;与西方某些学者只是为了炫耀自己的学识而运用某种方法论不同,我们的文艺理论研究工作者则是为了解决文艺创作、文艺工作中的实际问题而运用现代方法论。但也还存在着一些问题,有待今后纠正和解决,这主要表现为:一是怎样使现代方法论的运用实现民族化、群众化的问题。二是目前运用现代方法论研究文艺问题还存在着几个不平衡。这表现在,运用"三论"研究文艺问题的多,运用比较文学的方法论研究作家作品的多,其他的现代方法论还很少被吸收、采用,以致给人们造成了这样一种错觉,似乎运用现代方法论研究文艺问题就是运用"三论"和比较文学的方法论。三是不少文章未能把现代方法论的运用与传统方法论的运用很好地结合起来。四是还没有把现代方法论的运用和学派的建立结合起来,所以影响还比较小,对我国文艺事业的促进还不是十分明显。有的学者从哲学的"一元"与"多元"深层探讨了方法论之间的关系,认为系统的、科学的方法的探索与运用应当以马克思主义的基本原理为指导,如果离开了辩证唯物主义的本体论和认识论、历史唯物主义、马克思主义的具体分析的原则的指导,新方法的运用就有可能陷入偏颇。新方法的探索还应紧紧依靠新的实践,以实践为基础,接受实践结果的检验,防止经院哲学式的做法。

三、理论自觉时期(1995 年至今)

新世纪到来之前的几年,中国社会现实中出现了不同于改革开放之初的新形势。面对文艺发展的新情况、新问题,各种后现代主义文艺思潮及时地被译介到中国,无论是文艺研究还是文艺创作,都呈现出与改革开放初期有所不同的鲜明特征。社会转型的现实决定了人们的思想转变,由此改变了人们的文艺观念。改革开放以来,由计划经济向市场经济的转型框架在 20 世纪 80 年代末 90 年代初基本形成,文艺也一改过去的计划经济下的运行模式而被改换成市场经济的运行模式,由此带来了从文艺观、文艺理论到文艺创作的系列变化。

经过十余年改革开放政策的实施,人们逐渐由小心尝试、探索的心态转型到积极接纳和大胆践行,反映出市场经济在中国的稳步确立带来的观念、情趣、心态以及娱乐方式的转变轨迹。这些都直接影响乃至左右着文学艺术实践,决定了人们对文艺的再认识以及理论重构的可能性与必要性。以往,文艺总是为神圣的光环所笼罩而远离"铜臭味",但是,市场经济无情地将"自命不凡"的文艺从政府的呵护与财政支撑下抛向改革的风口浪尖,使作家不得不"自谋生路"而"飞入寻常百姓家"。于是,通俗性、娱乐性、消遣性、大众化成为这一时期文艺的基本特点,一向被视为难登大雅之堂的通俗文化逐渐向精英文化、主流文化渗透而使后者蕴含几多世俗化的色彩。市场经济下的文艺走向日常社会生活而与经济结盟联姻,蜂拥而起的"文化搭台,经济唱戏"就是极好的写照。如果说之前的文艺活动论、反映论、意识形态理论较为重视文艺与社会之间的外部关系问题的探索,那么,艺术生产论则更富有时代感地揭示了文艺在当今中国市场经济下的运行特点和规律,更有说服力地阐释了当前文艺实践独特现象的根本原因。因为,艺术生产理论可以较为充分地揭示文艺作为特殊的精神产品而具有的商业驱动力,可以表现出这种状态下艺术生产、艺术传播与受众之间的生产与消费的辩证关系。由此,便于我们剖析当前文艺创作实践中存在的理想破灭、道德沦丧、价值消解、深度填平、秩序颠覆等不良倾向的深层根源并找到纠偏的途径和方法。

就文艺理论研究发展方面看,"文革"后对中国文艺的反思与对西方理论的借鉴的不断深入,使学者们认识到学科理论体系建设的重要性与迫切性。于是,学者们开始依据各自的研究观念与研究方法建构出不同的理论体系。其中,全球化格局中的跨文化文艺研究就是其中影响较大的理论流派。

伴随着世界全球化步伐的不断加快,"地球村"已成为对不同国别、不同地域、不同人种、不同领域间便捷、频繁交往局面的形象概括。全球化浪潮席卷了社会生活的方方面面,包含了经济的全球化、金融资本运营的全球化、网络的全球化、媒介的全球化、信息的全球化、文化的全球化,等等。当然,不同领域的全球化进程是交互渗透、相辅相成、相得益彰、互相促进、共同发展的。全球化趋势是历史嬗变的必然选择,跨文化交流的发展深刻地影响到包括文艺活动在内的社会文化领域的进程。

全球化格局中的文化发展具有独特的态势和鲜明的特征。当今世界全球化的发展态势为文化交流提供了有力的平台支撑,使得跨文化研究成为无法阻挡的客观现实。受此深刻影响,当代中国文化也相应发生转型,表现出不同于以往时代的鲜明特征。

西方的文化研究大约兴起于 20 世纪中叶,尤以英国、德国、美国等国为代表。在英国,伯明翰大学的当代文化研究中心是其中坚力量。他们旗帜鲜明地提出,文化研究的宗旨就是要关注以往被精英文化所忽视甚至漠视的社会下层、底层的文化,并通过对主流文化之外的亚文化的张扬来实现以边缘化对抗中心化、以亚文化制衡主流文化、以多元化消解一元化,从而实现诸多文化的多元发展的目的。成立时间稍早的德国新马克思主义阵营——法兰克福社会学研究所更是关注大众文化。他们对大众文化的审视与其社会批判理论对资本主义社会的异化的批判精神是一脉相承的。他们认为,正是大众文化制造的虚假幻象使人变成"拜物教"的奴隶,成为社会政治、经济等社会制度的牺牲品,成为产品消费控制下的附庸,人异化为"单向度"的"平面人"。美国的文化研究在更为宽广的视域下展开,他们将理论探头伸向了社会生活的各个角落,阶级、性别、种族、权力、话语等都成为研究关注的对象,美国的文化研究较为鲜明地表现出跨学科、多学科的特点。

西方文化研究模式能够在中国传播并得到接受,有其历史的必然性。改革开放以来,我国以经济建设为中心的国策极大地促进了国民经济的长足发展,以往的计划经济开始向市场经济运行模式过渡并逐步成为主导模式,市场经济观念日渐得以巩固,并且扩散、弥漫到文化领域,这种政治、经济、文化氛围为国际化交流提供了有利的平台。同时,西方文化产业的输入也促进了这一文化经济化的潮流;“文化搭台,经济唱戏”战略的实施又将经济与文化密切结合起来,这一切都为西方文化的传入提供了现实的可能性与契机。至20世纪90年代,西方的文化产业传入中国并产生明显影响。借鉴西方文化产业的运行模式,我国的文化与经济进一步加强联姻,从而使文化纳入了经济运行的轨道,文化由此染有浓厚的经济色彩。

西方文化产业的成功为我国的文化发展提供了可资借鉴的典范,促使中国文化在近年表现出多元化、产业化、互动化的特征。多元化是指文化构成的多元化、内容的多元化、呈现形态的多元化。伴随着改革开放的到来,“文革”时代的一元化的思想对社会政治、经济、文化的禁锢局面被打破,国门敞开,西学东渐,在这个处于急剧变革的中国“文化场”中,西方各种政治思想、哲学思潮、文化观念与中国固有的几千年传统文明与价值体系进行了交会、碰撞、融合,这些来自不同方面的因素共同汇成当下中国的文化。于是,有人接受西方不同的理论学派观点并以此为思想原则指导各自的文化创作,有人固守中国原有的价值观念。同样,拥有不同文化背景、持有不同思想观念和审美情趣的人们会有选择地接受自己所感兴趣的文化,这种多元化的现实格局必然为多元化文化的产生与存在提供现实的基础。从文化的呈现形态上看,也具有多元化的特征,无论是内容还是形式都是丰富多彩的,既有高雅文化,也有通俗文化;既有精英文化,也有平民文化;既有官方主流意识形态文化,也有民间草根文化;既有中国传统的文化样式,又有异国情调的外域文化。源源不断传入中国的世界各地文化受到许多年轻人的青睐,不仅圣诞节、情人节等西方节日在中国逐渐流行,大有与中国节日分庭抗礼甚至取而代之的态势,而且,诸如"韩流"等东方文化也相继落户中国;好莱坞大片更是与中国贺岁大片交相辉映,为中国观众提供一场又一场的精神盛宴;至于饮食文化、旅游文化等分门别类的样式同样是不胜枚举,其中包含的要素之多也是前所未有的。

文化具有产业化特征。在当今经济时代,一个突出的全球趋势就是"经济—文化"一体化,即文化的经济化与经济的文化化的统一。前者指经济运行规则、运作模式进入文化领域,包括文艺在内的文化产品成为可以规模化生产的特殊形态商品。文化产业成为国民经济中一个日益强大的产业,文化因融入经济、商品因素而具有了新活力。这为其再发展提供了"造血"机制,为文化的可持续发展提供了强有力的经济保障和推动力。后者是指文化渗透到社会经济的各个细胞之中,文化、知识、科技与心理诸多因素越来越占据了重要的甚至是主宰的地位。文化艺术与产业融汇为一体,艺术作品成为艺术"商品";艺术已演化为社会大机器生产整体中的一个组成部分,文化活动从生产到消费均受到市场经济价值规律运行法则的制约,纳入了市场交换的运行轨道。为了能够经受住市场竞争的"严格检验",文化艺术的一切都须预先被设计好,"甚至是作为上市销售的商品被创造出来"①,于是,经济效益、发行量、票房收入等因素就成为新的文化追逐的驱动力。

文化具有互动性特征。即,当今中国的文化不仅同世界各个地域的文化进行着碰撞、渗透、融合的彼此交流,其自身诸多亚文化之间也处于不断的互动过程中(譬如近年国家正在试图推行的"三网合一"举措就是对现有资源的整合)。当然,我们应该清醒地认识到,我们的文化产业才刚刚起步,即使与同为亚洲的日本、韩国相比,文化发展水平也相当滞后,更不用说与西方的文化相比较。日本和韩国的文化产业占全球文化市场份额的13%,而中国和亚洲其他国家只占到6%。至于目前对外文化交

① ［美］杰姆逊讲演:《后现代主义与文化理论》,唐小兵译,北京大学出版社1997年版,第88页。

流,我们必须承认这样的现实:西方某些发达国家掌控着文化话语权,他们的文化占据绝对的"霸权"优势,我们的文化"贸易"存在较大的"赤字"。① 但与此同时,值得肯定的是,我国文化毕竟有了一定的快速发展,而且理论视野具有跨文化的广度,不再是故步自封式的自娱自乐,而是融入世界文化。

那么,这种跨文化视域背景下的中国当代文艺学研究又受到怎样的影响呢?

无论是古希腊文明还是中华文明的历史发展规律都证明,不同文化的交流与融合是文化得以不断发展的有效推动力,任何自我封闭、夜郎自大、停滞僵化的文化绝对难以维系勃勃生命,终究会被历史无情淘汰。如今,我们中国再次面临文化全球化的冲击,问题在于如何坚持"主体阐释"主导下的多元化理论的互补与整合。

毋庸置疑,全球化对中国文化与文学的影响是客观存在的。赖大仁认为这主要表现为三个方面。一是经济全球化的影响,具体展现为:其一,市场经济大潮把文化与文学卷入市场,资本迅速进入文化市场,使之产业化,成为市场经济的主要组成部分;其二,市场经济向文化领域的扩张渗透以及文化的产业化动摇了传统的文化体制;其三,经济全球化使得经济思维方式与经济价值观成为普遍认可的法则,渗透到当今社会包括文学艺术在内的不同领域,从而改变着人们的文化观与文学观。二是信息全球化的影响,具体包括四个方面的内容:其一,文学的存在方式发生根本性转变,即从语言形态向图像形态转变;其二,文学的生产方式随之发生变化,即由传统文学创作主要依赖个体的独创性想象创造转向更多依赖群体性的策划与合作,依赖技术性的制造、复制、包装和商业性的宣传、营销,这样就明显超越了个体生产的局限,文化生产与科技、资本、市

---

① 据统计,尽管在经济上取得了辉煌成就,但中国在文化领域上却出现了严重的"文化赤字"现象。演出方面,从 1999 年到 2006 年期间,俄罗斯就有 285 个文艺团体到中国演出,同期中国到俄罗斯演出的文艺团体只有 30 个,相差 10 倍;电影方面,从 2000 年到 2005 年,中国进口影片 4332 部,而出口影片却屈指可数,美国电影的生产量只占世界的 5% 至 6%,却占世界放映总时数的 80%;目前美国高中学生有大约 2.4 万人学中文,但学习法语的美国高中生有 100 多万人,美国 3000 多所大学,只有近 800 所开设了汉语课程;这种"文化赤字"在出版业中表现得最为突出,多年来我国图书进口和输出贸易大约是 10:1 的逆差。(参见林华:《苦涩的"文化赤字"》,《上海经济》2007 年第 8 期。)

场融为一体;其三,文学传播与接受方式发生变化,"读图"替代以往的文字阅读,接受变得更加轻松、自由、便捷;其四,文学研究发生相应变化,语用学转向被"图像转向"取代,视觉文化研究兴起。三是文化全球化的影响。在各民族文化相互交流、多元互动的同时,西方后现代文化的全球性扩张与渗透成为主导,后现代文化的平面化、世俗化、娱乐化、游戏化、消闲化和消费性在一定程度上迎合了当今中国的某些需求。①

面对全球化的文化交流,中国学者的态度也是见仁见智。有人主张以文化视野研究文学理论,甚至认为文学理论正在消亡,文化研究必将取而代之;有人认为西方文论话语中心性令人仰慕,我们就应该理论"西化";有人认为文化全球化为中国文学理论的发展提供了良好契机,因为中国文论的发展历史始终由中国传统文论、马克思主义文艺学及西方文论等重要理论资源交会而成,跨文化研究为文艺学研究扩展了视野、丰富了方法。当然,更有学者提出了自己的担忧——强势文化的传入、对西方价值的崇拜、对西洋生活的向往以及言必称西方的媚外心态有可能使中国文论不断边缘化,最终导致"失语症";全盘西化的结局是丧失自我而被迫接纳西方文化、西方文论话语。这种声音在今天显得尤为迫切。有人认为西方文论与中国文论之间是一种相互影响、相互渗透的关系,不存在吞噬对方的危机;中国学者对西方文化的接受非但不是"媚外",也不是西方"文化殖民化",而是由封闭走向开放,是对文化全球化的积极应对,是中国文化顺应世界潮流、走向世界的必然选择,折射出中国学者构建当代文艺理论的强烈责任感。

在全球化进程中,文化的全球化对当代中国文艺研究形成多方面的冲击,也提供了快速发展的契机。因此,我们可以将之概括为机遇与挑战的并存。国门洞开,西方各种政治观念、文艺思潮蜂拥而至,中西方文艺理论又形成了新的对峙,西方发达国家的强势文化构成了前所未有的挑战,"西方化—中国化""中心化—边缘化"等对立态势摆在我们面前。因

---

① 参见赖大仁:《全球化时代的文学与文论:何往与何为——全球化时代的文学与文论发展前景问题讨论述评》,《文艺评论》2004 年第 5 期。

此,当代中国文艺学界肩负着历史重任,要面对并要解决好诸多问题:我们的文艺理论如何应对全球性挑战,如何借鉴世界各国的优秀文化资源,如何构建具有当代中国特色的文艺理论以获取同世界各国对话的话语权,如何实现外域文艺理论的中国化与中国文艺理论的全球化之间的和谐互动关系,等等。

首先,文化的全球化为当代中国文艺学研究的发展提供了有利的契机和平台。跨文化研究开阔了文艺探讨的视野,丰富了文艺研究的方法与路径,增加了文艺研究的范式。当英美新批评、语言学派、结构主义、符号学等过于关注文本自身,将文艺与社会、历史相割裂,使其陷入僵化、封闭而走向穷途末路时,回归社会、回归历史又成为文艺研究的必然选择。文化研究恰恰迎合了这一趋势。文学本身就是文化的有机组成部分,而且是文化的典型形态,将文学纳入文化的视野可以有效地克服过去所谓的文学"内部研究"的致命弱点,一扫仅仅局限于文学文本的形式主义弊端,将社会历史这一广阔而厚重的文化内涵置于文学研究领域之内,使文学研究焕发光彩。

20世纪以来,文学理论中的形式主义研究认为,文学之所以成为或被称作文学的根本原因在于其文学性,而文学性就表现在文学的诸如语言、结构、叙事的内部;要求文学研究应该回归文学、回归文学文本自身,将研究焦点对准文学的审美性、独特性、复杂性;以往的被称作"外部研究"的模式是片面的,这种研究模式只关注文学以外的诸如作者、社会、历史等因素,过多地进行文学以外的探讨,忽视了文学研究所应该关注的对象。文学"内部研究"的倡导者认为,以往的"外部研究"对文学的界定也存在"不公正"——只偏爱所谓正统、高雅、精英文学,相对忽视甚至漠视社会亚文学、草根文学、平民文学和俗文学的存在,即使选择文本也只看重那些反映主流意识的经典文学、精英文学,而这并不是文学的全部。因为,经典文学与非经典文学共同构成了文学这一集合概念,缺少任何一方都是不完整的。这种形式主义的文学观念以及在此观念指导下的文学研究公然宣称"作者死了",将研究视野仅仅锁定于文学文本狭小圈子里。主张"内部研究"的文学理论模式,由于割裂文学与生活、文学与社会、文学与历史的众多维度,使文学、文学研究成为无根之木、无源之水,其式微走向是必然的。

其次,文化研究模式的引入,将文学纳入文化这一本身就处于开放、对话、动态、不断建构的过程中加以审视,使得作为文化重要组成部分的文学及其理论研究的发展拥有了不竭动力,为文学理论注入了新鲜空气,拓展了研究视角,丰富了研究模式。文化研究模式认为,文化与文学一样具有文本性,文学是缩小的文化文本,而文化则是放大的文学文本,它们之间具有文本间性。在互文性的研究视野中,文学与文化就处于一种不断的双向逆反的建构过程中。特雷·伊格尔顿指出:"从索绪尔和维特根斯坦直到当代文学理论,二十世纪的'语言学革命'的特征即在于承认,意义不仅是某种以语言'表达'或'反映'的东西:意义其实是语言创造出来的。我们并不是先有意义和经验,然后再着手为之穿上语词;我们能够拥有意义和经验仅仅是因为我们拥有一种语言以容纳经验。而且,这就意味着,我们的作为个人的经验归根结蒂是社会的;因为根本不可能有私人语言这种东西,想象一种语言就是想象一种完整的社会生活。"①特雷·伊格尔顿的话是很有见地的。虽然语言论转向不像文学研究中的"社会—历史"批评方法那样直观地看到"文化"维度,但他指出了语言论暗含的对"文化"的开放性,这正如语言学派所主张的"语言是存在的家"的观点。语言的产生、存在离不开人的存在,而人的存在是社会性的存在,是历史性的存在;历史是由人的社会实践活动构成的,因此,语言论转向实际也暗含了"文化"的维度。文化的文本性是指所有的文学都含有历史的具体性、社会性、物质性的内容,由此,将文本的内涵扩展为一切包含历史具体性、社会性内容的形式。"文化的文本性"表现为两个方面:第一,要接近一个完整的、真正的过去的文化——一个物质性与非物质性的存在,我们就必须以所要研究的社会文化文本为媒介。这个文本并非是偶然形成的,而应该被看成是经过有意选择和修饰过的。第二,文本兼

---

① [英]特雷·伊格尔顿:《二十世纪西方文学理论》,伍晓明译,陕西师范大学出版社 1986 年版,第 76—77 页。

有二重性,一方面它是在一定历史时期物质与意识形态碰撞中转化形成的文本;另一方面,这种文本又具有了"档案"功能,因为它自身同时又充当了被后人再阐释的媒介。"文本的文化性"是指人和文本都作为一种文化现象而存在,是文化的重要组成部分。这主要表现为两个方面:一是指文本是特定文化或文化背景下的"产物",二是指"文本"作为文化存在必然参与到文化的"建构"过程中。前者指文本的生成与存在是特定历史时期的政治、经济、文化、法律、民俗等社会诸因素影响下的产物,其内容、形式是文化性存在,从事文本活动的人也是文化性存在的;同时,由于文本又是人的社会文化实践活动的结果,总会留有人的"痕迹",因此,文本必然带有文化的"痕迹",是不可能超越具体历史时空的文化限制而超然存在的。同样,文本的解码过程也必然具有文化性,其解码行为与解码结果又会作为"文化事件"而进入文化并成为文化的组成部分。这表现在两个方面,作为"文化事件"的解码行为(过程)和作为解码行为的结果。对任何文本的解读活动都是在特定文化条件下发生的人类实践活动,都会成为同时代文化的构成部分,并或隐或显地成为构建新文化的动因。而且,按照解释学的观点,"作为文化事件"的文本与其他事件一样拥有时间意义和时间内容,随着时间车轮的转动而发生变化,从而使自身成为一个动态的、开放的、未完成的存在。文学的文本性与文化的文本性作为文本间性的两个互相依存的方面,是一种互动建构关系,当我们研究文学或文化时,就应该将其置于二者共同构成的这一互动性结构关系中,以动态的眼光审视其发展、变化,揭示其内在特质。

以文化的视角审视文学,就会发现文学活动总是包含文化的维度。不论是作家、文本、批评家及其批评性文本,还是作家与世界、作家与作品、作品与世界、批评家和读者与文本、批评家与世界等诸多关系中,都是文化性的存在。按照后经典叙事学观念,文本与语境构成了更为广阔的"文化"大文本,文化不再是文学发生、存在的"背景",而是走入文学的"前景",直接成为文学构成的不可或缺的维度。同时,文学作为历史性存在的"事件",直接成为文化的有机组成部分,与法律、政治、权力和意识形态等熔铸于一个彼此紧密关联的网络结构中。文学文本与文化文本的互文性阐释,可以揭示出文学是如何通过复杂的文本化世界审视而参与文化意义创造过程的;文学甚至可以参与政治话语、权力运作和等级秩序的重新梳理与建构。文学的文本性与文化的文本性二者之间的文本间性研究,可以使我们在二者的互动建构关系结构中把握文学与文化。以文化维度审视文学,就会发现文学是如何由封闭的、静止的、稳定的系统变成开放的、动态的、活跃的体系,在与不同符号系统的撞击、融合过程中显示其非稳定性、可渗透性,并通过不断解读、积淀而成为一个意义趋向无限增殖的文本。在这个增殖的过程中,文学话语与权力话语构成某种平衡与制约关系。文学在与文化的互动性建构中赋予历史意识以新的意义,文学就是聚集复杂的文化符码,并构成了文学与社会彼此互动的历史。① 以此文本间性审视,文学的经典与非经典、高雅与通俗、主流与非主流等界限将被消解,使得文学含义更具包容性、广阔性、完整性。

文化研究模式还可以使文学理论在一定程度上跨越审美化模式只关注文本内部的审美性、文学性的局限,而放眼于更为广阔的社会历史文化。文化研究模式的倡导者坚信,"文化性"的内涵远远超越于"审美性","文化研究并不是把文本当作一个独立自足的客体,去揭示文本的审美性或文学性;它是一种文本的政治学,力图揭示文本所隐藏的文化——权力关系"②,"文化研究一直试图表达被贬低的或曾受压制的人类体验和文化表现。通过文化研究,人们力求发现并了解那些在恶劣的环境中发展起来的文化实践及产物,包括基于种族、阶级、地域、性别或其他可知的劣势标志而产生的种种为我们所熟悉的社会歧视形式。为了达到这一目的,人们悄悄地在文化研究工作中糅合了启蒙运动的基本原则,即所有的生命、所有的社会表现实践都应受到尊重,理应给予同等的深思和解释。……将人类从冲动、偏私、排斥、强迫和压抑中解救出来"③,现

① 参见 Lonis A. Montrose,"*Shaping Fantasies*":*Figurations of Gender and Power*. in Elizabethan Culture,Repre-santations 2,Spring 1983,pp. 61—94;王岳川:《后殖民主义与新历史主义文论》,山东教育出版社 1999 年版,第 183—185 页。
② 李俊:《文化研究与文学批评》,《当代文坛》2001 年第 5 期。
③ [美]理查德·特迪曼:《传统结构下的文化研究》,见王逢振主编:《2000 年度新译西方文论选》,黄必康等译,漓江出版社 2001 年版,第 301 页。

代传播逐步消解了艺术与生活、精英与平民、高雅与通俗、文学与非文学等之间的鸿沟；近百年的文学理论嬗变的历史也证明，跨学科研究成为快速前进的助推力，借鉴互补、综合创新成为文学理论发展的必由之路。

在肯定文化全球化为文学理论发展提供丰富给养的同时，有些问题也值得我们进行深刻思考。一是文化与文学边界问题，因为二者毕竟不是同一个逻辑层面，文化的内涵更为丰富，不仅涵盖文学，还包括其他非文学的内容；而且很多因素是自在的原始形态，层次参差不齐、良莠并存。况且，对"文化"概念的诠释也存在歧义，即使是主张文化研究的学者对其研究对象的界定往往也不明晰，而文学的研究对象则相对稳定。二是若真是像有学者所设想的那样以文化研究取代文学研究，那势必造成理论研究的漫无边际，这种泛学科化非但不能拯救文学，反而更易导致文学走向解构。

作为这一时期文艺发展特点之一的商品化倾向，与现代传媒的勃兴及特定历史时期的经济基础密不可分。这在一定程度上导致出现了文艺的浅显化与价值观念的去中心化倾向，这是值得我们关注的。与"文革"时期文艺创作的单调、贫乏迥然相异，改革开放以来文艺创作实践得到前所未有的发展。尤其是在电子传媒高度发展的历史背景下，文艺以其题材的丰富性、趣味的多元化和形式的多样性满足了社会各个阶层和不同群体的娱乐需求。如果说传统的文艺主要是以口头、纸质媒介为传播载体的话，那么，现代电子媒介的快速发展则为文艺的传播提供了强有力的支撑，从而使文艺获得了前所未有的崭新发展契机，以全新的姿态改写了固有的模式。大众传媒一方面使文艺以更为便捷的方式和途径搭建了与受众的沟通桥梁，使文艺获得前所未有的发展空间；另一方面，这种借助现代传媒技术实现的视听效果可以强烈地作用于受众的感官而产生传统文艺形式所无法比拟的震撼效果。于是，表面化、浅显化、通俗化、视听化就成为这一时期大众文艺的明显特点。因此，文艺由以往的重视"文以载道"的社会功能转向对娱乐、消遣的消费性功能的挖掘，由对人文精神的张扬转向对人的欲望的宣泄，由对思想内涵深度的追求转向对文艺表现形式、技巧的追捧。

在社会商业化的全面渗透的历史背景下,文艺创作实践的转型是必然的。对此局面,社会各界褒贬不一、见仁见智。持积极肯定态度者认为,这是文艺沿着应有的自律性轨道发展,是文艺摆脱各种外在束缚而回归其自身的必然之路。其论据是,从文艺的外向关系——也就是文艺与外在社会现实的关系看,文艺走向"自主",既不再受各种外在强加于其身的条条框框的限制,也不用紧跟在社会政治之后而被动地、亦步亦趋地扮演政治的"传声筒"的角色,而是自己"当家作主"地具有独立的话语权。从文艺的内向关系——也就是文艺的主观与客观、再现与表现、反映与建构矛盾的诸多范畴关系看,艺术家的创造性空间获得极大的拓展,心灵之门洞开,既可以书写宏观的巨大历史叙事,也可以描绘微观的锅碗瓢勺交响曲的日常生活;既可以反映与再现主流的社会集体意识,也可以揭示个性化的私人感受;既可以满怀崇高感地讴歌社会历史的伟大变迁,也可以以消极甚至较为颓废的心态宣泄私人的郁闷与彷徨;既可以再现、讴歌英雄伟人,也可以书写社会下层"小人物"的悲欢离合;既可以对未来充满希望与憧憬,也可以抒写个体的迷茫乃至消沉情绪。从创作主体艺术家的视角看,文艺观念日趋开放,无须所有的作家都肩负那沉重的责任,可以以自由、轻松的心态从事文艺创作实践,等等。有学者对此进行了归纳,认为这一时期文艺表现为题材的巨大包容性,价值观念与审美意识的深刻分化,关注平民日常原生态生活中的酸甜苦辣,尊重、关怀个体性存在。一言以蔽之,伴随多元化格局的逐步形成,文艺实践的多样性、丰富性、包容性与自由性日益强化,各种文体试验与形式探索的文艺创作竞相争艳,尤其是侧重以个性化的视角对现实生活的体味与对历史的反思取得了长足发展。他们认为,所有的这些都是文艺进步的表现。当然,对这一时期的文艺实践表现出的质疑态度者也是言之有理的。持论者认为,在今天的商业化与大众传媒制造的虚假繁荣景象下,难以掩盖的是文艺创作异化的负面影响——商业利益的驱动使文艺创作实践偏离了应有的轨道,为了迎合市场的需求而追新逐异,放弃了文艺应有的人文精神关怀和艺术家理应承担的社会责任,而使文艺流于世俗甚至庸俗的泥潭。

纵观改革开放以来文艺创作的发展嬗变轨迹,我们不难发现,这种具有日常化、生活化、媒体化、图像化、可视化特点的文艺创作实践使得人们逐渐改变了过去一再宣称"无功利""纯审美"的"高雅"文艺的境况,高雅艺术逐渐深入日常的、平民化的社会大众生活的各个角落中;文艺在经济利益的驱动下表现为向大众文化嬗变的态势,成为经济运行模式下的商业化特殊精神性消费品。于是,这种过于彰显艺术形式的文艺生产性维度的观念与做法必然导致其依赖经济运作模式而使文艺受制于市场。伴随着我国社会生活各个领域的突飞猛进、日新月异,文艺创作就犹如其赖以存在的绚丽多彩的社会生活一般,呈现出五彩缤纷的发展态势。无论是高雅艺术还是大众化文艺,无论是反映现代都市、乡村生活的题材还是历史题材的文艺作品都得到了广泛发展。这种多元化"复调式"并置的格局在一定程度上成为我国社会现代化进程在文学艺术领域的反映。当然,更为重要的是,这种日新月异的社会变革为文学艺术的繁荣提供了极好的发展契机,也为文艺创作提供了鲜活的素材和广阔的空间。文艺创作以其喜闻乐见的形式、通俗易懂的内容和轻松愉快的情趣获得平民百姓的喜爱,对于长期生活在现代社会的高节奏、高压力的人们来讲,无疑具有变换节奏、释放压力、排解郁闷、活跃生活、调节心理的积极作用。从某种角度讲,文艺的这种将社会日常生活视作关注焦点、注重以往被忽视的文艺的消遣娱乐作用、肯定人的生命力和恰当现实利益追求的特点满足了多种社会群体的精神文化心理需求,具有一定的合理性。

但是,文艺毕竟是作家精神世界的"产品",它直接或者间接地作用于社会,如果一味强调其商业价值而忽视甚至屏蔽文艺应有的精神慰藉与心灵启迪功能,那必将导致过度娱乐化与庸俗化,步入歧途。

第三节
改革开放以来文艺理论发展的主要经验与问题概略

改革开放以来的文艺实践和文艺理论伴随着改革开放的不断深化和

思想解放程度的日趋扩大而呈现出多元化并存的自由局面,各种学术思想在互相碰撞乃至激烈交锋中通过学术争鸣而共同促进,优势互补、综合创新成为当代中国文艺学前进的有力助推器。

纵观改革开放以来的文艺实践与文艺理论的发展脉络,概括地说,既有马克思主义文艺学内部不同观点之间的商榷,也有各种非马克思主义文艺学派别与马克思主义文艺学之间的论争,还有这些非马克思主义文艺学流派之间的交锋。一方面,它们的观点彼此之间存在对立;另一方面,正是由于观点的对立才成为理论对话的前提。如果没有任何分歧地高度一致,就难以产生对话;如果没有对话,以马克思主义文艺学为主导的当代中国文艺学也就不可能有长足发展。

一、改革开放以来文艺理论的基本性质

多元化的文艺研究格局促进了不同哲学思潮、理论体系与研究方法之间的交会、融合甚至碰撞。我们肯定不同理论观点存在的合理性,同时倡导观念与方法的互补借鉴、综合创新,即运用辩证思维的研究方法,对以往和当下的各种文艺理论范式和观点进行辩证分析,以找到同历史进程和历史走向相一致、同时代精神相符合的中国当代文艺理论的思想线索,从而寻找一个为新世纪文艺理论奠定坚实基础的新的文艺理论体系框架。对此,有学者高屋建瓴地指出,这里所说的"综合",既不同于那种把各种理论学说和观点平面地、不分主次地加以组合、排列而看不出概念和范畴辩证运动过程的综合,也不同于那种离开历史和时代的规定、离开对现实生活实践具体问题的回答而缺乏时代精神的支撑和统摄的综合,而是要通过对各种理论研究成果进行重新审视、辨析、转换和吸收,从中提炼出能够借以回答所研究问题的理论观点。可见,"综合创新"本质上是对学术本位和学术立场的重新定位,是对文艺理论研究和方法的重新选择,是一种新的文艺理论观念的确立。而这一切,又是通过建设一种新的文艺理论形态和文艺力结构,即一个新的当代文艺理论体系框架来得

以体现的。

对于当代中国文艺理论体系的建设,不少学者都已做过潜心的研究并取得了诸多富有启发性的成果。这既为我们提供了可供吸收的学术营养,也给我们留下了值得借鉴的经验和教训。正如有学者所指出的:当我们审视改革开放以来在对话、对立中的文艺实践和文艺理论时,首先要明确改革开放以来文艺理论的基本性质问题。文学艺术作为一种由社会生活所决定的独特的社会意识形式,它的存在和发展归根到底要从它所处的时代中找到根据。而作为对文学艺术的本质和发展规律进行概括和总结的文艺理论,则毫无疑问地属于作为这个时代的思想体系的社会意识形态的一个有机组成部分。因此,对改革开放以来文艺理论发展进程的回顾和反思,最根本的就是要把握改革开放的伟大时代对文学艺术的本质规定,把握这个时代以中国化的马克思主义为主导意识形态结构体系对文学艺术的本质规定。

我们可以对改革开放以来文艺理论发展的本质和规律做如下简要的概括:改革开放以来的文艺理论是在现代化的历史进程与马克思主义中国化的历史进程中,不断建构的一个以其所处历史时代的基本精神为灵魂,以当代形态的马克思主义文艺理论为主导的当代中国文艺理论的整体结构形态。正是基于这种认识,我们认为,对以中国化的当代马克思主义为主导的意识形态结构体系和中国文艺理论的整体结构形态加以准确理解和把握,应是我们对改革开放以来文艺理论发展进程进行回顾和反思的思想基础和理论前提。毫无疑问,改革开放以来所形成的当代中国文艺理论,是中国特色社会主义理论体系的一个组成部分。它所概括的是一种新的文艺理论结构体系和新的文艺理论观念。它的产生既是整个人类文艺思想和马克思主义文艺理论思想体系历史和逻辑发展的必然结果,也是中国社会主义建设和改革开放对当代文艺理论的发展所提出的必然要求。

那么,当代中国文艺理论的性质是由什么规定的呢?这应该是当代中国文艺理论研究最核心、最基础的问题,也是对改革开放以来文艺理论发展进程回顾和反思的最根本的问题。党的十六届六中全会所提出的建设社会主义核心价值体系的重大战略任务,就是对此做出的明确回答,这既是对社会主义意识形态在当代中国文艺理论结构体系中核心和主导地位的肯定,也指明了坚持和发展马克思主义文艺学、实现马克思主义文艺理论中国化的根本方向。当代中国文艺理论的根本发展方向即中国特色社会主义文艺理论发展的根本方向。坚持马克思主义的文艺意识形态理论,倡导社会主义核心价值,确立社会主义意识形态在当代中国文艺理论整体结构体系中的基础和核心地位,进而全面把握由不同文艺理论形态、不同文艺意识形式要素所共同构成的这个体系的整体结构特性,这是建设和繁荣中国特色社会主义文艺理论的学术根本和历史必然。

把社会主义意识形态作为当代中国文艺理论即中国特色社会主义文艺理论的基础和价值,首先就要肯定文艺的意识形态性作为文艺本质规定性的意义和价值。马克思主义文艺理论的中国化即中国特色马克思主义在当代中国的确立和发展,使社会主义意识形态成为反映当代中国社会主义经济形态及其所决定的政治制度,并体现作为领导阶级及其所代表的最广大人民群众利益的观念上层建筑。同时,也形成了一个能够包容中华民族不同地域和文化背景的整体文化结构体系和总体文化格局,形成了这个体系和格局中的一个以马克思主义文艺理论为主导,由包括中国传统文艺思想和当代西方哲学文化思想在内的不同理论形态、理论要素所共同构成的文艺理论整体结构。显然,社会主义意识形态与当代中国文艺理论是一个辩证统一的整体,这就决定了当代中国文艺理论的多样统一性。一方面,当代中国文艺理论的基础性质和发展方向,只能由作为占统治地位的社会主义意识形态来决定,必须坚持马克思主义文艺学基本观念的指导,这是其统一性的一面;另一方面,作为占统治地位的社会主义意识形态同时承担的特殊文化形式和一般文化传统的角色,又内在地要求自己时刻关注世界文化总体格局的发展,不断增强自己的现代人类文化精神的自觉性。从而使当代中国文艺理论既要在与其他性质和类型文艺理论的共存中保持自己的品格,又要善于汲取其他各种文艺理论发展新成果的营养,这又体现了其开放性和丰富多样性的特点。那种把社会主义意识形态,把马克思主义文艺学基本观念排除于当代文艺理论的总体格局和结构之外,排除于当代中国文艺理论的发展进程之外,试图找到一种"纯文艺理论",并试图以此来概括当代中国文艺理论发展进程的观点和做法,显然违背了意识形态与文艺理论发展对立统一的辩证法。①

二、中国化马克思主义文艺理论的历史性确立及其意义

马克思主义文艺学在当代中国的发展,是在与其他文学理论的相互撞击、融合、借鉴中,在其理论自身的不断变革中前进的。当代中国文艺学在由一元走向多元、由封闭走向开放、由单一走向综合的形态转换与体系建构过程中,逐渐形成了以马克思主义文艺学为主导的多元共生、兼容并蓄、多样统一的基本格局与特点。

纵观新世纪文艺理论嬗变的轨迹,我国的文艺学研究呈现出各种文艺学理论整合与互补的基本格局,王军将此归纳为:由外到内、由一到多、由微观分析到宏观综合、由封闭体系到开放体系。② 在这种多元共生、不断变化的理论格局中,马克思主义文艺学的发展面临着前所未有的挑战与机遇,或许这种形势对马克思主义文艺学的生存与发展比任何时期都显得重要。研究者们清醒地意识到,建立当代形态的马克思主义文艺学,使其增强内在生命力以适应时代发展的要求,已成为摆在中国文艺学界面前一项迫在眉睫的任务。学者们对此已经达成共识:马克思主义文艺学的发展正处于历史与现实、中国与西方、传统与现代更迭与交替的特定时代语境下,正处于中国传统文艺学、经典马克思主义文艺学、西方马克思主义文艺学以及西方形形色色的哲学文化理论共同交织而成的错综复杂的思想和理论网络之中,并且,不断进行着相互融合或者激烈的碰撞。因此,我们一方面要反思以往研究的不足,另一方面要面向未来积极创

---

① 参见马龙潜:《新时期马克思主义文艺理论中国化进程的回顾和反思》,见李志宏、金永兵主编:《站在新的历史起点上:新时期文学理论研究的回顾与反思》,时代文艺出版社 2008 年版,第 262 页。
② 参见张涵主编:《中国当代美学》,河南人民出版社 1990 年版,第 475—478 页。

新;一方面在寻求中国传统文艺学的现代转型之路,另一方面在探求可资借鉴的西方现代文艺学理论的最新成果;一方面要拓展马克思主义文艺学中国化的道路,另一方面又要力求理论的现代性与民族的统一性。这种多元、立体的网络结构,构成了当代中国审美文化意识和文艺学理论的多层次、多维度动态的结构形态,决定了任何一个处于这个网络结构关节点上的理论都不再是单一的、静止的存在,而是古今中外各种审美意识、各种理论学说纵横交错、共同作用的结果。正是这种总体的文化结构形态,决定了当代中国文艺学必然既带有来自本土血脉的传统文艺学思想的影响,也有着漂泊过洋的西方现代文艺学理论的"多元"形态,它们以各自不同的方式共同参与了当代中国文艺学的结构与建构过程。面对这种局面,人们开始走出固有的思维模式,走向一个多元理论对话的时代。过去那些无法相容的不同质的理论观念开始走入这个并存、兼容的结构整体之中。正是在这个大的理论背景下,学者们开始将马克思主义文艺学置于这种多元并存的整合与互补的基本格局之中进行审视与思考。人们认识到,在全球化的语境中,任何理论的存在与发展都难以故步自封地将自己的视野和思维囿于狭小的范围,而应该是兼容并蓄、博采众长,以丰富自身。因此,马克思主义文艺学的发展,也应该通过与其他理论的平等对话、交流来达到取长补短、共同发展的目的。马克思主义文艺学应该站在时代的高度,积极吸收、借鉴包括中国古代文艺学思想、西方各种哲学、文艺学的一切有益成分,将其"拿来"为我所用,通过对它们的辩证扬弃来丰富、拓展自己的理论视野和方法。

对马克思主义文艺学的发展前景,学者们充满了信心,这是基于人们对马克思主义作为科学的世界观和方法论相统一的理论体系所具有的与时俱进的理论品格的认识。卢卡奇对马克思主义的理论品格有自己独到的见解:"马克思主义问题中的正统仅仅是指方法。它是这样一种科学的信念,即辩证的马克思主义是正确的研究方法,这种方法只能按其创始人奠定的方向发张、扩大和深化。而且,任何想要克服它或者'改善'它的企图已经而且必将只能导致浮浅化、平庸化和折中主义。"①这一对马克思主义的阐释正是"西方马克思主义"的基本理论原则,他们继承了经典马克思主义哲学的方法论原则,坚持马克思主义关注社会现实的理论品格,从政治、经济、文化、宗教等众多领域对资本主义社会予以深刻剖析和尖锐抨击,这种从方法论层面对马克思主义加以解读和继承的思路是值得我们借鉴的。可以说,马克思主义就是这样在坚持和发展的历史过程中,不断吸收、借鉴各种不同的理论资源,并将其辩证扬弃为自己理论体系不可缺少的内容,从而使自身日臻科学和完善。发展到今天的马克思主义文艺学,当然应该而且可以把包括当代西方哲学、文艺学在内的一切有利于自身发展的成果吸收过来,通过对它们的辩证扬弃来不断丰富和拓展自己的视野,这正是马克思主义文艺学所具有的理论品格,是其他任何文艺学理论所无法比拟的,也是马克思主义文艺学完全能够适应时代的挑战,应答和解决不断涌现的各种文艺学问题的根本原因所在。

早在 20 世纪 80 年代的"方法论热"中,学者们就孜孜不倦地为建设有中国特色的马克思主义文艺学理论体系而努力,并且围绕"中国化"与"现代化"这两个焦点性问题展开了热烈的讨论。至今,这两个问题仍然是马克思主义文艺学研究的重心。

马克思主义文艺学的"现代化"问题是一个世界性的理论话题。经典马克思主义文艺学将以怎样的面目出现在当今全球化时代的舞台上,这个问题已经成为一切马克思主义文艺学研究者热切关注的焦点。人们非常清楚地认识到,这是攸关马克思主义文艺学生命的根本性问题,如果一种理论不能做到与时俱进,那它将被历史无情抛弃。我们看到,20 世纪 80 年代以来,在关于建设有中国特色马克思主义文艺学体系的讨论中,研究者们已经摆脱了那种以对经典作家的言论进行排列和语录汇编为主线的"注经"式研究方法,从体系精神、构架形态和概念范畴等方面试图在具体的历史时期、具体的审美与艺术实践领域,找到经典的马克思

---

① ［匈牙利］卢卡奇:《历史与阶级意识——关于马克思主义辩证法的研究》,杜章智、任立、燕宏远译,商务印书馆 1992 年版,第 48 页。

主义文艺学与现时代的切合点;试图在历史的发展进程中,通过对自身理论形态和表述方式的不断更新使之实现"现代化"。

有的学者试图通过对 19 世纪末至 20 世纪马克思主义文艺学研究历程的梳理,来探寻马克思主义文艺学的"现代化"之路。他们认为,对马克思主义文艺学的研究与阐释基本有以下三种基本形态:苏联马克思主义文艺学、西方马克思主义文艺学、中国马克思主义文艺学。苏联马克思主义文艺学是一种本质主义的反映论、认识论文艺学,其贡献在于肯定了艺术是现实生活的反映,这种反映能够而且必须揭示隐藏在生活现象之后的本质的东西。同时,它还肯定了社会主义的艺术需要用社会主义时代的精神教育人民。但其理论缺陷也是相当明显的,那就是混淆了审美反映论与认识论层面的哲学反映论的区别,并把社会生活的本质视为凌驾于感性个体之上的、预先决定着所有个体生存和命运的东西,而看不到社会生活的本质其实不过是人类创造自身历史的客观必然过程的理论抽象。西方马克思主义文艺学,则是第一次世界大战后欧洲资本主义国家的无产阶级革命遭遇到普遍失败这一历史背景下的产物。西方马克思主义的理论家们对马克思主义的一系列基本原理进行质疑、批评、修正,主要以文化、意识形态、政治为中心对资本主义进行批判,强调艺术对资本主义现实具有巨大的"否定""颠覆""超越"的功能。这种功能实现的关键是通过审美与艺术的"幻象"方式"超越"和"否定"现实。这种"幻象"的方式是主观意识的否定,它远离艺术对现实生活的反映。而且,由于这种理论把艺术对资本主义现实的"否定"和"大拒绝"看作艺术的政治功能,强调这是一种"审美的颠覆",因此它最终不可避免地陷入了非政治的唯美主义。中国马克思主义文艺学是建立在"马克思主义的普遍真理与中国具体实践相结合"这一原理的基础之上的,因此它在一定程度上既避免了西方马克思主义对马克思主义的基本原理进行质疑、批评、否定的轻率性、主观任意性,又与苏联文艺学对马克思主义僵硬、武断、教条的理解相区别。但由于受到苏联文艺学和文艺思想的影响以及国内特定政治环境的冲击,中国马克思主义文艺学研究也走过了曲折的道路。还有的学者专门通过对经典马克思主义美学及其以后的发展轨迹的梳理,论述了马克思主义美学的现代化问题,提出现代化问题之于马克思主义文艺学发展史的重要意义。这些研究都在历史反思的基础上探索了马克思主义文艺学"现代化"问题的研究,但目前尚处于初步探索阶段,许多问题的讨论还有待于深化,眼下还不能形成一个令理论界普遍认同的建立"现代化"马克思主义文艺学的理论原则。

"中国化"问题对于当代中国马克思主义文艺学来说,则是与"现代化"问题具有同等重要意义的焦点问题,二者相辅相成、互相渗透。对于我们来说,马克思主义文艺学如果不能同当代中国社会发展实际相吻合,不能同中国文化的民族特点相结合,也就是说它如果不能最终实现中国化、民族化,不具有中国特色,那它也必将成为不能解决任何实际问题的空洞理论,也就必然失去其在中国存在的现实意义和价值。强调理论的"中国化",实际上就是要使其具有"中国特色"。于是人们从这个基点出发探讨马克思主义文艺学的"中国化"问题。有的学者认为"中国特色"实际是指当代中国文艺学的深层文化结构和文化资源的问题,任何一个民族的文艺学都不能脱离本民族赖以生存的文化土壤。他们进而指出,"中国特色"的内涵既与中国现时代的主流意识形态相一致,也与中华民族特有的传统文化与审美精神相契合,"中国特色"恰恰是马克思主义文艺学的"中国化"和"现代化"的结果。若马克思主义文艺学游离于二者之外,是难以在中国本土文化实践和现实生活中生根发芽的。有的学者以文艺学是民族意识、民族精神生活的花朵和果实为前提,阐述了当代中国马克思主义文艺学发展应具有民族精神和民族特色的理论根据,并列举了"中国特色"在民族审美心理、审美情趣、审美理想和艺术样式等方面的具体表现。有的学者指出,应该首先从哲学和文艺学思维方式等较深层次上寻求马克思主义文艺学与中国传统文艺学的结合点,以超越二者之间浅表层次的比照和局部、零碎的拼凑,最终达到整体的、深层的融合。

关于马克思主义文艺学研究的具体方式和途径,学者们提倡走一条"回到马克思"与继承、发展、综合创新结合起来的学术研究路线。所谓"回到马克思",就是通过对马克思经典原著的重新解读、重新阐释,包括对以往马克思主义文艺学思想的再认识，使得对马克思主义原典精神的把握更加准确、丰富和完善。有的学者认为，研究马克思主义文艺学首先应该对其做历史的整体关照，以求无所遮蔽；同时还需要本着实事求是的态度，通过对马克思主义文艺学历史层面的开掘进行扎实的研究工作，消除长期存在的对马克思主义的种种误读和曲解。有的学者倡导进一步加强对马克思《1844年经济学哲学手稿》的研究，认为《1844年经济学哲学手稿》为当代马克思主义文艺学的研究提供了一种新的哲学视角和新的方法。也有的学者认为，目前对马克思主义文艺学许多问题的探讨还停留在哲学层面上，而且与对文学艺术的具体现象的研究结合得很不够，这就难以得到人们较为普遍的关注，也难以产生较为广泛的影响。所谓继承、发展、综合创新，是指在"回到马克思"的基础上，通过对现代西方各种理论学说的引进和研究，借鉴其中的合理成分以开阔研究视野、丰富研究方法。同时，再以新的理论视角和方法，重新对马克思主义经典文本进行多层次、多方位的研究，从而真正实现理论的创新。正是在这种理论背景下，精神分析文艺学、现象学文艺学、存在主义文艺学、接受文艺学、文化诗学、人类学文艺学、语义学文艺学、结构主义、解构主义、新历史主义、后殖民主义等理论和方法如万花筒般闪现在中国理论研究的广阔领域，在为当代中国马克思主义文艺学研究带来了喧闹的同时，也带来了生机。一些全新的研究领域和学科正在形成。如有的学者从审美人类学的视角阐释马克思主义文艺学，认为二者在理论方法上紧密联系，而且，马克思主义文艺学思想是审美人类学最重要的学术思想来源，审美人类学本身就是马克思主义文艺学这棵参天大树在当代社会文化语境中受多种思潮浸润而催生的一颗新芽。

相比之下，学者们对西方马克思主义文艺学的研究则显得更为集中。与过去全盘否定与排斥的观点和做法有所不同，学者们不再简单地坚持"西马非马"论，而是以更为科学和开放的心态审视"西马"理论。有的观点认为，西方马克思主义也是经典马克思主义文艺学的当代发展形态之一，是在西方社会特定环境中，以马克思主义的理论和观点研究西方社会现实的产物。与此相近的观点则指出，我们对西方马克思主义文艺学的重视程度还很不够,缺乏更为细致深入的研究。中国马克思主义文艺学和西方马克思主义文艺学之间还没有展开充分的、实质性的对话和讨论,如果中国文艺学研究只是坐井观天式的,那就有可能由于与世界隔绝而落伍。也有的学者认为,我国理论界对马克思主义文艺学的研究,还多停留于引进与介绍的水平上,就一些根本性的问题展开实质性的、充分的讨论尚显欠缺。针对这种不足,有的学者开始试图将此项研究不断深化,如有人对中西方马克思主义文艺学理论的语境进行比较,指出二者诞生于不同的社会文化语境,有着不同的理论关注点,对马克思原典有着不同的阐释方法;但共同的理论旗帜、共时的社会变革、互融的文化综合使中西方马克思主义文艺学在巨大的差异面前仍有可比性、对话性。正是不同的文化背景造就了中西方马克思主义文艺学的各有千秋,使它们具有不同的发展潜力,因此西方马克思主义文艺学对当代中国的文艺学理论体系的建构仍有积极的借鉴作用。有的学者对我国"西马"理论研究的发展及特点进行了分析,认为我国自 1990 年后,随着三位当代西方马克思主义大师文艺学家——英国伊格尔顿、美国的詹姆逊、德国的哈贝马斯到中国进行学术演讲或与中国学者密切交流,他们的著作被翻译、介绍到中国,人们对"西马"的研究逐渐升温。研究领域也涉及政治学、社会学、历史学、伦理学、文艺学等多个方面,呈现出模式化、深度化和多元化的特点。就文艺学学科而言,"西马"研究主要集中在四个论域:文化批评主题、审美与政治问题、文艺学基本理论问题及在对比中提炼本土理论课题。文化批评历来被视为"西马"理论的核心问题,正如有学者指出,西方马克思主义者同马克思本人一样都是实践性的革命批评家,他们的其他理论建树都是服务于文化批评这一主题的;审美与政治问题在"西马"那里融化为文艺学政治化或政治文艺学化;文艺学基本问题则包含了诸如形式批评、审美意识形态、文学生产等方面。

当然,也有学者指出,西方马克思主义文艺学在对经典马克思主义文艺学思想的阐释方面有偏离马克思主义的现象,如对马克思劳动本质论的曲解。而且由于其所利用的思想资源主要来自精神分析批评、结构主义、后结构主义以及后现代主义的某些"话语",因此对理论发展的实质性建树并不多。有的学者认为，由于中国和西方在国情上存在较大差异，因此"西马"理论感兴趣的话题不一定适合我们的现实社会等。有的学者从马克思主义文艺观的基础——辩证唯物主义的逻辑层面比较分析了西方马克思主义的哲学基础，认为这些与结构主义、心理分析、存在主义等学说杂糅的新马克思主义文艺理论流派，在主观上试图推进马克思主义研究的同时，也存在一定程度的动摇马克思主义哲学根基的情况，这是需要我们有清醒认识的。总之，不论是积极倡导学习者还是有条件汲取者，中国学者研究西方马克思主义文艺学的目的，都应该是为建立当代有中国特色马克思主义文艺学体系提供有益的借鉴。

通过对改革开放以来文艺理论尤其是马列文论的发展脉络的梳理，我们认为，对社会主义意识形态的历史性确立及其意义的正确认识，应该通过对马克思主义中国化和马克思主义文艺理论中国化真实过程的描述和提炼来完成。在历史上，马克思主义中国化与马克思主义文艺理论中国化始终是联系在一起的、密不可分的。从20世纪初马克思主义及其文艺理论开始在中国引进，经20世纪30年代马克思主义及其文艺理论的大量译介和传播，到20世纪40年代毛泽东思想及其文艺思想——马克思主义及其文艺理论中国化的最初形态形成、20世纪50—60年代中期马克思主义及其文艺理论追求中国化的教训与命运，都无可辩驳地说明，马克思主义文艺理论的中国化无论如何也离不开马克思主义中国化这个基础和前提。改革开放以来，马克思主义及其文艺理论中国化的历史进程，特别是社会主义意识形态和社会主义核心价值体系形成的历史必然性就更加清楚地说明了这一点。

然而，社会主义意识形态和社会主义核心价值体系在改革开放以来文艺理论中的确立，也持续受到了来自各方面的挑战，中国化的当代马克思主义文艺理论在曲折中不断开辟着自己前进的道路。改革开放以来，我国的文学理论研究呈现出前所未有的活跃局面，在一系列问题上都出现了分歧和论争，这可以分作三个主要的阶段。一是以从20世纪70年代末80年代初开始逐步形成的以"拨乱反正"为契机，以对存在主义文论、精神分析学文论、形式主义文论等西方当代主流文艺理论的移植模式为背景,在从"方法年"到"观念年"所形成的众声喧哗的理论格局中,对形象思维论、人道主义与人性论、文学典型理论、文学主体性理论、文体革命论、"新感性"论、纯审美论等文论关于文艺本质界说所展开的论争;二是从 20 世纪 80 年代末 90 年代初开始,以逐步形成的对"西方马克思主义美学"的移植模式为背景,围绕艺术生产论、文化工业论、大众文化论、文学理论的文化学转向、文学理论的语言学转向、"新马克思主义"美学等理论对文艺本质的规定所展开的论争;三是从 21 世纪初直至今天,以持续推进的马克思主义理论工程及学习和研究马克思主义的热潮为背景,围绕有中国特色马克思主义文艺学的体系精神、方法论原则、理论形态等基本问题所进行的讨论,这包括对文艺工具论、文艺反映论、文学向内转论、文学人学论、文艺学当代形态论、审美与意识形态关系等理论在文艺本质问题上展开的论争。这些讨论虽大多围绕文艺的本质特征和发展规律这个基本问题展开,但归根到底是在社会主义意识形态与改革开放以来文艺理论发展的关系、如何实现马克思主义文艺理论中国化等根本性问题上不同认识的反映。这里面,有一种试图通过文艺研究的范式的转型、概念和范畴的转换、思维结构和思维范式的转变来变革马克思主义文艺理论基本观念,进而淡化、消解乃至颠覆马克思主义及其文艺理论发展过程中主导地位的理论倾向。它在改革开放以来的文艺理论发展的不同阶段虽表现形式不尽一致,但其对中国化的马克思主义文艺理论以"社会—政治"范式为符号的历史和逻辑的定位,以及对其从责难否定到淡化闲置,再到解构替换的学术立场、思想倾向却是前后承继、一以贯之的。不仅如此,有学者还从逻辑结构层次指出:这种思想倾向先将马克思主义传统的"美学—历史"文艺研究范式抽象化为"社会—政治"的范式,并以此为逻辑起点,试图建构一个从"政治"的范式向"学术"范式、从"政治化"到"审美化"、从革命文论到审美文论、从外部研究到内部研究的转型这一逻辑运演过程来概括改革开放以来文艺理论的基本性质和历史发展进程,最终得出这个逻辑过程中的"人道主义与人性论——文学主体性论——性格组合论——向内转论——审美意识形态论"等作为逻辑中介的理论是"中国学者对马克思主义文艺学的贡献"的结论。这种对马克思主义文艺理论所做的"社会—政治"模式地位和非学术化、非文艺理论化的判断，是在反"左"和拨乱反正的历史背景下进行的。当时的文艺理论界在思想解放的大潮中，开始反思经历了"文革"震荡的马克思主义文艺理论，力图拨"左"的思潮对文艺的控制之"乱"，拨文艺理论研究的极端政治化之"乱"，这有其历史和逻辑的必然性。但是，当一些学者将毛泽东文艺思想定位于非文艺学的文艺政策学和文艺管理学，并提出了"马克思主义过去的思想统治实际上是一种文体统治，我们致力于文体革命，就是要打破这种专制式的思想统治"①的口号和纲领的时候，就明显地表现出了其看似学术而非学术的立场和目的。人们不禁要问，这种对马克思主义文艺理论"社会—政治"的模式定位，对改革开放以来文艺理论的基本性质和历史发展进程的概括是否准确？难道那些逐步远离政治、远离马克思主义、远离社会主义意识形态的理论还能说成是对马克思主义文艺理论中国化的贡献吗？

马克思主义文艺学的理论本质和学理特征，是由其研究的基本立场和方法所决定的。"美学的和史学的观点"是恩格斯以唯物史观的立场和方法对审美本质与社会本质辩证统一的文艺本质的基本规定，从而确立了马克思主义文艺理论"美学—史学"的基本观念和方法论原则。这种文艺研究的基本立场和研究方法，在马克思主义文艺理论发展的历史长河中，尤其是在马克思主义文艺理论中国化的过程中得到充分的体现和全新的阐释。由此所确立的有中国特色的马克思主义文艺学基本观念，是一个崭新的文艺学体系的基本理论框架和逻辑基础，是正确认识文艺现象、解决文艺问题的基本立场、观点和方法。这是由它们所处的历史环境和历史条件，以及肩负的伟大历史使命所决定的。客观地说，在特定历史时代的决定下，作为马克思主义文艺理论中国化链条中的毛泽东文艺思想，确实具有较浓厚的政治化、社会化的色彩。对文艺的本质，它也尤为重视对其政治意识形态方面的揭示。而且，它的某些在具体的历史环境和条件下适用的观点，在这些条件变化后却仍然被教条主义地推广

---

　① 刘再复等：《面对文体革命三人谈》，《上海文论》1989 年第 1 期。

和套用甚至推向极端。因此可以说,在新中国成立以后文艺学发展的过程中,"社会—政治"的文艺范式如果作为一种文艺思想倾向,作为在一定的实际和阶段中所形成的相对固定的研究模式,确实是存在的。但是,若将它作为毛泽东思想、马克思主义文艺理论中国化的代名词,并试图以此来涵盖它的本质和全貌的时候,就明显地陷入了片面和偏颇之中。只抓住了文艺思想整体结构中社会政治的这个层面和部分,并将其扩大和膨胀为绝对,而又不顾历史条件的变化把它延伸到对改革开放以来马克思主义文艺理论中国化进程的评判之中,这就是"社会—政治"模式定论者在思想方法上的基本特征。从 20 世纪 80 年代以来的各种责难甚至攻击的情况看,其实质都无非是说马克思主义文艺理论只强调文艺的"政治功能",而忘却了文艺的"审美本性",以此来寻找否定他们的借口。其实,在马克思主义中国化的文艺思想以及解决文艺问题的立场、观点和方法中,始终坚持和发展着马克思主义历史唯物论的"美学和史学的观点",始终蕴含着美学和历史的两条脉络。在历史发展的不同阶段虽有所偏重,但始终坚持两条脉络之间的相互协调、相互渗透,不断谋求两者之间的最佳结合点,不断完善和发展"美学—史学"的文艺研究模式的努力是始终如一的,并成为马克思主义文艺理论中国化的学术标志。有些论点把马克思主义文艺理论中国化抽象为"社会—政治"的符号,试图通过对这一模式的否定来否定马克思主义文艺理论体系并加以"总体性推倒重建"。早在 20 世纪 80 年代关于文艺学方法和观念的讨论中,就出现了一种用西方现代主义文艺思潮的概念和思维方式来改变并代替马克思主义文艺学基本概念和思维方式的理论倾向。通过对马克思主义文艺学特有的概念、范畴、思维结构、思维方式的否定来推翻中国化马克思主义文艺理论体系的逻辑基础和整体结构框架,是一些论点试图否定马克思主义文艺理论中国化的基本手段。这一理论倾向或隐或现表露出的是对于一种政治的否定和对另一种政治的认同与追求,甚至直接引发了是否要坚持"四项基本原则"的理论交锋。这无可辩驳地说明,一些人所标榜的诸如"文学主体性论"之类理论的"纯学术"立场及其"对马克思主义文艺学的贡献"的真正含义,也更进一步地显示了马克思主义中国化和马克思主义文艺理论中国化密不可分的关系。

三、改革开放以来文艺理论发展进程中存在的主要问题与初步展望

改革开放以来的各种文艺观念与研究方法的引进与转换对构建当代形态的文艺学具有积极的推动作用,但这并不意味着可以等量齐观,其中存在着一定的问题,应该予以甄别辨析。

譬如,文化研究作为文学研究的一种模式,正如许多学者深刻指出的:我们应该以辩证的态度对待当前的跨文化交流与跨文化交流背景下的中国文艺学研究,辩证分析中国文化与中国文论正在承受的来自文化全球化的冲击——既有积极的促进作用,也有消极的负面效应,既不能置中国国情实际于不顾而崇洋媚外,盲目地照抄照搬、全盘西化,也不能夜郎自大、故步自封地排外,而要以虚怀若谷并海纳百川的胸襟接纳并科学地借鉴包括西方文化在内的世界各国的先进文化。

此外,警惕新的"文学教条主义与艺术教条主义"倾向依然任重而道远。对此,许多学者进行了系统梳理与深刻剖析,认为:与照搬照抄马克思主义条文的理论倾向相同,那些用生吞活剥西方现代主义美学和文艺学的条文来否定马克思主义的研究者们在思想方法上竟表现出惊人的一致——他们用不同的方式共同表现了割裂理论与实践、主观与客观的统一,否定实践作为检验真理唯一标准的这一教条主义思想方法的本质。但由于历史环境和条件的不同,各种教条主义在表现形式上又呈现出不同的特点。在那种用生吞活剥马克思主义条文的教条主义的另一端,改革开放以来文艺思潮中的教条主义,则是以生吞活剥西方现代主义美学和文艺学的条文作为坚持"纯学术"研究立场的最高境界。那种用从西方搬来的"半生不熟甚至连自己也不懂"的概念和方法,在中国文坛上所进行的"术语大爆炸"和"方法大爆炸";那种以言必谈欧美,死不谈中国;言必称西方现代主义,死不谈马克思主义为时髦和骄傲的"理论创

新"……均可以称作此类教条主义的表现形式。

可以肯定地说,伴随改革开放的步伐,借鉴和吸收包括西方文艺科学在内的一切人类文明的优秀成果为我所用,这不仅是必要的,也是必然的。正如毛泽东所说的:"有这个借鉴与没有这个借鉴是不同的,这里有文野之分、粗细之分、高低之分、快慢之分,所以我们绝不可拒绝借鉴古人与外国人,哪怕是封建阶级与资产阶级的东西也必须借鉴。"但这种借鉴与吸收又不是毫无批判的盲目崇拜和照搬,所以他又告诫我们,"书本和现成品不是源而是流",我们吸收它们"仅仅是借鉴而不替代"。他尖锐地指出:"文学艺术中对于古人和外国人的毫无批判的硬搬和模仿,乃是最没有出息的最害人的文学教条主义与艺术教条主义。"①毛泽东所说的这些话,今天听来仍感到那么新鲜、那么亲切。它恰恰切中了改革开放以来所表现的"文学教条主义与艺术教条主义"的要害,并为我们在改革开放的今天如何正确地借鉴"古代的与外域的知识",提供了一个基本的方法论原则。这里的借鉴,不是生吞活剥,不是不顾一切条件、地点、时间任意拿来乱用,更不是用硬搬进来的西方文艺思潮对马克思主义的理论概念与死亡方法进程代替和转换,而是要首先鉴别它们是否科学、客观地反映了事物的本质和规律。我们要接受的是那些依据正确的经验所得到的、有真理性的可靠的东西,而不是不科学、不可靠的东西。即使对那些可靠的东西,也必须要看到它们毕竟是当时当地实践经验的总结,而不是我们此时此地的实践经验的总结。因此,对外来文化的借鉴和吸收的前提是对它们的了解,是全面、详尽地占有有关资料和对这些资料的批判的分析,仅凭道听途说的一知半解就对其全面肯定或全面否定都是片面的、盲目的。同时,更重要的是要将其与我们的实践经验相比较,把它放在我们的历史和现实大背景下来加以考察,把其中符合我们实际情况的部分拿来为我所用。那些离开中国现实的土壤,不符合中国国情的东西,只能是无源之水、无本之木。事实上,这些教条主义者们不论是对中国的历史和现状、对马克思主义文艺学的基本理论,还是对西方的情况、对现代西

---

① 《毛泽东选集》第3卷,人民出版社1991年版,第860页。

方美学都知之甚少。有些人只是鹦鹉学舌式地抄引来一些西方现代主义的"新名词",甚至连这些"新名词"的出处、含义和用法都没有搞清楚。他们对包括毛泽东《在延安文艺座谈会上的讲话》在内的马克思主义经典作家的有关著作,抱着不屑一顾的态度。在没有认真研究过有关的历史和现实材料的情况下,却可以将其做"社会—政治"模式的定位,宣布其为"专制式的思想统治",并欲将其"历史地送进博物馆与青铜器陈列在一起"而后快。可见,改革开放以来马克思主义及其文艺理论中国化的过程,从本质上讲是以党的三代领导集体为代表的中国化马克思主义的思想方法、思想路线,在与包括教条主义在内的形形色色的主观主义的思想方法和路线的比较和斗争中,不断深入人心,不断掌握群众的过程。当前,牢牢地掌握科学发展观所交给我们的防止各种思想偏向的思想方法的重心,时刻警惕各种主观主义特别是新教条主义的滋生和蔓延,是我们建设当代有中国特色的马克思主义文艺理论、繁荣社会主义文艺事业所面临的一项根本性任务。

教条主义在改革开放以来重新滋生和蔓延的原因较复杂,中国历史上长期形成的那种知与行、学与用、理论与实际脱节的思想方法,作为一种有力的传统在潜移默化地发生着作用不能不说是一个重要的原因。但这里面最根本的还是我们的文艺理论界缺乏一个真正牢固的辩证唯物论和历史唯物论的基础,一个马克思主义文艺学基本观念的基础所致。应该承认,当代马克思主义面临着严峻的生存挑战和艰难的历史抉择,而我们有些同志却一直不能从十年动乱马克思主义所受到的震荡中走出来,以致在强调以往错误倾向的时候忽略和掩盖了另一种倾向。他们将我们前进中某些失误和不足,由局部夸大到整体,由相对夸大到绝对夸大,对自己采取了一种妄自菲薄甚至是自我否定的态度。而同时却对西方现代主义文艺思潮盲目崇拜和肯定,不问中国具体情况地模仿和照搬,以为找到了解决问题的灵丹妙药。这种情况,集中暴露了我们文艺理论界缺乏一以贯之的、牢固的马克思主义文艺学基本观念的基础这个历史性的弱点。因此,真正加深对马克思主义及其文艺理论中国化的理解和学习,切实提高建设当代形态的、中国化的马克思主义文艺学的理论自觉性和历史责任感,是我们面临各种思想倾向的挑战而立于不败之地的基本保证。这也正是今天我们对改革开放以来马克思主义文艺理论中国化进程回顾和反思的根本意义所在。

因此,我们对改革开放以来文艺理论发展的纵向梳理与反思是密切相连的,在积极肯定已有成绩的同时更应正视与纠正当代中国马克思主义文艺学研究存在的问题,否则必将阻碍我们文艺理论科学化发展的进程。

自20世纪80年代兴起美学、文艺学方法论大讨论以来,我国理论界积极建设以中国传统文艺学为主导的当代中国文艺学、文艺学理论体系,并且取得了令人瞩目的成绩。无论是对认识论文艺学和实践文艺学的讨论,还是实践文艺学与后实践文艺学的争论,都反映出学者们富有紧迫感的学科建设意识,这不仅表现为理论界对文艺学学科形态和学科性质以及如何构建学科体系等问题的探讨,更表现在人们日趋开放的自由心态上。

然而,正如有的学者所指出的,热情的探索不能代替冷静的思考,标新立异不一定就是创新,时间上的“现代”更不等于理论的先进。从表面上看,各种新理论层出不穷,一片繁荣,然而在这繁荣的背后却遮掩不住对理论研究赖以存在的哲学基础的不同程度的忽视和轻视。殊不知,任何文艺学理论的构建都是以一定的哲学思想为基础的,如果缺乏这一坚实的理论根基,那么任何貌似惊人的理论大厦都会成为空中楼阁。孙伯鍨尖锐地指出,哲学不是服装,可以一天换一个样子,哲学也不是流行歌曲,可以一天换一个调子,它必须有一个一以贯之的东西在里面。① 如果我们对此没有清醒的认识,可能会导致文艺学的研究步入误区。如果我们的马克思主义文艺学研究脱离了辩证唯物论和历史唯物论的思想原则和方法论基础,那么这种研究就很难说是马克思主义文艺学的研究了。一个不容回避的事实是,有的文艺学理论研究在方法论上以返回原初性

---

① 参见孙伯鍨:《“马克思主义哲学的方法论特征与历史命运”笔谈:作为方法的历史唯物主义》,《河南大学学报(社会科学版)》2001年第3期。

思维或本源性思维为基点,以超越辩证思维的方法为基本途径,试图建构一种取消主体与客体、本质与现象之类的范畴,进而否定对美和艺术发展的本质和规律进行研究的文艺学理论。针对这一思潮,一些学者深刻地指出,如今有一种很流行的思潮,那就是对传统的建立在形而上学哲学基础上的文艺学研究或多或少地表现出轻视的态度,把本质主义与对"美的本质"的教条式讨论联系在一起,将关于本质的研究等同于本质主义。其理由似乎是很充足的——世界都已经跨入后现代了,分析哲学该退出历史舞台了,形而上学早已是穷途末路了。于是,越来越"务实",认为对那些基本理论的研究实在是费力不讨好的事情,便遵从了维特根斯坦的告诫——"对于不能谈的事情就应该沉默",因此对基本理论的探索日益"边缘化"也就不足为奇了。这些理论,放弃对关于抽象的物质或精神实体、绝对化的本质和基础等理念的学理探讨,力主把那些与人的生命息息相关的情感、无意识、意志、直觉等非理性作为新的哲学基础,对以二元认识论的否定实现统一于虚幻的精神世界的"天人合一"的人生超越。这种对人生、对人的精神世界的关注精神具有合理性的一面,但同时却不可避免地陷入两难境地:一方面,它极力倡导感悟、体验、生命本能活动等非理性一面,反对理性;另一方面,它用以攻击、颠覆理性的手段却仍然还是理性,就如同对无意识推崇备至的弗洛伊德也必须依靠有意识的理性去建构他的无意识理论一样,非理性主义绝不可能以它的"非理性"去完成充满理性色彩的非理性理论。我们不能否定这样的事实:任何一门学科体系的构建都是一种认识活动的结果。因为在建立一门学科体系时,我们必然以对其研究范围、研究对象、研究方法以及研究意义等问题的认识为起点,在此基础上才能展开具体的研究工作。认识活动是科学研究的基础,而任何认识活动的前提是具备认识结构的两极——主体和客体,缺少任何一极都将失去认识活动赖以存在的可能。由此可见,不管现代非理性哲学和解构哲学多么推崇个性的重要性,多么试图挣脱、超越主客体关系结构,只要这些哲学家在思维,就不能跳出形而上学的网结,只要他们想"在场",就取消不了建立在诸如本质、规律等理性基础之上的哲学存在的合法性。除此之外,有的学者指出,某些理论在对马克思主义哲学的基本范畴的界定上出现了偏差,如超越"实践文艺学"理论对"实践"概念的厘定。这些超越论者认为,"实践"是有限的,而生命存在是无限的,因此可以用"生命""存在"等范畴取代"实践",以此实现"超越"。他们主张以审美活动作为本体论的核心范畴,以凸显美的个体性、精神性、超越性特征。他们认为,审美的本质不是感性与理性的矛盾运动,审美是超理性的,而且应该是对这种超理性的追求,因此实践文艺学的基础——实践——应该被超越。

对此,有的学者指出了截然不同的观点。他们认为,伴随历史前进的步伐,马克思主义实践的概念也在不断被赋予新的本质内涵:"实践是人或人类与对象世界之间所进行的一种物质的或精神的交流活动。这种交流可以体现为物质性或制度性的对对象世界的改造、变革,也可体现为人与人之间的物质的、信息的或精神的交流,还可以呈现为精神性的对对象的体验、感受。实践活动可以是现实性的,也可能是想像性、虚拟性的。"①的确,从人类社会发展的历史看,如果说,工业革命以前的人类社会面对的是如何生存的问题,在人与外部世界的关系中更多地表现为物质性的实践关系,也就是我们以往通常所理解的人类改造客观世界的现实的物质性活动;那么,产业革命带来的生产力的飞速发展则全方位地推动了人类社会的巨大变革,尤其是在知识经济的今天,人力资本地位的凸显使得作为主体的人展现出更为广泛而丰富的本质,不仅表现为物质性实践活动,更表现为精神性的实践活动。以往在社会生产力发展中居重要地位的是物质资本,而在知识经济时代知识资本(人力资本)取代了物质资本的决定地位,人的体力因素地位下降,而精神因素得以不断提升。因此,那些呈现为精神性的对对象心理想象性的体验、感受式的实践活动同样也是人的实践活动方式之一。只要人以实践方式与客观实践发生关系,就不可避免地存在主客体之分,由此可见,只要承认审美活动的存在,就不能否定人类的实践活动。

面对改革开放以来文艺理论发展进程中存在的问题,中国马克思主

---

① 徐碧辉:《主客体之分与新世纪美学的建构》,《学术月刊》2002 年第 9 期。

义文艺理论研究形成了诸多成果,学者们普遍抱有积极乐观的态度,认为马克思主义文艺学将在全球化、多元化背景下通过广泛对话、交流、互补而得以健康发展。

　　中国马克思主义文艺学在 21 世纪的发展趋势,一直是学者们讨论的热门话题。许多学者通过对其哲学基础——马克思主义哲学理论品格的分析,认为马克思主义哲学在本质上讲是革命的、实践的,同时也是开放的、发展的,这是它与其他哲学流派的本质区别。一百多年前,恩格斯在致威纳尔·桑巴特的信中指出:"马克思的整个世界观不是教义,而是方法。它提供的不是现成的教条,而是进一步研究的出发点和供这种研究使用的方法。"①在这里,恩格斯深刻地指出,马克思主义哲学作为一种世界观,只有转化为方法论时才能真正地成为人们认识活动和实践活动的科学指南,才能成为实践的有力武器,如果仅仅停留在一般概念和原理上,而不愿意或不善于把它化作方法,这是教条主义的表现,对实践则毫无意义。我国著名哲学家艾思奇对此也有独到的见解,他认为:"通常我们讲哲学原理的时候,都要提到它们的实际意义。应该说,所谓哲学的实际意义,就是它的作为认识方法的意义,因为辩证唯物主义各项原理必须作为方法加以掌握,然后才能帮助我们正确地去观察问题、解决问题。"②马克思主义哲学方法论的意义,就是它作为一种科学的理论体系本身所具有的帮助人们提高正确认识并解决各种实际问题的能力,为人们认识和解决各种实际问题提供最一般的科学指导。马克思本人一再声明,他并没有结束真理,而只是开辟了通向真理的道路。马克思主义哲学之所以能够不断发展,是因为它具有实践性、科学性、批判性、开放性和创新性等理论品格,同时,这些优秀的理论品格又决定了马克思主义哲学既是时代的产物,又能超越其所产生时代的局限,始终能以崭新的姿态迎接时代的挑战。因此,建立于这一坚实的哲学基础之上的马克思主义文艺学也必然具有顽强的生命力。

———————————

① 《马克思恩格斯文集》第 10 卷,人民出版社 2009 年版,第 691 页。
② 艾思奇:《辩证唯物主义纲要》,人民出版社 1978 年版,第 7 页。

面对经济、文化全球化快速推进的新的历史背景下所出现的新问题，马克思主义文艺学如何才能拿出一个令人较为满意的答案？有的学者认为，建设当代中国马克思主义文艺学应注意将全球化的语境与中国现时代的语境相结合，注意马克思主义文艺学与中国本土文艺学的结合点问题，还要注意当代中国马克思主义理论体系的特征或理论形态问题。有的学者指出，与西方马克思主义文艺学取得的引人注目的局面相比，中国的马克思主义文艺学研究似乎受到了冷落，其实作为一种社会思潮和20世纪重要的意识形态现象，我国的马克思主义文艺学的许多理论还未达到全面而深刻的论述。大多数学者同意应将当代中国马克思主义文艺学的建设与发展置于与其他各种理论、学说的对话、交流、相互补充的过程中，引进、吸收包括马克思主义文艺学的研究成果，批判地借鉴西方马克思主义文艺学的某些研究思路，这主要包括三个方面的内容：一是发掘经典马克思主义文艺学中长期被遮蔽的、未被重视和吸收的思想点；二是关注当代资本主义社会文化发展的现实和成果，要像当年马克思吸收黑格尔哲学思想合理内核一样，汲取包括西方当代哲学在内的一切优秀文化成果为己所用；三是理论研究要密切联系当代世界发展的现实，用马克思主义的基本原理以及当代的思想成果去认识和解决世界性的重大社会问题和文艺学问题。总之，随着时代的发展，密切关注全球马克思主义文艺学研究的最新成果，并按照当代中国社会和文化发展的客观现实对其进行审视和选择，这应该是当代中国马克思主义文艺学研究所面临的重要理论课题。

然而，也有学者认为，对话、交流必须建立在平等对话的基础之上，如果西方学者并不看好中国的文艺学研究，甚至质疑中国文艺学是中国的，那么在这种局面下，谁肯与你对话？并一针见血地指出其"病根"在于中国文艺学总是跟在西方之后，重复他人的话语，甚至使用人家的话语。于是，在西方学者心中，这样的研究便缺少创新性。之所以会出现这种情况，其实质在于我们的理论研究缺乏原创性和原创精神。有的学者对此敲响警钟，当大面积引进西方理论时应保持一个清醒的认识，那就是最新的和最时髦的东西不一定就是最好的，一个国家和民族应当有自己的文化遗产和理论声音,这是它们赖以在国际上发出自己独特声音的资本。因此,要实现与西方文艺学的对话和交流,必须首先提高自己的理论水平,这就要加强"内功"的提升。在这方面可以借鉴西方马克思主义在重振马克思主义上的某些做法,如发掘马克思思想中长期被遮蔽、未能被认识和吸收的思想。

第四节
对当下中国马克思主义文艺理论研究的若干思考

进入新世纪后,马克思主义文论研究稳中有进,无论是关注的问题和研究的视域,还是研究对象和研究方法,都出现了新的气象。正是在这样的背景下,有学者提出了建构"21世纪中国的马克思主义文艺学"的构想,这都是面对文艺新问题的一种可贵的理论探索。那么,结合我们前面对改革开放以来的各种文学思潮和论争的考察,再结合21世纪以来马克思主义文论研究的新的走向,想要推动并建构21世纪的中国马克思主义文论研究,还需要注意哪些问题呢?

一、坚持马克思主义的基本理论立场

显然,建构21世纪中国的马克思主义文艺学,马克思主义的立场、观点和方法是根本,离开这一点,其他都无从谈起。笔者认为,想要做到这一点,应该考虑这样几个问题:

第一,需要理论工作者自身的理论自觉。这种理论自觉,是指理论工作者对自我的明确定位,不仅能够对马克思主义理论进行深度阐释,还能在具体的文学研究、文学理论研究中自觉地运用马克思主义的基本原理和方法。

一方面,人文学科研究要有一定的人文关怀和明确的价值立场。马克思主义把"人"的解放作为自己的最高使命,但是这种对"人"的理解,绝不是资产阶级人道主义意义上的"人",与此同时,马克思给出的答案也不是在思想观念内部的解决。正如阿尔都塞在《今日马克思主义》之中所说过的,马克思改变了"批评"或者"批判"的意义,不仅为自己确立了自己代表一个阶级的使命,还拒绝了那种在传统意义上把他假定为"批判的知识分子'作者'的观念"①。同样的,在今天的马克思主义文论研究中,理论工作者也应该有这样的理论自觉和理论实践。

另一方面,我们也应看到,马克思主义文论研究,不仅仅是纯粹理论层面的探讨,它还指对包括文学史、作家、作品等问题在内的各种具体问题的研究,就如詹姆逊所认为的:"马克思主义业已充分渗透到各个学科的内部,在各个领域存在着、活动着,早已不是一种专门化的知识或思想分工了。"②也就是说,不能简单地把马克思主义文论学科化、知识化,更重要的是理论的应用与实践。在当下的文学基本理论领域,马克思主义文论的探讨已经比较深入了,而在作家、作品以及文学史等具体的文学研究领域,马克思主义的观念和方法事实上是被忽视甚至是否定的。所以,马克思主义文论研究应该在传统纯粹理论层面探讨的基础之上,将马克思主义文论的立场、观点和方法应用到新的、具体的作家、作品研究、文学史研究和文学理论研究中去,以此建构起对文学活动从微观到宏观的总体性理解,从而使之获得深广的生命力和强劲的发展动力。

第二,反对文论研究的"去政治化"倾向。自从 20 世纪 80 年代以来,建立在"审美主义、启蒙主义和人道主义"③基础上的文论研究,有一个重要的趋向就是将马克思主义文论研究学科化、学术化和中性化,简而言之,"去政治化"的原则。我们承认,文论研究有其自有的学科规范和

---

① [法]阿尔都塞:《今日马克思主义》,见阿尔都塞著、陈越编译:《哲学与政治:阿尔都塞读本》,吉林人民出版社 2003 年版,第 251 页。

② [美]詹姆逊:《马克思主义与理论的历史性》,见王逢振主编:《詹姆逊文集第 1 卷:新马克思主义》,陈永国、胡亚敏等译,中国人民大学出版社 2004 年版,第 141 页。

③ 李龙:《文学研究:告别 1980 年代——以"底层文学"叙事为例》,见徐志伟、乔焕江主编:《扎根》第 1 辑,河南人民出版社 2014 年版,第 99 页。

学科问题域,很多基本理论问题需要在这一框架内进行充分合理的解释。但是同时也应看到,这种研究思路和那种过于政治化的理论话语其实属于一个问题的两个方面,它们对文学的理解过于片面和狭隘,对文学与政治的关系理解得也过于简单,基本还停留在简单的二元对立框架内对文学与政治的关系进行解释。而在今天的语境中,更为复杂的文学活动需要我们为这一问题开辟新的问题空间。马克思主义文论的历史性品格,使其能够把文学研究中不同的概念、术语、话语体系理解为"暂时的和历史性的形式"①,从而恢复每一种理论话语自身的历史性维度,并将其辩证地转化为新的理论资源。詹姆逊在这个问题上的理解同样给了我们某种启示,他在《政治无意识:作为社会象征行为的叙事》中说过:"只有一种真正的历史哲学才能尊重过去的社会和文化特性和根本差异,同时又揭示出它的论争和热情,它的形式、结构、经验和斗争,都与今天的社会和文化休戚相关。"②而马克思主义文论作为一种辩证批评,能够通过对文学文本的审美形式、叙事模式和叙事策略的考察来揭示其中隐藏的政治无意识,因此,审美生产的同时其实也就是意识形态的生产。

第三,倡导同不同理论话语之间的对话。经典作家通过和黑格尔、费尔巴哈、杜林、卢格、蒲鲁东、鲍威尔等人的对话,建立起了马克思主义理论。所以,坚持马克思主义的基本理论立场,并不意味着对其他理论话语的拒绝与否定,相反,是要真正同它们对话,通过对话来推动马克思主义文论的发展。但这种对话,不等于丧失马克思主义的基本理论立场和理论原则。比如在当代文论研究中,海德格尔的思想是一个巨大的存在,有的学者试图将海德格尔的思想同马克思主义相结合,在文论、美学等领域建构一种存在论意义上的马克思主义文论和马克思主义美学。海德格尔对技术性问题、传统形而上学问题的反思,确实值得我们去借鉴和思考。但是,将二者结合,或者说将马克思主义存在论化这种理论探索是否能够成立呢? 如果我们从最根本的问题,也就是对历史之谜的解答出发的话,

---

① 《马克思恩格斯文集》第 10 卷,人民出版社 2009 年版,第 44 页。
② [美]弗雷德里克·詹姆逊:《政治无意识:作为社会象征行为的叙事》,王逢振、陈永国译,中国社会科学出版社 1999 年版,第 9 页。

就会看到海德格尔同经典作家之间的本质性区别。马克思主义美学的诞生,不是在传统知识论范畴内对美学问题的提出和解决,它将美的创造、审美活动、审美理想完全置于人类社会历史存在和发展的深厚基础上,既打破了传统美学知识论的划分模式,也颠覆了传统美学形而上学的基础。对马克思而言,一方面,历史是人与自然的互相占有与生产的展开,是人的本质的现实的生成;另一方面,人的解放要通过打破那些阻碍历史前进的生产关系来实现,这是一种现实的、历史的而非思想的革命。可是,在海德格尔那里,历史只是"存在"和"大道"的自我言说,世界最终走向了天、地、人、神四位一体的玄学境界,"历史之发生是作为存在之真理的天命而从存在而来成其本质的"①。显然,二者在解答历史之谜这一根本问题上的对立,决定了他们在文论和美学等基本问题上的不同取向。

二、坚持马克思主义文论总体性、批判性的原则

新的时代给马克思主义文论提出了新的问题,也提出了新的挑战。在当代马克思主义文论研究中,文化与亚文化研究、微观叙事、身份政治、生态文论等新兴理论话题,在不断地突破传统马克思主义文论的问题域,开创出新的理论空间,马克思主义文论研究呈现出多层面、多维度、多视角的趋向。但是从另一个角度来看,这些研究也带来两个负面的倾向:一个是马克思主义文论研究的碎片化,另一个是在马克思主义文论研究中"文"的消散。因此,在文论研究中,有必要坚持一种总体性、批判性的原则。

这里所说的总体性,不是要建立一种宏观的、封闭的、排斥性的总体性叙事,而是要强调马克思主义文论是一种历史化的辩证批评,在此基础上试图克服碎片化的研究所带来的历史动力的消解,更多深层次问题的

---

① ［德］海德格尔:《路标》,孙周兴译,商务印书馆 2000 年版,第 395 页。

被掩盖等弊病,如恩格斯所说:"历史就是我们的一切。"①它能够在历史的语境中,通过和其他各种理论话语的对话,将这些理论话语辩证地转化为一种新的理论形态,同时也能够对这些鲜活的文学活动和不同的理论话语进行创造性的解释而不断地建构更具有生产性的理论话语和方法。如果这种理解成立的话,那么就需要注意两方面的问题:一方面,理论研究不能仅仅满足"抽象形式的实践"②;另一方面,理论本身应该是一种创造性的生产。

理论的概念化、抽象化、体系化是必要的,但是如果理论研究仅仅是概念层面的游戏,或者是虚幻的空想和大而无当的空洞体系,那么这样的理论不仅不符合马克思主义自身的精神实质,也是空洞无物的"形而上学式的废话",因而也就根本没有任何生命力。在《〈黑格尔法哲学批判〉导言》中,马克思就批评过那种"局部的纯政治的革命,毫不触犯大厦支柱的革命",是乌托邦式的梦想,是市民社会的产物。同样的,在《神圣家族》中,经典作家也批判了"批判的批判",因为"批判的批判的主要秘密之一,就是'观点'和用观点来评判观点"③。显然,这种纯粹的理论批判,并没有改变"其他人的对象性现实的时候,这个世界仍然还像往昔一样继续存在"④,也没有提出任何有价值的、根本性的批判性思考。

那么,从理论研究来说,怎样破除这些庸俗的抽象形式的乌托邦式的幻想呢?很重要的一点就是要进行前提的批判,因为任何一种理论话语都有其之所以成立的逻辑起点和基本前提,前提的批判是发现一种理论话语的内在矛盾,推动其走向科学的必然要求。建立在前提的批判的基础上的文论话语,会不断质疑包括自己在内的各种已有文论成果,从而推动理论问题域的不断拓展和更新,同时,这种批判不是从理论到理论,更不是把鲜活的文学活动和文论研究变成抽象的观点和范畴。而且,我们在强调文论对文学活动的指涉的时候,并不是说简单地把历史唯物主义

---

① 《马克思恩格斯全集》第1卷,人民出版社1956年版,第650页。
② 《马克思恩格斯文集》第1卷,人民出版社2009年版,第265页。
③ 《马克思恩格斯文集》第1卷,人民出版社2009年版,第356页。
④ 《马克思恩格斯文集》第1卷,人民出版社2009年版,第358页。

和辩证唯物主义作为方法简单地加到现实之上,而是强调这种指涉应该是一种建立在文学活动基础之上的创造性的解释和理论的再生产,而不是简单地对文学活动的工具性、技术性的解释。

举例来说,在对文学与政治的关系的问题上,就不能仅仅是从抽象的、狭隘的文学观念出发来理解二者的关系,而是要反其道而行之,要在历史的语境中来对文学进行阐释。比如雅克·朗西埃就认为,文学的政治既不是指作家对政治和时代的介入,也不是在文学作品中表现政治运动、社会结构等问题。文学是在某一社会共同体之内的一种"感性的分割",所以,"文学的政治"的含义就是"作为文学的文学介入这种空间与时间、可见与不可见、言语与噪声的分割。它将介入实践活动、可见性形式和说话方式之间的关系。正是这种关系分割出一个或若干个共同的世界"①,它既打破了表现赋予社会等级秩序的差别体系,同时也是一种新的诗学,是一种写作的民主。显然,这种理解,不是从先入为主的文学观念来简单地否定或肯定文学与政治的关系,也不是简单地认为文学就应该是一种介入性的社会行为,而是从文学活动在社会和历史中的作用和价值来阐释一种新的对文学的理解。

在西方马克思主义和后马克思主义文论的推动下,当代的文化研究取得了丰硕的成果,文化的变革甚至被威廉斯认为是一场漫长的革命,詹姆逊也认为文化研究属于学术政治的一部分。但是,我们必须要注意的是,在马克思主义文论研究中,马克思主义理论是基本的理论立场和根本原则,但是它的主要研究对象是具体丰富的文学活动而非人类的其他活动,所以,离开了对"文"的活动的研究,马克思主义文论的存在就成了问题。在当代马克思主义文论研究中,新兴的研究视角、研究领域和研究方法虽然越来越丰富,但是如果把握不好,往往不自觉地就会衍生成为非文学研究。我们强调马克思主义文论研究的总体性原则,是指对文学的理解应该放在一个总体性的语境中来阐释,但这不等于将文学碎片化,消弭在大而化之的总体性之中,那样的话,既取消了文学的存在,也取消了马

---

① ［法］雅克·朗西埃:《文学的政治》,张新木译,南京大学出版社 2014 年版,第 5 页。

克思主义文论的存在。一方面,用马克思主义的立场、观点和方法研究文学,不等于将丰富的文学活动化约为几条抽象原理的具体显现,而是要在历史化的语境中,充分尊重文学活动自身的规律,多维度、多层面地实现对文学活动的科学阐释;另一方面,文化研究等方法和视角的引入,它们考查的应该是文学活动同诸如思想史、身份问题、微观政治、亚文化等问题之间的张力关系,在这些关系中研究文学活动,而不是简单地将文学活动变成这些问题的理论表征和工具。

三、坚持马克思主义文论研究的中国问题和中国视角

建构当代中国的马克思主义文论话语,并不是说简单地用马克思主义理论来解释今天的文学活动,或者把马克思主义理论直接拿过来建构起我们对文学的理解与阐释,这其实是把马克思主义理论先验化、实用化、工具化了。相反地,我们更应该强调的是文学研究中的中国问题和中国视角。文学研究中的中国问题和中国视角,可以丰富马克思主义文论的内涵,推动马克思主义文论的发展,而不仅仅是证明马克思主义文论。

近代中国的革命实践和社会主义建设,为文学创作和马克思主义文论研究提供了丰富的素材,也使得中国的马克思主义文论研究呈现出自己的特点。中国的马克思主义文论把人民性作为自己的基本价值取向和根本原则。与此同时,又强调民族的、科学的、大众的文化,这些都赋予了中国马克思主义文论的独特品格。在评价毛泽东的文艺思想的时候,雷蒙德·威廉斯曾经这样说过:"毛泽东从理论上或实践上反复强调的是结合[integration]:作家不仅要同大众的生活打成一片,而且要摆脱专业作家的观念,投身到各种新型的大众化(包括集体创作)的写作活动中去。实践所呈现的这些复杂局面还是令人棘手,但至少从理论上讲,这里正孕育着一种根本性的重新阐释。"①这种根本性的重新阐释,不仅是对

---

　① ［英］雷蒙德·威廉斯:《马克思主义与文学》,王尔勃、周莉译,河南大学出版社2008年版,第215页。

文学活动本身的重新阐释,实际上也是对马克思主义文论的重新阐释。新文化运动、解放区的文艺运动、新中国成立后的农村识字运动、文学作品中社会主义新人形象的确立等,它们都以人民性为指向,推行文化的普及与提高,塑造一种新的文化形象。这些轰轰烈烈的、丰富的文学实践,都是现代中国在建立现代国家身份,走向现代过程中的一种独特的、可贵的探索。回溯这段历史,就是要在今天的语境中继承和重构近代以来中国马克思主义文论的历史叙事,在历史的深处为理论空间的进一步拓展找到新的动力。

中国化的马克思主义文论要放在中国自身的历史和世界性的语境中来理解和重塑。有学者说过:"中国革命极大丰富了美学的意义和功能。它把文化斗争的地点从城市转移到乡村,创立了农村的文化维度。它还赋予文化以双重任务:在夺取国家政权的政治斗争中充当重要武器(a principal weapon);在发动革命、形成革命意识或主体性中发挥关键(key)(也就是支配性 hegemonic)作用。"①从这个角度来理解的话,中国的文化革命和文学运动便具有了新的历史性意义,而中国自身的历史传统、中华美学精神、民族精神、爱国精神,也都得到了新的阐释。从世界历史的进程来看,中国在近百年革命和社会主义建设的历史进程中,体现了一种宏大的历史追求、独特的美学追求和文化理想,整个国家体现出一种积极进取、蓬勃向上的气象,在笔者看来,这种美学追求和文化理想就是:建设新国家,塑造新国民,创造新文化。通过社会主义文化改造,塑造社会主义新人形象,从而创造一种崭新的文化和美学精神,这才是最重要的文化启蒙,这种美学追求和文化理想就是中国马克思主义者所体认的人间大道和人间正道,也正是因为这种美学追求和文化理想,使得中国在传统与现代、东方与西方的张力结构中,创造了一种新的美学精神,同时,由于它拒绝进入现代资本主义体系之中,因而也使现代中国在世界历史的进程中获得了自己独特的文化身份,并为人类的未来提供了一种选择的可能性。

---

① ［美］刘康:《马克思主义与美学——中国马克思主义美学家和他们的西方同行》,李辉、杨建刚译,北京大学出版社 2012 年版,第 43 页。

在中国逐步卷入全球化的历史进程中,出现了很多新的实践和命题,需要马克思主义文论在微观和宏观等不同层面,从理论上做出新的解释,而不能仅仅局限于用"西马"或者"后马"的理论框架进行解释。如果我们可以把文学创作理解为对于历史和现实的一种叙事化的组织和把握的话,那么当中国处在历史的巨大变动期,文化结构、社会空间乃至时间经验本身都处在重组的历史进程中的时候,错综复杂的历史和现实对文学创作和文论研究也就提出了新的要求。这种要求,就像特里·伊格尔顿说过的:"马克思认为,重要的不是对于理想未来的美好憧憬,而是解决那些会阻碍这种理想实现的现实矛盾。而为人们指引解决问题的合理方向,正是马克思和所有马克思主义者的历史使命。"①所以,我们可以提出的问题是:我们应该如何把握这个时代? 用什么样的叙事形式来讲述中国的经验? 如何在文学创作中真正地把握和呈现新的时代精神? 我们叙述的历史动力和价值取向是什么? 我们究竟应该有什么样的文化理想? 中国新的历史叙事经验的世界史意义又是什么? 当然,可以提出的问题还有很多,远远不止于此。应该说,这些问题的提出,为建构 21 世纪的中国马克思主义文艺理论提供了巨大的理论空间和理论契机。

纵观改革开放以来的文艺发展轨迹,无论是创作实践还是理论研究,都取得了令人欣喜的成绩,无论是质量还是数量,都是改革开放之前的时期所无法比拟的。多元化的题材与多样化的风格极大地丰富与满足了社会各个阶层的审美娱乐需求,为社会主义精神文明建设作出了不可替代的贡献。在理论探讨领域,有学者进行了梳理、归纳,他们认为,由诸如对文艺"工具论"、人道主义与人性论、文艺的主体性,以及关于文艺的意识形态属性和审美特征等一系列问题的分歧和论争组成了理论研究的主线,产生了较大的社会影响,成为思想文化界关注的焦点。正是这些论争的发生与进行有力地促进了文艺研究的发展,为文艺创作实践破除禁区、大胆探索提供了强有力的理论支撑。这也恰恰是拨乱反正、解放思想,对"文革"的一元化思想禁锢的彻底颠覆与摒弃,反映了理论界积极参与改

---

① [英]特里·伊格尔顿:《马克思为什么是对的》,李杨、任文科、郑义译,新星出版社 2011 年版,第 73 页。

革开放以来文艺理论建构的热情和日益高涨的主体性意识与问题意识。当然,这些论争本身是有深层根源的。拨开纷纭的表象,其实质是由对文艺本质特征和发展规律在认识上的差异性所导致。人们观察和理解文艺问题的思想基础、运用方法、审视角度等方面有所不同,必然造成不同观点之间激烈的、有时甚至是相当尖锐的冲突,形成了数次关于文艺基本问题的论争高潮。在关于改革开放以来文艺基本理论问题的研究中,有的学者偏重于总结和分析一些专题性问题的论争——如文学的主体性、人类学本体论的文艺学、文艺学研究的文化学转向、语言学转向等问题,而较少将其放在文艺本质问题研究的整体结构和逻辑发展行程中来加以综合把握。有的学者偏重于梳理引进和移植西方现代主义和后现代主义方面所展开的论争,而较少把它们与对当代中国文艺本质特性的探讨结合起来。还有的学者虽然重视对马克思主义文艺理论一些基本问题讨论的回顾和反思,但却较少对马克思主义哲学文化思想的本质内涵及其与人类现代化历史进程的关系进行更为全面深入的研究和把握。应该说,这些研究虽然从不同角度对各次具体的文艺论争有所论述,但还缺乏对构成当代中国文艺理论基本格局的各种条件、因素及其相互联系和转化关系的整体把握,缺乏对这些论争中各种观点正误得失的辩证分析,尤其缺乏对居于主导地位的马克思主义文艺学在当代中国的新发展所进行的研究,缺乏对中国马克思主义文艺学开放性、包容性体系的结构特性的综合研究。因此,改革开放以来文艺理论的研究还需要更加系统、全面和深入,需要在整体水平上有新的突破。而如果缺少系统、全面和深入的研究,我们对文艺本质问题的认识,特别是对当代中国文艺学的性质和发展趋势的认识,就难免以偏概全,以致于不同程度地脱离我国社会和文艺发展的实际。这是我们对改革开放以来的文艺研究历史加以梳理和反思的基点和重点。因为,这些问题如果不能得到较好的克服与改进而继续存在下去,那将会较为严重地影响和阻碍我国文艺研究的健康发展,建构具有中国特色的文艺学当代形态的理论也将成为一句空话。

第一章

关于文学社会功用的研究

在有关文学社会功用的思考中,文学与政治的关系是中国化马克思主义文艺理论发展进程中一个重要的理论和现实问题,也是改革开放以来文艺理论建设中引起争论却没有得到很好解决的一个难题。改革开放伊始,文艺界对"文艺是阶级斗争的工具"这一命题展开激烈争辩后,人们质疑和抛弃了长期流行的"文艺从属于政治""文艺为政治服务"的观点。然而,在批判文艺唯政治化倾向后,有人倡导片面的、形式主义的文学审美论,打着"纯文学""纯审美"的幌子,主张文学应躲避、淡化、远离和消解政治,提出"文学与政治离婚"等错误观点;以文学的"去政治化""非政治化""非意识形态化"来颠覆和解构文学的政治维度,对改革开放以来的文艺理论建设和文学创作实践造成一定的思想混乱。因此,如何科学地阐释文艺与政治的关系,是系统总结和整体把握改革开放以来文艺理论发展进程必须解决的一个问题。在改革开放以来文艺理论的发展进程与"转型"研究中,如何运用马克思主义文艺观正确认识文学的社会功用?如何阐释文学社会功用的动态复合系统?怎样正确认识和把握文学与政治的复杂关系,清理文学"去政治化"的负面影响?如何在反思改革开放以来的文学与政治关系研究的偏误时,使文学与政治之间达到内在的有机的统一? 这些问题需要进一步从学理上进行深入的研究和分析。

第一节
改革开放以来有关文学社会功用问题的讨论

在上述背景下,一些理论家从复归文学本体的立场出发,开始对文学的审美作用给予特别的强调与重视。林兴宅认为:"文学的社会作用实际上就是美感作用。只有充分发挥文学的美感作用,才能取得文学的社会效果。"[①]他还从当代文学的发展脉络和历史走向出发,指出:"长期以来,人们谈论文学的社会作用,一般都把它区分为教育作用、认识作用和美感作用三种。这种提法把文学的社会作用看成是多元的,文学可以独立地发挥三种不同的作用。而教育作用和认识作用也为科学所具备,文学的特殊性似乎仅仅在于美感作用这一点上。"[②]并在这一基础上从三个方面探讨文学的作用。"第一,文学与认识、教育的职能,固然有某种特殊关系,但性质上不同于科学的认识和教育的作用。在谈文学的社会作用时,笼统地使用'认识作用'和'教育作用'的提法是不够准确的。第二,认识性、教育性与愉悦性在具体的文学作品中是不可能分离的,是统一在一起综合发生社会作用的。把文学的社会作用人为地分割为教育作用、认识作用和美感作用三种,也是不妥的。第三,文学的认识性、教育性和娱乐性都统属于审美的范畴,离不开美感这一基础。所以,文学的社会作用实际上就是美感作用。只有充分发挥文学的美感作用,才能取得文学的社会效果。"[③]

---

① 林兴宅:《评流行的文学功用观》,《福建论坛(社科教育版)》1981年第1期。
② 林兴宅:《评流行的文学功用观》,《福建论坛(社科教育版)》1981年第1期。
③ 林兴宅:《评流行的文学功用观》,《福建论坛(社科教育版)》1981年第1期。

还有学者反思文艺作用的有限性,表达了强烈的文学回归自由的思想倾向。黄力之说:"夸大文艺的社会作用,会产生什么样的危害性呢?我认为至少有这样两点:一是影响社会问题的正确解决,二是影响文艺本身的自由发展。""在社会生活中,当文艺的社会作用被夸大了时,人们就容易把解决文艺问题当成解决社会问题的途径,这样或者是无济于事,或者反而延缓了社会矛盾的解决。""从文艺政策的角度说,一旦过分夸大文艺的社会作用,就容易把文艺绑到政治的战车上(文艺不能脱离政治与文艺附属于政治完全是两回事),以政治需要去管理文艺,这也将束缚文艺的手脚。"[1]众多学者从文学的审美作用、美育作用、心理作用、道德作用等诸多方面对文学的社会功用进行了深入的探讨和前所未有的开掘,将文学社会功用这一问题的讨论推向高潮,同时也提出一系列值得深入反思、具备重大文论史价值的观点。

王磊指出:"不能否认,为了实现四个现代化,建设社会主义的精神文明,需要强调文学的道德教育作用。但我们研究文学与道德的关系,探讨文学的道德价值,更主要的是从文学本身价值的多重性出发,从美与善的内在联系出发。换句话说,我们主要不是谈道德需要文学,而是谈文学需要道德。如果文学只有单纯的审美作用,就会显得单调贫乏,很难使人满足。既有审美作用,又具有道德教育和认识作用,人们读起来就会觉得意味深长。文学史上许多名著之所以具有不朽的魅力,除艺术上高超外,还因为内容中表现了善与恶的斗争,包含一定的道德因素。"[2]王磊并没有局限于对某一维度的单一强调,而是能够进行客观的辩证思考:"需要说明的是,我们强调文学的道德价值,绝不意味着要求一切作品都反映道德问题。文学应保持内容和形式的丰富多样性,保持价值的多重性。况且,文学的道德教育作用也是有限的。夸大这种作用,把文学与道德的关系绝对化,反而对文学的发展会产生不良影响。"[3]江培英认为:"文学最为直接的作用在于它以其形象化的方式对读者所起的独特的心理影响。

---

[1] 黄力之:《试论文艺社会作用的有限性》,《求索》1985年第6期。
[2] 王磊:《试论文学与道德的关系》,《陕西师范大学学报(哲学社会科学版)》1983年第1期。
[3] 王磊:《试论文学与道德的关系》,《陕西师范大学学报(哲学社会科学版)》1983年第1期。

这种心理影响是全面的,它包含了对读者的知的启迪,情的陶冶与意志的培养,它在知情意统一的基础上,塑造着读者全新的人格。不论将文学的作用分为多少种,或者象我们一般的教科书那样分为认识、教育、审美作用,或者分得更细些:社会组织作用、认识作用、交往作用、纯审美作用、教育感化作用、预言作用,以及评价、暗示、净化、补偿、享受、娱乐作用等等,不过是读者知、情、意三种心理过程的种种具体表现而已。文学只有在发挥其独特的心理功能的基础上,通过直接影响读者的心灵而间接的影响社会,发挥其应有的社会作用。"①其他学者也在各自的理论框架内发表自己的见解:"优秀的文学艺术作品能够培养和提高人们高尚的艺术趣味和审美能力,具有一种感动人鼓舞人的作用,正是因为优秀文学作品的这种重要的审美教育作用才成为重要的社会改造力量,因此,我们同时代的文人们必须深刻地认识这一点,在创作活动中联系实际,真实地反映社会生活。这样才能创作出优秀的文学作品,得到人民群众的广泛欢迎和热爱。"②"文学作品借助于艺术形象,能把人们带进一个美的王国,它能通过审美的途径,愉悦人,感染人,启迪人,潜移默化地影响着人们的精神面貌,提高着人们的精神境界,帮助人实现着精神的解放。"③

　　针对社会中对文学政治作用的有意规避和刻意反叛,诸多学者从学理的层面出发,在客观承认文学的作用不能单方面束缚在政治作用一个范畴之内的基础上,也从文学与政治的复杂关系入手,指出文学完全脱离政治后的负面影响,对文艺界出现的一些极端的倾向给予批评指正。钱谷融指出:"研究文学作品,当然必须把它和时代、和社会历史条件联系起来进行考察,要对它进行历史的批评。但同时也不能忘记,文学作品是一种艺术品,它有本身的美学要求,也要对它进行美学的批评。而且这两种批评,应该是统一的,结合在一起的,应该对作品所涉及的现实中的一切因素和方面,同时进行历史的和美学的批评。"④张炯从作家的社会责

---

① 江培英:《论文学的心理功能——兼议文学的社会作用》,《河北大学学报(哲学社会科学版)》1991 年第 1 期。
② 买买提·肉孜:《关于文学的审美教育作用》,《新疆师范大学学报(哲学社会科学版)》1987 年第 3 期。
③ 凌珑:《谈谈文学的审美作用》,《语文学习》1987 年第 2 期。
④ 钱谷融:《如何更好地发挥文学的社会作用》,《中国现代文学研究丛刊》1985 年第 1 期。

任感与使命感出发,强调:"作家历来担负着崇高的社会职责。今天社会主义作家创作的文艺作品,对于满足人民精神生活多方面的需要,发展人们健康的审美意识,培养社会主义新人,提高整个社会的思想、文化、道德水平,都起着巨大的作用。按照艺术的规律,文艺作品要真正感染人、打动人、引起人们强烈的共鸣,它就必须真实。"①杨运泰犀利地指出:近年来在一部分人中,也出现了一种非倾向化的倾向。有的人借口政治问题难于掌握,提倡所谓"距离"说,主张作家"离政治越远越好",对我国当前政治生活中的一切重大问题不作任何评价。也有的人以"现实关系和生活在现实关系中的人是复杂的"为由,拒绝描写代表时代发展方向的先进人物,一味去写那些不好不坏、亦好亦坏的复杂人物,而对这些人物身上的是与非和长与短又不作任何褒贬。这些做法都是不妥当的。在任何社会里,政治关系都是现实关系中的最重要的部分,想完全避开政治关系不写是不可能的。我们也承认现实关系以及生活在这个关系中的人是复杂的。但不管怎样复杂,生活在社会中的人总有个基本方面,或者基本是好人,或者基本是坏人,或者处于中间状态。我们总不能把他们都写成不好不坏、亦好亦坏的中不溜的芸芸众生,更不能对他们的言行不作任何道德的、思想的和政治的评价。②刘保端指出:"既然艺术的目的就是在人们心目中激起这样或那样的感情,培养人们对一定的生活现象采取这种或那种态度,作家便不能不注意文学的社会效果,关心文学在读者的心灵上所起的教育和感化作用。""是用病态的神经过敏的东西、阴暗和悲观失望的情绪去污染读者的心灵,还是用高尚的、健康的精神去感染读者,这是每一个党的文学工作者必须认真思考的问题。"③

面对双方观点的针锋相对,以林非、程麻为代表的部分学者以相对折中的姿态认可双方的部分观点,将双方阐释忽略的部分进行系统的补充与深化。林非指出:"作为意识形态的文学艺术必然会具有它的社会作

① 张炯:《文学的真实与作家的职责》,《文学评论》1980年第3期。
② 参见杨运泰:《文学要真实地描写现实关系》,《学习与探索》1984年第2期。
③ 刘保端:《文学的使命和作家的责任——重温高尔基关于文学的社会作用的论述》,《学习与思考》1982年第2期。

用,如果不承认这一点,就是一种违背客观事实的谬误的见解,然而在具体的探讨文学艺术的社会作用时,历来又有着两种不同的看法:或者是比较准确的说明文学艺术自身所能够产生的社会作用,或者是极端夸大文学艺术自身实际上并不能够产生的社会作用。""我们往往极端的夸大文学艺术的社会作用,有意或无意的重复了近代美学思潮中梁启超那种比较幼稚的谬误,其根源也同样的是将文学艺术看成为离开了本身特殊性的工具,因而虽然强调到了十分重要的程度,却是由它自己的内在规律所无法负担的。如果说文学艺术是一种工具的话,它也应该具有自己的特殊性。"①与林非观点相似的还有程麻:"任何民族、任何时代的心灵旨趣和艺术理想,都不是静止的、固定的。中国古代文人多重视文学艺术的纵向演化;近代西方人由于文化视界的拓展,比中国人更注意不同民族心理的横向差异问题。这两种视角各有意义,但仅执一端,尚不全面。其实任何一位作家,都站在历史发展与民族特色的交汇点上。无限延伸的文化网络,为作品文学价值的实现展示了广阔的天地。"②徐达指出:"文艺作为一种精神现象和社会意识形态,它决不可能直接转变为一种或大或小的社会物质力量,因为物质力量须由物质本身的运动才会产生。文艺只能通过文艺特有的方式:熏染、感化、影响去转变读者的思想感情和其他社会观念,达到重新塑造人的个性、改造人的整个灵魂的目的,把人塑造成为具有'使用实践力量的人'。当这样的人再投身于社会实践的时候,文艺的作用才能或大或小、或隐或显地显现出来。""其次,文艺的社会作用可以概括为功利的和审美的两大类。文艺的功利目的,是由文艺的上层建筑性质和文艺作为一种社会意识形态的性质决定的,文艺的这种社会性质规定着它不可避免地要为社会经济基础和社会的物质存在服务。"③谢武军从马克思主义角度对这一问题进行了重新梳理:"通过文学艺术的途径,人们也能够在一定程度上达到对真理的认识和对社会生活本质的把握。在某些方面,对世界的艺术把握是别的掌握世界的方式所

---

① 林非:《鲁迅对于文学艺术社会作用见解的演变与发展》,《文艺理论研究》1983年第3期。
② 程麻:《论文学价值的实现》,《福建论坛(人文社会科学版)》1990年第5期。
③ 徐达:《辩证地认识文艺的社会作用》,《山花》1989年第10期。

不可代替的。伟大作家的思想往往达到或接近自己时代世界观的最高水平,因此,他们的作品能够再现出无比生动丰富的社会生活,反映出生活的某些方面的本质,预示未来的某些趋向,让人们增长智慧、获得启示。""任何时代的文学都是对自己时代的艺术记录,作家是自己时代的物质生活与精神生活的'书记'。伟大的作品总是历史时代印记最深的作品,但却并不随着时过境迁而减少它们的魅力。"①

通过对文学社会功用问题的讨论,理论界实现了对这一问题的深入分析和系统阐发,不仅有效规避了"文革"以来极端政治对文学的挤压与负面影响,而且从更为理性客观的维度上相对辩证地考量了政治与文学的复杂关系,充分实现了对文学过分"卸道"后的警惕,为日后的文艺理论发展提供了重要宝贵资源和可借鉴话语,具有重要的理论史价值。

在对以往讨论加以分析整理的基础之上,结合中国马克思主义文艺理论的立场、观点和方法,可以对文艺的社会功用问题做出更为全面而深入的认识。

第二节
文学在社会文化系统中的位置

一、马克思主义文艺观对文学社会功用的认识

运用马克思主义文艺观阐述文学在社会结构中的位置,应当把文学放在整个人类社会文化系统的大视野中考察,正确认识文学在社会文化发展进程中所处的地位和所起的作用,并进一步考察文学与社会文化环境的互动关系,包括文学与政治、文学与经济、文学与道德、文学与宗教的

---

① 谢武军:《从马克思的伟大实践看文学艺术的社会作用》,《文献》1983 年第 3 期。

关系。

马克思主义文艺观将文学艺术视为观念的上层建筑,从文艺的意识形态性出发,阐释文艺同上层建筑范畴的政治、道德等的关系,分析文艺的社会功用,建立文学与政治的良性关联。这有助于正确理解和把握文学与政治的关系,对于纠正长期以来困扰文学与政治关系的各种理论偏颇和不良倾向,也具有重要的理论启示和方法论意义。

马克思主义文艺观对文学社会功用的认识是建立在唯物史观基础上的。1859 年,马克思在《〈政治经济学批判〉序言》中,运用历史唯物主义原理科学阐释的社会结构理论,为正确理解文学与政治在社会结构中的位置奠定了理论基础。马克思说:"人们在自己生活的社会生产中发生一定的、必然的、不以他们的意志为转移的关系,即同他们的物质生产力的一定发展阶段相适应的生产关系。这些生产关系的总和构成社会的经济结构,即有法律的和政治的上层建筑竖立其上并有一定的社会意识形式与之相适应的现实基础。物质生活的生产方式制约着整个社会生活、政治生活和精神生活的过程。不是人们的意识决定人们的存在,相反,是人们的社会存在决定人们的意识。"①马克思的社会结构理论认为,经济基础决定上层建筑的变化和发展。经济基础变更后,上层建筑也必然发生或快或慢的变革。上层建筑包括政治、法律制度等设施和社会观念两个层面。在经济结构之上竖立着的法律的和政治的上层建筑是经济结构的保障机制,受经济基础的决定和制约并反作用于经济基础。在实体的上层建筑之上漂浮着与上层建筑相适应的法律的、政治的、宗教的、艺术的或哲学的各种观念体系的社会意识形式,是观念性的上层建筑。上层建筑各部门具有相对的独立性,它们相互作用,相互影响,并反作用于经济基础。

在马克思主义经典作家的社会结构理论框架中,文学艺术是社会关系总和构成的社会经济基础的上层建筑,是一种特殊的社会意识形式。文学是艺术大家族中一个重要的类别,它是以艺术形象表达情感和意蕴

---

① 《马克思恩格斯文集》第 2 卷,人民出版社 2009 年版,第 591 页。

的意识形式,是为了满足人们对真善美的审美需求而产生和存在的。恩格斯晚年在关于历史唯物主义的通信中强调指出:"政治、法、哲学、宗教、文学、艺术等等的发展是以经济发展为基础的。但是,它们又都互相作用并对经济基础发生作用。"①显然,马克思、恩格斯是把文学艺术作为社会意识形态的一种表现形式,作为上层建筑的一部分来看待的,从而确定了文学艺术在整个社会结构系统中的地位和作用。不仅如此,他们还进一步指出,文学艺术是一种特殊的社会意识形式,是人类特有的艺术地掌握世界的精神活动;指出文学艺术作为意识形态的形式必然随着经济基础的变更而发生变革;但文艺发展又具有相对的独立性。这主要表现为文艺作为精神生产的一个部门,它和物质生产的发展存在不平衡的关系,社会观念意识的历史继承性可以使优秀的文艺作品具有永久的魅力。

唯物史观原理中的社会结构理论,在繁茂芜杂的社会现象中科学地揭示了人类社会的结构,为我们科学地认识文学在社会文化系统中的位置提供了科学的方法论。因为只有依据这个科学理论,把文学同一定的历史发展阶段、社会结构以及意识形态发展联系起来进行综合辩证考察,才能正确地说明各种各样纷繁复杂的社会现象和文艺现象,才能正确地揭示古往今来文学艺术产生和发展的社会原因,揭示文学作为一种特殊的社会意识形式的本质特征和发展规律。因此,只有在马克思主义唯物史观的基础上阐释文学在社会文化系统中的位置,才能从社会文化的大视野中科学地理解和把握文学与政治的关系。这是解开困扰文学与政治之间错综复杂关系的一把钥匙。

二、文学与社会文化环境的互渗互动作用

恩格斯晚年在坚持经济基础对社会发展起决定性作用的同时,强调上层建筑对社会存在的反作用,并强调在两极之间要经过许多"中间环

① 《马克思恩格斯文集》第10卷,人民出版社2009年版,第668页。

节"。特别是恩格斯1890年9月在《致约瑟夫·布洛赫》中阐明的历史合力论,对我们从社会文化的整体系统中综合地把握文学与政治的关系,认识文学与社会文化环境的互渗互动作用,提供了重要的方法论启示。恩格斯认为,在历史发展的进程中,经济基础具有最终的决定作用,但政治、法律、哲学、宗教、文化等上层建筑对经济基础又有反作用;个人意志要受到客观条件的制约,但个人意志在历史事变中的作用决不等于零;因此,历史事件是由多种分力因素所构成的"总的合力"的结果,"而这个结果又可以看做一个作为整体的、不自觉地和不自主地起着作用的力量的产物"①。恩格斯运用历史发展的合力思想,批评了把唯物史观归结为唯经济决定论的庸俗化倾向,对唯物史观作了重大理论创新。

　　恩格斯阐述的"总的合力"论,对我们认识文学与社会文化环境的互动关系具有重要的启示意义。文学的产生和发展,是以"无数互相交错的力量"所产生的"总的合力"为基础的。文学或艺术作为一种观念的上层建筑,也是作家、艺术家个人意志的一种表现。它在人类社会活动系统"无数个力的平行四边形"中,是作为一种分力的因素,融合在一个"总的合力"之中。这就是说,文艺活动要受经济基础的制约,文学艺术的诞生与存在总是与社会物质生产有不可分割的联系;但文学艺术又和上层建筑中政治、哲学、宗教、道德等因素的相互影响分不开,是在这些"无数个力"相互冲突、相互交错所构成的"总的合力"的推动下的产物。就文学与社会文化环境互动中的合力作用而言,决定文学发展的"总的合力",是由诸多文学发展规律的分力因素所形成的,它们共同构成文学与社会文化环境互动的演进过程。例如,物质生活的生产方式制约着整个社会生活、政治生活和精神生活的过程及其规律,上层建筑中的政治、哲学、宗教、道德诸部门对文学的相互影响的规律,物质生产与艺术生产发展不平衡关系的规律,各民族文学艺术交往和相互影响的规律,文学艺术各部门之间相互影响的规律,作家在文学创作中的主体能动性,等等。文学与社会文化环境的互动关系,正是在这诸多相互交错、相互冲突、相互融合的

---

① 《马克思恩格斯文集》第10卷,人民出版社2009年版,第592页。

形式中进行的。当然,文学与社会文化环境互动中的合力作用,是由诸多分力形成的一个合力体,是一个统一的新整体,是各种合力作用多元互动的结果,并非各个分力因素的简单相加。对文学与社会文化环境互动过程中合力作用的探讨,有利于我们从文学在社会文化活动系统中的位置,从文学与政治、经济、道德、文化诸因素的互渗融合、多元互动的关系中,全方位、多层次、多侧面、动态地考察和把握文学活动的复杂性,以加深对文学与政治关系的理解。

普列汉诺夫运用唯物史观对文学艺术的历史和错综复杂的文艺现象进行分析时,特别重视恩格斯的"中间环节"理论。他清醒地看到,经济基础与文艺之间并非直线式的关联,经济基础对文艺产生决定作用时有一个复杂的中介过程,经济基础对文艺的决定作用和文艺对经济基础的反作用往往通过一系列中间环节才最终反映出来。这个思想集中体现在他提出的"五项因素公式"中。

普列汉诺夫是这样表述"五项因素公式"的:"(一)生产力的状况;(二)被生产力所制约的经济关系;(三)在一定的经济"基础"上生长起来的社会政治制度;(四)一部分由经济直接所决定的,一部分由生长在经济上的全部的社会政治制度所决定的社会中的人的心理;(五)反映这种心理特性的各种思想体系。"[①]"五项因素公式"把马克思社会结构的经典公式所概括的三个方面,即生产力、经济基础和上层建筑,具体化为生产力、经济关系、政治制度、社会心理和思想体系,认为人类社会的这五个因素是生产力到思想体系之间的"等级序列",是一种层层递进的关系,而且每一种因素都会受到其他因素的制约,同时各种因素之间又相互影响、相互作用,事物的形成是错综复杂的。在运用这一理论分析文学艺术与社会生活之间的关系时,普列汉诺夫摆脱了简单的经济决定论的束缚,看到了从经济基础到意识形态之间多重中介因素的作用,特别强调社会心理的中介作用。他认为,生产力、经济关系、政治制度必须首先作用于

---

① [俄]普列汉诺夫:《马克思主义的基本问题》,见《普列汉诺夫哲学著作选集》第 3 卷,生活·读书·新知三联书店 1962 年版,第 195 页。

社会心理,才能间接地作用于文学艺术等意识形态,因此,社会心理是经济基础与文学艺术之间联系的一个中间环节。他提醒人们:"应当记住,决不是'上层建筑'的一切部分都是直接从经济基础中成长起来的:艺术同经济基础只是间接地发生关系的。因此,在讨论艺术时必须考虑到中间的环级。"①在他看来,社会经济关系、政治制度固然是文学艺术发展的最终动因,但社会心理则是文学艺术发展和演变的直接原因,因为经济和政治等因素是通过社会心理这个中间环节而影响文学艺术的。他指出:"任何一个民族的艺术都是由它的心理所决定的。"②在《没有地址的信》《从社会学观点论十八世纪法国戏剧文学和法国绘画》等论著中,普列汉诺夫还结合大量文学艺术的实例,来阐明社会心理作为中间环节是如何揭示文学艺术与经济基础之间的关系,积极寻找经济基础与上层建筑之间的那些"中间环节",进一步丰富了恩格斯的理论观点。这是普列汉诺夫对马克思主义文艺学做出的重要贡献。

确定了文学在人类社会文化大系统中的位置,我们就可以依此来考察和分析文学与社会文化环境之间的互动关系。应当看到,文学作为一种运行过程,并非一个自我封闭的独立系统,而是处在社会文化大系统中的一个子系统,各个文化子系统和各种社会文化因素、作家的主体能动性与社会文化的群体合力等因素,对文学活动具有深刻的影响,并且和文学活动联系密切。例如,文学生产要受物质文化的制约和影响,社会生产力的发展水平直接影响着文学生产的技艺和方法,制约着文学传播媒体的选择和运用。文学还要受政治制度和文化传统的制约和影响,不同的政治制度体系、文化传统和社会风俗、习惯等,对文学生产的方式和特征有重要的影响,这在处于不同制度、不同文化和不同民族的文学中有明显的表现。更为重要的是,其他精神文化与文学之间的互动关系直接制约和影响着文学的发展演变和价值取向。当然,社会政治、文化环境对文学的制约和影响,是指各种政治、文化因素结合在一起,作为某个时代、某个社

---

① 〔俄〕普列汉诺夫:《普列汉诺夫哲学著作选集》第2卷,生活·读书·新知三联书店1961年版,第322页。

② 〔俄〕普列汉诺夫:《普列汉诺夫美学论文集》,曹葆华译,人民出版社1983年版,第350页。

会的综合的整体的文化环境而起作用的,至于某种文化因素与文学间的多元互动关系,只能是在特定的社会文化环境中通过各种机遇"互相选择"的带有偶然性的结果。社会文化系统中的各个构成因素由于自身的发展状况及在社会生活中所处的地位不同,对文学发展的影响也不尽相同。当某种文化因素在社会生活中居于一定的支配地位时,它对文学的影响更为重要和明显。在这种情况下,文学只有为居于支配地位的主导文化形态服务,才能获得合法的生存权,如欧洲中世纪的文学、艺术、哲学、科学、道德等上层建筑各部门,都成为侍奉宗教的奴婢。

在文艺与经济基础之间,要充分认识到其他上层建筑对文艺发展的影响,特别是政治对文艺的重大中介作用。从马克思主义经典作家的论述来看,文学和政治在社会结构框架内同属于上层建筑范畴,但文学与政治在上层建筑中的地位及其对经济基础的作用是不同的,文学与政治同经济基础也并非等距离的关系。在庞大的上层建筑中,政治距离经济基础最近,而哲学、宗教、文学、艺术等是"更高地悬浮于空中的意识形态领域"(恩格斯语),与经济结构更远且间接地发生作用。一定阶级的政治,集中体现了该阶级的经济利益。政治在上层建筑中占有主要地位,起着主导作用,并作为中介和纽带调节着上层建筑中各部门之间及其同经济基础的关系。因此,经济基础对文学的决定作用是通过政治对文学的重大中介作用而实现的。由于在上层建筑中所处的地位和所起的作用不同,政治和文学之间的相互影响也不是对等的。因此,要把握文学与政治的关系,就应当把文学与政治置于社会结构整体的联系过程中,运用辩证的观点分析文学与政治双向交流、互渗互动的关系,并对这种互动关系的具体途径、方式、中介因素等进行深入细致的考察和理论阐释。

社会的经济、政治和文学艺术是一个统一的整体,文艺与经济、政治彼此交融,相互促进。从社会结构整体的联系过程来看,文学与政治思想同属于观念的上层建筑领域,都为经济基础所决定,而它们之间是相互影响、互渗互动的关系。就政治而言,它分别处于制度的上层建筑和观念的上层建筑这两个不同层面。制度的上层建筑的政治,主要是指阶级、政党、领袖以及以此为核心的政府、政治会议、政权体制和设施;观念的上层建筑的政治,主要是指在经济基础作用下所形成的社会人的意识、思想、观念。处于制度的上层建筑的政治,它和文学分属于设施上层建筑和观念上层建筑两个层面。只有处于观念的上层建筑的政治,才和文学属于同一层面。由政治在社会结构中的位置所决定,政治作为经济基础的集中表现,是文学与经济基础发生联系的中介因素。经济基础对文学的发展演变,对文学内容和性质的决定作用,文学对经济基础的反作用,都要通过政治的中介才得以实现。政治集中体现着经济基础对文学的影响,对文学的发展与繁荣具有不可忽视的重要作用。文学是社会的经济和政治在观念形态上的反映,同时又对经济政治的发展提供精神动力和智力支持,具有相对的独立性。文学的相对独立性,使得文学只是通过政治的中介作用为经济基础服务,而不是简单地为政治服务,更不能成为实施某项政策的工具。所以,文学与政治之间是相互影响的互动关系,文学既不能简单地从属于政治,做政治的奴婢,但文学也不能脱离政治,不能打着回归所谓"纯文学"的幌子,为热衷于搞"去政治化""去思想化""去意识形态化""去价值化"那一套错误主张推波助澜。

把文学放在人类社会文化的大视野中考察,文学与社会文化环境是互渗互动的关系。因此,文学与政治的关系也是一个复杂的、动态的过程,而不是一种单项的因果关系。无论是文学工具论所主张的"文艺为政治服务",还是形式化审美独立论倡导的"文艺非政治化",都因忽略了意识形态与经济基础之间存在着种种曲折、复杂的关联性,表现出一种简单化与极端化的观点,从而对文学与政治的关系做出片面的理解。如何正确理解和处理文学与政治的关系,以马克思主义文艺观阐释文学与政治之间的良性互动关系,重构文学的政治维度,是当代中国文艺理论建设面临的一个重要课题。

文学社会功用的动态复合系统

　　文学社会功用问题是文艺学研究的基本理论命题之一。改革开放伊始,文艺界批判了"文艺是阶级斗争的工具"说,使文学摆脱了长期从属于政治的附庸地位,但涉及改革开放以来文艺理论转型中的文学社会功用问题并没有得到根本解决。在批判文学唯政治化倾向后,受文学"向内转"的影响而出现的审美主义思潮倡导的文学"去政治化",存在明显的理论偏颇;而在商业化大潮冲击下产生的"文化产业化"思潮,催生了经济利益挂帅的文学商品化,扭曲了文学与经济的关系。不论是文学的政治化抑或去政治化,还是文学商品化,都因忽视了文学社会功用的复合功用系统,表现出对文学本质观的简单化、单一化阐释。因此,正确把握文学与政治的复杂关系,需要从学理上对文学社会功用问题进行深入的研究和分析。

一、文学社会功用是一个有机整体

　　从文学与社会文化环境的系统中考察文学的社会功用,首先应当肯定,文学社会功用是由若干相互关联、相互作用的功能要素构成的以审美为主导的复合系统,是一个主导与多样相统一的有机整体。就文学的本性和特征而言,文学的本质与核心功能是审美的,审美功能是有机融合在文学多样社会功用之内的一种具有质的规定性的主导功能。但文学除了审美属性,还具有社会属性、文化属性、历史属性、道德属性、人学属性及文学特有的语言符号属性等多种属性,这些不同的属性在文学功用的复合系统中都处于特定的位置,并且是这一有机整体中不可缺少的构成要素。同时,文学社会功用的复合系统又处在一种动态的变化过程之中,审美和其他社会功用因素既互渗互动、共同发展,又随着社会历史环境的变化而呈现多样化的价值选择,甚至在特定的时代语境凸显某种社会功用,从而引起这个有机整体内部的调整、变化与适应。这就启示我们,对文学与政治的关系,要从多途径、多层面、多维度进行综合的考察和辨析,从文学社会功用有机整体的相互联系和具体关系中来评价,这样才能得到准确和客观的解释。

从文学发展演变的历史来看,文学社会功用的复合系统是一个客观存在的事实。原始文化的混合性,使得原始歌谣、神话、传说等文学作品具有传播劳动技能、表现宗教观念、发挥社会组织作用和审美愉悦等各种功利的或审美的社会功用。如原始歌谣的内容,就涉及原始人的狩猎、战争、生产劳动、宗教祭祀、巫术活动、庆祝丰收等方方面面的社会生活,它的功用绝不是单一的,而是在原始人的社会生活中发挥了多方面的作用。随着人类社会的进步与发展,文学与社会生活之间发生了更广泛、更密切的联系,文学也发挥了更多的社会功用。孔子的"兴观群怨"说,阐述了诗乐艺术陶冶情操、教化人品、移风易俗等多种社会功用,其对诗歌社会功用的概括就包括审美、认识、交往、政治、伦理等多种属性,成为后世"诗教"说和美刺讽喻文学观念的理论源头。在中国封建社会,儒家倡导的为社会而艺术的诗教传统,要求把文学艺术"文以载道"的政治功能、"兴教化、助人伦"的道德功能和"怡悦性情"的娱乐功能有机统一起来,尤其重视道德境界在人品与文品中的实现。

在古希腊哲人中,亚里士多德对文学社会功用的阐述是全面而深刻的,他不仅提出文学是认识、教育、审美等多种社会功用的统一体,而且看到不同的文学艺术具有不同的功用,如音乐是通过情感的愉悦来陶冶情操,史诗和悲剧具有陶冶性格和提高认识的双重功能。他在《政治学》第八卷中提出,音乐具有教育、净化、精神享受的功能。这就是说,音乐艺术不仅是进行道德教育的有力手段,而且在净化人的心灵、陶冶情感方面也能发挥重要作用,还能供人娱乐和消遣,使人获得审美的精神享受。亚里士多德的《诗学》认为,悲剧、喜剧、史诗等不同的文学艺术,会产生不同的审美快感,具有不同的审美效果。

我们的研究注意到,现代文艺理论家在讨论文学艺术的功用时,往往列举文艺诸多的社会功用,如卡冈在《卡冈美学教程》中把艺术分为交往功能、启蒙功能、教育功能、享乐功能等 4 种功能;鲍列夫的《美学》提出艺术具有社会改造功能、认识—启发功能、艺术—观念功能、预言功能、交际信息功能、教育功能、感化功能、审美功能、愉悦功能等 9 种功能;吴宓的《文学与人生》将"文学之功用"划分为 10 项,即涵养心性、培植道德、通晓人情、谙悉世事、表现国民性、增长爱国心、确定政策、转移风俗、造成大同世界、促进真正文明;斯托洛维奇的《审美价值的本质》把艺术功用归纳为 14 种之多,并认为认识—评价功用、社会—教育功用、社会—交际功用、创造—心理功用是四种主要功用。

那么,在文学发挥社会功用的过程中,如何使这些不同的功用构成多层次的、有机的整体,而不是简单地将各种属性、方面和功用机械相加呢?莫斯科大学教授莫·卡冈是最先提倡运用系统论方法对艺术社会功用进行探讨的美学家。卡冈的《艺术的社会功用》一文,回顾了美学史上对艺术功用的各种观点后,提出一个问题:"在艺术完整地发挥功用的实际过程中,本来如此不同的功用怎样能够结合起来、融为一体的呢?"①在他看来,这是一个如何理解艺术功用的"本质的问题"。人们列举的艺术功用如此之多,然而,为什么恰好是这些功用而不是那些呢?艺术功用划分的原则又是什么,它们之间的相互关系如何?卡冈认为,诸如此类的问题,需要从艺术功用结构的复合系统来阐释。因为审美活动是人类总体活动的有机组成部分,只有放眼于人类整体活动的总系统,发现审美和艺术活动同人类其他活动之间的总体关系结构,进而看到艺术创作过程、艺术文本、艺术欣赏和艺术功用等不同阶段的结构同形性,才有可能找到审美和艺术的本质。卡冈通过对艺术—社会、艺术—人、艺术—自然、艺术—文化、艺术—艺术五个子系统的详细分析,认为艺术功用系统是一个"复杂地、按等级组织起来的系统",它在"保持内在完整性的同时",又是一个

① [苏联]莫·卡冈:《美学和系统方法》,凌继尧译,中国文联出版公司 1985 年版,第 165 页。

"活动着的系统"。由此,他得出结论:"艺术功用的多样性不是它的各种效用简单的堆积、杂乱的'獭陈',而是复杂地组织起来的多水准系统,在这种系统中活动着的既有不同的具体功用的协调联系,又有这些功用的从属联系。"①"艺术功用系统作为复杂地、按等级组织起来的系统,具有在保持内在完整性的同时,于相当广泛的范围内改变自己各种成分的相互关系的能力。"②显然,卡冈运用系统论的观点研究和分析艺术的社会功用,对认识文学与政治等上层建筑诸部门的关系是有启示意义的。

对文学社会功用的理解是与对文学本质的思考紧密联系的。21 世纪以来,文学理论界围绕文学研究本质主义的论争中,许多学者反对长期盛行的把文学本质简单化、单一化、固定化的本质主义思维方式,主张将文学本质问题历史化、语境化、多元化。这种学术探讨,有利于推进中国当代文学理论研究,也有助于我们加深理解文学社会功用的复合系统。例如,反本质主义的代表人物陶东风倡导建构主义的思考方式,他认为:"'本质主义'的对应词是'建构主义',而不是'反本质主义'。因为反本质主义给人的感觉是完全否认本质的存在,而建构主义则承认存在本质,只是不承认存在无条件的、绝对的普遍本质,反对对本质进行僵化的、非历史的理解。"③南帆提出"关系主义"的理论模式,认为文学本质取决于多元因素之间形成的关系网络:"关系主义倾向于认为,围绕文学的诸多共存的关系组成了一个网络,它们既互相作用又各司其职。总之,我们没有理由将这些交织缠绕的关系化约为一种关系,提炼为一种本质。文学的特征取决于多种关系的共同作用,而不是由一种关系决定。"④陆贵山在论文《试论文学的系统本质》中,既坚持经济基础决定上层建筑的一元论,又肯定上层建筑诸因素综合作用的多元决定论,对文学本质和文学功用的研究有创新意义。陆贵山认为,文学的本质是系统本质,把握文学本质有四个向度,即从文学的横向上展现文学"本质面"的广度、从文学的

---

① ［苏］莫·卡冈:《美学和系统方法》,凌继尧译,中国文联出版公司 1985 年版,第 190 页。
② ［苏］莫·卡冈:《美学和系统方法》,凌继尧译,中国文联出版公司 1985 年版,第 192 页。
③ 陶东风:《反思社会学视野中的文艺学知识建构》,《文学评论》2007 年第 5 期。
④ 南帆:《文学研究:本质主义,抑或关系主义》,《文艺研究》2007 年第 8 期。

纵向上开掘文学"本质层"的深度、从文学的流向上追寻文学"本质踪"的矢度、从文学的环向上把握文学"本质链"的圆度。他说:"不论是从横向、纵向、流向和环向上,都应当对文学本质作开放的理解和系统的阐释。"①他认为,文学本质的六大学理系统,即自然主义、历史主义、人本主义、审美主义、文化主义和文本主义的文论思想,都是文学的系统本质中不可或缺的组成部分,构成一个有机的生命共同体和活性的生态循环圈。"文学的本质不仅是全面的、深层的、流动的,而且是系统的、相对的、开放的。"②他还阐释了对文学功能系统的理解。他说:"从文学的价值功能系统和文学的本质系统的有机联系来说,文学应当通过审美、教育、认识和娱乐等功能,善待自然,美化和优化人与自然的生态,推进社会文明,培育和提高人的思想文化素养,文学的最终的价值关怀和最高的功能目标应当有利于实现社会的全面进步和人的全面自由发展。"③

文学艺术作为人类审美意识的最高表现形式,是为满足人们审美的精神需要而存在的。人的精神需要包括认识社会、启迪人生、陶冶情操等多种多样的内容,与此相适应,文学在社会生活实践中也发挥着认知、教育、伦理、娱乐、审美等多种价值和复合的社会功用。然而,文学史上长期流行的文学单功用说,只强调文学某种单一的社会功用,而忽视从文学的复合功用系统来解释社会功用问题。如果把文学社会功用仅仅归结为其中的一种,如政治或审美,然后再用"文艺为政治服务"的命题,或"纯审美""审美意识形态"等来界定文学的本质和特性,实际上是对文学本质观的简单化、单一化阐释,也是对马克思主义经典作家意识形态学说的错误理解。

在文学社会功用的复合系统中,不同的文学文本,不同的文学体裁,其社会功用各有侧重,各有不同优势和特点,绝对不能整齐划一,强求一致。这是因为,文学的文本、体裁、内容和形式是丰富多彩的,不同的文学类型在传播过程中不可能发挥同样的社会功用,应当有所区别,有所侧

---

① 陆贵山:《试论文学的系统本质》,《文学评论》2005 年第 5 期。
② 陆贵山:《试论文学的系统本质》,《文学评论》2005 年第 5 期。
③ 陆贵山:《试论文学的系统本质》,《文学评论》2005 年第 5 期。

重。不同种类和形态的文学文本,由于题材、主题、结构和表现手法等要素的作用,在社会功用方面有明显的差异,如侧重描写社会现实的长篇小说、纪实文学、报告文学、史诗和侧重表现思想感情的抒情诗、抒情散文、小品文,其社会功用的特点是显而易见的。就文学体裁而言,如小说与诗歌,影视文学与戏剧文学,也不可能要求它们发挥同样的社会功用。有的文学以审美为主,有的以实用为主;有的侧重反映现实生活,具有明显的认识、教育、政治、道德功能,有的侧重抒发情感,具有鲜明的审美愉悦功能;有的以思想性见长,有的以愉悦性取胜;有的以政治和道德教育而独具特色,有的以叙事和记载史实而引人入胜。

二、文学社会功用是主导与多样的统一体

文学的社会功用是由文学的本质特性所确定的。就文学的本质和特性而言,文学不同于哲学、宗教、政治、道德等一般社会意识形态,是一种以艺术形象表现的特殊社会意识形态,是人类精神掌握世界的方式。尽管文学具有各种各样的社会功用,但是在文学功用的复合系统中,占主导地位的应当是审美功能。这是因为,文学的根本目的并不是像哲学、科学那样提供认识和启迪功能,像伦理道德、思想政治那样进行宣传与教育,像欣赏体育竞赛和玩电脑游戏那样给人以娱乐和休息。文学作为人类精神掌握世界的方式,作为一种特殊的精神生产,是以创造具有审美价值的文学形象表达情感和意蕴,满足人们审美的精神需要,使人们在文学的梦幻世界中获得精神的愉悦和享受。因此,只有把审美价值渗透到文学社会功用的复合系统之中,文学的多种社会功用才有存在的价值和意义,才能真正地发挥文学的社会功用。托马斯·门罗说得好:"艺术的美的功能可以和它的功用的、道德的、爱国的、教育的、治疗的以及其他功能区别开来,尽管它们在实际上经常是密切结合的。但是,从有规则的用途和活动的含义上讲,所有这些都属于功能的范围。美的功能往往是达到其他

功能的一种必要手段。"①

　　文学社会功用的复合系统不是一个任意组合、排列的大杂烩，而是以审美属性为引领的主导与多样功能的有机统一体。尽管文学社会功用呈现出多层面的复合性，但是在文学的诸功用之中，有一种主导的和基本的功用，那便是处于文学社会功用最高层次的审美价值。在文学的生产、消费、传播过程中，不论是文学情感的冲击力、文学语言的具象性，还是文学作品对人的心灵产生的影响和作用，都是以审美的艺术形象的形式实现的。审美价值是文学社会功用系统中居于主导地位的、基本的构成因素。莫·卡冈对艺术功用系统进行动态考察后，明确提出："艺术发展的一个阶段对另一个阶段、一种民族学派对另一种民族学派、一种现代流派对另一种现代流派的影响具有审美性。正是这一点使艺术实践范围内经验的传递不同于科学活动、或技术活动、或教育活动、或医学活动范围内经验的传递，以及不同于来自外部的——来自哲学或政治、宗教或技术范围——对艺术的影响。"②鲍列夫认为："审美功能是任何东西所不能代替的艺术特征:1、形成审美趣味、审美能力和人的审美需要，同时帮助人从价值上理解世界;2、唤起个人的创造精神和创造因素。"③托马斯·门罗也指出："绘画、雕刻、音乐、诗歌、舞蹈以及其他许多被列为'艺术'的技艺，在生产和使用时一般都是为了使人感到审美的满足，同时也是为了其他目的和功用，这是无容置疑的历史事实。"④当原始艺术发生从实用到审美的历史演化后，艺术从社会的生产、宗教、哲学、科学等活动中逐渐分化出来发展成为一种独立的社会意识形态，就把创造和实现审美价值来满足人类的审美需要，作为自己最基本的社会功用。审美功用是文学社会功用系统中最主要的因素。文学审美功用表现在诸多方面，是由审美愉悦、情绪感染、心灵慰藉、审美教育等构成的功能系列。

　　在文学社会功用的复合系统中，文学的审美价值应当成为多样功能

① ［美］托马斯·门罗:《走向科学的美学》，石天曙、滕守尧译，中国文联出版公司 1985 年版，第 347—348 页。
② ［苏联］莫·卡冈:《美学和系统方法》，凌继尧译，中国文联出版公司 1985 年版，第 189—190 页。
③ ［苏联］鲍列夫:《美学》，乔修业、常谢枫译，中国文联出版公司 1986 年版，第 222 页。
④ ［美］托马斯·门罗:《走向科学的美学》，石天曙、滕守尧译，中国文联出版公司 1985 年版，第 351 页。

选取的核心价值,成为文学社会功用的主导功能与多样功能协调统一的扭结点。因为文学与非文学的界限,就在于作品是否具有审美价值。但是,文学社会功用并不是形式化"纯审美"的,审美功能是有机融合在文学多样功能之内的一种具有质的规定性的主导功能。除此之外,文学功用还有社会、历史、伦理、人学、政治、宗教等多种维度。胡经之说:"文学艺术的功能不能只归结为审美。优秀的文学艺术蕴含着真、善、美的追求,美只是一个维度。"①形式化审美主义思潮坚守形式审美至上的理想,把形式化审美视为文学的唯一功能,只强调文学的形式化审美维度,追求文学作品的形式美,而忽视甚至排斥文学多元的社会历史因素和人文精神,否认文学实用的、娱乐的、道德的等功利性目的,是一种片面的文学本质观。从文学与社会文化结构的整体上看,文学与政治、经济、道德、宗教等社会文化结构是一种互渗互动的关系,文学并不能脱离政治、道德和社会生活。因为文学除了形式审美维度,还包括价值审美的因素。文学在满足人们审美需求的同时,也在承载思想引领、道德规范、价值培育、情感表达等社会责任和人文诉求,担负审美娱乐、社会交往、社会认识、社会调适、交流感情、传承文化、传递信息等社会功用。托马斯·斯蒂恩斯·艾略特在《诗歌的社会功能》中认为,从诗歌的起源与发展的历史来看,诗歌可用来念咒、驱魔、治病、避邪、祭祀、铭记历史、歌颂胜利、传递消息、道德训诫、讽刺现实、娱乐消遣,等等,但诗歌最明显的社会功能,一是给人以享受,二是影响社会生活。他强调,他思考的课题恰好是诗歌对于整个社会所起的作用。车尔尼雪夫斯基之所以把文学称为"生活的教科书",就是因为人们从文学作品中能深刻地认识社会生活,从而更有力地改造社会,推动社会向前发展。文学多种多样的社会功用与人文责任,绝不是"一元化"的审美维度所能涵括的。所以,文学社会功用的构成是多层次和丰富多彩的,应当以审美来带动认知、教育、政治、道德等其他社会功用,实现主导功能与多样功能的有机统一。正如习近平所说:"文艺是铸造灵魂的工程,文艺工作者是灵魂的工程师。好的文艺作品就应该像蓝

---

① 熊元义:《诗意的裁判与文艺的价值——文艺理论家胡经之访谈》,《文艺报》2013 年 9 月 9 日。

天上的阳光、春季里的清风一样，能够启迪思想、温润心灵、陶冶人生，能够扫除颓废萎靡之风。"①

三、文学社会功用系统的动态发展

对文学社会功用的特性，切忌用单一线性的思维方式进行孤立的、静止的、机械的研究，应当把它放在文学与社会文化环境的大系统中进行综合的辩证考察和分析。文学的社会功用既是一个复合的有机整体，又是随着时代语境和历史条件的变迁而不断发展变化的。从孔子的"兴观群怨"说、汉儒倡导的"风教"说、亚里士多德的"净化"说、贺拉斯的"寓教于乐"，直到 20 世纪新人文主义的道德批评、艾略特的"诗歌社会功能"说、西方马克思主义美学的社会批评理论，古今中外的思想家、美学家、艺术家对文学社会功用的认识虽然不尽相同，但他们都从各自不同的时代语境和历史条件出发，强调文学应当承担起思想导向、审美教育、价值引领、道德培育等丰富的社会功用，并且在各自的社会文化环境中凸显文学社会功用系统的某一因素。莫·卡冈认为，艺术的各种功能之间的关系是不断变化的，应当揭示艺术社会功用系统的"动态的性质"。他认为，马克思主义美学理论反对所有的形式主义的和庸俗化的、唯美主义的和功利主义的美学观念，辩证地和系统地解释艺术的复功能性，同时揭示这个系统的动态的性质。马克思主义美学理论认为，艺术的各种功能具体的相互关系远非是固定不变的；相反地，它在形态上千变万化，并随历史的变化而变化。

在文学社会功用的复合系统中，文学的审美功能和其他社会功能既相互交叉、互渗互动、共同发展，又随着社会历史语境的变化而呈现多样化的价值选择，甚至在特定的社会政治环境和时代语境当中，文学或许会偏向于某种社会功用。在历史发展的长河中，文学的社会功用在不同的

---

① 习近平：《在文艺工作座谈会上的讲话》（2014 年 10 月 15 日），《人民日报》2015 年 10 月 15 日。

时代语境和历史条件下，往往是有所侧重的，人们会因时代语境的不同而强调文学功用系统的某个方面。诚如莫·卡冈所说："在一些情况下，个体社会化的功用占首位，而在另一些情况下，则是社会个体化的功用占首位；在一些情况下，审美—享乐功用占首位，而在另一些情况下，则是社会组织功用占首位，等等。"①一般说来，在社会的动荡和变革时期，大多数作家不可避免地被卷入政治斗争，他们往往通过自己的作品表现一定的政治立场和思想情绪，使得文学的政治属性、社会历史属性、人文精神、认识功能、交往功能和社会调适功能受到更多的重视。因此，那些为国家的自由与独立、为民族的命运与前途而抗争和呐喊的文学作品，因其对国家富强、民族复兴和人民幸福的追求而成为时代生活的主旋律。中外文学史上的经典名作，如屈原的《离骚》，李白、杜甫、白居易的诗歌名篇，关汉卿的《窦娥冤》，施耐庵的《水浒传》，曹雪芹的《红楼梦》，但丁的《神曲》，莎士比亚的《哈姆莱特》，巴尔扎克的《人间喜剧》，雨果的《悲惨世界》，列夫·托尔斯泰的《复活》等，都是有强烈的政治倾向、政治意识的传世杰作，代表了时代的文学成就。

文学社会功用的可变因素在很大程度上与人们的生活环境和历史条件有密切关联。当人们生活在欢歌笑语的安定和平环境中，更喜欢漫步在花前月下，向往在山水诗、爱情诗、花鸟画、轻音乐、芭蕾舞提供的审美世界中遨游，从中获取最大的审美享受。在战火纷飞、民族危亡的动乱年代，更能震撼人心、引起人们共鸣的是杜甫《春望》中"国破山河在，城春草木深"，陆游《示儿》中"王师北定中原日，家祭无忘告乃翁"，文天祥《正气歌》中"人生自古谁无死，留取丹心照汗青"等凝聚爱国主义精神的诗篇；是那些表现磅礴气势的时代强音和深具社会政治气息而大放异彩的政治小说、政治抒情诗、历史剧等名篇佳作；是有着鲜明社会功利目的的政治鼓动诗、政治讽刺诗等匕首、投枪式的作品。这些诞生在特定的社会生活、时代氛围和政治环境下的文学艺术，因适合阶级矛盾或民族矛盾尖锐时期社会的审美心理，适合人们特定的社会文化语境，而获得广泛的

---

① ［苏联］莫·卡冈：《美学和系统方法》，凌继尧译，中国文联出版公司1985年版，第193页。

传播效应。近年,随着影视文学、网络文学、摄影文学等新的文学类型的崛起,文学社会功用也不断扩展和嬗变,更加趋于多元化和广泛化。

文学作品作为人类情感交流和沟通方式的精神凝结物,能够超越时空和语言的限制,成为连接不同时代、民族和阶级的精神纽带,潜移默化地影响人们的精神世界,润物无声地引领社会审美风尚。古代的文学作品不可避免地带有一定的时代、民族和阶级定性,但随着时间的推移和时代语境的变迁,这种特殊定性逐渐湮没在历史的长河中,对后人发生审美效应的已是文学作品内在的精神情思和鲜明的艺术特色。杜甫的"三吏""三别"带给我们的最强烈的感受是诗人的反战思想和对人民苦难的同情,而不是封建的忠君思想。杜诗中强烈的人道主义思想,穿越千年的时光隧道,与我们的心灵进行对话和交流,使我们获得精神愉悦和享受。从空间来说,文学作品可以突破语言的限制,成为跨越国界、地域和民族的属于全人类的共同精神财富。李白的诗歌,奏响的是浪漫主义理想和自由精神之音;莎士比亚的剧作,传播的是新兴的人文主义思想;巴尔扎克的《人间喜剧》,展现的是五光十色的法国社会生活画卷。优秀的文学作品,已经超越语言的界限,成为人类彼此交流和沟通的有效手段。文学之所以成为人类生活中不可或缺的精神家园,是因为人们在文学中沉思,在文学中陶醉,在文学中寻求精神寄托。生活在文学创造的梦幻世界中,我们可以躲避尘世的喧嚣,让缪斯女神的温情抚慰,来陶冶情感,净化心灵,提升精神境界,实现美好理想。

文学欣赏者的审美能力、审美趣味等主体因素,也会制约和影响文学社会功用系统的嬗变。当我们阅读曹雪芹的《红楼梦》或列夫·托尔斯泰的《战争与和平》的时候,当我们观赏莎士比亚的《罗密欧与朱丽叶》或聆听唐诗宋词朗诵会的时候,欣赏者在审美能力、文化修养、审美趣味等方面表现出的差异,会使他们从文学作品中获得或悲或喜,或崇高或优美,或慷慨激昂或缠绵悱恻,或开怀大笑或掩卷深思等各不相同的审美感受。因为欣赏者只有与文学作品构成对象性的审美关系,才能深切地感受和体验文学的审美价值,使他们的心灵世界在激烈的情感活动中得到慰藉和净化,从文学欣赏中获得真正的审美愉悦。

第四节
改革开放以来文学与政治关系研究的偏误与反思

20 世纪 80 年代,文艺理论界在纠正了文艺为政治服务的偏向,摒弃了"工具论""从属论"后,随着"文学是人学"、文学主体性问题讨论的深入,出现了一种所谓"文学归位"的形式化审美主义文艺理论。形式化审美主义认为文艺的本性是形式化的审美,倡导仅从形式出发的"纯审美""纯文学""超功利"的审美形式论,提出改革开放以来文学研究的发展趋势是"向内转",研究的重心应当从政治等非文学领域转移到审美和文学的内部规律,从物质世界转向内心世界,在文学中确立人的主体地位。我们认为:形式化审美主义重视文学的审美维度和艺术规律,对纠正文学的唯政治化有重要意义,但形式化审美主义倡导的文学研究"向内转",是一种片面的文学审美学说,因为它把文艺与政治、审美性与功利性机械地割裂开来,使文艺的政治性内容与艺术性形式相互对立,否定和排斥了文艺的政治性、社会性、功利性等所谓"外部规律"的研究,人为地限制了文艺研究的领域和范围。这种对文学与政治关系、文学的审美性与功利性的错误阐释,造成了改革开放以来文学研究和创作实践中出现了一种淡化、消解文学与政治的关系,忽视甚至拒斥文学的社会历史因素和人文精神的倾向,表现出明显的理论偏颇和局限性,应当引起高度的关注。

一、毛泽东的革命功利主义文学价值观

革命功利主义文学价值观是毛泽东文艺思想的重要组成部分。在1942 年举行的延安文艺座谈会上,毛泽东从革命战略家的高度,阐述了文艺为人民大众服务的人民主体艺术观,强调文艺为无产阶级革命事业

服务的社会功利性。此后,在毛泽东《在延安文艺座谈会上的讲话》指引下,解放区的革命文艺获得蓬勃发展,涌现出以歌剧《白毛女》、诗歌《王贵与李香香》、小说《小二黑结婚》《暴风骤雨》为代表的一大批红色经典作品。改革开放以来,毛泽东文艺思想在指引文艺界拨乱反正、发展和繁荣文艺创作等方面显示出的强大生命力,对社会主义文化强国建设具有重要的理论价值和现实意义。然而,30多年来,总有一些攻击、诋毁毛泽东文艺思想的杂音,特别是毛泽东《在延安文艺座谈会上的讲话》中关于文艺与政治关系的论述,不仅引起广泛而激烈的争论,甚至受到非议和指责。毛泽东的革命功利主义文学价值观也被某些人偏激地全面加以否定,试图以此为突破口,对毛泽东文艺思想进行"理论清算",否定毛泽东文艺思想对社会主义文艺的指导作用。那么,如何完整准确地理解毛泽东文艺思想的革命功利主义文学价值观? 这是纠正和克服改革开放以来文艺与政治关系研究的偏误,正确理解和把握文学与政治关系的前提条件,应当结合毛泽东文学价值观产生的社会文化语境,从学理上给予正面的回答。

(一)文学是审美属性与社会功利属性的辩证统一

要全面准确地理解毛泽东的革命功利主义文学价值观,首先要回答文学是否具有社会功利性的问题。

西方近代美学中提出的"审美无功利"和"美在形式"的观点,源自康德美学。康德的《判断力批判》认为,美不涉及功利,只与人的快感相关,而"快感是没有任何利害关系的"。他认为:"一个关于美的判断,只要夹杂着极少的利害感在里面,就会有偏爱而不是纯粹的欣赏判断了。"①在康德美学的影响下,英国作家奥斯卡·王尔德倡导的唯美主义运动,提出"为艺术而艺术"的核心理念,明确反对文学的社会功利性,反对文学涉及政治和反映社会问题。20世纪30年代,中国现代文学中的"新月派""自由人""第三种人"等文学派别,都承袭了这种"艺术自律说"的理论

---

① [德]康德:《判断力批判》上卷,宗白华译,商务印书馆1964年版,第41页。

观念,在艺术与时代、政治、道德的关系上,主张放逐文学的政治因素、道德因素、社会因素,彰显文学的审美特性。文学是人类艺术地把握世界的一种独特方式,其本性是审美的、超功利的,但文学又是真善美的统一,尤其是文学与社会历史和现实生活的密切关系,又决定文学的审美属性不能脱离社会功利属性。当然,在不同的社会文化环境和历史语境中,文学的审美属性和社会功利属性可能会有所偏重,但不可偏废。

马克思主义经典作家并不讳言文学的功利性,他们从无产阶级和人民大众的利益出发,非常重视文学的社会价值,强调文学艺术在无产阶级解放斗争中应当发挥积极的作用。马克思、恩格斯热情地扶持和呼唤无产阶级的艺术,期盼工人阶级有自己的作家、艺术家,创作出具有社会主义倾向的作品。恩格斯要求革命文学要担负起"歌颂倔强的、叱咤风云的和革命的无产者"①的战斗任务,他主张作为历史主体的工人阶级"应当在现实主义领域内占有一席之地"②。20 世纪初,列宁的《党的组织和党的文学》明确提出了无产阶级文学的地位、功能、服务方向等重大问题,要求"文学事业应当成为无产阶级的总的事业的一部分",提出了文学要为千千万万劳动人民服务的重要命题。列宁在与蔡特金的谈话中,又提出了"艺术属于人民"的著名观点,明确要求艺术为广大劳动人民服务。

马克思主义经典作家既重视文学的社会功利性,也强调文学的审美特性,他们在主张用"美学观点"对文艺的审美属性做出审美评价时,也倡导用"史学观点"对文艺的思想内容和社会属性做出历史评价,认为文学是审美属性与社会功利属性的辩证统一。马克思主义文艺观把文学放在整个人类社会文化系统的大视野中考察,认为文学是一种社会现象,它作为社会文化大系统的一个子系统,属于精神文化的一个组成部分;但与一般文化不同,文学是一种独特的社会文化范畴,不仅具有社会功利性与超实用功利性的双重性质,而且其具有的功利性与非功利性又是相互交

---

① 《马克思恩格斯全集》第4卷,人民出版社1958年版,第224页。
② 《马克思恩格斯文集》第10卷,人民出版社2009年版,第570页。

织的、相互融合的。一方面,文学与社会文化系统中各种构成因素相互关联、彼此作用,特别是文学与其他精神文化之间错综复杂的相互关系,使得文学创作、文学欣赏、文学传播都不能脱离社会文化大系统的文化氛围和文化环境,文学的生成与发展离不开文学与社会文化系统其他构成因素之间的合力作用。只有把文学放到整个人类社会文化系统的宏观视野中来考察,才能揭示文学在社会文化发展过程中的地位和作用,也才能发现文学是人类不可或缺的精神家园。而人类之所以需要文学,就因为它对人类不仅具有审美价值,而且具有社会功利价值。从这种观念出发,我们就可以克服"艺术自律说"的局限,把文学的内部规律和文学的外部规律统一起来,从广阔的社会文化的宏观视野来考察文学与政治的关系。另一方面,文学作为一种创造性的精神生产活动,它是通过生动的艺术形象承载和传播正确的价值观,是以作家独创性的精神产品在人类的文化创造活动中占有重要而特殊的位置。这样,我们就可以避免"外因决定论"的失误,在强调文学社会功利性的同时,也重视文学生产的审美特性,遵循文学创作的艺术规律,从文学生产和发展的内在规律来考察文学与政治的互动关系。

(二)毛泽东文学价值观产生的社会文化语境

要全面准确地理解毛泽东的革命功利主义文学价值观,应当结合毛泽东文学价值观产生的社会文化语境进行具体分析,这样才能真正把握其深刻的思想内涵和理论意义。

从毛泽东文学价值观产生的社会文化环境来看,毛泽东文艺思想蕴含的社会功利性有深厚的中国文化土壤,是与中国古代文论传统和"五四"新文学精神一脉相承的。以孔子为代表的儒家文艺观强调文学与社会的关系,重视文学对社会伦理道德的教化作用,从孔子的"兴观群怨"说,曹丕主张的文章"不朽之盛事,经国之大业",韩愈倡导的"文以载道",直到梁启超的"新民说",都强调文学在整个社会生活中肩负的兴国大业之重任,表现出强烈的"为社会而艺术"的特色。五四时期,陈独秀、胡适、李大钊、鲁迅、周作人等"文学革命"倡导者提出的诸多文艺问题,如"为人生而艺术"的问题、"人的文学"问题、艺术社会作用的问题,都凸显出社会功利主义倾向,直接引导了中国现代艺术功利论的发展。新文学的先驱者之所以重视文学艺术,并非仅仅出于个人的学养或兴趣,更为重要的是,他们在改造中国社会、改造国民灵魂的社会责任感的驱使下,看到了文学艺术具有影响人、改造人甚至改变国家和民族命运的重要作用。所以,无论是对外国文学作品的译介,还是新文学家的理论主张和创作实践,其注意力都聚集在以救亡图存为基本诉求的文学的社会政治功利目的上。从五四时期"文学革命"的先驱者主张的"为人生"的艺术观,早期中国共产党人提倡的"革命文学",到 20 世纪 20 年代末"革命文学"论争中确立的文学社会价值观和 20 世纪 30 年代蓬勃兴起的左翼文艺运动,经过鲁迅、瞿秋白等人的理论建构,以艺术功利论为特征的中国化马克思主义文艺理论最终在文艺领域确立了主导地位。中国新文学艺术功利论主导地位的确立,固然有某些政治家的努力促成和某些作家的个人意愿,但最根本的原因在于,它是同中国人民反对帝国主义、封建主义的革命斗争紧紧联系在一起的,是中国近代空前严重的民族危机和人民大众苦难深重的社会生活,迫使中国作家运用文艺的武器解决中国社会现实问题成为必然的选择。正唯如此,他们把文艺作为改造社会、宣传革命、激励人民同反动势力进行斗争的武器,并公开宣布"革命文学"是无产阶级的文学,是具有阶级性、功利性、革命性的新文学。

中国左翼作家倡导的艺术功利论,特别是鲁迅关于文艺功用所提出的审美的社会价值观,对毛泽东革命功利主义文学价值观的形成有重要影响和启示意义。鲁迅的文学创作属于"为人生而艺术"派,他是抱着以文艺来改造国民性的功利目的走上文学创作道路的,把文艺视为引导国民精神的灯光,是毁坏"铁屋子"的希望、唤醒沉睡者的呐喊。但鲁迅在创作实践中也清醒地认识到审美情感的重要性,主张通过审美创造和艺术独创的途径,来表现作家对社会人生的情感体验。在《儗播布美术意见书》中,鲁迅把艺术的审美价值作为艺术的目的,其致用的功利目的"乃不期之成果",认为不能忽视艺术"表见文化""辅翼道德""救援经济"的功利目的。20 世纪 20 年代后期,鲁迅在论述文艺与政治、文艺与革命的关系时,特别强调文艺的审美性与功利性的辩证统一。他认为,文艺"用于革命,作为工具的一种,自然也可以的",但他反对片面夸大文艺的社会作用,把文艺降低为宣传的做法。1927年4月8日,他在黄埔军校的讲演中说:"好的文艺作品,向来多是不受别人命令,不顾利害,自然而然地从心中流露的东西。"①他还生动地说:"中国现在的社会情状,止有实地的革命战争,一首诗吓不走孙传芳,一炮就把孙传芳轰走了。"②1928年,他在《文艺与革命》的信中指出:"但我以为一切文艺固是宣传,而一切宣传却并非全是文艺……革命之所以于口号,标语,布告,电报,教科书……之外,要用文艺者,就因为它是文艺。"③鲁迅接受了马克思主义后,自觉地运用马克思主义唯物史观和阶级分析方法考察文艺现象,对梁实秋的人性论文艺观、"第三种人"的超功利文艺观,进行了坚决的、毫不留情的批判。1930年3月2日,他在左联成立大会的演讲中提出"无产文学,是无产阶级解放斗争底一翼"④的观点。鲁迅在创作实践和理论探索中对文艺功能作用的认识不断得到提升,最终确立了美善辩证统一的文艺价值观。其特点在于,既充分肯定"善"的功利因素在整个文学活动中的重要作用,又重视文学的审美特性,在确保文艺审美特性的前提下,主张文艺为社会现实服务,为无产阶级革命斗争服务。毛泽东与鲁迅虽然未曾谋面,但他曾经说过,"我与鲁迅的心是相通的"⑤。毛泽东到延安后阅读了《鲁迅全集》。他是鲁迅作品的忠实读者,在《新民主主义论》中对鲁迅及作品予以高度评价,称"鲁迅是中国文化革命的主将"。既然毛泽东与鲁迅有"神交",那么鲁迅的文学思想对毛泽东文学价值观的影响是不可忽视的。

延安时期,毛泽东对革命文艺问题进行了深入的思考和研究,系统完整地阐述了一系列重要的文艺观点,制定了党的文艺方针政策,形成了马克思主义文艺理论中国化最重要的理论成果——毛泽东文艺思想。毛泽

---

① 鲁迅:《革命时代的文学》,见《鲁迅全集》第3卷,人民文学出版社1981年版,第418页。
② 鲁迅:《革命时代的文学》,见《鲁迅全集》第3卷,人民文学出版社1981年版,第423页。
③ 鲁迅:《文艺与革命》,见《鲁迅全集》第4卷,人民文学出版社1981年版,第84页。
④ 鲁迅:《对于左翼作家联盟的意见》,见《鲁迅全集》第4卷,人民文学出版社1981年版,第236页。
⑤ 余广人:《冯雪峰:为毛泽东和鲁迅相知架桥》,《百年潮》2001年第9期。

东文艺思想来自中国革命和中国文艺的实践,是对"五四"以来中国新文学运动的科学总结,同时又回到实践中去,指导革命文学运动的发展。值得注意的是,毛泽东并不是单纯从文艺理论的知识范畴内来阐述他的文艺思想的,他所谈的也不是有关文学基本常识和原理的"教科书",而是从一位伟大政治家的视界,从革命的政治战略家的高度,把文学作为革命事业的组成部分和改造社会、肩负崇高的社会使命的有力武器来加以审视并提出要求的。由此决定,毛泽东文艺思想具有突出的社会功利性特色。

(三)科学评价毛泽东的革命功利主义文学价值观

那么,如何评价毛泽东的革命功利主义文学价值观?毛泽东的革命功利主义文学价值观,是适应无产阶级政党在领导革命进程中夺取"文化领导权"的需要而提出的。延安时期,毛泽东已充分认识到文化建设在中国革命中的重要作用,他在《新民主主义论》和《在延安文艺座谈会上的讲话》等著作中,都把无产阶级政党的文化领导权作为新民主主义文化理论的核心思想来阐述,竖立起一面引领中国先进文化走向的光辉旗帜。

1940 年毛泽东在《新民主主义论》中,第一次系统地阐述了五四运动以来中国文化现代化转型中的一系列根本问题,提出了新民主主义文化的性质和文化价值体系重建的方向。毛泽东运用马克思主义关于经济基础与上层建筑的学说,全面系统地论述了新民主主义的政治、经济、文化,制定了发展中华民族新文化的理论纲领,开始构建无产阶级政党的文化革命领导权。毛泽东高度评价革命文化的作用,认为"革命文化,对于人民大众,是革命的有力武器。革命文化,在革命前,是革命的思想准备;在革命中,是革命总战线中的一条必要和重要的战线"[1]。毛泽东明确提出了建设"民族的科学的大众的文化",即新民主主义文化的总任务,强调中华民族新文化的基本特性是民族性、科学性和大众性的有机统一。他

---

[1] 《毛泽东选集》第 2 卷,人民出版社 1991 年版,第 708 页。

还全面论述了文化艺术中的"中""外""古""今"诸方面的关系,要求批判地吸收和继承古往今来一切有价值的中外文化遗产,为建设和发展中华民族新文化指明了前进方向。

毛泽东革命功利主义文学价值观的基本内容,就是明确要求文艺为人民大众服务,为无产阶级革命事业服务,并强调无产阶级文艺要服从党在一定革命时期内所规定的革命任务。1942年5月毛泽东的《在延安文艺座谈会上的讲话》,是中国化马克思主义文艺理论进入成熟阶段的重要标志。毛泽东在《在延安文艺座谈会上的讲话》中依据马克思主义文艺理论的基本原理,对当时困扰中国文艺界的一系列理论和实际问题进行科学的阐述,提出了许多富有创造性的理论观点,体现着一种理论创新精神。这种创新精神,就是把马克思主义普遍真理与中国革命文艺的具体实践相结合,牢固地确立中国共产党对新民主主义文化的领导权,以新的理论拓展和创新推进马克思主义文艺理论中国化的进程。毛泽东把人民利益作为根本的价值取向。毛泽东阐述的人民主体艺术观,是贯穿《在延安文艺座谈会上的讲话》的核心思想,也是毛泽东文艺思想的根本价值取向。毛泽东在《在延安文艺座谈会上的讲话》中围绕着"文艺为大众"和"如何为大众"这两个中心问题,全面深刻地论述了文艺与生活、文艺与政治、文艺的阶级性与人性、文艺批评、文艺统一战线等一系列重要的文艺问题,从理论上做出深刻的创造性的马克思主义的回答。这是马克思主义文艺理论中国化进程中第一次较为系统的理论阐述,体现了毛泽东面对文艺现实,解决新情况新问题,勇于理论创新的精神。这种理论创新以严整的理论形态和理论的创造性,极大地丰富、发展和完善了马克思主义文艺理论,把中国化马克思主义文艺理论推向新的发展阶段。

毛泽东的革命功利主义文学价值观,是结合中国革命的实际,从无产阶级文艺为人民群众的利益和革命目标的一致而提出的,既区别于排斥和否定文艺社会功利性的"超功利"文艺观,也不同于狭隘的急功近利的文艺功利观。毛泽东认为,唯物主义者并不一般地反对功利主义,只是反对超阶级的功利主义,而主张阶级的功利主义。他说:"世界上没有什么超功利主义,在阶级社会里,不是这一阶级的功利主义,就是那一阶级的功利主义。"①毛泽东坚决反对梁实秋等人提出的文学"与抗战无关"的主张,明确提出"我们是无产阶级的革命的功利主义者",大力提倡无产阶级的革命功利主义文艺观。在文学的社会功能和文艺与政治的关系问题上,毛泽东重视文学的社会作用,要求文学为无产阶级革命事业服务,倡导文学为社会政治和经济服务。在抗日战争的形势下,如何利用文艺教育动员民众参加抗战、保家卫国是文艺的首要任务。毛泽东在《在延安文艺座谈会上的讲话》中开宗明义地提出,召开文艺座谈会"目的是要和大家交换意见,研究文艺工作和一般革命工作的关系,求得革命文艺的正确发展,求得革命文艺对其他革命工作的更好的协助,借以打倒我们民族的敌人,完成民族解放的任务"②。毛泽东非常重视文艺的社会功用,他把文艺当作民族解放战争的一条重要战线,要求文艺很好地成为整个革命机器的一个组成部分,把文学作为在阶级斗争、民族斗争的血与火中"打击敌人,消灭敌人"的有力武器。毫无疑问,文艺是涉及社会功利的。毛泽东并不否认文艺的功利性,他是从革命的功利主义出发,强调文艺为人民大众服务,为无产阶级革命事业服务。他说:"在现在世界上,一切文化或文学艺术都是属于一定的阶级,属于一定的政治路线的。为艺术的艺术,超阶级的艺术,和政治并行或互相独立的艺术,实际上是不存在的。"③毛泽东认为"现在世界上"没有超政治的文学存在,也不存在和政治并行或独立的文学,所以他提出"文艺是从属于政治的""文艺服从于政治"的观点。当然,毛泽东这里所说的"政治",指的是无产阶级政党整体的政治方向、政治路线,而不是某项直接的、临时的政治任务,也不是某个具体的方针、政策。正如他所说"这政治是指阶级的政治、群众的政治","今天中国政治的第一个根本问题是抗日"。

在审美与功利的问题上,毛泽东所倡导的并非单纯追求文艺功利目的的唯功利主义,他在强调文学的社会功利性,重视文学的政治功能的同时,没有偏废文学的审美特性和审美创造规律。他在论述艺术与生活的

① 《毛泽东选集》第3卷,人民出版社1991年版,第864页。
② 《毛泽东选集》第3卷,人民出版社1991年版,第847页。
③ 《毛泽东选集》第3卷,人民出版社1991年版,第865页。

关系时，不仅提出了文学作品中反映出来的生活"可以而且应该比普通的实际生活更高，更强烈，更有集中性，更典型，更理想，因此就更带有普遍性"的观点，而且进一步指出，运用文学创作的典型化，通过文学的审美功能，文学作品能够发挥"使人民群众惊醒起来，感奋起来，推动人民群众走向团结和斗争"的作用。针对20世纪30年代左翼文艺曾经存在的"标语口号式"创作倾向，毛泽东反复强调："缺乏艺术性的艺术品，无论政治上怎样进步，也是没有力量的。"①文学作品如果失去审美功能，仅以枯燥乏味的说教来宣传某种道理，是违背文学创作规律的。显然，作为一代卓越诗人的毛泽东，是深谙文学的审美特质和审美功能的。正如他在论述艺术批评的政治标准和艺术标准的关系时所说："政治并不等于艺术，一般的宇宙观也并不等于艺术创作和艺术批评的方法。"②"我们的要求则是政治和艺术的统一，内容和形式的统一，革命的政治内容和尽可能完美的艺术形式的统一。"③

应当肯定，毛泽东在当年战争环境中提出的"文学从属于政治"的命题，是无可厚非的，但对毛泽东的革命功利主义文艺观应当采取科学的分析态度。文艺功利性的内涵是广泛的和多层次的，文学与政治的关系是多维度的，如果偏重于文艺的政治功利性，仅仅用"从属论"来定位和评价，就会因过分强调"文艺服从于政治"而忽略了文艺社会功用的多样性和丰富性，因过分强调文学的阶级性而忽略了文学的人性，在理论上表现出局限性。所以，既要反对排斥和否定文艺社会功利性的错误主张，也要反对文学与政治关系上狭隘的、急功近利的文艺观。在当前文艺界普遍强调文艺的本性是娱乐、消遣和审美时，李志宏的文章明确提出"审美性不等于艺术性"的观点。他认为"从文艺的本来目的和基本功能看，的确可以把审美性当作文艺的基本属性"，但是，"作品的审美性是由内容方面的功利性和形式方面的艺术性共同构成的。马克思主义文论不是否认艺术性的重要，不是排斥文艺的审美性，而是在肯定文艺审美性的前提

---

① 《毛泽东选集》第3卷，人民出版社1991年版，第870页。
② 《毛泽东选集》第3卷，人民出版社1991年版，第869页。
③ 《毛泽东选集》第3卷，人民出版社1991年版，第869—870页。

下,以社会历史因素为审美性的保证和支撑"①。

如何正确处理审美与功利、文学与政治之间的关系？如何在不同的时代语境中寻求二者之间的最佳平衡点与合理倾斜度？这是党领导文艺事业面临的实际问题,也是改革开放以来文学理论研究必须解决的一个难点问题。社会主义文艺实践证明,在战争时期曾起过积极作用的"文艺从属于政治""文艺为政治服务"的观点,随着社会历史的发展,其原有的合理因素已发生变化,并在文学实践中逐渐显示出理论上的偏颇与明显的局限性。如果不根据新的社会实践和人民群众日益强烈的精神文化需求及时更换和改变,就会使文学失去丰富多彩的社会功能而陷入单纯为某种政治任务服务的狭隘境地,从而导致社会主义文艺指导方针的严重失误,阻碍社会主义文艺的健康发展。新中国成立后,从20世纪50年代中期至"文化大革命",在文艺领域中"左"倾路线的影响下,文学与政治的关系被扭曲,文学的政治功利性被不适当地强调并付诸文学创作实践,使文艺成为简单的阶级斗争工具,甚至屡屡产生政治对文艺粗暴干涉的现象。

20世纪80年代末,受西方形式主义审美理论的影响,有人提出毛泽东文艺思想的内核"就是坚执文艺从属于政治,亦即片面强调文艺的政治实用功能,偏偏忘记了文艺的本性是审美",因此,文艺只有"独立于政治",不再充当"国家意识形态的特种部队",才能获得"它在美学王国的独特席位"②。时至今日,仍有人刻意否定毛泽东文艺思想对改革开放以来的中国文学的理论价值和现实意义,认为"《讲话》主要内容是文艺从属政治",而"政治这个东西太变化无常","所以文艺不能绑在政治的战车上"③。这种从"超功利""纯审美"的观点出发,针对《在延安文艺座谈会上的讲话》而提出的文艺与政治"离婚","把文艺从政治的战车上卸下来"的错误主张,其用意是借否定毛泽东的革命功利主义文学价值观而对毛泽东文艺思想釜底抽薪,试图以文学的"去政治化""去思想化""去

第一章 关于文学社会功用的研究

---

① 李志宏:《审美性不等于艺术性》,《文艺报》2012年12月31日。
② 夏中义:《历史无可避讳》,《文学评论》1989年第4期。
③ 韶华:《实践检验〈在延安文艺座谈会上的讲话〉——三个过来人对话录》,《炎黄春秋》2012年第8期。

意识形态化"来颠覆和解构文学的政治维度。因为否定了文艺为人民服务的人民主体艺术观，否定了文艺为无产阶级革命事业、为社会主义服务的社会功利性，就从根本上失去了毛泽东文艺思想的核心价值，也失去了社会主义文艺的本质属性。其实，文艺界某些人士提出"文艺不做政治的奴婢"，倡导文艺要脱离政治、消解政治，只不过是要千方百计地来消解主流政治和主流意识形态，在"远离政治""告别革命""躲避崇高"等种种欺骗性的鼓噪中，来达到全盘否定从辛亥革命到中华人民共和国成立的中国人民革命历史的某种不可告人的政治目的。某些人鼓吹"超功利""纯审美""纯文学"的文艺观，主张文艺摆脱一切社会功利，远离现实生活，钻进艺术的象牙塔，躲在"私人化"写作的狭小天地，表现"个人本位主义"。实际上，这种讳言或否认文艺的社会功利性，使文艺远离政治、远离社会的"艺术本体"论，不过是一种虚无缥缈的审美乌托邦。因为他们并没有"远离政治"，也不是不要政治，而只是不要马克思主义政治，远离社会主义政治，消解主流意识形态。从文艺的整体上看，文学并不能远离政治、脱离时代和社会，文学与政治、法律、哲学、宗教、道德等其他意识形态总是相互联系、互渗互动的关系，"离婚"的主张在理论和实践中都是行不通的。2014 年 10 月 15 日，习近平总书记在文艺工作座谈会讲话中，尖锐地批判了"'以洋为尊'、'以洋为美'、'唯洋是从'"，"跟在别人后面亦步亦趋、东施效颦"，"热衷于'去思想化'、'去价值化'、'去历史化'、'去中国化'、'去主流化'那一套"。他明确提出"中国精神是社会主义文艺的灵魂"，并号召"我国作家艺术家应该成为时代风气的先觉者、先行者、先倡者，通过更多有筋骨、有道德、有温度的文艺作品，书写和记录人民的伟大实践、时代的进步要求，彰显信仰之美、崇高之美，弘扬中国精神、凝聚中国力量，鼓舞全国各族人民朝气蓬勃迈向未来"①。

文学与政治的关系是错综复杂的，如果过分强调文学的政治功利性，把文学的社会功用仅仅限于为政治服务这一维度，而忽视或排斥文学社会功用的其他方面，甚至把某些在特定环境中提出的文艺策略当作僵死

① 习近平：《在文艺工作座谈会上的讲话》（2014 年 10 月 15 日），《人民日报》2015 年 10 月 15 日。

的教条来推行，那么，在文学与政治的关系上就会表现出狭隘的功利主义和简单化、庸俗化倾向，不仅造成文艺作品的公式化、概念化，更为严重的是，它还会形成运用政治权威和政权的力量来控制文艺运行的局面，对文艺发展造成负面影响。当中国共产党夺取全国政权后，党对文艺工作的领导，如何按照文艺的特征和艺术规律办事，如何处理文学的审美属性和政治功利属性之间的关系，而不是对文艺横加干涉、发号施令，不是让文艺配合当前的政治运动，甚至服务于某项具体的路线、政策，在这方面有许多值得总结的经验教训，也为人们留下了许多需要深层次思考的问题。

二、改革开放以来文学与政治关系的讨论

进入改革开放新时期，有中国特色的社会主义文艺面临着自身的历史选择：一方面，它要继承"五四"以来新文学和社会主义文艺的优良传统，坚持毛泽东文艺思想的理论指导，坚持文艺的社会主义性质；另一方面，它要以实践的标准来检验过去的文艺观念和文艺方针、政策，摆脱各种陈腐观念的束缚，根据新的时代特点，研究新情况，解决新问题，创建新理论，制定新的文艺方针、政策。这种历史选择，是社会主义文艺发展自身规律的必然要求。

改革开放以来文艺理论的转型，是从 1979 年到 1982 年文艺与政治关系的大讨论起步的。1979 年年初，文艺界开始突破理论禁区，对长期以来流行的"文艺是阶级斗争的工具"说、"文艺从属于政治"说、"文艺为政治服务"说进行深入的讨论和反思，重新审视这些在文艺与政治关系中居统治地位的观点和命题，调整党的文艺政策。

陈恭敏的《工具论还是反映论——关于文艺与政治的关系》一文，最早对"文艺是阶级斗争的工具"说提出了质疑，认为我国已经进入新的历史时期，"工具论"值得重新研究，因为它是对文艺为政治服务的一种简单化理解。在《上海文学》1979 年第 4 期上发表的评论员文章《为文艺正名——驳"文艺是阶级斗争的工具"说》，从文艺与政治的关系、文艺与生

活的关系、文艺的社会功能等方面批驳了"工具论"。文章指出："造成文艺作品公式化概念化的原因是多方面的,其中一个主要原因,就是创作者忽略了文学艺术自身的特征,而仅仅把文艺作为阶级斗争的一个简单工具。""为了繁荣社会主义文艺,必须为文艺正名。"该文发表后,引发了关于"工具论"的热烈争论,又因涉及文艺是否从属于政治,文艺是否仅仅服务于政治等问题,由此展开了一场关于文艺与政治关系的大讨论。在这场全国范围的讨论中,《文学评论》《文艺研究》《文艺报》《文艺理论研究》《上海文学》《安徽文学》《长江文艺》等报刊都特辟专栏,仅1980年就发表100多篇文章,各种不同观点展开激烈论争。从中央到地方,一些单位纷纷举行研讨会,如1979年3月《文艺报》编辑部召开的文学理论批评工作座谈会,同年10月中国社会科学院、教育部和北京市委举办的庆祝新中国成立30周年学术讨论会,1980年全国高等学校文艺理论研究会在庐山举办的大型学术研讨会,都把文艺与政治的关系作为会议主题,竞相争鸣,产生了广泛的影响。

讨论的中心问题是"文艺从属于政治""文艺为政治服务"的命题是否科学,以及如何正确理解文艺与政治的关系。主要有以下几种观点:

第一,肯定文艺与政治的关系是"从属"和"服务"的关系。

这种观点认为,"从属论"和"服务论"都是科学的提法,应当作为马克思主义文艺观的一个基本原则加以坚持。敏泽的《文艺要为政治服务》、张建业的《文艺应该为政治服务》、罗启业的《关于文艺与政治关系问题的探讨》等文章,集中表述了这种观点。他们认为:"文艺从属于政治,是客观存在。这是由多方面的因素所决定的。第一,是经济基础对于意识形态领域的支配作用,必须通过政治发生直接影响所决定的;第二,是文艺必须通过一定阶级的思想感情,对人们起认识作用、教育作用的社会功能所决定的;第三,是作家在创作方法上,不同程度地要受一定世界观的制约所决定的;第四,是文艺作品必须要真实地、正确地反映渗透了政治的社会生活所决定的。所以,文艺不是从属于这一种政治,就是从属于那一种政治,从来没有超政治的文艺。从这一点上说,文艺从属于政治是对文艺与政治关系的科学表述。"①

第二，反对"从属论"和"服务论"，认为它是不科学的、错误的命题。

有人提出，文艺与政治同属于上层建筑，文艺不应该为政治服务。曹延华认为，"文艺从属于政治"的命题，在意识与存在、上层建筑和经济基础以及意识形态具有相对独立性等一系列问题上，不符合马克思主义认识论，是"一个不科学的文艺命题"②。王春元明确提出，"文艺为政治服务"是个错误的口号。他结合30年社会主义文艺发展的实践，认为文艺为政治服务，实际上是为现行的路线、政策服务，为宣传阶级斗争观念服务，为长官意志服务，因此，"文艺为政治服务这个口号在理论上是错误的，在实践中是有害的"③。

第三，文艺与政治是相互影响的关系。

持这种看法的学者认为，文艺和政治是上层建筑范畴内的关系，它们之间不是从属关系，而是相互影响的关系。梅林从马克思主义唯物史观的视角阐述了文艺与政治的关系，认为它们之间"不是一者决定和一者被决定的关系"，而是"相互影响的关系。但这种关系也不是一种完全平行的关系。政治在整个上层建筑中，不能不占着主要的地位，起着主要的作用，它是经济的集中表现"。"文艺对经济基础的反作用是以政治为中介，通过政治发生的。"④有的文章提出，文艺必须经过政治的中介为经济基础服务，但"中介"并不等于决定，二者不能混淆。⑤

第四，重新审视和调整文艺与政治的关系，调整党的文艺政策。

有的学者认为，"从属论"和"服务论"在一定历史时期起过积极作用，"这个历史的功绩是不能抹杀的"，但"这种看法又把文艺与政治或阶级斗争的关系强调到了近于绝对化的程度，因而就带来了片面性"，特别是在和平的经济建设时期，"这种片面性就越来越清楚地显露出来，越来

---

① 白烨编著：《文学论争二十年》，华中师范大学出版社1998年版，第59页。
② 曹延华：《"文艺从属于政治"是不科学的命题》，《文艺研究》1980年第3期。
③ 王春元：《"文艺为政治服务"是个错误的口号》，《文艺理论研究》1980年第3期。
④ 梅林：《文艺和政治是上层建筑范畴内的关系》，《文学评论》1980年第1期。
⑤ 参见李中岳、周舟：《社会主义艺术生产的目的——兼论文艺不能从属于政治》，《新文学论丛》1980年第3期。

越同我们的文艺的发展不相适应了"①。还有学者提出:"文艺不能脱离政治,并不等于文艺为政治服务。它们之间不能划等号。"②"'不能脱离政治'这句话中所说的'政治',是指非常广泛意义的政治。国家兴衰、民族安危、人民的命运与社会发展的前途,文艺工作者能完全脱离这些而创作出有价值的作品来么?"③

　　1979年8月29日,胡乔木在与中国社会科学院文学研究所的同志进行关于中国当代文学史编写工作谈话时,对如何调整文学与政治的关系发表了精辟见解:"文学是上层建筑,政治也是上层建筑。但两者性质不同,任务也不同,社会作用和作用的方式也都完全不一样,两者不能混为一谈。……无论在什么历史时期,伟大的文学艺术作品都不仅仅是政治的手段。政治必然影响文学,但如认为政治能够或应当决定文学的发展,那就是政治史观而不是唯物史观了。"④1980年2月11日,周扬在剧本创作座谈会上的讲话"关于政治和文艺的关系"做出如下阐释:"文艺从属于政治、文艺为政治服务的口号决不能穷尽整个文艺的广泛范围和多种作用,容易把文艺简单地纳入经常变化的政治和政策框框,在文艺和政治的关系上表现狭隘功利主义和实用主义的倾向,导致政治对文艺的粗暴干涉。""虽然意识形态对经济基础的依赖关系要通过的中间环节往往是政治,因此马克思、恩格斯都十分重视政治对文学艺术的巨大影响;但他们都从来没有讲过艺术要从属于政治。艺术不但要受政治的影响,也要受宗教、哲学、道德等等其他意识形态的影响。"⑤周扬对文艺与政治的关系作了深层次的思考,纠正了"从属说"与"服务说"的偏颇,第一次明确地提出了改革开放以来文艺的新口号。他说:"我们提文艺要为人民服务、为社会主义服务,这不比单提为政治服务更适合、更广阔吗?"⑥

　　在改革开放和社会主义现代化建设新时期,邓小平及时调整党的文

①　刘纲纪:《关于文艺与政治的关系》,《文学评论》1980年第2期。
②　林焕平:《文艺为社会主义服务》,《文艺研究》1980年第3期。
③　徐中玉:《从实际出发看问题》,《文艺理论研究》1980年第3期。
④　《胡乔木传》编写组编:《胡乔木谈文学艺术》,人民出版社1999年版,第125—126页。
⑤　周扬:《解放思想,真实地表现我们的时代——谈有关当前文学创作中的几个问题》,《文艺报》1981年第4期。
⑥　周扬:《关于政治和文艺的关系》,《人民日报》1981年3月25日。

艺政策,舍弃了"文艺为政治服务"的提法,强调社会主义文艺要服从和服务于经济建设这个中心。1979年10月30日,邓小平代表党中央、国务院在第四次文代会祝词中正式宣布:"党对文艺工作的领导,不是发号施令,不是要求文学艺术从属于临时的、具体的、直接的政治任务,而是根据文学艺术的特征和发展规律,帮助文艺工作者获得条件来不断繁荣文学艺术事业,提高文学艺术水平,创作出无愧于我们伟大人民、伟大时代的优秀的文学艺术作品和表演艺术成果。"①1980年1月16日,邓小平在《目前的形势和任务》的重要讲话中说:"我们坚持'双百'方针和'三不主义',不继续提文艺从属于政治这样的口号,因为这个口号容易成为对文艺横加干涉的理论根据,长期的实践证明它对文艺的发展利少害多。但是,这当然不是说文艺可以脱离政治。文艺是不可能脱离政治的。任何进步的、革命的文艺工作者都不能不考虑作品的社会影响,不能不考虑人民的利益、国家的利益、党的利益。培养社会主义新人就是政治。"②邓小平纠正过去在文艺与政治关系上的某些偏向,果断地提出"不继续提文艺从属于政治这样的口号",不再提"文艺为政治服务",但他又明确表示,"文艺是不可能脱离政治的"。这是邓小平根据时代的变化,从发展文艺生产力、繁荣社会主义文艺的根本任务而做出的文艺政策的重大调整。

第一章 关于文学社会功用的研究

　　1980年7月26日,《人民日报》发表社论《文艺为人民服务、为社会主义服务》,对前一阶段的文艺与政治关系的讨论作了总结,正式提出用"文艺为人民服务、为社会主义服务"的口号代替原来的"文艺从属于政治"的口号。社论指出:"党中央提出,我们的文艺工作总的口号应当是:文艺为人民服务、为社会主义服务。"社论进一步阐述:"为人民服务、为社会主义服务,这个口号概括了文艺工作的总任务和根本目的,它包括了为政治服务,但比孤立地提为政治服务更全面,更科学。它不仅能更完整地反映社会主义时代对文艺的历史要求,而且更符合文艺规律。"社论还

---

① 《邓小平文选》第2卷,人民出版社1983年版,第213页。
② 《邓小平文选》第2卷,人民出版社1983年版,第255—256页。

特别强调:"作为学术问题,如何科学地解释文艺与政治的关系,人们完全可以自由展开讨论。作为政策,党要求文艺事业不要脱离政治,坚持正确的政治方向,但并不要求一切文艺作品只能反映一定的政治斗争,只能为一定的政治斗争服务。"

我国文艺界关于文艺与政治关系的讨论,在改革开放以来的文艺理论的转型过程中具有重要意义。它不仅在文艺界的拨乱反正中"为文艺正名",恢复对马克思主义文艺观的科学理解,恢复文艺的审美特性,有力地促进了改革开放以来文艺方针、政策的调整;而且实现了文艺理论的重大突破,使文学摆脱了"从属论"和"服务论"的束缚,尊重文艺的特征和规律,成为改革开放以来文艺理论转型的一个重要标志。但是,讨论中也出现一些不利于社会主义文艺发展的观点,如宣扬文艺与政治无关,倡导审美超功利性,提出"淡化政治""远离政治""消解政治"的错误主张。因此,对这些观点需要从理论上加以澄清和辨析,正确处理审美与功利、文学与政治之间的关系,正确把握文艺与政治的关系,匡正文学"去政治化"的偏颇。

三、文学"去政治化"的偏颇

20 世纪 80 年代,文艺理论界在纠正了文艺为政治服务的偏向后,审美主义理论对"工具论""从属论"矫枉过正,又出现了一种鼓吹文艺要与政治"离婚",回到"纯审美""纯文学"的"艺术本体"上来,极力推崇文艺去政治化、非政治化的倾向。审美主义所倡导的文学研究"向内转",所主张的文艺脱离政治、远离现实生活,以及对文艺与社会、文艺与政治关系的理论偏误,是一种片面的文学审美学说。

正确把握文学与政治的关系,既要反对文学完全服从和服务于政治的唯政治化倾向,也要反对文学完全脱离或远离政治的"去政治化""非政治化"倾向。文艺与政治的关系,既不是简单的"从属"或"服务"的主仆关系,也不应当成为"平行"或"脱离"的纯审美、纯文学的独立关系,而是一种相互影响、互渗互动的良性关系。在过去相当长一段时期，把文学作为阶级斗争的工具，提出"文艺为政治服务"的口号，是对文学与政治关系的片面理解，影响了社会主义文艺的健康发展。改革开放以来，邓小平根据时代的变化，从大力发展文艺生产力、繁荣社会主义文艺的根本任务出发，及时地调整党的文艺政策，果断地提出"不继续提文艺从属于政治这样的口号"，不再提"文艺为政治服务"，但他又明确表示，"文艺是不可能脱离政治的"①。这是对文艺与政治关系的科学的、辩证的阐述，对正确把握文艺与政治的关系，纠正改革开放以来文艺与政治关系研究中的某些偏误，具有重要的指导意义。

要正确理解文艺与政治的关系，就应当把文艺与政治置于社会结构整体的联系过程中，运用辩证的观点分析文艺与政治双向交流、互渗互动的关系。马克思主义经典作家关于经济基础与上层建筑的学说表明：政治与文学同属于上层建筑，都由一定时代和社会的经济基础所决定，并为经济基础服务，但政治与文学在上层建筑中的地位及其对经济基础的作用是不同的，政治与文学同经济基础也并非等距离的关系。在庞大的上层建筑中，政治距离经济基础最近，而哲学、宗教、文学、艺术等是"更高地悬浮于空中的意识形态的领域"②，与经济结构的距离更远且间接发生作用。文学与政治的关系，应当是一种双向互渗互动的关系。这种互动关系表现为文学与政治之间的相互影响、相互作用。恩格斯说："政治、法、哲学、宗教、文学、艺术等等的发展是以经济发展为基础的。但是，它们又都互相影响并对经济基础发生作用。"③普列汉诺夫提出的"五项因素公式"认为，在社会经济基础与上层建筑意识形态的多级关系中，政治是中介环节，经济基础对文学的决定作用和文学对经济基础的反作用往往通过政治、社会心理等中介环节才最终反映出来。政治在上层建筑中占有主要地位，起着主导作用，并作为中介和纽带调节着上层建筑中各部门之间及其同经济基础的关系。因此，经济基础对文学艺术的决定作用

---

① 《邓小平文选》第 2 卷，人民出版社 1983 年版，第 256 页。
② 《马克思恩格斯文集》第 10 卷，人民出版社 2009 年版，第 598 页。
③ 《马克思恩格斯文集》第 10 卷，人民出版社 2009 年版，第 668 页。

是通过政治的中介作用而实现的,但由于政治和文学在上层建筑中所处的地位和所起的作用不同,二者之间的相互影响也不是对等的。

纵观人类文学发展史,文学与政治总是有一种无法割断的关系,有时甚至相生相伴,同生死共患难。普列汉诺夫曾经指出,法国大革命时期人民需要的主要是政治的艺术;法国古典主义艺术也是为某些政治思想服务的,可是这并没有妨碍它绽开出彩色缤纷的花朵来。文学与政治的关联性,主要表现在两个方面。其一,是政治在文学与经济基础之间的中介作用。它既表现为处于制度的上层建筑层面的政治对文学发展的影响,如政府会从政治利益出发制定文艺政策和法令,政党和政治家会借助文学为政治服务,又表现为处于观念的上层建筑层面的政治对作家创作的影响,因为作家并非生活在社会真空中,他们必然要受到社会文化精神的影响,其政治观点、思想倾向会直接或隐晦地体现在文学创造中,无论是描写人与自然的关系,还是反映特定时代的人际关系、人与社会的关系的作品,都会蕴含着或隐或显的政治倾向性。其二,是文学对政治的影响和对经济基础的反作用。文学是社会的经济和政治在观念形态上的反映,作家的审美创造反映了社会生活和时代风貌,文学作品会潜移默化地影响人们的政治思想观念,对经济与政治的发展提供精神动力和智力支持,进而产生影响社会生活和变革社会的积极作用。当然,我们在强调文学与政治的关联时,不能把文学作品当作简单地图解现实和政治的工具,不能忽视文学的相对独立性和文学与政治的区别,因为并非一切文学作品都包含政治内容和政治价值取向,也不是所有的文学作品都毫无例外地与政治发生关联。文学的相对独立性,使得文学只是通过政治的中介作用为经济基础服务,而不是简单地从属于政治,更不能完全地为政治服务,甚至成为实施某项政策的工具。文学与政治的关联是普遍性的,但有的文学作品并不具有一定的政治倾向性,这同样是文学史上不容置疑的事实。

研究文学与政治的互渗互动关系,应当结合政治对文学发展的制约因素进行考察,客观地、充分地分析政治因素是如何影响作家的创作和文学的发展。文艺不能脱离政治的重要原因之一,是政治集中体现着经济基础对文学的影响,政治环境对文学的发展与繁荣具有重大影响。政治既可以作为强大的推动力,促进文学的繁荣与发展,又可以成为巨大的阻力,导致文学的衰落与凋谢。就政治而言,不论是政治的观念形态、制度形态,还是生活形态,都可以作为文学反映的社会内容进入文学作品,对文学的繁荣发展起制约和影响作用。政治的观念形态往往会渗透在作家对社会生活的认识和评价中,直接影响创作主体对现实生活的审美态度,从而在作品中表现出强烈的主观情感和审美评价,成为渗透在作品中的精神导向和价值判断。中国封建社会中处于统治地位的儒家思想对古代作家的影响,是根深蒂固的,许多古代文学作品都留有儒家传统政治思想和伦理观念的深深印记。政治的制度形态带有强制性,一定社会的政治制度、政治设施及方针、政策等,可以直接干预和控制社会的文学活动,对文学的发展产生直接的影响。如唐诗繁荣的原因,就和盛唐时期政治较为开明,思想比较开放和活跃,以及统治者以诗赋取士的文化政策密切相关。清代康乾之际,统治者为了巩固政权、稳定社会,实行了残酷的"文字狱"和严格的禁书令,正是这种文网森严的政治气候,使文人普遍产生"避席畏闻文字狱,著书都为稻粱谋"的避祸心理,由此造成了清中叶文坛的萧条和冷落。政治的生活形态会使置身于其中的作家受到深刻影响,对作家的政治态度和政治倾向产生重要的引导作用,甚至会决定作家的创作道路和人生命运。明代出现的追求个性解放的艺术思潮,如公安派"独抒性灵"的诗文、汤显祖以情为核心的"临川四梦"、徐文长的大写意绘画、描写市民生活的小说《金瓶梅》和"三言""二拍",显然与明代中后期的社会政治文化环境和经济发展的新变化有密切的联系。可见,文学与政治之间是双向交流的互渗互动,文学的发展不能脱离良好的政治文化环境和经济条件。

文艺不能脱离政治,还在于政治作为经济基础的集中表现,是文学与经济基础发生联系的中介环节。由于文学远离经济基础,经济基础对文学的发展演变,对文学内容和性质的决定作用,文学对经济基础的反作用,都要通过政治的中介作用才得以实现。当然,政治对文学发展的影响也是有规律可循的。当生产关系变为阻碍生产力发展的桎梏、阶级矛盾激化的时期,政治就成为经济变革的集中表现,而文学为一定时代和社会的经济基础服务,则往往是通过与政治的密切联系表现出来的。一般来说,处在社会的大动荡和阶级矛盾激化时期,往往会出现文学艺术的繁荣与发展。欧洲新兴资产阶级与封建势力的激烈搏斗,迎来了以达·芬奇、莎士比亚为代表的文艺复兴运动;19世纪俄国社会阶级矛盾的空前激化,产生了以普希金诗歌、托尔斯泰小说为代表的俄罗斯文学的繁荣。在文学发展过程中,许多伟大的作家往往出现在社会动荡和阶级大搏斗的时期,这并非偶然的现象。恩格斯评价巴尔扎克的《人间喜剧》"用编年史的方式几乎逐年地把上升的资产阶级在1816—1848年这一时期对贵族社会日甚一日的冲击描写出来"①;列宁称托尔斯泰的作品为"俄国革命的镜子",可以看到社会的政治环境对作家创作的重大影响。因为社会动荡和阶级矛盾的激化,必然会引起社会秩序的震动和人们生活方式的突变,这无疑会影响作家的生活道路和个人命运,甚至把他们卷入斗争的漩涡之中,使他们从中获得创作源泉和创作激情。

政治对文学的重大中介作用表明,在文学的发展进程中,政治集中体现着经济基础对文学的影响,具有不可忽视的重要作用,但文学只是通过政治的中介作用为经济基础服务,而不是简单地为政治服务。因为文学与政治同属于观念的上层建筑领域,都为经济基础所决定,政治作为经济基础的集中表现,只是文学与经济基础发生联系的中介因素。因此,文学与政治之间的关系,既不是"从属"和"服务"的主仆关系,也不是"淡化"和"远离"的疏离关系,而应当成为相互影响、互渗互动的良性关系。马克思主义认为,一定的文化是一定的社会经济和政治在观念形态上的反映,同时又对经济政治的发展提供精神动力、智力支持和思想保证,具有相对的独立性。社会主义文艺应当为建设高度发展的社会主义物质文明和精神文明做出积极的贡献。2014年10月15日,习近平在文艺工作座谈会讲话中强调:"人民是文艺创作的源头活水,一旦离开人民,文艺就会变成无根的浮萍、无病的呻吟、无魂的躯壳。"他指出:"我们必须把创

① 《马克思恩格斯文集》第10卷,人民出版社2009年版,第570页。

作生产优秀作品作为文艺工作的中心环节,努力创作生产更多传播当代中国价值观念、体现中华文化精神、反映中国人审美追求,思想性、艺术性、观赏性有机统一的优秀作品,形成'龙文百斛鼎,笔力可独扛'之势。"①2015年9月11日,中央政治局审议了《关于繁荣发展社会主义文艺的意见》,会议提出"文艺是民族精神的火炬,是时代前进的号角",要求文艺要坚持以人民为中心,特别强调"举精神旗帜、立精神支柱、建精神家园,是当代中国文艺的崇高使命。弘扬中国精神、传播中国价值、凝聚中国力量,是文艺工作者的神圣职责"。这些重要论述,指出了文艺工作者自觉传递和吸纳向上向善的价值观的重要性,对我们反思改革开放以来文艺与政治关系研究中的偏误,纠正和克服"文学去政治化"的负面观念,具有重要的理论启示和指导意义。

在当前中国社会转型期,作家应当清醒地认识到自己的崇高使命和神圣职责,大力加强文学的政治维度,重视文学对社会价值观的引领作用,特别要关注人民大众的生活状况,使文学作品担负起反映社会的变革和人民的生存状态、坚定人们的理想和信念的社会责任,为实现中华民族的伟大复兴的梦想服务。我们欣喜地看到,20世纪90年代后期以来,中国文坛涌现出一大批具有强烈的思想震撼力和真切的艺术感染力的"反腐小说",成为新世纪中国文学一个引人注目的文学现象。这些优秀的文学作品,如张平的《抉择》《十面埋伏》《国家干部》,陆天明的《苍天在上》《大雪无痕》《省委书记》,周梅森的《人间正道》《中国制造》,王跃文的《国画》《朝夕之间》,阎真的《沧浪之水》《活着之上》等,都以炽烈的时代激情和强烈的社会责任感,对阻碍中国社会发展的种种腐败现象和黑暗势力进行批判,体现了作家们对当下中国政治体制的审视和政治改革的关注,彰显出强烈的政治性,赢得广大读者的喜爱。这充分说明,文艺如果与政治"离婚",如果实行某些人所主张的"告别革命""躲避崇高""淡化意识形态""去价值化"的去政治化、非政治化,提倡所谓"纯文学"写作,津津乐道于表现"私人化"的一己私情,就会使文艺脱离人民大众、

---

① 习近平:《在文艺工作座谈会上的讲话》(2014年10月15日),《人民日报》2015年10月15日。

远离时代和社会生活，"文艺就会变成无根的浮萍、无病的呻吟、无魂的躯壳"。文艺如果放弃传递向上向善的价值观，厌恶表现社会的审美理想和道德价值，不再承载其应有的社会使命和精神价值，而只是以"娱乐至死"的泛娱乐化迎合某些消费者低级庸俗的审美趣味，就会违背社会主义文艺的崇高使命和文艺工作者的神圣职责，走入文艺价值观的误区，在市场经济的大潮中迷失方向。

四、文学的政治价值取向与政治维度

从文学与社会文化结构的整体上看，文学与政治、经济、道德、宗教等社会文化结构是一种互渗互动的关系，真、善、美是文学有机的统一体，文学作品无论是内容美还是形式美，都不能脱离真与善的内涵，都必须坚持对真、善、美的永恒追求。不言而喻，文学的本质属性是审美，是以"实践—精神"方式把握世界的一种特殊的精神生产，但文学除了审美属性，还包括非审美的因素，文学并不能脱离政治、道德和社会生活，文学与政治、哲学、宗教、道德等其他意识形态有着无法割断的内在联系。仲呈祥针对当前文艺的"去政治化"、市场化、媚俗化等不良倾向，提出了"好的艺术通过养眼进而养心"的观点。他认为，艺术养心，重在引领，贵在自觉，"倘盲目地急功近利地以文化'化'钱，以艺术止于'养'眼甚至'花眼乱心'，那就难免降低人的素质、败坏人的审美情趣"[1]。他尖锐地指出："倘否定了文艺的审美的意识形态属性，就必然要否定文艺的教育功能和认识功能，而片面夸大文艺的娱乐功能，为过度娱乐化思潮、为'娱乐至死'推波助澜，是极危险的。"[2]

文学的政治价值取向和政治维度并不是政治强加于文学的派生物，而是在文学与政治关系之中衍变的文学的内在维度，进而成为文学作品

---

[1]　仲呈祥：《警惕文艺媚俗化功利化倾向》，《文汇报》2010年3月16日。
[2]　仲呈祥：《重视中国艺术学的审美维度》，《文艺报》2015年8月31日。

中一种内在的精神导向和灵魂。文学的政治价值取向在作为文学创作主体的作家身上,体现得尤为明显。在文学创作的过程中,作家的主体创作性具有至关重要的意义。文学创作是作家主体生命活动的客体化,它表现了艺术家对生活独特的审美感受和审美评价,它的突出特点是把作家的政治价值取向、思想见解和审美倾向等主体因素渗透到艺术创作的肌理中,把作家对生活的独特感受和深刻认识形成新的审美意象,创作出内容与形式更加完美统一的文学作品。作家的政治倾向、思想观念、审美情趣等主体创造性因素,是文学创作的强大推动力,驱动着作家全身心地投入创作。作家的世界观是创作主体的灵魂,作家只有具备正确而深刻的政治价值取向、思想见解和向上向善的价值观,才能在浩瀚的社会生活中敏锐地捕捉住文学创作所需要的具有本质特征的素材,才能站在真与善的进步立场观察历史和现实,从而把握和揭示社会生活的本质和规律,创作出有助于读者认识社会生活并从中获得审美愉悦的文学作品,不断推进社会的发展。

　　文学作品要表现作家的个人意志和审美取向,具有强烈的主体性因素,但作家的个人意志和价值取向必然要受社会的经济、政治和文化环境制约,作家不能离开社会的客观条件进行随心所欲的创作。恩格斯在评论歌德时有一段精彩的论述,很有启示意义。恩格斯认为,即使像歌德这样的伟大诗人,也无法摆脱德国鄙俗气的影响,因为他所生活的那个“庞大的奥吉亚斯的牛圈”的政治环境,形成了歌德“伟大的诗人”和“庸俗市民”的两重性格,并对其作品产生了深刻影响。歌德的一生正值欧洲社会生活大动荡的时代,如他的自述:“对于七年战争、美国脱离英国独立、法国革命、整个拿破仑时代、拿破仑的覆灭以及后来的一些事件,我都是一个活着的见证人。”①尽管歌德的主体因素对“狂飙突进运动”的促进、对德国文学的发展与繁荣起了重大的作用,但这样的伟大诗人也不可避免地要受到社会经济、政治和文化环境的制约,受到德国鄙俗气的影响,使他对德国社会现实和法国大革命表现出一种叛逆与妥协、反抗与保守的矛盾态度。所以,恩格斯说:"歌德有时非常伟大,有时极为渺小;有时是叛逆的、爱嘲笑的、鄙视世界的天才,有时则是谨小慎微、事事知足、胸襟狭隘的庸人。连歌德也无力战胜德国的鄙俗气;相反,倒是鄙俗气战胜了他;鄙俗气对最伟大的德国人所取得的这个胜利,充分地证明了'从内部'战胜鄙俗气是根本不可能的。"①毫无疑问,作家应当具备文学的天赋和才能,具有良好的艺术修养和较强的审美能力,保持独立的人格和丰富的情感,但某个人能否成为作家,尽管有其先天的条件和自觉选择艺术道路的内在因素,却不可忽视他与特定的社会历史条件之间无法割断的内在联系。在这个意义上,政治文化环境并不完全是文艺的外部问题,而常常成为制约作家主体性因素的重要创作条件。

  作家是具有特定历史性的人,他的生活经历、思想观念、审美趣味和艺术创作必然会受到时代的政治、经济、文化、社会心理等多方面的影响,时代和社会的特征不可避免地会在他的作品中留下或鲜明或隐晦的印记。1871 年 9 月 21 日,恩格斯在伦敦代表会议上谈到工人阶级的政治行动时指出:"绝对放弃政治是不可能的;因为主张放弃政治的一切报纸都在从事政治。问题只在于怎样从事政治和从事什么样的政治。并且对于我们来说,放弃政治是不可能的。"②显然,作家要摆脱政治,远离社会现实,不论你摆出多少时髦的"理论"对它做出各种不同的说明,也无济于事,也总是难以摆脱政治或明或隐、或多或少的影响。这不是作家的个人意志或主观愿望所能决定的,而是文学与政治互渗互动关系的必然表现。例如,西方现代主义是具有强烈创新意识和探索精神的文艺思潮,意识流、象征、荒诞、变形、梦幻、隐喻、超现实等表现手法的运用,使其在艺术表现方法上有许多突破和创新,但西方现代主义作家的作品,正是以他们所处的时代和社会生活环境为依据而创作的,表现出鲜明的政治价值取向和政治维度。就西方现代主义而言,它的出现,并不取决于作家的个人意志,也不仅仅是文艺形式的探索和创新,而只有从西方社会特定的政

① 《马克思恩格斯论艺术》第 2 卷,中国社会科学出版社 1983 年版,第 272 页。
② 《马克思恩格斯文集》第 3 卷,人民出版社 1995 年版,第 224 页。

治文化环境寻找原因,才能做出合理的解释。第一次世界大战对人类造成的空前浩劫,动摇了人们对西方文明的基础和延续性的信念,产生严重的信仰危机,引起资本主义社会秩序的动乱。在这样的时代与社会背景下,各种非理性主义哲学思潮和社会思潮应运而生,直接促成现代主义文学流派的相继崛起,汇成一股声势浩大的文艺思潮。西方现代主义文学的代表作,如艾略特的《荒原》、卡夫卡的《变形记》、奥尼尔的《毛猿》、乔伊斯的《尤利西斯》、福克纳的《喧嚣与骚动》等,都以特有的政治价值取向反映了资本主义的社会矛盾和病态的社会心理,通过对人性复杂状态的揭示反映了现代西方人普遍存在的精神危机,具有深刻的社会意义和认识价值。即使是那些弥漫着痛苦、迷惘、失望、悲观情绪的作品,透过作品散发的荒谬、颓废、病态、绝望的情调和气氛,也可以帮助人们认识现代西方社会的动荡、混乱和复杂的生存状态。

　　1942 年,毛泽东的《在延安文艺座谈会上的讲话》提出"文艺是从属于政治的,但又反转来给予伟大的影响于政治"①,把革命文艺作为革命事业的一条重要战线,明确要求革命文艺为革命斗争总体性的政治目标服务,确立了革命功利主义文学价值观。这在战争环境下完全合乎逻辑,是无可厚非的。但随着历史的发展,"文艺为政治服务"的合理因素在日益复杂化的社会生活中已发生变化,社会主义现代化建设的"常态化"趋势需要不断调整文艺与政治的关系,如果机械地、教条地理解毛泽东《在延安文艺座谈会上的讲话》提出的"文艺服从于政治"的观点,势必阻碍社会主义文艺的健康发展。改革开放以来,调整文艺与政治的关系,重视文艺的审美特征,对纠正文学过度政治化的偏向,深刻认识文学的审美属性,推进文艺学学科的发展具有积极的建设性意义。然而,在批判"工具论""从属论"后,审美主义理论极力倡导的文学"去政治化""非政治化",是一种唯美主义的极端化倾向。笔者曾撰文指出:"审美主义对'文艺工具论'的矫枉过正,又出现了一种贬低伦理道德、脱离现实生活,推崇文艺非政治化、非道德化的倾向。文艺界有些人打着唯美主义的旗帜,

---

① 《毛泽东选集》第 3 卷,人民出版社 1991 年版,第 866 页。

鼓吹'纯审美''纯艺术'等理论观点,主张文艺要脱离政治和道德领域,文艺要与政治'离婚',回到纯审美的'艺术本体'上来;某些人以精神贵族自居,提倡所谓'纯文学'写作,躲进'私人化'的狭小天地,津津乐道于表现所谓'个人经验'的'超越性',走向一己私情的浅吟低唱。"①审美主义理论对审美性的过分推崇和无限扩大,割裂了文学与政治的关系,使文学脱离时代与社会、放弃理想与道德,在一定程度上助长了媚俗化、低俗化、庸俗化、泛娱乐化等不健康的文艺倾向,给改革开放以来的文艺理论建设和文艺创作实践造成混乱。

在新的历史语境下,文艺学界需要进一步反思以往在文艺与政治关系研究中出现的某些偏误,从学理上深入研究和分析文艺与政治之间错综复杂的关系,研究如何使文艺与政治之间达到内在的有机的统一,如何转化政治的内涵并与文学相关联。当前,要走出文艺研究中文艺与政治关系的理论误区,必须摆脱以文艺和政治截然对峙的二元对立逻辑来推演文艺与政治关系的研究范式,突破唯政治化和去政治化等狭隘文艺观念的束缚,重新审视文艺与政治之间的关系,特别要反思审美主义倡导的文学"去政治化"的偏颇,自觉地重构文学的政治维度,科学地阐释文艺与政治的互渗互动关系。

① 宋建林:《以核心价值观引领当前文化思潮》,《中国文化报》2014 年 4 月 17 日。

第二章
关于形象思维、人性与文学主体性问题的研究

　　中国共产党十一届三中全会之后,伴随着中国社会政治、经济、文化诸多方面的复苏与发展,文艺实践和理论研究也进入了新的历史时期。在这一历史时期中,以政治、哲学观念的"现代化"转变和对"人"的范畴的深刻反思为肇始,在多种文艺思潮、文艺理论观念的碰撞及多元化文艺创作的发展与嬗变中,形成了自己独特的时代印记。其中一个鲜明的表现是,围绕形象思维、人道主义与人性论、典型形象、文学主体性理论、文体革命论、新感性论、纯审美论等关于文学艺术本质界说问题所展开的各种论争。在这其中,把对形象思维、人性、异化、人道主义、《1844 年经济学哲学手稿》、文学主体性等一系列问题的探讨作为理论研究的前提反思和视角转换的视点路线,产生了较大的社会影响,成为思想文化界关注的焦点。正是这些论争的发生,有力地深化、推动了改革开放以来文艺研究的发展,为文艺实践打破藩篱、突破禁区、大胆探索提供了强有力的思想武器和理论支撑。

第一节

改革开放以来的形象思维问题研究

1977 年 12 月 31 日,《人民日报》头版整版发表了《毛主席给陈毅同志谈诗的一封信》。信中提道:"诗要用形象思维,不能如散文那样直说,所以比、兴两法是不能不用的。"随后,1978 年第 1 期《诗刊》全文转载了毛泽东写于 1965 年 7 月 21 日的这篇文章。不夸张地说,当时文艺界人人为之欢欣鼓舞。在"改革元年"末,发表这样一篇带着强烈政治信号的文章,引起了学术界长达十余年的关于形象思维的激烈讨论。

这次关于形象思维的讨论,与 20 世纪 50 年代在"美学大讨论"背景下的形象思维争论有着根本的区别。简而言之,20 世纪 50 年代第一次关于形象思维争论的焦点在于"有无形象思维"。一方是以霍松林、蒋孔阳、李泽厚为代表,认为形象思维是认识的理性阶段,通过形象思维可以认识生活的本质。另一方是以巴人、毛星、郑季翘为代表,其中郑季翘的观点最为突出。他在《文艺领域里必须坚持马克思主义的认识论——对形象思维论的批判》一文中认为,形象思维论是唯心主义,反马克思主义认识论。这篇文章发表在《红旗》之后,中国进入"文革"时期,形象思维就再也无人论及。到了改革开放新时期,第二次形象思维的论争的焦点就转向了如何认识形象思维。这一时期关于形象思维的文章如雨后春笋,仅 1978 年这一年就有上百篇文章讨论这个问题。

在改革开放新时期,文艺家与理论家们重新审视关于形象思维的争论。大家不约而同地从学理的角度出发进行论述,同时,在这一时期理论家们也表现出了极大的学术热情,仅在 1978 到 1980 年 3 年时间内就出版了大量高质量的关于形象思维的资料汇编。其中具有较大影响力的有:中国社会科学院外国文学研究所外国文学研究资料丛刊编辑委员会编的《外国理论家、作家论形象思维》(中国社会科学出版社 1979 年版)、复旦大学中文系文艺理论教研组编的《形象思维问题参考资料》第 1 辑（上海文艺出版社 1978 年版）、四川大学中文系资料室编的《形象思维问题资料选编》（四川人民出版社 1978 年版）、《鸭绿江》杂志社资料室编的《形象思维资料辑要》（辽宁人民出版社 1979 年版）、《社会科学战线》编辑部编的《形象思维问题论丛》（吉林人民出版社 1979 年版）、哈尔滨师范学院中文系形象思维资料编辑组编的《形象思维资料汇编》（人民文学出版社 1980 年版）。

一、形象思维问题再认识（1978 年）

中国共产党十一届三中全会在 1977 年年底顺利召开，这是一次拨乱反正的会议，将解放思想作为一项重要的工作放在国家工作的位置。在文艺界，《人民日报》在 1977 年 12 月 31 日的头版的整个版面发表了《毛主席给陈毅同志谈诗的一封信》。随后，《诗刊》《人民文学》《文学评论》等一大批具有重要影响力的刊物加以转发，明确地引导理论界以"形象思维"为武器反对"四人帮"错误的文艺政策。故在 1978 年，关于"形象思维"问题的探讨主要在于重新认识形象思维，批判"文革"时期错误的文艺政策、文艺观念。

1978 年的改革与解放思想不可能一蹴而就，反映在形象思维这个具体的问题上，就会出现一些坚持"形象思维不是思维"的理论家。例如毛星先生在《形象和思维》一文中认为，"所谓形象思维，实际上并没有这样的特殊思维，而是对形象的思维"①。这在根本上否定了形象思维是一种独立的思维方式，对于形象思维的命名是从思维对象这个角度做出的。作家、艺术家的一切艺术活动实际都是自觉的。郑季翘先生在 20 世纪 60 年代发表过《文艺领域里必须坚持马克思主义的认识论——对形象思维的批判》一文，认为文艺创作必须符合这样的公式："表象（事物的直接

---

① 毛星：《形象和思维》，《中国社会科学》1986 年第 2 期。

映象)—概念(思想)—表象(新创造的形象)。"从而把艺术创造分成了两段:第一步是在生活之中认识真理,之后在艺术世界里显示真理。从改革开放以来,郑季翘撰文坚持自己的观点,认为文艺创作是在活生生的生活之中获得形象,在创作过程之中只有抽象思维才可以达到理性认识的高度,要达到理性认识的高度,必须在实践的基础上经过抽象思维。在承认文艺创作需要"创造性的想象"的同时,将"创造性思维"限定在"人们在实践中获得的反映客观具体事物的表象,经过抽象而形成思想,这种思想又在实践中得到丰富和发展,并转化成相应的新的表象,人们再根据这种表象改变物质的形态,即进行新的创造"①中。总之,郑季翘坚持的是:"作家在实践中获得生活素材的基础上,必须经过科学的抽象,达到理性认识,并在这理性认识指导下,进行创造性想象,再把这种想象的内容描绘出来,造成文学作品。"②在这里,郑季翘与主流论者争论的焦点已经转移到了文艺创作过程是否有概念的参与。随后孟宪法发表《形象思维问题之我见》一文,在文中大力支持郑季翘的观点。李泽厚在这场论争的后期发表了《形象思维再续谈》,这篇文章加速了形象思维问题讨论的衰微。李泽厚在文中直接阐述,形象思维不是思维的一种方式,只承认有逻辑思维,而逻辑思维是形象思维的基础,"在严格意义上,如果用一句醒目的话可以这么说,'形象思维并非思维'。这正如说'机器人并非人'一样。'机器人'的'人'在这里是种借用,是为了指明机器具有人的某些功能、作用等等。'形象思维'中的'思维',也如此,只是意味它具有一般逻辑思维的某些功能、性质、作用,即是说,它具有反映事物本质的能力或作用,可以相当于逻辑思维。所以才把这种艺术创作过程中的创造性的想象,叫作'形象思维'以突出这一性能、作用"。形象思维是以情感为中介的,不能脱离情感来谈形象思维。但艺术的"认识、思维或理解由于与情感、想象、感知交溶在一起,成为形象思维这个多种心理功能综合有机体的组成部分:就已不是一般的理性认识、逻辑思维了"③。通过非自觉性

---

① 郑季翘:《必须用马克思主义认识论解释文艺创作》,《文艺研究》1979 年第 1 期。
② 郑季翘:《必须用马克思主义认识论解释文艺创作》,《文艺研究》1979 年第 1 期。
③ 李泽厚:《形象思维再续谈》,《文学评论》1980 年第 3 期。

进行创造,也即"艺术家按自己的直感、'天性'、情感去创作,按形象思维自身的规律性去创作,让自己的世界观、逻辑观念自自然然不知不觉地在与其他心理因素的渗透中自动地完成其功能作用,而不要太多想这些什么'主题'、'思想'之类的问题"。这就认定了形象思维不会是独立的思维方式。李泽厚的这一论点已进入认为形象思维为非理性思维的论点阵营,与他在 20 世纪 50 年代所提出的观点迥异。后来,文艺界的理论热点发生了转向,关于形象思维问题的争论也就逐渐淡化了,讨论的重点转向了形象思维这一理论的实际运用方面。对形象思维持否定态度的还有王极盛、韩凌、舒炜光等人。

　　这一时期,在"形象思维"这一问题上,文艺界与理论界大多数人认为形象思维与逻辑思维是相平行的独立的思维方式,抽象思维与形象思维都是人类的思维方式、认识方法。持这一观点的代表学者有蔡仪、朱光潜、李泽厚、童庆炳、邹大炎、董学文、张怀瑾,等等。例如蔡仪的《批判反形象思维论》《形象思维的逻辑规律》《再谈形象思维的逻辑特性》《形象思维的历史渊源和当前问题——论形象思维问题》等文章就一以贯之地认为形象思维是和逻辑思维即抽象思维相平行的一种思维方式。但是蔡仪先生在两者之间没有划出完全意义上的界限。例如他在《批判反形象思维论》一文中指出,"所谓形象思维并不否认在它的思维活动过程中有抽象作用,同样,所谓抽象思维也不否认在它的思维活动过程中有具象作用。这就是说,所谓形象思维或抽象思维,是指思维活动的某一过程就其主要倾向而说的,至于思维活动过程中的抽象作用或具象作用,两者虽有畸轻畸重之分,却总是相反相成、相须为用的"①。蔡仪在对中国古代文论、西方文论、马克思主义经典作家言论的梳理之中论证自己的观点。朱光潜也持"平行论"观点。他认为:"从众多繁复杂乱的映象之中把某些自己中意而且也可以使旁人中意的映象挑选出来加以重新组合和安排,创造出一个叫做'作品'的新的整体,即达·芬奇所说的'第二自然'。这

---

① 蔡仪:《批判反形象思维论》,《文学评论》1978 年第 1 期。

就是文艺创作中的形象思维了。"①在《形象思维在文艺中的作用和思想性》一文里,朱光潜接着论述道:"思维不是只有科学的逻辑思维一种,此外还有文艺所用的形象思维。"②当然这两种思维都要经过抽象和提炼,而区别在于形象思维的抽象是从纷繁的形象里抽出见其本质的典型形象,而逻辑思维是要抛弃个别特殊事例而求抽象的共性。在《形象思维从认识角度和实践角度来看》中,朱光潜从认识和实践两个角度论证文艺创造的形象思维是一种思维方式,并且在文艺创作之中有着重大的作用。同时在《西方美学史》的"四个关键性问题的历史小结"里,认为形象思维是与生俱来的。李泽厚也在这一时期连续发文章论述形象思维的独立性。在《试论形象思维》一文中,开门见山地认定是有形象思维的:"思维,不管是形象思维或逻辑思维,都是认识的一种深化,是人的认识的理性阶段。人通过认识的理性阶段才能到达对事物的本质的把握。形象思维的过程,在实质上与逻辑思维相同,也是从现象到本质、从感性到理性的一种认识过程。"③在论述形象思维与逻辑思维的关系上,李泽厚认为逻辑思维是形象思维的基础,在《形象思维续谈》一文中,他再次阐述形象思维与逻辑思维之间的复杂关系,重申了逻辑思维是形象思维的基础,并做了论证,最后"以情感为中介,将形象由此及彼,推移变换,彼此联系,就能把现实生活的复杂性和多方面性作为整体表现出来"。由此,"形象思维的背后是有逻辑思维作为支撑的,而非简单的从形象到形象"④。此外,李泽厚还发表了《形象思维的解放》《关于形象思维》等文章,以坚持自己的理论主张。

关于形象思维的重新认识方面,还有白桦的《"形象思维"管见》、刘烜的《论形象思维》、孔范今的《略论形象思维》、李文瑞的《试谈形象思维》、王尚寿的《为形象思维一辩》、彭立勋的《形象思维与文艺创作》、蒋孔阳的《形象思维与艺术构思》等文章发表。

① 朱光潜:《朱光潜全集》第 5 卷,安徽教育出版社 1989 年版,第 290 页。
② 朱光潜:《形象思维在文艺中的作用和思想性》,《中国社会科学》1980 年第 2 期。
③ 李泽厚:《试论形象思维》,《文学评论》1959 年第 2 期。
④ 李泽厚:《形象思维续谈》,《学术研究》1978 年第 1 期。

二、关于形象思维特征的探讨(1979—1980年)

　　1978年刚开始讨论形象思维问题时,理论界和文艺界是围绕着形象思维的重要性与必要性展开的。随着对于形象思维问题讨论的深入,在1979年到1980年期间,关于形象思维特征问题也开始进入理论家和文艺家的探讨范围。其中童庆炳与邹大炎之间的论争颇具代表性。两位先生,一个是文学理论界的代表,一个是心理科学界的代表,属于不同的学科,他们之间的论争就有着文学感性与科学理性之间较量的味道。童庆炳在《略论形象思维的基本特征》一文中,将"形象思维"视为一个动态的概念(即思维过程)。基于这种认识,他指出形象思维的基本特征在于形象思维运动以具体的生活图画为基本单位;形象思维运动以强烈的感情活动为推动力量;形象思维运动以概括化和个别化同时并为发展路线。最后总结道:"生活图画来源于生活,强烈的感情也来源于生活,概括化和个别化也要以深厚的生活为基础。因此,强调文艺创作要用形象思维,实际上也就是强调作家要深入生活,投入火热的斗争。"[1]这种观点契合文学艺术界的意见。邹大炎基于心理科学方面的知识和研究形象思维的体会,对童庆炳的文章提出了异议。他认为"形象思维的实质是思维活动始终有形象相伴随","形象对于形象思维说来,是必要条件,但并不是充分条件;而只有那些引起了事物形象的各种具体概念才是形象思维必要而充分的条件",认为形象思维的特征在于形象思维是以伴有形象的具体概念为其活动的基本单位;形象思维最富于创造性想象;形象思维最具有情感冲动;形象思维最有具象作用。[2] 在这里,邹大炎提高了"概念"对于"形象思维"活动的作用。后来,童庆炳在《再论形象思维的基本特征——兼答邹大炎同志》一文中再次重申了形象思维的运动性特质,并

---

① 童庆炳:《略论形象思维的基本特征》,《北京师范大学学报(人文社会科学版)》1978年第3期。
② 参见邹大炎:《形象思维之我见——兼与童庆炳同志商榷》,《北京师范大学学报(哲学社会科学版)》1979年第1期。

且区别出一般人的形象思维与艺术家的形象思维。文中说道:"我仍然认为形象思维(艺术思维)是作家、艺术家的一种特殊的思维运动,它的基本特征是:以一幅一幅的生活图画为运动的基本单位,以强烈的感情活动为推动力量,以概括化和个别化同时并进为发展路线。"①两位先生在不同学科间的争论深化了人们对形象思维特征问题的认识。李泽厚在20世纪50年代末就认为:"思维,不管是形象思维还是逻辑思维,都是认识的一种深化,是人的认识的理性阶段。人通过认识的理性阶段才达到对事物的本质的把握。形象思维的过程,在实质上与逻辑思维相同,也是从现象到本质、从感性到理性的一种认识过程。但这过程又有与逻辑思维不同的本身独有的一些规律和特点,这就是在整个过程中思维永远不离开感性形象的活动和想象。相反,在这过程中,形象的想象是愈来愈具体、愈生动、愈个性化。因此,形象思维是个性化与本质化的同时进行。"②关于形象思维特征方面的论述,还有董学文的《也谈形象思维》、孙子威的《浅谈形象思维的特点》、郑国铨的《浅谈形象思维的特点》等文章。

三、关于文艺创作理性与非理性问题的探讨

多数文艺家、理论家都承认有形象思维与抽象思维这两种思维方式,但是在形象思维与抽象思维的关系问题也即形象思维在理性与非理性之间抉择的问题上却是各持己见的。这是改革开放以来"形象思维"论争问题的焦点。而且,这种论争从形象思维讨论开始一直持续到20世纪90年代。主要意见有:一是认为形象思维与抽象思维是相互区别的两种思维,运用在不同的学科,即认为形象思维是非理性思维,适用于艺术领域,抽象思维为理性思维,适用于自然科学;二是认为形象思维也是一种

---

① 童庆炳:《再论形象思维的基本特征——兼答邹大炎同志》,《北京师范大学学报(哲学社会科学版)》1979年第1期。
② 李泽厚:《试论形象思维》,《文学评论》1959年第2期。

理性思维,处于认识的理性阶段;三是认为形象思维与抽象思维是相互融合、相反相成的,这是占主要地位的意见。

持第一种意见的理论家主要以袁振保、老凡等为代表。在承认形象思维是一种思维方式的前提下论述两者之间的关系时,是严格区分两者之间的区别的,主张形象思维与抽象思维之间存在质的区别,认定形象思维属于艺术,抽象思维属于科学。例如袁振保在《形象思维的抽象特点》一文中说,逻辑思维是思维的基本形式,抽象思维是思维的特殊形式,受逻辑思维的制约。还认为,逻辑思维的目的是构成理论,形象思维的目的在于造成形象。因此,逻辑思维时,思维在论点与论据的辩证运动中演进;形象思维时,思维则在表象与概念、逻辑的辩证运动中前进。无论是思维方法还是思维的基本材料,这两种思维都是不同的。由此认为形象思维与抽象思维迥异。老凡在《略论形象思维和抽象思维的关系》一文中开门见山地指出,"科学和艺术的主要区别,乃在于:科学是通过一般的抽象的概念来反映现实,它主要是诉诸人们的理性;艺术是通过个别的具体的形象(这形象乃是典型的形象)来反映现实,它主要是诉诸人们的感性。二者都是反映现实和客观事物的规律,只不过是科学是抽象的反映现实,艺术是形象的反映现实。其所以有这种反映方式的不同,是由于科学的构思过程是抽象思维(即一般人所说的逻辑思维),艺术的构思过程是形象思维"[1]。简而言之,持这一观点的理论家认为形象思维是非理性思维。

持第二种意见的代表艺术家与理论家是王方名、何其敏、吴庚振等。何其敏提出:"形象思维则在艺术形象的材料基础上孕育、产生了主题思想,并舍弃那些纯粹偶然的、次要的、表面的东西,以通过典型的艺术形象来揭示社会和自然发展过程,以及人和人类生活中一般的、合乎规律的现象。由此看来,两种思维方式都处于理性认识阶段,都可以达到对客观世界的本质和整体的认识,在思维活动中的地位是并列的。"[2]吴庚振则认

----

[1]　老凡:《略论形象思维和抽象思维的关系》,《学术月刊》1958年第1期。
[2]　何其敏:《浅谈两种思维方式及其关系》,《甘肃社会科学》1983年第1期。

为,"用形象思维方法进行文艺创作,完全可能揭示出客观事物的本质和规律。这也正是形象思维能动作用的表现",如此则"形象思维中由生活素材到艺术形象的飞跃,犹如逻辑思维中由感性认识到理性认识的飞跃"①,这是充分肯定形象思维是一种理性认识的阶段。但在朱光潜那里,形象思维是感性的,不带有理性思维的成分,他将形象思维与抽象思维视为两种思维方式,分别指导认识过程的两个阶段:"把从感性认识所得来的各种映象加以整理和安排,来达到一定的目的,这就叫做形象思维。把许多感性形象加以分析和综合,求出每类事物的概念、原理或规律,这就从感性认识飞跃到理性认识,这种思维就是抽象思维或逻辑思维。"②在文艺创作之中,离不开抽象思维的参与,但是这时形象思维与抽象思维又是交叉出现的。

持第三种意见的理论家认为形象思维是与理性思维(或称之为抽象思维、逻辑思维)相互融合的,不存在独立的形象思维,也不存在独立的抽象思维,两者在实际的思维过程之中是相互配合的。这一种意见受到了大多数理论家与文艺家的支持,这次论争的重点在于论证形象思维的重要性和合理性。例如张怀瑾认为,科学家用抽象思维,艺术家用形象思维,但是两者之间并不是完全相斥的,可以并且应该是两者结合的;形象思维必须借助语言这一物质材料才可以进行正常的思维③。这一见解是极具代表性的。又如蔡仪的表述:"思维作用对于感性材料的加工改造所形成的东西,既有抽象性重的,也有形象性重的,前者一般称为概念,也不能认为只是抽象的,后者一般称为意象,也不是毫无抽象的。"④这就是说,形象思维和抽象思维在思维过程之中是相互作用的,只是存在着孰轻孰重的问题,而不是孰是孰非的问题。再如郭绍虞与王文生论道:"逻辑思维是哲学家、科学家认识现实的主要思维方式。形象思维是艺术家反映现实的主要思维方式。这并不等于说,哲学家、科学家在认识现实的过

---

① 吴庚振:《试谈形象思维中的飞跃》,《河北师范大学学报(哲学社会科学版)》1981年第4期。
② 朱光潜:《朱光潜全集》第5卷,安徽教育出版社1989年版,第289页。
③ 参见张怀瑾:《论形象思维》,《文艺理论研究》1980年第2期。
④ 蔡仪:《批判反形象思维论》,《文学评论》1978年第1期。

程中不使用形象思维,艺术家在反映现实的过程中不使用逻辑思维。恰恰相反,它们既是互相对立,又是互相渗透的。只不过是各有其主要特点罢了。"①这都是在承认有两种不同的思维方式的基本前提下,讨论形象思维与抽象思维的关系,而不是将两者合而为一。李昆山则用马克思主义辩证的观点总结了形象思维与抽象思维的关系问题:"形象思维由感性认识向理性认识的飞跃,不能离开抽象和概念。概念的产生不仅不会否定形象思维,使作品导致概念化,而且对文艺创作有着极为重要的意义。强调概念否定形象会使形象思维失去其特点,而强调形象否定概念,也会导致创作上的神秘化和不可知论。"②

　　论述形象思维是理性思维还是非理性思维,只是这场论争的一个部分。随后,理论家开始从认识的过程着手,辨析形象思维的认识过程是感性认识还是理性认识,抑或为由感性认识向理性认识的飞跃,在理论界和文艺界引起了较大的争议。这一争议与形象思维和抽象思维之间的关系与区别问题并行不悖。朱光潜就认为形象思维是一种感性认识,它不可以获得理性的认识。这是朱光潜从 20 世纪 50 年代就开始坚持的意见。"把从感性认识所得来的各种映象加以整理和安排,来达到一定的目的,这就叫做形象思维。把许多感性形象加以分析和综合,求出每类事物的概念、原理或规律,这就从感性认识飞跃到理性认识,这种思维就是抽象思维或逻辑思维。"③认为形象思维是以形象作为认识的中介,而概念是抽象思维所运用的思维方式。如此,形象思维只能感性地认识对象。即使可以将感性认识得到的材料加以整理,但是没有概念的参与,所以还没有超越感性认识的范畴。朱光潜的思维观点代表的是形象思维为非理性思维。在日常生活中,人们就是这么简单化地区分形象思维和抽象思维。但是,许多理论家认为形象思维和抽象思维一样,都是思维的一种方式,那么抽象思维是理性认识,形象思维亦为理性认识。例如包永新总结道:

---

① 郭绍虞、王文生:《我国古代文艺理论中的形象思维问题》,《上海文学》1978 年第 2 期。
② 李昆山:《必须辩证地认识形象思维——谈形象思维由感性认识到理性认识的飞跃》,《杭州师范学院学报(社会科学版)》1979 年第 1 期。
③ 朱光潜:《朱光潜全集》第 5 卷,安徽教育出版社 1989 年版,第 289 页。

"形象思维是一种思维活动,它属于理性认识范畴;形象思维的过程主要是想象的过程,但也有抽象的因素;而意象的形成,则正是形象思维结出的硕果。"①这是支持形象思维作为理性认识的观点。同样,孟伟哉认为,"形象思维理性阶段开始的标志,是艺术家经过感性阶段而在思维中萌生了主题思想的时候"②,这也是支持这一观点的。需要注意的是,还有部分学者运用马克思主义辩证法的观点,认为形象思维既不仅仅是感性认识,也不仅仅是理性认识,而是由感性认识向理性认识的飞跃。譬如袁振保虽然严格地区分了形象思维与逻辑思维间的界限,认为"逻辑思维必须采取严密的概念、判断、推理的形式,而形象思维虽然也要运用概念、判断、推理,但是概念、判断、推理是隐没在形象中的",但还是认为形象思维是有抽象过程的——"形象思维在思维过程中,在感性阶段和理性阶段都有自己的特点,在每个阶段都有自己的明确的标志。形象思维的第一阶段,也即它的感性阶段的标志是感受。""思维的第二阶段是理性阶段,形象思维的理性阶段的标志,是理、情、形三者的统一。"③与袁振保保持相同观点的学者还有李泽厚(《试论形象思维》)、李昆山(《必须辩证地认识形象思维——谈形象思维由感性认识到理性认识的飞跃》)、吴庚振(《试谈形象思维中的飞跃》)等。

四、形象思维理论的应用与反思(1985 年—)

1985 年被称为中国文艺学"方法论年",大量西方现代主义与后现代主义理论相继传到中国。而西方现代派文艺的主题就是非理性化、荒诞、拒绝崇高等,与一切古典的、正统的文艺传统相背离。关于形象思维的非理性问题与形象思维的争论相顺应,"形象思维属于感性思维"的认识在

① 包永新:《形象思维怎样实现由感性认识到理性认识的飞跃? 形象思维散论之一》,《延安大学学报(社会科学版)》1985 年第 1 期。
② 孟伟哉:《关于艺术创作中的形象思维问题》,《社会科学战线》1978 年第 1 期。
③ 袁振保:《形象思维的抽象特点》,《文艺研究》1980 年第 4 期。

前期的讨论中已经为"形象思维属于非理性思维"的见解打下基础。但在这一新的背景下，形象思维的非理性因素就显得尤为突出。如毛崇杰的《文学非理性主义短谈》一文，就十分确切地从西方现代主义思潮对我国文艺事业的影响出发，认真地反思了改革开放以来中国文坛在现代主义"非理性"思维的影响下走向荒诞却没有回归崇高的现象。毛崇杰在该文中认为，"非理性"思维的实质是"理性"思维没有办法做到完全表现"荒诞""恶"等主题，因此只能依靠非理性。李槐认为，"思维不仅是抽象的、逻辑的理性思维，它还应包括直觉思维、灵感思维、情感思维等非逻辑的、非理性的创造性思维和形象思维"①。郑伟建亦认为，"形象思维与理性、非理性的作用分不开"②。这些论述的一个共同特点就是依据当代心理学，特别是依据大脑研究的新突破，具有强烈的科学与理性色彩。

关于形象思维的论争虽然在 20 世纪 80 年代走向了衰微，但是作为学术中的一个重大问题，学术界一直没有停止探索。进入 20 世纪 90 年代，理论界在前期论争的基础上，主要是将这一理论引向实际的应用之中，各种艺术门类都在反思形象思维的重要性，在教学方面也有实际的运用。例如李运兴的《谈译者的形象思维》、周学海的《数学形象思维及其教育意义》、赵恒烈的《形象思维与历史教学》等文章。而关于文学艺术之中形象思维的研究则转向了对意象和符号学的研究。

进入 21 世纪之后，关于形象思维论争的总结与反思的文章开始见多。王光明、丁玉梅、周学智的《形象思维研究的现状与思考》(《北京教育学院学报》2001 年第 2 期)、杨春鼎的《中国形象思维研究 20 年》(《晋阳学刊》2005 年第 1 期)、郑君山的《建国以来的形象思维研究》(西南大学 2007 年硕士毕业论文)、高建平的《"形象思维"的发展、终结与变容》(《中国社会科学院研究生院学报》2009 年第 5 期)等文章相继发表。

对改革开放以来"形象思维"的讨论进行梳理之后，我们认为，形象思维是一种思维方式，是人类认识世界的一种方法。形象思维是一种包

① 李槐:《论思维内涵的拓广》,《学术交流》1990 年第 4 期。
② 郑伟建:《人类思维与理想、非理性》,《云南社会科学》1992 年第 6 期。

含理性成分的思维方式;由于形象思维直接面对形象,对形象进行直接的思考,故有其特殊性的一面,即偶尔会穿插上非理性的因素。关于形象思维是理性的或是非理性的争论有益于问题的深入探讨;任何思维方式都在思维过程中相互配合,相辅相成;科学也需要想象,艺术也需要逻辑与理性,不能人为地割裂两者间的联系。

纵观这次关于形象思维的论争,我们可以明显感觉到理论界的理论水平较之 20 世纪 50 年代有了很大的提高。如果说 20 世纪 50 年代的论争的焦点在于有无形象思维,那么这次论争的焦点则在于什么是形象思维以及如何运用形象思维。20 世纪 50 年代是由对美本质问题的讨论引发了形象思维的讨论;改革开放以来的这次讨论则是由形象思维的讨论转向了对美本质问题的论争。改革开放之初有关形象思维的讨论似乎是学术大深化的一场"预热"。此后,有关文艺特性的研究逐步深化,"人性""人道主义""情感特征"等话题相继出现并引发热烈讨论。

第二节
关于文学中人性问题的研究

20 世纪 70 年代末至 20 世纪 80 年代中期,我国哲学界、文艺学界通过关于人性、异化、人道主义等问题的讨论,肯定了人学思想在马克思主义思想体系中的地位,也弘扬了人的自由自觉意识、主体意识,催生、促进了 20 世纪 80 年代中国当代文学理论中的文学主体性问题研究。人性、异化、人道主义问题构成了这一时期马克思主义人学思想研究相互联系又各有侧重的内容主题,有学者将这三大主题的研究区别为——"在马克思主义人学思想系统中,人性理论侧重于研究人的属性与本质,回答人之所以为人,人区别于其他动物的特点等问题;异化理论侧重于研究人在私有制社会中,特别是在资本主义社会制度下,异己的、强制性的劳动对人的本质的否定,对人的肉体的摧残,对人的劳动成果的掠夺,以及人的非人化等问题;人道主义理论,侧重于研究如何正确对待人的本质,尊重人的个性,实现人的解放,促进人的全面发展等问题"①。改革开放以来围绕着人的本质、人性、情感等问题所展开的论争和讨论,丰富了我们对人的本质和人性内涵的理解与想象。

一、研究的一般过程及主要论点

20 世纪中国文学理论界关于人情、人性问题的讨论最早可以追溯到鲁迅与梁实秋之间的人性论之争。新中国成立后,巴人、钱谷融等为代表所进行的人情、人性话题讨论因为政治空气的紧张而沉寂、平静。20 世纪 70 年代末至 20 世纪 80 年代中期,在历史反思、社会转型、国际思潮影响等因素的共同作用下,文艺家和理论家们又开始对人情、人性、人道主义等问题进行深刻的反思和探索。学者们梳理了改革开放以来人性问题论争始末:首先是何其芳于 1977 年 9 月发表的《毛泽东之歌》一文,初次披露毛泽东关于"共同美"问题的论述:"各个阶级有各个阶级的美,各个阶级也有共同美,'口之于味,有同嗜焉'"②;继而,朱光潜于 1978 年发表《文艺复兴至十九世纪西方资产阶级文学家艺术家有关人道主义·人性论的言论概述》,由此引发了思想理论界、文艺界关于人性、人道主义问题的大讨论。围绕着人性、人的本质、人的阶级性、社会性、自然性、人性论与文学等展开的讨论此起彼伏,各种观点碰撞交锋。

随着讨论的深入,到 1982 年开始集中探索人道主义问题。1983 年,周扬在马克思逝世一百周年的纪念会上做了《关于马克思主义的几个理论问题的探讨》的报告,反思"文革"前对人性论和人道主义研究的弯路,承认"在一个很长的时间内,我们一直把人道主义一概当作修正主义批判,认为人道主义与马克思主义绝对不相容。这种批判有很大片面性,有

---

① 季水河:《回顾与前瞻:论新中国马克思主义文艺理论研究及其未来走向》,中国社会科学出版社 2009 年版,第 113—114 页。
② 何其芳:《毛泽东之歌》,见《何其芳文集》第 3 卷,人民文学出版社 1983 年版,第 94—95 页。

些甚至是错误的。我过去发表的有关这方面的文章和讲话,有些观点是不正确或者不完全正确的"①。对于周扬的报告,赞成者与批评者都大有人在,由此引发了关于人道主义和异化问题的大论战。直到 1984 年年初,胡乔木发表《关于人道主义和异化问题》一文,对这次论争做了全面总结、评价,这场人性、人道主义的论争才渐至平静。

发生于改革开放以来的这次"人性问题的理论探讨是以新时期文艺创作实践为先导的。'伤痕文学'、'反思文学'等以关注人、关注人性、呼唤人的价值和尊严为主导倾向的创作实践成为社会和时代思潮的代言人,与此相呼应,关于人性问题的理论探讨也一时成为学术热点。讨论涉及人性的具体内涵、人性普遍性与阶级性关系等问题。由于主流意识形态政治上的干预,讨论在当时没有达成共识,却在一定程度上丰富了人们对'人'的本质和人性内涵的理解,为当时文学创作实践从理论上提供了支持,也开始了对马克思主义人性观的再认识。这些不仅冲破了前此庸俗社会学文艺理论的束缚,为当时及以后的文艺创作实践营造了较强的舆论氛围,而且拓宽了用马克思主义人学理论研究文艺的思路"②。

二、论争焦点及分析

关于改革开放以来人性问题的论争围绕两个主要问题展开③:

一是关于马克思主义人学思想中的"人性"含义。大体说来,主要有"人性就是人的自然属性""人性就是人的社会属性""人性是人的类特性""人性不是抽象的,而是一切社会关系的总和""人性是人的自然属性和社会属性的对立统一"等观点。朱光潜认为,"什么叫做'人性'?它就是人类的自然本性"。这种观点的本意是为了纠正"文革"中只讲"阶级

① 周扬:《关于马克思主义的几个理论问题的探讨》,《人民日报》1983 年 3 月 16 日。
② 朱立元:《新时期文论大发展与马克思主义文论中国化》,《文艺争鸣》2008 年第 7 期。
③ 参见季水河:《论新时期马克思主义人学思想论争与文学主体性研究》,《湖南科技大学学报(社会科学版)》2015 年第 2 期。

性"不讲"人性"的偏颇,重新肯定马克思所"强调的'人的肉体和精神两个方面的本质力量'便是人性"①,而人性就是人的肉体力量和精神力量所共同构成的人的自然本性。但这种观点后来被曲解为文学应该描写人的自然本性,如食、色之欲等本能行为。王元化认为马克思主义的人性主要指人的社会性、社会本质。他指出,马克思主义的人性概念主要指的是人的本质,而"人的本质是人的社会属性,而不是人的自然属性……构成人的本质的东西,恰恰是那种为人所特有、失去了它人就不成其为人的因素。而这种因素是人的社会性"②。杨柄也认为,"讲人性、讲人的本质,只能从社会属性这个意义上去讲"③。王润生认为,"马克思是把人性和需要这两个概念联系在一起的,需要由人性所决定,而决定需要的人性当然包括自然属性和社会属性这两个方面"④。丁学良认为:"马克思主义的人性定义就应该是:人性,就是存在于人类一般之中,贯穿于人类一切历史阶段之上,使人根本有别于动物的本质特性。""对于这样的人性,马克思时常也用'人的类特性'、'人的本质'等术语来称谓。"⑤这种将人性等同于人的类特性的观点被很多学者视为试图宣扬一种永恒不变的、脱离了社会生活和关系的抽象的人性观,并对之进行了批评。如王锐生指出,"近年来有些理论文章在谈论人性的时候,实际上宣扬存在着一种超时代的、超阶级的、适用于一切人的永恒不变的人性。这种观点是错误的……人们在社会生活中形成的社会关系的总和,陶铸人的本性,制约着人性的形成和发展,所以马克思说:'人的本质并不是单个人所固有的抽象物。在其现实性上,它是一切社会关系的总和'"⑥。李连科、刘奔认为,"归根到底人性是由人的社会关系决定的,是一种实实在在的东西,因此人性同时又是具体的","说人的本质是一切社会关系的总和,同说

---

① 朱光潜:《关于人性、人道主义、人情味和共同美问题》,《文艺研究》1979年第3期。

② 王元化:《人性札记》,《上海文学》1980年第3期。

③ 杨柄:《人性浅议》,《湘潭大学社会科学学报》1983年第2期。

④ 王润生:《人的自然本性、社会性和阶级性——与胡蝇生、袁杏珠同志商榷》,《辽宁大学学报(哲学社会科学版)》1980年第3期。

⑤ 丁学良:《马克思究竟怎样看待人性?》,《学习与探索》1981年第2期。

⑥ 王锐生:《有没有抽象的人性》,《红旗》1983年第22期。

人性就是人的社会性,实质是一样的"①。胡义成则说,"马克思曾经指出:'首先要研究人的一般本性,然后要研究在每个时代历史地发生了变化了的人的本性。'(《资本论》第 1 卷第 669 页(63))这里所谓'人的一般本性',主要是指人的自然属性;所谓'在每个时代历史地发生了变化的人的本性',则主要是指人的社会属性,亦即人们的社会关系的总和,其中包括人的阶级属性。我认为,这句话及其所包含的思想,就是我们关于人性研究的明确指针"②。朱晶、傅树声持折中观点,强调人性是自然性和社会性的对立统一,自然性是社会性的基础,但自然性往往受到社会性的影响和制约。③ 此外,有学者还对"人性"与"人的本质"两个概念进行了区别研究,认为应该辨析马克思主义人学研究的真正主题,指出"马克思主义关于人的观点决不是什么人性论,而是关于人的本质的学说。它超出了一切人性论的水平,用由抽象上升到具体的方法,得出了人的本质的科学结论"④。基于不同的思想资源和理论路径所得到的关于人性含义的答案不尽相同,尽管没有形成一致的结论,但是深化了问题研究,夯实了理解基础。

二是马克思主义人性观与文学艺术的关联。从 20 世纪 30 年代鲁迅与梁实秋关于人性问题的论争起,围绕着文学到底有没有永恒的人性这一文艺问题,人性与文学艺术的关系和关联就确立起来了。20 世纪 40 年代初,毛泽东的《在延安文艺座谈会上的讲话》主要是批判文学艺术领域中存在的抽象的人性论、超阶级的人性观,提出并强调文学艺术只能表现具体的人性,表现阶级社会中有阶级性的人性。20 世纪 50 年代至 20 世纪 60 年代,巴人、钱谷融等人也针对当时文艺创作实践中缺少人性、人情味的问题提出并呼唤文学艺术作品中人性的回归,进而讨论人性问题。20 世纪 70 年代末至 20 世纪 80 年代中期,人们呼吁打破人性论禁区,打破公式化、概念化创作,马克思主义人性问题的讨论同样是与文学艺术相

① 李连科、刘奔:《马克思关于人性三种提法的内在联系》,《学习与探索》1981 年第 6 期。
② 胡义成:《试论人性》,《光明日报》1980 年 1 月 31 日。
③ 参见朱晶、傅树声:《论人性与文学艺术的解放》,《吉林大学社会科学学报》1980 年第 4 期。
④ 韩铁林:《人的本质及其方法论》,《学习与探索》1981 年第 5 期。

联系,这一阶段对人性问题的关注,既是之前关于文学与人性关系问题的延续,更是其在新的历史语境和文艺情景下的深度开掘和深化研究。朱晶、傅树声批判"人性即阶级性"这一公式对文学艺术的不良影响,指出"'人性即阶级性'的公式,看似强调了阶级性的重要,实则是一种形而上学的人性观,它否定了人的自然本质,抽掉了人性的现实基础,势必导致文艺创作以及哲学、心理学、美学等学术研究中的简单化、庸俗化倾向"①。刘再复认为马克思主义人性问题的讨论恢复了人性在文学中的地位,改革开放以来我国文学艺术实践所取得的成果,与马克思主义人性问题的讨论有着重要的联系,"从根本上说,就是人性的重新发现,从伤痕文学开始就是如此。伤痕文学的根本优点,就在于它开始接触到人性深处的矛盾内容,在一定程度上展示了人性的深度"②。毛星认为,文学艺术应该表现人性,但是需要有一个度,即不能脱离社会现实,"阶级社会中有共通的人性、人情,但不能脱离社会现实来探索个人的心灵"③,不能对人性的所有方面都毫无选择地加以表现。敏泽指出,"把抽象的人性作为旗帜高高举起,并把它和人的阶级性和社会性看作是对立的观点,则不仅在理论上是荒唐的,而且,在实践上也是有害的"④,对文学艺术作品中对抽象人性的过度描写表现出了担忧。有学者关注到"文学创作中,描写超阶级的'人性',近年来确出现了一些引人注意的作品。……实际上就是以鼓吹抽象的'人性'来向社会主义的道德伦理挑战。它必然给读者带来精神污染"⑤,认为在表现"人性"的旗号下,鼓吹个人主义与利己主义,传扬"性解放是人性的必然要求",这是对社会主义伦理的挑战,是一种精神污染。张炯则认为这股思潮"与当前社会上存在的如下的一种文学思潮并非没有关系,即把抽象的人性、人情的描写,把人的权利的无条件肯定作为文学艺术的最高思想任务。似乎马克思主义的阶

---

① 朱晶、傅树声:《论人性与文学艺术的解放》,《吉林大学社会科学学报》1980 年第 4 期。
② 刘再复:《两级心理对位效应和文学的人性深度——关于"人物性格二重组合原理"心理依据的探讨》,《文艺理论研究》1985 年第 2 期。
③ 毛星:《关于文学的阶级性》,《文学评论》1979 年第 2 期。
④ 敏泽:《坚持思想和文学领域中的历史唯物主义原则》,《光明日报》1983 年 11 月 17 日。
⑤ 《近年来我国文学中的人性、人道主义问题——中国社会科学院文学研究所当代文学研究室座谈纪要》,《作品与争鸣》1983 年第 12 期。

级和阶级分析观点过时了;似乎男女之爱应该至高无上;似乎人权是天赋的,而争取人的权利的斗争不需要与一定的历史条件相联系,不需要有时以牺牲某部分人的权利为代价;似乎敌我、是非也好,剥削阶级和被剥削阶级也好,统统都应消溶在抽象的'人'字里,进入了无差别的境界"①。

三、建设性的理论发展与阐释

关于"人性论"问题的讨论所达成的基本共识:人性问题的研究和探讨要以马克思主义唯物史观和唯物辩证法为理论基础和研究方法,要批判"抽象人性论",否定永恒的、非时空的、不变的人性观,充分认识到人性的生成性,即人性的历史性、现实性、具体性乃至个别性。进入 21 世纪之后,随着现代化、网络化、全球化、消费化等潮流的迅猛发展,人与社会、人与自然、人与人乃至人与自我之间出现了诸多新关系,比如现代生活方式导致的贫富分化、环境破坏、能源枯竭、生态危机、欲望增长、精神症候等,都使人性问题得到了相应的新展现,学界对人性问题研究提出了新的要求,并认为应该重新关注人性问题研究,恢复人性论的分析方法。"长时期以来,'人性论'因其抽象性质,可谓声名狼藉,人们对待人文社会现象久已不作人性方面的分析,仅作经济、政治、文化的现场分析,这种分析当然也是非常必要的。在我看来,丢掉了人性分析,对人文现象而言就等于失去了本根,因为人的一切活动,人类社会和人类历史的一切现象都是建基于人的本性、表现着人的本性。我们应该抛弃的是'抽象人性论',不是'人性论'。抽象人性论之'抽象',主要在于解决不了物性与超物性的统一性问题,使人和人性的认识陷入极端片面的观点。在我们基本解决了这个问题之后,我认为,我们就应当理直气壮地恢复'人性论',恢复人性论的分析方法。"②"回顾历史,审视当前,我们发现,新世纪文艺学的

① 张炯:《关于人性、人情及其它——文学问题通信》,《文学评论》1981 年第 6 期。
② 高清海:《论人的"本性"——解脱"抽象人性论"走向"具体人性论"》,《社会科学战线》2002 年第 5 期。

理论建设和马克思主义文艺理论的中国化也同样绕不开人学这个根本问题。要确立马克思主义文艺理论的人学基础,必须理直气壮地真正确立'以人为本'的根本理念,要承认人除了有具体的、变化的、社会集团(一定历史时期内阶级、阶层等)的人性外,同时还有一般的、共同的、普遍的人性;如果承认文学责无旁贷地具有为人类构筑良好的人性基础的功能,就有必要、有权利、也有义务去表现这种一般、普遍的人性。"①

在前人研究基础上更加深入地理解和把握人性问题,归根到底要真正地坚持马克思主义唯物史观和唯物辩证法,坚持以实践观点的思维方式去理解和把握人、研究人,从而对人性论研究的相关问题和主题进行新的历史与现实情境下的新反省、新思考。如对普遍人性问题的思考,可以从人与动物的区别意义上进行问题设定,将普遍人性理解为人与动物的一般区别;而人性的特殊性在于人的现实性,即"一切社会关系的总和"之意义上的现实性。这就不是做抽象人性的探讨,而是作人性问题的科学研究、历史分析。而在现代性语境中,在全球化、世界化背景下,以"实践"及"共同实践"所形成的共同经验和生活维度、以"世界"及"命运共同体"所构筑的世界理想和价值结构重新检视人性问题,做出"人性之是"的研究与"人性应是"的设定,也将成为今后人性问题研究的重要内容。

第三节
关于人道主义、异化问题的研究

一、研究的一般过程及主要论点

学界在进行人性问题讨论的同时,也开始对人道主义问题进行新的

① 朱立元:《新时期文论大发展与马克思主义文论中国化》,《文艺争鸣》2008 年第 7 期。

讨论。文学理论上关于人道主义的论争,最早也是由文学创作引起的。小说《班主任》《人啊,人!》等直接开启了人道主义的描写与追求,引发了批评界、理论界的热烈讨论。"伤痕文学、反思文学、寻根文学,都表现出了强烈的人道主义情感,在很大程度上激起了读者的共鸣,在社会上引起反响。"①而直接从理论上促成人道主义和异化问题大讨论的,则是 1983 年周扬发表的《关于马克思主义的几个理论问题的探讨》这一报告,随着讨论的深入,人道主义这一问题也溢出文学问题的范围,而进入了哲学思考的领域。1984 年胡乔木发表《关于人道主义和异化问题》一文,提出应该将人道主义区分为作为世界观和历史观点的人道主义以及作为伦理原则和道德规范的人道主义进行分别研究,并将当时理论界围绕人道主义和异化问题争论的核心论点做了归纳,同时也指出:"应该看到,现在确实出现了一股思潮,要用作为世界观和历史观的人道主义来'补充'马克思主义,甚至要把马克思主义归结为或部分归结为人道主义。有的同志提出了'人是马克思主义的出发点'这样的根本性的理论命题;有的同志宣传'人——非人——人'(即人异化为非人,再克服异化复归于人)这样的历史公式;一些同志认为不但资本主义社会有异化,社会主义社会也有异化;一些同志热衷于抽象地宣传'人的价值'、'人是目的'这类人道主义口号,认为可以靠它们去克服这种'异化'。如此等等的说法,提出了这样一些根本问题:究竟应该怎样来看待人类历史的发展,怎样来看待社会主义社会的发展? 究竟应该用怎样的世界观和历史观,是马克思主义的历史唯物主义还是人道主义的历史唯心主义,作为我们观察这些问题和指导自己行动的思想武器? 我认为,现在这场争论的核心和实质就在这里。"②

作为 20 世纪 80 年代人性、人道主义、异化问题的新的论争表现,20 世纪 90 年代(主要集中在 1993 年至 1996 年间)出现了"人文精神大讨论"。"以'人文精神大讨论'为开端,紧接着又出现了'文化保守主义'

---

① 董学文、金永兵等:《中国当代文学理论(1978—2008)》,北京大学出版社 2008 年版,第 259 页。
② 胡乔木:《关于人道主义和异化问题》,《人民日报》1984 年 1 月 27 日。

论争、'新左派'与'自由主义'的论争,这些实际上是新一轮关于人性、人道主义问题论争的表现,但与 80 年代的人性、人道主义论争之间又有不同的背景和差别。这种差别,主要表现在 20 世纪 90 年代的知识分子,开始对改革开放之后的文坛和整个社会精神面貌进行冷静的思考,讨论中的知识分子已经开始自觉地站在独立的位置上。"①20 世纪 90 年代人文精神大讨论的论争从对大众文化的批判开始,后来转化为知识分子对社会进行精神启蒙的责任担当问题。一般认为,"王朔问题"是引发"人文精神"讨论的重要线索之一。"最初的导火线是 1993 年王蒙在《读书》杂志上发表的《躲避崇高》这篇对王朔这样一个新一代作家的正面肯定与推崇的文章……而真正将这场关于'人文精神'危机的讨论提升到理论层次的,则是《上海文学》1993 年第 6 期发表了王晓明与上海几位青年学者的对话体文章:《旷野上的废墟——文学和人文精神的危机》。"②

二、论争焦点及分析

关于人道主义的论争,主要归结为如下几个问题:人道主义的实质是什么? 马克思主义能否归结为人道主义? 马克思主义的人道主义是否存在? 人道主义与共产主义的关系是什么? 人道主义与文学是何种关系? 等等。

(一)什么是人道主义

按照一般的定义与理解,人道主义的定义分为广义和狭义两种。"狭义的人道主义,指的是欧洲文艺复兴时期新兴资产阶级反封建、反宗教神权的一种思想和文化运动。广义的人道主义,则是泛指一般主张维护人的尊严、权利和自由,重视人的价值,要求人得到充分自由发展等的

---

① 董学文、金永兵等:《中国当代文学理论(1978—2008)》,北京大学出版社 2008 年版,第 263 页。
② 董学文、金永兵等:《中国当代文学理论(1978—2008)》,北京大学出版社 2008 年版,第 263—264 页。

思想观点。"①人道主义的实质是什么呢？王若水认为"人道主义本质上是一种价值观念"②。白烨说："很难说人道主义是一种严整的世界观，而只能说它代表着对人在世界上的地位、作用和前途的一种看法和思想倾向。"③钱谷融则问："为什么在我们的一些同志的眼里，人道主义竟会仿佛成了一种十分可怕的不祥之物，如果不加以梳装打扮，不给它加上'革命的'、'无产阶级的'、'社会主义的'等标签，就不敢让它近身，甚至要避之唯恐不及。"④陆梅林将人道主义视为资产阶级的意识形态，"我们所以认为它是资产阶级的意识形态，主要的根据是，它是以一种抽象人性论为核心的唯心史观，它是私有制影响下产生的一种观念形态。具体地说，就是资本主义生产关系萌生、形成、发展和衰亡整个历史时期的思想现象"⑤。陈涌认为，以个体为中心的人道主义理论，"以及与此密切联系的主体性、主体意识的思想，不但是唯心主义的，而且至少带有浓厚的个人主义色彩"⑥。林默涵更是认为："有些人的'人道主义'不仅赞美死亡，而且制造死亡，那些帝国主义者、殖民主义者不就是打着'博爱'、'人道主义'等旗号，去掠夺、屠戮殖民地、半殖民地人民的吗？当然，被压迫的民族和被压迫的人民也决不可能靠人道主义去讨得解放和自由。"⑦

（二）关于人道主义与马克思主义的关系问题

汝信认为，"人道主义是马克思主义必不可少的因素"，"唯物史观和剩余价值这两个伟大发现……不仅没有取消或削弱马克思的人道主义理想，反而使它建立在真正科学的基础上而得到了加强"⑧。胡皓、刘刃克、王义堂也认为，"马克思主义中包含着非常深刻的人道主义价值，其根本

---

① 董学文、金永兵等：《中国当代文学理论(1978—2008)》，北京大学出版社 2008 年版，第 260 页。
② 王若水：《我对人道主义问题的看法——答复和商榷》，见王若水：《为人道主义辩护》，生活·读书·新知三联书店 1986 年版，第 242 页。
③ 白烨整理：《人性论争三十年的情况》，《文学评论》1981 年第 1 期。
④ 钱谷融：《从什么是文学说起》，《文艺理论研究》1989 年第 2 期。
⑤ 陆梅林：《为马克思一辩——关于人道主义的考察片段》，《文艺研究》1983 年第 4 期。
⑥ 陈涌：《也论现实主义和反映论问题》，《文艺理论与批评》1989 年第 1 期。
⑦ 林默涵：《应该用什么准则来要求作家》，《光明日报》1986 年 2 月 21 日。
⑧ 汝信：《人道主义就是修正主义吗？——对人道主义的再认识》，《人民日报》1980 年 8 月 15 日。

原因……在于现代无产阶级同样深受异化压抑之苦,存在着解放人性的强烈愿望,马克思主义是现代无产阶级的人道主义要求的集中表现;同时,还在于马克思主义批判地继承了以往人道主义发展的积极成果"①。但也有学者认为人道主义与马克思主义是两种不相容的思想体系,人道主义和科学社会主义是两个对立的概念。如邢贲思认为马克思主义者曾用过人道主义这一口号,但是并不意味着马克思主义可以包容人道主义②;蔡仪强调人道主义是资产阶级意识形态,认为"它在思想实质上和马克思主义是根本矛盾而不相容的"③。但是,多数学者还是认同在马克思主义思想体系中包含着人道主义思想的。黄万盛、尹继佐认为马克思主义者的人道主义是一种革命的人道主义,"革命人道主义是无产阶级的思想意识形态",是"科学共产主义世界观的有机组成部分,也是无产阶级道德的行为准则之一"④。周扬也肯定说,虽然不能"把马克思主义全部归结为人道主义,但是,我们应该承认,马克思主义是包含着人道主义的,当然,这是马克思主义的人道主义"⑤。

(三)关于人道主义与共产主义的关系问题

黄万盛、尹继佐认为"共产主义与革命人道主义都是以人类的解放为根本目标的"⑥,并且其都是以阶级斗争为实现手段以推翻资本主义制度。黄枬森则认为人道主义与共产主义是有原则区别的,"人道主义眼中的人是孤立的抽象的个人","人道主义把历史发展看成个人的发展过程";而共产主义则把人看作"处于一定社会关系总和中的个人",把历史看作"由各个在一定社会关系内的个人组成的集体、阶级、人群的历

---

① 胡皓、刘刃克、王义堂:《试论人道主义》,见人民出版社编辑部:《人是马克思主义的出发点——人性、人道主义问题论集》,人民出版社 1981 年版,第 126 页。

② 参见邢贲思:《怎样识别人道主义》,《百科知识》1980 年第 1 期。

③ 蔡仪:《论人本主义、人道主义和"自然人化"说——〈经济学—哲学手稿〉再探(下篇)》,《文艺研究》1982 年第 4 期。

④ 黄万盛、尹继佐:《试论革命人道主义在马克思主义中的地位》,《复旦学报(社会科学版)》1980 年第 1 期。

⑤ 周扬:《关于马克思主义的几个理论问题的探讨》,《人民日报》1983 年 3 月 16 日。

⑥ 黄万盛、尹继佐:《试论革命人道主义在马克思主义中的地位》,《复旦学报(社会科学版)》1980 年第 1 期。

史……人类社会的历史"①。

(四)关于人道主义与文学的关系问题

　　总体来说,改革开放以来的文学潮流最重要的一个特点就是人的重新发现,表现在文学上,就是人情、人性、人道主义的重新提出。早在20世纪50年代至20世纪60年代的人学思想论争中,钱谷融等人就主张把人道主义作为评价文学作品的标准。20世纪70年代末至20世纪80年代中期文学理论上关于人道主义的论争,最早也是由文学创作引起。伤痕文学、反思文学、寻根文学都表现了强烈的人道主义情感。高尔太认为:"人道主义首先是在艺术中表现出来的,它一开始就与艺术结下了不解之缘。这不是偶然的。因为人道主义,这是艺术的灵魂。历史上所有传世不朽的伟大文学艺术作品,都是人道主义的作品,都是以人道主义的力量即同情的力量来震撼人心的……艺术本质上也是人道主义的。"②何西来更是认为,"我们的社会主义文学,应该是最富于人道精神的文学;我们的社会主义社会,应该是中国历史上最人道的社会。我们的旗帜上不能没有人道主义;文学离开了人道主义,就没有了灵魂"③。而另有学者则忧虑对文学进行抽象的人道主义的解释和要求,会导致文学背离唯物史观和社会主义的基本原则,如洁泯认为:"在文艺理论上和文学作品中,近年来存在着一种宣扬抽象的人道主义和抽象的人性的思想倾向。在理论上侈谈抽象的'人的价值',不顾在不同历史环境和社会制度下考察这一命题及其包含的不确定的内容所引起的社会效果。在文学思想上,把近几年来的文学成就,都归结为'人道主义的潮流',将充满着时代精神和革命激情的文学成绩,都划到抽象的人道主义里面去。……把抽象的人、抽象的人道主义作为准绳来解释历史的变化和文学的变化,必将得出谬误的结论,最后将导致背离马克思主义和社会主义。"④胡乔木对

① 黄枬森:《关于人的理论的若干问题》,《人民日报》1983年4月6日。
② 高尔太:《人道主义与艺术形式》,《西北民族学院学报(哲学社会科学版)》1983年第3期。
③ 何西来:《探寻者的心踪·自序》,陕西人民出版社1987年版,第18页。
④ 洁泯:《文艺批评面临的检验》,《光明日报》1983年12月8日。

此作了总结,指出:"我们反对的只是在文学艺术作品或者文学艺术评论中宣传人道主义的世界观、历史观,反对歪曲革命历史和革命现实而宣传超历史、超社会的人性论,但是决不反对也不应该反对文学艺术作品表现我们的革命、我们的社会主义社会、我们的革命者和劳动者对人的关心、尊重、同情、友爱,决不反对也不应该反对文学艺术工作者站在革命的、社会主义的立场对真实的人性、人情、爱国心、正义感和普通社会主义公民人格的尊严作具体的生动的描写。"①

作为新一轮关于人性、人道主义问题论争的表现的 20 世纪 90 年代人文精神大讨论的主要论题是何谓人文精神以及人文精神危机的表现等。人文精神的内涵众说纷纭。有的学者认为"人文精神是一切人文学术的内在基础和根据"②;有的学者认为人文精神主要是一种人类的自我关怀、价值关怀、终极关怀,如王一川认为,人文精神就是一种追求人生意义或价值的理性态度,"即关怀个体的自我实现和自由、人与人平等、社会和谐进步、人与自然的同一等"③;有的学者认为人文精神主要体现为一种怀疑和批判精神;有的学者认为人文精神是"知识分子或人文知识分子治学、处世的原则和精神"④,王彬彬认为,"人文精神,是人文知识分子应有的一种情怀,是这个阶层的精神特征。不具有这种精神特征的人,哪怕知识再渊博,也不能算作合格的知识分子"⑤。而后现代主义理论把人文精神视为知识分子的一种叙事话语,"事实上,人文关怀、终极价值等等,不过是知识分子讲述的一种话语,与其说这是出于对现实的特别关怀或勇于承担文化的道义责任,不如说是他倾向于讲述这种话语,倾向于认同这种知识"⑥。而张汝伦、林晖认为"'人文精神'不是僵死固定的专名,而是一个内涵稳定、外延模糊、蕴涵极为深广的概念"⑦。董学文、金

---

① 胡乔木:《关于人道主义和异化问题》,《人民日报》1984 年 1 月 27 日。
② 张汝伦、王晓明、朱学勤、陈思和:《人文精神寻思录之一——人文精神:是否可能和如何可能》,《读书》1994 年第 3 期。
③ 王一川:《从启蒙到沟通——90 年代审美文化与人文精神转化论纲》,《文艺争鸣》1994 年第 5 期。
④ 卢英平:《寻思的寻思:立法者·解释者·游民》,《读书》1994 年第 8 期。
⑤ 王彬彬:《具体而实在的人文精神》,《中华读书报》1995 年 4 月 19 日。
⑥ 陈晓明:《人文关怀:一种知识与叙事》,《上海文化》1994 年第 5 期。
⑦ 张汝伦、林晖:《关于人文精神》,《文论报》1995 年 1 月 15 日。

永兵等认为,"'人文精神'在知识分子的视野里,更多的像是他们所呼唤的某种终极价值与关怀的代名词。或者说,是一个讨论平台,在这个平台上,大家一起对当前文学界、艺术界和思想界的问题进行探讨。'人文精神'这个概念更多的只能说是'功能性'的。而'人文精神危机',相对来说则是知识分子的想象性图景。在知识分子看来,真正的危机则来自信仰的消失,来自精英文化在面对经济改革、社会结构变化时所遭遇的话语失落的失重感"①。人文精神的危机主要表现为市场经济转型过程中由于文学创造的商品化、市场化、产业化所带来的作家和艺术家精神追求的解体、公共话语的失落,读者、欣赏者艺术趣味的本能化、欲望化、感官化,以及社会生活中的道德滑坡、精神流失;表现为"从纯审美到泛审美,从精英到大众,从一体化到多元化,从悲剧性到喜剧性,从单语独白到杂语喧哗"②的演变与衰萎。

关于异化问题的讨论集中在四个方面:

一是异化概念的含义。大多数学者将马克思主义的异化概念理解为劳动异化,而劳动异化有四个方面的规定性,即劳动对象和劳动产品的异化、生产活动即劳动本身的异化、人的类本质的异化以及人和人的异化。

二是异化理论在马克思主义思想体系中的地位问题。薛德震、杨昭认为:"马克思的异化劳动理论在唯物史观的形成过程中占有重要地位,它揭露了资本主义制度违反人性的罪恶现象。……揭示了资本主义剥削的实质。""马克思在成熟时期的著作中,还进一步发挥了他在早期著作中已经提出的资本主义条件下的劳动异化必然导致人性异化的思想。"③周扬也强调说:"关于'异化劳动'的思想,马克思在《1844 年经济学——哲学手稿》中有详细的论述。后来,他把这个思想发展为剩余价值学说。这在《资本论》中说得很清楚。那种认为马克思在后来抛弃了'异化'概念的说法,是站不住脚的。"④而黄枬森等人则认为异化劳动理论不是成

① 董学文、金永兵等:《中国当代文学理论(1978—2008)》,北京大学出版社 2008 年版,第 266 页。
② 董学文、金永兵等:《中国当代文学理论(1978—2008)》,北京大学出版社 2008 年版,第 267 页。
③ 薛德震、杨昭:《马克思关于人的学说与费尔巴哈的人本主义》,《学术月刊》1981 年第 12 期。
④ 周扬:《关于马克思主义的几个理论问题的探讨》,《人民日报》1983 年 3 月 16 日。

熟时期的马克思主义思想，"我认为把马克思的异化理论简单地看成是马克思主义的重要组成部分，甚至是核心部分，是不对的"①。

三是马克思的异化劳动理论是否能适用于对社会主义的分析，或者说社会主义是否存在着异化问题。有的学者认为社会主义存在着异化，马克思主义异化理论适用于对社会主义的分析，如王若水认为，"社会主义还有没有异化？……我想我们应当承认，实践证明还是有异化。不仅有思想的异化，而且有政治上的异化，甚至经济上的异化"②；有的学者认为社会主义没有异化，如林建公、咎瑞礼认为，"社会主义不产生异化，这是历史的必然。因为异化作为一种社会现象，不是从来就有的，也不会永远不断产生和存在下去"③；有的学者区分了广义异化和狭义异化，认为社会主义时期不同程度地还会存在着异化现象，但是并非马克思所说的异化劳动，如黄枬森认为，"不仅从广义的异化，即使从狭义的异化，在任何时候都是不能避免的，都会出现的，很难想象在共产主义社会没有异化现象，何况社会主义社会？但是异化现象不等于马克思所说的异化劳动"④。

四是关于马克思主义异化理论与文学研究。如季水河认为，"马克思的异化劳动理论，是马克思'历史唯物主义的发端'，在马克思主义哲学中具有方法论的意义"，可以借助于这一方法论来研究探讨异化与文学的关系特别是西方文学的关系，进而指出"异化是促进西方文学变革的动力之一"，"异化是西方现代派文学的永恒主题"，"为西方文学内容和形式的多样性和丰富性提供了条件"。⑤

异化问题研究的深入与人道主义问题的讨论是相应的。改革开放以来中国社会人道主义思潮的涌起，首先是对"文化大革命"时期人的尊严、生命被肆意摧残、践踏，人道主义荡然无存的历史与现实的深刻反思，是对五四以来尤其是新中国成立以后人道主义发展的曲折历程的重新认

---

① 黄枬森：《关于人的理论的若干问题》，《人民日报》1983 年 4 月 6 日。
② 王若水：《谈谈异化问题》，《新闻战线》1980 年第 8 期。
③ 林建公、咎瑞礼：《评"社会主义异化论"》，《红旗》1983 年第 22 期。
④ 黄枬森：《关于人的理论的若干问题》，《人民日报》1983 年 4 月 6 日。
⑤ 参见季水河：《浅谈异化劳动与美的创造》，《学术月刊》1983 年第 2 期；季水河：《文学的异化与异化的文学——批判现实主义与现代派异化之比较》，《文艺理论与批评》1989 年第 4 期。

识,是对中国文艺界、哲学界等人文社会科学领域研究中存在的强烈的政治中心主义的反思和挣脱,又与现代西方人文主义思潮的涌入和马克思主义研究的影响有关。

三、建设性的理论发展与阐释

人性论、人道主义、异化理论的论争深化了马克思主义思想研究,为马克思主义人学理论作了必要的舆论准备,也使得文学"主体性"观念的提出有了理论前提和铺垫。把人和人的价值放在首位,这是一切形式的人道主义都承认的原则。人道主义作为"一种关于人的本质、使命、地位、价值和个性发展的思潮与理论。它是一个发展变化的哲学范畴,其核心思想则是对人本身的重视。马克思主义是包含有人道主义思想的,只不过与其他形式的人道主义相比,马克思主义更强调对人的解放和全面发展价值的重视"[1]。正是基于对人的解放和全面发展的价值诉求,马克思主义以科学共产主义思想科学地阐明了人的解放和全面发展的历史道路,对人类历史发展规律做了总体概括。对不断趋向于"自由""解放"和"全面发展"过程中的人的异化现象进行了辩证的、历史的分析,指出了走出异化、克服异化的现实的、历史的道路。

总体来看,人道主义和异化问题应该放置在历史唯物主义视野中、在人的社会历史发展形态过程中进行科学的研究。我们要历史地、辩证地分析人道主义的性质和形态、异化问题的性质和表现,批判唯心主义的抽象的人道主义观及非历史的抽象的道德理想主义,科学地揭示和解释资本主义社会中的异化现象和社会主义发展过程中的异化现象的性质区别;也要科学地解释、历史地解答 20 世纪 90 年代以来市场经济的迅猛发展带来的商业价值观淹没崇高精神追求,以及伴随着市场经济大潮而出现的诸多社会症候和新异化现象,如拜金主义、见利忘义、理想沦丧、道德

---

① 董学文、金永兵等:《中国当代文学理论(1978—2008)》,北京大学出版社 2008 年版,第 260 页。

解体、价值观畸变等;更要在人类社会发展的新文明形态中,警惕抽象的人道主义和以人为中心所带来的人类中心主义等倾向,要在文明新形态、社会新发展、思想新研究中,实现人道、人情、人权、人伦、人性的新现实。

第四节
关于文学主体性问题的探讨

20 世纪 80 年代中期,伴随着"文学是人学"观念的深入人心以及文学创作中"人"的意识的不断觉醒,关于文艺理论问题的思考也就从对于"人"的一般肯定走向对于"文学主体性"的张扬。历史地看,文学主体性理论是在"文学是人学"之根上的自然萌芽和生长,是人性、人道主义和异化讨论的必然延伸和结果,本来作为哲学命题的"主体性"问题也就适时地成为一个文学命题。"造成'主体论'由哲学命题到文学命题变形的原因,绝不仅仅在于刘再复感性诗化思维与李泽厚理性思辨的差异,更主要在于刘再复在新时期特定思潮背景下复生的源于西方早期人文主义的文化态度。80 年代中期的中国,是中华民族潜在生命意识空前自觉且表现强烈的时代,中国的文学家已开始走出'人'的贫困及'文学的贫困',在思维的精神领域,为人的价值争得一席理性地位。"①

一、研究的一般过程及主要论点

20 世纪 80 年代中期我国文学理论界出现的这股"文学主体性"理论思潮不是偶然现象。人性、人道主义和异化等问题的讨论,将维系文学艺术内在生命的人性和人的地位问题突出地提了出来,并在价值层面关注

---

① 杜书瀛、张婷婷:《文学主体论的超越和局限》,《文艺研究》2001 年第 1 期。

和张扬人的价值和独立,为文学主体性观点的提出做了必要的理论铺垫,而大量西方人文思想的译介和引入为"文学主体性"理论提供了理论资源。"80 年代中期以后,随着新时期人本主义文艺思潮的深化、'文学是人学'的深入人心以及文学创作中'人'的意识的不断张扬,文艺理论家的思考,也开始从对'人'的主体地位的一般肯定过渡到对文学主体性理论的具体论证。"①

主体、主体性本是一个哲学命题。李泽厚在出版于 1979 年的《批判哲学的批判——康德述评》中,对主体、主体性问题作了初步的论述。1981 年李泽厚发表《康德哲学与建立主体性论纲》一文,专门论述主体性问题。1985 年又发表《关于主体性的补充说明》一文,对主体性和主体性实践哲学的相关概念、范畴、界限及其理论意义等问题作了进一步阐发。而文学主体性理论的较早提倡者、主要阐发者是刘再复。1984 年前后,刘再复先后发表了《文学研究应以人为思维中心》(《文汇报》1985 年 7 月 8 日)、《论人物性格的二重组合原理》(《文学评论》1984 年第 3 期)、《论人物性格的模糊性与明确性》(《中国社会科学》1984 年第 6 期)等多篇文章。这些论文,对文学作品中人物性格进行了较为深入的研究,论及了文学的主体性问题。1985 年年底和 1986 年年初,刘再复在《文学评论》上推出了他的长篇论文《论文学的主体性》②,系统阐述了他关于文学主体性的思想,引发了学术界关于文学主体性问题的论争。刘再复之后,陆贵山的《审美主客体》和九歌的《主体论文艺学》是两部比较重要的论著。"前者用马克思主义的唯物辩证法论证审美主体与审美客体的辩证关系和'交互作用',在这个基础上考察审美主体(文学主体)的'艺术个性'、'心理机制'、'审美理想'、'社会本质',并对西方艺术哲学特别是对现代西方艺术哲学'主体论'的思想局限和合理内核进行了批判分析。后者也力求把自己的理论建立在马克思主义关于人的学说的主体论思想基础上,提出了'文学:主体的特殊活动'这一核心命题,并吸收了文学主

---

① 杜书瀛、张婷婷:《文学主体论的超越和局限》,《文艺研究》2001 年第 1 期。
② 刘再复:《论文学的主体性》,《文学评论》1985 年第 6 期;《论文学的主体性(续)》,《文学评论》1986 年第 1 期。

体性论争中双方的有价值的理论观点、避免他们的弱点,形成了自己的带有体系性的主体论文艺学思想。"①

李泽厚在《批判哲学的批判——康德述评》一书中,把自己的研究称为"主体性实践哲学",将"主体"作为一个哲学概念带到人们的自觉视野之中,为刘再复文学主体性理论做了思想准备。刘再复本人对其主体性概念的应用是在李泽厚主体论启发下完成的这一点有过明确的表述。李泽厚将"主体性"的内涵概括为两个双重:第一个双重是既有外在的"工艺——社会"结构面,又有内在的"文化——心理"结构面的双重性;第二个双重是既具有人类群体性又有个人身心性的双重性。李泽厚主张以康德的主体性哲学来改造马克思主义,也就调制成了一种"主体性实践哲学"。当然,有学者指出,刘再复的主体论与李泽厚的主体论虽然有明显的亲和关系,但二者又有不同。如夏中义认为李泽厚是从人性发生学,从群体角度、外在方面来解说"主体性"的,刘再复则是从人性形态学,从个体角度、内在方面来阐释"主体性"的。

刘再复提出:"在文学活动中不能仅仅把人(包括作家、描写对象和读者)看做客体,而更要尊重人的主体价值,发挥人的主体力量,在文学活动的各个环节中,恢复人的主体地位,要以人为中心、为目的。"②但是,尽管"文学主体论"试图利用人本主义的目的,"补充"所谓的马克思主义唯物史观"见物不见人"的缺陷,但是,"在对人的力量无限自信的同时,把主体性极端抽象化,使之变成先验的、永恒的、抽象的东西,抛弃了探讨主体的历史性、现实性和具体性原则,把形而上学的思维发展到另一个极端"③。

关于主体性问题,直到今天仍有不同意见的学术争论。对这一重大的学术问题,我们应该本着百花齐放、百家争鸣的精神,对它所产生的历史根源和文化根据,对它从哲学到文学的演化、它的文艺学自身的来源、它的学术价值和理论意义,以及对它的历史和思想局限、理论缺陷等方面

① 杜书瀛、张婷婷:《文学主体论的超越和局限》,《文艺研究》2001 年第 1 期。
② 刘再复:《论文学的主体性》,《文学评论》1985 年第 6 期。
③ 董学文、金永兵等:《中国当代文学理论(1978—2008)》,北京大学出版社 2008 年版,第 270 页。

进行全面的评析。

二、论争焦点及分析

1985 年年底和 1986 年年初,刘再复在《文学评论》上推出了他的长篇论文《论文学的主体性》,系统阐述了他关于文学主体性的思想。在这两篇长文中,一是阐述了研究文学主体性观点的主旨,即"我们可以构筑一个以人为思维中心的文学理论与文学史研究系统,也就是说,我们的文学研究应当把人作为主人翁来思考,或者说,把人的主体性作为中心来思考"。二是阐述了文学主体性原则,即"在文学活动中不能仅仅把人(包括作家、描写对象和读者)看做客体,而更要尊重人的主体价值,发挥人的主体力量,在文学活动的各个环节,恢复人的主体地位,以人为中心、为目的"。三是阐述了文学主体的特性,即"主体是在实践中建立起来的概念。人既是主体,又是客体,人作为存在是客体,而人在实践中、在行动中则是主体"。"人的主体性包括两个方面:首先人是实践的主体,其次人又是精神的主体。所谓实践主体,指的是人在实践过程中,与实践对象建立主客体的关系,人作为主体而存在,是按照自己的方式去行动的,这时人是实践的主体;所谓精神主体,指的是人在认识过程中与认识对象建立主客体关系,人作为主体而存在,是按照自己的方式去思考,去认识的,这时人是精神的主体。"四是阐述了文学主体的构成,即"(1)作为创造主体的作家;(2)作为文学对象主体的人物形象;(3)作为接受主体的读者和批评家"。刘再复的《论文学的主体性》在学术界产生了强烈的反响,一时掀起了关于文学主体性问题的论争,相关单位召开了多次专题座谈会,众多学者参与了学术争鸣。

在参与论争的学者中,有的对刘再复文学主体性理论总体持认同、肯定观点。如何西来认为,刘再复文学主体性的提出是出于对几十年来我国文艺理论发生的体系性偏斜的痛苦反思。"我倾向于认为,刘再复文学主体性的提出,是在马克思主义基本原理的指导下,对文艺理论的一个一向被忽视了的方面所进行的大胆的探索。单是提出这个问题就是有意义的。""从总体来看，这种探讨符合时代的需要；从局部的文艺界的实情来看，这种探讨是出于对具体的文艺发展历史的反思，并且基于这种反思对于文艺自身的某些重要方面提出了自己的一些设想。这些设想，针对着理论上曾经被人们有意无意地忽视了的方面大胆地发表了自己的见解。"并认为"如果从我国文艺理论的宏观历史发展来看，文学主体性的重新提出，实际上是跨越了一个长达三十年的历史断裂，勇敢地接上了胡风文艺思想中的一个光辉的命题。当然，不能把刘再复的文学主体性简单地等同于胡风的'主观战斗精神'"，继而指出文学主体性的理论核心是马克思主义的人道主义，可以说，"文学主体性是文学领域中的文学人道主义的一个哲学化的提法。它上承五十年代巴人、钱谷融等人受挫的理论开拓，跨越了又一个重大的文化历史断裂，并且接续了新时期几经沉浮的以周扬等人为代表的对人道主义的思考与反省"①。王春元认为，文学主体性问题的提出顺应了学术发展的时代潮流，当哲学的发展逐渐走向人的主体意识的探索后，"文学，当然不会不关心主体意识对文学过程的干预和介入"。因而，"文学主体意识的探讨是应该的和必要的，也是切合时宜的"。② 汤学智认为刘再复的文学主体性理论"提出文学应该成为'人的心灵学，人的性格学，人的精神主体学'，这就使'文学是人学'这一命题沿着正确的方向大大向前跨进了一步，使我们的认识更进一步逼近了文学的内在本质"，并且"第一次把文学对象的主体、文学创造的主体和文学接受的主体统一起来，作为文学主体性的整体，从理论上加以论述……大大地开阔了理论视野，从而会对调整和更新文学理论的基本框架发生重大影响"。孙绍振认为，"刘再复主体论的提出，标志着在文艺理论被动的、自卑的、消极的反映论统治的结束，一个审美主体觉醒的历史阶段已经开始。这不是低层次经验的复苏，而是理论上的自觉"③。季

---

① 何西来：《对于当前我国文艺理论发展态势的几点认识》，《文艺争鸣》1986 年第 4 期。
② 文学研究所文艺理论研究室：《自由地讨论，深入地探索——关于刘再复〈论文学的主体性〉一文的讨论》，《文学评论》1986 年第 3 期。
③ 孙绍振：《论实践主体性、精神主体性和审美主体性》，《文学评论》1987 年第 1 期。

水河认为,20世纪80年代中国文学理论中的文学主体性研究,是20世纪70年代末至20世纪80年代中期马克思主义人学思想讨论的深化和延续,"辩证地看,刘再复的文学主体论,其基调是马克思主义的,是对马克思主义人学思想和文学主体论的深化,在20世纪80年代中期也是有较大理论创新和现实意义的。但同时也应指出,刘再复的文学主体论,虽然总体基调是马克思主义的,但并非完全是马克思主义的,其中带有费尔巴哈人本主义的痕迹,存在主义新人道主义的影响,特别是在论述精神主体的自由性、超越性、无限性时,没有看到其与实践主体之现实性、制约性、有限性的相互影响和制约,的确有夸大人的主观能动性之嫌疑"①。

也有不少学者对文学主体论持否定性批评态度。这些学者肯定了刘再复在《论文学主体性》中的"合理因素"或"较好的意见",但也指出了其存在的诸多根本性问题,认为刘再复的文学主体论背离了马克思主义基本原理和方法,包含着主观唯心主义的实质。陈涌首先对此进行了回应,他在承认我们过去的文学和研究存在着单一化、机械化的反映论等缺点的同时,认为我们应该把马克思主义的本来面目与我们对马克思主义的误读、误用区别开来。他明确反对主体性理论把文学与政治、文学与社会生活、作家的世界观与创作方法的关系界定为文学的"外部规律",认为离开社会实践谈论人的能动性等问题,有走向唯心主义的危险,进而指出主体性问题"这不是一个小问题,这是一个关系到马克思主义在中国的命运,关系到社会主义文艺在中国的命运问题"②的大问题。陈涌认为文学主体性理论的根本问题在于它否定了马克思主义观点和方法,指出刘再复"反复谈到了'自我实现'、'主体性'、'能动性'等等,但却忽视了所谓'自我实现'或'行动着的人'发挥主体能动作用的基础和前提","不存在超越时间空间、超越社会历史条件的'行动着的人'的主体性,不存在无条件的、可以无限扩张的主观能动性或主体性的'自我实现'"③。

① 季水河:《论新时期马克思主义人学思想论争与文学主体性研究》,《湖南科技大学学报(社会科学版)》2015年第2期。
② 陈涌:《文艺学方法论问题》,见红旗杂志编辑部文艺组编:《文学主体性论争集》,红旗出版社1986年版,第93页。
③ 陈涌:《陈涌文论选》,人民文学出版社2009年版,第403—404页。

敏泽认为：刘再复的《论文学的主体性》在提出他对过去我们文学事业之所以失误的批评基础上，详尽地弘扬了它所设计的救偏之方。应该说，在他所强调提出的文学应该重视并表现人的精神世界的丰富性、能动性、创造性，以及文学应该表现深刻的人道主义精神，批评应充分理解作品并有所发现等方面是有积极意义的，特别是文章着重提出的要加强文学的主体性问题，更是一个有迫切的现实意义的问题。① 但通观全文，"不能说作者对我们的生活和文学毫无出自认真的思考，但从总体上看，又不能不使人感到十分遗憾"②。刘再复的文学主体论"以'现代形式'呼唤古老的自由、博爱、'人性复归'，反对任何意义上的道德伦理规范，反对人的社会性等，可以说是全文'多'中之'一'"③，并指出它"在某种意义上说，是一篇地地道道的关于人的自由、博爱的宣言书。问题并不在于应该不应该重视对人和人道主义问题的研究和宣传，而在于站在什么立足点上。是历史唯物主义的观点，还是'以人为本'或'人本主义'的观点，这正是一系列原则性分析的根本"④。程代熙回应说，对于文艺作品的创造主体问题，长期以来我们是研究得不够的，"刘再复同志提出了这个问题，这是值得称道的，但他并未触及问题的真正所在，而且他提出来的文学主体性理论不仅无助于这个问题的解决，还有从另一个极端把文艺理论和创作引向歧途的可能"⑤，因为"刘再复的文学主体性思想不外乎这样两个方面的内容：一是人是目的，不是工具；二是情感论。因此，也可以这样说，刘再复同志的文学主体性就是目的论和情感论的二重组合。如果说康德和费希特的'人是目的，不是工具'说还有一定的反封建的进步意义，法国唯物主义者和费尔巴哈的人的本质在于感性思想也在历史上起

---

① 敏泽：《论〈论文学的主体性〉——与刘再复同志商榷》，见红旗杂志编辑部文艺组编：《文学主体性论争集》，红旗出版社 1986 年版，第 149 页。

② 敏泽：《论〈论文学的主体性〉——与刘再复同志商榷》，见红旗杂志编辑部文艺组编：《文学主体性论争集》，红旗出版社 1986 年版，第 151 页。

③ 敏泽：《论〈论文学的主体性〉——与刘再复同志商榷》，见红旗杂志编辑部文艺组编：《文学主体性论争集》，红旗出版社 1986 年版，第 152 页。

④ 敏泽：《论〈论文学的主体性〉——与刘再复同志商榷》，见红旗杂志编辑部文艺组编：《文学主体性论争集》，红旗出版社 1986 年版，第 153 页。

⑤ 程代熙：《对一种文学主体性理论的述评——与刘再复同志商榷》，见红旗杂志编辑部文艺组编：《文学主体性论争集》，红旗出版社 1986 年版，第 224 页。

过重要的进步作用的话,那么,在刘再复同志的主体性理论里就连这样的积极意义也荡然无存了。因为他的主体性理论不是建立在社会实践的基础之上,而且还与当代现实生活发展的要求直接相抵牾"①。董学文等认为,把抽象的人性和精神放在第一位,赋予它至高无上的地位,这种文学主体观,其本质上是历史唯心主义的。指出"唯物史观并不忽视人的主体性,它与其他学说不同的地方,只是在于它发现精神力量不是历史发展的原动力。它淘汰了一切关于精神或理念是历史进步根本动因的神话,而把人类历史的发展——包括文艺与文化的发展——放在了生产力和生产关系的辩证运动的稳定基础上"②,"唯物反映论认为,现实生活是文学创作的源泉,而主体性理论把反映论斥责为'机械论',为文学创作最终找到的支撑是'精神主体',是意识和潜意识,认为创作的动力是人的'精神主体性'。这也就表明,文学主体性论争的焦点,不在于人有没有主体性,而在于存不存在纯粹的'精神主体性'?在于人的精神究竟可不可以独立成为主体?人的主体性究竟可以达到什么程度?能不能超越现实实践而单独存在?这正是文学主体性论争支持和反对双方的分歧所在"③。

文学主体性论争,是改革开放以来文学理论界的重要理论实践。对文学主体的呼唤和重视,是改革开放以来文学理论的重要进展之一。通过主体性问题论争,马克思主义的主体概念得到了发掘和界定,马克思主义同庸俗社会学、唯心主义的主体观划清了界线。科学的文学主体观,对于倡导唯物、辩证、能动的反映论是有益的。文学主体性论争的意义,一方面是自觉地从学理上辨析澄清主体性概念;另一方面在于它反映着改革开放后中国社会思想出现的从阶级论向个体自由自主精神追求的转移,是一个时代的标识。通过论争我们意识到,改革开放以来文学理论的观念革新,只有在马克思主义的指引下,坚持历史唯物主义的主体观——而"历史唯物主义的主体观"与其他学说主体观的重要区别"就在于它是

① 程代熙:《对一种文学主体性理论的述评——与刘再复同志商榷》,见红旗杂志编辑部文艺组编:《文学主体性论争集》,红旗出版社1986年版,第231页。
② 董学文、金永兵等:《中国当代文学理论(1978—2008)》,北京大学出版社2008年版,第272页。
③ 董学文、金永兵等:《中国当代文学理论(1978—2008)》,北京大学出版社2008年版,第271页。

从具体的社会历史实践之中的人出发,来研究并解答包括文艺在内的各种基本问题和历史问题"①——在时代经济社会发展新语境下,扎根现实生活,才能不偏离科学的轨道。

三、建设性的理论发展与阐释

在今天,回顾改革开放以来的文学主体性问题,我们应该坚持"同情地理解、历史地反思、辩证地批判、现实地重构"的态度或立场。充分认识"文学主体性理论的提出、阐发和由此引起的热烈争论,是 80 年代最引人注目的学术景观之一,是新时期文艺学自身学术发展链条上既无可回避、也抹杀不掉的重要一环,或者可以说它是新时期文艺学历程中标志着学术研究转折的一个关节"②,要看到"尽管文学主体性理论存在着逻辑不周严和论述欠妥当的问题,但它对于新时期文论革新的意义还是不可低估的。它将以'人'为本的文学观念注入文艺理论系统,带来理论内部结构的深刻变革。它不仅使经过重新阐释的文艺反映论'内在地溶入了主体性内容',使之发生了本质的变化,而且促使文论领域中主体意识的强化,激发了研究者们的理论自觉和建立新的批评模式的热情,从而推动了文艺学研究方法的多样化发展。同时,主体意识的强化与思维方式的变革相配合,带来了人文主义流向中众多研究方法,诸如:文艺心理学方法、文学人类学方法等的兴起和拓展。总之,文学主体论的确立,为新时期更加富有生命力的新型文论体系建立提供了有力的观念前提和方法论依据"③。

但是,也要充分看到,"20 世纪 80 年代出现的文学主体论虽然客观上对庸俗社会学和机械决定论形成了冲击,但从学术上反思,它确实存在诸多问题。……人是实践的主体、历史的主体,作为主体的人性也不是抽

---

① 董学文、金永兵等:《中国当代文学理论(1978—2008)》,北京大学出版社 2008 年版,第 275 页。
② 杜书瀛、张婷婷:《文学主体论的超越和局限》,《文艺研究》2001 年第 1 期。
③ 杜书瀛、张婷婷:《文学主体论的超越和局限》,《文艺研究》2001 年第 1 期。

象的、凝固不变的。只有建立人性的历史观，才谈得上解释人的主体性。20世纪80年代的文学主体论基本上是从原子式的人出发的，以资产阶级的人道主义为思想武器，在当时的历史语境下呼唤人道主义有其历史必然性和合理性；但是，人道主义不是医治社会百病的灵丹妙药，离开根本问题去抽象地谈论'人类之爱'更是苍白无力的。人道主义的范型结构以一种普遍的人的本质为基本前提，是'性本善'的主体经验主义，其实主体是一种意识形态的建构物。在肯定人道主义反封建精神的同时，需要批判其二元论和人类中心主义"①。

马克思在其著作中曾结合着人和社会发展的三大形态或阶段理论，在历史唯物主义基础上对人的主体性的历史发展问题进行过精辟论述。如在《政治经济学批判（1857—1858年草稿）》中，马克思指出："人的依赖关系（起初完全是自然发生的），是最初的社会形态，在这种形态下，人的生产能力只是在狭窄的范围内和孤立的地点上发展着。以物的依赖性为基础的人的独立性，是第二大形态，在这种形态下，才形成普遍的社会物质变换，全面的关系，多方面的需求以及全面的能力的体系。建立在个人全面发展和他们共同的社会生产能力成为他们的社会财富这一基础上的自由个性，是第三个阶段。第二个阶段为第三个阶段创造条件。因此，家长制的，古代的（以及封建的）状态随着商业、奢侈、货币、交换价值的发展而没落下去，现代社会则随着这些东西一道发展起来。"②

当前，我们要在历史唯物主义视野中，在马克思人和社会发展形态学说基础上，结合当下中国社会与文化语境，进行人的主体性的建构。"仅仅认识到主体性是历史地生成的这一点还远远不够，人的主体性的历史建构必须遵循和符合一个根本性的目的，即人类进步也就是人的自由和全面发展的最高目的；在这个基础上，我们才能更为合理地进行流动的、多样的同时也是时代性的主体性的建构。……才能够在建构人的主体性的同时又培植和壮大对由于人的主体意识的伸张而带来的现代性负面因

① 王纪人：《对文学主体论的学术反思》，《河北学刊》2005年第1期。
② 《马克思恩格斯全集》第46卷第1册，人民出版社1979年版，第104页。

素的抑制性力量,从而使得人的主体性得以优化建构和发展。可以说,这是人的主体性的根本发展道路。"①

结语

总体来说,改革开放以来的文艺理论是在人类现代化的历史进程与马克思主义中国化的历史进程中不断建构的一个以其所处历史时代的基本精神为灵魂,以当代形态的马克思主义文艺理论为主导的当代中国文艺理论的整体结构形态。"'新时期'的文学理论建设从一开始就卷入了各种激烈的论争。其中有关人、人性、人道主义和异化问题的争论,由于对刚刚过去的历史进行了激烈的批驳和矫正,号召重树看待人的理论规范,真正深入到了新时期文学理论的立论基础,也充分展现了新时期关于'人'的诸种观念所依附的时代语境。'文学主体性'论争是这场论争的延续,最终触及到变革文艺观念的深层问题:即如何看待个人的心理、价值及人格建构? 对这一核心问题的讨论几乎成了文学主体性论争和新时期文艺理论发展的基本线索和思路。"②人性、人道主义禁区的不断突破,马克思主义经典文艺理论的重新学习和思考,文学的马克思主义人学基础的牢固确立,古今中外思想资源的广收博纳,多学科研究方法的汲取融汇,促使学界对文学本质的认识愈益深入、深化,逐渐脱离了政治工具主义的枷锁,走出了机械反映论的牢笼,推动了中国化马克思主义文艺学的进一步发展,也使得改革开放以来文艺理论的建设愈来愈走向科学的马克思主义道路上来。

第二章

关于形象思维、人性与文学主体性问题的研究

---

① 詹艾斌、徐红民、董红梅:《文学主体性理论的人学向度评价》,《江西师范大学学报(哲学社会科学版)》2008 年第 10 期。
② 孟登迎:《20 世纪 80 年代文学主体性论争——作为中国当代文论发展史的解读》,《中国青年政治学院学报》2005 年第 6 期。

第三章

改革开放以来现实主义文论研究的历程及其意义

　　改革开放以来关于现实主义的理论研究主要是围绕着两个问题展开的：一是"现实主义是什么"，二是"什么是现实主义"。对这两个问题的重新解答和阐释实际上构成了改革开放以来现实主义文学理论的两个主要方面，即现实主义理论概念的规定性研究和现实主义理论体系的构建性研究。改革开放以来，这两个方面都有着不同于以往的新面貌，在理论上是有所发展并取得了一定成果的。一套理论的成熟与活力，很大程度上取决于它在概念、体系上是否形成了稳定而开放的健康形态。应该说，现实主义文学理论在改革开放以来的发展过程中正逐步走向这样的形态。尽管其间的道路并不平坦，但总体方向上却是值得我们继续努力的。

　　本章将从概念、体系研究的角度对改革开放以来现实主义理论建设的历程及其成果进行简要的梳理和评价，同时将针对现实主义文论的核心问题即关于典型理论的探索与发展进行专节论述。

第一节

现实主义的重新定义及文论形态的新面貌

一、现实主义的"去定语化"和作为独立概念的学理性回归

现实主义在当代中国的文艺理论大系统中并不是一个新的概念,但是在相当长的历史时期里,尤其是改革开放之前的 27 年间,现实主义概念真实的学理面目始终受到各种政治性限定语的遮蔽。来源于苏联文论模式中的"社会主义现实主义"和产生于"大跃进"时代的"两结合"创作方法中的与"革命的浪漫主义"相结合的"革命的现实主义",都是被浓厚的政治话语包裹之下的文学口号。这些名词中的"现实主义"看似是偏正词组中的正项,但事实上却并不是概念的核心,其限定语的政治内涵远远大于语义上的核心词汇。因此,现实主义在概念上不但不是明晰的,甚至不是独立的。所以,在语义层面上的"去定语化"应该是为现实主义解蔽的首要任务。这个"去定语化"的工作意义非常重大,它不仅要现实主义回到一个正常的语言逻辑中,恢复其在衍生概念中的核心规定性,更重要的是,"去定语化"以后的现实主义将成为一个没有政治性遮蔽的原始概念。

事实上,20 世纪 70 年代末和 20 世纪 80 年代初,随着政治环境的改善,这个"去定语化"的工作很快就在关于"两结合"和"社会主义现实主义"的质疑声中完成了。论争中的许多论家在立论时都直接将政治性限定语屏蔽掉,现实主义在这一时期的论文中频频以无政治性限定语的形式出现。"人们之所以把现实主义分成批判现实主义、社会主义现实主义、革命现实主义等等,我以为主要是内容上来区分的。就其创作方法而

言,却是基本上没有什么区别的。"①可见,不管是什么内容的现实主义,它们在基本的创作方法上是一致的,限定语的内涵必须在这个内在规定性之下才是有效的。不仅如此,在那些质疑或否定"两结合"作为一种现实主义和浪漫主义之外的第三种独立创作方法的文章中,论家往往把对现实主义和浪漫主义的理论溯源及其理论差异的辨析作为首要的论证。"为了弄清楚'两结合'的提法是否确当? 首先要弄清两个问题:现实主义和浪漫主义的主要区别是什么? 它们能不能'相结合'成为一种新的独立的创作方法?"②"能不能'两结合',有没有'两结合'的作品? 要弄清这个问题,就要首先弄清现实主义和浪漫主义的本质区别是什么,'两结合'又有什么现实主义和浪漫主义不具备而自己独有的本质特征。"③在这个辨析过程中,现实主义所具有的明晰的历史演变过程和明确的理论规定性被一步步剥离,现实主义终于在长期的遮蔽中获得了一定程度的恢复和澄清。应该说,正是在"两结合"的论争中,现实主义初步实现了作为具有独立规定性的概念的理性回归。

二、现实主义原始语境的追溯与马克思主义经典文献的原则性回归

改革开放初期,尽管现实主义已经作为独立概念回归到学术讨论的话语中,但是其内在规定性并未得到统一,甚至非常混乱。有的论点把现实主义界定为一种在文艺创作中坚持唯物主义反映论的精神观念;有的论点把现实主义界定为一种与浪漫主义、象征主义等相平行的普通创作方法;有的论点把现实主义界定为本质化或典型化的创作原则;还有的论点把现实主义仅仅看作一种历史性的文学思潮,等等。这种内在规定性的混乱往往使各种理论之间的论争异常激烈却不能取得任何实效。20

① 薛瑞生:《"两结合"创作方法漫议》,《人文杂志》1980 年第 5 期。
② 朱恩彬:《"两结合"能成为独立的创作方法吗?》,《文史哲》1979 年第 6 期。
③ 薛瑞生:《"两结合"创作方法漫议》,《人文杂志》1980 年第 5 期。

世纪 80 年代上半叶,很多热爱并坚持现实主义的理论家都认为,如果概念不统一、不明确,那么整个现实主义体系就会面临危险。于是纷纷属文对现状进行清理,并试图找到公认的统一话语。总体来说,这一工作主要是从两条路径上开展的:一是对现实主义发育的原始语境的追溯,二是对马克思、恩格斯关于现实主义经典文献的原则性回归和重新阐释。实际上,这两条路径最终还是会合为一体。因为大多数理论家发现,马克思、恩格斯所说的现实主义恰恰就是对 19 世纪的现实主义理论思潮的总结,也就是说,马克思、恩格斯所谓的现实主义正是原始语境下的现实主义的理论升华。

比如,在 1980 年发表的一篇名为《现实主义理论今昔谈》的论文中,作者首先是追溯现实主义作为一种思想传统在欧洲的久远,而且作为概念词汇的出现也有一段历史,以及在 19 世纪 50 年代具有如何广泛的影响,然后便明确指出和详细阐发马克思、恩格斯关于现实主义的论述是如何"全面、系统而深刻的"。作者认为,马克思、恩格斯对文艺与现实关系的三个基本问题都"作了比他们的前辈更完整、更系统、更深刻的回答":"首先,在回答什么是现实的问题时,不仅把现实本身看成是独立于某种抽象的精神观念之外的客观事物,而且也把现实看成不是孤立的静止的各别的存在。现实是相互依存、相互联系,在其内部的矛盾中不断发展的。人的实践活动加速了现实的发展,推动了历史前进。""马、恩运用辩证唯物论和历史唯物论,第一次真正揭开了现实世界内部及其发展规律的奥秘","为现实主义奠定了坚实的认识论的基础"。"其次,在回答现实主义文艺要反映什么样的现实时","一方面,反对作家去反映某种对现实的抽象的观念。他们在批评拉萨尔的剧本《济金根》时就指出:'不应该为了观念的东西而忘掉现实主义的东西。'强调文艺是反映现实生活的,应当是运动发展的现实的'本来面目'。另一方面,也反对作家只反映客观存在的局部的真实。在对哈克奈斯的批评中就指出:'现实主义意思是,除了细节的真实外,还要真实地再现典型环境中的典型人物。'即现实主义作家,必须从对现实的深刻的观察、分析研究中,从现实的发展中,从现实的人与人的千丝万缕的联系中去反映现实"。"只有反

改革开放以来现实主义文论研究的历程及其意义　第三章

映这样的现实,才是充分的现实主义。""第三,在回答现实主义文艺如何反映现实时,特别强调了艺术认识和反映现实的特殊规律性。""现实主义文学'不能直截了当地'在作品中'鼓吹作者的社会观点和政治观点',现实主义文学的'作者的见解愈隐蔽、对艺术作品来说就愈好',现实主义文学的'倾向应当从情节和场面中自然而然地流露出来',不能把所描写的社会冲突的'历史的未来解决办法硬塞给读者'。"①但作者也深刻指出,马克思、恩格斯现实主义的这三个重要的规定性在中国的某段历史时期里被严重篡改了,因此马克思、恩格斯的现实主义原则必须予以恢复。

　　1982 年,《文艺研究》上发表了一篇名为《现实主义概念试辨》的论文,作者试图对现实主义的内涵和外延提出自己的看法。作者首先认为,"不要笼统地使用'现实主义'的概念,提一些笼统的口号。要把不同的现实主义加以区分。而且在用词上也要避免混乱"。文章建议,最好在"按照生活的本来样子反映生活"的这个意义上使用"现实主义"这个词,"以区别于浪漫主义"。并进而认为,"如果把现实主义的内涵规定为'按照生活的本来样子去描写',那末,它的外延就应当包括现实主义的积极派和消极派(即自然主义)"。因为在作者看来,恩格斯所谓"真实地再现典型环境中的典型人物"并不是一般现实主义的定义,而是对"充分的现实主义"的要求。"所以,我以为标准应当统一:以如何反映生活为标准,去划分不同的创作方法(例如,以按生活本来有和应当有的样子去描写,可划出现实主义与浪漫主义);以对待现实的态度、以能否正确反映生活为标准,去划分各创作方法内部的不同派别(例如划出现实主义内的充分现实主义与不充分现实主义,浪漫主义内的积极浪漫主义与消极浪漫主义)。"②很显然,这种从内涵和外延的角度加以考虑的现实主义概念有一定的合理性,既做到了原始语境的回归,又实现了对马克思、恩格斯原则的尊重。另外一些论文也表达了相似的观点。比如,"现实主义,作为普遍意义的创作方法内含,最早是由古希腊的亚里士多德提出来

---

① 赖先德:《现实主义理论今昔谈》,《南京师大学报(社会科学版)》1980 年第 1 期。
② 段前文:《现实主义概念试辨》,《文艺研究》1982 年第 2 期。

的。……这'按事物本来的样子去摹仿'的方式,显然是后来许多人运用的现实主义创作方法的含义。学术界一般认为,'现实主义'用语,最早始于席勒。我们发现,席勒当初正是在亚氏这个意义上运用现实主义概念的。……席勒之后,直至马、恩之前,这种现实主义创作方法的含义基本上没有变化。……长期以来,在我们的理论中,这种按生活实有的样子描写生活的方法,往往被斥之为自然主义。这其实真正是一种曲解。……实际上,凡合于生活实有样子的作品,都是现实主义创作方法(或途径)的产物,这种方法本身并不能决定其作品价值的高低,而鉴定这些作品价值高低的标准,应该是现实主义本质化典型化原则。""现实主义概念真正具有这样一个更高层次的含义,是从马克思恩格斯开始的。""就我国目前的创作实践来看,也只有在这样两个层面上把握现实主义概念,才便于我们实行创作方法多样化。"①

实际上,改革开放初期对现实主义原始语境的追溯和对马恩原典的原则性回归,在很大程度上是中国学者的一次理论自觉活动,在出离政治语境的同时,他们还要彻底出离造成这一语境的话语霸权即苏联模式的影响,即逐渐减弱现实主义概念中的苏联味道,使这个概念重新回到中国自己的现实语境中。对马恩现实主义理论的阐释及其与中国当下文学实践的关系,不应该再有什么外来的权威话语作中介,这正是改革开放以来理论研究者的普遍意识。

1982 年,吴元迈针对当时很多理论家关于马恩现实主义经典文献的诸多争论发表了长文《恩格斯致哈克奈斯信与现实主义理论问题》,此文的观点和论证方式在当时非常具有代表性和说服力。作者认为,"恩格斯致哈克奈斯信中对现实主义概念所作的阐明,是他自己在近四十年中关于现实主义的一贯思想的发展,同时是对欧洲现实主义文艺思潮的历史经验的概括和发展"。"恩格斯所理解的现实主义,是包括细节的真实在内的。'除细节的真实外',意即细节的真实是现实主义起码的和不可缺少的条件之一。""细节的真实是现实主义(特别是十九世纪的现实主

---

① 杨守森:《现实主义辨》,《山东师范大学学报(哲学社会科学版)》1985 年第 4 期。

义)所取得的艺术的巨大成就之一。……细节的真实是现实主义和浪漫主义的重要分水岭之一。有人在解释恩格斯的现实主义提法时,只抽出'典型环境中的典型人物'这一句,而不看它前面的'除细节的真实外'这一句,其结果便成了似乎恩格斯只要求典型环境中的典型人物的真实,可以不顾及细节的真实或者可以脱离细节的真实。这不符合恩格斯的完整的原意。""我们还必须看到,'除细节的真实外'这句话,在当时具有极尖锐的针对性。从十九世纪五十年代中期到八十年代,法国一些评论家和艺术家在倡导和阐述现实主义的时候,往往只强调细节的真实,所谓'一丝一毫不遗漏',但他们忽视了艺术的概括和典型化,忽视了对现实关系的真实描写。""现实主义既不排斥细节的真实又不能局限于细节的真实,这正是恩格斯对现实主义艺术的细节的真实所作出的辩证理解。""尽管细节的真实对于现实主义的真实来说是必不可少的,但还不是现实主义的核心。恩格斯同时指出,'还要真实地再现典型环境中的典型人物',这才是恩格斯关于现实主义提法的精髓,是现实主义同自然主义的分水岭,也是现实主义艺术的巨大成就之一。""在恩格斯那里,细节的真实和真实地再现典型环境中的典型人物是现实主义的两项缺一不可的条件。而且应该说,现实主义的真实就是细节的真实和典型环境的真实(即时代的真实)在美学上的辩证统一。这种在美学上的辩证统一的现实主义的真实,又是通过人物(性格)的'卓越的个性刻画'和'鲜明的个性描写'来直接实现的。"应该说,这篇文章的观点代表了改革开放初期中国学者直接面对现实主义原始语境和马恩原典的理论勇气和阐释水平,现实主义概念在这里获得了前所未有的清晰的理论样态。但值得注意的是,文章结尾却特别指出,"恩格斯关于现实主义的那个著名提法,虽然精辟,但没有必要把它看成一个定义。……不用说,恩格斯的现实主义的提法并不能囊括古往今来的人类艺术发展的一切阶段、一切形式和一切类型的现实主义,恐怕今后也很难产生这样一个包括一切的终极的定义。但我们也毋须担心因为说它不是一个定义,似乎就逊色了"①。在

---

① 吴元迈:《恩格斯致哈克奈斯信与现实主义理论问题》,《中国社会科学》1982 年第 3 期。

这里我们可以看出作者已经具有了一种理论上既回归原典又不拘泥于原典的理性心态,而事实上20世纪80年代以后对现实主义理论的研究也的确是走上了一条更加开放的路径。

当然,在这种开放性的研究中不可避免地夹杂着对恩格斯现实主义阐述的不认同。有的学者认为,恩格斯提出的典型环境理论,是对无产阶级革命所要求的现实主义文学的超前倡导,是对以巴尔扎克为代表的真正现实主义的"偏离与错位"①。针对这类对恩格斯现实主义理论加以否定的观点,有学者提出,必须从马克思主义辩证哲学的高度来认识恩格斯的现实主义阐述。恩格斯在1885年11月26日《致明娜·考茨基》的信中曾经说道:"如果一部具有社会主义倾向的小说,通过对现实关系的真实描写,来打破关于这些关系的流行的传统幻想,动摇资产阶级世界的乐观主义,不可避免地引起对于现存事物的永恒性的怀疑。"②在这里,恩格斯使用了两个重要的概念,一是"现实"关系,一是"现存"事物,其中的含义是相当深远的。恩格斯曾经指出:"在黑格尔看来,决不是一切现存的都无条件地也是现实的。在他看来,现实性这种属性仅仅属于那同时是必然的东西。"③根据黑格尔的辩证法思想,在现实社会生活中存在着的事物,可大致分为两类:一是具有必然性和历史合理性的事物,即具有现实性的事物;一是虽然存在但不具有必然性和历史合理性的事物。这种事物只是现存的事物,不是现实的事物。没落阶级、没落社会制度等都属于只具有现存性而不具有现实性的事物。有的作品虽然写出了现存事物,却没有同时写出具有现实性的东西,或者是没有表现出现实关系。孤立地看,这类描写似乎是真实的,但放在历史、社会的整体发展过程中看,就不是带有历史现实性的真实了。现实社会的历史性、现实性,表现在艺术作品中,就是典型环境。所以,只有写出了典型环境中的典型人物,才能达到"充分的现实主义"。如果没能表现出"典型环境",即如果没有表现出历史的现实性,那这种现实主义就是不充分的。这样看来,恩格斯的

---

① 朱立元:《偏离与错位——对马克思、恩格斯现实主义理论的历史反思》,《上海文论》1989年第1期。
② 《马克思恩格斯文集》第10卷,人民出版社2009年版,第545页。
③ 《马克思恩格斯文集》第4卷,人民出版社2009年版,第268页。

现实主义阐述不仅不是对巴尔扎克现实主义的偏离和错位,反而是在科学世界观基础上的深化和升华。同时,虽然时代精神是有共同性的,但其表现却是丰富多样的。只要是进行充分的现实主义的描写,就不会造成公式化、概念化。

三、现实主义作为多重构成体系和美学范畴的开放性回归

20 世纪 80 年代后期,随着思想解放的深化和中国文学创作实践的日益多元化,现实主义概念研究也日益开放。李洁非、张陵认为,"现实主义概念本是一个具有开放性质的概念,现在我们对现实主义的解释,是对这个理论的重新调整,是个新的整体。但这个新整体积淀着旧整体的全部内容。因此,它的内涵,已经被我们民族的性格、心理所重新组合"[1]。所谓概念的开放性,其实就是保持这个概念的可持续发展性,即在内在规定性的坚持中不断发展其理论的历史适应性;它应该是随着历史的推进而不断叠加着丰富内涵、不断突破自身狭隘原则的运动着的系统。南帆认为,"现实主义的标准形态"必须是多重因素的合作形态,即"典型人物与社会环境、平民化情绪与理性精神——这几方面的相互配合构成了现实主义的独特形态。缺乏其中任何一个因素,我们则称之为非现实主义作品,尽管后者可能程度不同地含有现实主义因素"[2]。很显然,作者试图将现实主义概念由平面性的单一形态扩展为立体化的多重形态。

事实上,有的学者在这个思维方向上走得更远,李运抟的《论现实主义作为一个体系的构成》一文最具代表性。他认为,现实主义作为一种创作体系,是由多项有着相关性与互为制约的因素所构成的。能够规定现实主义所以成立的构成因素包括:一是现实主义的艺术认识论;二是现

---

① 李洁非、张陵:《现实主义概念(新时期文学思想未来学思考之三)》,《文学自由谈》1986 年第 2 期。
② 南帆:《现实主义:涵义、范围与突破》,《文艺理论研究》1987 年第 4 期。

实主义精神的体现;三是现实主义题材选择;四是现实主义的物化方式。李运抟认为,"这四个方面也即四个因素,是互为影响、依存、联系和制约的。在这个体系中,某个因素的背离系统,一般来说能影响体系的相对完整性,但并不能改变体系的性质"。"现实主义作为一种创作体系,落实到具体的文本上,是不可能如同我们在理论中抽象得这样泾渭分明的,它往往是一种相对松动、此长彼短而呈现一定自由状态的体系构成。……但在体系构成不发生质变(如现实主义转化为浪漫主义)的前提下,这种不一的体现,却可以导致千姿百态的景观,出现各具风采的'美色不同面'的现实主义作品,而这恰恰是现实主义创作不拘一格、收放自由的所在。"①这篇文章所表达的多重体系性观念的确使现实主义概念走向开放性,并在理论上解决了创作多元化后所造成的概念模糊的理论现状。应该说,在此之后,现实主义概念在理论上便不再以一个单纯的教条化面目出现了,多重构成因素的开放观念成为之后中国文艺理论真正建构现实主义理论体系的基本共识。

在 20 世纪 80 年代后期,还有一种研究倾向非常明显,即将现实主义引领出认识论领域并赋予其美学范畴的定位。这种研究倾向实质上与体系化倾向有共通之处,他们都是要把现实主义概念推向一个更加开放和富有活力的发展状态中。朱立元的《关于现实主义的美学反思》一文代表了这种研究倾向,他明确指出,"现实主义是一个美学范畴"。他认为,"当代现实主义理论的一个痼疾是,不把现实主义当作一个美学范畴,或主要不当作一个美学范畴来思考,而是主要从认识论(真)和社会学、政治学、伦理学(善)角度去把握。所以,在号称现实主义美学的文艺理论中,非美学的东西占了绝对优势。因此,我们面临着重建现实主义美学理论的艰巨任务。而首要的一条,就是要把现实主义首先作为美学范畴来探讨,研究其独有的审美特质和属性;有关现实主义的非审美特征当然也应研究,但也应围绕审美特质这个中心来进行"②。这种将现实主义概念

① 李运抟:《论现实主义作为一个体系的构成》,《学习与探索》1989 年第 4—5 期。
② 朱立元:《关于现实主义的美学反思》,《学术月刊》1989 年第 10 期。

美学化的倾向,显然是顺应了当时文艺研究美学化的总体潮流的。应该说,试图走出认识论、反映论的现实主义开始拥有更加复杂的理论机制,因此,作为一个复杂体系基石的现实主义概念便不再是一个固定不变的静态词语,它必然要以开放的、生长的动态体系而存在,只有这样,其丰富的美学内涵才能获得充分的发展与延伸,也只有这样,现实主义理论才能保持自身的理论规定性与合法性,从而在多元的理论世界中保持它的生命力。

我们认为,概念研究是体系研究的基础工作,这个基础必须作为先导获得明晰性,否则体系重建将无从谈起,而只能是一片理论的混沌和嘈杂。改革开放以来现实主义文艺理论的建设,在头十年里的概念研究是一个非常重要的工作,没有这十年来的梳理、澄清、回归、拓展,中国的现实主义文学无论是在实践上还是在理论上,都不会获得一个明确的发展方向。

第二节
现实主义文论体系的重建历程与当下形态

一、现实主义文论体系的美学反思及其范型重建

改革开放以来现实主义体系的重建是基于一种美学反思之上的,现实主义不仅作为一个美学范畴被确定,同时也作为一种历史唯物主义思想体系中的美学形态而被重新审视。现实主义独有的审美思维方式成为分辨各种现实主义或现代主义文学流派、思潮的有效工具,从而摆脱了之前以政治倾向性去检验文学艺术合法性的狭隘观念的束缚。20 世纪 90 年代前后,现实主义文论发展中最大的特色就是重建现实主义的美学范型。从此,现实主义一直以来所具有的主流意识形态色彩开始淡化,曾经

在文论体系中所拥有的明显的核心地位也在逐渐淡化,甚至有所消解。

1989 年,朱立元明确提出"现实主义是一个美学范畴"的观点,并呼吁"对现实主义作真正的美学研究,而不是在非美学的认识论、社会学、政治学、伦理学等领域内作'外围'研究,也不是在美学的旗号下任意把非美学的研究纳入进来。现实主义的美学理论就应当是美学的"①。同年,汪瑰曼从发生学的角度对现实主义文艺创作审美思维特征进行了理性分析,认为现实主义具有以审美方式认识现实与反映社会的原发机制,因此具有特殊的思维特征和表现方式。"现实主义不是简单地复照现实,刻板地模仿现实,而是审美地创造'现实',以审美的眼光摄照现实,以审美的心灵照耀现实。这个重新创造出来的现实,是一个人们似乎可以指认出来的现实的美的替代物。"在这样的原发机制作用下,现实主义文学艺术呈现出三个主要的审美特征,即"艺术思维的整体性""艺术再现的直接性"和"艺术反映的客观性"。"艺术思维的整体性属世界观和审美观的范畴,艺术描写的直接性属艺术操作模式的范畴,艺术反映的客观属审美原则和艺术态度的范畴,这三者实际上是现实主义的三要素,彼此联系,互相制约。"②汪瑰曼认为,这三个现实主义原发性的审美特征,是现实主义文论体系在观念、模式和原则等美学层面上的基本规定性。

20 世纪 90 年代的现实主义冲击波和新现实主义等创作思潮的出现,实际上都是现实主义美学开放性的一种体现。对作家创作发生根本影响的已经不是政治风向或道德标杆,而是美学追求与艺术原则。现实主义的美学反思,不仅是一种视角的转变,也是一种学术心态的积极转变,而在这样的心态下所构建的体系也是积极而有意义的。

在美学重建的路子上,童庆炳发表于 1998 年的论文《现实主义文学的审美范型》认为,从古到今纷繁多样的现实主义,于"变"中"不变"的正是"审美范型"。"现实主义的内容可以因历史的变化而变化,但作为文学类型或文学思潮的现实主义在'变'中仍有不变的东西。这基本不变

---

① 朱立元:《关于现实主义的美学反思》,《学术月刊》1989 年第 10 期。
② 汪瑰曼:《现实主义:原发机制与审美特征》,《文艺理论研究》1989 年第 4 期。

的东西就是'现实主义'文学的审美范型。"所谓范型,在我们的理解里,就是基本的规定性,现实主义文学的审美范型就是现实主义文学在美学上的基本规定性。童庆炳总结了三个方面的审美范型:一是"创作客体:想象的飞腾与逻辑的规定";二是"创作主体:深情冷眼";三是"艺术至境:典型的创造"。作者认为,以往的典型论不是综合论、拼凑论就是类型论,这都是从哲学上去规定典型。而他主张基于美学的典型论,即"典型是具有特征的能够激发人们的美感的人物形象"。这里的"特征"是一个关键词,但"特征也是一种'悖论':它的外在形象是极其具体的、生动的、独特的;但它通过外在形象所表现出来的内在本质又是极其深刻和丰富的。所以,特征是生活的一个凝聚点,现象和本质在这里相连,个别和一般在这里重合,形和神在这里联结,意与象在这里汇合"①。作者还进一步以此范型对当时的"现实主义冲击波"作品进行了考察,并指出了这些作品在审美范型即美学规定性上的粗糙和不成熟,比如作家对现实内在逻辑缺乏研究,深情不足,冷眼更缺乏,几乎没有令人印象深刻的特殊化美感典型等。因此,所谓现实主义的文学复兴实际上远没有到来。应该说,这样的理性研究对我们认识现实主义文学的发展现状及努力方向都是具有深刻意义的。

二、现实主义在主流文论体系中的淡出与重现

新中国成立之后,现实主义由于其鲜明的社会主义意识形态性,始终是中国学者建立文论体系的核心范畴。因此其所代表的文学真实观和创作原则及方法,也始终是中国文论教程或综合理论著作的基本内容,这种情况一直持续到20世纪80年代末。所谓本质真实、历史必然性、典型环境中的典型人物、文学的社会功能等现实主义理论范畴或命题都是主流文论系统中不可缺少的构成部分。

---

① 童庆炳:《现实主义文学的审美范型》,《北京社会科学》1998年第1期。

然而,随着时代精神的开放与发展,逐渐走向美学的现实主义开始从主流文论体系中渐渐淡出甚至消隐不见。这一方面显示,现实主义文论非主流化即现实主义走下神坛,是一个标志着新时代理论生态走向自由多元的现象;但另一方面,现实主义范畴及其系统从文论系统中的消失,则暴露出其理论体系在美学重建中的无力与虚弱。即使那些在20世纪90年代对于现实主义美学重建充满信心的学者,在21世纪前后重新建构自己的文论体系时,也表现出一种避而不谈或无话可说的态度,以致于现实主义体系重建的理想被搁浅甚至被放弃。

　　比如,由童庆炳主编的文学理论教程系列是中国20世纪90年代以来影响很大的文论体系。从1998年的《文学理论教程》(修订版)到2010年的《文学理论新编》(第3版),有关现实主义理论的阐述在整个体系中越来越边缘化,甚至无从找寻其清晰的身影。直至2011年的《文学理论新编》(第4版),"现实主义"才又被提及,但仅仅做了文学与世界关系层面的论述,而其作为重要的文学思潮及创作方法的历史性层面却被严重忽略。实际上这是对现实主义文论体系作为历史性事实的有意回避,其中隐含着现实主义体系在重建过程中始终没有找到更好突破口的尴尬与无力。之前十年的美学反思,尽管剔除了政治因素对现实主义的干扰,但是新的基于美学的现实主义理论体系却并未进一步走向深入。这个问题是非常普遍的,新世纪出现的绝大部分文艺理论教程都是如此,比如陆贵山的《马克思主义文艺学概论》、王一川的《文学理论》、陶东风的《文学理论基本问题》等这些颇有影响的体系更新的著作,现实主义无论是作为创作方法还是作为文艺思潮、文学精神或本质,都已经被屏蔽掉了,就好像它从来没有在历史上出现过一样,这显然是不符合文学事实的。

　　不过,还是有少数新建体系依然保留了现实主义文论的一席之地,比如由南帆、刘小新、练暑生合著的《文学理论》(北京大学出版社2008年版),不仅将"现实主义"作为与古典主义、浪漫主义、现代主义、后现代主义并列的文学思潮设立专章,论述其"概念的缘起""理论涵义"以及"泛化"和"被质疑"的现状,而且还在"文学批评与作品的研究"一章下对"现实主义文学批评的视野"和"典型环境与典型人物"两个问题设立了专节。这是 21 世纪中国文论体系更新后并不多见的现象,其论述尽管并不详尽,但是作为一种更新体系,其对待现实主义在整体文论系统中的学术态度以及对它的学理定位却是鲜明而正确的,童庆炳《文学理论新编》(第 4 版)中对现实主义的重提也显然有对这本教材的借鉴。基于此,我们应该对南帆版《文学理论》中的现实主义体系做一下具体考察。

关于"现实主义概念的缘起",南帆等人在其所著的《文学理论》中认为,"现实主义是文学批评和文学研究中最常见的术语之一。这个术语一般在两种意义上被人们使用:一种是广义的现实主义,泛指文学艺术对自然的忠诚,最初源于西方最古老的文学理念,即古希腊人那种'艺术乃自然的直接复现或对自然的模仿'的朴素的观念,作品的逼真性或与对象的酷似程度成为判断或对作品成功与否的准则。……这种现实主义概念雄霸人类艺术史近两千年,至今仍残留在日常生活中。另一种是狭义的现实主义,是一个历史性概念,特指发生在十九世纪的现实主义运动。历史地看,现实主义发端于与浪漫主义的论争,最终在与现代主义的论战中逐渐丧失了主流话语的位置"。"(现实主义)它本源地含有反对幻想和伪饰、崇尚真实的意义。"①

关于"现实主义的理论涵义",南帆等人在其所著的《文学理论》中认为:"现实主义经过泰纳、恩格斯、别林斯基直至 20 世纪卢卡契等理论家的发展和巴尔扎克、托尔斯泰等伟大作家的文学实践,达到高潮。现实主义理论日趋完美,形成一套完整的话语成规。它包括以下层面的涵义:第一,真实客观地再现社会现实,这是现实主义术语的最根本的意义。""第二,广为人知的典型理论……典型论欲求解决的是文学人物的特殊与一般的关系问题。""第三,历史性的要求。……要求真实摹写复杂的社会关系,并且反映出复杂的社会关系的矛盾运动过程。"②

关于"被质疑的现实主义",南帆等人在其所著的《文学理论》中指出,现实主义的典型化原则和真实观念都遭到普遍的质疑。典型是现实

① 南帆、刘小新、练暑生:《文学理论》,北京大学出版社 2008 年版,第 254、255 页。
② 南帆、刘小新、练暑生:《文学理论》,北京大学出版社 2008 年版,第 255、256、257 页。

主义的主要范畴和标准,典型化被认定为唯一能够完整地揭示出人物性格、世界观和命运的正确方法。如果典型化仅仅意味着对普遍性的追求,那并不致招人诟病。问题是在阶级范畴侵入社会学理论并盛极一时之后,文学人物性格就普遍被狭隘化为某种阶级属性,典型便成了阶级的代表,并陷入"一个阶级一个典型"的僵化境地。如此从特殊到一般的典型化过程被逆转为从一般到特殊的观念先行性写作,特殊与一般之间的张力关系被彻底消解,人物的性格必然简化为某种阶级观念的注解。

关于"现实主义文学批评的视野",南帆等人在其所著的《文学理论》中指出,现实主义可以在很大程度上遏制作家主观经验之中的谬误和偏见。在许多马克思主义批评家那里,(作家个人的主观经验与现实摹写之间的)这种辩证关系的分析被带入作品的批评之中。

关于"典型环境与典型人物",南帆等人在其所著的《文学理论》中指出:现实主义文学理论指向一个焦点——人物性格。典型人物的意义决定了文学作品反映总体生活的可能性。当然,并不是所有的性格与环境都可以称为典型。在马克思主义的现实主义理论家看来,只有那些深刻地蕴涵着社会历史运动趋势的性格和环境才有资格被命名为"典型环境与典型人物"。在这个意义上,文学批评不仅要负责揭示性格如何在环境中形成,众多性格之间如何出现各种纠葛,同时,还要负责解释这一切在历史进程之中的典型意义。对典型性格的分析成为现实主义文学批评考察作品的一个重要传统。但是在相当长的一段时间里,由于庸俗社会学批评的兴盛,对典型性格的分析日趋狭窄,甚至进入了死胡同。

纵观南帆等人在其所著的《文学理论》中关于现实主义的论述,我们发现,著者在更新整体文论体系的过程中,客观地、历史地保留了曾经显赫一时的现实主义文论的合法位置,尽管做出了一定的调整,即不再将现实主义作为主导性体系,而是予以历史性的考察与评述。同时,对现实主义文论体系内部的传统内容也做出了提炼和阐发,摒弃了那些明显具有理论偏颇的观点(比如以阶级论典型),而保留了依然具有重大理论价值的部分(比如社会批判属性、典型理论以及历史维度等)。不仅如此,南帆等人所著的《文学理论》的最大特点是将现实主义的当代发展状况以及其自身的困境和解决方案也予以适当评述,这是以往任何主流体系中都没有的新现象,这对引导我们正确认识现实主义大有裨益。南帆等人所著的《文学理论》与以往体系还有一个很大的不同,即不再从创作论角度来谈现实主义,而是转而从批评论角度来谈,把现实主义及其核心范畴典型当作批评家的理论术语来加以解释,这一点也是非常值得注意的。然而,从文学史角度出发,忽视或回避对现实主义曾经作为社会主义作家们所信奉的创作原则和创作方法这一事实的评述,也是体系建构上的一个重大疏漏。

三、西方文论对重建现实主义文论体系的启示及意义

众所周知,西方文论对于中国改革开放以来的文论有着不可忽视的整体性的深度影响,现实主义在主流文论体系中的日益淡出,与西方现代文论的大量涌入有着密切的关联。尤其是对那些直接讨论或研究过现实主义理论问题的西方学者的思想,中国的文艺理论研究者都给予了高度重视。尽管这些新引进的现实主义思想与中国以往所熟悉的体系有所不同,有的甚至大大解构了我们原有的体系,但是这些思想中的一些部分依然给予了我们诸多有价值的深刻启示。

改革开放以来,最早引起中国研究者注意的是一场发生在 1937 至 1938 年间的理论论争,即以卢卡奇[①]与布莱希特为核心的西方理论家围绕着现实主义与表现主义而展开的一场激烈论争。对这场论争的基本论题,中国理论界在 20 世纪的八九十年代表现出极大的理论热情,大批学者对此进行了热烈的讨论,从而推进了中国文艺理论界对现实主义文论的深度反思。"卢—布之争"中的一个焦点,就是双方在现实主义问题上的重大分歧。如何看待这个分歧,是中国理论界反思现实主义的一个重要内容。1990 年 3 月中国社会科学院外国文学研究所《外国文学评论》

---

① 本书中所提及的卢卡契与卢卡奇系同一人。

编辑部和歌德学院北京分院在北京联合举办了"布莱希特同卢卡奇关于现实主义问题的论争"学术研讨会,会议的主要成果发表在《外国文学评论》1990 年第 3 期上。在韩耀成的会议侧记中,我们了解到,参加会议的部分学者认为,卢卡奇与布莱希特的现实主义是针锋相对的,学者们在孰是孰非的问题上进行了激烈的讨论:"有的与会者把布—卢之争纳入革新派和古典派之争的格局,认为这是继启蒙运动和浪漫派反对古典主义之后欧洲近代文学史上革新派和古典派的第三次论争,布莱希特代表着革新派,卢卡契是保守派,'伪古典派'。"但另一部分学者则认为:"今天我们所以再来讨论发生在半个世纪以前的这场争论,并不是要充当法官,对这桩历史陈案作出决断,而是应该站在今天历史的高度上来总结经验教训,吸取一些有益的启迪,以繁荣和发展我们的社会主义文学事业。卢卡契和布莱希特的论争既不是现实主义与现代派之争,也不是保守派与革新派之争,而是马克思主义文艺理论家和作家之间的争论,是左翼作家内部的争论。"①因此,这些学者更加关注这场论争对于中国当下文学研究的现实意义。"我们从卢—布之争中可以学到许多东西。卢卡契主要从审美角度,从现实是相互联系的整体这个基本观点出发,而布莱希特则主要是从阶级观点,从现实是在不断变化的这个角度出发,两人都力图用马克思主义来解释现实主义,他们对建立无产阶级社会主义文学的执着追求更给我们以很大的启迪,它对我国马列主义文艺理论的构建将会起到积极的作用。"②可见,这次讨论不仅使理论界认识到卢卡奇、布莱希特二人对中国现实主义的发展皆有可取之处,同时也更加深刻地反思了我们一直以来抱有的马克思主义美学一元化的狭隘观念。实际上,早在1989 年就有学者指出,我们应该改变一种观念,即"马克思主义美学只能是一元的,在对立的马克思主义美学观点当中只有一种是马克思主义的。其实,这是一种早已被事实否定了的陈腐观念。只要我们不把马克思主

---

① 韩耀成:《用马克思主义构建我国的文艺理论——"布莱希特与卢卡契关于现实主义问题的论争"学术讨论会侧记》,《外国文学评论》1990 年第 3 期。

② 韩耀成:《用马克思主义构建我国的文艺理论——"布莱希特与卢卡契关于现实主义问题的论争"学术讨论会侧记》,《外国文学评论》1990 年第 3 期。

义当作'教义',而是当作一种学说,那么在它的理论基础上建立的美学就必然是多元的。卢卡契与布莱希特的美学都是马克思主义的,尽管它们是对立的。同样,'西方马克思主义'美学也是马克思主义的,尽管它不仅与所谓的'正统'马克思主义美学有很大差别,而且它内部也不是统一的。科学的态度,应该是认真研究事实上已经存在的各种马克思主义美学,而不是无谓地争论哪一种是马克思主义的,哪一种或哪几种是非马克思主义的,甚至是反马克思主义的,更不应把一切与自己设想的模式不同的马克思主义美学斥之为'反马克思主义',并加以讨伐。这也许是我们研究了卢卡契与布莱希特的分歧和争论之后应得到的一点启示"①。应该说,这种马克思主义美学多元化观念的建立,对中国改革开放以来现实主义理论建设也走向多元化有着极大的建构意义,而卢卡奇、布莱希特二人的现实主义理论也确实在以不同的姿态此起彼伏地不断地影响着我们之后的理论建设。

中国学者对于卢卡奇现实主义理论的关注可以追溯到20世纪三四十年代,胡风早在1936年即译介了他的《左拉与现实主义》和《小说底本质》,之后1940年王春江和吕荧又分别翻译了另外两篇论文《论现实主义》和《叙述与描写》。但很快,苏联关于卢卡奇作为修正主义分子的公开批判强烈影响到中国学者对其思想的理解,卢卡奇问题深深陷入胡风与周扬的文艺路线斗争之中。尽管20世纪60年代以后卢卡奇作品作为批判对象得到了大量的译介,但严重的政治误读使得我们无法客观了解其理论。即使到了改革开放前十年即1978至1989年间,对于卢卡奇思想的论战依然激烈,大多数学者还是没有超越政治化的解读模式,并且在文献依据上存在严重的片面性。然而在20世纪90年代以后,对卢卡奇的研究开始步入学理性正轨,《历史与阶级意识》和《关于社会存在的本体论》有了中译本,基于可靠文献基础上的研究大量出现,其中马驰的《卢卡奇美学思想论纲》(东北师范大学出版社1997年版)、张西平的《历

---

① 范大灿:《两种不同的战略方向——卢卡契与布莱希特的一个原则分歧》,《外国文学评论》1989年第3期。

史哲学的重建——卢卡奇与当代西方社会思潮》(生活·读书·新知三联书店1997年版)和孙伯鍨的《卢卡奇与马克思》(南京大学出版社1999年版)等都是改革开放以来卢卡奇哲学思想的重要研究成果。21世纪后,对卢卡奇的研究继续深入,刘秀兰的《卢卡契新论》(西北大学出版社2000年版)、张翼星的《为卢卡奇申辩——卢卡奇哲学思想若干问题辨析》(云南人民出版社2001年版)等著作对于我们正确理解卢卡奇其人其理发挥了非常重要的作用。

正由于这样的思想矫正历程,文艺界关于卢卡奇文艺思想包括其现实主义理论的理解也在20世纪90年代以后及21世纪逐步走向深入。在研究了卢卡奇历史哲学的基础之上,便有学者发现,"卢卡契在他的美学及有关现实主义论著中始终坚持这个思想:在艺术作品中,主体与客观现实的一致性是通过对现实的反映实现的。因此,审美与对世界的理解是一致的,并且它必然把处于和谐与完整的整体中的,具有自我意识的人放在中心"。"把历史哲学中关于主客体同一的思想应用于指导文学艺术研究,由于它重视历史现实中作为主体的人的研究,极大地推动了现实主义文艺理论中人的研究,人的表现方法理论的丰富和发展。"具体说来,卢卡契认为以下三个方面是重要的:"1.现实主义文艺应着力表现有机整体世界中人的主体精神,反对对人物描写的任何扭曲和肢解。""2.现实主义文艺中具有定性的主体形象,同时又是充满着丰富情致的具有生动魅力的形象,它反对任何形象的干瘪、枯涩与呆滞。""3.现实主义文学中的主体性形象是具有'智慧风貌'的独创性形象,它和任何荒诞、怪异的主观幻象没有任何共同之处。""在马克思主义学说的启示下,卢卡契认为,马克思主义首先是人类解放的学说,而人类解放的标志就是人的完整性得到恢复,人成为全面发展的人。卢卡契对马克思主义的这一理解,成为他现实主义美学理论的重要方面之一。卢卡契美学文学理论的崇高使命感及其博大的人道主义襟怀无论在历史的深邃性,审美心理的丰富性以及道德理性的真诚等方面,都足以使以往任何阶级的关于人的理论相形见绌。"①从上述观点中我们可以发现,改革开放以来人们对于卢卡契现实主义理论有着高度评价,并明确认识到卢卡契对人的整体性的理解对现实主义文论体系中的核心思想尤其是典型理论的新发展,应该说这是中国现实主义文论获得新发展的一个重要入口。这正如当时学者所言:"卢卡契现实主义理论是其总体性哲学在美学文艺学中的具体运用和合乎逻辑的展开,卢卡契试图以整体反映观、典型创造、内容与形式的和谐统一以及人道主义理想来与资本主义物化(异化、拜物化)相抗衡,表明他的现实主义理论实质上是对拜物教的批判。为此,他转向了现实主义传统,以期发现关于社会现实的非拜物教的、人道主义的观点,发现艺术的非拜物化的能力。如此看来,现实主义与人道主义、反映论与价值论不但不矛盾,反而有着真正内在的、深刻的关联,这就是卢卡契现实主义理论给我们的昭示和启迪。"②

由于中国学界对卢卡奇的人的总体性和人道主义等现实主义文论思想的认同,新世纪以后,卢卡奇现实主义文论中的人物形象理论开始受到关注。有学者认为,卢卡契关于人物形象的智慧风貌的概念是对马克思主义文论中典型理论的重要发展。"智慧风貌是人物形象所具有的介入世界和人生的独特观念,这一观念是每个伟大作家塑造人物形象时都特别用力的地方。典型人物正是在这种独特智慧风貌的驱动下介入生活,创造生活,展示自我,发展自我的。智慧风貌在伟大文学中往往表现典型人物深刻的个人经验,这种经验在其展露的过程中,又反映出典型人物所生活的时代的一般问题。平庸的作家则往往忽略人物智慧风貌的描绘,或者将人物生存的智慧风貌写得含混不清。""卢卡契对典型理论的突出贡献在于,他认为典型的核心在于人物智慧风貌的刻画,智慧风貌超越了日常乏味的现实生活而进入新颖独特的非常情境,又将这一非常情境进行开拓,使其具有审美普遍性。智慧虽属精神,但它在文艺作品中却不表现为纯粹的智力,而总是表现于人际间的互动行为之中。智慧风貌是作

---

① 顾胜:《卢卡契:现实主义美学的历史主体性》,《吉林大学社会科学学报》1990 年第 5 期。
② 陶水平:《卢卡契"伟大的现实主义"文学观述评》,《江西师范大学学报(哲学社会科学版)》1993 年第 4 期。

家塑造人物,创造完美的艺术形式及逼真的生活幻象,使作品常读常新的重要条件。而这一切,是多年一些正统唯物主义理论家所极力回避的,又是另一些机械唯物主义理论家的视觉所绝对扫描不到的,但是,现实的审美经验已经证明,还将继续证明,缺乏智慧风貌的人物绝对不会成为典型,不以智慧风貌来安排的人物主次结构关系绝对是不完满的。"①还有学者进一步指出:"其实卢卡奇的'智慧风貌'概念最终还是针对自然主义和现代主义文学中的人物形象塑造而提出的,也曲折地指向当时苏联文坛上的种种问题。人物的'智慧风貌'强调的是现实主义文学中人物的感受与体验因为'自觉性'而提升了日常生活的偶然性,因为与现实生活的相通性而避免了浪漫主义的主观性、自然主义的表层性、现代主义的破碎性,因为其鲜活性而避免了当时苏联文学创作当中的公式化、模式化倾向。"②可见,改革开放以来我国研究者对卢卡奇现实主义文论尤其是关于人物形象方面的理论已经有了比较深入的理解与认同,这对于我们长期以来所持有的个性与共性相统一的现实主义人物形象典型观来说,是一个不小的触动,在重建这块属于现实主义文论的核心领地上,我们似乎找到了一块可以加固体系的新的基石。

卢—布之争的另一方即布莱希特的现实主义理论,一度也是备受中国学者的青睐。据张黎的研究,布莱希特的现实主义主张具有以下特点:一是注重"现实主义的社会功能"。"布莱希特的现实主义主张,是一种基于'辩证唯物论'的功能说,具有鲜明的时代感和历史感。""布莱希特主张,作家要想创作现实主义文学,必须把自己的命运同历史中上升阶级的命运联系在一起,参与和反映他们解决现实社会问题的活动。"二是强调"现实主义艺术是批判的艺术","这个主张来源于他对马克思主义历史唯物主义和辩证法的理解。他认为经济生活中的生产劳动,是人类在实践中实现自我解放的活动,它不仅意味着人类以批判的态度在技术上摆脱自然的统治,还意味着以批判的态度对待历史形成的人的自然和人

---

① 田瑜:《卢卡契对马列典型理论的新贡献》,《理论导刊》2000 年第 7 期。
② 王天保:《卢卡奇的人物形象理论》,《文艺理论与批评》2012 年第 1 期。

与人之间的社会关系。在他看来,生产与批判是一码事,生产过程就是对自然和现存社会经济结构进行不断批判和变革的过程,因此,对待自然和社会的批判态度,是一种进步的、有益于社会发展和人的解放的态度"。"布莱希特把这种认识运用于文学实践和美学思考,他认为艺术作为人类的一种'特殊生产方式',也必须像一切物质领域的生产活动一样,以批判的态度对待自然与社会,只有这样的艺术才能促进世界的变革和人的解放。""从创作的角度来说,他主张作家应对现实持批判态度,从接受角度来说,他认为读者只有在对对象的批判描写中才能获得'对于一切事物的转变的可能性的享受'。"三是主张"现实主义的广阔性与多样性","他告诫作家,理论家们在讨论现实主义时要讲究实际,在还没有一个关于现实主义的科学定义之前,与其对现实主义文学提出这样那样的框框,毋宁采用'借助忠实地摹写现实来影响现实'的说法,切不可把现实主义弄成一个形式问题,形式主义地讨论现实主义问题"。"在布莱希特看来,只要作家不囿于形式的偏见,表达真理的方式可以是多种多样的,既可以在细节上忠于现实,也可以采取比喻象征,讲故事的方式;既可以是滑稽诙谐的,也可以是夸张变形的。""他建议扩大现实主义概念,提倡现实主义写作方法的广阔性与多样性。"四是追求"艺术接受的革命化","把'艺术应用'与'艺术生产'联系起来思考,并把它纳入现实主义理论的视野"。"'艺术消费'一词,是从马克思主义经济学理论中借用来的,是布莱希特用以说明艺术接受的革命化的重要范畴。""他根据自己对历史唯物主义的理解,把艺术活动视为一种'特殊的生产方式',视为人类自我实现的一种特殊方式,这种'精神生产'同'物质生产'一样,受生产、流通和消费规律的制约。他把自己对艺术活动的这种理解,同当时在无产阶级革命文学运动中提出来的'功能转变'这一主张结合起来思考,提出把'艺术消费'中的问题在'艺术生产'中同时解决的设想,使艺术的接受成为人类生产中的一种直接的行为。""关注读者(观众)在艺术接受过程中的积极主动态度,把艺术接受变成人类创造性活动的直接行为,这是布莱希特现实主义主张的突出特点。""布莱希特的现实主义理论则开辟了一条新的独立地接受艺术作品的道路,这正是他的现实主义主张的独到之处,它为现实主义理论的进一步讨论和发展,提出了新的课题。"①

　　改革开放以来,尤其是20世纪90年代末以来,我们对布莱希特现实主义理论特色的重新认识,为我们重建和发展现实主义文学理论起过相当重要的作用,布莱希特所倡导的现实主义文学的批判功能和多元建构的思想,可以说直接影响了当代中国现实主义文学艺术的坚持者。尽管卢卡奇、布莱希特起初是以对立姿态出现在中国学者的理论视域之下,但事实上他们却共同参与并深刻影响了我们的现实主义文学观念。尤其是布莱希特,他的现实主义已经不再是专属于小说艺术,戏剧乃是其更加深入思考的艺术领地。但是在改革开放初期,中国戏剧研究者却往往误读布莱希特:"其一,把布莱希特的戏剧作为一种对抗传统现实主义的现代戏剧趋势,亦即如果要打破现实主义戏剧的束缚,就要打破幻觉主义,就必须沿着布莱希特的道路前进;其二,布莱希特的戏剧不但与传统的现实主义相对立,而且和一切旧形式和过时手法相对立,布莱希特就是一切创新的表征。""新时期解读布莱希特的第一个混淆,即把中国当代戏剧的贫困化、公式化问题,简单地归结为是现实主义的局限性和严重束缚。""这个混淆是布莱希特戏剧理论所以被当作摆脱中国当代戏剧危机有效武器的一个前提,也是他的戏剧理论所以被用来解构现实主义的一个基本根据。"然而事实上,"戏剧中普遍存在的公式化、概念化非但不是因为现实主义导致的,而是相反,正是由于缺乏现实主义才形成了这种困境。尽管我们学易卜生和斯坦尼几十年,但由于种种内部和外部的情势和原因,我们根本没有走上严格的现实主义戏剧道路,……新时期的重要任务本来应该是告别一切虚假的'现实主义',真正恢复戏剧的现实主义精神"②。可见,理论界在对误读布莱希特的反思中,已经理性地回到了一种辩证的现实主义立场,布莱希特的戏剧理论与现实主义不再是一种对立性的而是一种发展性的辩证关系,这一观念的转变使得布莱希特与卢

---

① 张黎:《布莱希特现实主义主张的特点》,《外国文学评论》1997年第2期。
② 周宪:《布莱希特的诱惑与我们的"误读"》,《戏剧艺术》1998年第4期。

卡奇一样成为坚持和发展以及重建我们新的马克思主义的现实主义文艺精神的重要思想来源。

四、当下现实主义文论体系重建的方向与策略

尽管改革开放以来我们始终没有放弃对现实主义文论体系的反思，但理论重建的力度并不强烈，美学范型的建立还远没有完善，其在主流文论体系中时隐时现的状态表明其依然没有摆脱理论上可能随时遭遇解构的尴尬境地。而当下的文学事实却并非如此，在纯文学领域，现实主义精神依然是一种创作主流，尽管其艺术形式已经千变万化，但对社会现实生活的关注与思考却一直都是中国文艺工作者最为根本的创作热情。莫言、贾平凹、阎连科、刘震云、余华、格非、王安忆等一大批优秀作家，其作品都充满了一种现实主义文学的根本精神。然而，我们的理论体系中却很难找到总结并提升这种文学事实的话语系统。理论机制的缺憾，不仅是对文学事实的漠视和对文学资源的浪费，更是对中国文学的持续的良性发展的严重忽视。事实上，我们并不缺乏针对具体作家作品的优秀的文学批评实践，这应该成为我们进一步构建理论的基础，也只有来源于文学创作事实和文学批评事实的理论才是更加有效的理论。无论我们是从西方或自身传统中借鉴或继承某种理论，都不能违背文学的当下状态，这本身也是一种现实主义的理论精神。

我们已经看到，从新世纪第二个十年开始，现实主义文论重建的脚步正在加快，诸多学者开始基于文学事实进行体系反思并试图提出自己策略性的建构意见。其中，高楠在《现实主义淡出当下文论的体系性思考》一文中的论述格外具有启发性。文章认为，"现实主义在既有文学理论体系中是一个枢纽型范畴。这一范畴在当下文学理论建构中遭遇被淡出的命运。从当下文学理论建构的基础理论构架而言，它是既有文学理论的体系性延续。尽管在这一延续中大量新的理论资源被开发性地构入，尽管现实生活较之于前发生了大规模的社会转型性变化，但现实主义得

以续存并得以现实发展的理论基础及文学实践基础仍然存在,这规定着现实主义在当下文学理论建构中仍具有重要性"。所以作者认为,现实主义淡出现有理论体系,事实上并非是那种真正理论发展上的"体系性淡出",而是由于阶段性理论运作的疏忽或失误而导致的"问题性淡出",因此,现实主义的重要性必然会在当下具有中国特色的多元体系的理论建构中被唤回,其在现有体系中的淡出只是阶段性的建构失误,并非理论本身的过时和无效。

我们认为,这篇文章指出了现实主义文论在当下的真实境况及其根源。而对其唤回必须再度回到现实主义文学精神的根本意义上。现实主义不能在多元化的理论建构中退隐,它的历史责任并没有结束。恰恰相反,在中国当下的社会现实和文学实践的真实状态下,其丰富的理论内涵正是解决诸多现实理论问题的重要理论武器,而现实又是不断丰富理论的沃土,这正是不竭的现实主义精神的魅力所在。因此,就方向与策略而言,当下现实主义文论体系的重建其实就是一种回归,是以全新的时代性的思考方式重拾人类文学历程中那种尊重社会历史生活的伟大精神,去适应和促进人性的发展与进步。

第三节
现实主义文学典型理论的发展及其问题

自 20 世纪 20 年代至 20 世纪 90 年代,典型理论曾经在中国风行了 70 余年,而其居于主流文论体系中的核心位置也大约有 50 年。改革开放的前 10 年,典型理论依然保持着独特的理论话语权,然而自 20 世纪 80 年代中期尤其是 20 世纪 90 年代中期以后,典型理论的式微日渐明显。21 世纪以来,这一理论的影响力已经微乎其微了。典型理论的这种发展态势,与现实主义文论淡出主流体系有着直接的关系;同时也反映出当代中国文学实践以及理论建构中在历史维度、人文精神等方面的某种程度的遗落和丧失。现实主义文论体系的回归与重建,必须以新的典型论为基础,现实主义文学精神的真正重拾当以标举新的深入人心的文学典型人物及其典型环境的创造为标志。作为马克思主义美学及文艺学的重要理论范畴,典型理论需要并且依然有极大的可能获得新的发展。

一、改革开放初期典型理论的讨论

典型理论在 20 世纪五六十年代有过一次非常重要的理论高潮,当时提出了很多新理论。影响比较大的像何其芳的"共名说"和蔡仪的"性格核心"说等。但他们的观点很快就遭到质疑和批判,其理论上的合理性并没有被发现和认识。直至 1978 年 9 月在上海举行的全国典型问题研讨会上,何其芳、蔡仪的典型论中的合理内核才被重新讨论并获得了应有的重视。何其芳所谓的"一个虚构的人物,不仅活在书本上,而且流行在生活中,成为人们用来称呼某些人的共名,成为人们愿意仿效或者不愿意仿效的榜样,这是作品中的人物所能达到的最高成功的标志"的观点,和蔡仪所强调的"优秀的典型都有一个性格的主导侧面即性格核心,这个性格核心是很个别的,同时又有很大的普遍性"的观点,尽管存在着简单化的问题,但是对当时一味强调阶级性的典型论来说,具有重要的纠偏作用。20 世纪 70 年代末的学者在此基础上重新认识到:"艺术典型是艺术地再现了一定时代社会生活的历史趋势、过程和规律的典型环境中,为环境的必然性所规定的具有鲜明突出的性格核心的艺术形象。唯其有核心性格,才能够从性格和典型环境的必然的逻辑联系上,深刻地反映一定时代社会生活的本质。""艺术典型是一种有鲜明突出的个性特点的代表性格。它必须具有能反映一定社会生活本质和必然性的鲜明的性格特点,从而具有一定的代表性、普遍性。"[1]

可见,改革开放伊始的典型观,其理论上的针对性主要是长期以来的

① 陈晋:《近六年来艺术典型探讨概观》,《社会科学战线》1984 年第 2 期。

对典型共性特征格外强调以至变异的思想倾向。这一时期,在依然坚持共性与个性相统一的前提下,典型的个性特征获得了理论探讨的合法性,甚至有人大胆提出了所谓"典型的个性化道路是唯一正确的道路"①的说法。不过大多数学者并未走向个性化的极端,而是针对流行的错误观点进行具体的批评和指正。比如,杜书瀛针对"典型人物应该代表大多数、应该反映主流"的流行观点,指出"这种观点不符合古今中外的文艺实际,违反了典型创造的普遍规律"。他认为,"艺术典型不是现象上的简单的多数,更不是某种平均数。艺术典型之所以具有某种普遍意义,根本上是因为它表现了本质的必然性;而且,这种本质的必然性既可以表现在事物的主流之中,也可以表现在支流之中"。他进一步强调:"艺术典型必须是对生活进行提炼、概括、浓缩和凝聚的结果;必须是现实生活某种必然本质规律的形象反映;必须是人生真理的或大或小程度上的新发现;必须是艺术家以自己的方式对生活作出的独特认识和评价;最后,必须是依照美的规律创造出来的,使人得到赏心、悦目、怡神的美的享受的审美对象——是上述所有方面的有机的完美的综合体,具有永久艺术魅力的活的艺术形象。"②在这里,杜书瀛并非消解典型人物的共性、普遍性因素,而是更加强调这种共性之中的必然性和本质性,来纠正肤浅的数量论、表象论,同时指出典型的独特性和形象性同样非常重要,其观点和论证是辩证的。

不仅对典型人物要做如此思考,对典型环境的认识也要避免肤浅的数量论。针对一些文学批评中流行的"典型环境=历史生活的平均数=主流=时代精神"的观点,也有学者提出了批评。比如耿恭让认为,"文艺作品,不仅典型人物应该是'这一个',而且典型环境也应该是'这一个'"。"典型人物是不可重复的,典型环境也是不可重复的。因为每个作家的世界观、艺术方法和生活经验不同,每个作品的题材、主题、人物和艺术构思不同;同时,由于社会生活本身就是丰富多彩,千姿百态的。所

---

① 薛瑞生:《论典型的个性化道路及其他》,《西北大学学报(哲学社会科学版)》1981年第2期。
② 杜书瀛:《艺术典型与"多数"、"主流"及其他》,《文学评论》1980年第1期。

以不能把典型环境理解得简单化、单一化。如果把典型环境当作一个单一的抽象概念,当作历史生活的平均数、主流,就必然使瑰丽多姿的文艺单一化,使丰富多彩的生活简单化,从而导致'一个时代一个典型',助长文艺创作的公式化、概念化的倾向。为什么我们有些作品概念化、不感人,很重要的一个原因,就是没有给人物提供促使他(她)行动的独特的典型环境,没有写出他们独具的生活道路和社会联系,没有写出在这种具体环境中所形成的不可重复的性格内容。为了避免文艺创作的千篇一律和雷同化,必须写好典型环境的'这一个'。"①由此可见,典型人物及其典型环境都不能忽视个性因素,否则就会造成像"一个阶级一个典型"或"一个时代一个典型"那样狭隘的理论变异,从而将文艺实践引向极端和低劣。

　　然而,我们看到,这一时期的典型理论在强调个性因素的同时,能够始终保持一种辩证的态度,对典型的共性因素并没有忽视。比如杜东枝就在论文中指出,"对艺术形象的个性方面进行深入具体研究的同时,继续对典型的共性问题作进一步探讨,这仍然是必要的"。他认为,何其芳的共名理论、蔡仪的性格核心说和李泽厚的必然偶然关系理论,尽管都强调了典型的共性以及与个性的辩证关系,但是都缺乏对典型的共性因素的充分阐述,因此在创作或批评实践中很容易被再度变异为"恶劣的个性化"。对此,他从分析马克思主义美学经典文献出发明确提出:"典型的共性问题,是与真实地反映生活的现实主义原则不可分的。在'真实地再现典型环境中的典型人物'这个表述中,最清楚不过地表明了艺术典型的共性究竟是什么的问题。按照马克思主义的观点来看,人的本质是一切社会关系的总和,而艺术典型的共性也正是这种现实关系的高度集中和概括,尽管它只能以感性的形式具体地存在于生动的艺术形象之中。""阶级社会中文学典型的共性,虽然这样那样地与一定的阶级性相联系,但其成为艺术典型,却主要并不在于是否充分反映了人物的阶级属性,而在于它是一定时代社会关系及其发展趋势的某些本质特点的真实

---

① 耿恭让:《典型环境不是历史的平均数》,《中州学刊》1980 年第 1 期。

反映。——这就是典型的共性、典型性,亦即典型的最本质的东西的具体内容。"①可见,改革开放以来,尽管典型理论的个性因素格外受到关注,但是理论界并没有放弃"个性与共性相统一"的基本原理。然而,与以往的"统一说"不同的是,理论的出发点已由共性或阶级性转变为个性或特殊性,"从个别出发,从把握个别事物开始"。"从个别事物中发现一般、显示一般""一般体现在个别之中,受具体的个别事物所限制,是一定事物限度内的一般"等②成为新的"统一说"的理论基础。

　　值得注意的是,在这个新的"统一说"的基础之上又发展出一种全新的典型观念,即所谓"中介说"。1981年陆学明发表《论典型的本质特征》,首次提出了这样的观点:根据典型的结构层次、固有特点及形成过程,其质的规定性应当确定为个别性和普遍性的中间环节,从逻辑范畴上说,就是"特殊性"这一环节。"在人的认识由个别向一般的转化过程中,必须经过特殊性这一环节。特殊性是从个别性到普遍性、从普遍性到个别性相互过渡与转化的'中介',或曰中间环节。""艺术典型这种既包含有个别因素、又不是个别,既包含有普遍因素、又不是普遍的矛盾情况,说明了艺术典型质的规定性,只能是一种特质,是处于个别与普遍之间的一个特殊层次——体现二者内在联系的'中介'或曰中间环节。……艺术典型作为社会生活的反映,它的本质特征就是蕴含在社会生活中的某种特殊本质或规律的艺术再现。""这种特质决定了每一个艺术典型都必然具备两重性特点:既是极为具体、鲜明、不可重复的、具有独特的行动逻辑,同时又与某一特定历史时代的本质运动相联系,具有代表性的性格和深刻的社会意义。二者互相渗透、融为一体。""总而言之,我们认为把艺术典型的本质特征确定为'特殊性'较之单纯的普遍性、个别性或'统一'的规定性更为接近典型的实际。它不但有利于在更深刻的逻辑层次把握典型的艺术本质,而且有益于在创作和批评中防止简单化、公式化以及庸

----

① 杜东枝:《文学典型的共性问题》,《思想战线》1981年第3期。
② 王元襄:《典型的个性与共性统一的原理不能轻易否定——与沈仁康同志商榷》,《学术研究》1980年第1期。

俗化或自然主义倾向。"①

从学理上考察，"中介说"的确有着显而易见的理论新意与进步，它在一定程度上有效地解释了艺术典型的个性与共性统一于中间环节特殊性的辩证关系，且明确指出典型的本质特征既不是个性，也不是共性，而是其间的中介特殊性。尽管陆学明认为这一典型论与以往的"统一说"有根本的区别，而在我们看来，它恰恰是"统一说"的继承与发展，是对当时在理论思维上要么偏重个性因素要么偏重共性因素的有力矫正。

"中介说"也受到一些质疑。有些学者指出："典型'中介论'所使用的概念、范畴仍然是哲学的概念、范畴。这一点与典型'统一说'基本是一致的，没有什么质的区别。实践证明，确立艺术典型理论的哲学基础是必要的，但把典型理论囿于哲学领域之内，只能揭示艺术典型的一般本质与规律，无法揭示艺术典型的特殊本质的审美本质。从这一理论视角进行考察，典型'中介论'在理论总体上，在揭示艺术典型的本质特征和审美本质上，并没有实现对典型'统一说'的理论超越。"②然而，我们还是应该肯定"中介说"在改革开放初期的积极意义与影响。应该说，正是由于"特殊性"的发现，真正美学意义的典型才开始进入现实主义文学理论建构的框架里，我们完全可以将"中介说"看作典型美学的积极的、具有先导意义的理论新发展。

二、典型问题研究的新视域及相关论争

美学视域和人学视域是 20 世纪 80 年代中期以后典型理论最为显著的理论新貌，其成果有着不小的影响力。

"典型"概念从一开始就是作为美学和文艺学的范畴被引进和使用的，然而在具体发展的过程中其意识形态的属性却日渐淹没了其美学属

---

① 陆学明：《论典型的本质特征》，《社会科学战线》1981 年第 2 期。
② 叶纪彬：《评典型"中介论"》，《辽宁师范大学学报（社会科学版）》1994 年第 4 期。

性,以致于几乎变异为一个纯粹的政治符号。中华人民共和国成立后直至改革开放初期,对典型的学理性建构也主要是从一般的哲学认识论层面去探讨,而艺术典型与社会生活典型在理论上并没有获得清晰的辨正,这也就导致了文艺创作上的种种误区和理论上的肤浅与扭曲。随着改革开放以来理论界对艺术典型个性因素的关注以及对特殊性的发现,寻求艺术典型美学属性的理论探求成为一种新的思索方向,从而真正还原了艺术典型首先作为美学范畴而非哲学范畴、政治符号的基本属性。陈望衡早在 1979 年就属文论述典型的美学实质,1984 年又再度强调艺术典型的研究有"一个不可忽略的基点:美",他从审美主客体的角度解释了典型统一说:"作家、艺术家在形象塑造方面所表现出来的个体审美经验与时代的审美理想的统一,亦可以看成是个性与共性的统一,这是艺术典型创造中属于主体方面的个性与共性的统一,这种统一与艺术典型属于客体方面的个性与共性的统一互相溶合,就成了完整的艺术典型形象。"①显然,以往个性与共性相统一的典型"统一说"已经在美学层面上获得了转化而成为以审美主客体相统一为内涵的新的"统一说"。不仅如此,作者还强调,审美的因素固然是基础,但是巨大的社会历史内容依然是艺术典型"不可忽视的重大因素","艺术典型是感性具体的个别形象与一定的社会生活的某些本质、规律的统一"。"除此而外,艺术典型还应从主观方面去认识。因为作为艺术形象的艺术典型不是纯客观的东西,而是经过作家、艺术家审美理想过滤过、加工过的东西,它必然渗透着作家、艺术家的审美理想、他的思想情感,因而,程度不一地打上了作家、艺术家精神个性的痕迹。"所以,艺术典型的"独创性"便是"一个值得强调的重要特点"。可以看出,陈望衡对艺术典型美学实质的研究,已经将典型看成一个多重统一的审美对象,而不仅仅是一个单一层面的认识对象。这样的典型观在理论发展上比"中介说"又深入了一步,其对"统一说"的改造也更为彻底。

典型作为美学范畴的回归,体现了改革开放以来典型理论对以往诸

---

① 陈望衡:《论艺术典型的美学实质》,《求索》1984 年第 3 期。

多理论问题的反思与反拨。除了对认识论有所突破以外,最为重要的就是打破了长期以来典型研究中忽视创作主体的不良倾向,作家对生活的独到见解、独特发现,艺术表现上的独有视角、独创手法,开始进入典型化的研究中。"人们逐渐认识到,典型不只是作为客体的人的反映,同时是作为创作主体的人的思想感情的借体,是作家对人物观照、感知、想象、思考、认识等等的审美结果及其物化。"①有的理论家在标举主体性方面表达得非常明确而强烈,比如何满子就认为,"典型首先是认识主体的一种选择手段"。但他又迅速将这种主体性融入主客统一的美学思维中,"典型表现为文学的选择手段,但选择手段还不是构成文学的最活跃的因素;陪随着选择,典型最重要的是对于现实的美学转化的手段。离开了美学转化的手段,就不能达到艺术对生活的超越和艺术对现实的自主性"。"美学转化就是赋予生活以美的形式,使之成为独立自足的有生命的形象。典型一方面扬弃了表象的具体性中的局限性,使特殊的现象具有普遍性的外延;一方面又扬弃了普遍性中的抽象性,使之具有现实具体性,亦即将普遍性消融于特殊性之中。这便是文学对于现实的艺术变形。""没有一定程度的艺术变形,文学是不能成立的。变形,就是主体性参与其间并作为中介将普遍性与特殊性这两极加以缔结的美学创造。"②可见,所谓美学转化其核心就是主体性的发挥与实现,而客体性的尊重与维护则是历史维度的坚持,美学的与历史的方法相统一的马克思主义美学的现实主义原则再度回归典型理论,只是时代的侧重点更加体现在美学尤其是主体方面。

正像 20 世纪 80 年代有学者思考的那样,典型理论走出困境获得重建,一是要在美学方面做出理论调整,二是要重新发掘和探索人的灵魂的秘密。美学方面的调整可以从两个方面进行:第一,明确艺术典型作为审美范畴的特征(具体独特的感性形象、丰富多彩的性格构成、生活真理的发现概括);第二,重视艺术典型的主体性研究(开拓性选材、调动审美主

① 陈学超:《典型的迷惘与重建》,《文学评论》1987 年第 6 期。
② 何满子:《现实主义是一切文学的总尺度——从典型问题谈起》,《学术月刊》1988 年第 12 期。

体的能动性、正确的审美评价）。而重建以人的灵魂研究为中心的典型理论，则必须从以下三个方面入手：第一，向人的精神意识伸展；第二，典型化过程中再现与表现的结合；第三，典型塑造中象征隐喻手法的运用。所以，改革开放以来典型理论在美学视域之下发展的同时，人学视域也同时启动，典型化问题的最终不仅仅是个美学手段的问题，对现实的人的深刻观察与研究和文学艺术典型的最终成功有着更为根本的联系。典型问题在经历了政治、哲学、美学的洗礼之后，最终还是要回到它最为原始的语境中，即艺术形象即人的创造之上。

　　改革开放以来典型理论在人学视域之下的一个理论是刘再复提出的"性格组合论"。这一理论产生了很大的影响，也引发了很大的争议。刘再复试图提出一个全新的所谓"人物性格二重组合原理"，他说："尽管每个人的性格组合成分和组合方式有巨大的差别，但是，他们却有一个共同点，这就是他们的性格世界都是一个张力场。也就是说，都是存在着正与反、肯定与否定、积极与消极、善与恶、美与丑等两种性格力量互相对立、互相渗透、互相制约的张力场。两种力的相互冲突、因依、联结、转化，便形成人的真实性格。"[1]"所谓性格的二重组合，正是这种自我分化、自我克服、自我统一的运动过程。"[2]由此可知，人物性格二重组合原理的核心就是指人的性格两极的动态统一性。刘再复认为，优秀的文学典型往往就是这种复杂矛盾的性格组合运动的深刻呈现，并认为，"我国当代文学艺术在一个相当长的历史时期中，在文学理论上未能充分重视性格构成的二重组合，而是用政治学原理来要求文学作品，用政治的价值观念来代替艺术的审美价值观念，从而放弃性格丰富性的价值尺度，造成人物形象性格的贫血症"[3]。文学艺术不应该一味追求和塑造神一般的完美性格，更不应该以纯粹恒一的政治理想代替韵味无穷的审美理想。但是，刘再复对典型性格的美学价值的标举和对政治价值的覆盖，尤其是认为审美价值"往往能超越时代、阶级的界限而带有长久性，获得永久的价值"，这

---

① 刘再复：《论人物性格的二重组合原理》，《文学评论》1984 年第 3 期。

② 刘再复：《论人物性格的二重组合原理》，《文学评论》1984 年第 3 期。

③ 刘再复：《论人物性格的二重组合原理》，《文学评论》1984 年第 3 期。

就明显暴露出他在一定程度上对艺术典型历史规定性的忽略，正如马龙潜等学者所指出的那样："马克思主义告诉我们，分析任何一个社会问题，都要把它放在一定的历史范围之内。在美学研究领域运用这个总的方法论原则，就要对所研究的问题首先给予时代和历史的规定，把问题放在特定的时代和历史范畴内加以解决。……我们认为，对艺术典型问题的研究也应该如此，即在考察艺术典型的时候，首先要区分开不同历史时期的艺术典型所具有的不同性质和特点，要在时代和历史的具体规定下去研究和解决问题。""同任何艺术典型理论的本质一样，'二重组合论'在本质上也应当是一种具有历史规定性的理论。如果离开了对具体历史环境的考察，把一切时代的艺术典型统统说成是不同比重、不同形式的'二重组合'，这就不可避免地走上用主观臆断代替客观实际，进而抹煞事物赖以存在的本质规定性的相对主义的道路。"[1]马克思主义文论对"二重性格组合论"的批评具有历史的、现实的特点。这一特点恰恰是刘再复的理论所缺少的。

伴随着对美学维度的标举和对历史维度的忽略，"性格组合论"必然强调所谓永恒的人性维度，而其认定的典型性格的内在机制即"二重性"，实际上也就是人性论中最根本的抽象物，二重组合论无论是在哲学依据还是在心理学依据方面都深深地体现了这一点。二重组合论认为，这个不可思议的辉煌世界，是一个充满着偶然性的世界，是一个充满着无限可能性的世界，这是这种展示无限可能性的生命，才是人的生命，才是人的本质必然。性格组合论的全部人学视域都是建立在这样的哲学观及其人性观之上的，偶然性即双向可能性被看作人的本质，也被当作文学典型塑造的最高实践要求。

在心理基础的探究上，性格组合论也是将人性问题作为立足点。提出人物性格二重组合原理，正是借这一原理深入对人的研究，以鼓动我们的作家大胆地向人性深处挺进，更辉煌地表现人性的魅力。性格组合论运用心理学的研究成果，将人的性格看成"人性深层的矛盾内容"，不仅

① 　马龙潜、栾贻信:《论艺术典型的历史规定性》,《文艺理论与批评》1988 年第 2 期。

主张写人性,而且要写深层的人性,即矛盾冲突的内在性格和灵魂深处的潜意识流动。典型性格的美学特征不仅仅是与外在社会环境保持真实性关系,同时也要与内在人性保持真实性关系,而内在真实对于长期忽视人性研究的文学实践来说也具有积极意义。

性格组合论的人性内涵即所谓主体性。"所谓主体性,就是人之所以成为人的那种特性,它既包括人的主观需求,也包括人通过实践活动对客观世界的理解和把握。"[1]这种对主体性即抽象人性的大力张扬不能不引起众多学者的质疑和批评。张喜耕、李占一认为这"是背离马克思主义的,是与历史唯物主义的世界观不相容的","是背离社会主义文学传统和社会主义文学方向的"[2]。

通过典型形象而对人、对人性加以探讨,是非常必要的。然而,人和人性都不是抽象的,而是现实的、具体的。刘再复所说的二重性格组合,其核心内容是人物内心世界构成中"美丑""善恶"并存。他所说的"美丑"和"善恶",基本上是抽象的、一般化的,是脱离社会历史现实的。在现实生活中,不同的社会存在决定了不同的利害价值,从而决定了"善恶"的不同内涵。如果缺少这种历史的、现实的规定性,抽象地主张所谓的"美丑泯灭""善恶并举",将会使立场混淆,是非不清,对社会主义文艺的创作,对社会主义文学的社会功用都将造成不利的影响。

三、典型理论文化视域下的再阐释

在争论的同时,已经有学者在进行着更为建构性的工作,曾经在改革开放伊始提倡"典型中介论"的陆学明,又在 20 世纪 90 年代开始尝试新的研究方法,而这种新方法恰恰就是对典型进行更为广泛意义的文化阐释。他在 1991 年的论文《从巫术仪式到艺术——"典型"结构的文化阐

---

① 刘再复:《性格组合论》,中国人民大学出版社 2010 年版,第 2 页。
② 张喜耕、李占一:《也谈"人本主义"的文学主张》,《文艺理论与批评》1987 年第 5 期。

释》中首次将典型范畴纳入文化视域,从而冲破了美学视域下典型理论的尴尬困境。论文指出:"我们把典型概念或范畴称作一个符号化的意义世界:作为符号或代码(而不是作为具有固定含义的实体),它不仅从属于艺术系统,而且还有自己独立的系统、自己的语义家族和领地。其内涵不断消亡,又不断繁ית;它的意义不是建立在自身的规定性上,即'自身是什么'上,而是建立在语言环境的特定关系结构——'关联域'(context)之中。因此,一切对'典型'范畴作凝定不变的审视都是一种错觉,同样,发生在'典型'问题上的语义丛生的现象也将从符号的语义转换中获得启示。"①这就是说,从文化角度来考察典型范畴,其在理论上引发的争论是一种正常的符号意义发展过程,其中二律背反和审美泛化是最重要的两种理论干扰因素。可以看出,作者试图在语义结构层面对历史上出现的各种典型论都予以文化意义的肯定。如此,典型理论的美学及非美学的各种矛盾属性以及多重内涵也就得到了一定程度的合理阐释。

很显然,文化视域下的典型研究,有着显著的历史维度,这对矫正美学视域下的典型研究有着重要的纠偏作用,同时也使得典型研究越来越趋向于理性与客观。然而,典型研究尤其是历史反思性的研究尽管还在继续,而真正的理论拓展在20世纪90年代以后基本停滞了。这是与典型问题无论在美学意义上还是在意识形态意义上都已然退出了当代中国主流文化舞台的社会现实是同步的。正像现实主义开始走向"无边的"泛化一样,典型也走向了"无边的典型",这几乎是坚持与维护这一理论的有效性的唯一策略。比如李衍柱进入新世纪以后就常常把某些西方非现实主义的文学家和理论家的人物塑造和人物理论称为另一谱系的典型和典型论,"典型"成为其"咬定青山不放松"的理论符号。有学者这样评价他的研究:"正是在这个意义上,我觉得李衍柱先生所做的工作有点像法国的加洛蒂。加洛蒂以'无边的现实主义'开放了现实主义的边境线,让包括卡夫卡在内的现代主义作家进行了一次文学移民;李衍柱同样没有固守典型的现实主义疆界,他把乔伊斯、普鲁斯特和卡夫卡等作家笔下

---

① 陆学明:《从巫术仪式到艺术——"典型"结构的文化阐释》,《社会科学战线》1991年第3期。

的人物吸纳到了典型的队伍中,从而完成了一次典型的扩充,这种典型是不是也可以称为'无边的典型'呢?"①如果一个范畴或理论真的可以是"无边的",那么它也就失去了本身的规定性即失去了自身。与其不断丧失理论内涵,不如勇敢面对已然式微乃至"坍塌"的事实,然后从容理性地思考并建构更为有效的理论话语和体系。比如,这样的态度就非常客观,"根本的意义上,典型所遇到的挑战来自一系列不同的观念:关于主体的构造,关于主体与历史的关系,关于历史的构造。现实主义隐含了一种乐观的信念——现实主义相信历史、社会和人类史是可以认识的,卢卡契的总体论是这种乐观信念的一个哲学结晶。然而,现代主义以及后现代主义的兴起无不表明,这种乐观已经消失殆尽。支离破碎的历史图像中,从典型、现实主义理论到总体论的所有环节都在脱落、肢解,或者遭受怀疑。所以,归根结底,典型这个术语的兴衰并不是因为某种理论时尚的起伏;同样的理由,恢复这个术语的传统声望也只能等待新的乐观信念以及支持这种信念的理论体系"②。"作为西方理论在中国的一次成功的旅行,'典型'在中国畅行大约70年后衰落了,但我揣摩,它不大可能会就此轻易退出中国现代文学的历史舞台。因为,一旦文学创作界生出新的适宜的阐释需要,它就会重新复活并登场。或许,当浩瀚黄土地的某一角落在某一天发出低沉而有力的呼唤时,它会重新被唤醒,以新的适当方式去推演中国现代文学史的新场面。或许这种声音已经响起来了,夹杂在众声喧哗中,需要我们以超常的耐心去静心倾听和辨别。只是它的新的作用方式究竟是什么,是全新的再生整体,还是被肢解的某些碎片,或是多种异质美学范畴的碎片式重组?尚不便妄加预测。"③上面两位学者面对典型理论衰落的客观态度,都是建立在冷静的历史分析之上的,他们对于未来的理论发展尽管没有明确的建构意见,却表现出一种坦然接受典型理论走下神坛的气度。

一些学者试图建立与西方典型理论不同的文论建构。李桂奎在论文

---

① 赵勇:《"无边的典型"》,《读书》2004年第6期。
② 南帆:《典型的谱系》,《福建论坛(人文社会科学版)》2005年第11期。
③ 王一川:《"典型"东渐70年及其启示》,《社会科学辑刊》2007年第3期。

《"典型"理论的坍塌与中国"写人学"的构建》中指出,"典型理论坍塌势在必然",提出要从中国传统文论中寻求出路,将"人物分析"转型为"写人研究",最终建构中国特色的"写人学"。我们应该看到,所谓构建中国的"写人学",与"性格组合论"有一个根本的区别,即并不以西方典型理论为本体,而是以中国传统叙事文学的写人研究为理论本体,寻求更为本土的文化资源和理论根据。实际上,早在新世纪初,童庆炳就曾属文讨论过"典型"与中国传统美学"传神写照"命题之间的关系①,尽管文章有着明显的以西方理论套中国思想的机械痕迹,但它却似乎开启了典型研究或者写人研究的新思路。尽管到目前为止,新的以本土文学文化为基础的所谓"写人学"或典型研究尚未建构起来,但这无疑是改革开放以来的一个理论动向,必须引起我们的重视。

我们认为,改革开放以来的典型研究总的来说是一个积极进取的发展态势,从对十七年文学合理因素的继承与发展,到对"统一说"的不断纠偏,再到新的理论概括比如"中介说""性格组合论"等的丰富论证,直至由美学视域到人学视域再到文化视域的理论拓展,典型研究的成果不断呈现,走向高潮。尽管新世纪以后高潮已退,关于典型问题的研究日渐稀少,但我们依然能够窥见其中的宝贵见解。我们相信,随着中国现实主义文学体系的重新建构,典型范畴必然会以新的理论姿态点亮中国未来的文学世界。

---

① 参见童庆炳:《略谈"典型"与"传神写照"》,《浙江社会科学》2002 年第 3 期。

第四章
关于文学本体问题的研究

第一节
改革开放以来有关"向内转"的讨论

一、"向内转"概念的提出

　　1986 年 10 月 18 日,《文艺报》刊登了鲁枢元的《论新时期文学的"向内转"》一文。此后,文学界开始了关于文学"向内转"的论争。其实,鲁枢元在文中并没有直截了当地对"向内转"做出一个严密而明确的定义,而只是在开篇就强调:"一种文学的'向内转',竟然在我们 80 年代的社会主义中国显现出了一种自生自发、难以遏止的趋势。"鲁文虽然没有直接给出"向内转"的定义,但间接地道明了何谓"外向"型文学,即"外向的、写实性的、再现客观或模仿自然的文学创作"。"向内转"也好,"外

197

向"型文学也罢,都是基于一种二元对立的思维模式所派生出来的文学观念,这也成为日后引起文学界对"向内转"讨论和争鸣的突破口所在。1997年,鲁枢元发表了关于反省"向内转"讨论的长文,为这一讨论的核心内容作出阐述:

> "向内转",是对中国当代"新时期"文学整体动势的一种描述,指文学创作的审美视角由外部客观世界向着创作主体内心世界的位移。具体表现为题材的心灵化、语言的情绪化、情绪的个体化、描述的意象化、结构的散文化、主题的繁复化。"向内转"是对多年来极"左"文艺路线的一次反拨,从而使文学更贴近现代人的精神生存状态,为中国当代文学的发展开创出一个新的局面。中国当代文学的"向内转"显示出与西方19世纪以来现代派文学运动流向的一致性,为从心理学角度探讨文学艺术的奥秘提供了必要性与可行性。①

简单地说,"向内转"就是指在文学领域中研究重心的"内向化",即对文学内部规律和方法的侧重。在中国当代文坛的发展进程中,我们不难发现文学与社会生活的关系正在发生着悄然的变化,文学由政治形态等"非文学性"逐渐转移到以审美形态为代表的"文学性",这种调整反映出文学"由外向内"这样一个显著的特征,并且文学这种内向性特征在改革开放以来的中国呈现出了某种意义上的必然性和自主性。文学的"向内转"带领着绝大多数文学作品如雨后春笋般重生,文学界更多地把关注点由社会生活转移到了文学自身。20世纪80年代的这种文学转向也与当时中国的具体历史情境有关。改革开放以来,由于政治等意识形态的影响,导致在中国文学界占主导地位的是苏联的文学理论,即"反映论"。这种带有意识形态的"镜像"论阐明了文学艺术和社会生活的关系,即文学作为社会生活的反映,是第二世界。这种二元论的思维体系在改革开放以来的中国产生了一定的影响,但是不是所有的理论、所有的体

---

① 鲁枢元:《文学的内向性——我对"新时期文学'向内转'讨论"的反省》,《中州学刊》1997年第5期。

系,我们都可以随意拿过来应用?反映论从某种角度来说是抗拒主体性、个体性的,而在20世纪80年代这样一个特殊的历史情境里,我们的文学需要这样一种主体性来支撑,文学"向内转"不仅仅是一种理论观念,更是一种切实的实践话语体系。文学从社会、经济等外部规律中逐渐抽离而回归本真、回归自我的实践轨迹并不意味着"陌生化"和"断裂化",这种活动正是在特定的文化氛围下,文学立足于本土、反观于自身、放眼于时代而进行的本体性实践探索。这是一种有建设性质的对于人类自身情感诉求的取证行为和实践活动。

任何事物都有其自身运动的轨迹,文学也不外如此。一方面,文学的主体性回归活动成为改革开放以来文学运动的标杆和旗帜,从而促使更多作家作品不约而同地转到了人类共同的情感诉求上面;另一方面,它不仅仅是国别性的"向内转",更是世界性的"向内转"。它是人类要共同面临的文化价值转向实践,具有时空性、变革性、主导性。

鲁枢元在文章中认为"向内转"主要体现在如下几个方面:

首先,"三无"小说的合理定义。"文化大革命"结束后,在中国文坛上出现了所谓的"三无"小说,即无情节、无主题、无人物的小说。看似这类"零度"小说与之前文学作品相比充满了陌生感、简单感、距离感。而鲁枢元则认为"三无"小说"换来了基调的饱满性、氛围的充沛性、情绪的复杂性、感受的真切性"[1]。"小说心灵化了、情绪化了、诗化了、音乐化了。"[2]从而为读者观众展现了一个丰盈异彩的心灵世界。

其次,在诗歌创作领域中,鲁枢元指出,诗歌之所以有着外在丰富而灵活的表现形式,得益于诗人创作时的由内而发的思考。"诗歌的重心转向了内在情绪的动态刻画,主题的确定性和思想的单一性让位于内涵的复杂性与情绪的朦胧性。"[3]20世纪80年代的诗歌呈现出人类对自身情感进行密切关照的特点。最为突出的是以顾城、北岛、舒婷为代表的朦胧诗,因其灵活自由、恰如其分地运用自我情感来进行诗歌创作,表现了

---

① 鲁枢元:《论新时期文学的"向内转"》,《文艺报》1986年10月18日。
② 鲁枢元:《论新时期文学的"向内转"》,《文艺报》1986年10月18日。
③ 鲁枢元:《论新时期文学的"向内转"》,《文艺报》1986年10月18日。

诗人丰富的内心动态和意象世界。在对外在的客观世界进行描述时,朦胧诗更加确定性地将人的主观情感放在首要地位,赋予诗歌最鲜活的生命色彩。从这种意义上来说,改革开放以来的诗歌因其"向内转"而更加具有了生命本体性的特征,从而逐步取代了只会再现社会生活的诗歌风格,颠覆了僵化死板的、具有浓厚政治意识形态的诗歌氛围。

最后,"向内转"除了在小说和诗歌领域有所表现,在其选材和写法都倾向于传统的文学作品中,也或多或少地发生了某些"向内转"的倾斜和位移。鲁枢元在文中指出,我国军事题材的文学作品,也开始由传统的写敌我对垒、生死角逐之类的"外部冲突"转为写生死关头人与人之间的"内心冲突"。随后以张洁的现实主义长篇小说《沉重的翅膀》为例,概述该小说着重刻画人物丰富的内心世界,渲染小人物的感受、情绪、情感,而并非外部的客观社会。这部小说的伟大之处也在于此,着浓厚的笔墨描写平淡无奇的小人物,自然而然地拉近了审美主体与作者的距离并且使两者产生了情感共鸣。

改革开放以来文学界的"向内转"是在其具体的历史语境中产生的,它的产生和发展具有历史的必然性和世界的整体性。没有一成不变的客观世界,也同样没有故步自封的文学观念。

从历史的必然性来看,"向内转"是一种文学理论变革和文学观念探索。在五四运动前后的中国,我们不难发现带有"向内转"倾向的文学作品,鲁迅的杂文和散文,甚至一些除去现实写实手法的小说中都有向内倾的创作观念。作品对人本性的反省和鞭挞,作者以锐利的笔锋触及人的灵魂世界,强调和暗示着文学的、社会的、民族的动态走向。这种深刻的"内宇宙"的发现脱离不了时代和社会的变革发展,鲁迅敲醒了人们几近昏死的灵魂,他的作品为文学"向内转"的延续开启了史无前例的先河。这种文学内倾的趋势没有持续很长时间,就被当时中国社会发展的具体情境所阻隔,甚至转变了方向。20 世纪 30 年代以后,文学"向内转"逐渐停止,文学"向外倾"登上了历史舞台。鲁枢元认为,文学"由内向外"的转化是因为我们需要"一种集中的、一致的、外向的、实用的文学艺术活动"①。文学被戴上了革命的帽子,甚至成为国家意识形态的工具与砝码,这种现象直到新中国成立都没能摆脱。而"文革"结束后,文学才开始"有权利"重新观照自身,而这种情况的转变还是因为中国文学在走了一段艰难困苦的路程之后,才重新返回到自己本来应有的运动轨道上。

从世界的整体性来看,文学"向内转"如果没有这种世界格局的特定背景的影响,单纯靠在中国本土场域上发展壮大是不切合实际的。西方文学理论思潮的变更和涌动对于中国而言是一次巨大的冲击,其中影响最深的是20世纪西方现代主义的勃兴,它是我国文学"向内转"的一个关键诱发因素。

除此之外,鲁枢元还指出,改革开放以来文学的"向内转",还受到前摄因素、逆反心理、民族文化积淀、主题意识等因素的影响。改革开放以来文学"向内转"不仅仅是文学艺术层面的向内转,更是社会动荡、政治更迭过后的人民心灵的一次洗礼与重生,尤其是在"文化大革命"中,中国人民承受了巨大的历史性灾难,因而之后在文学作品的创作方面更加注重对于人心灵世界重创过后的修复。这种特定的社会文化心理状态与中国人民精神世界的追求相互交织、相互渗透,共同促成了文学的"向内转"。

二、围绕"向内转"现象的论争

通过对鲁枢元的《论新时期文学的"向内转"》一文的回顾和整理,我们可以十分清楚地感受到,鲁枢元对文学"向内转"这一理论话语实践活动持积极、肯定的态度。文学的这种"主观性"和"内向性"特点在改革开放以来的中国文学界起到了重要的主导作用。鲁枢元在文中阐明了"向内转"所具体表现的领域及其显著特点,同时也对"向内转"的产生原因

---

① 鲁枢元:《论新时期文学的"向内转"》,《文艺报》1986年10月18日。

加以说明,在文章最后认为"向内转"是文学理论发展过程中的一次"勇敢的探索",这种关于"文艺内宇宙"的探索和实践在"文革"过后的十年发展进程中产生了深刻的甚至是标杆式意义。然而,每一个文学现象和理论探索的背后总会涌现出多种不同的声音,文学"向内转"也不例外。有些文章称这是一场"旷日持久、规模可观、持论截然对立、反响相当强烈的"文艺论争。鲁枢元的文章和观点尤其吸引了当时许多著名学者的关注并且促使他们共同参与了这场文艺大讨论、文化大争鸣。"向内转"的提出并不是完美的,鲁枢元的这种文学判断也并不意味着某种理论权威的树立。他曾在论争发生十年后重新撰文进行解释和说明,认为自己在 20 世纪 80 年代中期开始作出"新时期文学向内转"的这一判断时,"并非出于对某种西方理论主张的张扬,也不是听从了哪位理论权威的指令。甚至还没有来得及进行周密的分析论证",他所凭靠的只是一种直觉,"一种对于 80 年代初期中国文学创作状况的感悟"①。

鲁枢元的《论新时期文学的"向内转"》一文发表后没多久,紧接着,1987 年 6 月 20 日周崇坡在《文艺报》上发表了《新时期文学要警惕进一步"向内转"》一文。他表示了对鲁枢元观点的质疑和不同意见。至此,改革开放以来文艺界关于"向内转"的论争才正式拉开了序幕。周崇坡的文章,就其总体而言,认为"向内转"这一文学观念的调整和转变是有害于社会主义文学的,同时文学的向内倾也说明了当时的文学作品对时代精神和社会生活的反映不够及时和强烈。当然这并不是说周崇坡对"向内转"持完全否定的看法,"向内转"在某种程度上对于表现人内心世界的丰富和复杂,对于恢复文学本体位和主体性具有不可磨灭的积极作用。周崇坡指出,"向内转"文学在强调充分发挥作家主体性的同时,"没有重视或没有足够重视作家的实践性","没有重视或没有足够重视人物的实践性","不能不是一种不自觉的偏颇"。接着他用马克思主义哲学物质观来进行阐释:物质是第一性,意识只是物质社会的反映,所以在文学创作过程中,应以反映客观现实生活为主。而作家的主观性、个性化的

---

① 鲁枢元:《文学的内向性——我对"新时期文学'向内转'讨论"的反省》,《中州学刊》1997 年第 5 期。

写作内容不应在更大程度上占据主导地位。周崇坡认为"向内转"倾向是"三无"（无情节、无人物、无主题）的、"三淡"（淡化时代、淡化思想、淡化性格）的、"三非"（非现实化、非历史化、非社会化）的，要预防文学"向内转"的过度现象。因为"向内转"一旦控制不好转向的"度"，就会造成"顾此失彼，重内失外，冀求真实而流于虚假"的情况。如果说，鲁枢元是对"向内转"进行的一次理论探索、文艺实践的话，那么，我们不难发现，周崇坡的《新时期文学要警惕进一步"向内转"》是基于鲁枢元的《论新时期文学的"向内转"》中的观点之上的一次话语"补充"。周崇坡并不否定"向内转"自身，即"向内转"在当时的历史语境范围下是没有过错的，而是抓住这一"转"的程度、力度等问题进行质疑和批判。周崇坡的《新时期文学要警惕进一步"向内转"》的最后指出，文学作品不免"过分隐晦朦胧或奇诡险怪，使读者百思不解"，"向内转"所"转"的"度"如果过分化、夸张化，那么，不仅在读者的审美阅读中会制造一种屏障，而且更重要的是，文学作品会逐渐脱离社会生活的实践性，造成一种文学思潮的模糊化、屏障化。

文学"向内转"在 20 世纪 80 年代产生，并非是空穴来风，这种理论实践之所以能够产生如此宏大而深远的影响，得益于其殷实的理论积淀和文学本体性特征的凸显。文学"内宇宙"的爆发在 20 世纪 80 年代刘再复的《论文学的主体性》一文中多有提及。他认为，文艺创作强调主体性，把人放在历史运动中的实践主体的地位上具有重要作用。同时指出，在文艺创作过程中，应该特别注意人的精神主体性、能动性、自主性、创造性。历史是客观世界的外宇宙和人的精神主体的内宇宙互相结合的运动过程。据此将文学创作的对象进行分化，即外部社会因素和内部精神因素。新时期文学"向内转"就是秉承着这种对对象概念化的指导，提出"由外向内"的转变倾向。

《论新时期文学的"向内转"》一文是总结和回顾过去十年文学发展历程的标志性文章。随着它的发表，文学界争论也随即展开，这种理论争鸣和思潮论争持续了多年的时间。然而虽然学界对于文学"向内转"的意见分歧不一，这一话语实践过程却实际上统治着整个 20 世纪 80 年代整体动势，文学"向内转"从某种程度上来讲，已经成为新时期文学主流思潮的重要指导思想之一。在学者争论、辩驳的过程当中，虽然观点众多，各持己见，但是这场理论的动态实践所产生的一系列讨论内容已经远远超过了"向内转"命题提出的本身。而到了 20 世纪 90 年代，随着中国社会各个方面的变化，文学的"向内转"也显露出不少的问题，特别是对文学创作形成了一种潜移默化的限制。这种限制突出地表现为文学面对现实的无力感与边缘化处境。所以今天再来思考"向内转"这一思潮时，我们不仅要承认其相当重要的时代意义，也要用当代意识与批判意识来重新审视它。

第二节
有关"纯文学"问题的讨论

2001 年，李陀的《漫说"纯文学"——李陀访谈录》刊载于《上海文学》第 3 期，由此引发了一场关于"纯文学"问题的讨论。这次讨论不仅涉及"纯文学"概念本身的界定，更从"纯文学"的提出背景、"纯文学"的发展展望、"纯文学"与现实生活关系等维度深入，谈论的范围也没有完全局限于学理层面，而是从对"纯文学"的界定、价值与意义等问题的商榷拓展到文学本体属性、文学与政治关系等文学外部研究议题上。某种程度上与"文学主体性""文学自主性""重写文学史"等理论热点遥相呼应，是文学探寻自主独立的一种努力与尝试，也是改革开放以来文学发展轨迹的自身呈现。随着谈论的深入进行，一些未曾触及的、潜藏在文学研究表层的问题得以有效挖掘，不仅涉及许多值得进一步检讨的理论问题和一些有价值的文学命题，更在极具历史感的维度上与"五四"以来现代文学中的现实主义和启蒙传统实现有效连接，特别是对"纯文学"的知识谱系与意识形态的深入探寻，全方位地勾勒出"纯文学"研究的样态与现实意义，为日后的学术研究奠定了坚实基础。

一、"纯文学"问题的提出背景

关于"纯文学"的提出背景,不同学者提出不同的甚至相互抵牾的见解,归纳起来,大致可以分为四类。

一是"文化大革命"后整个社会思想文化的拨乱反正引发了人们对文学自身的思考,由此出现了一系列关于文学自主性的论争和追求纯文学的创作实践,如"寻根文学""现代派""先锋文学"等。这一观点以蔡翔先生为代表。在《何谓文学本身》一文中,蔡翔先生认为,"纯文学"概念正是在这一文学思想语境中提出来的,这与之前所谈的关于文学自主性理论、重写文学史的背景是一样的。他曾就此指出:"在某种意义上,'纯文学'概念正是当时'新启蒙'运动的产物,它在叙述个人在这个世界的存在困境时,也为人们提供了一种现代价值的选择可能。应该承认,在八十年代,经由'纯文学'概念这一叙事范畴而组织的各类叙述行为,比如'现代派'、'寻根文学'、'先锋文学',等等,它们的反抗和颠覆,都极大程度地动摇了正统的文学观念的地位,并且为尔后的文学实践开拓了一个相当广阔的艺术空间。"①

二是外来理论的影响,尤其是美国新批评的影响,推动了人们对纯文学的呼唤和追寻。在《文学理论》一书中,韦勒克将文学研究区分为内部研究和外部研究,在对外部研究的分析中,韦勒克就质疑了科学主义和实证主义的研究方法以及它们对文学理论所造成的影响。作为新批评派的重要代表人物,韦勒克、沃伦还是注重文学的外部研究的。韦勒克和沃伦在《文学理论》一书的序言中认为,这本书延续的是"诗学"和"修辞学"的传统,其基本立场是"文学研究应该是绝对'文学的'"。强调文学的文学性和外部研究,这显然影响了中国纯文学的提出和讨论。

三是大众文化与市场经济的兴起与文学创作商业化的影响,使得一

---

① 蔡翔:《何谓文学本身》,《当代作家评论》2002 年第 6 期。

大批作家和批评家深感文学创作的衰微,由此试图通过纯文学的讨论来挽救当前的文学创作。李陀在《漫说"纯文学"——李陀访谈录》一文中指出:当市场经济来临后,文化商品化和文学商品化的巨大压力使文学写作不得不面对新的环境寻找新出路,于是一部分文化人和作家下了海,干脆做生意去了,也有的人以自己的写作投入商业化大潮当中,比如把自己的批评当作一种谋利的手段,比如写商业化小说。但是有更多作家不愿意这样做,他们决心抵抗商业化对文学的侵蚀,问题是他们必须找到一个护身符、一个依托、一个孤岛,使这种抵抗获得一种合法性,获得一种道德与精神的支持,那么这个护身符和依托就是"纯文学"。

四是知识分子的权利要求。事实上我们看到,当市场经济到来后,当整个社会开始转向经济建设,甚至当大众市民开始追逐物质利益(金钱)时,曾经拥有至高发言权、对社会产生重大影响的知识分子忽然被挤到了边缘,甚至被剥夺了话语权,这使知识分子感到巨大的落差,在这种情况下,寻找发言权,恢复对社会的影响力,是知识分子的一种愿望和追求,而纯文学则成了他们恢复发言权的载体。蔡翔指出:"作为'新启蒙'或者'思想解放'运动的产物,'纯文学'概念的提出,一开始就代表了知识分子的权利要求,这种要求包括:文学(实指精神)的独立地位、自由的思想和言说、个人存在及选择的多样性、对极左政治或者同一性的拒绝和反抗、要求公共领域的扩大和开放,等等。所以,在当时,'纯文学'概念实际上具有非常强烈的现实关怀和意识形态色彩,甚至就是一种文化政治,而并非如后来者误认的那样,是一种非意识形态化的拒绝进入公共领域的文学主张,这也是当时文学能够成为思想先行者的原因之一。"①

二、"纯文学"问题的指向

对于"纯文学"的具体指向,作为"纯文学"的生产者——作家来说,

---

① 蔡翔:《何谓文学本身》,《当代作家评论》2002 年第 6 期。

或许有着第一发言权和阐释权。他们从自身的写作出发,结合写作的自身体验和终极目标,以极具理想化的方式建构着"纯文学"的精神图景、审美范式与文化样态。作家对"纯文学"的界定与阐发,与其说是对书写"纯文学"的外在标准设置,不如说是写作目标的宣言和文学理想的自我呈现,其中更多的显露出作家(特别是坚守"纯文学"理念的作家)对文学功能的单方面诉求与文学价值的假想性守望。本书选取残雪、史铁生、张炜三位有代表性的作家对"纯文学"的看法,意在展现作家群体对"纯文学"的整体观念,特别是在三者间细微的差别之间揭示"纯文学"议题本身的模糊性与异质性,从而在一个更为复杂与多元的维度上介入对"纯文学"的思考。

残雪在《究竟什么是纯文学》中认为,在文学家中有一小批人,他们不满足于停留在精神的表面层次,他们的目光总是看到人类视界的极限处,然后从那里开始无限止的深入。写作对于他们来说就是不断地击败常套"现实"向着虚无的突进,对于那谜一般的永恒,他们永远抱着一种恋人似的痛苦与虔诚。表层的记忆是他们要排除的,社会功利(短期效应的)更不是他们的出发点,就连对于文学的基本要素——读者,他们也抱着一种矛盾态度。自始至终,他们寻找着那种不变的、基本的东西(像天空,像粮食,也像海洋一样的东西),为着人性(首先是自我)的完善默默地努力。这样的文学家写出的作品,我们称之为纯文学。

史铁生认为:"纯文学是面对着人本的困境。譬如对死亡的默想、对生命的沉思,譬如人的欲望和人实现欲望的能力之间的永恒差距,譬如宇宙终归要毁灭那么人的挣扎和奋斗意义何在等等,这些都是与生俱来的问题。不依社会制度的异同而有无。因此它超越着制度和阶级,在探索一条属于全人类的路。"[①]

张炜对纯文学的认识较为理性,他从语言、情节、内容、主题、阅读、受众、作者七个方面对纯文学进行了全面的界定。他认为,纯文学是真正意义上的语言文字艺术。而非纯文学,比如一些通俗小说,则主要是靠情节

---

① 史铁生:《我与地坛》,北京出版社 2015 年版,第 47 页。

的曲折离奇来吸引读者的。纯文学作品相对来说没有过于曲折的、非要吸引你一口气读完的情节故事。纯文学作品的情节都很自然很朴素。纯文学作品所表达的生活内容不是写实的,而且绝不追求真实的再现。它表达的事物与现实生活隔了一层,这一层就是作者强烈的生命内容。纯文学作家都在带领读者做一次梦幻般的精神旅行。在主题上,纯文学要表达的不是表层的社会问题,而是生命的奥秘,是人性中曲折无测的部分,是深层的潜藏。也正由此,纯文学读者只能在欣赏、感悟、陶醉的愉悦中慢慢地接近其核心。要一个字一个字地读,不仅读一句句话,还要读词、字和标点。最后,就纯文学作者来说,张炜认为,一个国家、一个民族、一个地区,它所拥有的真正意义上的纯文学作家,一般都比较安静。安静,这在许多时候不仅是性格特征,而且也是深刻的资源。张炜最后充满信心地指出,我们现在讲的人类追求善和美,追求完美的那种永不悔疚的固执,就源于生存下去的力量。纯文学所要表达的就是这样的一种生命力。只要人类存在,纯文学就会存在,只要人类发展,纯文学就会发展。①

相对于作家,学者们的观点则相对理性与严谨。陈国恩认为,中国20世纪80年代提倡的"纯文学",是在反对政治干涉文学的背景中提出的,20世纪90年代以后,纯文学逐渐失去了原来的批判对象而成为作家疏远民众生活的借口。②

据有的学者考证,最早使用"纯文学"这一词语的是王国维。1905年,王国维在《论哲学家与美术家之天职》一文中说:"故我国无纯粹之哲学,其最完备者,唯道德哲学,与政治哲学耳。至于周、秦、两宋间之形而上学,不过欲固道德哲学之根底,其对形而上学非有固有之兴味也。其于形而上学且然,况乎美学、名学、知识论等冷淡不急之问题哉!更转而观诗歌之方面,则咏史、怀古、感事、赠人之题目弥满充塞于诗界,而抒情叙事之作什佰不能得一。其有美术上之价值者,仅其写自然之美之一方面耳。甚至戏曲小说之纯文学亦往往以惩劝为旨,其有纯粹美术上之目的

---

① 参见张炜:《纯文学的当代境遇》,《鲁东大学学报(哲学社会科学版)》2006年第3期。
② 参见陈国恩:《"纯文学"究竟是什么》,《学术月刊》2008年第9期。

者,世非惟不知贵,且加贬焉。"这里不仅首次使用了纯文学术语,而且第一次界定了术语的基本含义。所谓纯文学不同于"古代忠君爱国劝善惩恶"的载道文学,而是具有"纯粹美术"之目的或独立之价值的文学。纯文学不是政治、道德宣传教育的手段和工具,它具有独立自主的审美价值。在这里,纯文学与纯美术是相通的,也可以说,纯文学是纯美术的一种。

有学者又从历史的角度分析了纯文学的几种含义。"纯文学"的第一种含义是指与古代"文学"概念相对的现代独立的文学学科观念。中国古代的文学是文史混杂,文笔兼收,后来文史分离,文学的独立价值和科学体系被突出出来,这就是"纯文学观"。"纯文学"概念的第二种含义是指与工具论文学观相对立的自律的审美的文学观。在20世纪之初的文论中,纯文学一词并不常见。人们常常用"美术"这个术语来表述审美自律的文学理念。比如我们前面所言的"纯文学"就是"纯粹美术"中的一种。后来,"纯粹美术"、纯文学概念逐渐被"美文"和"纯诗"等词语以及"为艺术而艺术"的口号所替代。这一含义自20世纪二三十年代的左翼文学时期,一直延续到20世纪80年代的拨乱反正时期。"纯文学"的第三种含义是指与商业文化相对抗的纯文学观。这里的背景是20世纪90年代开始兴起的大众文化。正是大众文化、消费文化的兴起,使得社会商业味道渐浓,文学在媚俗中失去了自身的美学和文化立场,由此学术界便期望以曾经辉煌的纯文学来对抗这种大众文化和商业文化。

三、围绕"纯文学"问题的论争

关于"纯文学"问题的论争,主要集中于"纯文学"干预生活和介入现实的关系,以及"纯文学"的发展展望上。不同学者就"纯文学"是否应该介入现实生活而展开论争,李陀、葛红兵等学者认为,"纯文学"应该积极介入现实生活,并对时下"纯文学"没有发挥应有的作用而感到无奈与愤慨;王干、南帆等学者则认为不应让"纯文学"承载过多的功利性诉求,否则不仅会导致"纯文学"功能的丧失,甚至会引发"纯文学"概念本身的合法性危机。

李陀、葛红兵等学者认为,"纯文学"应该积极介入现实生活,这样既是对物化、人文精神淡化的有效制衡,也是文学抵制商业化的有效手段与必由之路。李陀指出,"虽然'纯文学'在抵制商业化对文学的侵蚀方面起到了一定作用,但是更重要的是,它使得文学很难适应今天社会环境的巨大变化,不能建立文学和社会的新的关系,以致九十年代的严肃文学(或非商业性文学)越来越不能被社会所关注,更不必说在有效地抵抗商业文化和大众文化侵蚀的同时,还能对社会发言,对百姓说话,以文学独有的方式对正在进行的巨大社会变革进行干预","面对这么复杂的社会现实,这么复杂的新的问题,面对这么多与老百姓的生命息息相关的事情,纯文学却把它们排除在视野之外,没有强有力的回响,没有表现出自己的抗议性和批判性,这到底有没有问题"①?薛毅强烈支持李陀的观点,认为:"个人只能与欲望相关,是这种观念发展的必然。而行进到这个地步,'纯文学'的观念似乎走入死胡同了。因为它再也保不住它的'纯粹性',自律而自由的文学被整合到了市场主义模式之中。"②葛红兵指出,纯文学创作衰落的原因"在于它的介入性减弱了,进而它在人民精神生活中的地位、作用以及它的先锋性、思想性下降了"。纯文学已经"不再介入人民的经验世界,也不再介入人民的精神世界,它远远地独自跑开了,它成了不介入的文学"③。

针对李陀等人的观点,王干、南帆等学者发出了不同的声音。对这种强调纯文学干预生活的观点提出质疑。王干指出,李陀的问题在于过度强调文学的意识形态批判功能,而在今天,"要让文学去承担过多的意识形态重负,实在是有些为难作家了"。他认为,"文学傍不上意识形态",今天文学应该关心的仍然是文学本身的问题,让作家去关心"中国是否会出现以中产阶级为主体的中产阶级社会"这样重大的问题,无疑是"赶

① 李陀、李静:《漫说"纯文学"——李陀访谈录》,《上海文学》2001 年第 3 期。
② 薛毅:《开放我们的文学观念》,《上海文学》2001 年第 4 期。
③ 葛红兵:《介入:作为一种纯粹的文学信念》,《上海文学》2001 年第 4 期。

鸭子上架"①。南帆则认为："如果传统的现实主义编码方式已经被圣化，如果曾经出现的历史业绩正在成为一个巨大的牢笼，那么，振聋发聩的夸张就是必要的。如果文学之中的社会、历史已经变成了一堆抽象的概念和数字，那么，个体的经验、内心、某些边缘人物的生活就是从另一方面恢复社会、历史的应有涵义。"②而更为重要的是，在对文学形式热情洋溢的探索背后是作家们和知识分子"启蒙"思想的再次生发，一些和人的现代化紧密相关的概念得到了张扬，譬如个人、自由、爱、性、自我，等等。"纯文学"不仅要以文学的现代化为目标，更为重要的是以此为契机促进人的现代化，重新启动被"文化大革命"延耽的启蒙运动。蔡翔的观点也就自然更为深刻："因此，在某种意义上'纯文学'概念正是当时'新启蒙'运动的产物，它在叙述个人在这个世界上的存在困境时，也为人们提供了一种现代价值选择的可能。"③

　　关于"纯文学"的讨论，贺桂梅的《"纯文学"的知识谱系与意识形态——"文学性"问题在 1980 年代的发生》一文尤为值得重视。该文指出：首先需要区分"体系内批判"和建立在对艺术体制自觉基础上的"自我批判"这两个层次。当前的文学常识主要是 20 世纪 80 年代建构出来的，因此，厘清"纯文学"的知识谱系是进行文学性讨论的历史前提。"纯文学"体制形成于 20 世纪 80 年代后期，并主要在三个领域内运行，其一是以"诗化哲学"代表的哲学美学领域，其二是转向对语言符号关注的文学理论领域，其三则是"重写文学史"思潮所代表的重构经典的现代文学研究领域。20 世纪 90 年代以来的历史变迁将那些支撑"非政治"表述的潜在的认知框架暴露出来，从而提供了对包括"纯文学"在内的整个 20 世纪 80 年代进行自我批判的历史条件。从而将"纯文学"的谈论上升到文化学和人类学的深入反思，超越对"纯文学"表层现象的重复描述，这在某种程度上代表了 21 世纪以来对"纯文学"问题研究的深入。

---

① 王干：《纯文学无罪》，《中华文学选刊》2001 年第 5 期。
② 南帆：《空洞的理念——纯文学之辩》，《上海文学》2001 年第 6 期。
③ 蔡翔：《何谓文学本身》，《当代作家评论》2002 年第 6 期。

第三节

"重写文学史"的理论与实践

一、"重写文学史"理论的提出

改革开放以来,随着思想解放运动的深入,人们开始以一种新的眼光看待事物,特别是对在以往高压政治体制之下用惯性思维思考的诸多问题进行深入的质疑与反思,由此引发一系列的讨论与争鸣,这样的一种思潮投射到文学研究领域,特别是文学史的编撰、书写、评价等问题,自然而然地会对之前业已形成的经典文学史书写产生极大的冲击。这种冲击一方面是文艺工作者在新的理论资源和文化视野影响之下而形成的本能反应,另一方面也是以文学史研究和写作的方式间接地传达自身的文化理念和精神追求。而之所以能够形成"重写文学史"的强大思潮,并在具体理论倡导和文学史写作实践上能够得到来自各界学者广泛呼应,进而成为一股波及文学研究各个领域的思潮。

"重写文学史"的口号肇始于 1988 年《上海文论》第 4 期开辟的《重写文学史》专栏。但是,作为一种新的文学理论话语与一次文学研究思潮,却有着相当复杂的酝酿期和准备阶段。至少,1983 年朱光潜于《湘江文学》第 1 期发表的《关于沈从文同志的文学成就历史将会重新评价》一文,就被不少后来研究者视为"重写文学史"的先声。尽管在这篇文章中,朱光潜预言沈从文的文学写作必将在世界文学史中占有一席之地,对此历史必将重新评价,说得都很笼统,并没有很多的论证。但是对于这种重新评价所采取的世界眼光,与重新评价本身,都表明文学评价的参照标准与观念正在悄然地发生一些新的变化。至少暗示出在像朱光潜这样的老一代批评家那里,如何变革旧有的评价标准与体系,建立新的评价标准与体系在当时已经成为一个很切实的问题了。1985 年,由黄子平、陈平原、钱理群所提出的并且影响也更大的"20 世纪中国文学"概念,使"重写文学史"真正拉开帷幕,使文学史写作与现当代文学研究由一种压抑状态转变为一种积极主动的理论建构与批评实践。而到了 1988 年,由《上海文论》开辟的《重写文学史》专栏所主导的"重写文学史"较之"20 世纪中国文学"已经有了大的变化。无论在社会环境还是在理论诉求上都有相当大的区别。如果抛去对文学史的重写精神不谈,我们甚至很难把两者视为同一个文学研究思潮的两个阶段,毋宁说,这是两个文学研究事件,在两个事件之间联系固然甚密,但是注意每个事件的特殊追求与特殊意义,也许更能让我们看清"重写文学史"的不同风貌与多种诉求。因为从根本上讲,文学史从来就不是纯粹的文学自身的历史。而重写文学史观念的背后,也是一个隐而不见又极其复杂的知识网络与价值评判系统。而所有这些又是在不同历史阶段,社会政治、经济、文化等不同方面的价值观念与意识形态所共同塑造的。

　　"重写文学史"表面上涉及的是文学史观、文学评价标准与文学观念变革等文学自身的问题,但实际上,其背后所蕴含问题的复杂性又绝不仅仅是文学自身所能涵盖的。这也就是说,"重写文学史"不仅仅是一套文学理论话语或者文学史理论观念,它本身首先更可以被视为一个历史事件,有其特定的历史语境,有其宏阔的思想内涵与精神指向。也正因为如此,"重写文学史"有其不断被回溯、不断被"重写"的余地与空间。对"重写文学史"的不断重写已经成为我们理解中国近代、现代、当代文学历史与未来的重要基础与资源,已经成为我们不断开掘历史的过去与未来多种可能性的必要环节。

　　那么,完成上述使命和任务的前提自然需要将关于"重写文学史"的理论倡导进行一个大致的梳理,在对其梳理的基础上勾勒出一个粗线条的发展脉络,并在列举有代表性的理论话语基础上实现对"重写文学史"这一思潮和实践的整体性把握和系统性认识。

　　关于"重写文学史"理论倡导的社会历史背景,自然离不开改革开放、思想解放运动的催生,作为《重写文学史》栏目编辑的毛时安曾经说过,"重写文学史"是党的十一届三中全会路线在文学研究领域的逻辑必然,并认定"从文学史角度否定'文化大革命'就必然牵涉'文化大革命'前的文学史,牵涉文学史中作品、作家、文学现象和事件的再认识再评价"①。

王岳川、陈思和等学者也曾发表过自己的看法。(重写文学史)"就是将过去误读的历史再颠倒过来,将过去那种意识形态史、政治权力史、一元中心化史,变成多元文化史、审美风俗史和局部心态史。其目的在于瓦解过去正史的意义,……将历史转化成一种新的话语模式,在压缩意义范围中揭示出权力话语运作的潜在轨迹"②。"'重写文学史'首先要解决的,不是在现有的现代文学史著作行列里再多出几种新的文学史,而是要改变这门学科的原有性质,使之从从属于整个革命史传统教育的状态下摆脱出来,成为一门独立的、审美的文学史学科。"③

那么,到底是否应该重写文学史,不同学者在"重写文学史"思潮兴起之初就存在着分歧和抵牾。王瑶、唐弢、徐中玉等学者本着不同时代有不同文学的立场出发,认为文学史需要进行重新书写,以彰显当前文学研究的进步和增添文学研究的新进展。具体来说,王瑶认为,"每个时代的文学史都应该达到自己时代的高度",我们应该"重新研究文学史"④。文学史家唐弢也赞成王瑶的观点:"我赞成重写文学史,首先认为文学史可以有多种多样的写法,不应当也不必要定于一尊。不过文学史就得是文学史,它谈的是文学,是从思想上艺术上对文学作品的分析与叙述,而不是思想斗争史,更不是政治运动史。"⑤徐中玉也更为明确地指出:"文学史从来都是在不断地被重写的。时代在前进,社会生活在变化,人们的思想观念和学术观念包括文学史观也必须要发生变化。因此,文学史不断被人们重写,本来就是正常和自然的了。对中国现当代文学史进行重新审视和反思,不是标新立异,哗众取宠,从根本上说,这种研究是为了对历

① 毛时安:《不断深化对文学史的认识——"重写文学史"专栏编后絮语》,《上海文论》1989 年第 6 期。
② 王岳川:《重写文学史与新历史精神》,《当代作家评论》1999 年第 6 期。
③ 陈思和:《关于"重写文学史"》,《文学评论家》1989 年第 2 期。
④ 王瑶:《文学史著应该后来居上》,《上海文论》1990 年第 1 期。
⑤ 唐弢:《关于重写文学史》,《求是》1990 年第 2 期。

史负责,恢复历史的本来面目。"①

艾斐的观点与上述观点截然相反。艾斐在《求异思维与求实精神——关于"重写文学史"的质疑与随想》一文中认为,重写文学史实在没有必要,"一般说来,只要不是全部或大部基本事实或基本论述错误,文学史就没有重写的必要,而只是在原有基础上修改、补充、提高的问题。""从中国现代文学史的实际情况看,显然不是需要重写,而是需要在原有基础上进行必要的局部性的修改和整体性的充实与提高。因为现行文学史除了个别地方外,基本上是符合文学发展的历史事实的,大部分论述也是具有科学性和历史感的。"②

老作家汪曾祺也认为:重写文学史虽然是许多人盼望已久的事,但重写文学史的条件还不成熟。其原因包括:一是关于史实的澄清。对一些历史的陈案,今天究竟怎样认识,如对梁实秋的斗争,对第三种人的斗争,以及对新月派的批判等。二是对作家和作品的再认识,如对鲁迅的认识,鲁迅是继曹雪芹之后中国的一位真正的语言大师,但是不少文学史家着眼的只是鲁迅作为斗士的一面,不大把鲁迅作为一位作家来看,对于他的作品(小说、散文)认真研究的不多。还有对于一些受到误解、遭到不公平的冷遇的作家,对他们又怎样重新评价。三是新的中国文学史由谁来写,是官修,还是私修。当然私修为好,但私修哪来的人、哪来的资料、哪来的经费。③

学者董学文则对提倡重写文学史提出严厉指责,他认为:"所谓'重写文学史',就是文艺理论上存在的资产阶级自由化的表现。这些人在'重写文学史'的口号下,系统地、有步骤地、全面地否定和贬低革命的、进步的、左翼的文学传统,否定根据地和解放区的文学运动、否定以鲁迅为代表的新文化骁将,而对资产阶级右翼的、甚至是极端反动的作家和作品却百般美化、抬高,以至放到很高的地位。"④

---

① 徐中玉:《对历史负责》,《文艺报》1989 年 5 月 27 日。
② 艾斐:《求异思维与求实精神——关于"重写文学史"的质疑与随想》,《理论与创作》1989 年第 5 期。
③ 参见汪曾祺:《重写文学史,还不到时候》,《文论报》1989 年 3 月 25 日。
④ 董学文:《文艺理论上存在自由化倾向》,《光明日报》1989 年 7 月 5 日。

鉴于双方的争鸣，更多的学者以更为客观理性的视角探究"重写文学史"的内在深层根源，以及由此引发的社会学和文化学反思，进而将"重写文学史"从单纯的理论倡导上升到学理问题的深入辨析。

陈思和、王晓明指出：无论赞成重写文学史还是反对重写文学史，都没有摆脱传统的思维模式，"就好像我们都在烙饼一样，讨论者往往把话集中在该不该翻动这个饼（有人说应该重写，有人说不应该重写），都忽略了讨论烙饼的另一个问题，怎样才能把饼做得更可口"①。"姚斯主张要写一部真正文学性的文学史，需要避免作为文化史和马克思主义文学史特征的归纳主义，以及苏联形式主义和捷克结构主义的狭隘的美学中心观。姚斯抱怨说，马克思主义文学史家倾向于把艺术归纳为社会各种力量的反映，这种倾向既不能说明艺术的革命性特征，也不能解释艺术何以能够超越它被创作的环境。"②陈思和、王晓明则更为精准地指出："'重写文学史'的提出，就是要求改变这种教科书的大一统局面，希望恢复文学史研究应有的科学态度，以自由的个性的多元的学术研究来取代仅止一种的单调声音，就如马克思当年面对普鲁士当局的书报检查令而呼吁的，要求每一滴露水在太阳的照耀下闪耀出无穷无尽的色彩。"③

从上述关于"重写文学史"的争鸣中我们可以看到，无论是支持"重写文学史"的理论倡导，还是否定"重写文学史"的具体实践，或是更为理性地折中看待，任何一方的观点都不再是以往的政治标准，而是把文学作为一种相对独立的、反映作家主体性思考的一种研究，对文学价值的评判标准也不再是单纯的片面的政治意识形态，而更多地转向了文学自身的文本价值。所有这一切，都从一个侧面反映了时代变迁背景下文学史研究倾向的流变，彰显着改革开放以来人文精神的深刻嬗变。

① 陈思和、王晓明：《关于重写文学史专栏的对话》，《上海文论》1989 年第 6 期。
② ［美］马丁. P. 汤普逊：《接受理论和历史含义的阐释》，赵立行译，见陈启能、倪为国主编：《书写历史》，上海三联书店 2003 年版，第 184 页。
③ 陈思和、王晓明：《"重写文学史"专栏"主持人语"》，《上海文论》1988 年第 4 期。

二、"重写文学史"理论的实践

伴随着"重写文学史"的理论倡导逐渐深入,对其理论的实践自然而然地成为议事日程。从理论的单纯倡导到将理论导向具体的文学史书写实践,"重写文学史"的浪潮也随着学者们的广泛参与和在具体操作实践中完成着裂变中的裂变;从最初单纯理想化的诉求转向具体问题的深刻反思与探寻,而在这一过程中,不仅对以往既定的文学观点进行了彻底的梳理,厘清了诸多基本文学观点,对经典文学作品的本真价值进行了全方位的评价,而且对正在进行中的当代文学史书写提供了诸多可供借鉴性资源,搭建了一个可以广泛对话、交流的话语平台。

文学史的重写实践主要包括下面几个方面:一是对具体作家、作品的重写;二是对经典作家和作品的重评;三是文学史的重新编写,包括现当代文学史和古代文学史。其中,夏志清的《中国现代小说史》在大陆地区的出版,对现当代文学研究界产生了强烈冲击。其对鲁迅等经典作家的贬低,对张爱玲、沈从文等作家的大力推崇,其特有的文学史观和对材料梳理、整合的方式,都给大陆学者"重写文学史"提供了契机与指引。

根据陶东风的整理,改革开放之初当代文学史编撰的状况:在当代文学史的编写方面,新时期之初有张钟、洪子诚等编写的《当代文学概观》、十院校编写组编写的《中国当代文学史初稿》、二十二院校编写组编写的《中国当代文学史》、华中师范大学《中国当代文学》编写组编写的《中国当代文学》以及朱寨主编的《中国当代文学思潮史》等。这些著作反省了"文艺为政治服务""文艺从属于政治"的狭隘的艺术观念给中国当代文学造成的损害和负效应,对文艺与政治、文艺与生活的关系有了比较辩证的认识,并且强调了尊重艺术规律的重要性,确立了"文艺为人民服务""文艺为社会主义服务"这样更加宽泛和更有弹性的指导原则。在这其中,朱寨主编的《中国当代文学思潮史》尤为突出,这部著作以严谨的治学态度和丰富的学术含量,将当代文学史的研究提升到了学术的层次,较好地运用了以历史唯物主义为基础的马克思主义的文艺理论,并且显示了与同行平等对话的学术态度。直到现在,它也是学习当代文学史的重要参考资料。不过,正如董乃斌等人指出的,这几部文学史毕竟出现在拨乱反正初期,对以《在延安文艺座谈会上的讲话》为经典的毛泽东文艺思想依然表现出了绝对的尊奉,它们把新中国成立后文学创作中出现的公式化、概念化看作党的文艺政策执行过程中发生的偏差,而没有考虑一下是不是理论本身有问题:认为只要纠正了偏差,就能无往而不胜。另外,这些文学史著作仍然沿用单向的社会—历史决定论和文学反映论模式,忽视了文学活动主体的作家的心灵世界。

其中,黄子平、陈平原、钱理群三人关于"20 世纪中国文学"的讨论既具有深入的方法论意义与指导,也对当时的文学史研究和写作产生了深远的影响。

1985 年,黄子平、陈平原、钱理群三人联名在《文学评论》第 5 期上发表长篇论文《论"二十世纪中国文学"》。此后,《读书》杂志又连续刊发了三位作者关于"二十世纪中国文学"的对谈。这样一个带有理论自觉的、新的文学史概念被呈现了出来。"所谓'二十世纪中国文学',就是由上世纪末本世纪初开始的至今仍在继续的一个文学进程,一个由古代中国文学向现代中国文学转变过渡并最终完成的进程,一个中国文学走向并汇入'世界文学'总体格局的进程,一个在东西方文化的大撞击、大交流中从文学方面(与政治、道德等诸多方面一道)形成现代民族意识(包括审美意识)的进程,一个通过语言的艺术来折射并表现古老的中华民族及其灵魂在新旧嬗替的大时代中获得新生并崛起的进程。"①当时三位作者的基本构想大致包括以下内容:走向"世界文学"的中国文学;以"改造民族的灵魂"为总主题的文学;以"悲凉"为基本核心的现代美感特征;由文学语言结构表现出来的艺术思维的现代化进程;最后,由这一概念涉及的文学史研究的方法论问题。

早在 1983 年,陈学超就在《中国现代文学研究丛刊》第 3 期上发表

① 黄子平、陈平原、钱理群:《论"二十世纪中国文学"》,《文学评论》1985 年第 5 期。

一篇题为《关于建立中国近代百年文学史研究格局的设想》的文章。文章虽然也提出了一些富有启发的论断与观点，但是其从中国近代史的分期出发来思考近代、现代及当代文学史命名及分段问题，仍然是以政治社会史为文学史的划分标准。

透过诸多学者在"重写文学史"实践过程中的理论话语和具体操作实践，我们基本上可以厘清这场文艺运动在具体实践上的理论指向和内在动因。特别是对潜藏在不同学者潜台词的背后，可以挖掘出"重写文学史"的诸多内在文化因子。同时需要指出的是："重写文学史"实际上也是在两个方向上展开的，一个是伴随着20世纪80年代思想解放和拨乱反正，重写文学史成为思想解放的一部分。正如时任《重写文学史》栏目编辑的毛时安所说，"重写文学史""是党的十一届三中全会路线在文学研究领域的逻辑必然"，"从文学史角度否定'党的十一届三中全会'就必然牵涉'文化大革命'前的文学史，牵涉文学史中的作品、作家、文学现象和事件的再认识再评价。要彻底否定'文化大革命'就必然要重写文学史"。①

另外，"重写文学史"是要从学科发展的角度，特别是从评价标准和文学史观等角度进行深入反思，两者之间又是相互作用、相互促进的，共同构成中国当代文学理论研究的实践。

三、对"重写文学史"思潮的反思

以今日的视角重新审视"重写文学史"思潮，应该以更为理性平和的心态和开放包容的胸怀尽力排除非本质因素的主观干扰，从而对这一文化现象进行阐释与解读。我们需要在尽可能还原其真实历史历程的前提下思考为什么在那个特定的历史时期会产生这样一股思潮，而这样一股思潮为何会得到来自学界内部的广泛讨论与参与，又是怎样的一种机缘

---

① 毛时安：《不断深化对文学史的认识——"重写文学史"专栏编后絮语》，《上海文论》1989年第6期。

促使众多学者在其理论指导之下积极主动地参与"重写文学史"的具体实践活动,这样的文化事件留给今日的我们怎样的思考,对当前的文学研究产生了怎样的积极或者消极的影响。所有这一切,都是需要对"重写文学史"这一历史事件进行深入反思和讨论的。

所有的历史阐述都是当代史。历史事实是一种过往,对历史事实的认识是一种见证,而对历史事实的认知则源于我们现时期的自身认识。很难设想,"文革"时期的文学史会出现在 20 世纪 80 年代,正如 20 世纪 80 年代的文学史不会出现在"文革"时期一样。无论是政治标准优先,还是艺术标准束首,文学史总有一种复杂的、让我们更深入地了解某个时代和自身状况的表象功能。重写绝对不意味着推翻。每个时代都有自己的文学史,文学史正是在不断的重写中获取自己的生命力,恰如,我们在重写历史,历史同样在重写我们。

董健、丁帆、王彬彬三位学者认为:"在所谓文学史'民间话语'的发掘中,也潜藏着这种倾向,它无形消解了许多文本的丰富的历史内涵与政治文化内涵,这种'民间'文化立场显然是从巴赫金对拉伯雷的分析中得到启迪,但这些文学史论者却舍弃了巴氏话语中的哲学文化批判的历史内容。……'民间'却成了纯技术性的形式主义工具。""如果真有脱离历史政治文化内涵的'审美',那么毒瘤上的红色也同样是鲜艳灿烂的。离开社会背景、离开文化内涵、离开政治文化背景、离开发展的人性内容,而单纯注重叙事技术等形式因素,在当前的社会文化语境以及学术氛围下,可能是一部分学者的有意选择,我们是不能避开这个话题的。把叙事技术与巨大丰富的历史思想内容分割开来的方法,应该说是文学史叙写的一种隐形的倒退。"①

马立新、贾振勇则认为:"将颠覆的历史重新颠倒过来,决不是黑白位置的互换,决不能限于将历史的错误完全否定而尊奉其对立面,还需要超越政治意识形态的眼光,以学术的态度和求知求真的标准加以解析、批判和重构;还需要以严谨、冷静和深刻的叙事,将历史精神曲折运行的踪

① 董健、丁帆、王彬彬:《我们应该怎样重写中国当代文学史》,《江苏行政学院学报》2003 年第 1 期。

迹描述出来;还需要将书写主体的价值选择、审美理想和情感爱憎合理化地揉合进对文学史的陈述中;还需要使文学史文本达到书写者所处时代的精神制高点,借以折射书写主体及其所处时代的精神追求。"①

董乃斌认为:"鲜明的主体意识,独立的学术背景和学术立场,个人化的写作姿态与多元并存的对话精神。"②陈思和也曾说过:"文学史更内在隐藏的是一部知识分子的心灵史。"③"中国 20 世纪文学史深刻反映了中国知识分子感应着时代变迁而激起的追求、奋斗和反思等精神需求,整个文学史的演变过程,除了美好的文学作品以外,还是一部可歌可泣的知识分子的梦想史、奋斗史和血泪史。"④吴秀明在《中国当代文学史写真》一书中指出:"淡化个人的主观色彩,强化突出编写的文献性、原创性和客观性,把大部分的篇幅留给原始文献史料的辑录介绍上,自己尽量少讲;即使讲,也是多描述、少判断。"⑤

王一川认为,"以中国人特有的散点透视方式去观照文学史,发现了其中若干令人感动、富于深长意味的'散点'","注重叩探'点'本身的文化语境意义,即由'点'在具体文化语境中的功能或意义而窥探文学的更大的文化和历史蕴涵"⑥。南帆认为:"文学话语的机制如何被特定的意识形态所修改,文学又如何保持自己的美学立场,文学经验如何因为自己的美学立场而产生独特的发现——这种发现是其他学科无法承担的。"⑦谢冕认为:"历史本身不会说话,我们所看到的历史只是后人按照他的意愿的叙述。但是,这种叙述又不能是完全的随心所欲,这需要有曾经发生的事实的依凭。"⑧

总之,"重写"并不意味着完全另起炉灶,对现有文学史进行彻底的

---

① 马立新、贾振勇:《"重写文学史"的文学史学审视》,《山东社会科学》2003 年第 2 期。
② 董乃斌、陈伯海、刘扬忠主编:《中国文学史学史》第 2 卷,河北人民出版社 2003 年版,第 333—334 页。
③ 陈思和、张新颖:《关于中国当代文学的几个问题》,《当代作家评论》1999 年第 6 期。
④ 陈思和:《中国当代文学史教程·前言》,复旦大学出版社 1999 年版,第 3 页。
⑤ 吴秀明主编:《中国当代文学史写真·前言》,浙江大学出版社 2002 年版,第 11 页。
⑥ 王一川:《20 世纪中国文学史研究的重要收获——山东教育出版社隆重推出〈百年中国文学总系〉》,《中华读书报》1999 年 1 月 6 日。
⑦ 南帆:《理论的紧张》,上海三联书店 2003 年版,第 95 页。
⑧ 谢冕:《新世纪的太阳——二十世纪中国诗潮》,时代文艺出版社 1993 年版,第 295 页。

颠覆与反叛;也不意味着在"重写"的口号掩盖之下进行着某种意识形态的传播。"重写文学史"是要以一种新的文学观念和相对理性平和的心态对现有文学史进行一种全方位的考察和系统化的梳理,核心意图在于通过"重写文学史"这一文艺思潮的广泛传播和具体理论实践的全面深入,能够在摆脱诸如政治性和商品性等外力作用影响下进行文学研究。特别是挖掘出被历史、时代等诸多因素所埋没的有着重要文学价值和文学史意义的作家、作品,不再以单一的、固化的视角和价值评判标准看待文艺作品,而是以一种开放的、多元的视角,理性平和的心态,开放包容的胸怀对待一切文学作品,对文学作品的价值给予应有的客观肯定和积极评价,开创出文学研究的良性发展轨道。同时,"重写文学史"的观念与思潮也超越了现当代文学的研究领域,拓展到中国古代文学和西方文学的译介等多个方面,为整个20世纪中国文学研究带来新鲜空气和话语实践,丰富了研究成果,催生了理论研究的多元化和开放化,缩短了从理论倡导到具体实践操作的时间距离。毋庸置疑,随着20世纪90年代商品经济的迅猛发展,人文精神面临前所未有的挑战,人们的精神危机和灵魂创伤也逐渐加深,文学的生存空间也一再遭受挤压,甚至让人痛心疾首、无能为力,"重写文学史"的努力,某种程度上是文学追求对物化、商品化、人文精神淡化的一种回应与抗争。

同样需要注意的是,在当今这个时代,社会是现实的社会,人是社会的人,不是抽象的人。这样的人所写出的文学作品不可能完全脱离社会历史及以政治为核心的意识形态。所谓"纯粹的文学史"是不存在的。文学所具有的意识形态性,使得文学在不同的人群那里具有不同的审美价值。以不同的审美价值判断为尺度,可能对文学史做出不同的评价和讲述。例如,"红色经典"在不同的文学史写作中就具有着不同的价值判断和价值地位。马克思主义文论对文学史的审视是要以"美学的和史学的"观点为基本点的,要依循历史进步的趋向和现实表现。而某些"重写文学史"的主张是以否定马克思主义、否定中国新民主主义革命的历史虚无主义为基本点的。对此,马克思主义文论要从文学实践和审美学理等方面对不正确的文学史思潮加以反对和批判。

从回归"文学性"到文学性的扩张和蔓延

一、何为文学性

随着文学的逐渐独立和对文学独特性及其规律的认识,文学性问题得以提出。"文学性"是俄国形式主义提出的一个概念,意指使文学成为文学的那些东西。20世纪初俄国形式主义的兴起,一定程度上是由于对19世纪后期历史文化学派和心理学派等学院派文学研究的反驳。学院派文学研究忽视了文学艺术自身的特征和规律,也没能辨清文学艺术的审美性同社会历史文化因素的关系,因而使得文学混迹于其他学科之中。俄国形式主义实际上也没能辨清文学艺术的审美性同社会历史文化因素的关系,意图将社会、思想、宗教等与文学区分开来,强调文学的独立自主性,致力于寻找文学之所以为文学的特殊性。

俄国形式主义者雅各布森在其著作《现代俄国诗歌》中指出:"文学科学的对象不是文学,而是'文学性',也就是说是一部作品成为文学作品的东西。"[1]这里,文学性指向文学文本区别于其他文本的特性,也即文学本质问题。一般以为,文学和其他艺术形式最突出的区别在于其物质载体,即语言的差别。雅各布森对语言学及其现代符号学十分关注,对文学性的探讨也主要是从语言功能角度进行的,文学性应重点研究语言的诗性功能。文学性提出之后,俄国形式主义者大都从文学的语言形式来考察文学性,以为语言就是使文学成为文学的东西。自俄国形式主义之

关于文学本体问题的研究   第四章

---

[1] [法]茨维坦·托多罗夫编选:《俄苏形式主义文论选》,蔡鸿滨译,中国社会科学出版社1989年版,第24页。

后,形成了以文学性作为文学本质并由此进行文学内部研究的理论思潮,直到这种本质主义遭到质疑。

与俄国形式主义几乎同时兴起的还有英美新批评派,但二者之间并无明显的交流沟通。俄国形式主义主要是将艺术形式从现实中独立出来并将其作为研究对象,而新批评则主要针对心理主义的印象式批评,摒弃文学研究中不确定的包括作者和读者在内的主观情感因素,集中研究文学的"肌质",确定客观批评。俄国形式主义注重文学的创新性,打破生活及语言的自动化,而新批评则关注文学文本所运用的具体方法技巧,注重细读,更多地从修辞学角度对文学进行解读。

同样是摒弃外部关系研究而转向文学内部因素研究,同样是关注文学的语言形式,结构主义则打破了局限于单篇作品的研究局面,致力于在众多文学作品中寻找共通之处。或者说是试图寻找支配文学实践的法则系统,力图以语言学模式为参照建构一种"元语言",带有一定程度的哲学意义。一方面,一定程度上,结构主义文论走出了俄国形式主义及新批评学派而更着眼于字斟句酌的微观格局,试图挖掘文学的整体性,建构文学的系统,探求语言符号背后的规律,弘扬文学的自主和自足。结构主义者认为,文学的本质在于文学各要素之间的关系,如共时和历时、语言和言语、代码和信息、能指和所指等,结构即本质,更专注文学的符号学特征。另一方面,结构主义文论并不忽视文学外部因素,也关注社会、历史、文学、政治等,只不过是将其压缩编织进文本内,成为文学结构的组成部分,抽象出共通的模式。

从雅各布森提出"文学性"开始,文学研究就走向了一条反观自身、探求科学性和客观性、建构内部研究的路径。从对文学的外部剥离、语言修辞的细微解析,到对文本潜在结构的抽象和提取,文学研究逐渐规范化、系统化。这对促进文学及其文学理论研究的独立和发展做出了很大贡献。对走向文本的研究方法的质疑一般集中在他们对外部研究的排斥上。而实际上,他们对外部研究并没有全部排斥,只是将其作为内部的构成部分,着重研究它们"怎么做"而非"是什么"。正是由于对语言形式及结构的过度执着,才使得他们对文学作品的思想情感及审美精神特质关

——改革开放以来中国文艺理论基本问题的进展

转型与创新

注不够;虽然也将它们算作材料纳入其中,但毕竟将其视作次要的附属,这确实使文学性问题的探讨日益窄化。

二、文学性的扩张

在 20 世纪初,文学性将文学研究引向文学本身,而随着文本内部研究的技巧化乃至日益僵化,解构主义式的文学研究兴起,文学性的范围、意义发生了转折性变化。

首先是文学性存在场域的变换。与之前文学文本领域的收缩相反,此时的文学性开始向非文学领域蔓延,由文学内部游荡到一切可以视为符号的文本中。或者也可以说在文学之外发现了文学性要素,造成了文学性无处不在的幻象。其次是其作用发生了变化,在形式学派那里,文学性具有自指意义,目的在于自身,作为文学的本质而存在。而在解构主义及文化研究中,本质被消解,文学性从文学中流溢独立出来,开始指向外部,成为意识形态及政治、商业社会的工具。这样,文学性从指代文学本质到非文学中的文学性成分,走上了泛化的道路。

解构主义对于文学性的影响主要体现在两方面。一方面是文学本质的解构,另一方面,文学性成为一种修辞手段,开始溢出文学走向一切文本。文化研究是解构主义将文本颠覆并播撒到社会历史文化中的必然发展。它趋向跨学科的无限开放,涉及宗教、种族、性别、殖民、权利、文化身份等。在这种情况下,出现了一种有趣的现象,即认为文学在后现代图像冲击下走向终结或者至少被边缘化,而文学性得以夸张,统治了其他研究领域。

由于传媒业的发展,以往文学的艺术中心地位发生了动摇。这一动摇也围绕文学性是否存在、如何存在而得以展开。解构主义文艺理论家希利斯·米勒曾提出文学终结的论断。这个观点一度在国内引起轩然大波。实际上,米勒更多的是出于对文学和文学研究的坚守与忧虑。不久之后,他又做出了题为《文学的权威性》的学术报告。有学者提出,文学

"终结"的确切含义是"边缘化",有两大意涵:从艺术分类学角度来看,文学在艺术中的主导地位已由影视艺术所取代;从文化分类学的角度来看,文学不再是文化的重心,科学上升为后现代的文化霸主。[1] 美国后现代理论家大卫·辛普森曾在《学术后现代与文学统治》中针对"文学终结论"提出了后现代"文学统治"的看法,称"后现代使文学性成为高奏凯歌的别名"。他认为文学终结只是一种假象,它已经渗透到生活的各个角落。

在这种情况下,美国学者乔纳森·卡勒的观点更为中肯。虽然他也同意文学终结说,但是其研究旨在呼吁文学要研究文学自身的问题,回到文学本身。卡勒对文学性及文学理论现状作出了详细分析。在辛普森论作发表之前,卡勒曾发表《文学性》一文,讨论了"什么是文学"这一问题。他指出,文学性既是文学的一般性质,也是文学与其他活动的区别;并认为对于文学性尚未有令人满意的定义。该文章对雅各布森的"文学性"做出了详细的分析和补充,认为语言的"突现"不能成为文学性的足够标准,而按照传统和文学背景的规范建立起统一的功能性相互依存关系似乎更应成为文学性的标志。20世纪90年代末,卡勒写作《理论的文学性成分》一文,对辛普森的提法进行了归纳和肯定,也认为文学并未边缘化而是统治了学术领域:"文学可能失去了其作为特殊研究对象的中心性,但文学模式已经获得胜利:在人文学术和人文社会科学中,所有的一切都是文学性的。"[2]文学伪装成别的事物而存在。卡勒作为研究领域广泛的学者,试图将文学研究拉回到文学自身。他指出,即便文学性成分真的高奏凯歌,那么也应该回到文学作品了。

① 文学终结的含义参见余虹:《文学的终结与文学性统治》,见余虹、杨恒达、杨慧林主编:《问题》第1辑,中央编译出版社2003年版,第81—82页。
② [美]乔纳森·卡勒:《理论的文学性成分》,见余虹、杨恒达、杨慧林主编:《问题》第1辑,中央编译出版社2003年版,第128页。

三、文学性的消散与扩散

在后现代语境中,文学和文学研究面临着尴尬的处境。文学被边缘化,文学研究的场域则与文化研究混淆不清。文化研究中,文学性到底是蔓延到了非文学领域,从而扩大了范围,还是在消费社会中消散了精神?文学性消散论主要是针对文学审美精神的沦落,而文学性扩展论则主要着眼于形式美学在其他领域中的发现,二者其实并无根本冲突,矛盾的实质在于对文学性概念理解的不同。

有学者认为,文学性终结和文学性蔓延二者内在相连,呈现的是当今社会文学性统治地位的确立。即虽然文学已经被边缘化,但文学性则无处不在;扩散是领域的扩张,文学承担更多的责任也获得了更大的发展空间。如国内较早对该问题做出回应的学者就以"文学的终结与文学性蔓延"为题成文,认为文学性问题不但是形式美学的问题,也是政治学、社会学、历史学、经济学、哲学、神学和文化学问题。文章分析了后现代条件下文学性在思想学术、消费社会媒体信息、公共表演等领域统治的确立及其表现。

同时,也有学者提出质疑,认为所谓的文学终结是指随着大众化潮流审美化的世俗化,文学审美精神价值或审美立场有所沦落。这不是文学性蔓延扩大了统治范围,而恰恰是文学性消散。有学者指出,文学和文学性不同,文学的关键问题不在于是否有修辞,而在于它的精神指向性和超越性,以及它的审美当下性。"后现代的文学性"或"后现代的文学统治"完全是一种辛普森式的巨型想象,其盲点在于没有对精英文学和俗文学进行区分。一方面是精英文学的精神空前失落,另一方面是俗文学的逻辑进入各个学术领域而将各个学术领域泛"俗"化。文学从来没有统治,反而被社会科学在后现代泛化中所统治了。

关于文学精神价值沦落的观点涉及后现代社会中的另一个命题,即日常生活的审美化,或者说文学性的大众化、审美性的世俗化。"我们在新世纪所见证的文学景观是:在严肃文学、精英文学、纯文学衰落与边缘化的同时,'文学性'在疯狂扩散。所谓'文学性'的扩散,可以从两个方面来理解(或者说有两个方面的表现),一是文学性在日常生活现实中的扩散,这是由于媒介社会或信息社会的出现、消费文化的巨大发展及其所导致的日常生活的审美化、现实的符号化与图像化等等造成的。二是文学性在文学以外的社会科学其他领域渗透。"①随着传播媒介的发展和时代精神的需求,一方面,文学走向生活,逐渐失去了核心的地位,正如本雅明在《机械复制时代的大众文化》中所认为的,传媒的发展使高雅文化走向庙堂,失去光晕,但有利于大众接触原本难以接近的艺术。另一方面,一些消费文化和大众传媒现象也被纳入文学研究的领域,各种商品、广告、时装、流行歌曲等都有了文学性。

文学是扩散还是消散的观点与文学终结与否的探讨一样,貌似对立,其实指认的是同一现象,只不过是一种持对文学前景的乐观态度,一种持捍卫文学自身立场的紧张态度。这两种观点的提出也是基于对文学本质认识的不同,因而对文学性的看法也不相同。一般而言,就指向形式要素的文学性来说,它确实出现在了其他的领域,可以算作是扩散,而就广义的指向的文学本质的文学性来说,它不应只限于形式要素。认为文学性扩散,一定程度上可以嗅出其中对文学精神滑落的恐慌感和自欺气息;认为文学性统治,其实也只是成为其他领域的工具,是一种幻象文学本身失去了受重视的地位,文学性已无处安身,才获得独立性四处漂泊而已。

四、文学性的重建

从形式主义到文化研究,对于文学性的不同理解,是处于不同时代背景下文学及文学研究的不同要求。在对文学的认识尚不十分清晰的当下,对文学性进行界定,是文学发展的必要。就文学整体状况来看,如果

---

① 陶东风:《文学理论的公共性:重建政治批评》,福建教育出版社2008年版,第42页。

说文学终结了,那么终结的不是文学自身,而是文学自身精神价值方面相对于从前有所滑落。精英文学处于小圈子之中,而大众通俗文学占据的市场面更广更流行。在不否定文学存在的前提下,弘扬文学的精神性和审美性正是时代所必需、文学发展所必需,在任何一个时代坚持文学自身价值的立场都是值得肯定的。

已经有很多研究者做过尝试,努力建构整体意义上的文学性。有学者指出,想象、虚构和不懈的创新追求是他所认定的文学性成分,这些既是传统文学性所认可的内容,也是现今文学所匮乏的。也有学者认为,"文学性存在于话语从表达、叙述、描写、意象、象征、结构、功能以及审美处理等方面的普遍升华之中,存在于形象思维之中"①。这些观点都涉及了文学形式之外的一些因素,但仍旧偏于形式。而彼得·威德森的观点则更值得关注,他所想要界定的文学性表现为创造的、想象的和技艺的,同时,他主张在历史的、文化的、社会的地位、功能和影响中,而不是在审美本质中确立文学性的定义,希望用一种所谓形式主义者—物质主义者的批评方法,既确认文学性外在的文化定义,又保留它与其他写作话语形式、其他文化产品模式的内在差异。

文学性概念的提出,除了对文学性质研究及关注文学自身有重大意义外,也是文学理论对自身的一次反思和观照,是要建立科学的客观的文学研究。文学性概念并不仅仅是为了区分文学作品和非文学作品,同时也是为了指引文学研究的方向。正如乔纳森·卡勒所指出的,"文学性的定义之所以重要,不在于作为鉴定是否属于文学的标准,而是作为理论导向和方法论导向的工具,利用这些工具,阐明文学最基本的风貌,并最终指导文学研究"②。

俄国形式主义的文学性成功地将文学研究引向文本自身,文学获得一次对自我的内部审视的机会,意义重大。不过,它对文学技巧化分析过

---

① 吴忠义:《关于"文学性"定义的思考·代译序》,见[加]马克·昂热诺等:《问题与观点:20世纪文学理论综述》,吴忠义、田庆生译,百花文艺出版社2000年版,第6页。

② [美]乔纳森·卡勒:《文学性》,见[加拿大]马克·昂热诺等:《问题与观点:20世纪文学理论综述》,吴忠义、田庆生译,百花文艺出版社2000年版,第29页。

重而对精神性关注不足。文学研究转向文化研究后,实际上已经不再或者说很少去真正关注文学本身了,涉及的文学性命题也只是借之指向社会,"我们称之为'理论'的东西显然已不是文学理论"①。面对大众化潮流,文学自身现状确实存在问题,但文学研究则对文学问题的加重起推波助澜之势,文学理论忽略了文学并且消解文学的存在及其意义。在一定程度上,所谓文学的终结和文学性的蔓延的命题,并不是"文学怎么了",而是"文学研究把文学怎么了"。

理论是实践的指导,文学研究对文学的回避,一定程度上对现实造成遮蔽,文学状况并不像一些文学研究者所说的那样不堪,或者说正是文学理论认为文学消亡才使得文学慢慢退出历史视野,削减了文学发展的理论推动力。同时,研究者不断地消解着大写的经典文学的价值,指责教育机构及出版社制造了文学的经典地位,甚至以历史相对主义观点消解了文学本身。后现代各种理论盛行,很多东西被解构,文学在理论中得以存留的仅仅是文学性成分。不过,文学作为包罗万象的学科,与外界社会及人本来就有着千丝万缕的联系,本身意蕴丰富,因而可以从多角度多层面进行研究,只是在研究中要保证文学自身的特征。文化的范畴虽然大于文学,然而在这里不妨将文化研究看成文学众多研究中的一维。它在初期将文学、意识形态、时代背景及文学本身新形态的出现结合得淋漓尽致,然而也并未因此就能取代文学研究。无论何时,都需要保证文学自身维度的存在。

文学性并不是一个很复杂的概念,只是在运用中体现出多种可能性,需要坚守文学自身价值立场,并且让文学性回归到文学特质的指称,而不是只流于"统治"的想象。重建文学性,弘扬文学的精神价值,需要文学研究者不断地共同努力。

---

① [美]乔纳森·卡勒:《理论的文学性成分》,见余虹、杨恒达、杨慧林主编:《问题》第 1 辑,中央编译出版社 2003 年版,第 119 页。

第五节

文学本体问题的理论前提批判与学科话语反思

一、问题的提出

　　阿尔都塞说过:"确定思想的特征和本质的不是思想的素材,而是思想的方式,是思想同它的对象所保持的真实关系,也就是作为这一真实关系出发点的总问题。"①"总问题"一词也可以理解为"难题性""提问法"或者"问题性"。在具体的理论研究过程中,当我们谈论某种思想时,常常是将其作为一个有机的整体来讨论的,这在叙述上是可以成立的,但是对于具体的理论而言则并非如此。因为当这种叙述一旦转化成为具体的理论,就有可能是凌空蹈虚,使所谈论的对象变成毫无实际内容的、空洞的整体,而忽略了理论整体自身的特定结构,以及结构内部存在着的差异性甚至断裂性。在理论整体的特定结构内,存在着决定性的逻辑前提,也即"问题性",正是它决定了理论的整体结构以及内在的差异。由于问题性隐藏在思想的深处而不是表面,所以,挖掘乃至理解"问题性"这一决定性要素对于理论和思想的整体性认识和理解至关重要。"问题性"并不指向自身,也不寻求对自身的回答,它的本质并不在于它自身,而在于它同具体问题的关系。"问题性"作为思想的逻辑前提,隐藏在思想深处,决定了思想的整体结构,只有从它出发,具体的问题才能得到合理的解释。而且,一个思想的"问题性"也并不限于其提出者所考察的对象的范围,还有可能内在地暗含了那些并没有被考虑到的问题,"因为总问题并不是作为总体的思想的抽象,而是一个思想以及这一思想所可能包括

---

① [法]路易·阿尔都塞:《保卫马克思》,顾良译,商务印书馆2006年版,第55页。

的各种思想的特定的具体结构"①。

　　不难看出，"问题性"构成了一种思想或者理论内在的理论认识前提，正是它决定了理论的研究对象、研究范围、研究方法和研究取向，也就是理论的问题结构和知识结构。如果从这一角度来审视改革开放以来的文学理论研究，一个至关重要的问题就会凸显出来：我们的文学理论的理论前提是什么？它是如何提问的？换言之，我们的提问方式是什么？它同"文学理论"自身的关系如何？更具体地说，改革开放以来文学理论的研究对象和研究方法，以及它的理论指向和目标是什么？在文学理论正在转型的今天，这是难以回避的根本问题。因为理论认识前提是构成理论的思想支点，同时也会对新的文学理论的形成造成一种思维的强制性。对理论认识前提的反思既是理论批判的实质内容，也是形成新的思想的先决条件。

　　笔者认为，"问题意识"在当代文论中构成了一个普遍的认识前提。其原因在于，很多学者在研究中都具有一种自觉的"问题意识"，因此，它决定了今天文学理论的问题域，文学理论研究中"问题意识"的提出，其本身所蕴含的功能及其意义，已经预设了文学理论研究的思考方式和研究途径。从这一前提出发，对话、突破、综合、创新成为普遍的理论追求。一方面，人们开始自觉地反思、批判现有的理论资源；另一方面，也在急切地寻找新的理论资源和理论增长点，并进行可贵的探索。但是问题在于，对于什么是"问题意识"，它的内容是什么，人们并没有给出一个明确的答案。而这就直接导致一个更为关键的问题的产生，即这种"问题意识"是否要以学科的转向或者牺牲学科存在的合法性为代价？我们需要的是何种"问题意识"？学科体制性的危机要求我们对当下文学理论研究的理论前提进行批判性的反思，从而能够从宏观上真正推进理论研究的深入。

---

① 　[法]路易·阿尔都塞：《保卫马克思》，顾良译，商务印书馆 2006 年版，第 55 页。

二、学科基点:"文学"之死还是"文学观念"之死?

第一个需要反思的问题:文学理论的必要性为什么会在今天成为一个问题?

阿尔都塞曾经说过:"问题的提出必须先具备以下的条件:确定提出问题时的理论认识环境;确定提出问题时的具体场合;确定为提出问题所需要的概念。"①我们要提出的问题是:文学基本理论研究为什么会成为问题? 在文学研究中,基本理论研究是基础,在它之上建立起了关于文学的知识体系、理解文学的思维方式和评价文学的价值规范,换言之,它涉及所有关于文学的观念、理解、判断、评价以及文学的研究方法和研究路径。文学史、文学批评、文学作品和作家研究等,也都离不开基本理论作为必要的支撑。因此,从一定意义上说,文学基础理论研究的成熟是文学学科发展的基点和成熟的标志。但是,当下的文学基础理论研究却相对比较薄弱,因而也就导致一方面在文学研究中很多研究主体理论素养有所欠缺,对基本理论关注程度不够,甚至刻意回避;另一方面是很多人的文学观念陷入重重的误区,在某些对文学的理解上和具体文学批评中,许多时候要么将文学"神圣化",要么将文学"庸俗化",对于文学的功能、价值和意义,要么是"泛化",要么是"窄化"。这些现象的出现,其生成原因是复杂的、多方面的,比如文学理论自身的学院化、体制化,文化工业的兴起,信息技术的迅猛发展,消费意识的膨胀以及传统与现代的断裂等。一些学者在张扬文化多元主义和相对主义的同时,却又陷入了理论虚无主义之中,文学理论成为"语言的游戏"和"能指的滑动",不再关注价值和意义的生成,不再关注具体的文学创作和文学批评活动,更不再关注学科基础理论问题的研究。这种理论取向既无视文学理论话语自身的现实性和历史性,也无视文学理论的科学性特质,在不断制造理论热点的哗众取

---

① [法]路易·阿尔都塞:《保卫马克思》,顾良译,商务印书馆 2006 年版,第 155 页。

宠中,在向其他学科的"越界"和"逃离"中迷失了自我。文学理论不仅逐渐失去了对现实介入的可能性,也失去了自己开放的话语空间和生存空间。

面对此情此景,很多人宣布"文学死了"。譬如,希利斯·米勒2002年写的 *On Literature*(《论文学》)一书,中译本的名字干脆就叫《文学死了吗?》。也有人提问,文学理论还会继续存在吗?甚至很多从事文论研究的学者将视线转移到很多其他领域。当然,作为个体的选择,学术兴趣的转移是无可厚非的,但是问题在于,作为一个重要的人文研究领域,文学理论真的"死了"吗?从思想史的角度来看,进入 20 世纪尤其是 20 世纪中叶之后,人文思想、学术研究的各个领域都不断地出现所谓的"终结""贫乏""死亡"等论断,对此,米歇尔·福柯曾经这样说过:"正相反,我相信这个时代患了多余症。我们遭受的不是贫乏,而是思考问题的不恰当的手段。"[1]笔者认为,抛开福柯的思想内容和理论指向,他的这个判断在方法论上是正确的。由此可以想到,文学理论学科的危机是否也是因为我们思考问题的方式出了问题?

当然,作为人类实践活动的一部分,当代文论的危机不仅仅是纯粹自身的原因,它折射的其实也是现代社会的精神危机和文化危机。因此,如何走出这种危机,仅仅将希望寄托在文学理论身上,显然是不现实的。以现代西方文论为例,当哲学被赶下思想的王座后,文学理论试图取代哲学的位置,对终极问题进行发问和解释,但最后却使自己承担了不可承受的重负,直至使自己消弭在无尽的哲学研究、社会学研究、符号学研究、文化研究、史学研究等不同的"泛文化"研究之中。所以,在不放弃人文追求和人文关怀的前提下,在当代语境之中,在思想史视野之内,重视基础理论研究,固守学科基础性问题,系统清理理论研究中的伪命题,通过对基本理论问题的反思和批判,不断更新我们对文学的理解和判断,更新我们的知识结构和思维模式,才是真正推动文学基本理论研究不断发展和深入的正道。而要做到这些,首先就需要我们对文学基本理论研究有比较

---

[1] 包亚明主编:《权力的眼睛——福柯访谈录》,严锋译,上海人民出版社 1997 年版,第 105 页。

恰当的理解。

事实上,当人们说文学理论出了问题,或者说"文学死了"的时候,实际上已经预设了问题的提问方式和答案,因为"一个问题(同样也可以是想象的问题)的想象的(意识形态的)提出本身,必然包含着规定这个问题提出的可能性和形式的特定的总问题"①。所以,当人们急于宣布文学和文学理论已经"死了"或者"终结"的时候,其实正是从自己的理论预设前提出发得出的结论,而这个理论预设恰好是问题最多但又最容易被人们忽略的对象。那么,科学的文学理论研究怎样面对这个问题呢?

这里首先需要做一个必要的分析。实际上,当我们在说到文学理论研究的时候,它包括两个层面的内涵:一个层面是指各种不同的文学理论形态或理论学说,比如新批评、俄国形式主义文论、现象学文论、精神分析文论,等等。而另一个层面所说的"理论",实际上类似于很多西方学者谈到过的所谓的"大写的理论",用中国学者的说法,它是关于文学理论的"元理论","它不是企图对文学作品做出另一种解释,而是要促使我们对文学理论话语模式的规则和运作方式加以理解"②。因此,在我们的论述中,有的时候是指各种不同的理论形态或理论学说,有的时候实际上是在阐述这种"元理论"。同样的,在很多文学理论研究中,一些论者貌似在阐述自己对文学理论的理解和认识,但实际上这只是理论形态之一种而已。概括地讲,这二层内涵的关系,类似于阿尔都塞所说的科学与意识形态的关系。对于这一问题,不少学者都已经论述过,这里就不赘述了。

在分析文学理论同文学实践和理论实践的关系时,法国理论家孔帕尼翁是这样说的:"理论与实践,中间横亘着意识形态。理论道出某种实践的真理,说明使其成为可能的条件,而意识形态则利用谎言来使这种实践合法化,并掩盖使其成为可能的条件。"③这一分析是有道理的。因为文学理论研究首先是一种知识的生产,同时它也是一种知识的再生产。

---

① [法]路易·阿尔都塞、艾蒂安·巴里巴尔:《读〈资本论〉》,李其庆、冯文光译,中央编译出版社2001年版,第131页。
② 董学文:《文学理论学导论》,北京大学出版社2004年版,第5页。
③ [法]安托万·孔帕尼翁:《理论的幽灵——文学与常识》,吴泓缈、汪捷宇译,南京大学出版社2011年版,第13页。

在这个生产和再生产的过程中，它既生产出了关于文学的理论认识，也再生产出新型的文学观念，生产出人们对文学创作、文学理解、文学传播和接受的理解和认识，从而成为一种具有物质形态的社会建制。因之，文学理论的研究就成了文学活动的一个仪式，"仅就单个的主体（某个个人）而言，他所信仰的观念具有一种物质的存在，因为他的观念就是他的物质的行为，这些行为嵌入物质的实践，这些实践受到物质的仪式的支配，而这些仪式本身又是由物质的意识形态机器来规定的——这个主体的观念就是从这些机器里产生出来的"①。经过这一仪式的个体与社会，完成了对文学活动的理解和认识，并把这种理解和认识投入新的文学实践中。文学传播媒介、文学研究机构、参与文学活动的个体，都成为这一物质仪式的组成部分。由此，问题就出来了：仪式的内容和意义，甚至仪式本身，是否合理呢？

真正科学意义上的文学理论研究，不会死守一种所谓"永恒"的文学本质观，更不会受某种先验、抽象观念的支配和影响，也不会在这些观念的基础上建立起对文学活动的理解、对作家作品的研究，并进而构建出一个宏大的文学史。相反，它是从暂时性、历史性的形式上去理解每一种文学理论形态和文学理论学说。文学基本理论固然可以为文学研究提供方法论、本体论的支持，但它并不是要建立一个唯一的、绝对的规则。在这方面，经典作家的思考是值得我们深入理解和认识的。在马克思的眼里，一切法则只不过是"暂时性的和历史性的形式"。他明确地说过："人们借以进行生产、消费和交换的经济形式是暂时的和历史性的形式。随着新的生产力的获得，人们便改变自己的生产方式，而随着生产方式的改变，他们便改变所有不过是这一特定生产方式的必然关系的经济关系。"②虽然这是在谈经济问题，但正如许多学者所指出的那样，"经济"不过是一个抽象的概念，是"一个从一整套复杂的社会过程中抽象出来的概念"③。"马克思并非痴迷于经济问题，而是将经济问题看作对人类真

---

① ［法］阿尔都塞著、陈越编：《哲学与政治：阿尔都塞读本》，吉林人民出版社2003年版，第359页。
② 《马克思恩格斯文集》第10卷，人民出版社2009年版，第44页。
③ ［英］特里·伊格尔顿：《马克思为什么是对的》，李杨、任文科、郑义译，新星出版社2011年版，第126页。

实潜力的扭曲。"①所以,从这一角度来看,文学基本理论研究不过是文学活动这种社会建制相应的一种表现形式而已。各种抽象的概念、范畴,只是对现实的文学活动中的各个要素的关系的理论抽象,它们只有在这些关系存在的时候才是真实的。脱离这些关系和具体的历史语境,抽象地谈论这些概念、范畴的意义,迷信抽象的定义和本质,"这是黑格尔式的陈词滥调,这不是历史,不是世俗的历史——人类的历史,而是神圣的历史——观念的历史"②。这种"神圣的历史"观,把包括文学在内的所有人类活动,都视为某种观念或永恒理性的发展工具。用马克思的话来说,这是一种"多么美妙的同义反复!"③

科学的文学理论研究,虽然不会相信永恒的文学本质的存在,但并不会放弃自觉的本体性追求。而且,这种本体性追求是永无止境的,是不断前进、趋向真理的过程。它不会受先验的某种概念、观念或方法的束缚,对任何定义、方法和论断都会采取批判性的思考。"在科学上,一切定义都只有微小的价值。"④当然,这并不是说要彻底否定定义、论断在文学研究中的重要性,而是说要肯定定义和某些论断是标志着一定阶段的理论认识成果。其实,任何定义都具有某种闭合性,这种闭合性意味着围绕这一定义已经形成一套完整自足的话语体系和话语秩序。这种闭合性使其在实现指向自身合理性的同时,又会出现某种空乏和缺失。这种空乏和缺失,既可视为对其自身问题的另一种解答方式,也可将其看作一种揭露,即揭露了概念和方法自身存在的缺失,而这种空乏和缺失正是同样关注这一问题的其他流派和理论家所试图加以填补、加以征服的内容。正是这种内在的异质性要素的对立统一,使其在不断试图完善自身的同时又不断与自身决裂,使其更加富有张力。所以,在现实活动不断地变化和发展的过程中,定义是需要被不断怀疑的对象。"定义是科学话语的开始,但不是辩证使用的结束。"⑤只有站在这一过程中,我们对文学活动的

---

① [英]特里·伊格尔顿:《马克思为什么是对的》,李杨、任文科、郑义译,新星出版社2011年版,第130页。
② 《马克思恩格斯文集》第10卷,人民出版社2009年版,第44页。
③ 《马克思恩格斯文集》第10卷,人民出版社2009年版,第50页。
④ 《马克思恩格斯文集》第9卷,人民出版社2009年版,第88页。
⑤ [法]保罗·利科:《活的隐喻》,汪堂家译,上海译文出版社2004年版,第50页。

理解才会不断取得新的认识，我们的文学观念、知识结构以及理论思维模式等才会不断地更新。因此可以说，文学理论研究的性质不在于描述而在于建构与反思，在于提出问题、分析问题和解决问题，在于不停留在对"是什么"的说明上，而是去追问"为什么"和"应如何"。客观上讲，任何理论形态都是不完善的，任何理论学说也都是有缺陷的，但这并不等于宣布"理论死了"，而是说我们的研究方法、文学观念以及思维模式等需要更新，以新的方式提出新的问题，因为文学理论革新多半体现在思维方式层次上的展开。一个时代的思维方式，往往也成为文学理论研究的课题，换言之，这是文学基本理论研究的问题域发生了变化，丝毫不涉及作为人类实践活动一部分的"文学活动"以及文学理论研究是否"死了"的问题。

三、学科语境：文论话语的生成和阐释的可能性

第二个需要反思的问题：应该怎样对文论话语系统自身生成语境进行总体性反思？

在文学理论学科转型过程中，文学理论学术路径的选择不同导致了理论形态、方法、观念和范式的差异性，但是这些差异性并不能成为消解学科的理由。马克思说过："一个时代所提出的问题，和任何在内容上是正当的因而也是合理的问题，有着共同的命运：主要的困难不是答案，而是问题。因此，真正的批判要分析的不是答案，而是问题。……问题就是公开的、无畏的、左右一切个人的时代声音。问题就是时代的口号，是它表现自己精神状态的最实际的呼声。"[1]因此，对于今天的文学理论而言，重要的不是急于宣布学科的死亡和终结，而是应正视问题，并对学科的发展提出建设性的意见。

毫无疑问，古代文论话语系统、西方文论话语系统和马克思主义文论话语系统三者共时态存在，共同组成了中国文学理论格局的整体结构和

① 《马克思恩格斯全集》第40卷，人民出版社1972年版，第289—290页。

话语资源,而马克思主义文学理论在现代形态文论的建构过程中起到了不可替代的历史作用。胡风、冯雪峰、周扬等理论家为马克思主义文艺理论的中国化做出了重要贡献,而毛泽东《在延安文艺座谈会上的讲话》更是马克思主义文艺理论中国化的经典著作。改革开放以来,在马克思主义文学理论从经典形态向当代形态转换的过程中,多维的阐释和深入的解读使其理论视野更加宏阔,理论观念和体系也更为丰富。但是也应看到,对马克思主义文学理论的偏离和误读现象也日益严重。很多学者对马克思主义文学理论的阐释往往是"六经注我",借用马克思或者其他经典作家的片言只语支撑起自己的理论体系,这种研究方法对马克思主义经典著作和思想的解读随意性很强,既缺乏对马克思主义文学理论的整体理解,也无视它在中国的发展,这不仅背离了马克思主义文学理论的批判性原则,更背离了马克思主义文学理论的科学性原则。进入新世纪后,有学者拒斥甚至否定马克思主义文学理论,从而消解文艺学学科体制。他们认为中国的文艺学学科制度完全是仿效苏联而来的,这一理论体系带有强烈的意识形态色彩,随着意识形态的逐渐淡化,这一理论体系必然会失中心化的力量。对于这一问题,曹卫东提出了不同的见解,"就当代文艺学学科历史而言,我们一般都把它追溯到前苏联,认为中国的文艺学学科是前苏联学科制度的直接翻版。这样认为,倒也基本符合历史事实,但意识形态色彩未免太浓。或者说,这种观点仅仅是从意识形态的角度来追溯中国文艺学学科的起源,从而在很大程度上忽视了文艺学学科内部的发展路径。为此,我们需要强调一点:文艺学首先是一种学科话语,是以现代社会分化为前提的学术分化的产物,其次才是一种意识形态的组成部分,特别是政治意识形态的组成部分"①。无论是从学科还是从体制的角度来看,这种看法都是比较客观科学的。

当然,文论话语系统的构建需要具备经验、观念和结构三个要素。科学的文学理论研究需要正视无限丰富的文学活动之于理论话语建构的重要性,文学理论研究者应该能够运用理性思维对文学实践进行分析、阐释

---

① 曹卫东:《认同话语与文艺学学科反思》,《文艺研究》2004年第1期。

和归纳,进而建构系统的文学理论。与此同时,文学理论不仅需要具备自我反思性,同时也应能够接受文学实践的检验,从而获取新的质的规定性。

　　毫无疑问,西方文论话语系统构成了当下文学理论的主要立足点,而古典文论则是重要的理论资源。因此,人们就要追问如何理解对西方文论和古典文论的接受、吸收、学习和借鉴等问题。而这又带来这样的问题:首先,我们理解中的西方文学理论或者古典文论是否符合它自身的内在逻辑? 其次,在这一东西方文论对话的过程中,我们自身的理论话语系统应当如何自处?

　　德里达在谈到对"哲学"的理解的时候,特意提醒中国读者,哲学不是一般的思想,哲学是源于古希腊的传统,哲学是欧洲形态的东西,他说:"在西欧文化之外存在着同样具有尊严的各种思想与知识,但将它们叫做哲学是不合理的。因此,说中国的思想、中国的历史、中国的科学等等没有问题,但显然去谈这些中国思想、中国文化穿越欧洲模式之前的中国'哲学',对我来说则是一个问题。"[①]德里达的这一思想值得深思,它非但不是一种欧洲中心主义,反而是对欧洲中心主义的消解。就文学理论而言,也同样存在着这一问题。我们应该从西方文论的话语秩序中脱身而出,转而超越这种东西对立的思维,面向问题本身,从而对当下文学理论研究进行必要的思考。

　　同任何一种理论的对话都不应该采取投机的方式,而应当充分尊重其具体的理论语境。而事实上,这一简单的道理在实际的理论研究中却差强人意。理论话语的形成有其自身内在的话语策略,理解这一话语策略及其运行机制是理解理论话语的关键。而在对西方文论的借鉴和古典文论的现代转换过程中,人们往往对此采取了规避的策略,因此,在同西方文论对话的过程中,很多时候并不清楚对方的理论谱系和话语的运作策略,只关注概念、术语和体系等表象问题,而忽视其内在的问题结构,这

————

① [法]雅克·德里达:《书写与差异·访谈代序》,张宁译,生活·读书·新知三联书店2001年版,第10页。

转型与创新

改革开放以来中国文艺理论基本问题的进展

必然会出现严重的误读。

首先,"先见结构"造成了理解的错位。根据解释学理论,任何理解都不可避免地要带上先于理解者的"先见的结构"或者特殊视域,所以,视域融合和效果历史就是理论对话和交流的必然。因之,这种"先见结构"的存在也就具有了合理性。但是,存在的合理性不等于理论的合法性,尤其是在理解同中国的理论话语系统相异质性的西方文论时更应谨慎对待。任何一种理论的产生,既是时代的历史语境留给思想者或者向思想者提出的问题,也是思想家对历史语境所留下或所提出的问题的回答。所以当我们试图应用某一理论体系或者概念术语时,应该在厘清理论体系内部术语之间关系的前提下,将其置于思想史的语境,明确其理论指向性和针对性,以及它在特定时代的历史合理性。只有在这一语境中才会真正理解理论自身的问题域。将之不恰当地挪用、扩张或者消散只会造成更大的误读,甚至导致问题的贫困化,而无助于真正的理解和研究。这种理解并不代表信奉一种普遍有效性的历史主义幻觉,也不是一种客观化的理论理想主义。恰恰相反,它力图呈现的是理论话语形成的运作策略和运作机制,从而凸显理论话语自身的独特性,打破对某一理论话语的盲从或者消解的理论倾向。

其次,自我言说能力的缺失造成了对话的错位。对平等对话的渴望使得理论研究往往变成对西方文论话语的盲从,甚至失语或者不语。在古典文论的现代转换过程中,按照西方文论话语来重新阐释中国传统文论,试图将以体验性和描述性为特征的传统文论话语转换成为以逻辑性和思辨性为特征的西方文论话语,这种努力自有其研究价值,但是如果只局限于概念和术语的移译,而无视其产生的理论语境和其内在的问题结构,这种转换很容易使两个相互异质性的话语系统互相消解,从而真正失去了对话的可能性。在对西方文论话语的借鉴和对话中,对西方文论"转向"的盲从,使得自身理论话语系统缺乏坚实的根基和推进的动力,知识成为单纯的复制,理论成为语言的空洞增殖,这导致了理论的平面化和教条化,最终导致学科的自我边缘化或者盲目扩大化。通过当下文学理论研究存在的种种问题,人们不难看到其自我言说能力的匮乏。这就导致一个悖论性的存在,理论言说能力越是匮乏,就越努力从西方文论或者古典文论中寻找资源,而由于这种努力多数都是盲从或者误读,因此其结果就是言说能力的愈加匮乏,甚至是自身理论话语体系的瓦解。

通过以上分析可见,语境构成了理论话语的界限。带有"问题意识"的对话,应当是在充分尊重并理解理论语境的前提下展开的有效的理论对话。但是,承认语境之于理论话语的重要性并不等于肯定了它的制约性,更不等于否定了它的阐释的可能性。因为某一理论话语的提出必然具有某种闭合性,这种闭合性意味着它已经形成一套完整自足的话语体系和话语秩序,这种闭合性使其在实现了指向自身合理性的同时,又会出现某种空乏和缺失。这种空乏和缺失既可以视为对其自身问题的另一种解答方式,也可以将其看作一种揭露,对理论话语自身存在的缺失和局限的揭露,而这种空乏和缺失,正是同样关注这一问题的其他流派和理论家试图加以填补、加以征服的内容。正是这种内在的异质性要素的对立统一,使其在不断试图完善自身的同时又不断与自身决裂,也使其更加富有张力。于是,文学理论的研究方法就成为另一个需要探讨的问题。

四、学科的自我规定:知识性的还是方法论的?

第三个需要反思的问题:文学理论是纯粹知识性的还是方法论?

"问题意识"内在地蕴含了对新的研究方法、研究思路的渴求。方法是文学理论研究的内在规定性,它具有一种穿透性和超越性,而这种穿透性和超越性又使理论研究具有很强的可操作性和进一步发展的可能性。就此而言,唯物辩证法对我们的研究具有指导意义,因为"辩证法对每一种既成的形式都是从不断的运动中,因而也是从它的暂时性方面去理解;辩证法不崇拜任何东西,按其本质来说,它是批判的和革命的"①。与此同时,作为理论思维,唯物辩证法是关于思维的科学,它也和其他各门科

① 《马克思恩格斯文集》第5卷,人民出版社2009年版,第22页。

学一样,是一种历史的科学,是关于人的思维的历史发展的科学。我们可以将唯物辩证法的理论特性归纳为批判性、科学性和历史性三者的有机结合。从文学理论研究来看,这一方法是符合"理论"本身特性的。乔纳森·卡勒认为,所谓"理论",其内涵应当有四点:一是理论是跨学科的,是一种具有超出某一原始学科作用的话语;二是理论是分析和话语,它试图找出我们称为性,或语言,或文字,或意义,或主体中包含了什么;三是理论是对常识的批评,是对被认定为自然的观念的批评;四是理论具有反射性,是关于思维的思维,我们用它向文学和其他话语实践中创造意义的范畴提出质疑。如果这一分析具有合理性的话,那么,在唯物辩证法和理论特性之间理应具有内在的一致性。批判性、科学性和历史性三者的统一应当成为文学理论研究的自我规定性。

第一,唯物辩证法的批判性不仅仅是理论思维的一种功能,也是理论思维自身的属性。思维具有既指向存在又指向自身的特性,理论是"关于思维的思维",而"思维的思维"就是理论的自我认识,是理论的反思性、否定性,是人对自身以及所处现实的一种超越性的思维指向性。在文学理论研究中,就是要对既有文学理论以及文学理论研究的批判和反思。当下的某些文学理论研究的方法,往往忽略了文学理论自身的批判性本性,这就使得文学理论难以取得创新和发展。批判性是理论的鲜活特性,它打破了僵化和教条,是理论创新的动因,并赋予理论研究以强大的生命力。当然,这种批判性和反思性是在已有理论研究成果基础之上的批判性和反思性,是一种否定之否定的理论追求,而非空泛的标新立异和哗众取宠的文字游戏。要在文学理论自身的发展和个人的阐释之间、传统与现代以及东方与西方的文学理论之间保持一种必要的张力,只有这样,文学理论研究才能不断取得进步,文学理论才会拥有内在的生机和活力。

第二,唯物辩证法是关于思维的科学。文学理论研究则是理论思维科学性的具体体现。文学理论研究的科学性是指其理论以系统的符号系统和概念框架去认识、理解进而解释文学世界。它的思维方式和概念体系又可以不断地进行"范式"革命。从价值论的角度看,文学理论研究的科学性使文学理论具有自己独立的学科体系、概念范畴、形态范式和理论追求,有利于维护文学理论学科的规范和独立。同时,我们不仅看到文学理论以何种方式存在,更看到了文学理论存在的意义。正是对文学理论研究意义的科学性认识,使我们获得了文学理论研究价值的评判尺度和价值规范的依据。所以,文学理论研究科学性的意义就在于它提供给我们关于文学理论的知识体系、思维方式和价值规范。这一切恰恰构成了文学理论研究的意义世界。

第三,唯物辩证法还是关于人的思维的历史发展的科学。文学理论和其他学科一样,涉及的是具有历史性的、处于经常变化之中的对象。因之,文学理论研究既要正视文学活动的发展情况,也要面对不断发展的文学理论的历史。

理论既要历史化,也要具体化,而不能仅仅停留于抽象的思辨之中。理论话语只有穿梭于历史之中才能获得自己的依据、阐释能力和有效性。但是文学理论研究的"历史性"不等于历史还原主义。"某种概念的历史并不总是,也不全是这个观念的逐步完善的历史以及它的合理性不断增加、它的抽象化渐进的历史,而是这个概念的多种多样的构成和有效范围的历史,这个概念的逐渐演变成为使用规律的历史。"①"历史"的描述必然使自己服从于知识的现实性,随着知识的变化而逐渐丰富起来并不断地同自身决裂。任何一种文学理论有其具体的历史语境、特定时代的历史合理性和明确的理论指向性和针对性。但是如果因此而试图在客观化的前提下将理论进行所谓的还原,就只能是一种理论上的理想主义。此外,文学理论自身的发展构成了文学理论研究重要的对象,我们强调文学理论研究的"历史性",但不能把文学理论发展的历史简单化。也就是说,不能将某种理论产生之前的理论都视为走向这一理论的必然。这样做的直接后果就是对理论的任意剪裁,"六经注我"。同时也会造成了一种理论的普遍有效性的历史主义幻觉,对理论本身特性和功能的理解反而却被弱化了。

应当怎样正确理解文学理论研究的"历史性"? 从横向角度来看,我

① [法]米歇尔·福柯:《知识考古学》,谢强、马月译,生活·读书·新知三联书店1998年版,第3页。

们可以找到文学理论的研究对象在一切时代的"共同标志"和"共同范畴",可以找到"合理的抽象",这"合理的抽象"就是文学理论研究为大家所接受的共性话语。从纵向角度来看,这一"合理的抽象"又是由许多部分组成的,这些不同的部分又都有着自己的规定性。这就需要文学理论研究在尊重这些不同的内在规定性的前提下,找出这些规定的"共同点",赋予理论以更强大的有效性和更长久的生命力。这种将研究对象的历史展开与其所属范畴之间的互动关系的研究,以及理论共性与个性的研究,会有效地把握住学科系统的内在发展脉络。这应是文学理论研究方法"历史性"的正确态度。

五、如何推进文学理论研究?

综上所述,在对改革开放以来文学理论话语系统的总体性加以批判和反思的前提下,要做好文学基本理论研究,至少需要考虑如下几个方面的问题:

第一,重读马克思。① 整体来看,当代中国文论研究在学科意识觉醒、研究方法和研究思路多元化的同时,由于缺少系统的哲学思想和方法论的支撑,理论研究的消化和整合能力比较匮乏,使得文学理论依然处于并不成熟的阶段。而唯物史观和唯物辩证法作为文学理论研究的方法论和质的规定性,应该发挥更大的作用。正本方能清源,"回到马克思""重读马克思"在理论界很早就已经被提出来了,但是对今天的文论研究而言,众声喧哗和浮躁的理论心态遮蔽了马克思的本真面貌,不能从宏观和整体上去理解马克思,因此,也就误读和偏离了马克思。如何回到马克思?怎样重读马克思?刘勰在《文心雕龙·征圣》中说过:"正言所以立辩,体要所以成辞;辞成无好异之尤,辩立有断辞之义。虽精义曲隐,无伤其正言;微辞婉晦,不害其体要。"对一种思想的理解,重要的不是猎奇求

---

① 参见董学文:《马克思主义文论教程》,广西师范大学出版社2002年版,第6页。

新和断章取义,而是要"体要"。"体要"才能真正理解这种思想,才会发现新的问题,尽管可能会出现某种程度的误读,但这种误读并不会偏离思想的整体,也不会造成对思想之根本的歪曲。与此同时,还应带着"问题意识"去重读马克思。阿尔都塞的"症候式"阅读认为,资产阶级学者之所以在理论上盲目,是"因为它总是抱着它的旧问题,并且总是把它的新的回答同旧的问题联系起来,因为它总是局限于它的旧的'视阈'。从这个视阈出发,新问题是'看不见的'"①。这种生产性阅读是要发现并填补理论论述中的理论空白,从这种阅读中找到马克思的"问题式",同时以此为方法生产出新的问题,也就是理论的创新。这是一种值得借鉴的方法。但是这种生产性阅读的前提是符合阅读对象自身的理论逻辑和问题结构,而不能带着自己的"先见结构"去误读或泛化对象的意义。在此基础之上,才能用一种新的视角和方法对旧有的理论问题阈重新审视,从而提出新的问题,更新文学理论的知识结构和问题结构。

研究应该能够穿越历史的迷雾,从总体上把握多元文化的发展,推动不同文化、不同学科之间的交流和对话,这样不仅能推动学科的深入和发展,也能凸显单一学科研究的理论盲点,从而不断地变革人们的理论"期待视野",拓展和深化人们的理论研究视域,推动新的文学理论形态和范式的产生。

第二,"一体性"与"多样性"的统一。现代文学理论呈现出多样化的形态和价值取向,所以,文学基础理论研究面对的不是思想和资源的贫乏,而是方法和意义的"泡沫化"和"过剩"问题。因而,我们需要一种真正科学的方法和理论,使我们能够厘清不同理论形态和学说的研究对象、研究范围、研究方法和研究取向。就像黑格尔在《哲学史讲演录》里说过的:"要这样来理解那个理念,使得多种多样的现实,能被引导到这个作为共相的理念层面,并且通过它而被规定,在这个统一性里面被认识。"②就这一点而言,面对纷繁复杂、指向不一的各种不同的文学理论形态和文

---

① [法]路易·阿尔都塞、艾蒂安·巴里巴尔:《读〈资本论〉》,李其庆、冯文光译,中央编译出版社2001年版,第16页。

② [德]黑格尔:《哲学史讲演录》第2卷,贺麟、王太庆译,商务印书馆2011年版,第405页。

艺理论学说,辩证唯物论和历史唯物论为我们提供了重要的研究方法和思想资源。之所以这样讲,一方面是如前所述,它不相信某种永恒的文学本质的存在,也不迷信某种先验的观念,从而使文学理论研究具有了巨大的阐释空间和生命活力;另一方面,马克思主义是在人类实践和认识活动的历史进程中来理解人类的知识和意义的生产的,是从人的具体、历史的而非抽象、孤立的自然存在和社会存在来理解包括文学在内的精神生产的。因之,从方法论和本体论上来看,马克思主义文论实现了内部研究与外部研究、宏观研究与微观研究的统一,因而能够对各种不同的理论形态和理论学说进行历史的、批判的和科学的探讨。

第三,"历史性"与"当代性"的统一。文学基本理论研究,借用恩格斯的话说,它是一种以"通晓思维历史及其成就的基础上的理论思维"①。恩格斯还说过:"历史就是我们的一切。"在历史的宏观视野中,学科存在的诸多问题都可以得到清晰的理解和认识。文学理论和其他学科一样,涉及的是具有历史性的、处于经常变化之中的对象。因此,文学基本理论研究既要正视文学活动的发展,更要面对不断发展的文学理论的历史。文学理论既要历史化,也要具体化,而不能仅仅停留于抽象的思辨之中。文学理论话语只有穿梭于历史之中才能获得自己的依据、阐释能力和有效性。与此同时,任何文学理论的研究都是站在一定时代的语境之内的研究,都面临着自己时代的问题,因而也就具有了不可避免的当代性特质。阿尔都塞在《读〈资本论〉》中曾说:"科学只能在一定的理论结构即科学的问题性的场所和视野内提出问题。"②文学基本理论研究作为人文社会科学的一部分同样如此,它也是在思想中被把握了的时代的表征。任何一种文学理论话语都有其具体的、特定时代的历史合理性,都有明确的理论指向性和实际针对性。所以,文学基本理论研究,既要有历史的厚重感,在历史的视野内提出问题,同时也要在当代的语境中来回答问题,并努力超越自己的时代。如果说历史性意味着文学基本理论研究的境界

---

① 《马克思恩格斯文集》第9卷,人民出版社2009年版,第460页。
② [法]路易·阿尔都塞、艾蒂安·巴里巴尔:《读〈资本论〉》,李其庆、冯文光译,中央编译出版社2001年版,第17页。

和格局的话,那么当代性则代表着文学基本理论研究的高度。

第四,"批判性"与"建设性"的统一。虽然文学基本理论研究需要有历史性的视野,但并不等于这种历史性就是一种历史还原主义或理论上的抽象理想化。事实上,"辩证法对每一种既成的形式都是从不断的运动中,因而也是从它的暂时性方面去理解;辩证法不崇拜任何东西,按其本质来说,它是批判的和革命的"①。文学基本理论研究作为一种"思维着的理性",需要不断地反思作为观念形态而存在的"文学",反思作为知识形态而存在的不同的文论话语体系。而为了在最深刻、最科学的层次上把握文学活动和文学观念,并不断地深化我们对文学的理解和认识,首先要做的就是对不同话语体系的理论前提加以批判,因为正是它决定了理论的研究对象、研究范围、研究方法和研究取向,也就是理论的问题结构和知识结构。批判性是理论的鲜活特性,它打破了僵化和教条,是理论创新的动因,并赋予理论研究以生命力。当然,批判不是目的,而是手段,这种批判性和反思性,是在已有理论研究成果基础之上的批判和反思,是一种否定之否定的理论追求,而非空泛的标新立异或哗众取宠的文字游戏。要在文学理论自身的发展和个人的阐释之间、传统与现代以及东方与西方的文学理论之间,保持一种必要的张力。只有这样,才会不断地更新我们对文学的理解,更新文学理论的知识结构、思维方式、价值追求和问题领域,文学理论研究才能不断取得进步,并拥有内在的生机与活力。经典作家早已指出过,近代的科学已经经历了从搜集材料到整理材料的阶段。所以,批判性与建设性的统一,是所有科学研究的题中应有之义。从这一意义上讲,文学基本理论研究本身就是一种批判性和建设性的统一。

第五,"文学性"与"文化性"的统一。文学基本理论研究虽然重在理论思考,但毕竟要受其研究对象的影响。因而,无论这种研究多么理论化和形而上学化,也都要面对以文学创作、文学接受和文学传播为内容的文学活动这个唯一的对象。它既不是要将文学变成某种政治、商业或宗教

① 《马克思恩格斯文集》第 5 卷,人民出版社 2009 年版,第 22 页。

意识的载体,也不是要将文学变成图解某种社会科学的资料解读档案。这就像阿尔都塞说过的:"当某一学科从另一门学科的范围出发,从一个不能构成任何科学知识的范围出发(以我们讨论的问题为例,就是从无穷无尽的情况出发产生个人意志,从无数个平行四边形出发产生最后的合力),企图生产出自己的对象及其相应的概念,这一学科就势必陷入认识论的真空之中,或者被误认为出于哲学的充实之中。"①文学基本理论研究要解决的是诸如文学本体论、文学特征论、文学价值论、文学创作论、文学活动主体论等最基本的理论问题。离开了这些问题,不适当地将文学的概念泛化,将文学研究的领域扩大至社会学、文化学、政治学甚至经济学、生态学等领域,也就取消了文学基本理论存在的价值和意义,当然也取消了文学存在的价值和意义。当然,不可否认的是,文学活动是人类实践活动的一个重要组成部分,它不可能是孤立存在的,任何一种文学思潮和文学观念都是时代的精神镜像。离开了大的历史文化背景和文化观念的影响,抽象地讨论"什么是文学"这个问题是不可想象的。文学是文化的一部分,文化本身对文学活动构成了一种制约性要素,但同时文学又对文化具有一种超越性。所以,文学基本理论研究在坚持文学性研究的前提下,也不能将自我封闭,而是要具有某种开放性,能够在一定程度上通过文学对人的价值、历史和命运进行深入思考,从而介入历史和现实,使自己真正成为时代文化精神的精华,积极参与塑造和引导时代的文化建设。

---

① [法]路易·阿尔都塞:《保卫马克思》,顾良译,商务印书馆 2006 年版,第 119 页。

第五章

改革开放以来文学理论中的现代性问题研究

第一节

什么是中国文学的现代性问题

一、现代性问题的提出

随着现代科技的迅猛发展,现代主义思潮日益渗透到世界各地,即使是最为闭塞的被世人遗忘的某些角落,似乎也难免于此。正是出于这样的一种现状,特别是在传统理论对纷繁复杂的现代社会丧失有效解释的倒逼之下,"现代性"问题自然而然地成为理论界关注的焦点。然而,与传统理论所面临的问题不同,"现代性"问题从诞生之初就面临着一系列难以掌控的现实性困难,经历着来自理论层面和现实层面的多重挑战。笼统地说,问题的核心并不在于"现代性"问题存在的合法性,而在于对

"现代性"问题本身问题域和有效性范围的科学界定上。到底什么是"现代性"问题,"现代性"问题的基本特征有哪些,"现代性"问题的阐释能力集中在哪里等基础性问题在学术界依旧没有获得广泛的认同,"其中不仅交织着对它的各种不同困惑与理解,而且更充满着对它的批判与解构的尝试"①。也正是源于此,"现代性"问题成为完全异于传统学理问题的全新领域,所涵盖的范围也不仅仅局限于某一门学科,而是涵括了哲学、政治学、社会学、文学、艺术学等诸多领域的集合体。"现代性"一词,也就成为"一个内涵繁复、聚讼不已的西方概念"②。因此,我们的任务是从"现代性"一词的词源产生出发,全面梳理"现代性"问题的形成发展与流变历程,在批判性地借鉴众多专家学者对"现代性"问题阐释的基础上,归纳总结出其中共性的因子,探究"现代性"问题的核心指向,从而在根本上完成对"现代性"问题的规律性认识与系统性把握。

关于"现代性"一词的来源,法国学者伊夫·瓦岱引用了罗伯特·尧斯的说法,认为"modernitas"最早出现在 11 世纪末,当时人们用它来表示"当代时期"或用以评价文学作品的"新潮性"。③ 从语源学角度来看,在英语里,至少在 17 世纪,"现代性"一词已经通用了。1627 年出版的《牛津英语辞典》里,首次收录了"现代性"(modernity)一词。从 18 世纪后期开始,它就已经成为哲学讨论的主题。而关于"现代性"性质的阐释,则更加众说纷纭。波德莱尔认为:"现代性就是过渡、短暂偶然,就是艺术的一半,另一半是永恒和不变。"④马歇尔·伯曼认为:"这些世界性的历史过程培养出了各种各样形形色色的看法和观念,全都旨在于使各种男女成为现代化的主体和客体,旨在于赋予他们力量来改变正在改变着他们的世界,旨在于开辟出他们通过这个大漩涡的道路并将它变成他们的道路。在过去的一个世纪中,这些看法和价值观念最后都被松散地集合

---

① 陈嘉明:《现代性与后现代性十五讲》,北京大学出版社 2006 年版,第 1 页。
② 汪晖:《韦伯与中国的现代性问题》,见汪晖:《汪晖自选集》,广西师范大学出版社 1997 年版,第 2 页。
③ 参见[法]伊夫·瓦岱讲演:《文学与现代性》,田庆生译,北京大学出版社 2001 年版,第 18—19 页。
④ [法]波德莱尔:《现代生活的画家》,见[法]波德莱尔:《波德莱尔美学论文选》,郭宏安译,人民文学出版社 1987 年版,第 485 页。

到了'现代性'的名称底下。"①戴维·弗里斯比认为："现代性的本质是心理主义,是根据我们内在生活的反映,甚至当作一种内心世界来体验和解释世界,使固定的人物在异变的心灵成分中的消解,一切实质性的东西都被心灵过滤,而且心灵形式不过是变动的形式而已。"②弗莱德·R. 多迈尔认为："至少从社会理论和政治理论的制高点来看,'现代性'似乎不单具有其认知——认识论的自我之依赖特征,而且也具有它关注实践主体,或行动主体及人的主体之特征。"③

然而,随着权力的全球平衡正在从西方转移出来,随着更多的声音对西方反唇相讥,出现了这样的强烈感觉,即现代性将不会是普遍化的。这是因为现代性既被视为西方的规划,又被视作西方价值观向全世界的投射。事实上,现代性使得欧洲人可以把自己的文明、历史和知识作为普遍的文明、历史和知识投射给别人。斯图亚特·霍尔认为:我们用"现代"这个概念所表达的意思,是导向某些独特性或社会特征出现的单一过程,正是由于这些特征合在一起,为我们提供了"现代性"的定义。

从这些多元甚至相互矛盾的阐释中,我们足以窥见"现代性"问题自身所承载的复杂与难以把握。为了跳出众说纷纭造成的思维混乱,在这里我们借鉴陈嘉明先生的观点,将"现代性"问题大致界定为三个方面,从三个有代表性的对"现代性"问题的阐释入手来切入,以此为依托,作为把握"现代性"问题本质的绝密通道。这三个方面包括以吉登斯为代表的将"现代性"视为现代社会或工业文明的缩略语;以哈贝马斯为代表的"将现代性"视为一项"未完成的设计";以及以福柯为代表的将"现代性"理解为"一种态度"。

吉登斯将现代性看作"后传统秩序",他认为现代性"首先意指在后封建的欧洲所建立的并且在 20 世纪日益成为具有世界历史性影响的行

① [美]马歇尔·伯曼:《一切坚固的东西都烟消云散了——现代性体验》,徐大建、张辑译,商务印书馆 2003 年版,第 16—17 页。
② [英]戴维·弗里斯比:《现代性的碎片:齐美尔、克拉考尔和本雅明作品中的现代性理论》,卢晖临等译,商务印书馆 2013 年版,第 37 页。
③ [美]弗莱德·R. 多迈尔:《主体性的黄昏》,万俊人译,广西师范大学出版社 2013 年版,第 43 页。

为制度与模式"。① 他进一步指出："在其最简单的形式中,现代性是现代社会或工业文明的缩略语。"②

哈贝马斯认为:现代性的观念与欧洲艺术的发展密切相关。韦伯给文化的现代性赋予了实质理性的分离特征。表现在宗教与形而上学之中的这种分离构成了三个自律的范围,它们是科学、道德和艺术。这三个方面最终被区分开来,因为与宗教和形而上学结为一体的世界观分道扬镳了。18 世纪为启蒙哲学家们所系统阐述过的现代性设计含有他们按内在的逻辑发展客观科学、普遍化道德与法律以及自律的艺术的努力。③

福柯说:"人们常把现代性作为一个时代,或是作为一个时代的特征的总体来谈论;人们把现代性置于这样的日程中:现代性之前有一个或多或少幼稚的或陈旧的前现代性,而其后是一个令人迷惑不解、令人不安的'后现代性'。"④"我自问,人们是否能把现代性看作一种态度而不是历史的一个时期。我说的态度是指对于现时性的一种关系方式:一些人所作的自愿选择,一种思考和感觉的方式,一种行动、行为的方式。它既标志着属性也表现为一种使命。"⑤

美国学者马泰·卡林内斯库从"现代性"自身存在的矛盾性质出发,提出"两种现代性"的观点:要确切地说出何时人们可以谈论两种不同的且尖锐冲突的现代性的出现,是不可能的。然而,可以肯定的是,在 19 世纪上半叶的某个时刻,两种现代性之间出现了不可弥合的分裂,一种是作为西方文明历史中某个阶段的现代性,它是科学和技术进步的产物、工业革命的产物、资本主义所引起的广泛的经济和社会变迁的产物。另一种是作为美学概念的现代性。从那以后,两种现代性之间的关系一直是无法化约的、敌对性的,尽管在彼此要竭尽全力消灭对方的过程中并不认可

---

① [英]安东尼·吉登斯:《现代性与自我认同:现代晚期的自我与社会》,上海人民出版社 1998 年版,第 1 页。
② [英]安东尼·吉登斯、克里斯多弗·皮尔森:《现代性吉登斯访谈录》,尹宏毅译,新华出版社 2001 年版,第 69 页。
③ 参见[德]尤尔根·哈贝马斯:《论现代性》,见王岳川、尚水编:《后现代主义文化与美学》,北京大学出版社 1993 年版,第 16—17 页。
④ 福柯:《何为启蒙?》,见杜小真编选:《福柯集》,上海远东出版社 1998 年版,第 533 页。
⑤ 福柯:《何为启蒙?》,见杜小真编选:《福柯集》,上海远东出版社 1998 年版,第 534 页。

彼此的影响,却也激励相互之间影响。他还在此基础上概括出现代性的五副面孔:现代主义、先锋派、颓废、媚俗艺术、后现代主义。

从各种对"现代性"问题的描述,我们似乎可以看出,经历过现代化洗礼的现代社会本身相对于古代社会,变得异常难以把握,世界变得变动不居、扑朔迷离,流动的动态化取代传统的固定化,个体性崛起迅速取代传统的集体性,这些问题给理论带来的冲击与压力是理论无法像传统那样以一种完全抽象的方式实现对外部世界的全面概括,无法通过某种单一的理论对外在世界进行有效的说明,更无法实现将纷繁复杂的现代社会有效纳入一个固定的理论框架之内,进而使悲观与绝望的心态弥散开来。因此,从这个意义上来说,"现代性"问题的提出,本质上是人类社会从前现代向现代转型过程中产生的,是面对世界整体根本性变革而进行把握的一种努力,是以全新的视角对现代感受的一种阐释与说明,不同学者对"现代性"问题的不同阐释,更从一个侧面说明了现代社会本身的多变性与难以掌控性。

二、关于中国文学现代性问题的探讨

最早系统阐释中国文学现代性问题的可以追溯到李欧梵先生参与撰写《剑桥中华民国史》中的论述:"在中国,'现代性'不仅含有一种对于当代的偏爱之情,而且还有一种向西方寻求'新'、寻求'新奇'这样的前瞻性。因此,在中国,现代性这个新概念似乎在不同的层面上继承了西方'资产阶级'现代性的若干常见的含义:进化与进步的思想,积极地坚信历史的前进,相信科学和技术的种种益处,相信广阔的人道主义所制定的那种自由和民主的理想。"①

然而,出于现代性并非是原产于中国本土的话语资源,某种程度上来说是在西方话语强制背景下产生的,因此,从中国文学的现代性问题进入

① 费正清主编:《剑桥中华民国史》第2部,章建刚等译,上海人民出版社1991年版,第539—540页。

学术视野伊始,其问题本身就复杂多元、难以把握。不仅毫无保留西方现代性问题的诸多矛盾因子和复杂形态,而且在引进的过程当中不可避免地产生异质性的反叛。即便在一些基本问题的界定方面,诸如中国文学的现代性起源、中国文学的现代性质等基础性问题上,学者们的观点也不尽相同,甚至存在着截然相反的意见。也正是从这个意义上来说,中国文学的现代性问题从产生之初就面临着自身存在合法性的危机,更经历着对其阐释能力和有效性范围的质疑。但是,这并不意味着中国文学的现代性问题不存在,或者更有甚者将其单方面定义为"伪命题"。正是源于其承载着中国文学在现代转型过程中所经历的艰难裂变与自我更新,记录着社会广泛变革之下文学层面的内在演化,使其更具有文学史价值,更有利于文学理论的转型更新。对中国文学现代性问题的系统梳理与全面透析,不仅可以有效厘清众多学理问题,有效打通近代与现代之间的壁垒,而且可以在对文化学和人类学的深入反思过程中,实现对 20 世纪中国文学规律性的认识和系统性的把握。

　　讨论中国文学的"现代性"问题,首当其冲的自然是中国文学"现代性"起源的问题。关于中国文学"现代性"起源的问题,不同学者出于不同的考量标准和价值倾向,有着不同的界定,粗略来说,大致可以划分为三种论断:晚清起源论、"五四"起源论、晚清至"五四"渐进论。

　　第一,晚清起源论。这一类观点认为中国文学的现代转型并非源于"五四"新文化运动的理论倡导和新文学的创作实践,而是在晚清甚至更早时期就产生了,晚清时期的文学创作中已经包含着具有现代性特征的文化因子,只是这些文化因子以一种潜藏的方式呈现,被传统封建式的惯性思维所裹挟,只是在"五四"新文化运动中以一种迸发式的方式凸显出来,而其现代性的内在根源可以追溯到晚清时期。此类论断中具有代表性的观点包括:耿传明先生认为,"中国文学的现代性转换是由'甲午之役'和'庚子之变'开启的"①。朱立元、吴文英认为,在甲午战败到辛亥

----

① 耿传明:《"现代性"的文学诉求:中国现代文学的文化特性考察》,《厦门大学学报(哲学社会科学版)》2004 年第 5 期。

革命推翻清王朝时期,作为现代性内涵之一的个体觉醒、个人主体性的自觉要求也变得明显起来。① 范伯群认为,严复、夏曾佑所刊载的《本馆附印说部缘起》和梁启超的《论小说与群治之关系》是"文学观念更新"的发力启动点,所以中国文学现代转型的启动点是在1897—1902年间。② 栾梅健认为:"文变染乎世情。一向作为最为敏锐地感受着时代脉搏与神经的文学,这次为什么变得如此迟钝起来? 作为最为顽固、最为保守的国家政体,1911年辛亥革命的爆发,也正式在形式上宣告了长达数千年的封建君主制的最后瓦解,那么文学,难道它的现代性确立,竟然比现代政体的确立还要迟缓? 竟然要迟缓到'五四',迟缓到《狂人日记》? 我不相信!"③

在诸多的论述中,王德威的论断最为激进,因而也最具争议性。"'五四'其实是晚清以来对中国现代性追求的收煞——极匆促而窄化的收煞,而非开端。没有晚清,何来'五四'?"④透过晚清起源论,我们大致可以感受到,支持这一论断的学者基本上是从文化连续性的维度上对中国文学的现代转型进行审视与考察的。他们没有将关注的焦点单方面地直接放置在"五四"新文化运动这一风起云涌的文化大变革上,而是冷静客观地审视"五四"文学相对于传统文学所呈现出的革命性与异质性,寻根溯源地找寻其产生的根源及其背后潜藏着的文化因子,以一种知识考古学的方式挖掘出晚清文学中的现代性萌芽,在文学整体发展的脉络中对中国文学的现代转型进行一种规律性的认识和系统性的把握,渴望对文学自身的演变历程进行科学合理的阐释。但是,晚清起源论不得不面临的问题是,无法找出真正能够证实其观点的有效论证,也无法将自身的观点进行有效整合、系统阐释,更多的是一种主观的碎片式猜测和学理推断。因此,它无法获得学界广泛的认同,仅仅为中国文学的现代转型提供

① 参见朱立元、吴文英:《以现代性为衡量的主要尺度——也谈中国文学现代史的开端》,《复旦学报(社会科学版)》2002年第4期。
② 参见范伯群:《在19世纪20世纪之交,建立中国现代文学的界碑》,《复旦学报(社会科学版)》2001年第4期。
③ 栾梅健:《为什么是"五四"? 为什么是〈狂人日记〉? ——对中国文学现代性的考辨》,《盐城师范学院学报(人文社会科学版)》2006年第1期。
④ 王德威:《想象中国的方法:历史·小说·叙事》,百花文艺出版社2016年版,第16页。

一个层面上的参考与借鉴。

第二，"五四"起源论。这一类论点认为从严格意义上来讲，"五四"新文化运动才是中国文学现代性的真正起点。之前的现代性萌芽仅仅是现代文学的准备阶段，没有形成真正意义上具备"现代性"的文学。只有到了"五四"，中国文学才发生了根本性的质变，完成了从传统向现代的转型。持这种观点的学者以朱寿桐、郭志刚为代表。朱寿桐认为，南社所鼓吹的文学内容与文学形态，不仅算不得"现代性"文学，甚至连"新文体"时代的那点"近代性"也丧失殆尽。而《青年杂志》上反复强调的"自主"的主体意识和世界性的开放意识则是真正意义上的现代意识。① 郭志刚认为，只有五四运动，才给中国人带来真正的思想自觉和文学自觉，进而开启了中国的现代化之门，也才有所谓的"现代"文学。如当时知识界将自己的思想和行为方式融入世界，并由此带动了无数"现代人"的产生。②

在"五四"起源论中，王铁仙将现代文学转型的时间点进行了精准的确定，在《中国文学的现代性转型及其意义》一文中，他明确地提出，中国文学现代性的转型时间，即 1918 年。因为到这一年，"人的文学"的思想既为众多新文学提倡者和拥护者所赞同，又有鲁迅的《狂人日记》以及同样富于人的现代意识的文学性论文《我之节烈观》的问世。"五四"起源论紧扣"五四"文学变革这一核心，从"五四"新文化运动切入对中国文学现代转型的研究，出于现代文学相较于古典文学呈现出诸多的革命性与异质性，将其作为文学发展的分界线，相对具有一定的说服力。但是，"五四"起源论从文学整体发展的一个横截面入手，对文学自身复杂的发展历程进行人为的割裂，某种程度上也遮蔽了"五四"前后诸多有着深入研究价值的文化因子，不似晚清起源论那样可以有效把握中国文学整体的发展变革脉络。

第三，晚清至"五四"渐进论。这一类观点强调从晚清到"五四"的延

---

① 参见朱寿桐：《论中国新文学的现代性品格》，《学术月刊》1997 年第 3 期。

② 参见郭志刚：《"穿越时空"：论文学的现代性》，见温奉桥编：《现代性与 20 世纪中国文学》，中国海洋大学出版社 2004 年版，第 5—6 页。

续性,把 20 世纪中国文学的现代性的发生看成一个逐渐演变的过程,认为应该从整体的内在延续性的维度上对中国文学的现代性发生进行综合的审视,以一种循序渐进的发展眼光看待文学的演进,而并不是在某一确定的时间点上,中国文学从传统的古典文学质变为现代文学。王晓初认为,晚清文学革新已经是在一个全新的文学语境中展开的文学革新运动,如"直线向前,不可重复的历史时间意识"。而民初小说主潮"抛弃了政治的宏大叙事而转入哀情的悲啼"不仅"体现为文学的情感本体化",而且建构了一种新的现代文学形式,如现代叙事视角的运用。而后来的"五四"则是对前面不同的现代性进行整合,"从而标志着中国文学现代性的确立"。① 李延江则在文学观念上论述了晚清至"五四"时期文学现代性的发展过程。他认为,从晚清"小说界革命"到"立人"的摩罗诗的倡导再到"五四"时期"人的文学"的提出等晚清的一系列的文学观念的变迁,正是文学现代性成长的过程。②

晚清至"五四"渐进论某种程度上是对晚清起源论和"五四"起源论的调和,优点是全面优化整合了二者的合理之处,有效地揭示了中国文学在现代转型过程中的复杂的演变过程,从一种历时性的角度对中国文学的发展进行一种宏观的审视,比较全面地考虑到了文学现代性从萌芽到全面爆发的各种迹象,相对来说更具说服力。

而关于"现代性"在中国文学中是否完成,众多学者也未达成一致的意见。其中一种观点可以称之为"现代性终结论",其认为随着 20 世纪 80 年代末 90 年代初商品化经济席卷全国,过去大一统的经济发展模式已经结束,而相应的在文学上,现代性的宏大叙事也逐渐让位于以非同一性、碎片化、去崇高、多元化为标志的后现代叙述,持这种观点的代表人物有王宁、张颐武等。另一种观点可以称为"现代性未完成论",其认为在中国,文学走向后现代叙述是对西方后现代主义的错误模仿,中国缺乏后

---

① 参见王晓初:《论二十世纪中国文学现代性形成的历史轨迹》,见温奉桥编:《现代性与 20 世纪中国文学》,中国海洋大学出版社 2004 年版,第 98—118 页。
② 参见李延江:《由晚清"小说界革命"到五四"人的文学":兼论中国文学"现代性"的成长》,《社会科学论坛(学术研究卷)》2006 年第 2 期。

现代产生的语境,因而也无法进行真正意义的后现代叙述,持这种观点的代表人物有涂险峰、潘正文等。

王宁认为:"后现代主义的文化因子已经隐伏下来并开始孕育了,至于它们何时得以萌发,暂且不得而知。"①张颐武认为,"后新时期"的多元话语具有明显的"后现代性",表现为王朔式填平雅俗文化沟壑的文本、"实验小说"的消退以及新写实小说对市民文化的皈依和顺从。进入20世纪90年代,现代性的承诺是以知识分子的危机和现代性的终结来呈现的。主要表现在中国非线性、非规范的市场化解构了知识分子的整体性现代性设计;另外现代性的权威性受到了后现代和后殖民理论的挑战。

而另一派则认为中国文学的现代性并未完成,并不能以单纯西方后现代的标准对中国文学发展的独特性进行过度阐释。涂险峰认为,反民族寓言、反宏大叙事的作品又构成了新的宏大叙事的象征文本;而对于主体的解构和深度叙事的消失,他认为对"虚构、理想、宏大叙事和深度模式"的需要构成了另一种真实;针对商品化和实用化的趋势,他认为作家认同商业价值观但并不一定需要制造认同商业价值观和实用观的文本,而且认同后现代主义就是"求同",这与后现代主义的多元化取向是相背离的;对于后现代主义的价值狂欢和文本游戏,涂险峰提出,狂欢仍有共同的游戏规则做基础,是一种整体性的乌托邦。② 潘正文在《"后现代"困境中的当代中国文学》一文中认为,西方后现代主义在对理性进行批判的同时,是在看不见摸不着的理性制衡下的多元共存,而中国文学不具备西方式的理性背景,中国后现代文本是"经济和文学乃至体制三方合谋的结果"。

随着中国文学现代性研究的深入,众多深层次的学理问题不断浮出水面,其中,对中国文学现代性性质的反思成为各方关注的焦点,引发了持续的理论争鸣,各方从不同的理论基点出发,从不同方面对中国文学的现代性性质进行了全方位的考察和深入探寻。

① 王宁:《后现代主义与中国文学》,《当代电影》1990年第6期。
② 涂险峰:《当代文学批评中的"现代性终结"话语质疑》,《文学评论》1999年第1期。

最早引发关于中国文学现代性性质研究讨论的是杨春时、宋剑华在《学术月刊》1996 年第 12 期上发表的《论二十世纪中国文学的近代性》一文。该文指出："二十世纪中国文学的本质特征,是完成由古典形态向现代形态的过渡、转型,它属于世界近代文学的范围,而不属于世界现代文学的范围;所以,它只具有近代性,而不具备现代性。"宋剑华认为,中国的现代主义诗歌由于缺乏物质文明和现代文化背景,面临的使命还不是人性意识的高扬,而是人性意识的启蒙;寻求的是精神归宿,还不是自我个性主体,而是社会群体的某个部分。故而它只是借用了现代主义形式,但表示的仍是近代人文思想。宋剑华同时在《二十世纪:中国近代批评的历史终结》一文中谈道:"二十世纪中国文学批评的主体倾向,是社会功利主义。这就决定了近百年来中国文学批评的基本性质,是属于近代史的范畴而不是现代史范畴。"紧随其后,朱寿桐在《论中国新文学的现代性品格》一文中认为,"五四"时代的"主体意识"和"世界意识"比之近代社会有显豁分别,而且中国文学的现代性自有其特色,反封建是中国文学和文化的必修课。龙泉明在《20 世纪中国文学的现代性论析》一文中指出,20 世纪中国文学的先锋性不仅仅体现为对西方现代主义文学的追寻,而且体现在对包括西方现代主义在内的一切世界先进文学的学习借鉴。文学的现代性体现在人与社会的全面解放和发展,即人的完整解放。而 20 世纪中国文学的主旋律正基于此;最后,龙泉明指出,20 世纪中国作家的创造精神形成了中国文学求新求异的现代性趋向。孙絜则在《现代性·近代性·现代主义——对〈论二十世纪中国文学的近代性〉的质疑》一文中认为,在西方,现代和近代都用 modern 表示,没有严格的区分,且"现代性"是一个随时间演变而变动的概念;而关于"现代性"和"现代主义",孙絜指出,20 世纪中国文学启蒙主题对个体精神归宿的关心与同时代欧美现代文学的主体特征是对接的。王又平的《试论中国文学现代转型的路径》一文着重论述了中国文学现代性转型的不同途径:如五四文学运动初期激烈的反传统主义路径,"五四"文学的"西化"路径,20世纪 20 年代以后的"革命化和政治化、大众化与民族化"的现代化路径。最后,中国文学形成了以多元并举、兼收并蓄的开放性发展模式为特征的现代性品格。刘海波、魏健认为:"20 世纪中国文学是相异于中国古代文学又相合于世界现代文学潮流的现代性的文学。"①陈剑晖则认为,20 世纪中国文学是一种以现代为基调的带有近代因素的文学。②

进入新世纪以后,关于中国文学的现代性性质问题依旧没有丧失研究的热度,众多学者从不同的思考角度阐发自己的观点,使中国文学的现代性研究进一步深入,取得了丰硕的成果。张晓初在《中国现代文学之"现代性"思考》一文中认为,20 世纪中国文学之"现代性"包括多重内涵和向度:它们是现代民族国家的文学建构、启蒙主义的文学叙事、文学的自律性追求和现代都市通俗文学的萌动。耿传明则划分了三种不同的现代性态度:其一是理性建构式的信念式、终结性的现代性态度;其二是世俗化、体验性的现代性态度;其三是"反现代"的"审美救世主义"态度。③王铁仙的《中国文学的现代性转型及其意义》一文认为 20 世纪中国文学的现代性内涵主要体现在:以人性的改善和解放为文学目标;以"人"为文学创作的本原;以个性化为文学创作的原则。程致中在《略谈中国现代文学的"现代性"》一文中则认为,20 世纪中国文学的现代性特征体现为文学观念上的个性解放;价值取向上的"反叛传统、呼唤启蒙";创作原则上的以人为本,发现个人、张扬自我;审美形式上的白话文形式、新文体的运用和各种表现手法的运用。任运松在《二十世纪中国文学的现代性追求》一文中则认为,现代性追求主要体现在现代意识的建立、文学语言的革命、文学题材的现代演进、文学思潮的现代发展和美学上的现代悲剧感。温奉桥在《现代性与 20 世纪中国文学(代序)》一文中认为,20 世纪中国文学体现为三种现代性规范:一种是"反传统""欧化"的"五四"新文学现代性规范;一种是以瞿秋白、毛泽东为代表的"本土化""民族化"现代性规范;一种是以王蒙为代表的"多元""整合"的新时期文学现代性规范。张旭春在《现代性:浪漫主义研究的新视角》一文中认为,浪漫主

① 刘海波、魏健:《回顾与回答——关于 20 世纪中国文学性质的思考》,见宋剑华编:《现代性与中国文学》,山东教育出版社 1999 年版,第 178 页。
② 参见陈剑晖:《现代性:百年文学的艰难历程》,《文学研究》1998 年第 1 期。
③ 参见耿传明:《"现代性"的文学诉求:中国现代文学的文化特性考察》,《厦门大学学报(哲学社会科学版)》2004 年第 5 期。

义既是现代性在艺术审美领域内的自我确立,另外浪漫主义又以确立感性主体的方式来反抗现代性中的理性主体,与审美现代性有着深层的精神联系。

这类研究中,划分最为细致的是余虹。他的《20 世纪中国文学革命的现代性冲突与阶段性特征》一文将 20 世纪中国文学的一切新变运动称之为"文学革命",并认为这种"文学革命"是现代性追求的产物。他在该文中把 20 世纪中国文学的革命即现代性追求划分为两大时期六个阶段:第一个时期表现为文学自主论与文学工具论的冲突,具体包括晚清阶段、五四阶段、后五四阶段、后"文革"阶段;第二个时期是先锋性新文学自主论与保守主义文学及市场化消费型文学的冲突,具体包括 20 世纪 80 年代中后期和 20 世纪 90 年代。胡鹏林的《文学现代性》一书中的"文学观念的现代性转化"一章则将 20 世纪中国文学观念划分为四次现代性转化:清末民初以王国维戏曲论、审美论和梁启超的小说论、国民论为代表的文学观念,五四时期以胡适、鲁迅的文学进化论、革命论为代表的文学观念,以《在延安文艺座谈会上的讲话》为代表的社会主义文学观念以及最后文学观念的多元化。

随着中国文学的现代性问题研究的逐步深入,部分学者对现代性问题本身的合法性进行了对话性的质疑和批判性的反思,将中国文学的现代性问题研究上升到新的学理高度。李扬指出:"在讨论运用这一视角研究中国文学所取得的成就的同时,也对这一研究所表现出来的局限性进行了初步反思,这主要表现在:对现代性的简单化的理解在某种程度上漠视了这一概念的内在张力;对中国文学现代性的独特性重视不够;对现代性视角的理论价值认识不足。这些问题的解决,将进一步推动中国文学现代性的研究。"① 张德明在其专著《现代性及其不满——中国现代文学的张力结构》中认为,20 世纪中国文学中的现代与反现代的对立共存包括激进文学与保守文学的分庭抗礼,新旧诗创作的各自为阵,通俗文学与严肃文学的此消彼长,等等。并且在同一个文学社团和流派甚至作家

---

① 李扬:《20 世纪中国文学研究中的现代性问题》,《文艺理论研究》2006 年第 1 期。

中,主张西化和民族化也同时存在。张园在《20世纪中国文学现代性反思》一文中也对现代性与反现代性的依存互动进行了分析,指出20世纪中国文学在面对西方文明挑战中所表现的西化/守成、激进/保守的不同面向。杨剑龙在《二十世纪中国作家传统文化心态论析》一文中认为,百年中国作家在传统与反传统、大众化与先锋化、个人与群体、理性与非理性之间徘徊不定,并在传统文化影响下,过分强调传统、群体、理性,过分强调文学的政治、教育功能。阎嘉在《中国文学的现代性:追寻梦想与新传统的形成》一文中认为,20世纪中国文学在"现代性焦虑"的总体意识下一直将现代性作为自己的追寻,不断引进国外文学理论与文学作品,改造本土文学并进行创新,逐渐形成了"惟新是尚"的新传统。

纵观专家、学者们对中国文学现代性问题的研究与阐发,我们不难发现,尽管各方观点难以实现真正意义的整合与统一,无法形成整体性的理论话语以有效指导中国文学研究的进一步深入,但是,毋庸置疑的是,将"现代性"视角投射到中国文学的研究之中,有效催生了中国文学研究新的学术生长点,提供了新的话语平台,给中国文学研究注入了新鲜活力,特别是不同观点的争鸣与辩驳,从一个侧面反映出中国文学在面临现代性转型过程中自身所经历的复杂裂变,挖掘出以往中国文学研究中被忽略的精华部分,在学理层面是对整体文学研究的有效补充,为重建中国现代文学学科研究的学术规范提供了不竭的思想资源。

第二节
小说界革命与文学现代性问题

自1902年梁启超在其自办的杂志《新小说》创刊号上发表《论小说与群治之关系》已有一百多年了。在这一个多世纪的时间里,中国文学和中国文论都发生了巨大的变化,特别是对西方文论的译介与研究,已经取得了很多重要的收获。但也毋庸讳言,在对西方文论的接受与转化的过程中,对许多概念及体系的理解和把握仍有简单化的倾向,特别是借用西方文论的概念来讨论中国问题时,常常有脱离中国历史语境的危险。正是在这样的大背景下,我们重新审视这个百年历程的开端,重新思考中国文论的现代性起点,可以说有着特别的意义。

一、问题的提出

回顾百年"小说界革命"的研究历程,从文章数量上可以看出,关于"小说界革命"的研究并不均衡。20 世纪 80 年代以前,有关"小说界革命"的研究文章较少,据统计大约有 16 篇,其中新中国成立前有 6 篇,新中国成立后到 1979 年约有 10 篇。[①] 而到了 20 世纪 80 年代之后,"小说界革命"研究才越来越被学界重视,文章数量增多的同时也形成了一些相对集中的问题:一是梁启超的"小说界革命"运动是否是一场革命;二是梁启超对中国古典小说的态度;三是梁启超倡导政治小说的原因及其《新中国未来记》;四是"小说界革命"理论对小说艺术规律的探讨;五是"小说界革命"理论对小说外部规律的探讨和学界对"小说界革命"运动的整体评价;六是"小说界革命"的理论特点的把握和概括;七是"小说界革命"的影响。[②] 而到了 20 世纪 90 年代,随着学术界对现代性问题的关注,以现代性视角来研究"小说界革命"也形成了一股新生的力量。概言之,这种研究因研究目的的不同而包括两个方面。一方面,以研究"小说界革命"本身为目的,侧重借用西方有关现代性的概念来阐释"小说界革命"中蕴含的现代性思想,并一致认为"小说界革命"为中国现代文论的源头。另一方面,以现代性问题本身研究为目的,在追溯中国文论的现代性起点时,一般都会涉及"小说界革命",但有意思的是,这方面的文章一

---

① 参见谢飘云、张松才:《近百年来"小说界革命"研究述评》,《华南师范大学学报(社会科学版)》2004 年第 2 期。

② 参见谢飘云、张松才:《近百年来"小说界革命"研究述评》,《华南师范大学学报(社会科学版)》2004 年第 2 期。

般都认为"小说界革命"并不是或至少不全是中国文论的现代性起点,而往往认为王国维的《红楼梦评论》所具有的审美现代性才是中国文论的现代性开端。其实仔细分析两种情况,我们会发现,无论是以研究现代性为目的也好,还是以"小说界革命"本身为目的也好,其最终都绕不开的一个问题就是:小说界革命到底在哪些方面具有现代性特征,而又在哪些方面表现出反现代性的特质?关于这个问题的探讨,就形成了以现代性视角讨论"小说界革命"的新问题。我们将其概括为三个方面:一是"小说最上乘"的新文学观及人性论与进化论的观念;二是新的批评话语;三是启蒙现代性与审美现代性。对前两个问题的讨论与过去并没有根本性的不同,只是往往出于对中国文论现代性起点证明的需要,晚近的这些文章会更注意梁启超文学观念和批评话语的西学背景,而容易忽视了这些观念产生的复杂的历史现实以及这些批评话语本身的意义模糊化问题。而第三个问题则更为复杂。首先,启蒙现代性与审美现代性这两个概念都是西方文论中的术语,我们在中国的历史语境中怎样理解两个概念,特别是启蒙现代性的概念,这本身就是一个重要的问题。其次,更为重要的是,在中国的历史语境中我们该怎样理解二者之间的关系?二者是否也同西方一样是相互矛盾、相互斗争的"两种现代性"?所有这些都值得我们做深入的反思。

二、文学观与批评话语问题

我们知道,小说在中国传统文学中的地位不高,梁启超通过倡导"小说界革命",大大提高了小说在中国文学中的地位,这是他的一大功绩。考察"小说界革命"的整个过程,虽然在1902年《小说与群治之关系》发表之前,梁启超已经注意到小说的重要性(比如在1896年他在《变法通译》中论及"说部书"的作用和后来在《译印政治小说序》中他赞同老师康有为的观点,认为"六经不能教""正史不能入""语录不能谕""律例不能治"等问题皆可由小说解决)。但是,真正引起广泛影响的还在于《小说与群治之关系》中那种毋庸置疑的鼓动:"欲新一国之民,不可不先新一国之小说。故欲新道德,必新小说;欲新宗教,必新小说;欲新政治,必新小说;欲新风俗,必新小说;欲新学艺,必新小说;乃至欲新人心、欲新人格,必新小说。"①在这里可以看出,梁启超把"小说界革命"看作救亡图存的根本。这也正是他为何倡导"小说为文学之最上层"文学观的根本原因。至于他对小说蕴含的四种力"熏""浸""刺""提"的分析,虽然注意到了小说的感染力,"但并没有真正把握住小说的艺术特征,只是竭力为其感染力唱赞歌:'可爱哉小说,可畏哉小说!'"②

梁启超文学观的核心在于以文学为工具来达到政治改良的目的,而《小说与群治之关系》正是这一文学观的集中表达。所以,认为《小说与群治之关系》的核心范畴是人性,显然是值得仔细考量的。这种观点认为,梁启超是以人的本性逻辑论证小说的价值,从而得出"文学之最上乘"的结论。并认为"人性启蒙是中国现代思想的根基所在,梁启超把这种观念贯穿到文学理论中"③。梁启超以人性为出发点提出问题:"人类之普通性,何以嗜他书不如其嗜小说?"还包括小说"易入人""易感人"特征等。④ 仔细思考,我们不能说梁启超小说理论背后没有人性论的基础,但是,这又确实不是最主要的,也就是说梁启超小说理论的建立并不是出于对人性的考察及关心,他所要做的无非是为了"新民"做准备,为了救亡图存。即使偶尔涉及一点人性问题,讲得也并不够深入。这也正是为什么梁启超的"小说界革命"在当时没有在创作中得到回应的一个重要原因。(而在当时大行其道的通俗小说,能够迎合市场需求,能够赢得广大读者,也许更适合讲人性论。)与人性论问题一样,关于进化的观念,我们不能说梁启超对这些问题没有认识,但是这种认识正如持此观点者也承认的一样:"与其说是理论的思辨,不如说是现实的直觉。"⑤所以这种以人性论、进化观为根据而进行的关于"小说界革命"现代性问题的讨

---

① 陈平原、夏晓虹编:《二十世纪中国小说理论资料》,北京大学出版社1989年版。
② 袁进:《论"小说界革命"与晚清小说的兴盛》,《社会科学》2010年第11期。
③ 参见杨红旗:《梁启超小说界革命与现代文论》,《贵州师范大学学报(社会科学版)》2002年第2期。
④ 杨红旗:《梁启超小说界革命与现代文论》,《贵州师范大学学报(社会科学版)》2002年第2期。
⑤ 参见杨红旗:《梁启超小说界革命与现代文论》,《贵州师范大学学报(社会科学版)》2002年第2期。

论,虽然很有启发,但显然偏离了"小说界革命"的真正议题。

除文学观的讨论外,关于"小说界革命"的现代性问题,很多文章都强调梁启超所使用的现代批评话语。比如伍茂国的《梁启超小说理论的现代性及其矛盾》就对梁启超所使用的文学批评话语作了统计,认为他用得最多的词语有:"民国""诗界革命""新文体""小说界革命""文界革命""新小说""写实派""理想派"等,后期则有如"象征派""浪漫派""人生观""想象力""幻想""求真美""文学的本质和作用"等。毫无疑问,批评话语是文学理论内在精神的最重要与最精微的表征。但是,我们也应注意到,梁启超的这些术语大都是来源于日文的翻译,对于很多重要概念他并没有说明其自身来源也没有展开,这当然同样受制于他迫切改良社会的"小说界革命"宗旨。梁启超所注意的并不是文学批评本身,而是其在改良中的宣传作用,毕竟于他而言,开启民智比系统阐释一个批评概念更重要。正如有学者所说的那样:"梁启超提出'写实派'小说与'理想派'小说,但他却不愿探究这个问题,宁可去连篇累牍描绘小说感染力的四种形态。"①以便让人们注意到小说的作用。不仅如此,与其同时代的黄人、徐念慈等人与梁启超相比,则更多地从西方文论和美学视角来研究小说。他们受到的西方文论与美学的影响可以说一点也不比梁启超少,在某些方面还比梁启超更为明显。所以说这不是梁启超一个人的特点,这是在中西文化交流碰撞中的一代或几代学人的共同特征。

其实,无论是新的文学观还是新的批评话语的使用,我们都不应过分夸大梁启超文论思想的现代性因素,更不能为了证明梁启超文学思想所蕴含的现代性要素而割裂其与传统文学观念的联系。不论梁启超的文学思想有多少现代性因素,我们也许都不会认为他受西方思想的影响比传统文学思想的影响更大。如果单从文学上来说,以"新民说"为根基的"小说界革命"与传统文论中的文以载道观,也并没有根本性的区别。所以,我们还是应该注意梁启超的过渡性质,而这种过渡性质所具有的现代性因素也绝不仅仅表现在他一个人身上,我们应该以更开阔的视野和耐

---

① 袁进:《论"小说界革命"与晚清小说的兴盛》,《社会科学》2010 年第 11 期。

心来系统地考察晚清一代对文学现代化所做的多样尝试与努力。

三、启蒙现代性与审美现代性

　　虽然关于"小说界革命"和启蒙现代性与审美现代性的关系的讨论比较多,但是基本思路也几乎是一致的,多数文章都借用了马泰·卡林内斯库关于"两种现代性"的观点。比如伍茂国在《梁启超小说理论的现代性及其矛盾》一文中认为,梁启超小说理论是以启蒙现代性置换了审美现代性。他认为现代性概念是科学精神、民主政治、艺术自由三位一体的,前两者是我们所理解的启蒙现代性,后者则是审美现代性。对于二者之间的关系,他也认为是随着启蒙现代性的逐步展开和实现,社会现代化进程不断深入,出现了理性桎梏、物欲横流、道德沦丧、发展过渡、生态危机乃至世界大战等种种现代问题,使人与社会、人与自然、人与人、人与自我等基本生存关系都发生了严重的扭曲和异化,由此而催生了对于启蒙精神与信条的反思和批判。再比如,杨晓明在《启蒙现代性与文学现代性的冲突和调适——梁启超文论再评析》一文中认为,文学理论的现代性既可以体现为审美(文学)现代性,也可以体现为启蒙现代性。从"现代性"的角度审视梁启超的思想与文论,启蒙现代性是其主导精神,但启蒙现代性与文学现代性的冲突和调适也贯穿其始终。

　　我们都知道审美现代性的恪守原则是审美和艺术的自主和自律,也就是强调文艺的独立性和本体性。这种观点在康德的《判断力批判》中提出的"无目的的目的性"就已经开始,而到了 19 世纪 30 年代,在法国的青年波希米亚诗人和画家的口号"为艺术而艺术"中也能得到回应。但是,我们讨论的审美现代性还不仅是这些,我们一般在讨论现代性问题时,大都追溯到波德莱尔的经典定义:现代性就是过渡、短暂、偶然;它是艺术的一半,另一半是永恒与不变。① 对于这段话的理解,卡林内斯库在

① 参见[法]波德莱尔:《波德莱尔美学论文选》,刘宏安译,人民文学出版社 1987 年版。

《两种现代性》中说:"对于波德莱尔,'现代性'在很大程度上已失去其通常的描述功能,也就是说,它不再能够充当一种标准,用以从历史中分割出一个可以令人信服地定义为'现在'的时段,而且在这方面,它无论是在整体上还是在某些具体方面都不能同'过去'相比。"①也就是说,根据现代性的发展逻辑,"现代性可以被定义为一种悖论式的可能性,即通过处于最具体的当下和现实性中的历史性意识来走出历史之流"②。这种"无法弥合的分裂"正是卡林内斯库所强调的两种现代性:无法确言从什么时候开始人们可以说存在着两种截然不同却又剧烈冲突的现代性。可以肯定的是,在19世纪前半期的某个时刻,作为西方文明史一个阶段的现代性同作为美学概念的现代性之间发生了无法弥合的分裂(作为文明史阶段的现代性是科学技术进步、工业革命和资本主义带来的全面经济社会变化的产物)。从此以后,两种现代性之间一直充满着不可化解的敌意,但在它们欲置对方于死地的狂热中,未尝不容许甚至是激发了种种相互影响。

　　这正是证明梁启超"小说界革命"具有启蒙现代性或是有关两种现代性关系的重要理论资源。但问题并没有这样简单,首先关于启蒙现代性本身就值得讨论,无论是根据卡林内斯库的说法还是根据其他理论家的理论,一个基本的事实是,启蒙现代性是资本主义兴起、工业革命和科技革命的产物。梁启超所提倡的启蒙显然不具备这些前提条件,那我们对梁启超小说理论所蕴含的启蒙现代性又是在什么意义上来理解的呢?比如有文章认为,作为政治活动家和思想启蒙者,梁启超与18世纪法国启蒙主义者有许多相似的地方。他们有一个贯穿始终的主题,那就是思想启蒙。用科学和理性的光辉来照亮人们的头脑,开启民智。用梁启超的语言来表达,也就是"改良政治"和"新民"③。其实,这段话与其说道出了梁启超与18世纪法国启蒙主义者的相似之处,不如说更多地展示了二者之间的差异。法国启蒙运动是西方启蒙运动的最典型代表,启蒙思

---

① 　[美]马泰·卡林内斯库:《现代性的五副面孔》,顾爱彬、李瑞华译,商务印书馆2002年版,第56页。
② 　[美]马泰·卡林内斯库:《现代性的五副面孔》,顾爱彬、李瑞华译,商务印书馆2002年版,第56—57页。
③ 　杨晓明:《梁启超小说理论的现代性意义》,《四川大学学报(哲学社会科学版)》2000年第6期。

想的根本在于对宗教和封建专制思想的批判,对资产阶级自由、平等、博爱思想的弘扬,而其中的哲学根基是对于理性和主体性的坚定信念。也就是文章中所说的科学与理性的光辉。虽然梁启超在旅日前期(1898—1903)于《清议报》与《新民丛报》就介绍了关于笛卡儿和康德的思想,但是囿于救亡图存的现实需要,他对理性与主体性的阐释并不深入。他所明确的还是通过"新民"以"改良政治"的经世致用。这也是法国启蒙主义者选取了"哲理小说"而梁启超选取了"政治小说"的一个重要原因。所以面对中西方启蒙思想的不同,我们是在什么意义上谈启蒙现代性,这是一个重要的问题。

更为重要的是,如果我们不是在西方那种意义上谈启蒙,那么,启蒙现代性和审美现代性之间的关系又怎么确定?如上文所说,在西方的语境中,审美现代性或者说文学现代性是对启蒙现代性的反驳,那么,在中国的语境里是不是这样的呢?显然不是,正像有学者已经观察到的那样,"在中国并不存在或者不主要地存在'两种现代性'的分裂与斗争,中国的美学现代性、文学现代性并非出于对社会现代性的抗争而兴起,相反,它就是社会现代化意义上的现实性实践的产物,主要地是因为推进社会现代化转型而生发的美学和文学的连带反应或主动策应,是一个时代有一个时代之文学的现代性的顺应式的进化与建构,而不是逆反性的破坏与抗争。这一点和西方现代性概念的起源有着明显的不同"①。由此可见,在中国语境中来谈"两种现代性"的矛盾显然存在问题,至少我们对现代性在中国的语境需要重新界定、重新阐释。这个过程当然也不可排斥西方关于现代性讨论的已有成果。这也是我们借用现代性视域来研究"小说界革命"所必须面对和反思的问题。

现代性本身就是一个言人人殊的问题,以此为新视角的"小说界革命"研究在开阔了我们的视野的同时,也一定会带来种种问题。但问题的关键仍然在于弄清"小说界革命"事实,是其所是,只有以此为基础的研究才会是扎实和有效的。而关于现代性概念本身,汪晖在《关于现代

① 张未民:《中国"新现代性"与新世纪文学的兴起》,《文艺争鸣》2008年第2期。

性问题答问》中认为："要给现代性下一个简明或规范的定义是非常困难的,但它至少包括两个相互联系的层面,第一个方面是对现代性问题知识的检讨,第二个方面是对现代社会过程的检讨。"①显然这两个方面也仍然需要我们多做努力。唯有如此,现代性视域下的"小说界革命"研究才能得到更切实的发展。

第三节
当代中国文论的学科范式与文化转型问题

一、文化研究的问题意识与方法

为文化研究下定义,不是一件容易的事情,这不仅仅对于文化研究不甚发达的中国学者来说如此,对于作为文化研究策源地的英美等国的学者来说也是如此。下定义的困难,可以说最直观地显示出了文化研究的自身特点。但是,既然是讨论,就必须在概念上予以限定,否则不仅仅会带来讨论的困难,也会使问题更加复杂、不好把握。一般根据文化研究学者的看法,文化研究主要可以概括为三种类型。第一种文化研究是以德国法兰克福学派为核心的文化研究,也就是我们通常说的狭义上的批判理论。这一派的理论特点在于其很强的思辨性与批判性,在现实性上也显示出特有的深度与广度。这是西方较早的文化研究派别,不仅在西方影响深远,对于中国学者而言,在三种文化研究中其影响也最为深远。第二种文化研究是我们狭义上的文化研究,即以英国伯明翰学派为代表的英国文化研究。这一派在理论上,以一种博采众长、兼收并蓄的姿态不拘泥于理论上的周密与严整,在"经验"的基础上,更注重理论方法在现实

---

① 汪晖:《关于现代性问题答问》,《天涯》1999 年第 1 期。

文化批评中的灵活有效。由于其批评的有效性与灵活性,也被后来不少国家的文化研究学者所借鉴。英国文化研究不仅在理论与实践上影响到其他各国,其在学科建制上的影响也尤为突出。第三种文化研究主要是美国的文化研究。它主要是英国文化研究的变种,但也并非全然是受英国文化研究的影响才有美国的文化研究。每种文化研究都有自己独特的历史语境与现实问题。这一派文化研究对中国文化研究的影响主要与英国的文化研究相似,都集中在大众文化、消费社会等方面。

英国文化研究第二代核心人物霍尔在著名文章《文化研究:两种范式》中概括了文化研究的两种范式:一种是文化主义范式,一种是结构主义范式。两种范式也基本描述了英国文化研究的历史,显示出了文化研究独特的问题意识与研究理路。霍尔认为,在威廉斯早期著作《漫长的革命》中引出两种将文化加以理论化的方式。第一种把文化与一整套可以获得的描述联系起来,社会通过这种描述得到理解,并且表达着自己的共同经验。另外一种理论化的方法是强调文化与社会实践相关方面,这种强调更加人类学化。到了 E. P. 汤普森那里,他批评《漫长的革命》,认为任何"整体的生活方式"都不可能不带有斗争的维度以及两种相反的生活方式之间的对抗。他反对威廉斯强调的那种作为实践的总体性的建构活动,更加关注社会存在与社会意识之间的阶级区别,更强调文化是一种阶级斗争和利益争夺的形式。霍尔注意到,无论是威廉斯将文化定义为整体的生活方式,还是汤普森对阶级的强调,他们的共同特征在于,都赋予了文化意识与"经验"以核心地位。

关于文化主义与结构主义范式之间的对立,霍尔分析认为,在"经验"这个概念及其作用上可以发现这种对立。对于文化主义而言,"经验"是基础。而结构主义范式认为,经验不能是任何东西的基础,因为一个人只能在范畴中通过概念生活,通过概念经验自己的条件。但是,这些范畴不是来自经验,相反,经验是范畴的结果。① 从他的论述中,我们可

① 参见[英]斯图亚特·霍尔:《文化研究:两种范式》,见高建平、丁国旗主编:《西方文论经典》第 6 卷,安徽文艺出版社 2014 年版,第 308 页。

以大致看清英国文化研究的内在理路与理论方法。

关于为什么会有文化研究，霍尔认为："我们眼前正发生着一种文化革命，并且我们可以看到，没有人在认为值得用批判的、分析的关注，去探索这个剧烈转变的、五花八门的文化地形图，更不用说认为这样做是正确的和恰当的了。好，这就是文化研究的使命，这就是英国文化研究所要从事的。"①也就是说，传统的文化研究方式，都没能认真地对待我们的日常生活，传统的方式还在迷恋于那种精英化、理论化的题材与方法，对于琐碎的日常缺乏一种真切的批判与分析的态度。文化研究所要审视的就是这个被学院所长期忽视的领域，这个领域可能是处在原来各学科研究体制的边缘，但各个学科，可能都不是很关心这些问题，或者各自的理论都没能触及这些问题。但这并不要紧，文化研究就要打破学科的界限，通过跨学科的研究方式，把这些看似边缘的领域聚焦在一起，直指我们的日常文化生活。当然这种跨学科的研究方式，必然会遭到传统研究方式的排斥与责难。但是这正是文化研究的优势所在，没有固定不变的理论套路，只有根据不同的文化生活而随即采取的研究策略。

文化研究在英国被赋予了极大的使命，"文化研究给英国作为一个超级世界强国的衰落的漫长过程提供了答案"②。它"把一个人可以掌握的所有知识、思想、批判的严谨性以及概念的理论化加以最大限度的动员，并转入一个批判性的反思行为，这种反思行为不惧怕向传统知识说真话；转入最重要、最精致的无形的对象：一个社会的文化形式和文化实践，也是它的文化生活"③。英国的文化研究对西方乃至包括中国在内的世界都产生了很大的影响。

---

① ［英］斯图亚特·霍尔：《种族、文化和传播：文化研究的回顾和展望》，见［英］保罗·史密斯等著、陶东风主编：《文化研究精粹读本》，中国人民大学出版社 2006 年版，第 310 页。
② ［英］斯图亚特·霍尔：《种族、文化和传播：文化研究的回顾和展望》，见［英］保罗·史密斯等著、陶东风主编：《文化研究精粹读本》，中国人民大学出版社 2006 年版，第 310 页。
③ ［英］斯图亚特·霍尔：《种族、文化和传播：文化研究的回顾和展望》，见［英］保罗·史密斯等著、陶东风主编：《文化研究精粹读本》，中国人民大学出版社 2006 年版，第 310 页。

二、文化研究在中国的兴起

文化研究在中国的兴起,是由多方面的原因共同促成的。概言之,有两个比较重要的因素,首先是学术本身包括学科发展的需要。自 20 世纪 80 年代以来,中国高校与学术体制开始向欧美靠拢,中西之间的学术交流变得越来越频繁,在当下已经成为一种常规的学术活动。在这种中西交流之间,就把各自的学术问题带到了彼此的国度。特别是国内,在西方学术界被讨论的热点问题,很快也会传到中国来,在国内学术界形成相应的热点话题。文化研究在中国的兴起就有这方面的因素。1985 年美国著名学者弗雷德里克·杰姆逊来北大讲学,后来根据其讲课整理的《后现代主义与文化理论》成为中国文化研究的先声。再比如较早被翻译过来的《启蒙辩证法》,也是中国学者特别看重的理论资源。除了这些间接的因素外,文化研究在中国的兴起还与文艺学学科内部的反思有关。

1988 年,北京师范大学以童庆炳为首的学术团队提出了"文化诗学"的构想。该构想主要是为了克服 20 世纪 80 年代以来文学研究"向内转"所带来的问题。童庆炳发表了《文化诗学是可能的》《文化诗学——文学理论的新格局》等文章阐述了他对文化诗学的认识。他认为,文学要有三个向度:语言的向度、审美的向度和文化的向度。文学研究应当沿着这三个向度同时展开。但一段时间以来,我们的文学批评囿于语言的向度和审美的向度,把文学研究看成内部研究,对于文化的向度则往往视而不见,这样的批评显然局限于文学自身,而对文本的丰富文化蕴涵置之不理。① 这样的文学研究除了注重原来的所谓的内部研究,即注重微观研究如修辞学、叙事学、文体学之外,还要重视文学的外部研究,重视文学与文化的交叉研究,比如文学与伦理学、文学与政治学、文学与社会学、文学与教育学,等等。这些交叉学科的研究,最终达到一种文学的内部研究

---

① 参见童庆炳:《文化诗学——文学理论的新格局》,《东方丛刊》2006 年第 1 期。

与外部研究相结合、相互促进的理想的文学研究。虽然童庆炳团队提出的"文化诗学"显示出极强的开放性,但是,这与文化研究所要达到的关注现实、促进现实变革的要求仍然有一定的距离。关键问题在于对文学本质特征的看法。如果坚持文学有普遍的、永恒的本质,那么文学研究其直接的现实批判性就必然会受到本质主义思维的影响。只有打破文学研究的本质主义思维,文学研究才会焕发新的活力,才会在现实面前展示出应有的力度与深度。正是在这种情况下,在国内引发了一场关于文学研究本质主义与反本质主义或非本质主义的论争。概言之,本质主义认为,文学理论研究不能脱离文学的本质属性即审美性,脱离了这个根本属性,文学就失去了其存在的根本特性与理由,文学研究如果放弃了文学这个根本属性,必然会导致研究的泛化,最后使文学研究失去其独有的价值与意义。而反本质主义认为,文学是被建构起来的概念,根本不存在什么永恒的、普遍的本质,只有根据不同历史时空建构起来的文学观念。文学研究不能只守着这个本来就不存在的东西,而应该研究不同的文学观念所以被建构起来的原因。文学研究应该是开放的、建构主义的,应该面向现实的文化生活,扩大文学研究的边界,使文学研究能够走出学院,以跨学科的方法回应中国的文学与文化方面的问题。这方面的主张以陶东风为代表。他相继在《文学评论》《文艺争鸣》等重要刊物上,发表《大学文艺学的学科反思》《移动的边界与文学理论的开放性》《文学理论:建构主义还是本质主义?》《日常生活的审美化与文化研究的兴起》等文章,极力主张文学研究要走出本质主义思维,借鉴文化研究的经验转向文化研究。"文艺学的学科边界也好,其研究对象与方法也好,乃至'文学'、'艺术'的概念本身,都不是一成不变的,而是移动的变化的,它不是一种'客观'存在于那里等待人去发现的永恒实体,而是各种复杂的社会文化力量的建构物,不是被发现的而是被建构的。"①"任何文学理论研究者当然都要选择自己需要的理论、术语和词汇,这是理论工作的宿命,是研究开始的前提。但他同时应该对自己的选择持有清醒的反思精神,明白自己的选

---

① 陶东风:《移动的边界与文学理论的开放性》,《文学评论》2004 年第 6 期。

择不是'绝对真理'和'绝对谬误'之间的选择,而是各种关于文学的'意见'之间的选择,自己和别人的文学理论的较量,不是真理和谬误的较量,而是'意见'和'意见'的对话。"①是"意见"而不是"真理",是"对话"而不是一种声音,这样文艺学知识体系的建构才会变得多样而充满活力,才能面对中国复杂的文艺现象发出声音。而文化研究无论从方法上还是从实践上,都为我们提供了一种可供借鉴的思路。特别是其开放性与建构主义的思维,是对本质主义有力的反驳,既是学科知识生产的需要,也是重构文艺学学科知识体系的前提。

另外,文化研究跨学科的研究方式、灵活的理论运用和强烈的现实意识,都是复杂的中国现实所需要的。也就是说,文化研究在中国的兴起,最根本的原因在于中国社会现实的刺激,进入 20 世纪 90 年代,中国各个方面所出现的新现象需要一种新的解决方案,而文化研究恰好满足了我们的需要。所以正如王晓明所考察的那样,"文化研究被引进中国,一是学术/学院体制运转的需要,二是——更为重要的——社会现实的刺激"②。

从 20 世纪 90 年代初期开始,市场经济在中国正式运行,中国社会进入转型期。大众文化与消费主义随着市场化与世俗化的进程而兴盛起来。文化市场、文化工业成了新兴的讨论话题,文学一改 20 世纪 80 年代的一头独大,迅速地被边缘化。第一,随着社会经济的发展,特别是在科技的带动下新媒体的出现,也让今天的文艺现象更为复杂。比如说出现了网络文学、手机文学、广告文学、动漫、选秀、大片等,逐渐引起人们的关注。而且这些文化现象在我们的日常生活之中所起到的作用,似乎比文学更大。如果文艺学仍然固守在文学的领域内,那么参与现实的诉求则很难实现。第二,随着我国改革开放的不断深入,在取得巨大成就的同时,也带来了不少的社会问题。比如环境污染越来越严重,贫富差距越来

① 陶东风:《文学理论:建构主义还是本质主义?——兼答支宇、吴炫、张旭春先生》,《文艺争鸣》2009 年第 7 期。
② 王晓明:《文化研究的三道难题——以上海大学文化研究系为例》,见陶东风主编:《文化研究年度报告(2010)》,社会科学文献出版社 2011 年版,第 3 页。

越大,还有医疗、教育等社会公平问题,这些都是与人们日常生活息息相关的问题。文学研究如果仍然只停留在学院研究内部,那么面对这些现实问题,显然毫无发声的能力。第三,进入20世纪90年代之后,中国知识分子的心态也发生了很大的变化。随着现代劳动分工和职业化、制度化,知识分子纷纷退回到学院。人文知识分子的现实意识越来越薄弱,20世纪80年代所坚持的五四启蒙传统,由于多方面原因而逐渐丧失。找到一种参与现实的方法,重新建立人文研究的社会价值,仍然是许多中国知识分子的诉求。第四,新阶层的出现。随着市场化程度的逐渐深入,伴随着中国经济的发展,形成了新的社会阶层。比如公司里的白领、企业老板、影视明星、政府的公务人员等,虽然他们之间的收入差别也很大,但是在中国都属于相对有竞争力的阶层。他们在文化上的兴趣爱好对文化的发展起着至关重要的作用。因为他们都是文化产品包括文学写作等稳定的消费者。他们的欲求对文化产品生产有着重要的影响。所有这些现实问题与新变化,都促使学术界反思要用什么样的一种方法来面对。传统政治经济研究框架恐怕不能包打天下,而正如有学者所说的那样,现实是不分什么学科的,现实本身是错综复杂的或者可以说是跨学科的,这就要求学术研究要有跨学科的视野、灵活多样的理论运用,而这又正是文化研究所专长的。

三、我们的问题与方法

以上粗略地介绍了文化研究在中国兴起的原因。其实,关于文化研究本身及其与文学关系的争论文章,可以说是汗牛充栋。但是主要的争论焦点无外乎几个基本的问题:到底什么是文化研究? 文化研究是否侵占了文学研究的领地? 中国需要什么样的文化研究? 如果脱离中国的具体历史语境与具体问题来谈这些问题,其实并没有多大的现实意义。对于西方的文化研究,我们会发现,其自始至终都有其很强的问题意识。一旦问题明确,解决的办法也就相对容易了。可是我们发现,中国的文化研究在很大程度上除了反复研究西方文化研究的历史以外,并没有实质上的进展。面对现实的无力感,不得不说这恰好证明了中国文化研究的失败。我们一直都在强调文化研究是反理论的,或者至少不像传统理论那样专注于概念体系的构建,而更专注于具体的现实问题。但是我们仔细研究后发现,成熟的文化研究或者有力度的文化研究都有其鲜明的理论创造。比如我们前面所讲述的霍尔关于两种范式的文章,其实就是一种理论的建构,这是在文化主义范式与结构主义范式遇到危机之后的主动探索,在这之后才有了著名的葛兰西转向。中国的文化研究认为,文化研究确实提供了一种方法,它面对现实确实有很强的穿透力。但是有一点我们似乎忘了,"光是思想力求成为现实是不够的,现实本身应当力求趋向思想"①。只有理论与实践的统一,理论才能发挥革命性的作用。中国的文化研究有中国自己的实际问题,在理论上也应当有自己的理论方法。只是一味拿人家的方法是不能解决自己的问题的。另外,也有学者认为,西方的文化研究是反理论的,根本就不是什么理论,而仅仅是一种文化批评实践,中国的文化研究之所以没有取得令人满意的成绩,就是对这一问题没有认识清楚。其实,虽然文化研究自己反对那种宏大的理论体系,包括西方学者也都认为文化研究是反理论的,比如前面说的卡勒就是持此观点,但是正如霍尔所说:"方法毕竟内在的是理论的,而且必然是理论的。"②任何一种研究都内在地在运用一种方法、一种理论,持一种立场。正是这种方法与立场标明了最基本的理论态度。中国的文化研究不仅缺少自己的方法与理论,最主要的是缺少自己的立场。没有自己的立场,那么任何理论与方法的选择,都将是不真切的、不实际的,不能够让人信服的。所以我们对文化研究的引入,恐怕不能仅仅停留在一种方法或一种文化批评上,我们更需要的是反思文化研究在中国为什么不尽如人意,我们的立场到底在哪里,我们的方法是不是出于我们真切的生活体验与文化实践。只有建立在这些前提问题的基础上,我们才能真正理解文化研

---

① 《马克思恩格斯文集》第 1 卷,人民出版社 2009 年版,第 13 页。
② [英]斯图亚特·霍尔:《种族、文化和传播:文化研究的回顾和展望》,见[英]保罗·史密斯等著、陶东风主编:《文化研究精粹读本》,中国人民大学出版社 2006 年版,第 309 页。

究的内在精神,才能建立真正的中国的文化研究。

关于文化研究与文学研究的关系问题,从英国的文化研究中我们可以看到其与文学研究的密切联系。详细考察其内在的联系固然重要,但是如果把目光都集中在这种争论上,其实也并没有更多的现实意义。文学研究与文化研究并不是一定要你死我活,可以各有各的研究对象与理论方法。而且每一个研究者的研究兴趣都很不一样,在实际的研究中不可能也不存在一种研究取代另一种研究的情况。即使现实果真出现一种研究取代了另一种研究,老实讲,也是没办法的事。问题的关键并不在于文化研究与文学研究谁取代谁,谁压倒谁。最主要的是,每一种研究的目的是什么,每一种研究方式到底能给我们带来什么。文学本身是丰富多样的,文化生活更是如此,这就必然要求有多种多样的理论方法。只要是能启发人思考,能够真切地面对现实问题,任何一种研究就都应该被鼓励,都有存在和发扬光大的必要。我们思考问题的出发点,预示着我们所要走的道路;我们已经走过的道路,又修正着我们最初的目的地。我们的问题及其方法,不能只是建立在书本上与头脑里,而要建立在中国的大地之上。

第四节
从底层文学的崛起看当代中国文学的现代性问题

一、底层文学的出现

近年,底层文学、底层写作成为中国当代文学重要的文化景观。底层文学的出现标志着当代文学的重要转向。在消费主义甚嚣尘上、身体和欲望被不断编码、崇高和理想等精神价值逐渐解体、历史的宏大叙事渐行渐远的"小众"时代,底层文学和底层写作的出现带给人们沉甸甸的思考。在市场经济和社会转型这一语境下,有学者将底层文学视为一种伦理写作,也有学者认为它是资本神话时代的无产者写作,甚至还将它看作传统左翼文学写作的回归。客观来看,这些观点都有一定的道理,但是由于这些理解大部分都是在传统文学观念的框架内对底层文学的解读,因而对底层文学的把握总觉得缺少了些什么,使我们有一种理论解读和阐释的无力感。正如有学者所指出的:"'底层写作'所面临的最大问题,乃是理论建设的不足。我们可以将'底层'理解为一种题材的限定,或者一种'关怀底层'的人道主义倾向。但除此之外,却缺乏更为坚实有力的支撑,甚至'底层'的概念也是暧昧不明的。"[1]这可以说是抓住了问题的关键。一方面,在现有的文学观念和文学体制中,底层文学和底层写作在理论场域中基本上处于边缘地位,这种边缘性地位使得底层文学的身份和理论探讨异常的复杂,当然也使它具有了巨大的、潜在的生命力;另一方面,由于"底层文学"这种身份的复杂性,同时也由于它所具有的内在生命力,已经凸显出了旧有的文学理论话语体系在话语资源上的匮乏和解读的无力。这就使所谓的"底层文学"亟须理论上的进一步探讨和建设,从而获得更为持久的生命力。

将"底层"作为写作的对象或者潜在的阅读对象是否就意味着在写作中占有了道德制高点?阿尔都塞说过这样一句话:"一切人道主义的意识形态全都求助于道德,而道德对于解决真实问题只能起到自欺欺人的作用。"[2]显然,从学理上讲,我们无法通过伦理道德的优先性来确立底层文学叙事的正当性,更无法确立底层文学理论话语的合法性。关于"底层文学"理论的探讨和建构,问题的关键并不在于其写作的主体和对象究竟是否具有底层经验,也不在于是否具有一种悲天悯人的人道主义关怀,因为从漫长的文学史来看,从来就不缺少这类关心民生疾苦、关注社会人生的文学创作。仅仅从这一角度来理解和定位底层文学和底层写作,反而降低了它的思想和文化意义。因而,问题的关键在于,如何从思

① 李云雷:《如何扬弃"纯文学"与"左翼文学"?——底层写作所面临的问题》,《江汉大学学报(人文科学版)》2006年第5期。
② [法]路易·阿尔都塞:《保卫马克思》,顾良译,商务印书馆2006年版,第245页。

想史的角度来理解底层文学和底层写作出现的原因？它对于文学史的意义又是什么？

我们应当从当代中国语境的角度来理解底层文学。从这一角度来看,它至少应该包括两方面内容:一是对中国文学的现代性问题的理解,另一个是对中国社会发展的现代性问题的理解。

二、对当代文学建制的颠覆

当人们提出"底层文学"这个概念的时候,"文学"是其最基本的限定;而"底层"则决定了它的叙事方式、表述内容以及言说的对象。因此,底层写作和底层文学是具有强烈倾向性的创作意识、创作方法以及文学观念。所以,"底层文学"同"纯文学"之间在观念上的矛盾便凸显出来。就其内在意义而言,这种矛盾凸显的恰恰是当代中国文学现代性问题所具有的内在的矛盾和冲突。

如前所述,在中国当代文学的建构过程中,尤其是20世纪80年代之后的文学史的叙述中,其内在的理路和表述策略就是以人性和审美来重新书写文学史。因此,"审美性"和"文学性"构成了其中的主题和关键词。其实不仅当代文学,当代大部分的文学研究也都是按照这一理论策略展开自己的表述的。在这一过程中,教育、科研机构,出版和传媒市场,文学生产和文学制度等要素纠缠到一起,共同建构了我们关于文学的知识、理解以及对它的判断。一方面,这种关于文学的理念消解了自20世纪中叶以来的传统的文学观念,也即是以《在延安文艺座谈会上的讲话》为代表的文学观念;文艺的中心问题不再是"为什么人"的问题,而是如何面向自身的问题,强调文学的自律而不是他律,用所谓文学的内部研究来颠覆文学的外部研究。无论是李泽厚的"救亡压倒启蒙"论,还是刘再复的"性格组合论",无论是文艺理论中的"审美意识形态",还是现当代文学研究中的"重写文学史",它们都共同构成了这种观念的具体显现。另一方面,受这种观念的影响,当代文学的叙事理念就变成了所谓的"纯文学",而在叙事的对象和叙述内容上就变成了所谓共通的人性和人道主义观念。如果说 20 世纪中叶以来基本的文学观念是"人民文学"的话,那么 20 世纪 80 年代以来的文学观念就逐渐变成了"人的文学"。而在"人"的旗帜下,文学的发展过程被解读为人性的发展过程,文学的历史就是人性的历史,人的感性、身体和欲望获得了表述自己的权利,阶级性、人民性等内容则被视为人性的对立面并且从文学中被剥离出去。所以,根据这样的逻辑,文学的现代性就等于文学的人性,而文学的人性在文学的形式和内容上就应该显现为"文学性"和"审美性"。

然而令人遗憾的是,由于理论话语资源的匮乏,无论是对人道主义,还是对所谓的"文学性"和"审美性"的理解,都存在着认知上的不足,而这种认知的不足又必然导致当代的文学制度所赖以成立的理论基础成为问题。直至今天,对于这些概念的厘清依然是一个系统而复杂的理论工程。由于这种理论先天的缺陷,在具体的文学实践和"纯文学"观念之间也发生了不可避免的内在冲突。所谓的"人性"逐渐被抽空成为"性",人的身体、感性和欲望在文学创作中经历了逐渐的躁动、觉醒和宣泄的过程。与此同时,文学也逐渐丧失了自己应有的深度和厚度,丧失了自己批判性和反思性的力量,真正的社会大众的生存体验和他们的社会生活被放逐到文学之外。审美、娱乐是人的基本需求。然而当这种需求走向极端会导致什么后果呢?科林伍德告诉人们:"当娱乐从人的能量储备中借出的数目过大,因而在日常生活过程中无法偿付时,娱乐对实际生活就成为一种危险。当这种情况达到危机顶点时,实际生活或'真实'的生活在情感上就破产了。⋯⋯这时,精神上出现了疾病,它的症状就是无止境地渴求娱乐,并且完全丧失了对实际生活事务、对日常生计和社会义务都是必要的工作的兴趣和能力。"①当代文学的发展历程正是如此,从"人民文学"到"人的文学"再到"性文学",从"人民性"到"人性"再到"性",我们看到,当代文学逐渐缺少了一种激动人心的力量,在无根的飘浮中过于追求所谓的审美和娱乐,反而使自己在精神上陷入了危机,出现了疾病,

---

① ［英］罗宾·乔治·科林伍德:《艺术原理》,王至元、陈华中译,中国社会科学出版社 1985 年版,第 98 页。

在放逐了历史和现实之后也放逐了自己。

面对这些问题，即便是当年提倡"纯文学"的论者也在积极反思对文学的理解。这时的文学研究需要面对的根本问题：文学现代性的话语实践应当建立在何种基础之上？它的规范和标准是什么？这一现代性进程应走向何方？正是在这样的语境中，底层文学的登场是一种无声的回应，对当代文学的认知图绘构成了强烈的冲击。当代文学的迷失是文学现代性实践的迷失，但是这并不等于文学现代性进程的失败。底层文学的出现与其说是对文学现代性观念和体制的一种"反动"，毋宁说为反省20世纪80年代以来形成的文学的观念和体制提供了思考的参照。它告诉我们，文学的对象、文学的观念和文学体制的建构本不该如此狭隘，所以，也可以把它看作过于迷失的当代文学对自我的一次救赎。一方面，文学的生命来自同作家血肉相连的对人们生活的洞察，而底层意识的觉醒正是文学向自己生命的土壤的回归，它使文学恢复了自己深广的社会内蕴和历史内蕴。另一方面，底层文学也使我们不得不去面对并回答这样更为根本的问题：当文学制度和文学生产已经商业化、市场化和体制化之后，当理想主义和精神价值渐行渐远之际，我们应该具有什么样的"文学"观念？我们应该如何书写和表述文学的历史？文学的限度和文学的可能性是什么？

三、对社会现代性的质疑和反思

如果说在文学现代性的视野中，底层文学的出现使得人们开始反思当代的文学生产和文学制度的话，那么，在社会现代性的视野中，底层文学的出现可能会有更为深广的意义。围绕如何定义"底层文学"有很多争论。无论是底层的生存经验还是底层意识，"底层"都像是一个巨大的空间隐喻，它使人们想到的是身份的卑微、生存的艰难和生活的贫困，总之是处在社会的最底端，是被压抑、被排斥、被边缘化的社会阶层。

有关现代性的叙事主要就是建立在人的生存，尤其是个体生存的基础之上,"现代性不仅是一场社会文化的转变,环境、制度、艺术的基本概念及形式的转变,不仅是所有知识事务的转变,而根本上是人本身的转变,是人的身体、欲动、心灵和精神的内在构造本身的转变;不仅是人的实际生存的转变,更是人的生存标尺的转变"①。而如果从这一视域来考察当代中国的现代性问题,我们会发现,一方面,在知识精英的观念和话语实践中,大众被看作需要被启蒙的对象,因此他们失去了表述自我的权利和可能性。另一方面,在全球化的背景之下,现代性的进程带来的是贫富分化的加剧、经济和生活的不平等以及身份歧视、地域歧视等问题,而这些又被人为地隐匿到社会生活之中。这两点纠缠到一起其实就成为一个问题,也就是对"底层"的怀疑和拒斥。因为"底层"意味着边缘、异质和差异,他们徘徊在社会生活之外,从而成为弱势群体。他们既是社会发展的基础,也有可能是罪恶、贫困等社会问题的根源。所以底层的形象往往是鄙陋的、野蛮的和粗俗的,他们是现代性进程中危险的他者。而这种观念最初正是源自西方现代性问题所设立的一个基本原则:理性和非理性、文明和野蛮的对立。这种对立不仅塑造了观念的等级,更成为社会生活中处于支配地位的权力关系。在这种基本的思维框架内,"底层"既失去了自己的社会资本,也失去了自己的文化资本。不唯如此,更为重要的是,徘徊在城市与乡村、传统与现代、"文明"与"落后"之间的无数的农民工和城市的弱势群体,失落了自己的身份。正如曹征路在《那儿》中反复再现的一个主题那样,当"那儿"成为一个遥远而不可企及的梦想的时候,当小舅只能以死来让自己为"那儿"来献祭的时候,文化资本和身份意识的双重迷失使得"底层"群体既失去了表述自我的权利,也失去了被表述的机会。

比如,有一首署名为"云中游"、描写打工生活的诗歌《老牛》这样写道:

> 一声短短的嘶鸣　如柱的目光

---

① 刘小枫:《现代性社会理论绪论——现代性与现代中国》,上海三联书店1998年版,第19页。

高昂向一生守望的故乡

一滴浑浊的泪垂落于城市丰盛的餐桌

狼藉的杯盘里　几根傲骨冒着曾经的骨气

碟里的两颗眼睛死盯着忙碌而光秃的筷子

像一枚绿叶寻着根的方向

又像烈酒在喉咙里汩汩的述说

　　在繁华都市被遗弃的角落,在城市璀璨的霓虹灯背后,是千万个寻找着梦想的、漂泊着的打工者。每个人都有自己的情感和心灵,都市物质的丰盛和繁华却在挤压着打工者的灵魂,然而都市的自大和傲慢反衬的却是身处最底层的打工者那虽然卑微但是却高傲的梦想。

　　再比如贾平凹的《高兴》,故事的主角是一个城市中最卑微最被人忽视和遗忘的小人物,一个靠拾垃圾为生的小人物。故事发生在中国古老的城市之一——西安,这一场景的设置如果放在"传统/现代"这一叙事模式中来理解的话,就不难理解它的深刻意味。在这个古老的城市向现代转型的过程中,每个人的命运都在发生着深刻的变化。当人们只看到城市的喧嚣与繁华的时候,刘高兴这个卑微的小人物也有他的追求,他的梦想,他的欲望,他的爱情和尊严。

　　故事带给我们的思考是,在宏大的历史进程中,卑微的个体或群体如何在历史的边缘和阴暗的角落书写自己的历史?在现代性宏大叙事的语境中,被排斥的底层如何介入社会生活和文化观念的建构?换言之,在众声喧哗的时代,底层如何发出自己的声音并在这一过程中重建自己的文化身份和主体意识?底层是现代性的参与者和积极的力量还是必然的缺席者?从这个意义上看,底层文学既是一种写作策略,更是一种积极的文化认同策略和话语实践。所以我们听到了这样的声音:

打工者是时代的建设者　时代的第一生产力

城市的生力军

是城市的砖与墙　铁与钢　是一座不朽的丰碑

是承受城市的一根横梁

力！量！

......

是的　总有人走过那里　颤抖着翻开历史

这座城市　无不是千千万万打工者

立起来的　一座丰碑

（程鹏:《打工,一个潇洒勇敢的称谓》）

　　程鹏的这首名为《打工,一个潇洒勇敢的称谓》的诗歌充分体现了底层身份意识的觉醒,作为一种特殊的话语实践,底层文学以这种方式实现了对自我身份的认同和主体身份的建构。在以城市化为标志的现代性进程中,卑微的个体不再渺小,不再是被边缘化的他者,而是叙述的主体,是力量的源泉,他们要书写时代的宣言和自我的历史。因为他们相信自己就是"力！量！",就是时代的丰碑,就是历史的主角。

　　底层文学不仅是文学对自我的救赎,它更是一种救赎的文学,是在时代和历史的空白处对那些被压抑、被边缘化甚至是被遗弃的底层群体精神的救赎,同时也是对社会现代性的一种救赎和反思。被放逐到现代性进程之外的底层拥有了言说的权利,它给我们带来的问题是:我们应该建设什么样的现代性? 个体的生存经验如何能够被有效地建构和表述? 我们应该如何重塑新的主体和意识形式? 我们应该怎样在尊重差异、尊重他者的前提下,实现文化观念、身份意识和生存经验的认同?

　　如今,无论是写作形式,还是它所产生的历史语境都与 20 世纪 80 年代有很大的不同。那么,中国文学新的文化身份建构的可能性与力量的源泉在哪里呢? 我们认为,一方面,文学不能丧失其宏大而深厚的历史语境,另一方面,文学也不能丧失其对现实的人的生存与命运的关注。现时期社会主义的文学理论需要在马克思主义基础上有更加深入的发展和阐释。

第六章

文艺意识形态问题研究

中国的文艺理论是在马克思主义唯物史观学说基础上建立的。在关于文艺本性的研究中,很重要的一个方面是在文艺意识形态属性问题上的展开。这一问题的提出,同马克思唯物史观的经典表述直接相关。马克思说:

> 人们在自己生活的社会生产中发生一定的、必然的、不以他们的意志为转移的关系,即同他们的物质生产力的一定发展阶段相适合的生产关系。这些生产关系的总和构成社会的经济结构,即有法律的和政治的上层建筑竖立其上并有一定的社会意识形式与之相适应的现实基础。……随着经济基础的变更,全部庞大的上层建筑也或慢或快地发生变革。在考察这些变革时,必须时刻把下面两者区别开来:一种是生产的经济条件方面所发生的物质的、可以用自然科学的精确性指明的变革,一种是人们借以意识到这个冲突并力求把它克服的那些法律的、政治的、宗教的、艺术的或哲学的,简言之,意识

形态的形式。①

改革开放以来的文艺理论研究,在如何深刻而准确理解马克思意识形态学说和文艺本性方面产生过多次较为集中的学术论争,经过持续不断的探讨和努力,取得了相当大的进展。

第一节
改革开放以来文艺意识形态问题研究的起始及主要论点的形成

一、改革开放以来文艺意识形态问题讨论的提出

新中国成立之后,我国对文艺本性的表述,基本上是说:文艺是一种特殊的意识形态,因而是上层建筑中的一种,要受到经济基础的制约,具有鲜明的阶级性。在做出这种表述的同时,也注意到文艺的特点和规律。1962 年,《北京大学学报(人文科学版)》发表了关于该校中文系文艺理论课程教学情况的文章,文中说道:"不但讲述文学的外部规律,也就是作为社会意识形态的文学的一般规律,例如文学和社会生活的关系,文学和经济基础的关系,文学和政治的关系等等问题,同时也讲述文学的内部规律,也就是作为一种特殊的社会意识形态的文学本身的规律,例如文学的基本特征,文学的发展规律,文学的创作以及文学的鉴赏和批评等等问题。"②这种关于文艺本性的理论在改革开放初期出版的文艺理论教材中更为系统地表现出来,如蔡仪主编的《文学概论》和以群主编的《文学的

---

① 《马克思恩格斯文集》第 2 卷,人民出版社 2009 年版,第 591—592 页。
② 华:《中文系不断提高"文学概论"课教学质量》,《北京大学学报(人文科学版)》1962 年第 6 期。

基本原理》。这类代表性的理论表述,构成了我国文艺理论研究在改革开放初期关于文艺本性的基本认识和观点。

与此同时,在改革开放初期反对"文艺阶级斗争工具论"的思潮中,朱光潜从文艺实际出发,一方面感到以往关于文艺本性的阐述是不准确的,一方面又要坚持马克思主义的唯物史观。因此认为,目前文论界对于马克思主义的理解和表述似乎是有问题的,进而对文艺的上层建筑性质提出质疑:"我所特别感到迷惑的是上层建筑和意识形态之间的关系","我并不反对上层建筑除政权、政权机构及其措施之外,也可包括意识形态或思想体系,因为这两项都以'经济结构'为'现实基础',而且都是对基础起反作用的",但是,"我坚决反对在上层建筑和意识形态之间划等号,或以意识形态代替上层建筑"[1]。其根据和理由是:"毛泽东同志在《新民主主义论》里教导我们说:'一定的文化(当作观念形态的文化)是一定社会的政治和经济在观念形态上的反映,又给予伟大影响和作用于一定社会的政治和经济;而经济是基础,政治则是经济的集中的表现。'""这几句话是对历史唯物主义的最简赅最深刻的阐明和发挥,既肯定了经济基础,又指出了政治和经济的密切联系,至于意识形态则是这两者的反映。在这里毛泽东同志并没有把意识形态列入上层建筑,更没有在它们中间划等号。而政治和经济都是'社会存在',不能把存在和意识等同起来。"[2]

依照朱光潜对马克思唯物史观的理解,社会结构呈现出这样的逻辑关系:首先是在经济基础之上竖立着上层建筑;然后是在经济基础和上层建筑之上竖立着意识形态,意识形态反映着经济基础和上层建筑;因此意识形态不属于上层建筑,而是以上层建筑为基础的更高层次。朱光潜的观点拉开了改革开放以来文艺意识形态问题研究的序幕。此后,这一问题成为文艺理论研究中始终不断的话题,一直贯穿着改革开放以来的全

---

[1]　朱光潜:《上层建筑和意识形态之间关系的质疑》,《华中师范学院学报(人文社会科学版)》1979 年第 1 期。

[2]　朱光潜:《上层建筑和意识形态之间关系的质疑》,《华中师范学院学报(人文社会科学版)》1979 年第 1 期。

过程。

许多学者不同意朱光潜把文艺排除在上层建筑之外的论点。吴元迈指出,朱光潜所说的"上层建筑"仅仅是指政治、法律等设施,不是马克思主义通常所指的那个上层建筑。他认为:"在马克思的庞大的上层建筑变革里,明确地包括了意识形态的变革,也就是说,意识形态是上层建筑的成分之一";"说上层建筑应该包括政治、法律等设施和意识形态这两项,并不是要在这两项成分之间划等号,更没有说这两项成分在任何时候、任何地方,它们所起的作用是相同的,也没有说它们在基础变更以后所发生的变革情况是一样的";不能因为文艺领域中存在着复杂现象就可以推翻艺术属于上层建筑的结论。①

梅林指出:"在这个问题上,我们应当坚持马克思主义的唯物史观:文艺和政治都是由经济基础决定的,它们都是上层建筑,它们之间的关系是上层建筑范畴内的关系。"②

蔡仪在引用了马克思《政治经济学批判》"序言"中的经典表述后说,"在这段长长的话里所讲的'全部庞大的上层建筑',说的是什么呢?首先是'法律的、政治的、宗教的、艺术的和哲学的'等社会意识形态,这就明明白白地把艺术摆在'全部庞大的上层建筑'里面了。可见艺术是上层建筑这个论点,在马克思最初关于唯物史观的概括说明里就讲得很清楚了";"文学艺术是更高的即远离经济基础的上层建筑的一种因素,它主要是通过反映政治以间接地反映经济基础,也主要是通过服务于政治以间接地服务于经济基础;而且哲学的基本观点,对文艺描写现实生活的真实有决定性的或很大的影响。这是关于文学艺术是什么样的上层建筑这个问题可以作出的一些初步的说明"③。

上述这些同朱光潜论辩的观点表现出哲学界对唯物史观的一般理解。即认为,在关于社会结构的逻辑关系方面呈现为这样的状态:经济基

---

① 吴元迈:《也谈上层建筑与意识形态的关系——与朱光潜先生商榷》,《哲学研究》1979 年第 9 期。

② 梅林:《文艺和政治是上层建筑范畴内的关系》,《文学评论》1980 年第 1 期。

③ 蔡仪:《文学艺术是社会的上层建筑——论马克思主义基本原理中的一个问题》,《观察与思考》1982 年第 2 期。

础决定上层建筑,上层建筑中包含设施的上层建筑和观念的上层建筑,观念的上层建筑就是意识形态,因此意识形态属于上层建筑。同这些论点相比,朱光潜对马克思唯物史观的认识确与多数人不同;但其差别不是根本性的、原则性的。朱光潜的立场仍然在唯物史观体系框架之内,而他之所以提出意识形态与上层建筑关系的问题,主要目的在于反对"文艺为政治服务""文艺阶级斗争工具论"等不合时宜的口号和理论,要正确地认识文艺的本性和特殊规律。这一意图得到学界一致的赞同。改革开放以来的文艺理论研究的最大特点就是注重文艺实际、注重文艺自身的规律和特点。几乎在朱光潜发表论点的同时,1979 年 4 月,《上海文学》发表了题为《为文艺正名——驳"文艺是阶级斗争的工具"说》的评论员文章,强调对文艺自身规律和特点的认识,说:"造成文艺作品公式化概念化的原因是多方面的,其中有一个主要的原因,就是创作者忽略了文学艺术自身的特征,而仅仅把文艺作为阶级斗争的一个简单的工具。"①朱光潜也正是从注重文艺实际出发,希望通过调整有关文艺上层建筑及意识形态性质的理论而维护文艺的自身规律。在讨论中,人们敏锐地感觉到以往有关文艺上层建筑和意识形态性质的理论表述存有不全面、不充分之处。主要问题是,如果把文学艺术完全与上层建筑和意识形态相等同,就可能忽略文学艺术的特性,不符合文艺实践,也不利于文艺的充分发展。而为了既克服关于文艺本性的认识缺陷,又符合唯物史观原理,人们提出了文艺具有非上层建筑性的问题。

蔡厚示认为,文艺的特点使文艺具有和其他意识形态不同的性质:"文学作为上层建筑,又具有非上层建筑性质的成份。文学是一种语言艺术,它跟语言有密不可分的联系。一切民族的标准语言都是文学语言。语言是文学不可或缺的要素之一。既然语言不属于上层建筑的范畴,则文学必然也包含着某些非上层建筑的成份。"②同时,他提出一个重要的论证:"随着基础的更换,并不是一切旧时代的文学、艺术成果都要消失。

---

① 本刊评论员:《为文艺正名——驳"文艺是阶级斗争的工具"说》,《上海文学》1979 年第 4 期。
② 蔡厚示:《作为上层建筑的文学之特殊性》,《文学评论》1980 年第 4 期。

在旧基础上形成的某些文学、艺术作品跟新时代之间，并没有一条不可逾越的鸿沟。这因为在文学、艺术作品所反映的社会生活中，我们可以遇到许多现象，它们并不随着产生它们的那个时代的消逝而消逝；相反地，它们继续在其它的历史条件下存在。如人和自然的关系，男女之间的爱情，或者象勇敢、毅力、谦逊和崇高等性格，这些在任何时代都被人们根据一定的观点加以承认。"[1]改革开放以来的文艺理论研究很早地看到并着重指出文艺的特殊性，这是个重要的成果，表现出当时认识的高度。蔡厚示的这一看法符合文艺的实际，并且是从经典马克思主义理论阐释中关于意识形态的理论本义出发的。蔡厚示的论点指出了重要的事实，有重要的启发意义。的确，从经济基础与文艺的关系来看，不仅文艺的某些内容、题材、手法、风格不随着经济基础的变更而变更，就算文艺在这些方面是随着社会的发展而变化的，文艺的本性也没有变更，文艺仍然还是文艺。人们认识到："文学艺术的基本特点，就在于它用具有审美意义的艺术形象来反映社会生活。"[2]随着讨论的深入，文论界越来越看重文艺的相对独立性，强调尊重文艺的自身规律。而对于文艺的特殊性质，人们也形成趋于一致的看法，认为，"文艺是人类审美意识的集中表现，这是它与哲学、政治等其它社会意识形态的区别所在。因此，审美属性应该是文艺的最根本的特性"[3]。这就形成了"文艺审美性"这一对中国文艺理论发展产生深远影响的看法。此后，文艺的审美属性逐渐成为文艺理论的核心问题，并且形成了一种鲜明的理论指向——注重文艺的特殊性，而文艺的特殊性就是审美性。于是，文论界开始以"审美的意识形态"来表述文艺本性。

较早认识到这一问题的学者们对文艺"审美的意识形态"特点作出了最初的阐述。孔智光说道："在我们看来，艺术的本质是审美的意识形态，是艺术家对客观现实生活的主观能动的审美反映，是对客观现实生活

① 蔡厚示:《作为上层建筑的文学之特殊性》,《文学评论》1980 年第 4 期。
② 本刊评论员:《为文艺正名——驳"文艺是阶级斗争的工具"说》,《上海文学》1979 年第 4 期。
③ 李沛:《作家深入生活的美学要求——毛泽东文艺思想学习札记》,《新疆师范大学学报(哲学社会科学版)》1982 年第 2 期。

的再现与主观心理的表现的统一。"①曲若镁说："艺术作为一种审美意识形态,是艺术家审美表现的最高形式,也是真、善、美的统一。"②"文艺作为一种审美意识形态,除了要具备认识价值、社会功利价值等之外,还必须具备审美的价值,即必须能使欣赏者或愉快兴奋,或慷慨激昂,或哀恸悲戚。"③张涵说："艺术作品如果只具有意识形态的性质,仅仅可以把它同物质产品的东西区别开来,还不能同政治形态、道德形态、哲学形态等的东西区别开来,而只有当它成为审美性质的意识形态的时候,它的特殊性才能显示出来。"④

此后,"文艺是审美的意识形态"的说法被广为传播,并得到进一步阐述。周波说："文学是用语言塑造形象反映社会生活的社会意识形态,作为一般社会意识形态,它具有依存于社会历史的普遍规律;作为审美意识形态和形象性的艺术特点,它又具有审美(或艺术)的特殊规律。"⑤钱中文说："文学艺术固然是一种意识形态,但这是一种审美的意识形态;文学艺术不仅是认识,而且也表现人们的感情、思想。审美的本性同样是文学的根本特性,忽视这种审美的本性,也就无法阐明文学的特性。"⑥这样,新中国成立初期形成的"文艺意识形态本性论",在改革开放以来学术研究的早期阶段就初步地经由"特殊的意识形态"说法的过渡,转变为"审美的意识形态"的说法。

这一时期的讨论主要集中在文艺作为意识形态与上层建筑之间的关系,主要用意在于把文艺与政治等其他社会意识形式清楚地区分开来,给予文艺以"特殊意识形态"的地位,并开始以"审美性"来限定和说明文艺的意识形态本性。

① 孔智光:《试论艺术时空》,《文史哲》1982 年第 6 期。
② 曲若镁:《艺术创作中的情感逻辑和情感性质》,《学习与探索》1982 年第 5 期。
③ 江建文:《要发掘生活中真正的美》,《学术论坛》1984 年第 1 期。
④ 张涵:《论艺术作品的审美性质》,《郑州大学学报(哲学社会科学版)》1982 年第 3 期。
⑤ 周波:《试谈文学批评标准的客观性》,《山东师范大学学报(社会科学版)》1983 年第 6 期。
⑥ 钱中文:《评波斯彼洛夫的〈文学原理〉——兼评苏联的其他几本同类著作》,《文学评论》1984 年第 4 期。

二、文艺意识形态问题研究中几个主要论点的形成

在前一阶段研究基础之上,学界对文艺本性进行了进一步的探讨。改革开放以来,完全彻底否定文艺意识形态性的论点在实际中是存在的,但不大表现出来,影响也不大。更多的是在承认文艺意识形态性的前提下进行的讨论。即,虽然这些关于文艺本性的论点冠以"特殊的""审美性"等修饰、限定,但仍然认为文艺本性是意识形态。很自然地,人们对文艺意识形态本性问题给予了更多的关注。而如何正确理解马克思主义的意识形态学说,成为人们思考的重要问题。在这一过程中,有关文艺意识形态本性的认识发生了重大变化,人们大胆提出了文艺本性不是意识形态的论点,在文艺理论界引发轩然大波。

作为学理研究的基础,人们试图尽可能准确地把握马克思主义经典论述的本义,因而冀图从经典论述的文本解读入手,对"意识形态"概念的内涵做出词源学角度的研究。1986 年,毛星有感于文艺实践与传统理论的不协调,认为有必要对马克思关于意识形态理论的阐述加以更加准确的认识和理解;因此需要对马克思的德文原文表述进行词源学意义上的辨析,以弄清楚重要概念的实际内涵。其核心论点是:根据对马克思德文原文概念的词源学分析,马克思意识形态学说的核心意义在于强调物质与意识的区别;思想、理论、观念形态的东西属于意识形态,而文艺因具有物质的性质,不是意识形态。意识形态是意识与物质的分水岭。"雕塑是可见、可触摸的,绘画中的人物、禽兽、器物是有形、有色的。如果丢掉这些物质内容,如何成其为绘画作品呢?……一切用文字写出来的理论著作,文字只是理论的外壳、符号,用时髦的话说,只是运载工具。作为语言艺术的文学,语言文字则是艺术的本身,不能设想离开语言文字还有什么文学。"① 从这一理解出发,他认为,要把文艺的理论观点同文艺作品

① 毛星:《意识形态》,《文学评论》1986 年第 5 期。

相区别,前者是意识形态,后者不是意识形态;要看到:"艺术创造,不只是思想活动,不只是认识活动,而是一种实践,一种创造性的实践活动。正是由于把艺术错误地归结为 Ideologie(中译为"意识形态"——引者注)的一种,因而大大缩小了艺术和艺术活动的意义与范围,如许多人分析艺术时只着重分析思想,把艺术创作活动简单化为认识活动,艺术问题因而也就变为了一般的认识论问题。"①

毛星的论点把对文艺本性的认识从上层建筑与意识形态关系问题引向文艺本身是不是意识形态的问题,有很大的启发作用。栾昌大从 1986 年开始,连续发表多篇文章质疑文艺形式形态本性说。其立论出自对意识形态概念内涵和文艺实际表现的分析,认为:"所谓意识形态,其本性就是对社会生活的评价以及它所显示的倾向性。因此,凡具此本性的,都可以说是意识形态。而文艺作品,其本性并非全是对社会生活的评价,从而显示一定倾向性。"②以这一认识为基础,提出:"把文艺与意识形态归于一流,这个观念也有其明显的片面性。事实上,文艺就总体而言,有意识形态性,又有超意识形态性。因此,把文艺作为文化系统中的一个相对独立的子系统,作为与哲学、政治(意识形态方面)等等意识形态形式并列存在的精神(意识)现象范畴来看,可能更为切合实际。"③还说:"文艺作品就其总体而言,与哲学、政治、法律、道德等等相同,也具有双重性,甚至具有多重性,说它是社会意识形式之一比说它是意识形态形式之一更合乎逻辑。"④

与毛星的论点相类似,董学文说:"我认为,只要我们深入地探讨马克思主义的文艺观,只要我们注意从文学艺术的大量事实出发,就会发现,'文学艺术是意识形态'这个看上去象是'颠扑不破'的'真理',其实是有漏洞和理论空隙的。"⑤这一漏洞和理论空隙的主要表现就在于忽视了文艺的特性,"文学是用语言表现心灵审美的艺术。语言是文学观念

① 毛星:《意识形态》,《文学评论》1986 年第 5 期。
② 栾昌大:《文艺不是意识形态形式之一》,《文学评论》1987 年第 3 期。
③ 栾昌大:《文艺意识形态本性说辨析》,《文艺争鸣》1988 年第 1 期。
④ 栾昌大:《文艺意识形态本性说辨析》,《文艺争鸣》1988 年第 1 期。
⑤ 董学文:《马克思主义文艺学当代形态论纲》,《文艺研究》1988 年第 2 期。

的载体,是文学的形式,是文学的物质外衣。既然语言有它的物质属性(或曰'工具属性'),我们怎么能简单说文学就是一种意识形态呢?""应该说,正视和承认文学艺术的非意识形态因素,也是马克思主义文艺观的题中应有之义。而忽略、排斥和反对非意识形态的研究,正是多年来文艺领域庸俗社会学、教条主义和形而上学观念在方法论的起点上失足和滑坡的地方。因此,我们说,承认不承认、坚持不坚持文学艺术的意识形态与非意识形态的结合,同样是个'原则问题'。"①

栾昌大和董学文从各自不同的角度看到了对马克思意识形态学说做出更准确、更详尽阐释的必要性,提出文艺是社会意识形式之一的论点,启发人们关注社会意识形式同意识形态之间的关系,具有十分重要的意义。改革开放以来关于文艺本性的新的表述,打破了文艺意识形态本性论一统天下的局面,为使文艺实际同马克思意识形态学说相一致提供了新的思路,构成改革开放以来文艺本性研究的重要节点,也开启了改革开放以来马克思主义文艺理论研究的一个新方向。

文论界容易引起误解的一个问题是,一般而言,主张文艺意识形态本性论的学者们是强调文艺的意识形态性的,否定文艺意识形态本性论的思潮往往要否定文艺的意识形态性。但是,栾昌大、董学文等人从承认文艺具有非意识形态因素出发而否定文艺意识形态本性论,目的并不在于否定文艺的意识形态性,而是要在保障文艺规律的前提下,坚持文艺的意识形态性。栾昌大说:"把文艺作为一个整体来看,意识形态特性既不是文艺的唯一特性,也不是文艺的基本特性,因此不能说文艺的本性是意识形态。同时也不能否认,有些文艺作品具有强烈的意识形态性。"②董学文说:"我们不主张文学艺术的'非意识形态化'。但把文学艺术的一切问题都'意识形态化',把文学艺术的所有层面都进行意识形态的解说,把本身属于非意识形态的因素,也捆绑在意识形态的名义下,那也是牵强附会,不能自圆其说的。这是从一种片面性走到另一种片面性。科学的

---

① 董学文:《马克思主义文艺学当代形态论纲》,《文艺研究》1988 年第 2 期。
② 栾昌大:《文艺不是意识形态形式之一》,《文学评论》1987 年第 3 期。

日益昌明既进一步证明文艺不能改变它具有的意识形态性质,也进一步证明非意识形态的属性不是强加于文艺的身外之物,它们都是文艺的固有层面。"①

关于文艺意识形态问题的讨论表明,我们以往对马克思主义文艺理论的理解还是不够充分、不够全面、不够到位的。因此,董学文提出,要在把马克思主义文艺理论同新的文艺实践经验相结合的过程中,找到新的理论生长点,建构起马克思主义文艺学的当代形态,他说:"文学艺术的特殊性在于它是意识形态和非意识形态的集合体。我们只有创立文学艺术的意识形态属性和非意识形态属性相结合的理论体系,才能完成马克思主义文艺学当代形态的创造和建设。"②

至此,在改革开放以来文艺理论发展的早期阶段,文艺意识形态问题研究一方面承接着新中国成立以来的认识,另一方面融入了新的思考和探索,几个主要论点都已经形成,包括文艺意识形态本性论、审美的意识形态论、文艺社会意识形式论。其中,比较传统的观点是文艺的意识形态本性论。而进入 21 世纪后,意识形态本性论基本上与审美意识形态论合流,但二者只是在表述词语上是大致相同的,在学术立场和理论内涵方面都有巨大的差别。

第二节

"意识形态本性论"的理论阐述

文艺"意识形态本性论"是新中国成立后最早形成的论点,影响深远,在人们的观念中可谓根深蒂固。

---

① 董学文:《马克思主义文艺学当代形态论纲》,《文艺研究》1988 年第 2 期。
② 董学文:《马克思主义文艺学当代形态论纲》,《文艺研究》1988 年第 2 期。

一、意识形态本性论的理论依据

意识形态本性论是以马克思的经典阐述为文本根据的,在理解上,首先是看到文艺是作家头脑的产物,是意识形态的东西。这一思想形成得很早,蔡仪主编的《文学概论》第一章,在"文学是反映社会生活的特殊的意识形态"标题之下说道:

> 社会生活是文学的唯一源泉,这就是肯定客观现实的社会生活是第一义的,而作为意识形态的文学是第二义的。这是唯物主义的论断。自然,文学作品是人所创作的,是人的意识活动的产物;但是如果因此否认文学是社会生活的反映,认为作者的主观意识是文学的源泉,这就既否认了作者的主观意识还有它的客观的源泉,而且把作者的主观意识作为文学这种社会现象的源泉,显然是一种主观唯心主义的论调。①

这一讲述以社会生活为第一义,意识形态为第二义,原则上是不错的,但隐含着一种思想,即把意识形态等同于意识,形成意识形态同生活(物质)形态相对立的关系。如果"意识形态"概念的内涵就是"意识"的概念内涵,则相当于说:文艺是意识性、精神性的存在形态,生活是物质性的存在形态。与此类似,以群主编的《文学的基本原理》(修订本)绪论的第二节,在"文学是一种社会意识形态"标题下说道:"文学艺术同哲学、社会科学等其他部门一样,都是人类意识活动的产物,属于社会的精神现象。"②"人类社会的一切精神活动的产物,包括政治、法的观点以及宗教、道德、哲学和文学艺术等等,统称之为社会意识形态。文学属于社会意识

---

① 蔡仪主编:《文学概论》,人民文学出版社 1979 年版,第 4 页。
② 以群主编:《文学的基本原理》修订本,上海文艺出版社 1983 年版,第 21 页。

形态,而意识形态又是上层建筑的一个部分。"①

这种表述代表了当时文艺"意识形态本性论"的基本思路,比较普遍。涂途说:"文艺的上层建筑性和意识形态性的本义,最重要的是将它作为一种社会现象和精神活动从整体上作出的规定性。正是有了这样的规定性,才能将文艺与其他社会现象和精神活动区别开来,从而进一步明确它在整个社会历史中的地位、意义和作用。"②王燎荧说:"肯定文艺是一种社会现象,是具有一定社会意识的人运用社会生活作为原料创造出来的,也就是社会生活通过社会人的头脑反映的产物,因此它就具有社会性,是社会经济基础之上的上层建筑中的社会意识形态之一,在阶级社会里它还具有阶级性、倾向性、政治性、乃至党性等等,这是我们坚持文艺是社会意识形态的同志们的答案。"③李思孝说,当我们说文艺是一种(特殊的)社会意识形态时,已经揭示了文艺的基本属性,即它是属于精神范畴的东西而不是属于物质范畴的东西。所谓意识形态即观念形态,意识、观念是等同的。更为明确的表述是在童庆炳主编的《文艺概论自学考试指导书》中,在"为什么说文学是一种社会意识形态?"的问题解答中他这样写道:"文学是精神现象之一,是人类意识活动的产物,也即人类意识的外化、形态化,就这一点而言,它如同政治、哲学、科学、宗教、道德一样,是一种社会意识形态。"④从以上理论表述中可以看到,这一时期已经形成一种普遍性的看法,文艺之所以被称为"意识形态",是因为它是意识的产物,是意识的形态化,或以意识为存在形态,同物质相对立。因此,人们把文艺看作意识形态中的一个组成部分,同时把意识形态看作上层建筑中的一个组成部分,如果因为文艺是意识的产物就称之为"意识形态",就把"意识形态"概念的内涵大大地改变了,意识形态就不是对社会性质的表示,而是对社会结构组成部分的表示。

① 以群主编:《文学的基本原理》修订本,上海文艺出版社1983年版,第24页。
② 涂途:《文艺的意识形态性本义——兼评"西方马克思主义"的几个观点》,《文艺理论与批评》1990年第5期。
③ 李准、王燎荧、陈桑、王善忠、陈晓东、严昭柱、吴晓都:《关于文艺的意识形态性问题——座谈会发言》,《文艺理论与批评》1990年第5期。
④ 童庆炳主编:《文学概论自学考试指导书》,武汉大学出版社1990年版,第11页。

二、文艺意识形态本性论的理由

反对意识形态本性论而主张文艺本性是社会意识形式的观点认为，文艺既有同阶级性相关的意识形态性，又有同物质表现方式相关的非意识形态方面的因素，因此不能称文艺本性为意识形态。其主要根据是对文艺现象的分析，说："我们应当正视的是，有相当一部分艺术作品，如我曾指出的，部分追求形式美的造型艺术品，工艺美术品，某些抽象派绘画，绝大部分图案装饰艺术，无标题音乐，某些建筑艺术品等等根本就没有什么阶级性可言，难道这不是事实吗？"①

对此，主张意识形态本性论的观点以种种方式维护传统的定义。有的学者通过对艺术加以分类的方式，一方面剥离出不具有意识形态性的艺术种类，一方面保留具有意识形态性的艺术种类，而文艺的意识形态本性论就是用于这一类。即认为，艺术可分为两大部类，一类是同思想意识相关的，具有意识形态性，因此以意识形态为本性；另一类不大同意识相关，不具有意识形态性，这一部分艺术的本性不是意识形态。

陆梅林认为，马克思所讲的艺术"不是泛指一般的艺术，而是指观念形态艺术来说的"；还认为，毛泽东在《在延安文艺座谈会上的讲话》中把社会生活称之为"自然形态的东西"，而把社会生活在文艺家头脑中的反映称之为"观念形态的"东西，而"作为观念形态的文艺作品，都是一定的社会生活在人类头脑中的反映的产物"，说明"毛泽东同志对观念形态的文艺作了本质性的界说……这里已经把观念形态的文艺和非观念形态的文艺区别开来了"②。在这一认识之上，陆梅林非常独到地把艺术划分为观念形态艺术和物质形态艺术两大类："所谓'观念形态的'艺术，就是指文艺家们在创造劳动中，通过自身审美意识的折射，以特有的艺术思维方

---

① 栾昌大：《意识形态问题需要深入讨论——向梅林先生求教》，《文艺研究》1990 年第 6 期。
② 陆梅林：《观念形态的艺术——艺术意识形态论之二》，《文艺研究》1990 年第 5 期。

改革开放以来中国文艺理论基本问题的进展　转型与创新

300

式,借助于特定的物质媒介,将一定的社会生活这种自然形态的东西物化为观念形态的东西。文艺、音乐、舞蹈、绘画、雕塑虽然各有其特征,但总地说来,它们都属于观念形态的文艺。它们本身都是独特的意识形态,具有或强或弱、或隐或显的意识形态性。至于实用艺术、建筑艺术等等,由于它们不具有观念形态艺术的等值特征,则不宜归到观念形态的艺术中去。"①与此种论点相似,牟豪戎说:"'追求形式美'的造型艺术品,工艺美术品,以至图案装饰艺术品,虽然包含某种程度的审美因素而具有一定的欣赏价值,但其主要价值在于满足人们的某种物质实用需要,不可能像真正的艺术作品那样,能够揭示出现实人生的某种'意义',去影响人的思想、感情、心理。因此,以这些介乎于物质产品与艺术产品之间的东西,来否定文艺的倾向性和意识形态本性,是不足为据的。"②

　　还有的学者从内容与形式的关系出发,以形式服从于内容的事理做出论证,认为,文艺的形式因素是附属于意识形态的,不是独立的非意识形态的东西。"语言是思想、感情的交流工具或符号,但马、恩并没有因为这一特点而把意识作为物质现象来分析,而是仍然当作精神现象来论述。……文艺创作总要借助于某种物质载体、符号(语言、音响、色彩、形体动作、镜头画面等等)来反映生活、表达思想感情,这本是一个常识问题。但谁也不能把这些物质载体、符号当作文学、音乐、绘画艺术、舞蹈艺术、电影艺术本身";"如果我们分析具体作品时,把内容归属意识形态,把形式、技巧纳入'非意识形态',这种做法不但无助于从整体上把握创作主体的审美意识的复杂构成,反而容易陷入形而上学的片面性:把形式、技巧看作与审美意识无关的、可以单独存在的东西"③。边平恕认为:"本来艺术形式和艺术内容是不可分割地联系在一起的。艺术内容为经济基础所制约和决定,艺术形式怎么能说是与经济基础无关的非意识形态因素呢?"④

---

① 陆梅林:《观念形态的艺术——艺术意识形态论之二》,《文艺研究》1990年第5期。
② 牟豪戎:《不能否定文艺的意识形态理论——对〈文艺意识形态本性说辨析〉的质疑》,《文艺理论与批评》1989年第5期。
③ 金水:《文艺"非意识形态性"评析》,《湖北社会科学》1989年第6期。
④ 边平恕:《关于文艺意识形态性的若干问题》,《文艺争鸣》1991年第5期。

　　整体来看,坚持意识形态本性论的学者们大多是既承认文艺具有非意识形态因素,又把文艺本性看作意识形态。王元骧认为,文艺的非意识形态因素是客观存在,"文学不同于一般的意识形态,还因为它不是纯粹的精神实体,同时又是审美意识的物化形式,即只有当作家头脑中的审美意象获得一定物质形式之后,作家的创作活动才告完成";"由于文学反映的社会生活和社会心理不仅具有阶级、时代的,而且还有民族、文化的内涵,这就使得有些文学作品有可能超越阶级的限制得到社会普遍的欣赏,从而获得某种全民的意义",并产生"对于各个时代、阶级的读者都具有的共同的艺术魅力"。他还说:"从以上两方面足以表明:文学作品不论就它的意识内容还是就它的物化形式来看,都不是意识形态性所能完全概括的。这就是我们主张要全面地理解文学作品,必须深入研究它的非意识形态的因素,而反对把文学的本质与文学的本体混为一谈的主要理由。"尽管如此,由于"文学的非意识形态性的内容,并不足以从根本上动摇和推翻文学意识形态性质。因为我们所说的文学的意识形态性和非意识形态性这两种因素之间,既不是互相并列,也不是折衷调和的;作为矛盾的双方,意识形态性总是居于主导的、支配的地位"。所以,"就其本质说它是一种社会意识形态是确定无疑的"。① 梁胜明同样认为:"尽管文学艺术中也有非上层建筑、非意识形态的东西,但其主要的,占主导地位的,决定着文学艺术的性质和方向的部分却是意识形态部分⋯⋯那么我们将文学艺术这种社会意识形式界定为社会意识形态又有什么不妥呢? 这就如同在当今我们国家的经济结构中,虽然有相当一部分属于非公有制经济成分,但是由于公有制经济是主体,国有经济占主导地位,因而我们国家的经济基础依然是社会主义经济基础,我们国家的性质依然是社会主义国家一样。"②

　　马克思主义唯物史观的思想是非常深刻的,对其意识形态学说不能做表面化的理解。而文艺现象又是非常复杂的,需要作出深刻的分析。

① 王元骧:《文学的意识形态性与非意识形态性》,《高校理论战线》1989 年第 1 期。
② 梁胜明:《关于文学艺术本质与特征问题的再探讨——与董学文、马建辉、李志宏等同志商榷》,《甘肃高师学报》2007 年第 3 期。

文艺意识形态本性论的以上阐述尚不够充分,也不很准确,表现出改革开放以来文艺理论发展早期阶段的特征。

第三节
审美意识形态论的理论阐述

　　还在改革开放以来文艺理论的发展初期,人们就继承了文艺是特殊的意识形态的看法,并认为其特殊性在于审美性,因此形成了文艺是"审美的意识形态"的论点。这一论点的客观依据在于,文艺既有审美性又有意识形态性。但是,当要对文艺的本性加以界定时,仍会出现问题:文艺的本性究竟是意识形态性还是审美性? 若要说二者都是文艺本性,则形成二元论,不符合逻辑;若要说文艺本性只是其中的一个,势必要否定另一个,难以行得通,也难以符合文艺实践。在两难的情况之下,钱中文改变了以往关于文艺本性既提审美性又提意识形态性的做法,提出了概念表述单一化的"审美意识形态论",在文艺界产生了较为广泛的影响。而随着审美意识形态论影响的不断扩大,早期的意识形态本性论基本上融入了审美意识形态论。

　　不过,原先主张意识形态本性论的学者们之赞同审美意识形态论,仍是从文艺既具有审美性又具有意识形态性的认识出发的。他们所说的"意识形态",其概念内涵基本上处于马克思主义经典阐述的框架体系之内,其对文艺本性的界定方式被人们通俗地表述为:"审美 + 意识形态"。而以钱中文为代表的"审美意识形态论",其"意识形态"概念的内涵则不处于马克思主义唯物史观的框架之内,其所谓"审美意识形态",是"审美意识 + 形态"。

一、以"审美意识"为逻辑起点的审美意识形态论

审美意识形态论的主要提出者以钱中文、童庆炳为代表。钱中文自述,这一论点的提出,"是我在对苏联和欧美的文论经验、特别是对我国几十年文论方面的教训反复思考的基础上提出来的"①。他看到:"在苏联,文学本质的观念大体表现为两种倾向:一种是从认识论出发,把文学的本质规定为一种特殊的认识,一种意识形态。……苏联另一种重要倾向是文学的审美本性论。这一派的理论认为,文学的本质特性,不在思想内容,而在文学创作的对象本身。"②

他认为,这两种倾向都有一定道理,但是都带有一定片面性,需要采用系统方法加以整合。他说,"研究文学观念的系统方法,首先是审美哲学方法。使用这种方法的目的,在于从总体上来把握文学的主导特征。在这一层次中,我们将把文学看成是一种审美文化现象或形态。在社会文化系统中,物质文化与精神文化,审美文化与非审美文化相对应而又交叉,形成总体文化与各种分支系统。文学作为审美文化现象,将抽象为一种审美意识形态";"从社会文化系统来观察文学,从审美的哲学的观点出发,把文学视为一种审美文化,一种审美意识形态,把文学的第一层次的本质特性界定为审美的意识形态性,是比较适宜的"③。在钱中文理论阐述的早期,其表述与一般认识大致相同。他认为,文艺的根本特征在于审美的意识形态性。即把审美性与意识形态性相对分开而论。后来,则把"审美的意识形态性"的表述更改为"审美意识形态",认为这是一个新的性质,不是审美性和意识形态性的相结合,而是由审美意识一以贯之的发展演变而成。其过程大致是:审美意识最初孕育在原始初民的神话中;经由长期的历史过程,原始初民的神话、仪式、传说、民间故事等作为文学

---

① 钱中文:《新理性精神文学论·自序》,华中师范大学出版社2000年版,第4页。
② 钱中文:《论文学观念的系统性特征》,《文艺研究》1987年第6期。
③ 钱中文:《论文学观念的系统性特征》,《文艺研究》1987年第6期。

的萌芽、雏形、前形式,逐渐形成为成文的、形式古朴典雅、完美的诗歌、史诗,成为真正的文学。于是,审美意识就由早期的萌芽状态的表现形式发展为成熟的形态,即形成文艺这种审美意识形态。①

　　审美意识发展中的重大的转折,表现为不断演变的审美意识与日趋精致的语言的融合,表现为审美意识与不断出现、逐步完善的文字的融合,表现为审美活动中的心理意识时时生成的审美表现的偶然性,逐渐走向有序化的表现形式——赋、比、兴,就使得在原始审美活动中产生的审美意识形式,获得了质的飞跃,体现了象征符号的自由创造和美的规律的真正的实现。②

　　这样,审美意识随着社会生活的演进,社会结构的日渐成熟与发展,人文意识的进步与强化,特别是文字的出现与完善和审美特性的丰富与表现形式的有序化,美的规律的进步的生成与掌握,于是由口头的审美意识形式,自然地、历史地生成而为审美意识形态。文学从自己的原生态,经历了不断的演变而走向自觉的创造,成为文学自身而接近了现代意义上的文学形式,为后世文学的生成提供了一个基本的样式。③

　　进而主体把被感受了现实特征,物化于自己的作品之中,改造着他感受的一切,创造了一种新的现实。这种新的现实表现为一种意识形式——审美意识形态。④

钱中文特意强调:

　　我们之所以说文学作为意识形态,是指它在整个社会结构中的地位而言,它和经济基础和上层建筑以及诸种意识形态组成了整个

---

① 参见钱中文:《论文学形式的发生》,《文艺研究》1988 年第 4 期。
② 钱中文:《论文学审美意识形态的逻辑起点及其历史生成》,《文学评论》2007 年第 1 期。
③ 钱中文:《论文学审美意识形态的逻辑起点及其历史生成》,《文学评论》2007 年第 1 期。
④ 钱中文:《论文学观念的系统性特征》,《文艺研究》1987 年第 6 期。

社会结构。至于研究具体的文学,我们则是把它作为审美意识形态来对待的,而其逻辑起点不是意识形态,而是审美意识。①

因此,在审美意识形态论那里,"审美意识形态"是个独立的、自成一体的概念。钱中文还说:"综合审美意识形态的系统质,实际也就是我们在上面论及的以审美意识为逻辑起点、历史地生成的审美意识形态所显示的最基本的复合特性:即在文字多种结构的样式中,文艺的诗意审美与社会意义、价值、功能两者的融合,并在这两个方面保持高度的张力与平衡。"②童庆炳也特意强调,审美意识形态不是审美加意识形态:

> "文学审美反映"论和"文学审美意识形态"是一个完整的概念,不是"审美"加"反映",不是"审美"加"意识形态",它们是一个具有单独的词的性质的词组,不是审美与反映、审美与意识形态的简单相加。它们本身是一个有机的理论形态,是一个整体的命题,不应该把它切割为"审美"与"反映","审美"与"意识形态"两部分。"审美"不是纯粹的形式,是有诗意内容的;"反映"、"意识形态"也不是单纯的思想,它是具体的、有形式的。③

不过,这一阐述似乎与之前的阐述有些矛盾。钱中文曾说:"重要的在于文学不是一种抽象的意识形态,而是审美意识形态。当审美的特性与意识形态特性结合到一起时,这种系统性使对象发生了质的变化。"④按这里的表述,审美意识形态仍是审美性与意识形态性的结合。而且,这里的"意识形态"内涵似乎又有了传统表述的一般意义,可以同社会、阶级等价值倾向相联系。他还说:"一,文学的审美描写,确是反映了一定人群、集团、阶级的感情和思想倾向的,显示了它的作为具有倾向性的意

---

① 钱中文:《意识形态的多语境阐释——兼析"虚假意识"问题》,《河北学刊》2007年第1期。
② 钱中文:《论文学审美意识形态的逻辑起点及其历史生成》,《文学评论》2007年第1期。
③ 童庆炳:《新时期文学审美特征论及其意义》,《文学评论》2006年第1期。
④ 钱中文:《论文学观念的系统性特征》,《文艺研究》1987年第6期。

识形态性。二,但是文学的审美描绘,又可揭示人类共同人性的要求,表现人的普遍感情和愿望,使它超越一定群体、集团、阶级的感情、思想倾向,从而成为文学的审美意识形态性的另一种表现。三,在文学中,有相当部分的作品,描写自然景物,寄情山水之间,有的固然明显地寓有作者的情愫,有的则不甚分明,也不易看清楚。更重要的是它们只以优美的状物写景的审美特性一面,吸引着各时代的读者。不能否认,这是文学的审美的意识形态性的又一种表现。"①

后来,审美意识形态论被称为"文艺学的第一原理"②,并随着教材的推广而形成广泛的影响。与此同时,学界存有很多不同的看法,正在酝酿更激烈的论争。

二、以"意识形态"为起点的审美意识形态论

王元骧也被认为是审美意识形态论的提出者之一,他的观点代表了由"意识形态本性论"转而接受"审美意识形态论"的学者们的看法,他说:

> 文艺的意识形态性是马克思主义文艺理论的核心命题,也是马克思主义文艺理论的一个理论支点。意识形态作为社会意识中反映人们所处的社会关系(生产关系和交往关系)和思想要求、利益愿望的那一部分思想观念的总和,对于每一个社会成员都有着巨大的影响。可以说,人们的思想和行动无不受到一定意识形态的支配和规范。出于对意识形态以及它与人的思想、行为之间关系的自觉认识,马克思主义把文艺界定为一定的社会意识形态,要求无产阶级文艺自觉地担当起以无产阶级的世界观来认识和改造世界,以社会主义

---

① 钱中文:《论文学观念的系统性特征》,《文艺研究》1987 年第 6 期。
② 童庆炳:《审美意识形态论作为文艺学的第一原理》,《学术研究》2000 年第 1 期。

的精神来教育和鼓舞人民大众的历史使命,因而意识形态性也就成了无产阶级文艺的灵魂。

正是由于情感反映不同于一般认识反映的这些特点,使得文艺作品无不蕴含着文艺家对现实人生的态度、评价、理想和期盼,必然在不同程度上流露出文艺家的思想倾向和情感态度。……在这个世界上,从来就没有纯粹的个人意识,必然要打上一定阶级、阶层或社会集团的烙印。在文艺作品中,这种"应如何"的人生图景虽然以文艺家个人的理想、愿望、企盼和梦想的形式表现出来,但是也必然代表着、反映着一定社会、时代、阶级、集团的思想愿望。愈是伟大的文艺家,与社会、时代、人民的这种联系就愈紧密、愈深刻。[①]

这一表述是非常具有代表性的。谭好哲同王元骧一样,肯定着意识形态内涵的传统界定,认为:"意识形态则是与一定社会的经济和政治直接或间接相联系的观念系统,特别是指与一定的价值观念系统,一定的权力架构相关联的观念系统";在这一基础上进而认为,"由于文艺在本质上属于社会意识形态,而本质的东西又必然会在现象形态上表现出来,因之意识形态问题也就成为文艺活动的基元性问题,并顺理成章地成为文艺理论体系建构的基元性问题,文艺理论研究中的其他一系列问题都是由此基元性问题派生和演化出来的";"说文艺是审美的意识形态,不过是强调了文艺作为意识形态的感性特征,以便于将文艺意识形态与恩格斯所提出的那些理论形式的纯粹抽象的意识形态区别开来"[②]。

胡亚敏认为:"从某种意义上说,意识形态就是不同阶级、不同利益集团的心声的表达,而这正是文学存在的价值之一。"[③]并说:"我觉得,审美意识形态不是审美加意识形态,而是审美的意识形态,既是审美的,又是意识形态的。但我对审美有自己的看法,……现在的审美已不是康德

① 王元骧:《论文艺的意识形态性》,《求是》2005 年第 15 期。
② 谭好哲:《关于文艺与意识形态关系问题的几点思考》,见李志宏主编:《文艺意识形态学说论争集》,吉林大学出版社 2006 年版,第 109 页。
③ 胡亚敏:《关于文学及其意识形态性质的思考》,见李志宏主编:《文艺意识形态学说论争集》,吉林大学出版社 2006 年版,第 91 页。

所说的那种无功利性的合目的性,而是和经济、资本、日常生活捆绑在一起。"①赖大仁提出,"要把文艺现象放到人类社会结构形态中去加以归类考察,显然只有归入到观念的上层建筑即意识形态中去,而不可能归入别的方面"②。并且他认为,马克思主义理论最重要、最关键之处在于:它开辟了唯物史观的宏阔视野,并且将文艺现象纳入了这种宏观视野加以观照,这对于文艺研究(无论是宏观的文学艺术史研究,还是具体的文艺现象研究),都具有一种世界观和方法论的启示意义,这种意义无论怎样估价可能都不会过高。

第四节
在意识形态概念内涵方面的建设性研究

一、从词源学角度对"意识形态"概念内涵的诸种解读

马克思意识形态学说的内涵丰富,学者们的解读不尽相同。为从源头弄清问题,学者们对"意识形态"的概念内涵及相关学说的形成进行了细致的研究。

陆梅林、谭好哲、俞吾金等一批学者梳理了"意识形态"一词从提出到被马克思采用的过程,其阐述大多依据国外学者的研究材料。被我国学者所引据的英国《大不列颠百科全书》和邓肯·米切尔主编的《新社会学词典》认为,"意识形态"("观念学""思想体系")概念是法国大革命时代的哲学家德斯图·德·特拉西(Destuttde Trcy,1754—1836)最早使用

---

① 胡亚敏:《关于文学及其意识形态性质的思考》,见李志宏主编:《文艺意识形态学说论争集》,吉林大学出版社2006年版,第93页。
② 赖大仁:《唯物史观视野中的意识形态与文艺》,见李志宏主编:《文艺意识形态学说论争集》,吉林大学出版社2006年版,第82页。

的。① 学者们认为:特拉西以这一概念表示一种思想体系,即"观念学"的意思,强调"感觉"在认识论上的作用。不仅如此,特拉西使用"观念学"这个术语,还在于表示他所说的这门科学,与那些阐释性的理论、体系和哲学有所不同,它负有为人类服务这样一种使命,使人类摆脱偏见,为理性的统治做好准备。拿破仑在恢复帝制后又重建宗教,同特拉西反宗教的观点发生冲突,因而指责以特拉西为首的一批"意识形态"家们不但是错误地认识社会和政治现实的空想家,也是秩序、宗教和国家的破坏者;甚至把 1812 年法国在对俄战争中的军事失败归咎于"观念学"的影响。因此,意识形态概念具有了表示"空想家"及"意识形态家"的意义,带有了贬义。马克思、恩格斯也是在贬义上使用这一概念的。② 陆梅林引用了柏拉威尔在《马克思和世界文学》一书中的讲述:马克思最初是在《关于林木盗窃法的辩论》一文中第一次使用意识形态概念的,"第一次把法律看作是一种意识形态,一种虚假的社会意识";他认为,"马克思在他第一次使用这个概念时,就改变了特拉西的原意,而在虚假意识的含义上使用它了";"随着唯物史观的确立,马克思和恩格斯便在《德意志意识形态》中形成了他们的意识形态观"③。这样,"在马克思那里,'意识形态'的含义就不限于'虚假意识'一种,在历史唯物主义的社会结构论中,它也是作为一个描述性概念而出现的";此后,经过第二国际马克思主义者及普列汉诺夫、布哈林等人的过渡,"在列宁那里,他不仅把意识形态完全理解为一个描述性的概念,而且第一个在马克思主义的科学中运用了'科学的意识形态'这一概念,用以揭示无产阶级意识形态的实质,阐明它在建立和发展社会主义中的作用"④。

后来,董学文引述了美国学者马丁·塞里奇(Martin Seliger)对 Ideologie 这个法文词的考证,认为该词并不见于 18 世纪法国百科全书;该词是普罗旺斯的一个宗教团体首创的,其目的是教导那些热心倡导模仿神

---

① 参见谭好哲:《文艺与意识形态》,山东大学出版社 1997 年版,第 26 页。
② 陆梅林:《何谓意识形态——艺术意识形态论一》,《文艺研究》1990 年第 2 期。
③ 陆梅林:《何谓意识形态——艺术意识形态论一》,《文艺研究》1990 年第 2 期。
④ 谭好哲:《文艺与意识形态》,山东大学出版社 1997 年版,第 61 页。

秘的基督教信仰的民众。塞里奇的考证至少说明，Ideologie 并非法国特拉西所创立，他只是将该词引入自己的著作并加以使用而已。不过，特拉西赋予该词以新的意义，称自己的学说是"思想学的科学"①。该概念以后的发展就如同学者们已经阐述的那样了。

对意识形态概念的形成及演变过程，学者们的看法基本上是一致的，而对于马克思使用意识形态概念时的具体意义，人们的理解有所不同。一部分学者从对意识形态概念内涵的考证中得出"文艺是意识形态"的结论；另一部分则得出"文艺本性不是意识形态"的结论。

陆梅林认为，从文献中看，"恩格斯不仅始终坚持某些社会意识形式的观点是意识形态，而且始终坚持政治、哲学、宗教、艺术本身也是意识形态"②。潘必新也是把"意识形态"等同于"意识"，从意识与物质相对立、相统一的角度来理解马克思意识形态学说，他认为："当把世界分为存在和意识这样两大范畴时，或者说当从这样一种两分法的层面来看世界时，文学艺术就只能归于意识形态一流。"③从中得出的论点是："从存在与意识的关系的层面来看，说文艺既有意识形态性，又有非（或超）意识形态性，这是不合逻辑的。"④毛崇杰认为：

> 更值得注意的是"ideologischen（意识形态的）"这个定语是"法律的、政治的、宗教的、艺术的"几个限定语的总括，也就是说这几个方面都包括在意识形态范畴之内，并且这里"艺术的"这个用语按照一般的理解不当为"艺术理论的"（即抽象的美学与文艺学），而是艺术的直接形式，即审美的形式。⑤

我们不能把"意识形式（Bewuβtseinsformen）"与"意识形态（Ideologie）"的区分看成是意识形态与"超意识形态"或"非意识形态因

素"的区分。因为这样,一方面就把横向上的区分转化为纵向的区分,把原来的二分变成为三分,即把"经济基础与上层建筑"、"社会存在与社会意识"化为"经济基础、意识形态、超意识形态(或非意识形态)"三个部分。①

与上述认识不同,毛星认为:中文译作"意识形态"的德文词为 Ideologie,意为观念、概念、理念、思想等;柏拉图和黑格尔所说的"理念",都用的是这个词。在汉语中,Ideologie 还可以译为"思想体系"或"思想理论",这个词仅指意识最高发展的产物,不是意识的全体。所以这个词不应该译为"意识形态",因为这个词既无"意识"的含义,更无"形态"的影子,倒是应该将中译为"意识形式"的德文词 Bewuβtseinsformen 译为"意识形态"。因为这个词中 Bewuβtsein 的确切含义是"意识",而"form"可以译为形式,也可以译为形态。② 毛星的意思是,"意识形态"一词本应该涵盖全部意识的东西,等同于"意识形式",而思想体系性的观念、理论是意识形态暨意识形式中的高级部分。我们现在的翻译方法是把思想体系等意识中的高级部分翻译表述为"意识形态",把意识的全部成分翻译表述为"意识形式"。如果是这样,则要把政治的、宗教的、艺术的思想理论归属于 Ideologie 即意识形态,而把政治、宗教、艺术等归属于 Bewuβtseinformen 即意识形式,不能归属于意识形态。③ 他说:"艺术创造,不只是思想活动,不只是认识活动,而是一种实践,一种创造性的实践活动。正是由于把艺术错误地归结为 Ideologie(中译为"意识形态"——引者注)的一种,因而大大缩小了艺术和艺术活动的意义与范围,如许多人分析艺术时只着重分析思想,把艺术创作活动简单化为认识活动,艺术问题因而也就变为了一般的认识论问题。"④

董学文认为,现在被翻译成"意识形态"的德文词、英文词和俄文词,

① 毛崇杰:《也谈意识形态》,《文艺理论与批评》1988 年第 6 期。
② 参见毛星:《意识形态》,《文学评论》1986 年第 5 期。
③ 参见毛星:《意识形态》,《文学评论》1986 年第 5 期。
④ 毛星:《意识形态》,《文学评论》1986 年第 5 期。

原义都是"思想体系""观念形态""思想意识",同时还可以包含"思想方法""空想""空论""思想"等意思;"不管从哪个意思上讲,显然,从语义学、语源学上考察,把文学艺术就看成是一种思想体系、意识形态,即便是说成'特殊的意识形态',也是不准确、不完全的";而且,从马克思的具体阐述看,"并没有直接把文学艺术称为'意识形态'或'特殊的意识形态',而是把它说成是一种'社会意识形式'或'意识形态的形式'"。① 他认为,各种意识形态的物质基础并非必然是社会阶级,还可以是性别、种族及其他文化现象,是阶级以外的其他成分。文艺是用语言表现心灵审美的艺术,语言是文艺观念的载体,是文艺的形式,是文艺的物质外衣,具有物质属性,所以不能简单地说文艺就是一种意识形态。"文学进而艺术产品的本质在于其本身就是复杂的事物,它们介于阶级或社会集团的意识形态及其在美学形式中的表达之间。"②他同时着意强调,说文艺具有非意识形态因素,不等于是在主张文学艺术的"非意识形态化"③。

这些论点上的分歧表明,从词源学及词义学角度来考证意识形态概念内涵,还不足以充分地理解马克思主义的意识形态理论,更为合理的途径是根据马克思主义的一般原理,结合社会历史发展的实际过程和状况来作出合理的解读。

二、从语义使用角度对意识形态概念内涵的解读

语言概念的意义是在使用中表现出来的,我们要根据马克思主义经典作家对意识形态概念的使用情况了解其内涵和意义。

马克思、恩格斯在其早期著作《德意志意识形态》中集中谈到意识形态问题,彻底批判唯心主义观点,初步地阐述了唯物史观思想:"意识[das Bewuβtsein]在任何时候都只能是被意识到了的存在[das bewuβte

---

① 董学文:《马克思主义文艺学当代形态论纲》,《文艺研究》1988 年第 2 期。
② 董学文:《马克思主义文艺学当代形态论纲》,《文艺研究》1988 年第 2 期。
③ 董学文:《马克思主义文艺学当代形态论纲》,《文艺研究》1988 年第 2 期。

Sein]，而人们的存在就是他们的现实生活过程。"①"我们开始要谈的前提不是任意提出的，不是教条，而是一些只有在臆想中才能撇开的现实前提。这是一些现实的个人，是他们的活动和他们的物质生活条件，包括他们已有的和由他们自己的活动创造出来的物质生活条件。因此，这些前提可以用纯粹经验的方法来确认"②；而以青年黑格尔派为代表的"所有的德国哲学批判家们都断言：观念、想法、概念迄今一直支配和决定着现实的人，现实世界是观念世界的产物"③。马克思、恩格斯把所有这些唯心主义思想统称为"意识形态"，他们说："如果在全部意识形态中，人们和他们的关系就像在照相机中一样是倒立成像的，那么这种现象也是从人们生活的历史过程中产生的，正如物体在视网膜上的倒影是直接从人们生活的生理过程中产生的一样。"④还说，"德国唯心主义和其他一切民族的意识形态没有任何特殊的区别。后者也同样认为世界是受观念支配的，思想和概念是决定性的本原，一定的思想是只有哲学家们才能理解的物质世界的奥秘"⑤；"我们需要深入研究的是人类史，因为几乎整个意识形态不是曲解人类史，就是完全撇开人类史。意识形态本身只不过是这一历史的一个方面"⑥。这些唯心主义思想都是人们"为自己造出关于自己本身、关于自己是何物或应当成为何物的种种虚假观念"⑦，"这种情况一直保持到今日，但今后不应继续存在"⑧。唯物史观诞生之后，对观念、意识的本性有了科学的认识，从此，"道德、宗教、形而上学和其他意识形态，以及与它们相适应的意识形式便不再保留独立性的外观了。它们没有历史，没有发展，而发展着自己的物质生产和物质交往的人们，在改变自己的这个现实的同时也改变着自己的思维和思维的产物"⑨。

① 《马克思恩格斯文集》第1卷，人民出版社2009年版，第525页。
② 《马克思恩格斯文集》第1卷，人民出版社2009年版，第518—519页。
③ 《马克思恩格斯文集》第1卷，人民出版社2009年版，第510页。
④ 《马克思恩格斯文集》第1卷，人民出版社2009年版，第525页。
⑤ 《马克思恩格斯文集》第1卷，人民出版社2009年版，第510页。
⑥ 《马克思恩格斯文集》第1卷，人民出版社2009年版，第519页编者注。
⑦ 《马克思恩格斯文集》第1卷，人民出版社2009年版，第509页。
⑧ 《马克思恩格斯文集》第1卷，人民出版社2009年版，第510页。
⑨ 《马克思恩格斯文集》第1卷，人民出版社2009年版，第525页。

根据这些阐述,可以合理地判断,马克思、恩格斯所说的意识形态是指一种不具历史真实过程的、虚假的思想体系,在当时的表现就是唯心主义思想体系。董学文指出:"马克思、恩格斯借用'意识形态'概念时,是在'思想体系'或'观念系统'的正反层含义上加以使用的。从第一层含义上说,在他们那里,'意识形态'是指每个历史时期'占统治地位'的实践(生产)方式所产生的一套抽离了真实历史过程的思想体系。""从第二层含义上说,'意识形态'是每个社会形态当中都可能存在的虚假的'错误意识',这种意识由它的持有者的社会阶级属性所决定。"①董学文还认为,"'意识形态'在经典作家那里,主要是指抽象化、倾向化的思想,是指以某种理想的方式——虚假的或真实的——来表达支配性的物质关系的观念,是指思想家通过意识完成的一个认识过程,是指在'经济基础/上层建筑'总体结构中的一种功能性存在。如果用恩格斯的话更明确一点地讲,那就是指'头足倒置'地(或'颠倒'地)反映'在它没有被认识以前构成我们称之为意识形态观点的那种东西'"②。董学文还在该文中引证了国外马克思主义研究者的论点说:英国马克思主义文论家雷蒙·威廉斯在《马克思主义与文学》一书中说,"意识形态"概念并不是马克思主义的原创,但今天仍然被视为它的专有名词。但显而易见的是,无论如何它都是所有马克思主义文化思想,特别是有关文艺和观念的思想的重要概念。对这一概念,我们必须在所有马克思主义文本中区分出三种通用的提法,一般而言,一是特定阶级和群体所特有的信仰系统;二是幻想性的信仰系统——错误观念或者错误意识,这种信仰系统是与真理性的科学认识相对的;三是意义与观念生产的一般过程。对某些马克思主义流派来说,第一层含义和第二层含义可以有效地结合在一起。③

根据马克思主义经典阐述和学者们的研究,我们可以知道,马克思恩

---

① 董学文:《马克思的意识形态学说与文学本质问题——兼及"审美意识形态论"分析》,见李志宏主编:《文学意识形态论争集》,吉林大学出版社2006年版,第21页。
② 董学文:《马克思的意识形态学说与文学本质问题——兼及"审美意识形态论"分析》,见李志宏主编:《文学意识形态论争集》,吉林大学出版社2006年版,第22页。
③ 参见董学文:《马克思的意识形态学说与文学本质问题——兼及"审美意识形态论"分析》,见李志宏主编:《文学意识形态论争集》,吉林大学出版社2006年版,第20页。

格斯所说的虚假的思想体系,就是指在人们思想意识中占据主导地位的全部唯心主义思想体系。当时,唯心主义是关于世界观的全部思想意识的整体样态。因此,意识形态概念是马克思恩格斯对唯心主义的总称。

在某些地方,马克思的阐述似乎超越了对唯心主义的专指而具有一般意义,所以有的学者认为,在《〈政治经济学批判〉序言》中,"马克思把'意识形态'作为确定的术语,纳入在自己对历史唯物主义的经典性的表述中。从此,意识形态就作为马克思主义的基本范畴为人们所熟知"①。如果单就马克思这段论述的本身看,缺少对意识形态具体所指内容的相关表述,这里所说的"意识形态的形式"似乎是中性概念。但若结合马克思在其他地方的论述,可知马克思这里所讲的社会发展变革,都是以往曾经发生的或正在进行的。而直到马克思论述的当时为止,人们对社会、历史、精神现象的认识都是处在唯心主义体系之下的,所有的哲学观念及思想体系都是唯心主义的。所以,没有充分的根据认为马克思此时的"意识形态"概念不是对唯心主义的专指。此后,马克思一直到晚年都几乎不再言及"意识形态"问题,没有再回到这一概念上。其原因大概不会是他对这一概念摒弃不用或对意识形态问题另有看法,而是因为他对这一问题的认识已经成熟并取得确切的成果,其研究已转到新的领域,有了新的课题。不过,恩格斯在晚年为捍卫马克思主义的历史观时,经常不得不同形形色色的非马克思主义观点进行论战,因而又一再使用并阐释"意识形态"概念,使其含义更加明晰。而在恩格斯后期的论著中,意识形态仍是对唯心主义的专指。如:"任何意识形态一经产生,就同现有的观念材料相结合而发展起来,对这些材料作进一步的加工;不然,它就不是意识形态了,就是说,它就不是把思想当做独立地发展的、仅仅服从自身规律的独立存在的东西来对待了。人们头脑中发生的这一思想过程,归根到底是由人们的物质生活条件决定的,这一事实,对这些人来说必然是没有意识到的,否则,全部意识形态就完结了。"②在这段表述中,把唯心主

① 李思孝:《文艺和意识形态——兼评几种观点》,《文学评论》1991 年第 5 期。
② 《马克思恩格斯文集》第 4 卷,人民出版社 2009 年版,第 309 页。

义称为意识形态的意义是非常鲜明的。马克思恩格斯从来没有把自己的唯物史观称为"意识形态"。在《共产党宣言》中,不曾把共产党人的理论原理或共产主义思想意识称为意识形态。相反,文中说道:"从宗教的、哲学的和一切意识形态的观点对共产主义提出的种种责难,都不值得详细讨论了。"①这里所列举的"一切意识形态的观点"都是封建阶级及资产阶级的唯心主义观点,并没有对比地说共产主义意识、观点是科学的意识形态。可见,这里同《德意志意识形态》一样,是把科学世界观同唯心主义世界观即意识形态相区别的。

从马克思、恩格斯的实际论述中可以看出,他们是借用了特拉西"意识形态"的概念,又加以改造,形成唯物史观思想体系中的特定术语。这种改造是必要的。恩格斯在讲解马克思主义学说时曾经说道:"可是,有一个困难是我们无法为读者解除的。这就是:某些术语的应用,不仅同它们在日常生活中的含义不同,而且和它们在普通政治经济学中的含义也不同。但这是不可避免的。一门科学提出的每一种新见解都包含这门科学的术语的革命。化学是最好的例证,它的全部术语大约每20年就彻底变换一次,几乎很难找到一种有机化合物不是先后拥有一系列不同的名称的。"②马克思、恩格斯对"意识形态"概念的使用也是如此。同时要看到,"意识形态"这一术语的意义,一方面是用以表示这种意识的唯心主义性质,另一方面是用以表示全部唯心主义性质的意识所呈现出的样式、样态。即,唯心主义是具有特定内容、特定形式的一种思想体系,是一种比较稳定的已然的存在,从其自身样式讲,可以构成为一种"形态",即唯心主义的意识性的形态。这样,该术语隐然地含有中性化、普遍化的可能性。所以,虽然马克思、恩格斯以"意识形态"概念来指称唯心主义的思想体系,但并不能因此而永远地把意识形态同唯心主义画等号。唯心主义只是马克思、恩格斯当时使用"意识形态"这一术语时的实际内容,并不是固定的含义。马克思主义诞生之后,形成了不同于历史上所有唯心

---

① 《马克思恩格斯文集》第2卷,人民出版社2009年版,第50页。
② 《马克思恩格斯文集》第5卷,人民出版社2009年版,第32—33页。

主义的新的思想体系。既然一切唯心主义思想构成虚假的意识形态,则相对应的唯物史观就可构成科学的意识形态。当人们超越"意识形态"概念对唯心主义的特指而取其一般意义时,它就可以演变为具有普遍性的概念,可以指称具有其他内容的、带有思想体系性质的意识。

此后,经由一系列的发展,意识形态在今天已经是一个中性的"描述性"概念,不是对唯心主义的特指了。而意识形态概念的提出、形成过程和马克思、恩格斯的使用情况都表明,"意识形态"这一概念专指作为思想体系的意识,具有特定的内容。这一意义同马克思唯物史观紧密相连,一直延续下来,应该得到继承。

中国马克思主义文论对文艺意识形态问题的建设性阐述

在文艺意识形态问题上,深刻理解马克思主义唯物史观的基本原理是非常重要的。在我国以往的理解中,存有一些不符合马克思主义意识形态原理的认识。其中,有一种观点是把"意识形态"当作人类精神现象的总称,把"意识形态"概念同"物质形态"概念相对应,以为"意识形态"是指人类意识的表现"形态",凡是人的精神现象都属于意识的形态。按照这种理解,意识形态概念就涵盖了人类所有的思想意识,不是专指具有特定内容的思想体系。如果人类所有的意识、观念、精神表现都属于意识形态,则意识形态概念就被最大限度地泛化,失去了唯物史观的意义。还有一种常见的观点认为,意识形态是指那些同经济基础相关的社会意识形式,即政治法律思想、道德、宗教、哲学、文艺等。这就把社会意识在分工领域方面的构成及表现形式同社会意识的社会性质相混同了,同样使文艺意识形态问题失去了应有的意义。针对这些模糊认识,需要运用马克思主义唯物史观基础上的文艺意识形态理论加以澄清。

一、文艺在社会结构及社会分工领域中的位置

从宇宙观、世界观的意义上看待社会结构,是要发现社会整体构成的客观规律,发现历史发展的内在原因。所谓社会结构,主要的构成因素即物质和精神这两大领域或部类。文艺是意识的产物,属于精神领域。要准确认识文艺的本性和特征,首先需要弄清精神同物质的关系,即社会意识在社会中的地位及发展规律。这是文艺理论必要的哲学基础,文艺意识形态问题就是在这一背景下形成的。

关于"意识",其概念主要有两种含义。第一种含义是从自然科学角度着眼的,是自然物质性的、生理学意义上的。即作为人类精神活动的意识,从根本上讲也是一种物质形式,是一种自然性的构成,是自然界长期发展、进化的结果,是人类物质机体,即大脑的产物和机能。意识的自然机能在于协调机体的内部活动和适时作出外在反应。大脑由神经细胞及各个层次的神经结构所组成,其中的某些神经联系及神经活动方式对人的主动性行为具有组织、管理机能。在这种神经活动中,对神经元及神经联系所携带信息的计算就是思维活动,对思维活动所产生结果的自我觉察就是意识,包括对于机体内部状态及感觉器官活动结果的自我觉察。就是说,人能在一定程度上知道自身的生存需要状态,例如是渴了还是饿了;也能感知到自己的精神状态和思维的结果,知道自己想了些什么。人在清醒时,就处于有意识或意识正常状态;当人昏迷时,就失去了意识,处于非意识状态。同时,人对自身状态的自我觉察过程也叫意识过程,此时的"意识"概念是动词,即"意识到"了什么。

第二种含义是从大脑思维活动的内容着眼的,指大脑对外在信息进行加工后所形成的具体认识,包括感觉、意愿、思想、观念等。动物在生存活动中进化出神经功能,可以对外界环境做出有效而主动的反应;人对外界环境的反应则是自然界中最广泛而深刻的。同时,人是社会—文化性的存在,社会—文化状态构成人的最重要的外在环境。具有自然性质的

意识在对自然和社会环境的信息加以反映和加工时,就构成意识活动的内容。意识活动的内容和结果也被称为"意识"。此时的"意识"是指客观物质世界在人脑中的主观印象,即思想、观念等,这是大脑认知活动的结果,也是相对于自然物质性存在的精神性存在。

这两种含义,出自不同的角度,分属于不同的领域,但又相互联系,具有同一性。如果不处于自然的、生理学意义上的意识状态而进行着自然生理性的意识活动,就不可能形成精神性的意识内容。

生理学意义上的意识是具有自然性质的基础性存在,凡是发育正常的人,都有意识能力,都能在生活经验中形成意识内容,因此这一层次的意识具有一般性、全人类性,对它的研究属于自然科学领域。以自然性质的意识结构为基础来认识人文性质的意识,才是科学的研究过程,才能获得合理的历史起点和逻辑起点。而精神意义上的意识是我们在社会人文领域中使用这一概念时的主要含义,对于解释文艺的社会意识本质,更具有实际的价值。

对意识的社会人文属性的阐释,往往有很大的分歧。这种分歧的主要表现,就是怎样解释意识的内容从何而来的问题。对此,学说史上曾有许多不同的回答,主要有对立的两大类:一类属于唯心主义阵营,主张意识的完全独立性,即认为意识是本原的、自在的,作家的头脑、意识是作品的最终源泉。如柏拉图的"神灵附体说",以及灵感论、偶然论等。另一类属于唯物主义阵营,主张意识的相对独立性,认为物质性的社会生活是文艺作品的最终源泉,作家的头脑、意识要以客观社会为依据。其最全面、最科学的回答当属由马克思所创立的辩证唯物主义思想。

马克思、恩格斯通过对以往思想史、认识史的批判和反思,以对历史的考察和现代科学的发展成果为根据,发现了社会意识得以形成和发展的内在规律及最终原因,即就世界的本原而言,物质是第一性的,精神是第二性的,"不是人们的意识决定人们的存在,相反,是人们的社会存在决定人们的意识"①。这一阐释正确回答了物质世界及客观存在与人的

---

① 《马克思恩格斯文集》第 2 卷,人民出版社 2009 年版,第 591 页。

精神机能及主观思维的关系,为我们正确认识意识的性质奠定了基础,也为我们正确认识作为意识产物的文艺的性质奠定了基础。

社会存在对社会意识的决定作用,既表现在社会意识的内容方面,又表现在社会意识的形式方面。马克思发现,社会生活条件直接地影响着人类社会样态和人的意识的内容。其中,对社会发展性质及社会意识性质的形成起决定性作用的是物质生活资料的生产。马克思在《〈政治经济学批判〉序言》中精辟地论述了经济基础和上层建筑的相互关系,他指出,社会存在决定社会意识,社会上层建筑要被经济基础所制约和决定,从而奠立了科学的唯物史观,为人们认识意识的性质、来源、发展规律提供了科学依据。依据这一原理,普列汉诺夫进一步论述了社会结构的"五因素论":

> 如果我们想简短地说明一下马克思和恩格斯对于现在很有名的"基础"和同样有名的"上层建筑"的关系的见解,那末我们就可以得到下面的一些东西:(一)生产力的状况;(二)被生产力所制约的经济关系;(三)在一定的经济"基础"上生长起来的社会政治制度;(四)一部分由经济直接所决定的,一部分由生长在经济上的全部社会政治制度所决定的社会中的人的心理;(五)反映这种心理特性的各种思想体系。①

以这一阐述为中介,后来形成了关于社会结构的更为精练的表述,即我们目前所通行的说法:经济基础(生产力、生产关系)决定了设施的上层建筑(主要指国家、法律等政权组织),继而决定了观念的上层建筑(包括政治、法律、思想、道德、宗教、哲学、艺术等)。由此可以清楚地看到文艺在社会结构中的位置。这一位置决定了文艺的基本性质、主要特征和一般作用。

---

① [俄]普列汉诺夫:《普列汉诺夫哲学著作选集》第3卷,生活·读书·新知三联书店1962年版,第195页。

"观念的上层建筑",是对人类精神现象和社会意识的总称,被社会生活所制约。马克思说:"我们的出发点是从事实际活动的人,而且从他们的现实生活过程中还可以描绘出这一生活过程在意识形态上的反射和反响的发展。"①社会生活的内容必然会反映到社会意识中来。社会生活中的分工领域决定了社会观念上层建筑的构成,在社会意识层面形成了与社会生活相对应的分工领域。恩格斯说:"每一个时代的哲学作为分工的一个特定的领域,都具有由它的先驱传给它而它便由此出发的特定的思想材料作为前提。"②"法也与此相似:产生了职业法学家的新分工一旦成为必要,就又开辟了一个新的独立领域。"③这里所说分工的"特定领域""独立领域",应该是指整体社会意识的特定分工领域。作为这种分工的特定领域,不仅有哲学、法学,还有宗教、道德和艺术等。

　　根据辩证唯物史观,社会意识形式的形成根源于社会生活。人的社会生活是丰富的、多方面的,不同方面、不同类型的生活相对集中,最终就分门别类地形成了多个相互不同的生活领域,就像生活的分工表现一样。不同生活领域之间既相互联系又相互区别。恩格斯说:"从分工的观点来看问题最容易理解。社会产生它不能缺少的某些共同职能。被指定执行这种职能的人,形成社会内部分工的一个新部门。"④文艺在社会结构中属于社会意识的层次。社会生活的内容必然反映到社会意识中去。与整体社会生活相对应的社会意识是一个整体的结构,而与社会生活某一领域相对应的社会意识就形成具体的社会意识领域。不同领域中的意识各自形成独有的表现形式,其具体的表现就构成了一些特定的类型或领域。对此,人们即称之为社会意识形式。这些类型或领域是随着社会的发展进程、生活内容的不断丰富而逐渐形成的。如,有关政治方面的因素和内容形成了社会的政治生活领域;有关道德的因素和内容形成了社会的道德生活领域;有关宗教的因素和内容形成了社会的宗教生活领域;有

① 《马克思恩格斯文集》第 1 卷,人民出版社 2009 年版,第 525 页。
② 《马克思恩格斯文集》第 10 卷,人民出版社 2009 年版,第 599 页。
③ 《马克思恩格斯文集》第 10 卷,人民出版社 2009 年版,第 597 页。
④ 《马克思恩格斯文集》第 10 卷,人民出版社 2009 年版,第 596 页。

关审美和艺术方面的因素和内容就形成了审美及艺术的生活领域。生活领域中的具体分工反映到社会意识领域，就形成表现为一定形式的社会意识。如以政治的形式表现出的意识、以道德的形式表现出的意识、以宗教的形式表现出的意识等。以一定形式表现出的意识又可简称为政治意识、道德意识、宗教意识等。同样的，人在审美方面、文学艺术方面的生活，也可以在意识层面得到相应的反映。对应于生活层面，意识层面的文艺就成为社会意识的形式之一。在这一意义上认识文艺的本性，可以说文艺是一种社会意识形式。即，一部分与审美和艺术相关的社会生活内容在社会意识方面表现为文艺；或者说，文艺是表现社会生活的一种特定的意识形式。

作为社会意识的一种形式，文艺表明的是社会生活的特定分工形式及表现领域，只要有这种类型的社会生活存在，就会有这种类型的意识存在。社会生活的稳定性造就了文艺的稳定性，文艺以自己的专有领域区别于其他社会意识形式，不会轻易地被其他社会意识形式所同化，也不会简单地从社会结构中消失。

我们所见到的文艺作品，虽然是意识的产物，但是一种相对客观的社会存在物。《红楼梦》《清明上河图》《黄河大合唱》等作品一经产生，就在社会中相对客观地存在着，是不容随意否定的事实。它们同哲学意识、宗教意识、道德意识等共同构成了观念上层建筑的现实存在。因此，文艺是观念上层建筑中的一种构成性存在，其构成性属性即由此获得。文艺是表现艺术审美生活的一种社会意识形式，文艺的基本属性是以一定的手法塑造形象体系以满足人的精神和审美需要。在一定意义上可以说，文艺存在的普遍性与人的某种一般性相关，即同人的一般心理结构和需求意识相关。假如可以把这种心理结构和需求意识打成一个"文件包"，使之作为一个"类"而存在，则它所相对应的就是现实社会生活的"文件包"，是社会中有一般性、共同性的生活"类"。

二、文艺必然具有意识形态性

不过,文艺存在所具有的普遍性不等于文艺作品的内容都具有社会生活的普遍性。文艺作为社会意识,不是孤立的、凭空产生的,其内容必然受到社会生活的影响。这一点,"文艺与社会生活关系"的理论已经做出了合理的阐释。我们在这里需要着重说明的是,根据马克思主义唯物史观,社会发展是有不同历史阶段的,每一历史阶段都有自己特定的性质,形成各历史阶段之间本质的区别。某一特定历史阶段中的社会意识必定要被这一历史阶段的性质所规定,从而也具有特定的社会性质。社会意识具有特定社会性质的状况来自社会存在决定社会意识这一规律,表现为社会意识对社会存在的依赖状态。任何一种意识都要在社会中形成,受制于社会发展和社会状况,其中最重要的是受制于社会发展和社会状况的特定性质,即受制于社会在特定历史阶段所独具的性质。在具有一定性质的社会中形成的文艺,必然会反映出这种社会性质,表现为文艺的意识形态性。

马克思主义的唯物史观阐述了经济基础决定上层建筑的一般原理,描述了社会结构中不同层次因素之间的关系,具有高屋建瓴式的一般性、整体性、原则性,具有方法论的意义,可以使我们树立起建基于物质基础之上的科学世界观。同时,经济基础与上层建筑的描述还仅是形象性的说法,是对现实社会结构及其因素的比喻。当这一原则在现实社会中有所表现时,必然化为具体的过程和内容。就是说,我们不能停留在经济基础决定上层建筑的一般性原则上,还要看到这种决定作用是怎样表现的,在哪里表现的。

我们知道,在社会结构的诸因素中,生产力是最活跃的因素,处于不间断的发展进程中。其整体的发展进程可以大致地划分为相对稳定的几个历史阶段,每一历史阶段都有自己的特点,由此形成该历史阶段中生产力的特定性质。生产力对生产关系的作用使生产关系也具有历史发展的阶段性,构成了特定历史时期的经济基础。在经济基础具有不同特点和性质的各个历史阶段之间,有着本质的区别,从而形成性质迥异的表现形态,即经济形态。人类社会曾经经历的经济形态如马克思所说:"大体说来,亚细亚的、希腊罗马的、封建的和现代资产阶级的生产方式可以看做是经济的社会形态演进的几个时代。"[①]因此,经济形态就是经济发展过程中特定的社会形态,表现出特定历史时期社会的性质。

马克思在指出社会结构的组成和相互关系的同时,还指出了由这种结构关系表现出的社会发展变化的内在原因和机制:"物质生活的生产方式制约着整个社会生活、政治生活和精神生活的过程。"[②]这种制约,表现为生产力和生产方式阶段性发展所形成的特定性质对社会生活性质和精神生活性质的决定作用。即经济形态的性质决定了社会制度的性质,表现为特定的社会形态;经济形态和社会形态的性质又决定了社会意识的性质,表现为特定的意识形态。因此,意识形态就是在具有特定性质的经济形态、社会形态基础上形成的社会意识的整体样态,是经济基础性质、设施上层建筑性质在观念上层建筑即社会意识中的反映,或者说,是具有特定性质的社会意识的整体表现,其本质特点是同社会性质相联系。不同社会的意识之间有着性质的区别,这种区别就是意识形态之间的区别。没有了特定的社会性质,意识形态的意义将不复存在。

对于"意识形态"概念内涵中表示社会性质的意义,我国哲学理论也有充分的认识和确切的表述:意识形态是"系统地、自觉地、直接地反映社会经济形态和政治制度的思想体系……"[③]还认为,对于"意识形态"一词,"马克思和恩格斯则把它作为和经济形态相对应的重要范畴,指反映特定经济形态、从而也反映特定阶级或社会集团的利益和要求的观念体系"[④]。这些表述非常准确地指出了意识形态要同经济形态相适应的特点。既然要同经济形态相适应,所能适应的只能是经济形态的特定性质。

文艺意识形态问题研究 第六章

---

① 《马克思恩格斯文集》第2卷,人民出版社2009年版,第592页。
② 《马克思恩格斯文集》第2卷,人民出版社2009年版,第591页。
③ 中国大百科全书总编辑委员会《哲学》编辑委员会、中国大百科全书出版社编辑部编:《中国大百科全书·哲学Ⅱ》,中国大百科全书出版社1987年版,第1097页。
④ 肖前主编:《马克思主义哲学原理》上册,中国人民大学出版社1994年版,第369页。

因此,意识形态是经济形态特定性质在社会意识中的对应性反映,其内涵是对于社会性质的表示。所谓意识形态,实质上就是"意识的社会形态"。

据此,可以做出这样一个定义:意识形态是直接在一定社会经济形态基础上形成的、由全部社会因素构成的、表现在多种意识领域中的社会意识的整体样态。其意义和价值在于强调意识的社会性质,即由社会经济形态性质所决定的社会意识的性质,不在于强调意识的水平层次及意识形式的类型划分。换言之,意识形态这一概念之所以成立,之所以有存在的必要,不在于以此标志社会意识形式同社会心理的区别,也不在于标志一部分与经济基础有关联的社会意识形式同另一部分与经济基础没有关联的社会意识形式之间的区别,其存在的必要在于确切表明,在某一特定经济形态基础上的全部社会意识同另一特定经济形态基础上的全部社会意识在性质上有所不同。

这样理解意识形态的内涵,才既符合事实,又符合马克思主义的有关基本原理。马克思谈论的意识,都不是抽象的,而是具体的、现实的。而意识的现实性、具体性又取决于社会存在的现实性、具体性。如果社会意识能够成为一种现实的、具体的"精神现象",成为一种比较稳定、有特定内容的"形态",就一定要以社会的经济形态为基础。

在对马克思、恩格斯"意识形态"概念内涵及相关学说的认识中,需要特别注意的一个问题就是不要把"意识形态"等同于"观念的上层建筑"。而在人们的理解中,往往将二者相混同,凡是马克思、恩格斯对于观念上层建筑的阐释,都被毫无疑义地应用于对意识形态内涵的理解。正是由于这种混同,人们在认识文艺本性问题时,深深地陷入了误区。

在我国哲学理论通常的认识和表述中,政治法律思想、哲学、艺术等精神活动被同时地看作社会意识、社会意识形式、意识形态、观念上层建筑,对这些概念的内涵和相互关系有这样的界定:"社会意识是社会存在的反应,是对全部社会精神生活成果的总概括。"①社会意识"从对社会存在反映的不同层次可分为:社会心理和社会意识形式"②,"在社会意识形式中,依据各种形式之是否直接反映社会经济形态和政治制度,区分为意识形态与非意识形态的其他社会形式,前者是社会的观念上层建筑,后者则不是"③。这里,很重要的一种理解是把意识形态等同于观念上层建筑。更为清晰的表述是:"耸立在社会经济基础之上的上层建筑由两部分组成。一部分是人们的政治交往关系制度化所形成的政治、法律制度与设施,可称之为政治上层建筑;一部分是人们的精神交往关系规范化和意识形态化所形成的社会意识形态,可称之为思想上层建筑。"④

以"文化结构"为视角的新阐释也是将意识形态与观念上层建筑相等同的:"文化结构是指哲学、政治法律思想、道德观念、宗教观念、艺术等社会意识的联结方式。与政治上层建筑相对应,文化结构又被称为思想的上层建筑或观念的上层建筑。在阶级社会中,观念形态都具有意识形态性,所以文化结构又被称为意识形态的上层建筑。"⑤按照上面的阐述,社会意识是对人的全部社会观念、思想的总称,为基始的第一级层;社会意识形式是社会意识的具体种类或按分工领域划分的表现形式,为次生第二级层;意识形态是社会意识形式的类型之一,与观念上层建筑同义,为再次生的第三级层;政治法律思想、道德、宗教、哲学、艺术等是意识形态或观念上层建筑的具体表现和分类,为再再次生的第四级层。这四个级层在内容上具有同一性,都是具体的意识、观念。

这样,意识形态就是社会意识结构中的一个等级、一个层次,即一种结构性的存在,或者说具有结构的性质。其意义,在于与非意识形态类的

---

① 中国大百科全书总编辑委员会《哲学》编辑委员会、中国大百科全书出版社编辑部编:《中国大百科全书·哲学Ⅱ》,中国大百科全书出版社1987年版,第1097页。

② 中国大百科全书总编辑委员会《哲学》编辑委员会、中国大百科全书出版社编辑部编:《中国大百科全书·哲学Ⅱ》,中国大百科全书出版社1987年版,第768页。

③ 中国大百科全书总编辑委员会《哲学》编辑委员会、中国大百科全书出版社编辑部编:《中国大百科全书·哲学Ⅱ》,中国大百科全书出版社1987年版,第1097页。

④ 肖前主编:《马克思主义哲学原理》上册,中国人民大学出版社1994年版,第360页。

⑤ 李秀林、王于、李淮春主编:《辩证唯物主义和历史唯物主义原理》第5版,中国人民大学出版社2004年版,第114页。

社会意识形式相对应。意识形态本身作为社会意识形式中的一个种类，又可以再向下包容政治法律思想、宗教、道德、哲学、艺术等由类型化观念组成的结构性存在。哲学、艺术等在第二级层的意义上可说是社会意识形式之一；在第三级层的意义上就可说是意识形态或观念上层建筑之一。由此，人们自然可以得出结论：哲学、艺术等的本性是意识形态。

例如，"审美意识形态论"几乎是原本原样地接受着哲学表述中的不正确理解，说道："在马克思的关于社会结构的理论中，社会经济基础制约上层建筑。上层建筑分成两类，一类是社会政治制度等，一类是社会意识形态。"①这里，在"上层建筑"语境下本应该出现的"观念上层建筑"的说法，被直接地由"社会意识形态"的说法所取代，如实地表现出"审美意识形态论"也是将"意识形态"与"观念上层建筑"等同看待的。

人们之所以会得出这种认识，可能来自对马克思主义经典作家有关阐述的不正确理解。恩格斯说过："中世纪把意识形态的其他一切形式——哲学、政治、法学，都合并到神学中，使它们成为神学中的科目。"②"在第三类科学中，即在按历史顺序和现今结果来研究人的生活条件、社会关系、法的形式和国家形式及其由哲学、宗教、艺术等等组成的观念上层建筑的历史科学中，永恒真理的情况还更糟。"③在恩格斯诸如此类的讲述中，政治、法学、宗教、哲学、艺术等有时同意识形态相连接，有时同观念上层建筑相连接。这使得人们以为：它们既是意识形态，又是观念上层建筑，进而不证自明地得出意识形态等同于观念上层建筑的印象。

但实际上，在马克思、恩格斯那里，意识形态和观念上层建筑是两个内涵完全不同的概念。马克思、恩格斯在讲到经济基础和上层建筑的关系时，是以此来比喻物质生产关系对于社会制度及思想观念的决定性作用。其中，物质的、主要是经济的关系是不以人的意志为转移的、客观的、基本的存在，而社会组织和思想观念则如同在基础之上形成的上层建筑一样，要被基础所决定。社会制度具有物质性，又被称作设施的上层建

---

① 童庆炳：《审美意识形态论作为文艺学的第一原理》，《学术研究》2000 年第 1 期。
② 《马克思恩格斯选集》第 4 卷，人民出版社 1995 年版，第 255 页。
③ 《马克思恩格斯文集》第 9 卷，人民出版社 2009 年版，第 94 页。

筑,而全部思想观念、社会意识都应该被包括在观念上层建筑之中。在观念上层建筑中,当然又以思想、观念更为重要,更有代表性,构成着观念上层建筑的主体,所以马克思、恩格斯也常常以思想、观念为代表来进行一般阐述。这样做并不意味着观念上层建筑中除思想观念外就不包含别的意识成分了。《共产党宣言》中曾经说道:"人们的观念、观点和概念,一句话,人们的意识,随着人们的生活条件、人们的社会关系、人们的社会存在的改变而改变,这难道需要经过深思才能了解吗?"[①]在这里,"观念、观点和概念"是"人们的意识"的代名词,是对全部社会意识中重要成分的突出强调,以它们来代表全部社会意识,并不等于说它们就等同于全部社会意识。只有这样看问题,才可以正确理解马克思的这样一段话:"在不同的财产形式上,在社会生存条件上,耸立着由各种不同的,表现独特的情感、幻想、思想方式和人生观构成的整个上层建筑。"[②]这段话历来被当作对于观念上层建筑的经典论述,也是对于意识形态的经典论述。而按这里的讲述,观念上层建筑不仅建立在所有制形式上,还建立在人们生存的社会条件上。人类生存的社会条件比起所有制形式要宽泛得多了。

就物质与精神、决定与被决定的关系而言,一切在客观物质生存条件之上形成的、派生出来的东西都可称为"上层建筑"。对观念上层建筑来说,不仅应当包括思想、观念这些可以成体系的东西(即被我们今天当成社会意识形式及意识形态的东西),还应包括情感、幻想等非理性、非自觉、非体系的东西(即被我们今天当成社会心理的东西)以及意识的其他成分。无论怎样理解,观念上层建筑都是社会意识的总称,是社会结构的一个层次,其意义在于表示社会结构中不同层次之间的关系。

马克思、恩格斯把哲学、宗教、道德、艺术等有时称作意识形态,有时称作观念上层建筑,其实是有不同语境和意义的。把它们称为观念上层建筑,是就它们同经济基础之间的关系而言的,以此标明它们在世界中的地位和实质;把它们称为意识形态,是就它们的实际社会内容或内容的社

文艺意识形态问题研究 第六章

---

① 《马克思恩格斯文集》第2卷,人民出版社2009年版,第50—51页。
② 《马克思恩格斯文集》第2卷,人民出版社2009年版,第498页。

会性质而言的,即它们是具有特定性质的社会意识的具体领域或表现形式。论述角度的不同源自于它们身份的不同。哲学、宗教、道德、艺术等社会意识形式具有双重的身份,或者说具有双重性质、双重因素,有时可成为观念上层建筑的代表,有时可成为意识形态的代表,但这种情形并不意味着它们所分别指代的对象也都是同一个事物,不等于观念上层建筑和意识形态是同一个东西。

三、社会意识形式与意识形态的联系与区别

根据上述对马克思主义唯物史观原理的解读,我们可以对全部社会因素做出这样的表述:一般社会结构可以根据其地位和作用而逐级地分为"物质基础——设施上层建筑——观念上层建筑"这样三个层次,形成社会结构的关系维度。物质基础、设施上层建筑、观念上层建筑在历史的不同发展阶段具有不同的社会性质,呈现为不同的形态:在物质基础层次上表现为特定的经济形态;在设施上层建筑层次上表现为设施上层建筑形态或称社会形态;在观念上层建筑层次上表现为特定的意识形态。从而形成"经济形态——社会形态——意识形态"的社会性质维度。

社会是一个整体,其中的社会结构维度与社会性质维度之间既有区别又有联系。社会结构中的"观念上层建筑"层次,是对社会意识所有组成因素的总称,包括全部的思想、观念、情感、心理等。对这些社会意识、观念加以分类,作出表现领域或表现形式的划分,就有了哲学、宗教、艺术等社会意识形式。"社会意识形式"概念的意义,在于表示意识的分工,不在于表示意识的社会性质。社会意识形式的内容在特定历史时期究竟是什么样的性质,要由以生产力发展为决定因素的经济形态的性质所决定,由社会性质维度中的意识形态加以标示。

由于意识形态的意义在于表示意识的社会性质,所以不能作为实体物质而独立存在,必须寓于具体的观念之中,通过具体的意识、观念即社会意识形式表现出来。这就使得社会意识中每一具体的思想、观念都具

有两个维度上的规定。在社会结构维度上,具有较稳定的分工,必定属于某一意识领域,即归属于某一社会意识形式,是观念上层建筑中的一个组成部分;在社会性质维度上,总要具有与经济形态性质相适应的性质,属于特定的意识形态。每一具体思想、观念都是两个维度的交叉点、融会点。例如"忠君"思想,从社会结构的维度看,属于观念上层建筑中的道德社会意识形式;从社会性质的维度看,属于封建主义性质,是封建主义意识形态的具体表现。在文艺方面也是如此。例如巴尔扎克写的《高老头》这部作品,既归属于观念上层建筑中的文艺社会意识形式,又具有资本主义的社会性,是资本主义意识形态的一个具体表现形式。正因如此,政治、法律、哲学、宗教、道德、艺术等才既与观念上层建筑相联系,又与意识形态相联系。但是,不同的联系有不同的地位和意义。它们同观念上层建筑相联系时,是社会结构实体的构成性表现;同意识形态相联系时,是意识的社会属性、性质的载体性表现。即是说,它们本身不是意识形态,而是可以具有意识形态性。

按照这种理解来认识社会意识形式与意识形态之间的关系,可以发现,它们不是同一系列中"属"与"种"的关系,意识形态不是在种类上归属于社会意识形式中的一个分支。社会意识形式与意识形态之间,应该是不同维度的交叉关系,是社会属性与实际载体的关系。社会意识形式的具体内容,可以具有某种特定的社会性质,即意识形态性质;而意识形态总要通过社会意识形式表现出来,必然要体现在社会意识形式之中。

因此,必须对"意识形态"和"社会意识形式"做出严格区分。董学文认为:

> 从根本上说,"意识形态"完全有别于"社会意识形式"。马克思在大量论述的行文过程中,严格使用的是"社会意识形式"和"意识形态的形式"两个概念,明显表现出两者的不同。这里,"形式"一词是应该格外重视的,是无论如何不能解读成"种类"的。它表明,马克思从来没有把文学与"意识形态"相等同的。"社会意识形式"一词是中性的,它由社会存在所决定。社会存在的丰富性决定了社会

意识形式的丰富性。既然人的本质在其现实性上是由一切社会关系的总和来构成,那么人的"意识形式"本质上注定也都是"社会"性的。马克思在此用"社会意识形式"的概念,正是突出强调了人的各种意识形式的社会关系因素。从马克思的一贯论述看,他本人从来没有直接或间接地说过文学是某种"意识形态"。①

其实,即使按照哲学的一般看法,把社会意识形式按其与经济基础的关系分为意识形态的形式和非意识形态的形式两部分,也不能将表示社会性质的意识形态与表示社会结构即观念上层建筑的社会意识形式相等同。在哲学的通常表述中,社会意识形式有两种类型:一种是意识形态类型,另一种是非意识形态类型。同经济基础相关,可以具有意识形态性的那些社会意识形式就属于意识形态类型。到此为止,其认识仍处在唯物史观基本原理的框架之内。此时,政治、哲学、艺术等都可划归为"可以具有意识形态性"的那一类社会意识形式,因此它们在本性上仍然还是社会意识形式,只是可以具有意识形态性而已。这一类社会意识形式的共同点在于:它们所承载的观念内容及其社会性质可以受到经济基础的影响,可以随着经济形态的变化而变化。或者说,意识形态性是这些社会意识形式共同具有的属性。但是,这不能表明政治、文艺等社会意识形式因此就作为"意识形态"而存在了。一旦把它们叫作"意识形态",错误就开始出现了。因为具有某种属性的事物不是属性本身,这是按照正常逻辑所应该得出的结论。现实社会中的人都具有社会性,但人不是社会;文艺可以具有阶级性,但文艺不是阶级。按照同样的道理,作为社会意识形式的政治、哲学、文学艺术等可以具有意识形态性,但它们不是意识形态。

这样,才可以合理而通顺地理解马克思的这句话:"人们借以意识到这个冲突并力求把它克服的那些法律的、政治的、宗教的、艺术的或哲学的,简言之,意识形态的形式。"原来,所谓"意识形态的形式",不是分支

---

① 董学文:《马克思的意识形态学说与文学本质问题——兼及"审美意识形态论"分析》,见李志宏主编:《文学意识形态论争集》,吉林大学出版社 2006 年版,第 22 页。

为意识形态类型的社会意识形式,而是意识形态的表现形式,即艺术等可以是意识形态内容和性质的表现形式。由于意识形态性必须现实地存在于社会意识形式之中,因此,也可以说政治法律思想、道德、宗教、哲学、文学艺术等是意识形态的存在形式。意识形态的表现形式及存在形式,不等于是意识形态本身。

语言是约定俗成的,概念也在不断变化。"意识形态"概念是开放的,对任何一种理论体系,人们都可以依照自己的理解赋予它特定的内涵。因而,在日常生活的实际使用和表述中,"意识形态"概念可以具有多种含义和内涵,我们不必强求也不可能做到完全统一。但是,要讲到马克思主义的意识形态理论,则需要具有符合马克思主义原理的、意义一致的概念内涵。只有明确了马克思主义意义场中的"意识形态"概念内涵及其使用时的实际所指,也才可以合理而正确地认识文艺意识形态性问题。

四、文艺本性与文艺社会属性即意识形态性的关系

所谓"本性",是指一个事物作为存在物的基本属性。对于文艺的"本性"而言,就是要看文艺是怎样存在的,作为一个存在物,文艺的基本属性是什么。在前面的阐述中,我们已经讲到,文艺的出现与存在,取决于社会生活中同审美相关的创造和欣赏活动,即来自社会中的审美文艺生活领域。因而从本性上说,文艺是一种社会意识形式。

文艺这种社会意识形式,同政治法律思想、道德、宗教、哲学等社会意识形式一样,在不同的社会历史发展时期会具有特定的社会性质,即具有意识形态性。要清晰地界定文艺本性和文艺社会属性的内涵,看到二者之间的不同,还要准确地辨清二者之间的关系。特别是要明确地认识到,从本性上看,文艺是具有意识形态性的审美的社会意识形式,不是意识形态,也不是审美意识形态。在这一问题上,尤其需要端正认识。

长期以来,我国文论中形成一种误解,即认为文艺本性是意识形态或

审美意识形态。其根据主要有两条:一条是说,文艺是精神性的存在物,不是物质性的存在物,因此是意识的形态,同物质形态相对立;另一条是说,文艺被经济基础所决定,而要被经济基础所决定的就是意识形态。对于其第一条根据,我们要再次强调,"意识形态"作为马克思主义唯物史观意义上的整体概念,不是泛指意识的产物,也不是指同物质相对立的意识的表现形态。对于其第二条根据,要深刻地看到,文艺是怎样被经济基础决定的? 被经济基础所决定的,是文艺的什么?

所谓社会意识被经济基础所决定,是指社会意识要随着经济基础的发展变化而发展变化。而所谓经济基础的发展变化,是指作为社会结构中物质基础的生产力、生产关系在不同历史发展阶段所具有的内容和性质有了发展和变化,形成了特定的社会性质。于是,我们可以具体地思考一下:被经济基础的内容和性质所决定的,究竟是社会意识的表现形式,还是社会意识的社会性质? 答案显然应该是后者。政治法律思想,特别是道德、宗教、哲学、艺术等,作为社会意识的一个特定的、稳定的分工形式,其产生并不同经济基础的内容和性质有直接的关联。即,它们并不是产生或形成于经济基础之上的,它们产生于普遍的社会生活中,是社会意识随着社会生活的发展而丰富到一定程度,自然地形成分工领域划分的产物。就社会意识的形式而言,不论在什么经济基础条件上都是同样存在的,因而是一般的、无性质差别的。可以说,文艺的存在并不被经济基础所决定,因此文艺的本性也不受经济基础的影响。

事实上,人们之所以认为文艺被经济基础所决定,主要是由于马克思的这段话:"在考察这些变革时,必须时刻把下面两者区别开来:一种是生产的经济条件方面所发生的物质的、可以用自然科学的精确性指明的变革,一种是人们借以意识到这个冲突并力求把它克服的那些法律的、政治的、宗教的、艺术的或哲学的,简言之,意识形态的形式。"①一些观点认为,既然说文艺等是"意识形态的形式",就表明它们是"意识形态"。但是,一个事物的形式不能等同于这个事物本身;而且,已经有学者很好地

---

① 《马克思恩格斯文集》第 2 卷,人民出版社 2009 年版,第 592 页。

考证了马克思、恩格斯的论述,证明他们并没有说过文艺等是意识形态。① 而从马克思主义的基本原理来看,可以随着经济基础的变化而变化的,只能是文艺内容的社会性质。就是说,经济基础的性质最终决定了社会意识的整体性质,构成特定的社会意识形态;这种社会性质可以具体地表现在文艺之中,构成文艺内容的社会性质,即文艺的意识形态性;文艺的意识形态性是随着经济基础的变化而变化的。此时需要格外注意的是,文艺的本性并不随着经济基础的变化而变化,不论经济基础怎样变化,文艺还是文艺,文艺本性不变。

必须看到,马克思的阐述是要说明经济基础与上层建筑的关系,表明辩证的、唯物主义的历史观和世界观,而我们现在对文艺本性加以探讨,是要建立一门具体学科的知识体系。文艺作为社会意识所能具有的社会性质与作为一门学科所具有的本性不是同一回事。如果分不清文艺社会属性与文艺本性的区别,采取本本主义、教条主义的态度,把马克思主义针对文艺内容和社会性质的阐述生硬地套用到文艺本性上去,那就不能不出现错误了。

根据我们对意识形态内涵的认识,每一种社会的意识形态都是由该社会中具体的观念汇总而成,意识形态也要表现在具体观念之中。当然,处于社会意识形态整体之中的全部具体观念,并不一定都能充分而清晰地具有意识形态性。其中,处于核心地位的、同社会经济基础联结较密切的那一部分观念可以充分地具有意识形态性,而处于边缘地带的、同社会经济基础没有密切联结的那些观念就不具有意识形态性,只是从属性地被包含在以意识形态性为核心的社会意识整体之中。对于具有意识形态性的那些观念来说,其意识形态性的获得,并不是由于它们是一种精神现象或是社会意识的某一种类,而是因为它们承载着特定的社会性质,与经济形态的性质一脉相承。这样,就不能把意识形态性等同于意识性,也不能笼统地说"文艺是一种意识形态","文艺本性是意识形态"。这样的说

---

① 参见董学文:《文学本质界说考论——以"审美"与"意识形态"关系为中心》,《北京大学学报(哲学社会科学版)》2005年第5期。

法虽然可以表明文艺同意识形态有所联系,但不能准确地表示出文艺是意识形态的什么,怎样具有意识形态性。

在"某某是什么"的判断句中,"是"这一联接词表示两个事物在属性上的相通之处,显示二者是种属间的关系。有的学者认为,"文艺是一种意识形态"的判断句准确说明了文艺同意识形态之间"属加种差"的关系。但通过前面的分析,我们已经看到,文艺作为某类观念、意识的分工形式,就其本性而言,首先要归属于意识、精神;就其在社会结构中的地位而言,可以归入观念上层建筑。文艺同意识和观念上层建筑之间才可以是种属性的关系。即,观念上层建筑可以辖属若干具体的社会意识形式,如政治法律思想、道德、宗教、哲学、艺术,等等。意识形态表示的则不是意识的实体自身,而只是意识的社会性质和表现样态。它不属于社会意识结构的组成部分,而是属于社会意识之社会性质的表现。即,意识形态要以具体的意识、观念为存在载体,却不以具体的意识、观念为自身实体的构成因素。

如果把政法思想、道德、宗教、哲学、文艺等意识、观念比作一块块海绵,则所有这样的海绵就构成了一个海绵世界——观念上层建筑。海绵世界中的每一块海绵有不同的形状——方块形的、球形的、圆柱形的等。就好比观念上层建筑中的全部意识有多样的表现形式,即表现为各个具体的社会意识形式。但海绵不论是什么形状,都可以具有颜色,即一定的色彩属性。如果把社会性质比作海绵的颜色,则全部同一颜色的海绵就构成了一个有特定色彩属性的海绵世界,或者说构成了海绵世界的颜色形态。海绵世界表现出的颜色形态就相当于观念上层建筑暨社会意识形式表现出的意识形态。海绵在任何时候都是海绵,相当于说文艺在任何时候都是文艺,这是它的实体自身,它的不变的本性。但海绵所吸染的颜色却是可以变化的,从而使海绵呈现出一定的性状和形态。这就好比说文艺的社会性质是随着经济形态性质的变化而变化的,从而使文艺呈现出一定的意识形态性。颜色必须寓于海绵之中,海绵也必定要呈现出某种颜色。但不能说海绵是一种颜色、海绵的本性是颜色,只能说海绵是某种颜色的表现形式。同样,作为意识形态的文艺并不能"是"意识形态,只能是意识形态的表现形式或表现领域。意识形态性也不能是文艺的"本性",只能是文艺诸多社会属性中最基本的一种社会属性。

既然一切具体的观念、意识都有一定的社会性质,那么,能否以具体观念要由其具体社会性质来决定这一点说文艺的本性是意识形态呢?就如同马克思在谈到人的本质时,把它称为全部社会关系之总和一样。但是,第一,马克思在这时仍是就人的社会性质而言的,不是说人作为一个实体就"是"社会关系;第二,马克思是以"全部"社会关系来说明人的本质,并不是以某一单个的社会关系来说明,不管这一单个的社会关系多么重要。比如,在阶级社会中,阶级关系无疑是人很重要的一种社会关系,但单凭这一点,仍不足以构成人的本质。意识形态性可以是文艺最重要的社会属性之一,但同样不能构成文艺的本性。

综上所述,我们可以对文艺本性同意识形态性的关系作出这样的阐述:

在事物基本的存在性质上,可以说文艺是意识的直接产物,是观念上层建筑的组成部分。即,文艺是一种社会意识形式。社会意识形式生成于社会生活的分类,表现出社会生活领域的划分,它自身的存在不被经济基础所决定。文艺生成于社会生活中的文艺活动,只要有文艺性的社会生活存在,就会有文艺的存在。同时,文学艺术同其他社会意识形式相比,特点在于表现人的审美生活及审美意识,因此是审美的社会意识形式。

任何意识、观念的存在都是具体的、现实的。现实生活中的意识都要具有一定的社会性质。文艺也要具有多种社会属性,其中最重要的是意识形态性。文艺作为社会意识中的一种,必定存在于现实社会之中。而现实社会必定会因生产力和生产关系的发展程度而具有特定的经济基础性质及社会性质。这使得该社会中所有与社会生活有关联的意识、观念从而包括文艺也都具有了特定的社会性质。因此,虽然文艺作为社会意识形式的存在不被经济基础所决定,其内容的社会性质却一定要受到经济基础的制约,一定要作为该社会中意识的社会性质的表现形式而具有意识形态性。随着经济基础的发展变化,意识形态的性质在发展变化,文

中国马克思主义文艺审美理论话语体系的建构与阐释

改革开放以来，中国文艺理论的进展呈现出多样化的形态。其中，马克思主义文论始终在锲而不舍地进行着探索，在同各种各样的论点的碰撞中努力前行。马克思主义作为具有普遍意义的学说，其科学性为中国文论的深化发展提供了充分的学术资源，使得中国的马克思主义文论有可能对复杂的文艺理论问题做出合理而有效的阐释，建立起科学的话语体系。

多年以来，中国文论常常感到遗憾并要努力加以克服的，就是在美学和文艺理论方面的"失语"状态。其表现主要是：美学和文艺理论方面的基本体系、概念、问题和各种学说基本上都是由西方学界提出来的，中国古典的美学和文论在话语概念和学术思想方面难以同西方话语相衔接。在中国的当代美学和文艺理论方面，主要也是接受西方的学术论点，鲜有中国话语。

应该说，学术体系具有一般性、普遍性。美学基本问题对任何一个民族来说都是客观存在。西方学界对美学和文论体系的设立在今天仍然有效，我们不必仅仅为了形成中国话语而刻意地对其加以改变，也无法加以改变。我们可以努力并做出贡献的是：西方学术体系中的问题并没有彻底解决，如果中国文论能对这些问题做出更好的回答，就是建立了中国的话语。中国马克思主义文论在文艺审美本性问题上所形成的合理而有效的阐释，不仅是对现实理论问题的回答，也是对中国文论话语的建构。

第一节
文艺"审美本性"问题的提出与存在问题

综观改革开放以来中国文艺理论研究的发展历程，有关文艺社会功用、文艺作品中的人性和人道主义、形象思维、文艺现实主义性、意识形态性、文学性等问题的研究都是要探究文艺的基本特性与基本特征。可以说，对文艺基本原理、基本问题的关注一直贯穿于改革开放以来文艺理论研究的过程，而其最核心的问题是文艺（文学）本性问题。

一、形式主义审美学派的理论与主张

改革开放初期，西方的多种思潮及学术思想蜂拥而入，对我国的文艺理论产生了巨大影响。自 20 世纪以来，形式主义论是西方文论中很重要的一种思潮，表现出形式主义文论主要论点的文艺理论教科书——勒内·韦勒克和奥斯汀·沃伦合著的《文学理论》被引进后，迅速风行于我国文艺理论界，被当作极具权威性、经典性的理论资源。西方形式主义文论的核心论点可以用一句名言来表达："艺术永远独立于生活，它的颜色从不反映飘扬在城堡上空的旗帜的颜色。"①

---

① ［俄］维克托·什克洛夫斯基等：《俄国形式主义文论选·前言》，方珊等译，生活·新知·读书三联书店1989 年版，第 11 页。

受到西方学术思潮的影响,对于文艺的基本特性,我国学界形成一种见解,认为文艺的本性是审美性。即,文艺不是为了实用,而是为了满足审美的需求。在这种认识之下,改革开放以来文艺理论发展的基本诉求和总体走向是围绕着审美性进行的。"文艺的本性是审美",似乎已成公论。

但是,什么是"审美"?"审美"的内涵和界定是什么?对这些问题,学界尚缺少确切而深刻的阐述,也没有围绕这些问题形成一定规模的讨论或争鸣。王元骧曾提出"何谓审美"的问题,认为康德提出审美无利害性的真正意图:在思维方式上,为人们在物质世界之外建构一个"静观"的世界,使人在利欲关系中有所超越;在人学目的上,可以沟通经验世界和超验世界,把人引向"最高的善"。其用意都是使人摆脱物的奴役,保持人格独立和尊严,完成自身道德人格的构建。① 这一阐述是对审美活动的社会价值和意义进行探讨,还不是对"审美"活动本身的内涵和特征做出说明。在人们的意识中,"审美"的内涵和所指似乎是不言而喻的、不证自明的。即,文艺的审美性就是艺术性、情感性和愉悦性,也即文艺具有的引发愉悦情感的属性和作用。一些有代表性的阐释包括:"文学是审美的,那么在一定意义上它就是游戏,就是娱乐,就是消闲……"② "审美意识形态以情感为中心,就是文学价值活动的主要标志。"③

在对文艺本性及审美性内涵形成这种认识的前提下,文艺审美性的来源、构成和表现,就被归结为文艺作品的形式表现因素,包括表现手法、技巧、结构、语言等。由此,当认为文艺的本性就是审美,而审美又来自作品的表现形式时,对文艺表现形式的侧重和追求就成为文艺理论发展的重要方向,从而形成侧重形式主义审美的文艺理论,又被称为改革开放以来的"审美学派"。

我国的所谓"审美学派",属于侧重于形式主义审美的学派,基本上

---

① 参见王元骧:《何谓"审美"?——兼论对康德美学思想的理解和评价问题》,《社会科学战线》2006年第2期。

② 童庆炳:《新时期文学审美特征论及其意义》,《文学评论》2006年第1期。

③ 冯宪光:《文学审美意识形态论的几个重要问题》,《中外文化与文论》第14辑,四川大学出版社2007年版,第68页。

是以西方形式主义文论为理论基点的。这种形式主义的审美学派理论把作品的形式因素看作艺术的自身规律，把文艺可能具有的社会价值和社会功用遵循外部规律。"审美学派"认为：文艺的社会价值及其社会功用只是文艺的外部关系，文艺要遵循自身内部的规律，因此要回到文艺本身。而按照形式主义的思路，"'回到文学本身'就是'回到作品本身'，而'回到作品本身'就是'回到形式本身'，'回到形式本身'就是'回到语言本身'。因此，从'文学本体'到'作品本体'再到'形式本体'，最后到'语言本体'，就成为形式主义诸流派追问文学之所以为文学的逻辑思路"①。

在这种理论主张引导下，人们形成一种误解，把文艺具有的社会功利价值内容看作非审美的表现，而只把文艺的形式表现因素看成审美性的表现，从而在观念上造成功利性与审美性的对立，以为非功利性或审美性就是要摆脱与现实社会生活及事物"内容"的联系，仅只停留于对事物"形式"的"观照"或"静观"。人们还以为，如果文艺作品需要内容的话，真正具有审美性的内容就是一般的事理和普遍的人性、情感、直觉等。由此，形式主义文论在我国文艺理论界渐成通行的理论，并且被塑造成一种带有普遍性的理论指向，即对文艺创作和文艺审美中非功利因素的追求。这种非功利因素，被认为就是文学语言、表现技巧等能够体现出艺术性的外在形式。这导致在相当普遍的认识中，审美性就是艺术性，艺术性就是形式表现性，形式表现性就是文艺非功利性的实质内涵，从而形成片面的审美理论。

因此，改革开放以来形式主义审美的文论，核心的、具有代表性的一个举措就是反对传统的"文以载道"说，以艺术外在形式的必要性和重要性来排斥文艺作品内在社会性质和社会价值的必要性和重要性。

这种认识的形成与我国文艺理论在相当一段时间内的教条主义倾向不无关系。带有教条主义倾向的文艺观过度强调文艺的社会功利作用，忽略了文艺的艺术表现特性和引发情感的本性功能，忽略了社会发展转型过程中带来的人们欣赏口味的变化，形成公式化、概念化的创作教条，

① 刘万勇：《西方形式主义溯源》，昆仑出版社 2006 年版，第 43 页。

使文艺功利内容成为标语口号式的、传声筒式的简单说教。说这种创作不符合艺术规律、不符合审美原则确实有道理。但是,是否可以因此而否定所有功利内容的审美价值,否定功利性在文艺审美性中的地位和作用,还需要认真深入的思考,需要经过文艺实践的检验。

在形式主义文论及片面审美理论看来,含有社会功利性内容的作品,尽管它可以被普遍认为是优秀作品,尽管它可以引起强烈的社会反响,仍然是不具审美性的,其社会反响也不是因审美性而产生的。这种文论在实践中使得文艺创作处于难堪的境地:为了追求文艺的审美性,就要讲求非功利性,讲求形式主义,淡化乃至取消与现实生活的联系。这种理论倾向最终是使文艺脱离了社会,远离了群众;为了使作品贴近社会生活,贴近人民群众,就要结合人们所普遍关心的社会功利性,紧密联系社会生活内容,但这样的创作又被片面审美理论评价为非审美的,作者也不能算作审美性作家。于是形成这样一种情形:被认为有审美性的作品没有广泛而重大的社会作用,有广泛而重大社会作用的作品则被认为是非审美的。

从近一时期的文艺实践看,形式主义文论和片面审美理论虽然在重视文艺表现形式方面具有积极意义,但并不能成为全面而合理的认识,没能长久深入地促进文艺创作的发展,也没能更多地增进文艺的审美价值;相反,倒是使文艺的社会功能不断淡化,出现"使作家丧失了自己应有的人文情怀和责任意识"[1]的现象。更为严重的是,对文艺审美性中社会功利价值的否定,势必带来对"红色经典"等具有中国新民主主义革命和社会主义价值倾向作品的否定,使文艺缺少正确的历史观和社会价值观,在学理上为文艺领域中的历史虚无主义等不正确思潮留下了泛滥发展的余地。

尽管形式主义审美理论存在这些弊端,但按照学理,从文艺本性上讲,恪守文艺的内部规律才是文艺发展的应有之道,而外部规律是不应该干扰内部规律的。这种对文艺本性的学理认识造成了理论与实践的错位,需要学术研究深入地加以阐明。

----

[1]　王元骧:《何谓"审美"?——兼论对康德美学思想的理解和评价问题》,《社会科学战线》2006年第2期。

二、马克思主义文论在文艺审美本性方面遇到的挑战

与形式主义审美学派的理论不同,马克思主义文论的一大特点就是重视文艺的社会历史内容,重视文艺的社会功用价值,要发挥文艺在社会历史发展中的进步作用。在文艺实践中,优秀的作品的确是既有完美的艺术形式,又有进步的社会历史价值。如果文艺创作只关注语言等外在形式因素,势必会忽略作品的内在价值。在形式主义审美文论影响下的创作,不去树立和打造文艺的社会主义性质,放弃文艺的社会功用,也放弃了文艺家应当肩负的责任,只是醉心于形式技巧的雕琢和个人意愿的张扬,其结果就是缺失了社会主义核心价值观的引领,出现了"有数量缺质量、有'高原'缺'高峰'的现象,存在着抄袭模仿、千篇一律的问题,存在着机械化生产、快餐式消费的问题"。

习近平同志在文艺工作座谈会上的讲话尖锐地指出我国当前文艺界存在的问题,从马克思主义文论思想的高度,提出:"文艺是时代前进的号角,最能代表一个时代的风貌,最能引领一个时代的风气。""实现'两个一百年'奋斗目标、实现中华民族伟大复兴的中国梦是长期而艰巨的伟大事业。伟大事业需要伟大精神。实现这个伟大事业,文艺的作用不可替代,文艺工作者大有可为。"[1]这一要求和阐述以深厚的历史渊源和丰富的文艺实践为根据,凸显出文艺性质对文艺功能的决定作用。

马克思主义文艺功用观的特点在于它突出文艺的社会主义性质,强调文艺在社会进步中的作用。在共产主义运动史上,马克思主义经典作家曾经呼吁进步作家要创作出具有社会主义倾向的作品,"歌颂倔强的、叱咤风云的和革命的无产者"[2],要在人们头脑中树立社会主义的思想意识。恩格斯在评价明娜·考茨基的小说《新人与旧人》时说:"如果一部

---

① 习近平:《在文艺工作座谈会上的讲话》(2014年10月15日),《人民日报》2015年10月15日。
② 《马克思恩格斯全集》第4卷,人民出版社1965年版,第224页。

具有社会主义倾向的小说,通过对现实关系的真实描写,来打破关于这些关系的流行的传统幻想,动摇资产阶级世界的乐观主义,不可避免地引起对于现存事物的永恒性的怀疑,那么,即使作者没有直接提出任何解决办法,甚至有时并没有明确地表明自己的立场,我认为这部小说也完全完成了自己的使命。"①中国共产党在领导新民主主义革命时,从树立革命人民"文化领导权"的战略高度对革命文化和革命文艺给予了特别的重视。《在延安文艺座谈会上的讲话》中,毛泽东提出"要使文艺很好地成为整个革命机器的一个组成部分,作为团结人民、教育人民、打击敌人、消灭敌人的有力的武器"②。习近平在文艺工作座谈会上的讲话,继承了马克思主义文艺思想,对优秀的传统文化和进步文艺加以概括总结,结合我国当前的实际状况,进一步对我国文艺的社会主义性质和功用提出明确要求:"要把爱国主义作为文艺创作的主旋律,引导人民树立和坚持正确的历史观、民族观、国家观、文化观,增强做中国人的骨气和底气。"③这一要求是切中时弊的,也是符合艺术规律的。

不过,改革开放以来坚持马克思主义基本原理的文论学派,被认为是"社会历史学派",同形式主义的"审美学派"相对立。面对形式主义审美理论造成的弊端,马克思主义文论往往认为,文艺不只有审美性,还有社会性、时代性等。但是,从逻辑和事理上讲,如果审美性才是文艺的本性,则其他属性就显得游离于文艺的内部规律,似乎不是文艺所应该具有的。这样,马克思主义文论虽然符合文艺实践,但缺少学理,因而在文艺本性方面显得底气不足,难以占有充分的话语权。

这种状态非常不利于马克思主义文论的建设和发展,在相当程度上使得马克思主义文论话语被边缘化。在评价文艺作品时,人们往往只使用以艺术性、情感性、愉悦性为内涵的审美性尺度来衡量。一些具有进步社会历史价值的作品,包括红色经典之类的作品,就被这把尺子从审美性的文艺之中裁剪出去。

因此,对中国马克思主义文艺理论的建设来说,很重要的一个工作是深入认识文艺的本性,特别是要深入认识文艺的审美特性。要弄清文艺的审美特性是怎样的,从何而来,因何而生。要对审美性的来源及内涵做出透彻的阐述。

第二节
马克思主义文艺审美本性观的学理根据

认识文艺的审美特性,要以合理有效的美学学理为根据,而美学学理必须奠立在坚实的哲学基础之上,即奠立在马克思主义哲学基础之上。

马克思主义是建立在科学基础上的学说,主张历史与逻辑的统一。中国当代文艺理论建设在面对复杂的审美及美学基本问题时,需要以马克思辩证唯物主义为指导,立足实际,科学化地加以解析。其中很重要的一点是,在核心概念及理论立足点上澄清迷雾,揭示出问题的本来面目。

一、审美理论在美学学理方面存在的困境

在对文艺审美性加以探究时,很自然地形成一个问题:审美性是事物(包括艺术品)中客观存在的属性吗? 与此相关联的问题是,事物中存有客观的美吗? 是不是事物中的美造成了艺术的审美性? 如果按照形式主义的审美理论把审美性同艺术的表现形式相关联,则势必形成"形式中的'美'是什么"之类的问题,势必走到一般美学研究中"美是什么"的研究路径之上。

在美学史中,古希腊的哲学家柏拉图最早提出"美是什么"及"美本身"问题。认为,世间存有一个理念性的"美本身","它应该是一切美的事物有了它就成其为美的那个品质,不管它们在外表上什么样,我们所要

寻求的就是这种美"①。这种寻找形成了"美是什么"命题及相关研究。柏拉图以为,理念是事物的根源;床来自床的理念,善来自善的理念,美来自美的理念。这是出自客观唯心主义而形成的臆想,没有可靠根据。根据辩证唯物主义观点,现实世界中不可能存有理念性的"美本身",迄今为止的美学研究也没能发现作为存在物的"美本身"。因此,寻找"美本身"的努力及对"美是什么"问题的研究都是难以成功的。对于形式,尽管人们在努力寻找其中的"美"或美的规律,但事实表明,所有的形式都可能是美的,也可能不是美的;没有哪一个形式客观地、必然地、固定地就是美的。美学研究,包括文艺审美性研究因此而遭遇挫折,长时间地陷于困境之中。

二、马克思主义美学思想的方法论意义

对于审美现象和美学基本问题,要以马克思主义的立场和方法论为指导而加以认识和解决。马克思说:"诚然,动物也生产。……动物只是按照它所属的那个种的尺度和需要来构造,而人却懂得按照任何一个种的尺度来进行生产,并且懂得处处都把固有的尺度运用于对象;因此,人也按照美的规律来构造。"②

怎样认识马克思所说的"美的规律"? 结合审美实践和美学研究的发展,可以看到,人们在说到"美"时,首先是在使用着"美"字,而在现实生活领域与美学研究领域,对"美"字的使用是大不相同的。在生活领域中,当人们说到"美"字时,都是在指同审美相关的其他概念。例如,"欣赏美""创造美"这句话,实际意义是说"欣赏美的东西""创造美的东西"。比如欣赏美的花朵、美的风景,创造出美的艺术作品,等等。美的花朵、美的风景、美的艺术品等具体的事物可以概括在一起而称之为"美

---

① ［古希腊］柏拉图:《柏拉图文艺对话集》,朱光潜译,商务印书馆2013年版,第178页。
② 《马克思恩格斯文集》第1卷,人民出版社2009年版,第162—163页。

的事物"。"美的事物"就成为人们日常话语中"美"字的所指。再如，"寻找和发现生活中的美"这句话，其中的"美"字是指代"审美价值"，这句话的实际意思是"寻找和发现生活中的审美价值"；"追求真善美"这句话，其中的"美"字是指代"美好的价值取向"，这句话的实际意思是"追求真、善和美的价值目标"。可见，"美"字在这些地方都是充当代词的功能，不能作为名词指称专指独立存在的"美本身"。因此，在生活领域中，"美"字是同审美相关的特定代词，主要指"美的事物"，也指审美价值、真善美范畴等。

　　"美"字在美学研究领域即理论领域中的使用，情形就完全不同了。柏拉图以为，一切美的事物之所以美乃是因为拥有美。这里所谓的"美"，就是理念性的"美本身"。柏拉图以为，这一"美本身"是使一般事物成为美的事物的根本原因。那么，这个理念性的"美"是什么呢？人们不得而知。于是要去找，形成了"美是什么"的命题，并且因此而确定了"美"字在美学研究领域中的使用。可见，美学研究领域中的"美"字是指"美本身"，不能充当代词，不能指称"美的事物"等其他概念。否则，"美的本质"就成为"美的事物的本质"，成为花朵的本质、风景的本质、图案的本质等，而"美是什么"这一命题也变成"美的事物是什么"这一命题。因此，我们必须把"美"字在生活领域中的使用，同其在理论领域中的使用严谨地区分开来。当马克思说"人也按照美的规律来构造"时，是按照日常的生活习惯做表述，是在生活领域中的使用。马克思还曾说过："劳动生产了美，但是使工人变成畸形。"①实际上，劳动生产出来的是美的事物，不是抽象的美本身。因此，同人们日常生活中的情形一样，马克思所使用的"美"字，也是生活领域中有关审美的特定代词。以这样的视点来理解马克思的表述，"美的规律"应当是指同审美相关的整体事物和活动的规律，即相当于"审美的规律"。"人也按照美的规律来构造"这句话，可以理解为"人也按照审美的规律来构造"。只有不拘泥于个别字词，依据审美的基本事实和逻辑，从马克思阐述的语境出发，才能合理而通顺地

---

① 《马克思恩格斯文集》第1卷，人民出版社2009年版，第158—159页。

理解马克思"美的规律"的思想。

从生活实际出发认识审美的规律,需要解决一个问题,即,美的事物从何而来? 事物何以成为美的? 对此,要以马克思"对象性"思想为指导来加以研究。马克思说:

> 从前的一切唯物主义(包括费尔巴哈的唯物主义)的主要缺点是:对对象、现实、感性,只是从客体的或者直观的形式去理解,而不是把它们当做感性的人的活动,当做实践去理解,不是从主体方面去理解。……没有把人的活动本身理解为对象性的[*gegenständliche*]活动。①

马克思主义唯物史观的核心论点:物质是第一性的,精神是第二性的;社会存在决定社会意识。因此,人的审美观念一定是社会实践的产物;人的感觉包括美感一定是对客观对象事物的反应,不能凭空产生。同时,马克思主义唯物史观是辩证法基础上的历史唯物主义,不是机械唯物主义。在美学及审美问题上,要克服机械唯物主义思想,既不能把美的事物等同于美,又不能把柏拉图理念性的"美本身"当成客观存在的美。马克思主义的哲学具有充分的辩证唯物主义精神,只有唯物辩证地把美的事物理解为对象性的存在,才能合理准确地对审美现象加以认识。

凡是对象性的存在,都同人这一主体相关。美的事物作为对象性的存在,一定要同审美主体相关。马克思说:"只有音乐才激起人的音乐感;对于没有音乐感的耳朵来说,最美的音乐也毫无意义,不是对象,因为我的对象只能是我的一种本质力量的确证。"②美的事物作为事物,是不以人的意志为转移的客观存在。但美的事物能否具有美的价值,则要同人的审美能力相关联。因此,美的事物既是客观的,又是对象性的。人与美的事物之间要达到主客体的统一,需有一定的前提条件,即客体要有一

① 《马克思恩格斯文集》第 1 卷,人民出版社 2009 年版,第 499 页。
② 《马克思恩格斯文集》第 1 卷,人民出版社 2009 年版,第 191 页。

定的属性,主体要有同客体属性相契合的本质力量。人之所以能够对某一事物形成美感,是以相应审美本质力量为前提条件的。美的事物作为人类审美本质力量的确证,是人的本质力量的对象化产物,是随着人的审美本质力量的形成和发展而历史地产生出来的。马克思说:"只是由于人的本质客观地展开的丰富性,主体的、人的感性的丰富性,如有音乐感的耳朵、能感受形式美的眼睛,总之,那些能成为人的享受的感觉,即确证自己是人的本质力量的感觉,才一部分发展起来,一部分产生出来。因为,不仅五官感觉,而且连所谓精神感觉、实践感觉(意志、爱等等),一句话,人的感觉、感觉的人性,都是由于它的对象的存在,由于人化的自然界,才产生出来的。"①

审美是人的审美本质力量对象化的活动。在审美中,客观事物与人的本质力量构成的对象性关系,是审美客体与审美主体之间的关系,这是现象性的、容易看到的。对美学研究的深入来说,除了看到审美活动中的主客体关系之外,还要看到这种关系是怎样结成的,看到审美客体和审美主体的具体构成。

三、主体审美本质力量的生命结构

人的本质力量是一种现象性的表现。每一种本质力量都以生命机体的内在结构和功能为根据。即,主体的本质力量是由生命机体构成的。例如,人在视觉方面的本质力量要以生命体中由生物和生理系统构成的视觉认知结构和机能为根据。人的眼睛由眼球、视网膜、视神经等结构组成。眼睛具有光电转化功能,能把空间世界中的物理性光信息转化成神经性电信息,再向脑内特定脑区传导,经过相关神经系统的逐级加工、整合,最后形成具体的、可感的视觉。除生理性的感觉外,文化性的感觉和本质力量也是对象性的。譬如当人对《红楼梦》产生共鸣时,人们往往以

---

① 《马克思恩格斯文集》第 1 卷,人民出版社 2009 年版,第 191 页。

为是《红楼梦》客观具有的审美属性引发了人的反响,因之把作为客体的《红楼梦》看作美感得以形成的决定性因素。而根据马克思的思想,对这种情形还需要"从主观方面去理解"。当《红楼梦》作为文化性客体而产生作用时,必须以人的一定人文认知结构为对象性条件,即主体"也必须始终作为前提浮现在表象面前"①。如果主体不具有由一定阅历和文化素养构成的人文认知结构,就不具有对《红楼梦》加以审美的本质力量,不能深刻理解《红楼梦》的审美价值,《红楼梦》也不能产生引发共鸣的作用。

可见,人的审美本质力量和美的规律,是人类社会实践发展的结果。马克思说:"已经生成的社会创造着具有人的本质的这种全部丰富性的人,创造着具有丰富的、全面而深刻的感觉的人作为这个社会的恒久的现实。"②人在自然界和社会中的不断发展,不仅包括体质的发展,还包括思维能力及感觉能力的发展。恩格斯说:"随着脑的进一步的发育,脑的最密切的工具,即感觉器官,也进一步发育起来。正如语言的逐渐发展必然伴随有听觉器官的相应的完善化一样,脑的发育也总是伴随有所有感觉器官的完善化。……这种进一步的发展,并不是在人同猿最终分离时就停止了,而是在此以后大体上仍然大踏步地前进着。"③人的审美本质不是从动物界遗传而来,而是随着人脑在实践活动基础上的发展,随着智能的提高,随着感觉器官的完善化和高级化而产生出来的。不言而喻,人的眼睛与野性的、非人的眼睛得到的享受是不同的,人的耳朵与野性的耳朵得到的享受也是不同的。这种区别的内在依据,就是构成生命本质力量的认知结构的不同。只有人的生命机体才能形成可审美的认知结构,因此,只有人才能具有审美本质力量并"按照美的规律来构造"。

按照辩证唯物主义立场,美感不能凭空产生,一定要有个来源,科学的文艺理论必须发现这个来源。历史的发展带来科学的进步。现代认知神经科学的种种成果为我们科学地认识审美活动的内在机理提供了充分

① 《马克思恩格斯文集》第 8 卷,人民出版社 2009 年版,第 26 页。
② 《马克思恩格斯文集》第 1 卷,人民出版社 2009 年版,第 192 页。
③ 《马克思恩格斯文集》第 9 卷,人民出版社 2009 年版,第 554 页。

的材料,可以将马克思主义基本原理同具体审美领域的规律相结合,形成建基于实证基础上的认识。

人的实践活动都要通过认识过程而进行。认识活动是主体与客体之间在认识方面的联系。主体在进行认识活动时,需要开动大脑的活动。大脑在进行认识活动时,要对内部的和外部的信息进行加工。大脑内部的信息加工工作就属于认知活动。"认识"和"认知"这两个概念既相关联又相区别。"认识"概念表示主体人与客体事物之间的关系,"认知"概念表示进行认识活动时主体人大脑内部的工作过程。认知活动的状态对认识活动及其结果有重要的影响,从而关系到人的行为和情感状态。审美活动就是特定认知活动的结果。

以视觉认知及视觉审美为例。每一事物都是内质与外形的统一体,例如苹果,其内质是指苹果的果肉及蕴含的营养,其外形是指苹果呈现在视觉中的形状及颜色。事物外形一般不对人的需要有利害价值,事物内质才对人的生存需要有利害价值。只要是同生存需要相关的信息,都能引起主体的情感反应。

情感,是生命体从生存目的出发对身体内外多方面信息加以评估而产生的反应性体验。人类的生存不仅是低级进化过程中的生物性、生理性活动,还发展出高级的社会性、精神性活动,形成高等智能。按照进化的规律,发生在大脑高级部位的认知活动可以支配大脑低级部位的情绪中枢,形成受到认知和观念影响的情感反应。"对意义或者重要性的认知评价是基础,也是所有情绪状态的基本特征。"[1]这种高级认知活动的出现及与情感状态的连接,使得人的所有情感体验都以机体状态和认知状态为前提,有什么样的认知就会有什么样的情感。所以,世上没有无缘无故的爱,也没有无缘无故的恨。

人每见到一个事物,对事物外形的知觉和对事物内在价值的把握都会在大脑中同时形成。事物的外在信息刺激与大脑内部反应之间有对应

---

① ［英］M. W. 艾森克、［爱尔兰］M. T. 基恩:《认知心理学:第4版》,高定国、肖晓云译,华东师范大学出版社2003年版,第750页。

关系。每一个事物都有独特的外形表现,对主体的认知结构形成样式独特的信息刺激,相当于对大脑神经系统进行着专门化的刻画。大脑神经反应方式的形成是神经元及其连接方式生物性变化的结果,即在外界信息的刺激作用下,形成了有特定方式的神经连接结构。事物的外形是何种样式,认知结构中的神经反应就是何种样式。例如,看到苹果之后,知觉经验会在大脑中形成关于苹果的神经元连接结构;看到自然界季节变化之后,知觉经验会形成关于季节的神经元连接结构。知觉经验中这样形成的特定神经结构,我们称之为"知觉模式"。

知觉模式形成之后,成为脑内认知的框架根据,以后再知觉到与知觉模式相类似的事物或其外形显现,已经建立起来的神经结构就会在信息加工时表现出"易化"现象,形成所谓的"直觉",有利于迅速准确地对外界事物加以识别并作出反应。

认识的过程和特点决定了人对事物产生情感反应的过程和特点。巴甫洛夫的条件反射实验证明了偶然知觉刺激与强化信息之间联系的建立。同此原理,事物形式也可以在利害价值的强化作用下同情感建立起联系。事物的外在形式本身没有利害性,因此不具有直接引发情感反应的作用。但由于事物的内质和外形是不可分离的,外形成了内质及其利害价值的信号、表征。这种信号、表征作用通过认知过程形成了类似于内质利害价值的作用,可以像内质一样引发一定的利害性反应。在事物利害性的中介作用之下,事物外在形式刻画出的形式知觉模式可以同人的情感反应建立起稳定的联系。例如,人吃进香蕉后,随即形成了对香蕉内质的把握,产生出舒适的内在感觉及愉悦性情感体验;这种内在感觉和情感体验同对香蕉外形的知觉是几乎同时发生的,大脑会自动地将对于香蕉的知觉模式和情感反应模式连接在一起,从而形成一种相对稳定、相对独立的完整结构,我们称之为"认知模块"。认知模块由知觉模式和情感反应模式组合而成,是认知系统中与具体的客观形式信息相对应、与特定价值认定和情感倾向相联系、表现为一定神经活动方式的结构体。其中,知觉模式具有核心地位,对外连接着客观事物的形式信息,对内连接着身体的情感体验。认知模块的建立使得人的情感态度可以全方位地同事物相连接,就好像黏着于事物整体之上——既黏着于事物的内在功用之上,又黏着于事物的外形之上。不仅事物的内质可以由于利害价值而引发情感,而且没有利害价值的事物外形也可以经由形式认知而引起情感。

人是社会性的存在,不仅生存性的经验可以形成认知模块,而且社会性、文化性、精神性的经验也可以形成认知模块,这使得认知模块的具体表现往往具有鲜明的文化性、社会性、时代性、民族性。社会人文因素对审美意识、审美观念的影响和作用都要经过认知模块的机理表现出来。正因如此,审美是身体自然机能与社会文化观念交融统一的过程。

简言之,审美认知模块是这样形成的:生活经验中,某一事物的外形刻画出知觉模式,该事物的内质功利价值引发出特定的情感反应方式。知觉模式与情感反应方式在大脑中连接在一起,就构成了相对于具体事物的认知模块。认知模块的建立使人形成了可以进行审美的主体结构。这一主体结构是动态发展的,同社会文化相关,也同主体的个性差异及具体生活经验的变化相关。以这种认知结构的建立为前提,人形成了新的生命感受,造成人与客观事物之间新型的对象性关系。由此,"人的本质力量得到新的证明,人的本质得到新的充实"[1],美的规律也由此产生出来了。

四、中国马克思主义文论对美学基本问题的解答

如此,中国马克思主义文论可以对"事物何以是美的"这一美学基本问题做出建基于科学根据之上的回答:事物及其形式中并不客观地含有美和审美价值,而是客观地含有功利价值。事物的功利价值不是现实的审美性和审美价值,而是审美性和审美价值的基础和前身。在事物功利价值的作用下,主体的认知模块得以建立。以认知模块的事先建立为前提,当人处于没有功利性需求的状态时,一旦知觉到与特定认知模块相匹

---

① 《马克思恩格斯文集》第 1 卷,人民出版社 2009 年版,第 223 页。

配的事物及其形式,就可形成触发机制,瞬间激活认知模块及认知模块所连通的情感反应,引发直觉性的美感。引发美感的事物就被叫作"美的",一般事物就这样成为美的事物。这时,事物中客观的自然属性和社会属性就被感觉为审美属性;事物引发美感的作用被称为审美价值。因此,审美关系的结成,必须以事物形式与认知模块之间的和谐、匹配关系为前提。

　　回答了"事物何以是美的"这一问题,同时就回答了"美感从何而来"的问题。在辩证唯物主义哲学立场上,人的感觉一定是由对象事物引起的。问题是:怎样的事物怎样地引发了美感? 事物的成分、性质和人的构成都是多样的;感觉的性质、样态取决于事物与主体的对应关系。马克思说:"对象如何对他来说成为他的对象,这取决于对象的性质以及与之相适应的本质力量的性质;因为正是这种关系的规定性形成一种特殊的、现实的肯定方式。"①马克思的论述非常符合现代科学的发现。例如,人的视觉构造只能感知到波长 380nm—780nm 的电磁波,短于此波长的是紫外线,长于此波长的是红外线,都是人的视觉所不可感知的。可以说,可见光的性质与人在视觉方面的本质力量是一致的、相匹配的。除自然性、生理性的本质力量外,社会性、精神性的本质力量更为重要、更为复杂。对事物利害价值的认识及在这一基础上形成的认知模块,也是人的本质力量的一种表现;其形成过程决定了它同对象事物之间密切的关系,"正是这种关系的规定性形成一种特殊的、现实的肯定方式";有什么样的认知模块,就能对什么样的事物产生美感。因此可以说,审美时,是于人有利的事物外形经由认知模块的作用而引发了美感。

　　传统美学研究中有种普遍的看法,认为既然所有美的事物都是美的,其中必有某种共同的属性,这个共同的属性就是"美"。这一看法同柏拉图的思想有关。而运用科学化的美学理论经过细致分析之后可以发现,所有美的事物的共同之处只在于对人有利或无害。这是事物的价值及效能,不是事物自身的构成因素和构成属性。既然是价值及效能,必然涉及

---

① 《马克思恩格斯文集》第 1 卷,人民出版社 2009 年版,第 191 页。

356

与人的关系及关系的性质。其具体过程是：有利性促成了与好感相连接的认知模块的建立，再经过认知模块的效用而引发直觉性美感。这一过程是所有美的事物都要经历的，所以给人以共同感。换言之，在人的认知经验中，对象事物有多少种，认知模块就有多少种。认知的对象事物各式各样，其外形也各式各样；而对象事物及其外形经由认知模块而与愉悦感相连接的机理是同样的，人对所有相匹配事物及其外形的美感反应也是同样的。在与不同事物结成审美关系时，人只能觉察到共同的美感，觉察不到不同认知模块的存在和效用，因此以为不同的审美对象中含有共同的"美"。其实，从客观方面看，所有美的事物只在价值上共同地具备有利性；从主客体关系方面看，所有美的事物的外形都要同主体的肯定性认知模块相匹配。正是这两方面的共同性造成了美感的共同性。除这种功能性属性外，美的事物中不存有可直接引发美感的结构性属性。

第三节
中国马克思主义文论视阈下文艺审美性的内涵与结构

依照美学研究所揭示出的审美规律，可以看到文艺审美性的构成和特征，特别是看到马克思主义审美理论的合理性、必要性。

一、马克思主义审美理论的最大特点是对社会功利价值的重视

审美活动的机理和过程表明，功利价值在审美价值的形成过程中具有不可或缺的重要作用。事物的功利价值与主体的功利意识有对象性关系。同样的事物，在具有不同价值观的主体那里，可能具有不同的功利性，从而影响到审美性的现实表现。同样，具有不同价值观的主体面对同一个客体时，也会作出不同的价值判断，从而影响到对该事物的审美判

断。例如,同一部剧作《白毛女》,在具有不同阶级立场的主体那里,其审美价值会有不同的表现。

科学化的审美理论为马克思主义文论奠定了坚实的学理基础。马克思主义文论的特点是对作品社会历史价值的重视。这一特点不仅包含了他们对进步文艺的要求和希望,同时也是完全切合审美规律和艺术规律的,在逻辑和事实方面都有可靠的根据。马克思主义经典作家在谈论文艺时,都是在"文艺"这一框架之内进行的。如果说文艺的本性是审美,则马克思主义经典作家们就是在文艺审美本性的框架之内对文艺的特征和表现做出阐述。例如,马克思、恩格斯提出的"美学的和史学的观点",是就费迪南·拉萨尔的剧作《弗兰茨·冯·济金根》这部文学作品而言的,是将作品蕴含的社会历史内容放在现实社会历史背景中加以评价。以这部作品为前提,马克思、恩格斯提出了悲剧的历史性问题及"莎士比亚化"的创作方式问题。他们对文艺现实主义的阐述,是针对敏·考茨基的小说《新人与旧人》及玛·哈克奈斯的小说《城市姑娘》等作品而作出的。他们完全没有排除文艺的审美性,反而是为了增进作品的审美性,即为了增进作品的艺术表现力和可欣赏性,为了使作品具有更活泼、更长久的艺术生命。

还要看到的是,在概念应用上,欧洲与我们有所不同。欧洲所说的"美学的",往往就相当于我们所说的"艺术的"。习近平更为具体地谈到要"运用历史的、人民的、艺术的、美学的观点评判和鉴赏作品"①,这就相当于对恩格斯"美学的和史学的观点"做出诠释:所谓"历史的",其核心表现就是"人民的";所谓"美学的",其具体表现就是"艺术的"。从经典文献中看,马克思主义创始人在分析作品时,都是既分析了作品的社会历史价值和思想意义,又分析了作品的艺术表现水平。这两方面的分析都是针对艺术作品进行的,并不是在艺术作品及其基本功用之外来谈论社会历史。因此,决不能认为马克思主义文论不讲求审美性。

通过完整地分析、认识马克思主义经典作家们对文艺现象和文艺规

---

① 习近平:《在文艺工作座谈会上的讲话》(2014年10月15日),《人民日报》2015年10月15日。

律的阐述,我们可以看到,就文艺审美本性的视角而言,马克思主义文论是社会价值审美论,是全面的、科学的、切合文艺实践和美学学理的。而现代西方的形式主义审美论是片面的、不科学的、缺少学理依据的、不符合艺术实践的。马克思主义社会价值审美论要全面而科学地认识文艺的审美性。

二、文艺审美性由作品的社会功利性和艺术性共同组成

"艺术"这一概念,原本是指在制作实用器物方面表现出来的技艺和技术,也表示运用这些技艺和技术而制作出的产品。从艺术的起源及发展历程上看,一万多年前原始人的绘画、雕塑等早期艺术基本上是出自巫术、宗教活动等实用性的目的,不具有满足审美需要的目的,不是我们今日所说的审美的艺术。黑格尔把这种早期艺术称之为"艺术前的艺术"。但是,这些艺术已经具有了艺术的基本特征,具有满足审美需要的潜在价值。当人类的审美需要形成之后,当时已有的实用艺术品很自然地就具有了满足审美需要的功用,从而具有了审美价值。这时,才形成了具有审美性的艺术。而当现有的艺术品不足以满足日益增长的审美需要时,就要不断地创造出新的艺术品。可见,为满足审美需要而进行的形象化塑造就是审美的艺术,艺术的审美性由艺术品满足审美需要的价值和功能所构成。

艺术"审美性"的形成过程表明:艺术的审美性不是艺术品的实体结构或构成因素,不是客观的、独立的本体性存在,而是艺术品整体的功能性特征;艺术的审美性要与审美活动紧密相连,艺术品不进入审美活动过程,就不能具有现实的审美性。

既然艺术的本性是审美,就要符合审美的规律。而审美活动的机理和过程表明,事物要以其功利性为前提和中介来作用于人的知觉经验,使人形成相应的认知模块,最终形成直觉性的审美活动。能够被人当作审美对象的事物一定是于人有用的、对人有利的。即,内在价值于人有利的

事物,其外形才能在人的知觉中是好的、可审美的。在漫长的历史岁月中,审美事物的某些功利性因素可能逐渐淡化乃至不被人所明确知晓,但其外形表现与功利因素的联系依然存在,由这种功利性联系而形成的情感联系也依然存在。正是由于这种在历史发展中延续下来的联系,某些形式(例如图形、图案)才具有似乎抽象的表现性,可以一般性地引发美感。在自然审美物上表现出来的审美规律,同样表现在艺术审美物上。艺术审美性的构成也要与艺术品的内在功利价值相关。同时,艺术审美性的构成中必定要有形式表现因素。艺术审美性就是这样,要由作品的功利内容和外在表现所共同构成。

人的审美实践表明,人们在欣赏艺术作品时,必定要在两个方面进行认知活动:一是在形式知觉方面,要观赏艺术作品的表现形式,形成知觉方面的信息刺激;二是在观念活动方面,要领会作品的思想内容和价值,形成观念、意识指引下的情感波动。中国古典名著《红楼梦》的艺术造诣可谓登峰造极,其艺术性是其审美价值的重要支撑。但是,如果《红楼梦》没有对社会人文方面的现实状况加以深刻的剖析,不体现出具有时代进步意义的思想价值,就不可能深深打动人的情感。《红楼梦》中众多的人物形象个个鲜明生动,是当时社会存在的真实写照,表现出错综复杂的社会关系,自然也表现出各种各样的价值关系。如果没有这种现实社会价值,作品结构的精巧就显现不出艺术的意义。巴金的《家》是中国现代文学史中的名著,其语言的清新是一个鲜明的艺术特色,具有很高的艺术价值,但如果不是作品描写了具有新思想的青年形象,不是表现了对自由恋爱的渴望和追求,也不能那样强烈地震撼广大青年读者的心灵,不能具有那样高的审美性。鲁迅的作品是以内容的深刻性见长的,他对时弊的犀利针砭无疑具有鲜明而强烈的功利性。鲁迅的社会影响和文学地位主要是来自其作品具有特定倾向的思想性而不是来自其作品的形式表现技巧。阅读鲁迅作品时的情感激动不能说是非审美的,鲁迅作品的审美价值及审美性不应该被否定。郭沫若的历史剧《屈原》当年在重庆上演时,曾产生“万人空巷”的轰动效应,这与作品对爱国主义情操的歌颂和对卖国主义行为的谴责是分不开的。这一特定的功利倾向表达了广大国民的心声,强烈地拨动了人们的情感,应该是艺术的力量、审美的效用,决不能把人们的这种情感看成是非审美的。因此,由作品功利性内容引发的情感激动仍然属于审美情感,引发这种审美情感的作品当然具有审美性。

可见,文艺作品的审美性,不仅表现在形象的生动性、丰富性上,也表现在形象的社会性上,表现在作品思想的进步性和特定倾向性上。这表明,艺术审美性作为功能性的概念,其成立要有两方面的因素:一个方面的因素是人作为主体方面的因素,包括人的机体结构和意识结构,如人的具体的观念、意识等;另一个方面的因素是在艺术形式上具有同接受者感官知觉相关联的外在表现,包括作品的结构、体现一定技巧的形式,以及不同艺术种类特有的承载手段,如线条、色彩、旋律、形体、语言等。文艺的审美性就是文艺文本作为内容与形式完整统一的形象化体系而具有的可以引发审美情感的特性。

三、"形式"在艺术中的不同级层和意义

马克思主义文艺审美理论对作品社会功利价值的倚重是符合美学和艺术原理的。那么,如何认识文艺审美性的"非功利性"？如何认识艺术的"形式"？

近年,"审美"和"形式"成为理论研究中重要的关键词。"审美是非功利的",这种观点基本成为美学界和文论界的共识。同时,人们以为,"非功利"就应该来自"形式",如果同具有社会功利价值的内容相关,就不可能做到"非功利"。但事实上,文艺又不可能彻底地不与社会功利价值相关联,审美事物必须含有特定的功利价值,否则就不是美的。这种复杂情形,促使人们千方百计地解说"形式",赋予"形式"以种种的内涵,乃至去寻找"形式"中的"政治潜素"。不过,以形式主义审美理论的立场解说"形式",迄今为止尚无法做到清晰透彻。而如果这一问题不能得到很好的解决,文艺审美价值的本体功能就只能主要地体现在愉悦、消遣方

面,娱乐至上、消遣至上的文艺价值观就仍有活动市场,理论与实践的对立就不能消除。

马克思主义审美理论要全面地、辩证地看待文艺审美性问题,要科学地阐述文艺审美本性中功利性与非功利性的关系,科学地阐述艺术中的"形式"问题。

实践表明,审美不用于功利目的,从而是没有实用功利价值的。审美的文艺,其特定价值和意义,在于使人通过对文艺作品的观照而产生审美情感。审美情感不同于功利性情感。功利性情感的形成来自对实用功利性需要的满足,例如对饮食需要的满足。而审美情感的形成来自对艺术形式的知觉,这种形式知觉不是对实用功利性需求的满足,人们因此说艺术审美不具有实用功利性,审美和艺术因此而被称为非功利性的。就是说,审美和艺术的非功利性来自情感形成的方式和途径,即它是经由非功利的认知方式和过程而形成的。在非功利的认知方式中,对象事物以其外形作用于人的知觉,并由此而形成人的肯定性情感体验。

但是,如果把审美艺术的形式仅仅看作艺术技巧、艺术手法和色彩、线条、旋律、语言等具体的表现形式,就免不了回到形式主义审美理论的立场,形成理论的盲区和误区。以马克思主义唯物辩证的方法论为指导,必须辩证地看到,"形式"概念是有不同适用内涵的,有不同的级层和意义。

文艺是对于社会生活的反映。从文艺与社会生活的关系上看,文艺文本作为这种反映的产物,是具有映象性质及符号性质的形象化体系。从这一意义上说,文艺文本是形式性的存在物。就是说,在整体"世界"的视点和框架之下,社会生活与文艺构成一组关系。其中,社会生活是世界的内容,文艺文本是世界的艺术性表现形式。这时,对文艺文本加以观照,就相当于是对世界的形式加以观照。由于文艺仅仅是社会生活的映射和符号性表现,不是社会生活本身,因此对文艺的知觉和情感反应不同于对社会生活本身的知觉和情感反应。这种不同造成了文艺接受过程的非功利性。文艺文本具有的这种与社会生活相对立的形式性质,造就了文艺审美关系中的客体对象,为文艺接受的审美性暨非功利性提供了客观的条件。

文艺文本作为社会生活的特定表现形式,是一个相对独立的存在物。其自身又在结构上分为形式和内容两大类。其中,"形式"是指文艺的外在表现样态,如文学的语言、结构、体裁、艺术表现手法等;"内容"主要是指文艺形象体系的存在及其蕴含的意义。文艺形象体系蕴含的意义则可再分为两类:一类是具有普遍性的东西,如一般的社会价值、事理,通常的人性、情感、心理等;另一类是具有特定性的东西,如特定的政治、阶级倾向及特定的社会价值和功利性要求等。

由此可见,文艺的"形式"的概念具有不同级层的划分。第一级层是就世界的整体存在而言的,社会生活是现实内容,而文艺是表现形式。在这一意义上,文艺整体的都是对社会现实内容的表现形式。文艺在这一意义上的"形式"的地位是第一级层的、元级的。文艺文本作为元级层次的形式,其存在形态是体系性的、本体性的,即指文艺整体地都是对于社会生活的反映形式或表现形式。相对应的,文艺所要表现和反映的社会生活属于元级层次的内容,其存在形态是本体性的、原型的、本真的。当反映社会生活内容的文艺作品形成之后,又形成一种相对独立的存在物,作品本身又具有内容和形式。这时的内容和形式就是相对于第一级层存在而言的第二级层存在。第二级层是指文艺文本自身存在的地位和形态,作为第二级层存在,文艺文本既能表现出社会生活内容,又要表现为技术性的、具体的可感形式。

文艺整体的体系性本体形式与文艺文本结构中技术性的具体可感形式之间构成同一性关系。用苏珊·朗格符号学的话语来表述,第一级层的本体性、体系性形式相当于"艺术符号",第二级层技术性的、具体可感的形式相当于"艺术中的符号"①。"艺术符号"与"艺术中的符号"这两个概念正表现出艺术形式的不同级层的存在和意义。只是由于苏珊·朗格表述还不清晰、不透彻,人们尚未充分理解其内在的深刻意义。通过对艺术形式的级层划分,清晰地把艺术形式区分为体系性本体形式和技术

---

① ［美］苏珊·朗格:《艺术问题》,滕守尧译,中国社会科学出版社 1983 年版,第 119 页。

性可感形式,对认识和阐释文艺非功利性与功利性的关系,是重要的学理前提。

作为元级层次的、本体性的体系性形式,文艺相对于社会生活是一种符号性的存在,因此具有非功利性,这种非功利性造成了文艺的审美性。这是文艺整体的存在属性。

在这一前提下,文艺具有自身的构成,即具有第二级层的、技术性的内容和形式。文艺要表现和反映社会生活,要具有具体可感的形式。

文艺的一个特点是想象和虚构。由此,文艺既要以社会生活为本源,又不同于社会生活本身。文艺作品中的社会生活是形象化的,是符号性的存在,不同于原型的、现实的社会生活。所以,虽然社会生活的内容和文艺文本的内容是同一的,但其存在形态和情感作用是不相同的。如,生活中有山水草木,文艺文本中也能有同样的山水草木;生活中有七情六欲,文艺文本中也能有同样的七情六欲;生活中有特定的政治价值,文艺文本中也有同样的特定政治价值。但是,生活中的事物和情形引发的情感是实用功利性情感,而艺术中的事物和情形引发的情感则是非实用功利性的、审美的情感。就是说,同一个事件,同一种情感,在社会生活中是原型的,在文艺文本中则是映象性的、形式性的。因此,虽然文艺所表现的功利内容与社会生活是相同的,其存在形态的性质却是不同的——在社会生活中是本体性的、原型的,具有功利性质;在文艺文本中是映象性的、符号的,具有非功利性质。由于文艺文本中的功利内容在存在形态上从属于文艺文本元级层次的形式系列,因此是具有非功利存在性质的功利内容。

文艺文本的形式,即第二级层的技术性可感形式,也是从属于元级层次本体性体系形式的。二者间也具有统一性。第一级层本体性体系形式要通过第二级层技术性可感形式表现出来。不过,虽然具有这种同一性,但两个级层的形式在存在形态上是不一样的。例如,文学作品的语言,无疑是技术性的可感形式的表现。但同时,这一语言又是文艺整体与社会生活相对立时作为本体性形式的表现。从第二级层看,它是文艺文本的表现形式,因此是属于文艺本体形式的具体可感形式;从第一级层看,它是构成文艺这种本体形式的一种材料。

文艺能够具有审美性，由其作为本体性形式的存在形态所决定；在这一级层上，文艺脱胎于生活的原型而成为生活的映象，从而不具有生活的功利性而具有了艺术的非功利性。文艺之具有艺术性，取决于其是否含有技术性形式的成分；所谓"艺术首先是艺术"，只在这一意义上才可成立。文艺在技术性形式级层上表现出来的艺术性主要体现为语言运用、体裁选择、结构布置、手法表现，等等。这些技术性形式既是对作品内容的表现，又是文艺本体性形式的构成。这就好比一幢建筑物，建筑物整体的外形是本体性的形式，建筑材料则构成技术性的形式。建筑物的整体形式不等同于建筑材料形式，二者是不同级层的形式。建筑物的内容是房间，房间是建筑物这一整体形式的内容，而建筑材料在构成房间的同时就构成了建筑物。因此，建筑材料既是对"房间"这一第二级层内容的构成，又是对建筑物这一第一级层整体形式的构成。

艺术的种类及表现是丰富多样的。有些艺术品的社会功利价值因素并不明显而突出，技术性形式占据更大比重，例如工艺美术作品和装饰中的几何形图案。这类艺术品，由技术性形式所表现出的艺术性就几乎可以决定着审美性。与此不同，更多的艺术品的内容具有充分的社会功利价值因素性，同接受主体意识中的价值观念和倾向性相关联，对接受主体的价值判断有决定性的影响，进而影响到对作品审美性的判断。

古今中外的文艺作品中，含有明显而充分的社会功利价值内容的作品数不胜数。以钢琴曲《黄河协奏曲》为例，其意蕴对每一个爱国的中国人都会造成同社会功利价值相关联的强烈震撼。尽管如此，它仍是一种音乐形象体系，具有艺术的、审美的、非功利的存在属性。我们既不能以《黄河协奏曲》具有社会功利价值而否认它在本体性上是非功利的、审美的艺术作品，又不能因为它作为艺术而具有审美性和非功利性就排斥它具有的社会功利价值。

文艺审美性的非功利性与功利性问题辨析

审美中的非功利性和功利性问题,是历来美学和文论研究中的难点,同时又是所有相关阐述所无法绕过的必经之路,中国马克思主义审美理论必须对此做出合理阐释。

一、文艺审美性中功利性与非功利性并存的复杂现象

审美性的内涵和构成表明,在文艺审美本性的前提下,文艺自身既具有非功利性,又含有功利性内容,似乎是一种矛盾的现象。这种矛盾现象在康德美论中已经存在。康德说:"美——对它的判断只以一种单纯形式的合目的性,亦即一种无目的的合目的性为根据。"①康德一方面认为美不以有目的的概念为前提,是完全非功利的;另一方面,又承认有一种美需要以有目的的概念为前提,是有条件的,即等于说美是有功利的。康德为了解决这一矛盾,把前者称为"自由美",后者称为"依存的美",说:"有两种美:自由美(pulchritudovaga——游动的美),和仅仅是依存的美(pulchritudoadhaerens——附着的美)。前者不以对象应该是什么的概念为前提,后者却以这样一种概念以及对象按这概念(而显示出的)的完善性为前提。"②按照康德的讲述,"自由美"的表现非常之少,仅有花朵、图案、装饰,等等。更为大量的、基本的审美现象是"依存的美",如美的人体、物体。从现代的知识和观点看,康德所说的"自由美"其实也是"依存

---

① [德]康德:《美,以及美的反思:康德美学全集》,曹俊峰译,金城出版社2013年版,第403页。
② [德]康德:《美,以及美的反思:康德美学全集》,曹俊峰译,金城出版社2013年版,第406页。

的美",即也是有条件的,是在社会历史中同功利结成一定联系之后才形成的。因此,人们普遍认为康德的美论存有尖锐的矛盾——既认为美是非功利的,又认为美是有功利的。这种现象的形成似乎难以避免,其后的美学理论和文艺理论都难以摆脱这种状态。鲁迅素以目光犀利、深刻而著称,但也是既看到美是没有功利性的,又感到美的事物中含有着功利性。他说:"在一切人类所以为美的东西,就是于他有用——于为了生存而和自然以及别的社会人生的斗争上有着意义的东西。功用由理性而被认识,但美则凭直感底能力而被认识。享乐着美的时候,虽然几乎并不想到功用,但可由科学底分析而被发现。所以美底享乐的特殊性,即在那直接性,然而美底愉乐的根柢里,倘不伏着功用,那事物也就不见得美了。"①鲁迅的这一阐述很有代表性,反映了人们的普遍认识。在我国改革开放以来的文艺理论建设中,仍然把这种情形表述为文艺和审美"既是功利的又是非功利的"。这一表述显然是不甚明确的,并且在逻辑上带有矛盾性。

基础理论方面的模糊很容易在文艺创作和文艺评论等审美实践活动中造成观点和立场的游移。人们在认识或评价文艺作品时,往往只能从某一个方面出发,或者强调其非功利性,或者强调其功利性,从而往往形成片面的认识,并不能真正地将审美的非功利性与功利性相统一,也不能清楚地认识到文艺的本性和特征。中国的马克思主义审美理论需要在这一复杂问题上做出合理的阐述。

二、科学地理顺文艺审美性中功利性与非功利性的关系

在解析文艺审美性中功利与非功利关系问题时,需要对功利性概念的内涵做出准确的界定。所谓事物具有功利性,是指具有满足人的需求的价值。一般来说,凡是能够达到一定目的、满足一定需求的事物都可以

---

① 鲁迅:《鲁迅全集》第4卷,人民文学出版社2005年版,第269页。

中国马克思主义文艺审美理论话语体系的建构与阐释

总　论

说是具有功利性。具有审美性的文艺能够满足审美的需要,就这一点来说,当然可以说文艺是具有功利性的,绝不能说文艺是毫无用处的。但是,审美需求不同于实用功利性的需求,是非功利的需求。对非功利需要的满足仍属于非功利的过程。因此,不能把对审美需要的满足看作文艺功利性的表现。人在审美需求之外的其他所有需求(生理需求、社会需求、精神需求)才属于实用功利性的需求。在这些方面表现出来的作用和价值,就称为实用的功利价值或称之为功利性。文艺及审美中的功利性,特指与上述这些实用功利相关联的内容;文艺及审美的非功利性,特指文艺和审美不能满足这些实用功利需求的属性。

面对"审美既是功利的又是非功利的"这一矛盾现象,人们为了消除矛盾,使功利性和非功利性在文艺中达到统一,往往采用分别表述的方式。人们以为:文艺的自身构成是非功利的,而文艺的社会作用是有功利的。例如审美对人的健康发展有益,进步的文艺作品对社会历史的进步发展可起到积极的促进作用,等等。

但是,这种阐述并没有真正解决问题。按照这种阐述,功利性的表现是文艺作为审美事物对社会形成的反作用,而文艺的社会作用是文艺自身构成之外的效果,是审美过程已经完成之后的效用了。单就文艺自身而言,仍然还是非功利的。那么,将怎样看待文艺自身在内容上的社会功利价值?

为了把文艺审美性自身中的功利性同文艺审美社会功用的功利性相区别,要把前者表述为文艺审美中的功利性问题,把后者表述为文艺的审美功用问题。对于后者的存在和表现,学术界有基本一致的认同,没有争论。对于前者,学术界的认识仍然相当模糊,需要加以澄清。在文艺审美性理论中,真正有意义的问题是:在文艺作品审美性形成的过程中、在文艺审美接受过程中有没有功利的因素?

我们前面关于文艺级层构成和认知模块形成过程的阐述表明,文艺审美性的非功利性来自文艺的元级存在形式,即文艺整体都是对社会生活的映射,是符号化的形象体系,不是生活原型。人在观照文艺作品时,相当于身处符号化的环境中,是在面对符号化的对象事物产生情感,由此而生成的情感体验不同于在原型生活环境中生成的情感体验,因此被称为非功利的审美情感。直接触发非功利审美认知和情感的对象事物,是以技术性形式为感性表现的文艺作品形象体系,由此也可以认为,文艺作品本身的存在性质是非功利的。这是文艺审美非功利性的来源和根据。

人要能形成非功利审美的认知和情感体验,需要在身体结构中形成特定的认知模块。而认知模块的形成,要以事物的功利价值和人的功利认识为中介。这样,审美的对象事物必定含有功利性内容及功利性价值。不过,这些功利性的内容和价值都被形象化、符号化了,被承载于审美事物及文艺作品元级的非功利形式框架之中。所以,虽然这些内容和价值是功利的,但在存在属性上归属于非功利性。

就是说,认知模块的建构过程,即审美活动的前提是有功利的,审美对象本身也要以功利性为基础,而审美活动的过程本身却是非功利性的,由此形成的情感体验也是非功利性的。可见,虽然文艺审美的确既表现出非功利性又表现出功利性,但非功利性和功利性并不表现在审美活动的同一层次、同一环节之中。功利性作为基础因素作用于审美和文艺的元级存在形态,表现在审美性或非功利性的形成环节中,而非功利性则作为审美和文艺的元级存在形态的性质作用于与主体的认知关系,表现在审美性或非功利性的实现环节中,理顺了这一关系,功利与非功利相矛盾的现象就可以化解了。

三、审美过程中功利价值和功利意识的作用和表现

然而问题并没有就此结束。虽然可以在文艺的元级形式方面把作品中的功利价值内容界定为非功利的存在属性,但现实的问题是,在文艺审美的具体过程中,功利价值和功利意识是否仍在发挥着作用? 这种情形应该怎样加以认识?

人与文艺作品之间的一般审美关系总要通过个别主体和个别作品之间具体的审美关系得以实现。在具体审美关系结成之时,成为审美主体

之对象的,是作品整体呢,还是作品单纯的形式外观? 目前较为通行的理论认为,真正成为人之审美对象的,仅仅是事物的形式,而不是事物本体及其属性功用。但是,任何事物,包括美的事物、文艺作品,都必然是以其整体而作用于人的知觉的。人在知觉到一个事物时,不仅仅是知觉到它的外在形式,同时,还会由于经验而意识到它的功用价值以及对于自己的当前意义。因此,虽然审美知觉在表现上似乎是以事物形象为对象的,但在人的实际知觉过程中,却不可能仅仅知觉到事物的外在形式,而不意识到该事物的本体价值和意义。

文艺审美性是文艺整体功能性的属性,必然与接受主体的状态相关,特别是与接受主体的观念意识状态相关。这时,接受主体意识中的功利观念对于文艺作品审美性的生成和实现具有重要的决定作用。功利观念是人们对一件事物进行取舍的基本尺度,在人的具体的社会存在中形成。功利观念决定着人对事物价值的评判,从而决定着人的情感态度,是情感形成过程中的首要环节。它就像个观念的信息过滤装置,监视、审查、选择着知觉到的事物所具有的功利价值信息。只有经功利观念"审查"合格,被认为是符合自己功利需要、功利意识的事物,才可接受下一步审美观念环节的筛选。这种情形之所以可能,根据在于人的认知神经系统的结构和功能。

在人的意识结构中,存有一种与人的功利需求相关联的评估系统,在潜意识层面中实时监测着所有进入大脑的信息,对这些信息的利害性加以评判,并调动人的机体做出相应的反应。如果信息被判定为有利的,则机体会做出接受和愉悦的反应;如果信息被判定为有害的,则会做出拒绝和厌恶的反应,并且做出相应的躲避行为。人在能够进行审美接受时,一般都是处于可审美的状态之下,即处于没有急切功利性需求的状态之下,所接受的审美方面的信息,其内容一般都是于自己有利或至少是无害的。由于这类的外来信息不至于对生存机体造成伤害,机体的评估系统就处于放行状态,对审美信息不动声色、不加干涉。一旦意识中的特定功利倾向与审美对象内容的特定功利倾向发生抵触、对立,评估系统判定外来信息有害,就会立即调动相关资源,由非功利状态转换到功利状态,从而关闭审美信息接收通道,使审美过程中断。

审美过程中功利意识的这种检测功能为什么不影响审美的非功利性?这是因为,这一检测功能发生在大脑的潜意识层次,不是主体可以自觉意识到的。如果主体主动地、有意识地要去评价对象事物的功利价值,就使功利意识进入显意识层次,从而改变了非功利状态,进入功利状态,不形成审美活动了。

在大脑认知的这一机制作用下,作品文本的内容和意义是否具有审美价值,取决于接受主体出自观念意识的领会。即,审美接受主体的功利意识可以决定作品的审美价值能否得以实现以及怎样实现。这方面的表现是:如果作品的功利内容与接受主体的功利意识相一致,就可以正常地形成审美反应,使文艺的审美价值得以实现;如果作品的功利内容与接受主体的功利意识在性质上是相违背的、不相吻合,就会引起接受主体的反感,破坏主体的审美心境,使审美态度无法形成。在这种条件下,即使作品的外在形式可以适合主体在形式知觉方面的审美眼光,也会因为缺少必要的主体状态条件而无法产生作用,现实审美关系无法结成,作品的审美价值无从实现。所以,在进行文艺接受时,功利性往往表现为首要条件,形式表现性则是次要条件。

对象事物功利性的表现多种多样。人都是具体的社会存在,人的社会存在状况与人的功利要求之间有着直接的联系。人在与外在环境接触中,除了面对与自然生理需求相关的功利性外,更多的是面对社会的功利性。一个社会在一定时期内,最具普遍意义的功利性可以引起社会最大多数人的最大关注。而最能集中而鲜明地体现着社会最大功利性的,往往是代表着特定阶级利益和社会要求的政治目标,在社会处于历史转折点或发生激烈变革的时期尤其如此。当审美功利性以政治的形式表现出来时,政治因素就作为一般功利因素加入审美价值中去,构成审美价值的必备基础,此时的功利性就具体地表现为政治性。

例如,在我国的抗日战争时期,抗日救亡是全中国人民最大的功利之所在,也是决定中国人民审美态度的最基本的功利性因素。毛泽东在《在延安文艺座谈会上的讲话》中突出强调了进步文艺团结人民进行抗日的价值,对文艺的政治性做出说明:"一切利于抗日和团结的,鼓励群众同心同德的,反对倒退、促成进步的东西,便都是好的;而一切不利于抗日和团结的,鼓动群众离心离德的,反对进步、拉着人们倒退的东西,便都是坏的。"①毛泽东所说的这种政治上的分野、鉴别,是当时社会功利性的具体表现。这种政治内容可以作为一般功利因素加入人的审美态度和审美意识中去,成为评判作品审美价值的决定性条件。毛泽东的这一论述既表现出他对中国当时社会性质和基本政治目标的认识,也表现出他对于文艺内在性质和审美规律的领悟,是完全符合文艺及审美实际的,具有深远的理论意义。其思想的内在精髓,就是历史唯物主义地看到:文艺是可以具有社会功利性的;在社会处于阶级对立阶段之时,功利性就以阶级性为具体表现,决定着文艺的现实审美价值。毛泽东深刻指出:"世界上没有什么超功利主义,在阶级社会里,不是这一阶级的功利主义,就是那一阶级的功利主义。我们是无产阶级的革命的功利主义者,我们是以占全人口百分之九十以上的最广大群众的目前利益和将来利益的统一为出发点的,所以我们是以最广和最远为目标的革命的功利主义者,而不是只看到局部和目前的狭隘的功利主义者。"②

形式主义审美理论会提出疑问:从功利甚至是政治的角度出发来评判一部作品的审美价值是否合理? 是否符合文艺规律? 回答是肯定的。同时,也需要做出深刻阐释。

人们常说:文艺首先是文艺。从逻辑出发,既然是对于文艺的审美接受,当然应该从艺术性的角度出发来加以审美接受;若从政治等外在于文艺的事物属性出发,就不是对文艺的接受了。可是,在审美实践中,对有特定功利性如阶级性、政治倾向性的作品,从特定功利立场如阶级立场及政治立场出发对其审美价值加以接受是惯常现象,古今中外莫不如此。毛泽东说:"各个阶级社会中的各个阶级都有不同的政治标准和不同的艺术标准。但是任何阶级社会中的任何阶级,总是以政治标准放在第一位,以艺术标准放在第二位的。资产阶级对于无产阶级的文学艺术作品,不管其艺术成就怎样高,总是排斥的。"①如《水浒传》,从农民的立场出发,是受人喜爱的;而从封建统治阶层的立场出发,它就不被喜爱。反之,《荡寇志》从封建帝王的立场出发是有审美价值的,广大受压迫的劳动人民则不喜欢。对于汉奸文艺,抗日志士是不可能欣赏的;对抗日作品,相信汉奸们也一定是不喜爱的。人的这种好恶态度出自审美本性,不是刻意做出的,因而是审美接受中的自然状态,是正常的审美现象。

那么,这一本来具有正确性的思想及对文艺作品审美价值加以判断的基本原则,为什么会在新中国成立后的一段时期内形成错误的实践呢?除人们已知的极左思潮等政治因素外,学术研究上的欠缺和理论认识的片面也是重要原因。或者可以说,学术认识的缺陷造成政策的缺陷;政策的缺陷又被极左思潮及"四人帮"的别有用心所恶意扩大,畸形膨胀,最终酿成严重的后果。学术研究缺陷的具体表现:一是对文艺功利性的地位、作用、表现形态认识片面、简单;二是对文艺审美本性与艺术特性的关系认识还不准确。

功利性作为文艺审美价值得以实现的前提要求,具有"原则"的性质。即,功利性是作为一个"原则"而存在的,并不要求它一定作为文本的实体内容而存在。功利性原则可有两种表现形态:一种形态是具体的功利性内容,即作品文本内容的特定"有利性"。这就需要对创作过程提出功利内容方面的要求,使作品直接具有符合功利要求的描写与表现。这种特定的功利性是作品文本内容的实体性属性,可以造成作品内容功利性与主体意识功利性的直接一致,是文艺功利性的最明显、最直接的表现。另一种形态是作品没有具体的功利性内容,不必具有功利性的描写与表现,其整体作品呈现出"无害性",只需不引起主体的"有害感"或反感就可以了。

功利原则的第一种形态是显见的。以往谈到文艺功利性的时候,人们看到的往往都只是这种形态,所以需要对创作提出要求,使作品文本具

---

① 《毛泽东选集》第3卷,人民出版社1991年版,第869页。

有特定的政治内容。为此,又必须对作家提出相应的要求。这种片面的认识导致了严重的后果:第一,人的意识本是不可勉强的,而按照这种理解,势必对作家的创作意识提出强制性要求,破坏了创作的自由状态;第二,文艺创作的方式、样态是丰富多彩的,而按照这种理解,势必把原本不具有特定功利内容或不具有现实功利内容的艺术品排除在艺术创作之外,形成创作的机械化、简单化,无法促进文艺繁荣发展。而且,如工艺美术之类作品,如果硬是要求其有什么功利内容,实在可笑。当以政治为功利的具体表现时,这种错误认识造成的破坏尤其严重。

功利原则的第二种形态没有具体的功利内容,因而功利性不明显,容易被人们所忽视,容易被当作"文艺不需要功利"的表现。但在实际上,功利性实实在在地仍然是审美的功利前提:文艺作品必须首先是无害的,然后才能在主客体之间结成审美关系,实现审美价值。造成这种表现形态的情形大致有三种:第一种是作品的文本内容本来就没有现实的、特定的功利性,如一些纯粹的图案、建筑样式、景物描绘、工艺美术、书法等。当然,从根源上讲,一切能引发情感反应的形状都是以一定的功利经验及功利意识为源头的;但在现实意义上,这种功利的渊源关系已经非常久远,以至于被当作人类一般意识和眼光的适应对象,谈不上特定的功利性了。第二种是过去曾有特定的功利性内容,但现在已经淡漠,或对应的主体功利意识已经消失,从而没有现实功利性了。如《三国演义》等古典文艺作品中表现出的封建正统观念在今天的读者眼中已经不再重要。第三种是文本内容仍具有现实的、特定的功利内容,但当接受者没有功利意识或没有相应的功利意识时,就使文本的功利性由于缺少对应主体而在事实上处于无用状态。如有的作品从思想倾向上讲是有害的,但有些人并没见出其害,或者并不以之为然,他们没有明确的特定功利观念,进步也好反动也好,卖国也好爱国也好,健康也好颓废也好,都不在乎。这时,虽谈不上有利,但也谈不上有害,等于处于无害状态,也符合了功利前提。在这几种情形中,审美对象既不引起明显的有利感,也不引起明显的有害感,接受主体处于"无害"的感觉状态,作品的形式表现因素就可以不受障碍地发挥作用,引起人的美感。此时,虽然不存在实有的、特定的功利性文本内容,但依然存在着以"无害"为基准的功利前提要求,等于是满足了审美时的"无害"前提。一旦文本的功利性或人的功利意识鲜明起来、强烈起来,具有特定内容的功利性要求就会即时显现。

在某一社会时期中,对某些艺术种类及作品来说,可能没有显见的功利形态,没有具体而明确的功利内容。但这不证明艺术完全不能有功利内容,不能证明功利性是对审美性的伤害。反之,这些艺术种类和作品审美价值的实现,也是以功利性为前提的,只不过此时的功利性表现较为特殊而已。以"无害"状态为前提的作品一般来说都不具有特定的功利性内容。因此,其形式表现因素就成为审美性的主要成分。人们常常因此而把艺术表现性等同于审美性。这种认识其实是一种误解,是将审美性整体结构中的某一个构成因素当成了审美性的整体,把本来只是形式表现性方面的因素放大成为整体艺术的因素。形式因素及表现性作为艺术的构成因素之一,其水平的高下当然可以影响到整体文艺作品的审美价值水平。把艺术表现力强的作品说成是"艺术水平高",说它具有较高的审美性,在一定意义上是可以的。不过,当人们从理论认识上把形式表现性当作文艺作品整体意义上的审美性时,就会以为功利性原则不具有审美性,从而不适当地、人为地造成审美性的分裂。只有把艺术整体看作内容和形式的统一,进而看到审美性是由功利性和艺术表现性所共同组成的,才能自觉地、符合美学原则和艺术规律地建立起科学的审美理论,避免片面性,正确认识审美现象及文艺规律。随着社会内容的发展变化和文艺创作、文艺欣赏的丰富,功利性原则的两种表现形态可以交替显现或分别显现。我们对文艺审美价值的构成因素应该灵活地加以认识。

在我国的新民主主义革命时期,人民的力量尚比较弱小,当务之急是唤醒民众,发动群众。而且,大敌当前,情势紧张,人的功利意识极度强烈,几乎没有闲暇的时间和心情。这时的文艺作为实现革命目标的重要手段,要充分发挥其"团结人民,打击敌人"的作用,其文本的有利性即政治性就非常重要,得以凸显。此时,需要强调对作家创作的要求,需要作品文本具有明确的功利性及政治倾向性,而吟咏风花雪月式的作品则不被普遍关注和需要。同时,在反动力量占据统治地位的条件下,不唤醒民众起来斗争就等于是有利于反动阶级的统治地位。为此,提倡文艺创作具有革命的功利性而反对靡靡之音非常必要。

在我国的社会主义建设时期,"社会主义"成为功利性及政治性的具体内容。坚持文艺的社会主义方向仍然非常重要,需要具有社会主义倾向的文本创作,需要提倡文艺的主旋律。当作品有害于社会主义,不利于国家统一和人民团结时,就违背了社会主义功利性原则而不具有社会主义文艺的审美性。此时,功利性仍然可以具体地表现为政治性,占据首要地位。

由于改革开放以来不存在激烈的阶级斗争和社会冲突,人的社会功利意识相对淡漠,审美需要的多样性和丰富性就凸显出来。此时,审美功利原则的"无害"形态就可以成为较普遍的表现。在社会主义制度相对稳定的条件下,社会需要稳定的发展,发展需要稳定的社会环境。满足多种多样的社会审美需要,既是社会审美活动的自然要求,也有利于社会主义的发展。而且,相当多的作品只具有一般人类文化性质而并不具有社会主义的政治性质。所以,不能要求所有的作品都是充分体现"主旋律"的,只要它在文化上是进步的、健康的,在政治上是无害于人民、无害于社会主义的,就是顺应着社会主义的总要求而有利于社会主义发展的,就是符合"主旋律"要求的。对这样的文艺创作,应从审美活动和文艺市场的实际出发,不必一概地要求作品文本都必须具有社会主义性质,都打出社会主义旗号。但此时必须看到,功利性原则的"无害"形态,并不意味着没有功利性要求和功利性批评标准。只不过,这种功利性的要求和标准是存在于审美接受者的意识中的,是针对作品整体功利效应的。如果作品的整体功利效应呈现为"有害"时,功利性标准的隐在形态会即时转变为凸显形态。

四、文艺审美性中的功利因素与文艺审美的社会功用

文艺是精神性产品,文艺审美是精神性活动。在精神活动中,精神产

品的具体因素如思想观念会与接受主体的精神状态发生一定的关系,会形成渗透、交融、激发等作用,从而在不同程度、不同性质上改变着主体的精神状态。

当具有一定功利因素的文艺作品作为审美事物而被人所接受时,作品原有的功利属性并没有消失或改变。在具有一定功利认识结构的人那里,这些因素都可以作为一定的信息而被接受,并在其认知结构中被编码、分类、重新组合。由于信息的这种运动过程会对原有的认识结构产生一定的影响,于是形成所谓审美功用中的社会功利作用。如果从目的上说,文艺作为审美事物是专为满足审美需要而创造出来的,那么文艺的社会功利作用就是衍生的,同时又是必然的,并且带有潜移默化、寓教于乐的特点。

文艺审美功用中的社会功利方面往往在理论中被表述为社会教育作用。它可以不是文艺创作的首要目的,但却是不可否定的现实存在。如果没有这种特定的社会功利价值,文艺审美将失去方向,失去价值支柱。从审美效用与实际途径的关系看,如果文艺作品仅有形式表现而无坚实的内容,其审美效果将难以预料。因为单纯的形式因素无法对作品的审美价值形成规范,无法制约它带给人的作用是积极的还是消极的,无法制约它是使人"价值迷失、道德沦丧",还是使人"走向超越、走向自由、走向解放"。即便是人性、人的情感,也要在现实社会中带有具体内容,并且情感总是在具体情景中针对具体事件而生成的。人的社会存在地位不同,其理想、愿望、情感也会不同。要想使审美活动产生符合预期目的的社会功利作用,必须依赖作品相应的功利内容。作品具体的功利性内容是达到审美最终目的的现实途径。这样,就不能仅从作品的形式因素出发,而是要从作品的内容的社会功利价值出发了。从审美目的与审美作用的关系看,人之走向超越、自由和解放,是一个终极的目标。在实际生活中,这一终极目标是通过具体的现实作用一步步达成的;现实作用离不开现实社会条件及具体的社会存在,这就必然可能带有社会功利因素。古今中外进步文艺的出现,都是适应当时现实社会具体需要的,带有明显的现实功利意义。欧洲的文艺复兴是对中世纪以来封建社会秩序的反拨,代表着新生资产者的愿望和要求;中国"五四"以来新文学运动的主要内容是表达中华民族独立后劳苦大众翻身解放的愿望和要求。没有现实社会功利关系中的解放,也就没有终极的解放。从我国现时期的文艺发展上看,我国的文化事业和文艺事业具有社会主义属性,要为人民服务、为社会主义服务,要有利于民族凝聚力,有利于培养人民的爱国主义精神,有利于社会主义发展,这些作用必须通过作品具有社会主义价值倾向的内容才可能产生。

可见,文艺在社会作用方面的功利性(包括审美最终目的方面的功利性),必然来自文艺作品及审美对象物自身内容的功利性。如果承认文艺的审美作用来自文艺作品的审美性,则必须要说文艺作品的审美性中也蕴含着功利性。审美的功利性不仅表现在审美的终极目的上,还应该表现在审美对象的内容构成上,表现在审美欣赏的即时过程中。

在中国马克思主义审美理论视阈下,中国文艺事业的发展必须以社会主义核心价值为基点,由此而使整个文艺贯穿着社会主义性,浸透着社会主义的色调。由于文艺的整体价值是审美价值,所以社会主义核心价值的色调也要浸透到文艺的审美价值之中,使审美价值体系呈现为特定的样态。由文艺社会功利价值和艺术价值共同构成的整体审美价值体系,要在社会中以受众的情感接受和情感反应为中介而产生社会效益,其主要表现在三个功能领域:认识功能领域、教化功能领域、娱乐功能领域。文艺的认识、教化功能领域是具有审美性质的,是通过审美过程而实现的,不同于生活中的认识、教化过程,不可将文艺与生活等量齐观。可以说,文艺的认识价值、教化价值、娱乐价值,实则浸透着社会主义核心价值色彩以及表现在认识功能领域、教化功能领域、娱乐功能领域中的审美价值,不是同审美价值相并列的、另行独立的价值。以这三大领域中的价值表现为主要价值类型,还可以另有其他的多种价值取向,共同构成完整的文艺审美价值体系。

在中国特色社会主义建设进程中,特别要高度重视文艺的社会功能。习近平同志指出,"文艺在培育和弘扬社会主义核心价值观方面具有独特作用";因此,"一部好的作品,应该是经得起人民评价、专家评价、市场检验的作品,应该是把社会效益放在首位,同时也应该是社会效益和经济效益相统一的作品"①。把文艺的社会效益放在首位,就是把文艺审美的社会功利价值放在首位。而在当前的中国,最大的社会功利价值是社会主义核心价值。

需要再次强调的是,文艺功利内容与社会功利生活内容之间虽然具有同一性,但二者的存在性质却是不一样的。同一事件,作为文艺的内容和作为社会生活的内容,引发的感觉和情感的性质就截然不同。作为对社会生活中实际发生事件的叙述,其意义和语境与人的实际处境紧密相关;当人以实际生活态度对待这一叙述中的事实时,其感觉和情感的性质具有实用功利性,此时的社会生活事件不是审美对象。反之,当这一事件作为文艺的内容时,已不是生活本身,而是生活的映象、生活的符号,由这种性质的内容引发的感觉和情感,就可以具有非功利性,成为审美对象。社会生活的功利内容是原型性的、实际的;文艺文本的功利内容是形象化的、符号性的,非生活实际的。换言之,同样的功利内容,在生活中是实用的、非审美的,在文艺文本中则可以是形式化的、审美的即非功利性质的。当社会生活中的功利性反映到文艺作品中时,该功利性就由实用性质转变为审美性质。此时,文艺文本的内容同时也是社会生活的表现形式。既然文艺文本整体都是社会生活的形式表现,也就可以在存在形态的意义上整体地作为形式而成为观照的对象,形成文艺文本与人之间的非功利性审美关系。被作为形式而观照的,不仅有文本的形式表现因素,而且还有文本的功利内容因素。文艺文本作为形式因素而被观照的地位使文艺文本整体地具有审美性,因而它的各构成因素也都可以具有审美性。文艺的技术性形式是审美性及非功利性的重要体现,但并不是唯一体现;文艺文本的功利性内容也是审美性及非功利性的体现。这是文艺文本功利内容可以具有审美性的内在机制和原理,体现的是文艺的内部规律。由此可以说:文艺文本的功利内容在价值属性方面具有的是功利性质,而在存在形态方面则具有非功利性质,文艺中的功利内容可以成为审美对

① 习近平:《在文艺工作座谈会上的讲话》(2014 年 10 月 15 日),《人民日报》2015 年 10 月 15 日。

379

中国马克思主义文艺审美理论话语体系的建构与阐释　　总　论

象,是审美价值的构成因素之一。

　　总体来说,审美中的功利与非功利关系是这样的:审美关系的结成必须有一定的前提条件,即生命体中相应认知模块的建构与形成;而认知模块的建构与形成要以事物的功利价值为中介;因此,审美关系的必要前提是有功利的;但主体在审美关系现实结成的过程中所产生的美感不等同于实用功利性的快感,因此是非功利的;经由文艺审美过程,主体意识发生了一定的变化,主体以变化了的状态再作用于社会,所形成的结果又是功利性的。即,审美本身是非功利的,而审美活动之前的准备阶段和审美活动之后的反作用阶段都是有功利的。同时,作为审美对象物的艺术品,其自身或其内涵必须具有正面的、肯定性的、有利的价值。

第五节

文艺审美性与意识形态性的关系

　　现实的文艺具有多种属性,其中最重要的是审美性和意识形态性。这两个重要属性之间有什么样的关系呢?

一、文艺的审美性和意识形态性是两个相互独立的属性

　　我们看到,审美性是指文艺具有的满足审美需要的属性;意识形态性是指社会意识在特定历史阶段的社会性质。审美性是文艺独有的特性,意识形态性是政法思想、宗教、道德、哲学、文艺等社会意识形式都要具有的属性。只有准确看到这两个概念的内涵,才可能准确界定二者的关系。

　　改革开放以来出现的"审美意识形态论"是把审美性和意识形态性黏合在一起,使之成为缺少准确内涵界定的概念,它认为:

正是具有审美意识的人,在自己的长期实践活动中,产生了不断积淀着生存意蕴的语言、文字结构,进而使审美意识相融合并发生演变,物化为审美意识形式,创造了"有意味的形式",最后发展为现代意义上的审美意识形态——文学。①

"文学审美反映"论和"文学审美意识形态"是一个完整的概念,不是"审美"加"反映",不是"审美"加"意识形态",它们是一个具有单独的词的性质的词组,不是审美与反映、审美与意识形态的简单相加。它们本身是一个有机的理论形态,是一个整体的命题,不应该把它切割为"审美"与"反映","审美"与"意识形态"两部分。②

我们对文艺性质和特征的研究表明,文艺是一种社会意识形式,这种社会意识形式,就其分工特点而言,具有审美性;就其社会历史属性而言,具有意识形态性。这样认识文艺的性质和特征,才可能做到实事求是、恰如其分。而审美意识形态论把文艺的审美性和意识形态性黏合为一个新的概念,造成了一系列理论误区,既不符合马克思主义的意识形态学说,又不符合文艺的本性和特征。

首先,这一理论混淆了事物与事物属性的区别。审美意识形态论认为:"但是文学之所以是文学,是因为文学是一种具体的意识形式,即审美意识形态。"③说文学是一种具体的社会意识形式,这是正确的。文学这种社会意识形式具有审美性和意识形态性,这是文学与文学属性之间的关系。如果说文学作为一种社会意识形式实即审美意识形态,则文学的审美性和意识形态性就不是作为文学的属性而存在,而是作为文学自身而存在了。这就取消了事物在不同层次上的属性和特点,显然是不符合逻辑的。

其次,这一理论模糊了文艺的特性,特别是模糊了文艺的意识形态性。审美意识形态论在将审美性和意识形态性合为一体的错误认识基础

① 钱中文:《文学发展论》,高等教育出版社2005年版,第86页。
② 童庆炳:《新时期文学审美特征论及其意义》,《文学评论》2006年第1期。
③ 童庆炳:《新时期文学审美特征论及其意义》,《文学评论》2006年第1期。

上提出了"审美溶解"的说法,认为:"现实的审美价值具有一种溶解和综合的特性,它就像有溶解力的水一样,可以把认识价值、道德价值、政治价值、宗教价值等都溶解于其中,综合于其中。"①具体说来,其"审美"的内涵中,既包含着游戏、娱乐、消遣等非功利性,又包含着人类共通的人性与情感。② 而"文学的功利性在于,它把审美无功利性仅仅当作实现其再现社会生活这一功利目的的特殊手段"③。从中可见,"审美意识形态论"的审美理论只是把文艺的艺术形式和普遍情感当作审美性的因素,它所说的文艺的功利性仅是指文艺对社会生活的再现。这样,社会功利性是作为非审美因素而同艺术形式和普遍情感相对立的,马克思主义唯物史观意义上具有特定社会功利价值的意识形态性实际上是被排除在文艺审美性之外的。

从文艺实践的表现来看,文艺作品可以既具有审美性又具有意识形态性,审美性和意识形态性可以共处于同一作品之中。但这种情形不等于证明审美性和意识形态性可以相互融合成一种新的"审美意识形态属性"。如果把审美性和意识形态性生硬地融合在一起,只能是一种在观念上的机械的集合。如果在这种观念的基础上,以片面审美理论的审美性为主导来溶解一切,文艺作品中与社会性质相关联的价值体系就化为乌有了。这既不符合文艺实际,也不符合马克思主义意识形态学说。正如有学者已经指出的那样,"主张审美主宰一切、审美涵盖一切、审美包容一切、审美统辖一切的审美中心主义和审美至上主义是不科学的,也是行不通的"④。我们建构科学的文艺理论,就要在马克思主义唯物史观基础上,科学地认识文艺审美性与意识形态性的关系。

按照马克思主义文艺理论,必须把文艺的意识形态性和审美性看作具有不同性质和意义、分属不同领域的两种属性。所谓文艺的意识形态性,是指文艺作品所蕴含的或所表现出的能够反映特定社会性质的意识

① 童庆炳:《新时期文学审美特征论及其意义》,《文学评论》2006 年第 1 期。
② 参见童庆炳:《审美意识形态论作为文艺学的第一原理》,《学术研究》2000 年第 1 期。
③ 童庆炳主编:《文学理论教程:修订 2 版》,高等教育出版社 2004 年版,第 62—63 页。
④ 陆贵山:《文艺·审美·意识形态》,见李志宏主编:《文艺意识形态学说论争集》,吉林大学出版社 2006 年版,第 44 页。

形态的倾向性。它以社会经济形态为基础单位,意义在于标示文艺意识的社会性质,它是不容跨历史阶段、跨社会性质而相互混淆的。而人们一般所谈论的文艺的审美性,往往是指文艺作品在满足人们审美需要方面的功能,不涉及作品内容的社会性质,因而审美性是较笼统而广泛的一个概念,在任何社会中都可以存在,其意义旨在标示文艺所具有的可供欣赏、引起愉悦情感的性质。可见,文艺的意识形态性和审美性处在不同的方位上,属不同的领域,各有自己独特的作用:一个表示文艺作品的社会性质,一个表示文艺的功能和价值。唯其性质不同,才可能形成交叉,共处于同一作品之中。

二、意识形态性是文艺审美性的支撑和保证

人类审美能力的获得,以人类自身的进化、思维能力的发展、社会文明程度的发达为条件,并不以某一特定社会经济形态为根据。从这个角度讲,人类之所以与事物结成审美关系,之所以能创造出审美的艺术,与意识形态没有必然的关联。但是,人总是生活在具体的历史发展阶段中的,审美意识、审美事物在任何时候都是具体的、现实的;人们怎样审美,以什么为美,必定要受到社会生活存在的影响。在具有特定性质的历史阶段,当社会人群的经济地位和社会存在处于对立状态时,会形成各自不同的利益要求,影响到人的具有功利性的观念和愿望,使其意识具有特定的意识形态性。一般审美功利性在特定历史时期社会性质的意义上就表现为意识形态性。特定的意识形态性是与特定的功利性及功利要求联系在一起的,会依照审美功利性作用的一般规律而影响到审美意识,继而影响到作品的审美性。

在具有一定意识形态性的社会中,作为该社会的一部分具体意识,审美意识必定被包容在该社会的整体意识之中。当作品所反映和表现的内容与占据核心地位的、具有意识形态性的社会生活相连时,作品的审美性就会同意识形态性相关联。

从审美以功利为基础的原理来说,审美性要以意识形态性为前提。无论在艺术创作中还是在艺术欣赏中,这一前提都在不知不觉中发生作用,规限着审美价值的判断、认定。而当意识形态性发生这种作用时,也就作为作品整体的一个组成因素而参与到审美性的构成中,成为审美性得以成立和实现的内核。意识形态性与审美性相结合的结果就是使文艺作品既可以表现出一定的意识形态性,又可以表现出一定的审美性。或者说,这一类的文艺作品是在特定意识形态的前提基础上给人以强烈审美感受的。中国当代文学中的红色经典,例如《暴风骤雨》《红岩》《林海雪原》等作品,表现了中国新民主主义革命进程中的典型事例,在思想上、意识上具有完全不同于封建主义、资本主义思想意识的社会主义意识形态性质。这些作品所具有的社会功利价值及思想情感,与中国广大的人民群众完全一致,所以能深深吸引着、感染着广大人民群众,产生巨大的审美效应。这些作品在国民党反动派眼中,一定不会具有审美价值。

由于文艺作品中的意识形态性是文艺一般功利性的具体表现,因而可以作为文艺作品的构成因素而与审美性结成关系,在审美性的构成和实现过程中产生作用。"意识形态对审美的影响主要表现在主体对审美对象意义的把握上,客体能否被看成是美的以及客体具有怎样的审美内涵都受到特定意识形态的影响。"①在文艺活动及审美活动的完整过程中,接受活动是必不可少的环节。接受者身处的社会环境和观念意识,是他对艺术对象进行审美判断的基点,构成其审美过程的第一个环节;艺术表现形式与审美知觉模式之间的关系,只是其审美活动的第二个环节。如果在第一个环节,即意识形态性问题上主客体之间不能达成和谐一致的关系,艺术表现形式与审美知觉模式之间关系的环节就无从谈起。只有首先在意识形态性问题上达成和谐一致,才能进入第二个环节。如果第二个环节也是和谐一致的,审美关系就能结成,作品的审美性就得以实现。

---

① 马龙潜:《对文艺、审美与意识形态关系问题的思考》,见李志宏主编:《文艺意识形态学说论争集》,吉林大学出版社 2006 年版,第 51 页。

文艺作为审美价值的表现和种类是多样的。对于内容不具有意识形态性的作品来说，可以仅以其艺术表现形式和人类共通性的内容而具有审美性；对于其思想意识不具有特定意识形态性的审美主体来说，可以不计较作品的任何意识形态性内容而对作品的其他因素产生审美反应。不过，这两种情形都不能否定意识形态性在审美中的作用。我们所要论述的文艺审美性与意识形态性关系的问题，是以具有意识形态性内容的作品和具有意识形态观念意识的审美主体为前提的。

在"审美溶解"说法中，以艺术形式和共同人性为表现的审美性与以集团性即特定功利价值为表现的意识形态性之间，是相互独立的、对立平行的，并存于作品之中。当以审美性来溶解意识形态性时，艺术形式和共同人性的因素就成为主宰，占有统摄地位，而特定的功利价值则必然消弭殆尽。因而，"审美溶解"说法中的审美性是片面的、不科学的。以此为理论基础，势必将具有特定社会功利价值内容的作品排除在审美性之外，使文艺审美中的意识形态性处于被尽数消解的地位。

我们已经论述到，文艺得以存在的根据来自社会生活的分工领域，文艺的形成过程决定了文艺的存在本性是社会意识形式。文艺只有在这一存在本性的前提之下，才能承载或具有意识形态性和审美性。审美性是文艺整体的功能性属性，意识形态性是文艺的构成性属性，同时也是审美性的构成因素。作为审美性构成因素的意识形态性不是被审美性所融化掉，而是要鲜明地表现出来，支撑着审美性、限定着审美性，促使审美性得以实现。可以说，文艺意识形态性是文艺审美性的核心和基础。

习近平同志正确地谈道："追求真善美是文艺的永恒价值。"[①]"善"，是有具体内涵的。在当前社会中，就是社会的功利价值、功利性。而在当前中国，社会主义文艺最大的、最核心的功利性是社会主义意识形态性。社会主义的意识形态性是社会主义文艺审美性的基本保证。

中国马克思主义文艺审美理论话语体系的建构与阐释　总　论

---

① 习近平：《在文艺工作座谈会上的讲话》（2014年10月15日），《人民日报》2015年10月15日。

参考资料

[1]《马克思恩格斯文集》,人民出版社 2009 年版。

[2]《列宁专题文集》,人民出版社 2009 年版。

[3]《毛泽东选集》,人民出版社 1991 年版。

[4]《邓小平文选》,人民出版社 1983 年版。

[5][俄]普列汉诺夫:《普列汉诺夫哲学著作选集》,生活·读书·新知三联
　　书店 1974 年版。

[6]艾思奇:《辩证唯物主义纲要》,人民出版社 1978 年版。

[7]鲁迅:《鲁迅全集》第 4 卷,人民文学出版社 2005 年版。

[8]人民出版社编辑部:《人是马克思主义的出发点——人性、人道主义问题
　　论集》,人民出版社 1981 年版。

[9]红旗杂志编辑部文艺组编:《文学主体性论争集》,红旗出版社 1986
　　年版。

[10]包忠文主编:《当代中国文艺理论史》,江苏教育出版社 1998 年版。

[11]陆贵山、周忠厚主编:《马克思主义文艺学概论》,中国人民大学出版社
　　2001 年版。

[12]董学文、张永刚:《文学原理》,北京大学出版社 2001 年版。

[13]黄曼君主编:《毛泽东文艺思想与中国文艺实践》,华中师范大学出版社
　　2002 年版。

[14]董学文:《文学理论学导论》,北京大学出版社 2004 年版。

[15]刘万勇:《西方形式主义溯源》,昆仑出版社 2006 年版。

[16]陆贵山主编:《唯物史观与文艺思潮》,中国人民大学出版社 2008 年版。

[17]曾繁仁主编:《中国新时期文艺学史论》,北京大学出版社 2008 年版。

[18]董学文、金永兵等:《中国当代文学理论(1978—2008)》,北京大学出版

社 2008 年版。

[19] 陈涌:《陈涌文论选》,人民文学出版社 2009 年版。

[20] 陆贵山主编:《中国当代文艺思潮》,中国人民大学出版社 2002 年版。

[21] 季水河:《回顾与前瞻——论新中国马克思主义文艺理论研究及其未来 走向》,中国社会科学出版社 2009 年版。

[22] 陆贵山:《文艺理论与文艺批评》,作家出版社 2010 年版。

[23] 高建平:《当代中国文艺理论研究(1949—2009)》,中国社会科学出版社 2011 年版。

[24] 陶东风、和磊:《当代中国文艺学研究(1949—2009)》,中国社会科学出 版社 2011 年版。

[25] 童庆炳主编:《20 世纪中国马克思主义文艺理论研究》,北京大学出版 社 2012 年版。

[26] 张炯:《论马克思主义与文学》,中国社会科学出版社 2013 年版。

[27] 仲呈祥:《自厚天美》,中国文联出版社 2013 年版。

[28] 张炯:《文学透视学——文学理论体系新探》,中国社会科学出版社 2015 年版。

[29] 董学文:《马克思主义文论教程》,北京大学出版社 2015 年版。

[30] [美]苏珊·朗格:《艺术问题》,滕守尧、朱疆源译,中国社会科学出版社 1983 年版。

[31] [苏]列·斯托洛维奇:《审美价值的本质》,凌继尧译,中国社会科学出 版社 1984 年版。

[32] [美]托马斯·门罗:《走向科学的美学》,石天曙、滕守尧译,中国文联出 版公司 1985 年版。

[33] [苏]莫·卡冈:《美学和系统方法》,凌继尧译,中国文联出版公司 1985 年版。

[34] [苏]鲍列夫:《美学》,乔修业、常谢枫译,中国文联出版公司 1986 年版。

[35] [英]特雷·伊格尔顿:《二十世纪西方文学理论》,伍晓明译,陕西师范 大学出版社 1987 年版。

[36] [俄]维克托·什克洛夫斯基等:《俄国形式主义文论选》,方珊等译,生 活·新知·读书三联书店 1989 年版。

[37][匈牙利]卢卡奇:《历史与阶级意识——关于马克思主义辩证法的研究》,杜章智、任立、燕宏远译,商务印书馆1992年版。

[38][美]乔纳森·卡勒:《当代学术入门:文学理论》,李平译,辽宁教育出版社、牛津大学出版社1998年版。

[39][法]米歇尔·福柯:《知识考古学》,谢强、马月译,生活·读书·新知三联书店1998年版。

[40][美]弗雷德里克·詹姆逊:《政治无意识》,王逢振、陈永国译,中国社会科学出版社1999年版。

[41][德]于尔根·哈贝马斯:《现代性的哲学话语》,曹卫东等译,译林出版社2004年版。

[42][德]海德格尔:《路标》,孙周兴译,商务印书馆2000年版。

[43][法]路易·阿尔都塞:《保卫马克思》,顾良译,商务印书馆2006年版。

[44][英]雷蒙·威廉斯:《现代悲剧》,丁尔苏译,译林出版社2007年版。

[45][英]雷蒙德·威廉斯:《马克思主义与文学》,王尔勃、周莉译,河南大学出版社2008年版。

[46][英]特里·伊格尔顿:《马克思主义与文学批评》,文宝译,人民文学出版社1980年版。

[47][古希腊]柏拉图:《柏拉图文艺对话集》,朱光潜译,商务印书馆2013年版。

[48][德]康德:《美,以及美的反思:康德美学全集》,曹俊峰译,金城出版社2013年版。

[49][法]雅克·朗西埃:《文学的政治》,张新木译,南京大学出版社2014年版。

后　记

本书撰写分工情况如下:绪论第一节至第三节由杨杰撰写;绪论第四节由李龙、宋刚撰写;第一章第一节由赵耀撰写;第一章第二节至第四节由宋建林撰写;第二章第一节由杨杰、王成功撰写;第二章第二节至第四节由梁玉水撰写;第三章由刘洁撰写;第四章、第五章由李龙、宋刚撰写;第六章、总论由李志宏撰写。

全书由李志宏统稿。

李志宏
2018 年 7 月于吉林大学文学院

参考资料